DUNKLE KÜNSTE 1

DIE MITTERNACHTSFRONT

DAVID MACK

Ins Deutsche übersetzt von

CLAUDIA KERN

& HELGA PARMITER

cross cult

Die deutsche Ausgabe von DUNKLE KÜNSTE: DIE MITTERNACHTSFRONT
wird herausgegeben von Cross Cult, Teinacher Straße 72, 71634 Ludwigsburg.
Herausgeber: Andreas Mergenthaler, Übersetzung: Claudia Kern und Helga Parmiter;
verantwortlicher Redakteur und Lektorat: Markus Rohde; Lektorat: Jana Karsch;
Korrektorat: Peter Schild; Satz: Rowan Rüster; Cover-Illustration: Larry Rostant;
Printausgabe gedruckt von CPI Moravia Books s.r.o., CZ-69123 Pohořelice.
Printed in the EU.

Titel der Originalausgabe:
DARK ARTS 1: MIDNIGHT FRONT

Dieses Werk wurde im Auftrag von Tom Doherty Associates durch die Literarische Agentur
Thomas Schlück GmbH, 30161 Hannover, vermittelt.

Print ISBN 978-3-96658-611-5 (Oktober 2021)
E-Book ISBN 978-3-96658-612-2 (Oktober 2021)

WWW.CROSS-CULT.DE

Für diejenigen,
die zum Schweigen gebracht wurden,
und diejenigen,
die immer noch darum kämpfen,
gehört zu werden.

Es gibt Helden im Bösen wie im Guten.

– François de La Rochefoucauld, *Maximen*

1939

1

AUGUST

Die Nacht stank nach Dämonen.

Ihr übler Geruch zog in alle Richtungen, als Nando Cabral durch die bewaldeten Hügel südlich von Lemberg, Deutschland, floh, weniger als drei Kilometer von der französischen Grenze entfernt.

Er taumelte wie ein Betrunkener, eine Hand auf die Schusswunde in seiner linken Seite gedrückt. Strahlen aus Mondlicht drangen durch das Blätterdach der Bäume. Das Blut pulsierte bei jedem Schritt gegen seine Handfläche.

Er warf einen Blick auf seine Verfolger. Verschwommene Bewegungen, die zwanzig Meter entfernt waren und immer näher kamen.

Es war zu dunkel, um ihre Gesichter zu erkennen, aber der junge Spanier wusste, wer sie waren. Er wusste nicht, wie sie ihn gefunden hatten, aber das war jetzt auch egal. Nur eine Handvoll Geister waren noch an sein Gebot gebunden, gerade genug, um ihn mit ständigen Kopfschmerzen zu plagen. Er hatte nicht die kleine Legion, die er gebraucht hätte, um gegen einen anderen Karcisten zu kämpfen, geschweige denn gegen zwei. Ihm blieb jetzt nur noch die Flucht.

Eine geisterhafte Peitsche knallte und spie grünes Feuer, als sie die Rinde von den Bäumen zu seiner Linken riss. Der Feind hatte ihn eingeholt. Nando gab die Hoffnung auf, Frankreich zu erreichen, drehte sich um und wappnete sich für den Kampf. Seine Feinde bewegten sich wie Gespenster, mehr als ein Dutzend Meter voneinander entfernt.

Sie wollen meine Aufmerksamkeit teilen, folgerte Nando. Mit einem Gedanken schickte er zwei Dämonen, die normalerweise mit Wahrsagerei beauftragt waren, als seine Wachen los. Dann nutzte er die Gaben eines anderen Geistes, um sich unsichtbar zu machen – bestenfalls eine Verzögerungstaktik, aber bei der magischen Kriegsführung zählte jede Sekunde.

Seine Feinde waren nirgends zu entdecken – nichts als ein Wispern, das in der Dunkelheit lauerte.

Er dämpfte seine Schritte mit dem Talent von Aris, einem der Schutzpatrone der Diebe in der Absteigenden Hierarchie. Obwohl der Boden mit trockenen Zweigen und Trümmern übersät war, schlich er darüber hinweg, ohne eine Spur zu hinterlassen oder ein Geräusch zu verursachen.

Sie müssen gesehen haben, wie ich ihren Kurier verfolgt hab. Abgesehen von einem Moment auf den Straßen Stuttgarts hatte er darauf geachtet, stets außer Sicht zu bleiben und sich mit Schutzglyphen zu verbergen. Die Deckung zu verlassen, um den Boten der Thule-Gesellschaft zu seinem endgültigen Ziel zu verfolgen, war ein kalkuliertes Risiko gewesen – eines, das Nando eine Kugel in den Bauch und die Aufmerksamkeit der beiden Feinde eingebracht hatte, die er laut einer Warnung seines Meisters Adair um jeden Preis meiden sollte.

Er durchsuchte die Nacht mit Blicken, während er weiterschlich, um seinen Feinden in die Flanke zu fallen. Sie hatten ihn nicht gerade kampfbereit erwischt, aber er war auch nicht wehrlos. Der stärkste Geist unter seinem Joch war Beleth, ein König der Hölle, bekannt für seine Liebe zur Zerstörung. Nando spürte die Flügel des gefallenen Engels, als wären es seine eigenen. Er schlug zweimal mit ihnen und entfesselte dabei Donnerschläge, die Baumstämme in Splitter verwandelten. Schockwellen durchliefen den zerstörten Wald, wirbelten Staub auf …

Zwei Blitze aus violettem Licht schossen durch den Dunst und trafen Nandos Brust. Sie prallten gegen ihn wie ein angreifender Stier und schleuderten ihn nach hinten. Er stolperte über Wurzeln und spitze Steine.

Ein scharfer, eisiger Schmerz in seiner Brust beraubte ihn seiner Unsichtbarkeit, als er seinen mentalen Einfluss über GLASYA verlor, die in die Unterwelt zurückkehrte, nachdem sie ihre Pflichten erfüllt hatte. Nando betastete die mit Maden übersäte Wunde in seinem Oberkörper und erkannte, dass er vom Speer SAVNOKS niedergestreckt worden war, einem Fürsten der Hölle, der sich daran erfreute, Pestilenz zu verbreiten.

Bewegung, zu seiner Rechten. Er schlug mit einer dämonischen Klinge zu, der keine Rüstung standhalten konnte, aber sie wurde abgewehrt.

Eine flüchtige Gestalt zu seiner Linken. Nando machte die Bäume zu seinen Soldaten. Ihre Gliedmaßen streckten sich aus und ergriffen eine rothaarige junge Frau. In Sekundenschnelle war sie gefangen, ein Eichenast schlängelte sich um ihre Kehle und legte sich über ihren Mund.

Nando befahl den Bäumen: *Reißt sie …*

Ein Feuerball verschluckte ihn.

Es war ein Angriff mit einer Dämonenfackel. Nandos Schreie erfüllten die Luft, aber er konnte sie durch das Tosen des Höllenfeuers nicht hören.

Als die letzte Flammenzunge erloschen war, lag er auf dem Rücken vor seinen Feinden. Die Frau, jetzt frei von den Bäumen, ragte vor ihm auf. Sie strahlte Verachtung aus, ihre kupferfarbene Mähne war so zerzaust, dass sie beinahe wild aussah. Wären ihre blauen Augen nicht von absoluter Boshaftigkeit erfüllt gewesen, hätte Nando sie unvergleichlich schön gefunden.

Ebenso auffallend war ihr Begleiter, ein blonder Mann mit gemeißelten Gesichtszügen. Selbst nach einem Duell im Wald sah er tadellos aus. Seine Schuhe hatten nicht eine Schramme, sein maßgeschneiderter Anzug hatte keine einzige Falte davongetragen. Wenn die Warnungen, die Nando von seinem Meister Adair gehört hatte, wahr waren, musste der Mann vor ihm der oberste Hexer der Nazis sein, Kain Engel.

Kain betrachtete Nando mit überdrüssiger Miene und bedauerndem Blick. »So viel Potenzial. Was für eine Verschwendung.«

Die Frau ballte ihre rechte Hand zur Faust. »Lass mich ihn fertig machen.«

»Nein, Briet. Ich muss das tun.« Unter seinem schwarzen Trenchcoat, auf dessen Revers ein Hakenkreuz prangte, zog Kain ein Athame hervor, ein Messer mit schwarzem Griff, das in der zeremoniellen Magick verwendet wurde. Er kniete sich hin und beugte sich über Nando, dessen geschundener Körper von Zittern geplagt wurde. Er senkte seine Stimme auf eine vertrauliche Lautstärke und sprach in perfektem Spanisch. »Dich und die anderen *Nikraim* als Karcisten auszubilden war schlau. Bisher hat dein Meister Adair nie eine derartige Weitsicht an den Tag gelegt.«

Nando wollte dem dunklen Magicker ins Gesicht spucken, aber sein Mund war so trocken wie Asche und es kostete ihn all seine Kraft zu sprechen. »Ihr werdet uns nicht alle besiegen.«

»Ich habe bereits die anderen fünf getötet, die Adair wie dich ausgebildet hat. Und wenn ich den letzten von deiner Sorte finde, den, der versteckt war, wird dieser Krieg vorbei sein« – er rammte die Klinge mit einer brutalen Drehung in Nandos Herz – »und eine bessere Zukunft kann beginnen.«

2

SEPTEMBER

Der silberne Austin Ten kam langsam vor dem Rekrutierungsbüro der Royal Army zum Stehen. Draußen peitschte der Regen die St. Giles' Street entlang und prasselte auf die Fassaden der Oxforder Stadthäuser ein. Donner ließ die Fenster des chauffierten Autos klappern, als Cade Martin den Griff der hinteren Tür packte.

Sein Vater, Blake Martin, legte Cade die Hand auf den Arm. »Wir sind spät dran, Sohn. Beeil dich.«

»Ich bin zurück, bevor du sagen kannst: ›Chamberlain ist ein Idiot.‹«

Cades Mutter Valerie beugte sich vor, um an ihrem Mann vorbei zu sprechen. »Cade, wir meinen es ernst. Der Sturm überflutet die Straßen. Wir können es uns nicht leisten, das Schiff zu verpassen, es ist …«

»… das letzte, das nach Amerika zurückkehrt. Ich weiß, Mom.« Er öffnete die Tür. Regen durchnässte ihn, als er innehielt, um dem englischen Fahrer seines Vaters zu sagen: »Sorgen Sie dafür, dass sie mich nicht hier zurücklassen.«

»Ich verspreche nichts, Master Cade.«

»Sie sind ein Schatz, Sutton. Ändern Sie sich nie.« Cade flitzte durch die Böen. Nach all den Jahren, die er in England gelebt hatte – zuerst auf einem Internat in London, seit er vierzehn war, und dann die letzten zwei Jahre am Exeter College in Oxford – hatte er angefangen, den trockenen britischen Humor zu bewundern, und er machte sich einen Spaß daraus, anmaßende Spitzen zu verteilen, wann immer es möglich war.

Die Stunden vor der Morgendämmerung in Oxford waren immer dunkel, aber der Sturm machte diesen Morgen doppelt so finster. Trotz Regen, Wind und Düsternis zog sich eine Schlange von Männern die Straße entlang bis zum Rekrutierungsbüro, die alle darauf warteten, sich für den Krieg zu melden, den Deutschland zwei Tage zuvor mit dem Überfall auf Polen ausgelöst hatte. Die meisten der Männer sahen wie Einheimische aus, aber Cade erkannte ein paar von ihnen von verschiedenen Colleges in Oxford. Er ging zu dem einzigen, dessen Namen er kannte. »Claydon! Hast du Miles gesehen?«

Der schlaksige Student zuckte zusammen, als der Wind sich drehte und ihm der Regen ins Gesicht stach.

»Er ist drinnen. Der verrückte Kerl stand an der Spitze der Warteschlange.«

»Scheiße.« Cade schüttelte den Kopf, verärgert über sich selbst. *Wie ich Miles kenne, stand er die ganze Nacht hier draußen, um auf jeden Fall als Erstes reinzukommen.* »Danke, Claydon.« Er eilte die Treppe hinauf und schob sich an der Warteschlange vorbei. Sein Weg wurde von Stirnrunzeln verfolgt, aber er beachtete es nicht. *Die sind doch alle dem Tod geweiht.*

Er stieß die Tür am oberen Ende der Treppe auf und marschierte hinein. Das Foyer war karg eingerichtet, ohne Stühle, Sofas oder andere Annehmlichkeiten. Auf kleinen Tischen lagen Handzettel, auf denen die Tugenden und Belohnungen des Wehrdienstes angepriesen wurden. Ein pausbäckiger Corporal beaufsichtigte alles und hätte um ein Haar sein Klemmbrett fallen gelassen, als er sich beeilte, Cade den Weg zu versperren. »Sir, Sie müssen warten, bis …«

»Entspannen Sie sich, ich bin nicht so dumm, mich zu melden. Ich bin nur auf der Suche nach jemandem, der es ist.« Der Corporal brachte nur unzusammenhängendes Gestammel heraus, als Cade an ihm vorbei- und einen Korridor hinuntereilte.

Von Miles' sattem Bariton angezogen, ging Cade an Porträts von Militäroffizieren vorbei, deren Schnurrbärte wahrscheinlich älter waren als er selbst. An der letzten offenen Tür der Halle blieb er stehen und steckte den Kopf hindurch.

Miles Franklin, sein bester Freund und Kommilitone aus Oxford, saß vor einem Schreibtisch, auf dem jeder Stift, jede Büroklammer und jedes Blatt Papier parallel oder in einem perfekten rechten Winkel zueinander angeordnet war, als hätten die Schreibwaren und Büromaterialien Paradeformation angenommen. Ein Sergeant thronte hinter der Zurschaustellung exakter Ordnung.

Missbilligend runzelte der Mann mit dem sorgfältig gestutzten Schnurrbart die Stirn, als er Cade sah. »Und Sie sind ...?«

Bei dieser Frage drehte Miles sich zu Cade um und strahlte bei seinem Anblick.

»Cade! Bist du zur Vernunft gekommen, alter Junge?«

»Nein, ich bin gekommen, um mit anzusehen, wie du dich von deiner verabschiedest.« An den Sergeant gewandt, fügte Cade mit gespielter Erregung hinzu: »Ich habe noch nie dabei zusehen dürfen, wie ein Mann sein ganzes Leben wegwirft.«

Miles stand auf. »Verzeihen Sie, Sergeant, aber würden Sie meinen Freund und mich für einen Moment allein lassen?«

Der Sergeant stand auf und nahm seine Mütze von einem Ständer in der Ecke. »Also schön, Mr. Franklin. Eine Minute.« Er verließ den Raum und hielt nur inne, um Cade mit zusammengezogenen Augenbrauen einen Blick zuzuwerfen, der der Verachtung des Sergeants mit respektlosem Lächeln begegnete.

Miles baute sich vor Cade auf. »Was wird das hier?«

Cade überlegte, dass sie auf andere wie ein Paar ungleicher Socken wirken mussten.

Cade trug die Art von Anzug und Krawatte, wie es von Oxford-Studenten erwartet wurde, doch an ihm sahen die Sachen wie eine schlechte Verkleidung aus, während Miles ein Händchen für Mode hatte. Außerdem war Cade blass und sah durchschnittlich aus, während Miles eine ebenholzfarbene Haut und königliche Gesichtszüge besaß. Sogar ihre Stimmen waren ein Sinnbild für Kontrast.

Cade war überzeugt, dass sein amerikanischer Akzent neben Miles' englischem Bariton tölpelhaft klang. »Verdammt, Miles. Ich kann nicht glauben, dass du Oxford mit einem halben Abschluss verlassen willst, nur um der Armee beizutreten.«

»Glaube es.« Schalk funkelte in Miles' Augen. »Du kannst das auch.«

»Es ist nicht mein Krieg.«

»Da spricht dein Vater aus dir.« Er legte Cade die Hand auf die Schulter. »Komm mit mir! Die Armee sieht es gerne, wenn Yanks sich melden.«

»Ja, aber sie nehmen keine Gentlemen wie dich.«

»Wie mich?« Er hielt eine braune Hand hoch. »Söhne Afrikas?«

»Du weißt, was ich meine.« Er warf einen Blick über die Schulter, um sicherzugehen, dass der Sergeant nicht zurückgekommen war. »Schwuchteln.«

Miles lachte. »Die Armee missbilligt Verhaltensweisen, aber keine Persönlichkeitsmerkmale. Ich werde schon klarkommen.«

»Willst du für die Dauer des Krieges nur eine Lüge leben?«

»Das werde ich nicht müssen.« Er stieß Cade freundschaftlich an. »Im Gegensatz zu dir weiß ich, wie ich meinen Appetit zügeln kann.«

Seine Neckereien weckten Erinnerungen in Cade an die vielen Nächte, in denen sie die Kneipen von Oxford unsicher gemacht hatten. Sie hatten Geschichten erzählt und Lieder gesungen und jeden, der es wagte, sie beim Dart herauszufordern, dumm dastehen lassen. Es machte Cade traurig, sich vorzustellen, wie sein wunderbarer Gefährte in den Krieg zog – und er fühlte mehr als einen Stich der Scham, dass ihm der Mut fehlte, sich mit ihm zu melden, obwohl er tief in seinem Herzen wusste, dass es das Richtige gewesen wäre. Er maskierte seine Selbstvorwürfe mit Draufgängertum und sagte: »Sag mir, dass du das nicht nur tust, um zu beweisen, dass Oxford-Männer Patrioten sind.«

Miles verbarg seine Enttäuschung nicht. »Ich hatte wirklich gehofft, dass du deine Meinung ändern würdest.«

»Das könnte ich auch von dir sagen.«

Der Sergeant marschierte auf dem Weg zu seinem Schreibtisch zwischen ihnen hindurch. »Wenn Sie beide dann fertig sind?«

Bevor Cade antworten konnte, steckte Sutton, der Chauffeur seines Vaters, den Kopf zur Tür herein und unterbrach ihn. »Verzeihung, junger Herr, aber die Zeit wird knapp.«

»Ich komme.« Traurig darüber, sich von dem Mann zu trennen, den er in den letzten zwei Jahren wie einen Bruder geliebt hatte, konnte Cade nur den Kopf schütteln. »Pass auf dich auf. Und versuch, nicht umgebracht zu werden.«

Miles grinste. »Machst du dir schon Sorgen um mich?«

»So'n Quatsch. Du schuldest mir zehn Pfund.«

Miles stülpte seine leeren Taschen von innen nach außen. »Tut mir leid, Kumpel, ich bin ein bisschen knapp bei Kasse.« Ein einfaches Achselzucken überspielte den Kummer des Augenblicks. »Regeln wir das nächstes Mal?«

Cade umarmte seinen Freund. »Verlass dich drauf.« Sie klopften sich gegenseitig auf den Rücken und trennten sich mit einem Handschlag zum Abschied. Miles kehrte zu seinem Stuhl vor dem Schreibtisch des Sergeants zurück, um seine Einberufungsunterlagen zu vervollständigen, während Sutton Cade aus dem Rekrutierungsbüro führte.

Draußen peitschte der Regen über die Straße und Blitze zuckten über den Himmel. Der Austin Ten stand im Leerlauf auf der Straße, seine Scheinwerferstrahlen bohrten sich durch den Sturm, der alles in schwere Vorhänge aus Regen hüllte.

Während Sutton vorausḥuschte, um Cade die hintere Tür des Austin Ten zu öffnen, hörte Cade Dampfpfeifen – die klagenden Schreie von Zügen, die an der Oxford Station vorbeifuhren, fast einen Kilometer entfernt.

Selbst vom abgeschiedenen Fellows' Garden in Exeter aus hatte Cade die Züge rumpeln hören. Auf Anordnung der Regierung Seiner Majestät waren in den vergangenen zwei Tagen Zehntausende von Kindern und Jugendlichen aus allen Schichten der Gesellschaft aus den städtischen und industriellen Regionen Süd- und Mittelenglands in die trügerische Sicherheit des ländlichen Nordens evakuiert worden.

Cades düstere Gedanken wurden durch eine Hand auf seinem Arm unterbrochen. Ein älterer Mann mit einem aschfahlen drahtigen Bart und schottischem Akzent hielt ihn auf halbem Weg an.

»Cade Martin?«

Er beäugte den Fremden misstrauisch. »Kenne ich Sie?«

»Ich bin hier, um Sie zu rekrutieren für ...«

»Nein, danke.« Cade hielt weiter auf den Bürgersteig zu.

Er kam nur einen Schritt weit, bevor der Fremde mit dem irren Blick ihn am Kragen packte. »Ich bin noch nicht fertig, Mr. Martin. Der Krieg *braucht* Sie.«

»Fassen Sie mich nicht an!« Cade wand sich aus dem Griff des Schotten. »Ich weiß nicht, wer Sie sind, aber was auch immer Sie verkaufen, ich will nichts damit zu tun haben. *Dies ist nicht mein Krieg*. Begreifen Sie das?«

Wieder ging Cade weiter. Er schaffte es bis zum Bürgersteig, bevor der Fremde ihn einholte. »Wenn Sie weglaufen, bringen Sie jeden in Ihrer Nähe in Gefahr.« Das ließ Cade stehen bleiben und er drehte sich um, als der Mann hinzufügte: »Einschließlich Ihrer Eltern.«

Bevor Cade eine Erklärung verlangen konnte, stürzte sein Vater Blake aus dem Austin Ten und stellte sich zwischen Cade und den Fremden. »Steig in den Wagen, mein Sohn.«

»Dad, was ist ...?

»Steig ins Auto!«

Cade wich vor der Konfrontation zwischen seinem Vater und dem älteren Mann zurück. Er ging in Richtung des Austin Ten und hörte gerade noch, wie sein Vater den Fremden warnte: »Sprechen Sie *nie wieder* mit meinem Sohn.«

Der Schotte klang verzweifelt. »Es ist zu spät, Blake. Er kann sich nicht ewig verstecken.«

»Möglich. Aber er geht nicht mit dir mit.« Cades Vater schubste den älteren Mann, der nach hinten stolperte und auf dem Bürgersteig zusammensackte. Cade war von dessen Misere wie hypnotisiert, bis sein Vater sich in Bewegung setzte, Cades Arm nahm und ihn zum Auto schleppte.

Trotz des Regens stieg Cade ein seltsamer Hauch von Schwefel in die Nase, als er und sein Vater zum Austin Ten eilten. Cade verzog bei dem Geruch das Gesicht und warf einen Blick zur anderen Seite der Straße. Dort sah er einen weiteren Fremden, der ihn anstarrte: ein blasser, braunhaariger Mann von ungefähr dreißig Jahren, der einen sorgfältig gestutzten Knebelbart – eine Kombination aus Schnurr- und Ziegenbart –, einen dunklen Anzug und einen Filzhut trug. Der Mann folgte jedem einzelnen von Cades Schritten, machte aber keinen Versuch, sich ihm zu nähern; er stand nur mit den Händen in den Taschen da und strahlte reine Bosheit aus.

Cades Vater drängte ihn auf den Rücksitz des Autos, nahm ihn in die Mitte zwischen sich und Cades Mutter und schnauzte dann Sutton an: »Los!«

Entweder vom Instinkt oder von der Angst getrieben, warf Cade einen Blick aus dem Heckfenster des Autos. Der ältere Mann lag immer noch auf dem Bürgersteig, aber der Fremde mit dem Filzhut war verschwunden.

Der Austin Ten setzte sich in Bewegung und raste davon. Sein Fahrgestell rumpelte und klapperte auf dem Weg über die mit Steinen gepflasterten Straßen Oxfords, während der Regen auf die Windschutzscheibe prasselte.

Cade saß eingeklemmt zwischen seinen Eltern da und spürte eine Welle der Beunruhigung wegen der Auseinandersetzung auf der Straße. »Dad ... wer war das?«

»Niemand, um den du dir Sorgen machen müsstest.«

»Was meinte er damit, als er sagte, ich könne mich nicht ewig verstecken?«

»Vergiss ihn einfach, Cade.«

Cades Eltern wechselten geheimnisvolle Blicke. Seine Mutter versuchte, ihre Sorge mit einem nervösen Lächeln zu überspielen. »Versuch zu schlafen, mein Schatz. Wir werden dich in Liverpool wecken.«

Die sturmgepeitschte Landschaft huschte verschwommen vorbei. Oxfords Vorstädte wichen nach weniger als dreißig Minuten Fahrt einer ländlichen Gegend. Beim Blick aus dem Heckfenster sah Cade nur noch Abgaswolken, als wäre seine Vergangenheit ausgelöscht worden.

Er fühlte sich wie hypnotisiert von dem Dröhnen der Straße. Das Prasseln der Regentropfen auf dem Dach, das Geräusch der Reifen auf dem nassen Asphalt und das Schnurren des Motors lullten Cade ein. Sein Verstand protestierte gegen den Gedanken an Schlaf, aber seine Augen schlossen sich wie von selbst.

Na gut, einen Moment. Nur ein paar Minuten ausruhen …

Cade schreckte aus dem Schlaf auf und blinzelte ins trübe Morgenlicht.

Das Auto hatte angehalten und er war allein auf dem Rücksitz. Seine Augen gewöhnten sich an die Helligkeit, während er sich umsah. Der Austin Ten war neben einem überfüllten Dock geparkt worden, wo ein riesiger Dampfer vor Anker lag. Der Kofferraum war offen. Stämmige Hafenarbeiter zogen das Gepäck der Martins aus dem Auto und trugen es zur Landungsbrücke des Schiffs.

Seine Eltern standen vor dem Auto und sprachen mit Sutton.

Cade stieg aus dem Auto. Die schwüle Hitze, gemischt mit dem Gestank der Ebbe, ließ ihn die Luft im Auto vermissen, in dem es nach sauberem Leder und süßem Pfeifentabak roch.

Sein Vater schüttelte Suttons Hand. »Es tut mir leid, dass ich nicht mehr als eine Wochenabfindung anbieten kann, nach all den Jahren, die Sie uns gedient haben.«

Sutton winkte ab. »Nicht der Rede wert, Mr. Martin.«

»Da bin ich anderer Meinung.« Cades Vater reichte dem Fahrer ein gefaltetes Stück Papier. »Das ist die Besitzurkunde des Autos. Ich habe es auf Ihren Namen überschrieben. Nennen Sie es ein Abschiedsgeschenk.«

»Sehr großzügig, Sir«, sagte Sutton sichtlich bewegt. »Ich werde es in bester Ordnung halten, bis Sie zurückkehren.« Er warf Cade einen Blick zu und tippte sich an die Kappe. »Gute Reise, junger Herr.«

Cade winkte Sutton zum Abschied zu, dann wurde er von seinen Eltern über das Dock und die Landungsbrücke des Dampfers *Athenia* geführt.

Ein Steward mit schwieligen Händen und Edinburgh-Akzent kam ihnen auf dem Hauptdeck entgegen. »Hier entlang, Herrschaften!« Mit dem wankenden Gang eines Mannes, dessen seefeste Beine nicht wussten, was sie an Land tun sollten, führte er sie unter Deck zu ihrer Kabine. Drei Hafenarbeiter, beladen mit ihrem Gepäck, stapften hinter ihnen her.

Ihre Kabine war ein ordentlicher Raum, der durch das Gepäck beengt wurde, das die Träger wahllos stapelten. Der Steward bemerkte die Bestürzung der Familie, lächelte und tippte sich an seine Mütze. »Es ist klein, aber sehr privat. Es gibt sogar ein Bullauge irgendwo da drin!«

Cades Mutter tat ihr Bestes, um höflich zu sein. »Wie luxuriös. Ich danke Ihnen.«

Ein peinliches Schweigen machte deutlich, dass der Steward ein Trinkgeld erwartete. Cades Vater drückte dem Mann ein paar Schillinge in die Hand, dann schloss er die Tür. »Ich brauche einen Drink. Valerie, wo ist mein Flachmann?«

»In deinem Schrankkoffer, wo du ihn hingetan hast.«

Das Schiffshorn dröhnte und ließ das Deck mit seinem Klang erzittern. Cade drückte sich mit dem Rücken an eine Wand, während seine Eltern mit ihrem Gepäck und miteinander rangen, um den Flachmann seines Vaters zu finden. An einem anderen Tag hätte Cade ihre Marotten vielleicht amüsant gefunden, aber die Kabine war zu eng, als dass er sich darin wohlfühlen konnte. Er öffnete die Tür. »Ich gehe nach oben und sehe mir das Ablegemanöver an.«

Seine Ankündigung trug ihm einen besorgten Blick seines Vaters ein, aber seine Mutter antwortete zuerst. »In Ordnung, mein Lieber. Wenn wir hinausgehen, lassen wir ein Licht für dich an.«

»Danke, Mom.«

Cade machte sich auf den Weg nach oben aufs Hauptdeck. Von dort aus blickte er auf die dunstverhangenen Dächer von Liverpool hinaus. Hunderte von Passagieren drängten sich an der Reling des Schiffs. Die meisten von ihnen winkten und warfen den wimmelnden Massen auf dem Dock unter ihnen Küsse zu. Andere starrten in die Ferne, als fürchteten sie, sie könnten England nie wiedersehen – zumindest nicht das England, das sie kannten.

Die Mannschaft machte die armdicken Taue des Schiffs los. Klirrende Ketten und brummende Motoren kündigten an, dass der Anker gelichtet wurde, und das Horn der *Athenia* war so laut, dass Cade zusammenzuckte. Ein tiefes Grollen pflanzte sich durch den Rumpf fort und das Schiff wälzte sich träge hinaus aufs Meer.

Eine Brise bot flüchtige Erleichterung von der Schwüle. Cade erwog, zum Bug zu gehen, um Ausblick auf den offenen Ozean zu haben – bis er jemanden auf dem Dock entdeckte, der ihn anstarrte.

Der stumme Fremde, der vor dem Rekrutierungsbüro gestanden hatte.

Als wäre er immun gegen die Hitze, trug der blasse Mann immer noch seinen Anzug und seinen Filzhut. Selbst aus mehreren Dutzend Metern Entfernung spürte Cade seinen bohrenden Blick. Wer auch immer der Mann war, was auch immer er wollte, es war kein Zufall, dass er hier war.

Vielleicht sollte ich Dad auf ihn hinweisen. Cade wandte sich um, um zur Kabine zu eilen, aber dann fragte er sich, ob er seiner eigenen Fantasie zum Opfer gefallen war. Er schaute zurück; der Fremde war verschwunden. Ob er in der Menge abgetaucht war oder sich in Luft aufgelöst hatte, konnte Cade nicht sagen.

Ich schätze, es spielt keine Rolle. Solange er bloß weg ist.

Cade ging nach achtern. Einsame Stunden vergingen, während er vom Heck der *Athenia* aus die schwindende Küste anstarrte.

Er verdrängte alle Gedanken an Miles, der geradewegs in die Gefahr hineinmarschierte, und an den merkwürdigen Fremden auf dem Dock, während er zusah, wie England allmählich hinter dem Horizont verschwand.

Leb wohl, Britannia, dachte er düster. *Ich schätze, wir sehen uns wieder, wenn der Krieg vorbei ist.*

Mit einer Handbewegung warf er ein Streichholz in das leere Treibstofffass. Die Flammen schossen fauchend nach oben und die Hitze stach Siegmar Tuomainen ins Gesicht.

Er trat zurück, um zu verhindern, dass das Feuer seinen Bart versengte, aber er achtete darauf, den Doppelkreis nicht zu berühren, den er mit Kreide um das Fass gezeichnet hatte. Er hatte es hinter dem Fuhrpark der Docks gefunden, wo es vor neugierigen Blicken sicher war. Zwischen die konzentrischen Ringe hatte er Glyphen gezeichnet, damit seine Feinde nicht auf diese kleine Magick aufmerksam werden konnten. Außerhalb des größeren Kreises hatte er die astrologischen Zeichen in ihrer Reihenfolge im Tierkreis geschrieben. Die Zwillinge befanden sich im Norden.

Aus seiner Tasche nahm er ein verknotetes Baumwolltuch, das mit Steinsalz gefüllt war, und exorzierte Merkur-Weihrauch aus schwarzem Nelkenpulver. Er warf es ins Feuer. Goldene Funken sprühten aus der Glut und die Hitze des Tages wurde von einer unirdischen Kälte vertrieben.

Siegmar streckte seine Hand in den Strahl aus Feuer und Phosphor und murmelte die Beschwörungsformel für die Fernkommunikation: *»Exaudi. Exaudi. Exaudi.«*

Flammenzungen wanden sich, verschmolzen dann und enthüllten das Gesicht von Kain, seinem Meister in der Kunst. Siegmar senkte den Kopf. »*Ave,* Meister.«

Kain sprach in Silben aus Asche und Schatten. »Ave. *Was gibt es Neues?«*

»Ich konnte ihn nicht mehr rechtzeitig erreichen. Er war gegen Angriffe geschützt.«

Ein ernstes Nicken. »Wie wir befürchtet hatten. Wo ist er jetzt?«

»Auf einem Schiff mit seinen Eltern. Die *Athenia.* Sie hat Liverpool um 3 Minuten nach 1 Uhr mit Kurs Richtung Nordamerika verlassen.«

»Das haben Sie gut gemacht. Kehren Sie zur Wewelsburg zurück. Wir haben viel zu tun.«

»Was ist mit dem Jungen?«

Durch die Flammen hindurch war ein mattes Lächeln zu sehen. *»Er ist auf See. Es gibt kein Entkommen mehr.«*

3

Sechsunddreißig Stunden Übelkeit und eine unruhige Nacht hatten Cade daran erinnert, wie sehr er Seereisen hasste. Besatzungsmitglieder der *Athenia* hatten ihm versichert, dass der Ozean ruhig und das Wetter schön sei, aber sein Magen bestand darauf, dass sie logen. Die Seekrankheit hatte ihm innerhalb weniger Stunden nach dem Auslaufen des Schiffes den Appetit geraubt – ein Umstand, der ihm wie ein Segen vorkam, als er die Mahlzeiten sah, die im Speisesaal serviert wurden.

Ich liebe die Engländer, aber ich hasse ihre Küche.

Er stand auf dem Promenadendeck, umklammerte mit weißen Knöcheln die Backbordreling und kämpfte gegen den Drang an, sich zu übergeben. Die Seeluft half ihm, den Kopf frei zu bekommen. Im Süden färbte sich der Himmel dämmrig rosa und die Sonne sank vor der westwärts fahrenden *Athenia* dem Horizont entgegen.

Schritte überquerten das Deck hinter ihm und kamen näher. Cade war nicht in der Stimmung, es seinem Vater leicht zu machen, deshalb tat er so, als würde er ihn nicht bemerken.

Sein Vater trat rechts neben Cade an die Reling. »Du hast das Abendessen eilig verlassen. Fühlst du dich gut?« Er sah, wie Cade den Kopf schüttelte. »Hm. Du bist ein bisschen grün im Gesicht. Vielleicht kann dir der Schiffsarzt etwas Natron geben. Das beruhigt deinen Magen.«

»Du willst meinen Magen beruhigen? Dann wirf den Koch über Bord.«

Einen Moment lang bewunderten sie den Sonnenuntergang. Sein Vater stopfte seine Bruyèrepfeife mit süßem Cavendish-Tabak und schaute dann zum Horizont. »Es gibt da etwas, worüber wir reden sollten, mein Sohn.« Seine Heiterkeit verwandelte sich in Scham. »Eine Wahrheit, die ich dir schon viel zu lange vorenthalten habe.«

Cade hatte seinen Vater noch nie so reden hören. »Die Wahrheit über was?«

Er riss ein Streichholz an der Reling an, zündete seine Pfeife an und füllte die Luft mit Aromen von Kirsche und Bourbon. »Entscheidungen, die ich getroffen habe, bevor du geboren wurdest. Bürden, die du tragen musst, weil ich dich dazu verdammt habe.«

»Dad, ich weiß, ich hab mich über das Internat beschwert, aber so schlimm war es wirklich nicht.«

»Du tust immer gerne so, als sei alles ein Witz, aber das hier ist ernst, Cade. All die Jahre ... Ich hätte dich ausbilden sollen.«

»Du unterrichtest Geschichte und Mom ist Chemikerin. In was willst du mich ausbilden? Alchemie?«

»Verdammt, Cade! Hör nur ein einziges Mal in deinem Leben zu! Ich muss dich auf das vorbereiten, was auf dich zukommt, bevor es zu spät ist. Ich hätte dir schon vor Jahren die Wahrheit sagen sollen, aber deine Mutter und ich hatten Angst.« Er starrte auf seine Schuhe. »Du bist alles, was wir haben. Wir wollen dich nicht verlieren.«

Plötzlich war Cade hellwach und begann, die Angst seines Vaters zu teilen. »Dad ... wovon redest du? Was *genau*, glaubst du, wird kommen? Und was hat das mit mir zu tun?«

Gerade als sein Vater den Mut aufbrachte, etwas zu erwidern, hörten sie Flügelschlag über ihren Köpfen. Sie schreckten vor einem großen schwarzen Vogel zurück. Er landete auf dem Geländer und drehte sich zu ihnen um. Cade bestaunte die Kreatur, deren Augen eine hypnotische Kraft ausstrahlten. »Ist das eine Krähe?«

Sein Vater starrte den Vogel entsetzt an. »Ein Rabe.« Er schlug nach dem Vogel. »Husch! Verschwinde!«

Der Rabe flatterte mit den Flügeln, hackte mit dem Schnabel nach seiner Hand und stieß ein durchdringendes Krächzen aus. Dann sagte er mit schnarrender Stimme: »Rettungsboot!«

Entsetztes Schweigen. Cade wich vor dem Raben zurück. »Dad … der Vogel hat gesprochen.«

»Geh unter Deck, mein Sohn.«

»Raben sprechen nicht. Papageien sprechen. Mainavögel sprechen. Sogar Stare. Aber nicht …«

»Rettungsboot!«, krächzte der Rabe.

Schiere Panik schien Cades Vater ergriffen zu haben. Er zeigte nach vorne, in Richtung der Luke. »Geh zum Speisesaal! Finde deine Mutter, bring sie …«

»Warum sagt er immer ›Rettungsboot‹?«

»Finde einfach deine …« Seine Stimme erstarb, als sein Blick an dem Vogel vorbei auf das Meer fiel. Cade trat an die Reling und sah, was seinen Vater in den Bann gezogen hatte: eine gerade Linie, die weißen Schaum unter den Wellen aufsprudeln ließ – und direkt auf die *Athenia* zusteuerte.

Ein Torpedo.

Sein Herz hämmerte und er packte den Mantel seines Vaters. »Dad, komm schon!«

Es blieb keine Zeit zum Weglaufen. Die Explosion war lauter als ein Donnerschlag. Ein Schwall eisiger Gischt ergoss sich über sie, als sich die *Athenia* abrupt nach Steuerbord neigte, weg von der Explosion, und sie nach hinten taumeln ließ, bis sie gegen die Deckaufbauten prallten. Ein Feuerball stieg aus dem hinteren Teil des Schiffs gen Himmel, das mit Wucht nach Backbord zurückkippte, sodass sie gegen die Reling geschleudert wurden.

Cade verlor den Halt und wäre beinahe über die Reling gestürzt. Sein Vater ließ seine Pfeife fallen und erwischte Cades Arm. »Halt dich fest, mein Sohn!«

Das Schiff landete mit Schlagseite nach Backbord wieder auf seinem Kiel. Ein durchdringender Alarm ertönte und die Besatzung eilte auf ihre Gefechtsposten. Der Rabe war nirgends zu sehen, als

Cades Vater ihn von der Reling wegzog und ihm den Weg nach vorne wies.

»Geh zu einem Rettungsboot!«

»Was ist mit Mom?«

»Ich werde sie finden! Geh!«

Er folgte seinem Vater. »Ich bleibe bei dir!«

Die Stimme des Kapitäns dröhnte aus den Lautsprechern auf dem Schiffsaufbau: »An alle Passagiere, hier spricht der Kapitän: Verlassen Sie das Schiff. Begeben Sie sich auf das Hauptdeck und steigen Sie in die Rettungsboote.«

Cades Vater spannte sich an und wollte widersprechen, dann änderte er seine Meinung. »Bleib dicht bei mir.«

Sie stolperten über das schräge Deck und kämpften um ihr Gleichgewicht. An der Luke stießen sie mit einer Flut von Körpern zusammen – die erste Welle flüchtender Besatzungsmitglieder und Passagiere auf dem Weg nach oben. Panische Schreie erfüllten die Luft, als eine weitere Explosion das Schiff von innen erschütterte und die Lichter erlöschen ließ. Angst wallte in Cade auf und verursachte eine Übelkeit, die schlimmer war als alles, was das Meer bewirken konnte.

Sein Vater bahnte sich mit dem Ellbogen den Weg durch den Korridor. Cade folgte ihm und schlängelte sich durch die Menge, um sicherzustellen, dass er und sein Vater nicht getrennt wurden. Sie stürmten die vordere Treppe hinunter, nur um von einer Wand aus schwarzem Rauch aufgehalten zu werden, der nach Motoröl und Dieselkraftstoff stank.

Ein jüngerer Offizier drückte ihnen seine Handflächen gegen die Brust und hielt sie auf. »Gehen Sie zurück!«

Cade betäubte den Mann mit einem Schlag ins Gesicht, dann folgte er seinem Vater an ihm vorbei.

Der Rauch stach Cade in die Augen und brannte in seiner Kehle. Er hustete und spuckte die Treibstoffrückstände in seinem Mund aus, während er sich abmühte, mit seinem Vater Schritt zu halten. Fliehende Passagiere strömten auf beiden Seiten an ihnen vorbei. Dann rannte jemand direkt in sie hinein.

Anstatt sie wegzustoßen, umarmte Cades Vater die Gestalt in der Dunkelheit.

Cade blinzelte und erkannte das Profil seiner Mutter. »Mom!«

Sie ließ Blake los, um Cade zu umarmen, gab ihm einen Kuss auf die Wange und setzte sich dann in Bewegung. »Mir geht's gut! Los!« Sie folgten der Evakuierung bis zum Promenadendeck und reihten sich in die Schlange für die Rettungsboote ein, die über zwei Treppen zu einer Einstiegsplattform über dem Hauptdeck hinaufreichte.

Die Schiffsbesatzung an der Spitze der Reihe tat ihr Bestes, um die Dinge unter Kontrolle zu halten, aber Cade konnte die Anweisungen der Offiziere wegen der schreienden Passagiere, die darum wetteiferten, den sinkenden Cunard-Liner als Erste zu verlassen, kaum hören.

»Haben Sie Geduld, meine Damen und Herren!«, rief ein Lieutenant. »Wir haben Rettungsboote für alle und es bleibt genug Zeit, sie zu Wasser zu lassen! Bleiben Sie ruhig!« Seine Worte beruhigten die Menge, bis das Schiff nach hinten kippte und die Wellen des Nordatlantiks über das Achterdeck schwappten.

Die Schlange drängte vorwärts, nur um gleich wieder zurückzuweichen, als der ranghöchste Offizier seine Waffe zog. »Ruhe!« Der Lieutenant schwang seine Pistole. »Sie gehen an Bord, wenn wir es Ihnen verdammt noch mal sagen!« Er warf einen Blick auf seine Mannschaft, die mit den verhedderten Tauen des ersten Bootes und einem rostigen Kranarm herumfuchtelte. »Schneller!« Er richtete seinen Revolver auf die heranstürmenden Massen. »Sie gehen nach Kabinenzuteilung an Bord! Passagiere der ersten Klasse nach vorne!«

Buhrufe und Proteste erfüllten die Luft.

Eine alte Dame schrie: »Frauen und Kinder zuerst!«

Der Tumult verstummte mit dem Knall eines Schusses. Der Lieutenant stand mit der Pistole in den Himmel gerichtet, Rauch stieg aus der Mündung auf. »Passagiere der ersten Klasse! Sofort einsteigen!«

Cades Vater zog ihn und seine Mutter nach vorne. »Wir sind dran.«

Die Bewohner der Touristen- und Zwischendeckklasse verfolgten Cade, seine Eltern und die anderen Passagiere der ersten Klasse mit bösen Blicken, während sie sich von Verwünschungen verfolgt einen Weg zum Anfang der Schlange bahnten. Eine junge Frau drückte einen Säugling an ihre Brust und betrachtete Cade mit vor Entsetzen geweiteten Augen, als er und seine Eltern die Stufen zu den Rettungsbooten hinaufstiegen.

Vor ihnen wurde das Beladen des ersten Rettungsboots beendet, eine Gruppe nervöser Passagiere saß zwischen zwei jungen Besatzungsmitgliedern der *Athenia*, je einem am Bug und am Heck des Boots. Cade und seine Eltern beobachteten, wie das Boot ausgesetzt wurde, und Cade wurde klar, dass es eher ein Fluch als ein Segen sein könnte, zu den Ersten zu gehören, die das Schiff verließen.

Verhedderte Seile und schlechtes Timing beim Ausschwenken des Kranarms ließen das Boot kippen.

Die vornehme Gesellschaft klammerte sich aufheulend an Sitze und Reling, um nicht über Bord geworfen zu werden. Ihre weniger wohlhabenden Mitreisenden, die sich noch auf der *Athenia* befanden, kicherten über die missliche Lage der feinen Pinkel.

Das Gelächter verstummte, als die Seile sich lösten und das Rettungsboot außer Kontrolle geriet. Es richtete sich gerade noch rechtzeitig auf, bevor es auf den Wellen aufschlug, aber es landete hart, und das aufspritzende Wasser des Aufpralls ergoss sich über die Menge an Deck.

Über ihnen bellten Offiziere Befehle im Seemannsjargon an die Mannschaften, die für das Aussetzen zuständig waren. Die meisten der Begriffe ergaben für Cade keinen Sinn, aber die Zusammenfassung des Lieutenants war leicht zu verstehen: »Baut keinen Mist mehr, ihr Bastarde! Lasst noch ein Boot fallen und ich erschieße jeden einzelnen von euch!« Er richtete seinen Zorn wieder auf die Passagiere auf der Treppe.

»Weiter geht's!« Die Schlange hastete vorwärts. Er zeigte auf die Martins, als sie sich dem oberen Ende der Treppe näherten. »Sie drei! In den Bug!«

Cade stand eingezwängt zwischen seinen Eltern, als ihnen die letzten Plätze am Bug des zweiten Rettungsbootes zugewiesen wurden. Seine Mutter ging zuerst an Bord. Cade fragte sich, ob sein Vater versuchen würde, seinen Platz jemand anderem zu überlassen, aber seine Illusionen über väterliche Ritterlichkeit zerschlugen sich, als sein Vater sich links von ihm auf die schmale Sitzbank setzte. »Halt dich fest, mein Sohn«, sagte sein Vater.

Die beiden dem Rettungsboot zugeteilten Besatzungsmitglieder bereiteten sich auf das Aussetzen vor. Cades Mutter schlang ihre Arme um ihn, als könnte sie ihn vor der Inkompetenz der Mannschaft schützen. Die Seile wurden gespannt und das Boot schwankte, als es vom Oberdeck gehoben wurde. Die Mannschaft schwenkte den Kranarm über die Backbordseite, um es über das Wasser zu bringen. Cades Mutter küsste ihn auf die Wange. »Schließ deine Augen, mein Schatz.« Als er in ihre tränenverschmierten Augen blickte, merkte er, dass sie eher nach Mut suchte, als ihm welchen anzubieten.

Flaschenzugräder quietschten, als die Schiffsbesatzung sich abmühte, das Boot zu Wasser zu lassen. Das Rettungsboot war auf halbem Weg nach unten, da rutschte jemandem das Seil aus der Hand und sie gerieten in freien Fall. Cades Magen sprang ihm in die Kehle und allein die Tatsache, dass er leer war, hielt ihn davon ab, mehr als nur Säure zu spucken. Der Sturz endete mit einem Ruck. Eiskaltes Wasser explodierte über die Reling und durchnässte ihn und alle anderen an Bord. Das Donnern des Ozeans dämpfte die Geräusche der Panik an Bord der *Athenia*, bis Cade und der Rest der wenigen Glücklichen im Rettungsboot auftauchten und nach Luft schnappten.

»Jemand muss mit dem Ausschöpfen beginnen«, rief das Besatzungsmitglied im hinteren Teil des Rettungsbootes.

Das Besatzungsmitglied am Bug sagte: »Ruder ausbringen! Fangt an zu rudern, bevor das nächste Boot ausgesetzt wird!«

Die Passagiere des Rettungsboots gerieten sich gegenseitig in die Quere, während sie versuchten, die Ruder in den Halterungen zu befestigen, damit sie sich aus dem Landebereich entfernen konnten. Einige Männer in der Mitte des Bootes ruderten, während der Mann am hinteren Ende das Boot in Richtung des halb versunkenen Hecks der *Athenia* steuerte.

Cade starrte entsetzt auf die Wunde, die der Torpedo in den Schiffsrumpf gerissen hatte. Der klaffende Riss im hinteren Teil des Schiffes schluckte Seewasser und stieß Rauch aus. Auf den unteren Decks breiteten sich Brände aus, die in der zunehmenden Dämmerung aufglühten, bevor sie nach und nach überflutet wurden.

Hinter ihnen startete ein weiteres Rettungsboot. Es fiel mit dem Bug voran und durchbohrte die Oberfläche wie ein Pfeil. Schreckensschreie durchdrangen die Luft, um dann vom Meer erstickt zu werden.

Die *Athenia* rollte noch weiter nach Backbord und schleuderte ein Dutzend Leute über die Reling in die schäumenden Wellen. Ihr Heck sank mit einem Stöhnen tiefer, das Cade einen Schauer über den Rücken jagte.

Nachdem sie das sinkende Schiff hinter sich gelassen hatten, ruderten die Männer noch angestrengter. Sie folgten dem ersten Boot, das einige Dutzend Meter vor ihnen war und umrundeten das Heck in Richtung Norden, um hinaus aufs offene Meer zu gelangen. Cades Vater fragte den Mann am Bug: »Sollten wir nicht in der Nähe des Schiffs bleiben?«

»Wir müssen vermeiden, dass wir mitgerissen werden, wenn sie sinkt«, erklärte das Besatzungsmitglied über das dumpfe Knarren der Ruder hinweg. »Vertrauen Sie mir, wir wissen, was wir ...«

Das Boot schwankte.

Der Mund von Cades Mutter bebte und klappte auf, aber es kamen keine Worte heraus. Sie deutete am Bug vorbei aufs offene Meer und sein Vater verkrampfte sich. Cade versuchte angestrengt zu erkennen, was sie derart in Panik versetzt hatte.

Vor dem Boot gähnte ein Strudel.

Das war keine gewöhnliche Wirbelbildung; Cade spürte, dass etwas Unnatürliches an der Geschwindigkeit war, mit der sich sein Schlund ausdehnte und in der Tiefe versank.

Innerhalb von Sekunden kippte das erste Rettungsboot über seinen Rand und verschwand. Geisterhaftes Licht waberte in dem Wirbel und ein kalter Gifthauch strömte aus seinen Eingeweiden.

Cades Vater schreckte vor dem Gestank zurück. Dann schoss ein Tentakel aus dem Strudel, riss das Mannschaftsmitglied vom Bug und zerrte es schreiend in die Tiefe.

»LEVIATHAN!«, zischte Cades Vater, als sei der Name ein Fluch – und dann war er nicht länger der gelehrte Cambridge-Professor, den Cade immer gekannt hatte.

Jetzt hatte er die Augen eines Mörders. Er stand auf, stützte sich mit einem Fuß auf den Bug, griff unter seine Jacke und zog einen verdrehten Stab aus geschnitztem weißem Holz hervor.

»Valerie! Bleib unten!«

Cade starrte ungläubig den Zauberstab an. *Was zum Teufel macht er da?*

Sieben riesige Tentakel brachen aus dem Strudel hervor und schlugen nach dem Rettungsboot.

Sie wurden nur durch Feuerdolche in Schach gehalten, die der Zauberstab ausspie, während Cades Vater in heiserem, verstümmeltem Latein brüllte: *»Vindicta! Morietur, et draconi!«*

Die anderen Passagiere ruderten mit hektischen Schlägen, verzweifelt darum bemüht, so viel Abstand wie möglich zwischen sich und die um sich schlagenden Tentakel zu bringen. Aus dem Zauberstab von Cades Vater schossen Blitze, die die schwarzen Glieder der Tiefe eines nach dem anderen einschüchterten, und Blake rief: *»Transferam vos!«*

Magie? Monster? Cades rationales Weltbild implodierte: *Das kann nicht real sein …*

Ein riesiger Arm schlug neben dem Rettungsboot ein und verursachte eine Welle, die das Gefährt mit dem breiten Boden wie ein Spielzeug durch die Luft schleuderte. Es landete schräg und das Besatzungsmitglied am Heck wurde über Bord geschleudert. Wasser schwappte über die Passagiere und stieß Cades Mutter in seine Arme. Sie schüttelte den Kopf und spuckte einen Mundvoll Salzwasser aus.

»Mom! Geht es dir gut?« Er wartete, bis seine Mutter nickte, dann wandte er sich nach hinten.

Der Rest der Passagiere stolperte übereinander, um das Heck des Rettungsbootes zu erreichen. Er packte eines der Ruder und riss es aus seiner Halterung. Er hielt es wie einen Kampfstab, wirbelte herum und stellte sich neben seinen Vater.

Seine Mutter sprang auf und griff nach seinem Mantel. »Was hast du vor?«

»Ich helfe Dad!« Er schwang sein Ruder wild gegen die Tentakel, die über ihm wogten.

Sie versuchte, ihn hinunterzuziehen. »Nein, Cade! Tu's nicht!«

»Mom, er braucht mich!« Er schlug nach einem Tentakel, der nach seinem Vater peitschte, doch das Blatt seines Ruders zerbrach daran.

Sie umklammerte Cades Mantel mit der Faust. »Du weißt nicht, was du ...«

Ein weiterer Tentakel schoss aus dem Wasser, wickelte sich um ihren Oberkörper und riss sie fort, bevor Cade zuschlagen konnte. »Mom!«

Sein Schrei ließ den Kopf des Vaters herumfahren. Der ältere Martin drehte sich schwungvoll um und schleuderte Feuerstacheln auf den Tentakelarm, der seine Frau hielt. *»Occidere monstrum!«*

Eine erdrückende Kraft legte sich um Cades Taille und Brust. Das zerbrochene Ruder fiel ihm aus der Hand und er schrie. Sein Verstand leerte sich vor Angst, als ein Tentakel ihn in die Luft hob, hoch über das Rettungsboot, außerhalb der Reichweite seines Vaters. Der gewaltige Arm rollte sich fester zusammen, während er ihn umherschleuderte. Ein weiterer Schrei kam über seinen Lippen, als einige seiner Rippen brachen.

Unfähig zu atmen, geriet er in Panik. Er trat, schlug um sich und stemmte sich gegen die ledrige Haut und die eisernen Sehnen, die ihn festhielten. Er sah, wie seine Mutter fast ein Dutzend Meter über dem Wasser in dem anderen Tentakel hing. Sie versuchte zu schreien, konnte aber keinen Laut von sich geben, weil sie genauso wie er selbst erstickte.

Sie schwangen aufeinander zu. Er streckte die Hand aus und versuchte, ihre Hand zu ergreifen. Ihre Finger berührten sich, konnten sich aber nicht festhalten. Die Tentakel, von denen sie gehalten wurden, schwangen wieder auseinander, aber der Blick seiner Mutter blieb auf ihn gerichtet. Seine Tränen vermischten sich mit dem Meerwasser, das aus seinem Haar lief.

Unten schmetterte ein dritter Tentakel seinen Vater über Bord. Er verschwand in einer sich brechenden Welle und tauchte einen Moment später wieder auf, den Zauberstab auf Cade gerichtet. *»Iustitia et libertas!«* Pfeile aus geisterhaftem Licht schossen aus dem Zauberstab und spießten den Tentakel auf, der daraufhin erschlaffte und Cade fallen ließ. Er stürzte auf die Wellen zu und kämpfte darum, seinen Brustkorb auszudehnen, damit er Luft holen konnte.

Sekunden bevor er aufs Meer traf, hielt Cade sich die Nase zu. Er stürzte mit den Füßen voran ins Wasser. Unter der Oberfläche wurde er von Trauergeheul umfangen, als würden alle Toten, die das Meer je gefordert hatte, dem Ozean mit klagender Stimme ein Ständchen bringen. Anstelle von unergründlicher Dunkelheit glühten in der Tiefe höllische Flammen, die Cade mit Grauen erfüllten.

Cade kämpfte gegen den stechenden Schmerz seiner Rippen und trat mit den Beinen, um sich vom Feuer wegzubewegen. Ein paar Meter vor dem Boot durchbrach er die Oberfläche und hustete Salzwasser aus. Sein Vater hatte es in das Rettungsboot geschafft; er lehnte sich über die Bordwand und streckte Cade den Arm entgegen. »Nimm meine Hand!«

Schmerz und Kälte hatten Cade die Kraft geraubt. Ein primitiver Überlebensinstinkt ließ ihn auf das Boot zuschwimmen, obwohl es immer näher an den Strudel herantrieb. Sobald er nahe genug war, hievte sein Vater ihn auf das Dollbord. Cade beugte sich über den Rand des Rettungsbootes, suchte nach seiner Mutter und hoffte, dass auch sie sich aus dem Griff der Kreatur befreit hatte.

Sie war nicht im Wasser. Er sah nach oben. Sie befand sich immer noch im Griff des Tentakels, der sie aus dem Boot geholt hatte. Er rief mit brennender Kehle und rauer Stimme: »Mom!«

Ein widerliches Knacken von brechenden Knochen war zu hören. Ihr Körper wurde schlaff.

»Nein!« Blind vor Wut und Trauer stieß Cade einen heiseren Schmerzensschrei aus. Es war zu spät, ihr zu helfen, trotzdem ging er zornig auf seinen Vater los: »Tu doch was!«

Sein Vater winkelte seinen Arm an, um der Kreatur einen weiteren Schlag zu versetzen. Einer ihrer Tentakel schoss aus dem Wasser, schlang sich um das Rettungsboot und zerquetschte es. Holz splitterte und Wasser strömte herein. Zwei weitere Gliedmaßen peitschten zu beiden Seiten des Wracks aus dem Meer. Eine dritte packte die Beine seines Vaters und begann, ihn von den zerbrochenen Überresten des Bugs in den Strudel zu ziehen.

»Dad!« Die Bestie hatte bereits seine Mutter getötet; Cade wollte nicht zulassen, dass sie ihm auch seinen Vater nahm. Er packte die Hand seines Vaters, dann umklammerte er ein großes Trümmerstück. »Halt dich fest, Dad!«

Die Angst wich aus den Augen seines Vaters und zurück blieb nur von Trauer durchdrungene Liebe.

»Lass ein Licht für mich brennen, mein Sohn.« Er richtete seinen Zauberstab auf Cade: »*Fuge!*«

Ein Lichtimpuls traf Cade und schleuderte ihn durch die Luft, weit weg von dem Wirbel.

Er überschlug sich unkontrolliert und platschte dann halb betäubt ins Wasser. Er tauchte auf und suchte verzweifelt nach seinen Eltern – nur um mit ansehen zu müssen, wie die Tentakel sie in ihr wirbelndes Chaos hinabzogen. Der Körper seiner Mutter sackte mit einem grotesken Knick in der Wirbelsäule nach hinten, aber sein Vater wehrte sich mit einem Schwall von Schimpfwörtern auf den Lippen und einem feuerspeienden Zauberstab gegen sein Schicksal.

Farbige Strahlen schossen über Cades Kopf hinweg und trafen das Biest. Er wirbelte wassertretend herum und wunderte sich dann über den Anblick von drei Fremden, die sich dem Kampf anschlossen. Ein graubärtiger Mann schwebte in der Luft, sein langer Mantel flatterte, während er Feuerkugeln auf die Meereskreatur schleuderte. Ein junger Mann im Anzug sprintete über die Wellen und beschwor dabei schimmernde Pfeile. Ein dritter Mann, der zu weit entfernt war, als dass Cade ihn deutlich hätte erkennen können, stand auf dem schiefen Deck der *Athenia*; mit balletthaften Gesten ließ er bewusstlose Überlebende aus dem Wasser schweben und setzte sie in ein schwankendes Rettungsboot, dessen Passagiere alle ohnmächtig waren.

Cade hörte ein furchterregendes Zischen und ein Schrei ließ seinen Kopf in Richtung des Strudels herumzucken.

Blitze schossen aus dem Zauberstab seines Vaters und stachen in den Wirbel, der ihn, das Monster und Cades Mutter verschlang.

Der Schlund schrumpfte zusammen und die Nordsee rauschte heran, um seinen Platz einzunehmen.

»Nein!« Cade paddelte mit müden Armen auf die letzten Überreste des Strudels zu, getrieben von der irrationalen Hoffnung, er könne seine Eltern noch retten.

Der Wirbel schloss sich mit einem Donnerschlag und setzte einen Puls eisiger Schwärze frei, der Cade traf und ihn benommen zurückließ. Seine Arme schlossen sich um ein großes Stück Treibgut, das der Aufgabe, ihn über Wasser zu halten, nicht gewachsen zu sein schien. Verwundet und erschöpft spürte er, wie seine Kräfte schwanden. Seine Glieder wurden träge und steif, bis er sich überhaupt nicht mehr bewegen konnte.

Ich habe sie im Stich gelassen. Sie sind fort. Mom und Dad sind fort.

Er zitterte. Der Ozean rief und lockte ihn, seinen Eltern in seine eisige Umarmung zu folgen. Sein Kummer war unerträglich, eine Last, die er nicht abschütteln konnte. Er war bereit, die Einladung des Meeres anzunehmen, loszulassen und in der Tiefe zu verschwinden.

So kalt ... so müde ...

Er ließ das Treibgut los und überließ sich dem Meer. Es zog ihn nach unten – bis eine schlanke Hand sein Handgelenk packte und ihn zurück an die Oberfläche zerrte.

Alles, was er von seiner Retterin sah, war die Silhouette einer langhaarigen jungen Frau.

»Halte durch«, sagte sie mit slawischem Akzent.

Der Rabe landete auf dem Treibholz neben Cades Gesicht.

Sein verärgertes Krächzen war das Letzte, was er hörte, bevor er sich in der Dunkelheit verlor.

In den steinernen Hallen der Wewelsburg waren jegliche Geräusche weithin zu hören. Schritte konnten scheinbar stundenlang widerhallen und selbst Geflüster schien in der Renaissance-Festung ein Eigenleben zu entwickeln. So war es für Briet Segfrunsdóttir keine Überraschung, als sie aus zwei Stockwerken Entfernung hörte, wie die Standuhr im Arbeitszimmer des Ostturms Mitternacht schlug und das Schloss mit ihrer Melodie erfüllte.

Während sie die Treppe hinaufstieg, waren ihre Schritte nicht zu hören. Sie erfreute sich an ihrer magischen Verstohlenheit. So bewegte sie sich am liebsten durch die Welt: mit der Anmut eines Geistes.

Die Tür des Arbeitszimmers war angelehnt. Sie klopfte zweimal an den Türpfosten. »Meister Kain?«

Seine Antwort ließ auf sich warten. »Herein.«

Sie öffnete die Tür und trat ein. Kain saß in einem mit bordeauxfarbenem Leder gepolsterten Lehnsessel. Seine Füße waren zum schwarzen Marmorkamin hin ausgestreckt und lagen auf dem zum Sessel passenden Polsterhocker. Der Raum war, wie der Rest des Schlosses, erst kürzlich mit großem Aufwand umgestaltet und eingerichtet worden. Getrübt wurde der luxuriöse Anblick durch eine Fülle von Nazi-Symbolen: in den Kaminsims geschnitzte Hakenkreuze, Himmlers »Schwarze Sonne« zierte einen Wandteppich hinter dem Schreibtisch und die Fahne des Dritten Reichs hing über dem Kamin.

Kain hingegen verkörperte Schlichtheit. Er war groß und von schlanker Gestalt mit einem attraktiven, glatt rasierten Gesicht. Sein goldblondes Haar war kurz geschoren und mit Pomade geglättet. Er trug einen dunklen Anzug aus maßgeschneiderter Seide und ein elfenbeinfarbenes Hemd, das seinem sehnigen Körperbau schmeichelte. Die Krawattennadel in seinem burgunderroten Schlips und seine Manschettenknöpfe waren aus Stahl mit Onyx-Pentagrammen.

Seine maßgefertigten schwarzen Lederschuhe waren bis hin zu ihren Sohlen so makellos wie der Rest von ihm.

Er schlug das Buch zu, in dem er las. »Was gibt es Neues, Briet?«

»Ein Telegramm von Oberleutnant Lemp auf der U-30, weitergeleitet von der Kriegsmarine. Wie von Ihnen gewünscht, hat er die *Athenia* vor etwa zweieinhalb Stunden torpediert und versenkt.«

Ein wissendes Grinsen. »Ja, ich habe die Neuigkeiten schon von Unten gehört.« Er legte sein Buch auf einen Beistelltisch und stand auf. »Die Familie Martin ist *nicht* unter den Überlebenden.«

Sie trat vor und reichte ihm das Telegramm, das sie aus dem Funkraum des Schlosses hochgebracht hatte. »Lemp schwört, dass er den Vorfall aus seinem Logbuch gelöscht hat.«

»Gut. Jetzt kann Admiral Dönitz das Ganze einen Unfall nennen.«

»Wenn er das tut, werden die Briten und Amerikaner Zeter und Mordio schreien.«

Er nahm die Konsequenzen achselzuckend hin. »Ein kleiner Preis, den man zahlen muss.«

Briet war darauf trainiert worden, keine neugierigen Fragen zu stellen, aber sie konnte nicht anders. »Heißt das, wir waren erfolgreich?«

»Jetzt, wo Cade Martin tot ist, ist das letzte Hindernis für unsere Arbeit beseitigt.«

Er zerknüllte das Telegramm und warf es in den Kamin. »Sagen Sie dem Führer, es steht ihm frei, so zu verfahren, wie wir es besprochen haben.« Das Licht des Feuers tanzte in seinen Augen. »›Lang ist der Weg und hart, der aus der Hölle zum Lichte führt.‹ ... Wenn Siegmar heimkehrt, beginnt unser großes Werk.«

1940

4

DEZEMBER

Die innere Stille wich der äußeren Stille. Das Vergessen wurde durch das Gewicht des bloßen Seins verdrängt und der Trost der Dunkelheit glitt davon. Formlose Gedanken gewannen ihre Gestalt zurück. Atome der Identität kehrten wieder, zuerst einzelne Spione, dann ganze Bataillone. Die vertrauten Gezeiten der Atmung setzten sich durch. Das Bewusstsein dämmerte, träge und neblig.

Dann kam eine Flut von Angst und untröstlichem Kummer.

Cade erwachte keuchend. Sein Geist war immer noch auf dem Meer, gefangen im kalten Wasser, seine Seele am Boden zerstört und wund davon, seine Eltern in den Tiefen versinken zu sehen. Er schlug die Hände vors Gesicht und würgte seine Trauer mit kehligem Schluchzen heraus, bis sich sein Körper so leer anfühlte wie sein Herz. *Ich kann mich nicht daran erinnern, wann ich ihnen das letzte Mal gesagt habe, dass ich sie liebe; jetzt werde ich es nie wieder tun können. Sie sind fort. Für immer.*

Seine Tränen waren noch warm auf seinem Gesicht, als Stille ihn überkam.

Bin ich tot? Cade atmete langsamer und gab seinen Augen Zeit, sich anzupassen. Er befand sich in einem dunklen Raum, den er noch nie gesehen hatte. Er war nicht tot, aber er war allein an einem fremden Ort, ohne Gesellschaft oder Erklärung. Das verhieß nichts Gutes.

Wo bin ich?

Schummriges, violettes Licht fiel durch ein Fenster hinter ihm zu seiner Linken. Im Kamin zu seiner Rechten glühte ein Haufen Holzscheite. Er lag auf einem schmalen Bett in einem Raum mit Holzfußboden und schlichten Wänden. Die Eichentür gegenüber dem Fenster war geschlossen.

Rechts vom Kamin, in der Ecke, die am weitesten von der Tür entfernt war, führte ein kleiner Torbogen zu einem weiteren Raum mit mindestens einem Fenster.

Das ist kein Krankenhaus. Bin ich ein Gefangener?

Er schlug die Bettdecke zurück und setzte sich auf. Seine Füße waren nackt und der Flanellschlafanzug, den er trug, wirkte sackartig und saß schlecht. Er schaute sich kurz um und konnte keine Spur seiner Kleidung entdecken. Er zog die Taillenschnürung der Pyjamahose so fest zu, wie es ging. *Das sollte reichen.*

Er stand auf. Es fühlte sich merkwürdig an zu stehen. Der Boden war kalt und seine Beine zitterten unter seinem Gewicht. Sein Magen knurrte und er fragte sich, wie lange es her war, dass er etwas gegessen hatte.

Unsichere Schritte brachten ihn zum Fenster. Vor der Scheibe war ein mit Schnee und Eis bedeckter Wehrgang mit Zinnen zu sehen. Dahinter erstreckte sich ein Panorama aus Seen und Hügeln, die unter winterlichen Leichentüchern schlummerten. Es war eine Landschaft, die Cade bisher nur auf Fotos gesehen hatte: die schottischen Highlands. *Wie zum Teufel bin ich hierhergekommen? Und warum?*

Ein Krächzen außerhalb des Fensters ließ ihn zusammenzucken. Auf einer Zinne hockte ein Rabe. Der Vogel starrte ihn an, als ob er Streit suchte. Er legte den Kopf schief, dann reckte er den Kopf vor und krächzte, als wolle er ihn ausschimpfen. Cade wich vom Fenster zurück.

Das kann nicht derselbe Vogel sein, den ich auf der Athenia *gesehen habe, oder? Was ist hier los?*

Die Neugierde lockte ihn in den angrenzenden kleinen Raum. Auf der niedrigen Kommode fand er einen Rundfunkempfänger – oder, wie er es früher genannt hatte, bevor er mit vierzehn Jahren nach England gezogen war, ein Radio. Er schaltete es mit einem Drehknopf ein und fummelte am Senderregler herum. Statisches Rauschen drang aus dem Kasten, bis er einen Kanal fand, auf dem gesendet wurde. Eine ferne Stimme mit trockenem englischem Akzent durchbrach das Rauschen.

»... während Feuerwehrleute darum kämpfen, das einzudämmen, was viele inzwischen als ›das zweite große Feuer von London‹ bezeichnen. Berichte des Informationsministeriums deuten darauf hin, dass der nächtliche Angriff der tödlichste seit Beginn der Bombenangriffe war. Er hat mehr als einhundertsechzig Personen im Großraum London das Leben gekostet, womit die geschätzte Gesamtzahl der zivilen Opfer seit September ungefähr einundvierzigtausend beträgt. Innenminister Herbert Morrison beeilte sich jedoch zu bestätigen, dass die St. Paul's Cathedral diese neuste Blitzkriegsnacht überstanden hat. Im Namen von Premierminister Churchill gelobte er: ›Sie wird nicht fallen, solange freie Briten noch Atem schöpfen.‹« Eine düstere Pause. *»Nur noch wenige Stunden verbleiben im Jahr 1940, liebe Zuhörer, und das neue Jahr bringt ...«*

Cade schaltete das Radio aus. Er fühlte sich hohl und wie betäubt.

Silvester 1940? Ich habe sechzehn Monate lang geschlafen? Er betrachtete sich im Spiegel über der Kommode. Sein Haar war zerzaust und ihm war ein Bart gewachsen – dennoch erinnerte er sich nicht an irgendwelche Träume und seine Muskeln waren nicht verkümmert. *Wenn ich eineinhalb Jahre weggetreten war, sollte ich nicht mehr stehen, geschweige denn gehen können. Und hier gibt es keine medizinische Ausrüstung, also kann ich nicht im Koma gelegen haben.* Je länger er über seine Situation nachdachte, desto weniger Sinn ergab sie. *Was zur Hölle ist hier los?*

Ein anderer Gedanke kam ihm in den Sinn: Jemand musste ihm den übergroßen Pyjama gegeben haben, den er trug. Vielleicht hatte man noch andere Kleidung hiergelassen, die er nehmen konnte.

Ausleihen, korrigierte er sich.

Er öffnete die Schubladen der Kommode und fand, was er brauchte – Unterwäsche, eine braune Hose mit dunkelgrauen

Hosenträgern, ein zerknittertes Leinenhemd. Sie waren alt, fühlten sich aber angenehm an. *Das reicht fürs Erste.*

Als er seinen Schlafanzug gegen normale Kleidung tauschte, sah er im Spiegel eine Reflexion seines Rückens in der Fensterscheibe hinter ihm. Da war etwas zwischen seinen Schultern.

Er wandte sich vom Spiegel ab, dann verrenkte er den Kopf, um über seine Schulter einen Blick auf das mit Sepiatinte gezeichnete Symbol zwischen seinen Schulterblättern zu werfen:

Was zur …? Er hatte keine Ahnung, was es war oder wer es dort hingemalt hatte. *Das wird von Minute zu Minute seltsamer.* Er zog sich fertig an, dann entdeckte er ein Paar bereits getragener schwarzer Lederstiefel vor der Fensterbank. *Na also.* Er hob sie auf und hielt einen an seine linke Fußsohle. Sie hatten seine Größe.

Er setzte sich auf die Fensterbank und zog die Stiefel an. Als er den zweiten fertig geschnürt hatte, entdeckte er in der Ecke neben der Kommode einen Stapel alter Zeitungen.

Sie waren nur schlampig gefaltet und der Stapel war unordentlich; sie waren offensichtlich von jemandem gelesen worden.

Er nahm die oberste Zeitung vom Stapel.

Es war die Londoner *Daily Mail*, schon viele Wochen alt. Auf der Titelseite war ein Bild schwelender Ruinen zu sehen, darunter eine Schlagzeile, die verkündete, wie viele Bomber der Luftwaffe die Royal Air Force vor dem nächtlichen Bombardement abgeschossen hatte. Ein Detail auf dem Foto erregte Cades Aufmerksamkeit. Er erkannte die Architektur eines entkernten Turms: Es war alles, was von der Kapelle seiner alten Internatsschule übrig geblieben war. Während er die durch Trümmer gekennzeichneten Umrisse der beschriebenen Gebäude studierte, erkannte er, dass die Yarrow School ausgelöscht worden war. Eine kleine Schlagzeile in der rechten Spalte bestätigte seine Befürchtungen: DER NORDWESTEN LONDONS WIRD ÜBER NACHT VON BRANDBOMBEN HEIMGESUCHT.

Er blätterte durch andere, noch ältere Zeitungen. Deutschland hatte Großbritannien seit Mai 1940 mit einem Luftkrieg heimgesucht und zeigte keine Anzeichen dafür, bald nachlassen zu wollen. Frühere Zeitungen erzählten düstere Geschichten: Die raschen Eroberungen Frankreichs, Luxemburgs, Belgiens und der Niederlande durch die Nazis. Mit Italiens Hilfe hatten sie Westeuropa und große Teile Nordafrikas an sich gerissen. Außer der Sowjetunion hatte niemand die Bereitschaft oder Fähigkeit gezeigt, dem Vormarsch der Nazis Widerstand zu leisten. *Das war es wohl, wovor mein Vater mich warnen wollte.*

Cade kehrte in das Zimmer zurück, in dem er aufgewacht war. Der Rabe stand auf dem Sims vor dem Fenster, den Schnabel halb geöffnet, und krächzte.

Oh Gott. Die ganze Welt geht den Bach runter. Ich muss hier raus. Er schlich zur Tür und probierte den Knauf, bewegte ihn gerade weit genug, um zu sehen, dass sie nicht verschlossen war. Aber war sie bewacht?

Cade nahm den Schürhaken von der Feuerstelle und hielt ihn wie ein Breitschwert. Er ging zur Tür zurück und öffnete sie mit der freien Hand. Dann spähte er den schmalen Gang hinunter. Es gab keine Wachen. Das war ein Anfang.

Dunkelblau-grau karierter Teppich. Elektrische Lampen in Form von Kerzen waren paarweise an der Decke angeordnet. An der gegenüberliegenden Wand standen zwei lange, rot gepolsterte Bänke aus dunklem Holz zu beiden Seiten einer geschlossenen Tür. Links von Cade befand sich eine stattliche Standuhr. Die Zeiger ihres modern aussehenden Zifferblatts standen auf 8:41 Uhr.

Mit seiner improvisierten Waffe in der Hand wagte Cade sich aus seinem Zimmer und schlich nach rechts zu einer Tür mit einem darin eingelassenen Fenster, die nach draußen auf die Zinnen des Schlosses führte. Sie war verschlossen. Wind rüttelte an der Tür, die in ihrem Rahmen klapperte.

Cade schlich den Korridor entlang, vorbei an den Bänken und der Uhr. Er kam an ein paar weiteren geschlossenen Türen vorbei; dann, an der Ecke, hielt er inne, umklammerte den Schürhaken mit beiden Händen und spannte sich schlagbereit an. Er wirbelte nach links um die Ecke – dort war niemand.

Am Ende des kürzeren Schenkels des L-förmigen Flurs, vorbei an einer offenen Tür zu einer Toilette und einem Bad, befand sich der oberste Treppenabsatz einer Wendeltreppe. Langsam schob sich Cade auf die Stufen zu. Verlockende Gerüche von gebratenem Fleisch und gebackenem Brot wehten herauf und weckten den Hunger in seinem Bauch.

Seine Fäuste ballten sich um den Schürhaken. *Könnte eine Falle sein. Aber welche Wahl habe ich denn?*

Vorsichtige Schritte dämpften das Geräusch seiner Fußsohlen auf der Steintreppe. Während er dem Verlauf der Stufen gegen den Uhrzeigersinn folgte, blieb er mit der rechten Schulter an der Außenwand. Er hoffte, dass er jemanden, der möglicherweise heraufkam, zuerst bemerken würde.

In der nächsten Etage hielt er inne. Sie ähnelte dem Stockwerk darüber, obwohl die Flure hier ein T bildeten. Gegenüber dem Treppenabsatz, am anderen Ende des Ganges, der den oberen Balken des Ts bildete, führte eine weitere Tür mit Fenster nach draußen zu den unteren Zinnen des Wehrgangs. Cade war versucht nachzusehen, ob auch sie verschlossen war, aber die verheißungsvollen Aromen von Speck und Zimt lockten ihn weiter die Treppe hinunter.

Ich sollte nach einem Ausgang suchen, nicht nach einem kostenlosen Mittagessen. Warum kann ich also nicht anhalten?

Goldenes Licht und gedämpfte Stimmen empfingen Cade, als er sich dem unteren Ende der Treppe näherte. Er passierte eine geschlossene Tür zu seiner Linken und kauerte sich in einen Torbogen, der zu einem Bankettsaal führte. An einer dicken Kette hing ein schmiedeeiserner Kronleuchter mit elektrischen Lichtern von der hölzernen Decke herab. Die verputzten Steinwände des Raumes waren mit Wandteppichen, Trophäen und gemalten Porträts von Schotten in Kilts oder Uniformen vergangener Jahrhunderte geschmückt. Wollteppiche, deren Karminrot zu dunkelrosa Tönen verblasst war, lagen parallel zueinander auf dem Hartholzboden.

Von seinem Aussichtspunkt im Torbogen aus sah Cade zwei Spitzbögen auf der anderen Seite des Bankettsaals. Dazwischen befand sich ein Taufbecken aus weißem Marmor, ähnlich denen, die er für rituelle Waschungen in der Kirche gesehen hatte. In der Mitte des Raums erstreckte sich ein Esstisch mit dazu passenden Windsor-Stühlen, so weit das Auge reichte. Die Stimmen, die er hörte, kamen von seinem hinteren Ende.

Auf dem langen Tisch war ein Festmahl angerichtet: gebratene Ente, glasierter Schinken, Schüsseln mit in Speck angeschwitzten Bohnen, ein Teller mit gebackenen Kartoffeln. Weidenkörbe waren mit gebackenen Brötchen gefüllt und ein Kuchen mit goldener Gitterkruste stand auf einem Untersetzer an dem Ende des Tischs, das ihm am nächsten war, verströmte seinen Dampf und lockte ihn mit dem Duft von Apfel und karamellisiertem Zucker. Kristallkaraffen mit Rot- und Weißwein standen halb leer neben einer Flasche Scotch.

Eine schroffe schottische Stimme rief: »Nun kommen Sie schon rein!«

Cade erstarrte und hielt den Atem an. Er hatte keinen Laut von sich gegeben, dessen war er sich sicher, und er hatte darauf geachtet, sich nicht weit genug vorzulehnen, um gesehen zu werden. Sicherlich war die Aufforderung nicht für ihn gedacht?

»Aye, Mr. Martin, ich rede mit *Ihnen*. Kommen Sie rein.«

Widersprüchliche Impulse ließen ihn auf der Stelle verharren. Die Angst befahl ihm, um die Ecke zu stürmen und den Schürhaken gegen jeden zu schwingen, der sich zwischen ihm und dem nächsten Ausgang befand.

Aber eine morbide Neugierde zwang ihn herauszufinden, woher ein Mann, der ihn nicht sehen konnte, gewusst hatte, dass er da war.

Mit dem Schürhaken in der Hand kam Cade um die Ecke.

Am Tisch saß ein bunt zusammengewürfeltes Quartett und schauten ihn an: Es waren die Fremden, die er bei der Seeschlacht gesehen hatte. Am Kopf des Tischs saß der wettergegerbte Gentleman, der Cade in Oxford angesprochen hatte. Der Mann war stämmig gebaut und trug zerknitterte Kleidung, die dringend gewaschen werden musste. Sein ungepflegter grauer Bart verbarg teilweise seine vergilbten Zähne, als er aufstand und ihn anlächelte. Sein schottischer Akzent war sehr ausgeprägt. »Hallo, Cade. Ich bin Adair.« Ein schräger Blick auf den Schürhaken. »Ich glaube nicht, dass du den brauchen wirst, oder?«

»Ich bin mir noch nicht sicher.«

»Gesundes Misstrauen. Kann ich dir nicht verübeln.« Er zeigte auf den schlanken, flachsblonden Mann, der zu seiner Linken saß. »Das ist Stefan Van Ausdall.«

Stefan legte seine Serviette beiseite und erhob sich, um Cade mit einer kleinen Verbeugung und einem schüchternen Lächeln zu begrüßen. Er schien um die Zwanzig zu sein, aber er kleidete sich wie ein Gentleman, der doppelt so alt war wie er. Seine Stimme hatte einen starken niederländischen Akzent. »Freut mich, deine Bekanntschaft zu machen.«

Adair nickte dem Mann neben Stefan zu. Er war jünger, mit hellbrauner Haut, einem lockigen, schwarzen Haarschopf und dunklen Augen. Er war wie jemand gekleidet, der in ein ländliches Leben und harte Arbeit hineingeboren worden war, aber es lag ein Funken Genie auf seinen Gesichtszügen. »Das«, sagte Adair, »ist Nikostratos Le Beau.«

Ein strahlendes Lächeln. »Nenn mich Niko.«

Cade versuchte, seinen Akzent einzuordnen. »Algerien?«

Seine Beobachtung amüsierte den rustikal wirkenden jungen Mann. *»Oui!«* Er zupfte an seinem Ohrläppchen und wackelte mit seinem Finger. »Du hast scharfe Ohren!«

Der Meister wandte sich der letzten Person seines Kaders zu; einer jungen Frau, die Cade auf sein eigenes Alter schätzte, vielleicht auch jünger. »Und das ist Anja Kernova.«

Ihr blasses, ovales Gesicht wurde von widerspenstigen Locken aus schwarzem Haar eingerahmt. Sie war von kalter Schönheit, aber als sie den Kopf drehte, um Cade anzusehen, spürte er, wie ihre grauen Augen seine Maske der Normalität durchdrangen, als ob sie geradewegs in sein tiefstes Inneres blicken könnte, wo seine Schwächen und schändlichen Geheimnisse verborgen lagen. Davon verunsichert wollte er wegschauen, doch der Anblick ihrer Narbe fesselte ihn. Eine alte Wunde beherrschte Anjas linke Gesichtshälfte: eine asymmetrische, Y-förmige Furche, die von ihrem Mundwinkel nach oben verlief, wo sie sich verzweigte und zur Unterseite ihres Auges sowie zum Ohrläppchen führte. Ihr Blick war kalt und unnahbar und Cade hätte sich am liebsten in die Schatten zurückgezogen, um ihm zu entkommen. Er war dankbar, als sie sich wortlos abwandte.

Adair räusperte sich und befreite Cade von Anjas furchterregender Wirkung. »Ich würde dich natürlich vorstellen, aber meine Lehrlinge wissen bereits, wer du bist.«

»Nur zu gut«, murmelte Niko.

»Achte auf deine Manieren«, sagte Stefan, seine Ermahnung streng, aber freundlich, wie die eines älteren Bruders.

Cade bemerkte die Wappen vorne am Kaminsims sowie die Flaggen auf beiden Seiten des Kamins: Großbritanniens Union Jack links und Schottlands aufgebäumter, roter Löwe auf goldenem Untergrund rechts. »Ich weiß, dass wir in Schottland sind, aber wo genau?«

»Eilean Donan Castle«, sagte Adair, »direkt außerhalb von Dornie.«

»Das ist *Ihre* Burg?«

Ein bescheidenes Achselzucken. »Ich bin nicht ihr Gutsherr, aber ich bin ein Verwandter. Clan Macrae, um genau zu sein.«

»Wie bin ich hierhergekommen?«

»Ich habe dich aus dem Meer gefischt und hergebracht. Zu deinem eigenen Besten, natürlich.«

Als das Meer erwähnt wurde, erwachte Cades Kummer erneut. Trotz der Monate, in denen er empfindungslos dagelegen hatte, war die Tragödie für ihn immer noch so frisch, als wäre das alles erst gestern passiert. Erinnerungen überwältigten ihn: Flüchtige Visionen von der *Athenia*, die in Flammen stand und sank. Tentakel, die seine Mutter zerquetschten und seinen Vater in den Abgrund zogen. Der Stoß der kalten Finsternis, der ihn in vorübergehendes Vergessen gestürzt hatte. Sein Kummer war zu frisch und das Loch in seinem Leben zu tief, um so zu tun, als gehörten sie der Vergangenheit an. Tränen brannten in seinen Augen, sodass er sich dem Hirschkopf zuwandte, der hoch über dem Kamin hing, während er um Fassung rang.

Adair schlug einen düsteren Tonfall an. »Du warst schon fast tot, als wir dich hergebracht haben.«

»Versteinert«, fügte Stefan hinzu. »Wie ein Opfer der Medusa.«

Niko balancierte ein Steakmesser auf seiner Fingerspitze. »Ich hielt dich für eine Statue.« Er ließ die Klinge kreisen. »Ich fand, du würdest dich unten im Quartierzimmer gut machen.«

Der Meister bedachte Niko mit einem finsteren Blick. »Keine Trickserei bei Tisch.«

Der Junge nahm das Messer in die Hand und legte es neben seinen Teller. Adairs Miene wurde wieder milder und er sah Cade an. »LEVIATHANS Abschiedsschuss hat dich zwischen Leben und Tod gefangen gehalten. Wir haben die letzten sechzehn Monate damit verbracht, dich aus der Umarmung des Sensenmannes zu befreien.« Er neigte seinen Kelch in Richtung seiner wortkargen Kollegin.

»Aber um ehrlich zu sein, hat Anja die meiste Arbeit gemacht. Heilmagick ist ihr Spezialgebiet.«

Es fiel Cade schwer zu glauben, dass er richtig gehört hatte. »Magick?« Seine Frage löste eigenartige Reaktionen bei den Vieren aus. »Also war alles, was ich in der Nacht, in der meine Eltern starben, gesehen habe, echt?«

Adairs Miene verfinsterte sich. »Absolut. Und ziemlich tödlich.«

Sein Kummer fand einen neuen Begleiter: Wut. »Was hat meine Eltern getötet?«

Die Lehrlinge und ihr Meister wechselten besorgte Blicke. Adair versuchte, Zeit zu gewinnen, indem er einen ausgiebigen Schluck von seinem Wein nahm und sich räusperte. »Würdest du sagen, du bist ein frommer Mensch?«

Cade hatte Mühe, all das, was er einst geglaubt hatte, mit dem, was er inzwischen erlebt hatte, in Einklang zu bringen. »Das war ich, als Junge. Nachdem ich in Oxford angekommen bin, hab ich angefangen, eine Menge der Schriften als Metaphern zu betrachten. Aber jetzt ...«

»Jetzt bist du dir nicht mehr so sicher.« Adair nickte. »Der Angriff wurde vom obersten Magicker der Nazis veranlasst, aber verantwortlich für das Ableben deiner Eltern war ein Dämon namens LEVIATHAN.«

»Aber warum? Warum sie?«

Niko fiel mit der Tür ins Haus: »Er war nicht ihretwegen da. Er wurde deinetwegen geschickt.«

»Meinetwegen?« Er erinnerte sich an die Warnung, die er von Adair in Oxford erhalten hatte.

Die Warnung, die ich ignoriert habe. »Sie haben mir gesagt, dass das passieren würde. Dass ich, wenn ich versuchen würde zu fliehen ... meine Eltern in Gefahr bringe.« Panik vernebelte Cades Verstand. »Sie sind gestorben, weil ich nicht auf Sie gehört habe.« Ein verzweifelter Blick zu Adair. »Die anderen Passagiere, die gestorben sind? Denen habe ich das auch angetan?« Adair sagte nichts, aber Cades Herz füllte sich zusätzlich zu seinem Kummer mit Schuldgefühlen. Tränen liefen ihm über die Wangen und er bemühte sich, nicht völlig durchzudrehen. Er ließ den Schürhaken fallen, der klappernd auf dem Boden landete, und wich vom Tisch zurück.

Adair schlurfte mit ausgestreckter Hand auf ihn zu, die Handfläche nach oben gedreht. »Moment mal, Junge, so einfach ist das nicht. Es war nicht deine ...«

Am Boden zerstört unterbrach Cade ihn mit erhobener Hand: »Wo geht es nach draußen?«

Adair zeigte auf den Torbogen links von Cade. Cade vergewisserte sich, dass der Durchgang leer war. »Es tut mir leid, dass ich Ihnen in Oxford nicht zugehört habe. Aber bitte« – er nahm den Scotch vom Tisch – »lassen Sie mich einfach gehen.« Mit dem Whisky in der Hand verließ er den Bankettsaal, verzweifelt auf der Suche nach trostspendender Einsamkeit, nach Vergessen oder beidem.

Eisiger Wind wehte von Loch Duich herüber, aber Cades Gesicht fühlte sich an, als würde es brennen. Ohne Mantel war er aus der Burg in die Winternacht hinausgestolpert.

Das Eis hatte die steinernen Stufen, die sich zum mehrstöckigen Innenhof des Schlosses hinunterwanden, gefährlich gemacht. Jetzt kauerte er in einem Torbogen und blickte auf das mondbeschienene Wasser, während der Puls in seinen Schläfen pochte. Das Atmen fiel ihm schwer, als hätten seine Lungen vergessen, wie sie arbeiten sollten. Angst kollidierte mit Verleugnung; dann wurden beide Gefühle von seiner Wut verzehrt, bevor seine Schuld alles verschlang und wieder ausspie und der Kreislauf von vorne begann.

Er nahm einen langen Schluck des torfigen Ardbeg und genoss das Beißen in seiner Kehle. Fragen und Vorwürfe schossen durch seine aufgewühlten Gedanken. *Meine Schuld. Aber ich habe es doch nicht gewusst. Wie hätte ich es wissen können? Warum hat Dad es mir nicht gesagt? Und warum war dieses Ding hinter mir her?*

Hinter seinem Rücken hörte er das Knarren der Tür am oberen Ende der Treppe. Er sah Adair, der so klug gewesen war, einen schweren Mantel anzuziehen, bevor er dem Wetter trotzte. Der Meister bewegte sich vorsichtig über die Stufen, dann überquerte er das Gelände, bis er neben Cade unterhalb des Uferdamms stand. »Wir sollten uns unterhalten.«

Cade kippte noch einen Schluck Scotch hinunter. »Es ist Ihr Haus. Reden Sie, so viel Sie wollen.«

Selbst durch seinen Mantel hindurch stank Adair nach Wein, Whisky, Tabak und Schweiß.

Cade betrachtete die verhärmten Gesichtszüge des Mannes genauer und bemerkte unregelmäßige Lücken in seinem ergrauten Bart und verschorfte Kratzer an den Innenseiten seiner Ohren. Der hagere Schotte seufzte. »Zuerst möchte ich etwas klarstellen. Deine Eltern sind nicht *deinetwegen* gestorben, Cade. Sie sind *für dich* gestorben.«

Cade war zu müde und verdrießlich für Spitzfindigkeiten. »Wo ist der Unterschied?«

»Es war nicht deine Schuld. Du hast den Angriff nicht verursacht.«

»Doch, das habe ich. Sie haben es selbst gesagt: Ich habe sie in Gefahr gebracht, indem ich bei ihnen geblieben bin.«

Adair seufzte. »Das kannst du dir nicht vorwerfen.«

»Und wie ich das kann.« Cade spähte gen Westen in eine Dunkelheit ohne Horizont. »Wie lange dauert es von hier bis Glasgow?«

»Wieso?«

Cades Worte waren voller Wut. »Ich muss nach Hause. Ich muss meinen Großeltern sagen, was passiert ist. Das ist nicht die Art von Geschichte, die man in einem Telegramm schreibt.«

Adair legte die Stirn in noch tiefere Falten. »Ich bedaure, noch mehr schlechte Nachrichten überbringen zu müssen, aber du kannst nirgendwo hin.«

»Wovon reden Sie? Meine Großeltern ...«

Adair schüttelte langsam den Kopf. »Fort. Alle.«

Cade spürte, wie die Fundamente seines Lebens unter ihm zerbröckelten. »Was? Wie?«

»In den Akten steht, dass sie durch Unfälle zu Tode kamen. Aber ich weiß aus zuverlässiger Quelle, dass sie von einem Dämon getötet wurden, von einem wie dem, der deine Eltern geholt hat. Einem, der von demselben Feind geschickt wurde.«

»Den Nazis?«

»Dem Anführer ihrer Karcisten. Einem dunklen Magicker, der sich ›Kain Engel‹ nennt.«

»Nie von ihm gehört. Was hat er gegen mich?«

»Du bist seine Konkurrenz und er wollte dich aus dem Weg räumen. Ich wusste, dass er hinter dir her sein würde, aber ich hatte keine Ahnung, dass er so ... gründlich vorgehen würde. Selbst wenn du meine Warnung in Oxford beherzigt hättest, wäre deine Familie nun tot.«

Cade glaubte, in der Dunkelheit einen Silberstreif zu erkennen. »Wenn der Rest meiner Familie fort ist, bedeutet das, dass ich *alles* erbe, richtig? Bin ich wenigstens reich?«

Weiteres Bedauern. »Du wurdest für tot erklärt, als die *Athenia* gesunken ist. Das und der magische Schutz, den ich dir gegeben habe, waren die einzige Möglichkeit, dich vor Kain zu verstecken. Leider war dein Vater genau wie du der einzige Sohn und nachdem ihr alle für verschollen erklärt und deine Großeltern tot aufgefunden wurden, hat die amerikanische Regierung den Nachlass der Martins beansprucht.«

Cade brodelte vor Unmut. »Ich bin also nicht nur ein Waisenkind. Ich bin auch noch pleite und rechtlich betrachtet tot? Einundzwanzig Jahre alt und ich bin ein Geist ohne Heimat?«

»Kopf hoch. Es könnte schlimmer sein.«

»Wirklich? Wie?«

»Wenn es mich und meine Adepten nicht gäbe, wärst du *tatsächlich* tot.«

Er zuckte vor der selbstgefälligen Andeutung des älteren Mannes zurück. »Soll ich Ihnen etwa danken?«

»Ein wenig Dankbarkeit wäre vielleicht angebracht.«

Cade stolzierte in die Mitte des dunklen Hofs, dann drehte er sich um und schrie Adair an. »Wenn Sie Dankbarkeit wollen, warum haben Sie meine Eltern dann nicht gerettet?«

Der Zorn des Meisters wogte wie ein Fluss, der einen Damm durchbricht. »Glaubst du nicht, dass ich das wollte? Dass ich es nicht versucht hätte? Ich habe deinem Vater gesagt, er solle dich hierherbringen! Dich *und* deine Mutter. Ich habe ihm versprochen, dass ihr beide hier sicher seid, dass ich euch beschützen kann. Aber er hat nicht auf mich gehört. Er hat sich aus dem Staub gemacht, als gäbe es irgendwo auf der Welt einen Ort, an dem die beschissene Hölle ihn nicht finden kann!« Er lief im Torbogen auf und ab, während er sein Temperament zu zügeln versuchte. »Als mein Familiaris Kutcha euch auf dem Schiff gefunden hat, hatte ich gerade noch Zeit, euch vor dem Torpedo zu warnen. Und ich hatte keine Ahnung, dass Kain LEVIATHAN gerufen hatte, bis ich ihn aus dem Wasser aufsteigen sah. Zu diesem Zeitpunkt konnte ich nichts mehr tun.«

Nach dieser scharfen Zurechtweisung milderte Cade seinen Tonfall. »Sie kannten meine Eltern?«

»Aye. Ich kannte deinen Vater gut. Wir waren lange Zeit befreundet.«

»Haben Sie …?« Cade hielt inne; er konnte nicht glauben, dass er eine so bizarre Frage in vollem Ernst stellte. »Haben Sie gemeinsam Magick erlernt?«

Ein trauriges Lächeln ließ schöne Erinnerungen erahnen. »Nicht ganz. Ich war sein Lehrer.«

»Lehrer? Aber Sie sind doch gar nicht so viel älter als er.«

Adair gluckste. »Ich bin älter, als ich aussehe, mein Junge.« Er verschränkte die Arme. »Schätz mal, wie alt ich bin.«

»Keine Ahnung. Fünfundfünfzig?«

»Fast. Dreihundertsiebenundfünfzig.« Adair grinste, als Cade ihn mit offenem Mund anstarrte.

»Einer der Vorteile eines Lebens mit der Kunst.« Er hob seinen Arm und Kutcha, der Rabe, flatterte herab, um sich auf sein Handgelenk zu setzen. »Dein Vater war ein guter Schüler, aber sein Interesse an der Kunst war eher akademischer als praktischer Natur.« Er streichelte sanft das Gefieder des Vogels. »Nichtsdestotrotz war er mein Ein und Alles. Deshalb habe ich die letzten sechzehn Monate nach einem Weg gesucht, dich aus LEVIATHANS Bann zu befreien.«

»Sie haben sechzehn Monate lang nur versucht, mich zu retten?«

Adair runzelte bei der Frage die Stirn. »Nicht *nur*, nein. Ich habe das letzte Jahr auch damit verbracht, neue Magicker auszubilden … und sie in den Tod zu schicken.« Er fütterte Kutcha mit ein paar Brotkrumen, dann entließ er seinen Familiaris mit einem Zucken seines Arms. Anschließend holte er ein flaches, silbernes Etui aus seinem Mantel, öffnete es mit einer Hand und zog mit der anderen eine Zigarette heraus. »Alle Magicker, die ich nach Europa geschickt habe, wurden von Kain und seinen Adepten ermordet – einer Frau namens Briet und einem Mann namens Siegmar.« Adair steckte sich die Zigarette zwischen die Lippen, verstaute das Etui und ließ ein Feuerzeug aus Edelstahl aufschnappen. Er zündete sich die Zigarette an und nahm einen Zug. »Ich habe im letzten Jahr mehr als neunzig Lehrlinge verloren. Mir gehen die qualifizierten Rekruten aus, also musste ich mich darauf konzentrieren, aus meinen letzten paar Adepten das Beste herauszuholen. Qualität vor Quantität, wie man so schön sagt.«

Eine beißende Rauchwolke von Adairs Zigarette hüllte Cade ein. »Und jetzt?«

»Zunächst werde ich Churchill von deiner Genesung berichten, über die er sich sicher freuen wird.«

»Moment – Sie unterstehen dem Premierminister? Wer *seid* ihr Leute?«

Ein müder Zug an der Zigarette, dann antwortete Adair durch einen Mundvoll Rauch. »Ein streng geheimes Programm zur magischen Kriegsführung. Eines, für das ich auf Wunsch Seiner Majestät eine Sondereinsatztruppe einberufen habe. Unsere Mission: Kain aufzuhalten und die Thule-Gesellschaft zu zerstören – seine Armee schwarzmagischer Dilettanten. Wir haben vom Verteidigungsministerium den Auftrag, Hitlers Kriegsmaschinerie die magische Unterstützung zu entziehen. Solange Kain und seine Gefolgsleute am Leben sind, wird sich der Klammergriff der Nazis um Europa nicht durchbrechen lassen. Wenn wir nicht erfolgreich sind, haben die Alliierten keine Chance, Europa zu befreien.«

Noch ein Zug. Wie ein Drache stieß Adair grauen Rauch aus seinen Nasenlöchern aus.

»Ab sofort sind die Sowjets die Ostfront, England ist die Westfront. Und die fünf von uns, die in diesem Schloss noch leben, sind die Mitternachtsfront.« Ein weiterer langsamer Zug, gefolgt von einer Reihe von Rauchringen. »Verzeih meine Manieren – willst du eine Kippe?«

»Ich rauche nicht.«

»Wenn der Krieg dich nicht dazu treibt, wird die Kunst es tun.«

»Wie bitte?«

»Die Ausübung von Magick ist eins der zermürbendsten Dinge, die man sterblichem Fleisch abverlangen kann. Es wird nicht lange dauern, bis du dich von dem Elend, das Dämonen mit sich bringen, ablenken musst.«

Cade wurde schlagartig klar, dass dies eine Einladung war, einen kühnen und gefährlichen Weg einzuschlagen.

Kann das alles wirklich real sein? Magick? Dämonen? Er konnte nicht leugnen, was er gesehen hatte. *Ich habe mit angesehen, wie ein Albtraum meine Eltern ermordet hat. Ich habe gespürt, wie er versucht hat, mich zu töten.* Es schien unmöglich, aber die Schrecken, die er beim Untergang der *Athenia* erlebt hatte, sagten ihm, dass die geordnete, logische Welt, an die er immer geglaubt hatte, eine Lüge war. Jetzt wollte er die Wahrheit erfahren – über alles.

Und noch mehr als das wollte er *Gerechtigkeit.*

Etwas verunsichert darüber, dass er so leicht von dem Meistermagier durchschaut – oder vielleicht manipuliert – werden konnte, gab Cade sich distanziert. »Wer sagt, dass ich Magick studieren werde?«

Die Spitze von Adairs Zigarette glühte auf, als dieser einen weiteren Zug nahm. Rauch quoll aus seiner Nase und seinem Mund, als er sprach. »Ich habe keine Zeit, das Ganze schönzureden. Ob es dir gefällt oder nicht, die Mitternachtsfront ist alles, was du noch hast. Und um es ohne Umschweife zu sagen, wir brauchen dich. Es gibt viel zu tun und uns bleibt nur wenig Zeit dafür. Also ... Bist du bereit?«

Es wurmte Cade, zu einer Entscheidung gedrängt zu werden, aber er hatte dringendere Angelegenheiten zu erledigen. »Wird das Erlernen von Magick mir helfen, meine Eltern zu rächen?«

»Sie ist das *Einzige*, womit du das schaffen kannst.«

Cade stählte seinen Blick und richtete sich kerzengerade auf. »Wie soll ich anfangen?«

Ein breites Lächeln hellte Adairs zerfurchte Miene auf und er klopfte Cade mit einer schwieligen Hand auf die Schulter. »Das hast du gerade.«

1941

5

JANUAR

Das neue Jahr dämmerte grau und kalt herauf. Cade erwachte aus Albträumen und starrte an die Decke. Er hatte am Abend zuvor befürchtet, nicht schlafen zu können, nachdem er sechzehn Monate lang empfindungslos im Bett gelegen hatte, aber tatsächlich war er körperlich und emotional erschöpft gewesen.

Er überlegte, sich umzudrehen und noch etwas weiterzuschlafen. Aufzustehen, um sich dem Tag zu stellen, würde bedeuten, seinem Kummer ins Gesicht zu sehen; aber sich den Träumen hinzugeben, würde ihn zurück in die Vergangenheit stürzen, in ein Gefängnis der Nostalgie. Wenn er wach war und sich bewegte, könnte er sich ablenken. Arbeit schien seine einzige Hoffnung zu sein, sein inneres Gleichgewicht wiederherzustellen.

Er warf die Laken zur Seite.

Eine halbe Stunde später betrat Cade den Bankettsaal – rasiert, geduscht und mit sauberer Kleidung – und fand sich dort allein wieder. Er umrundete den Tisch und hielt Ausschau nach einem Zeichen von Adair oder seinen Lehrlingen.

»Hallo?« Seine Stimme hallte in der Burg wider, aber es kam keine Antwort.

Ein Platz war am Tisch gedeckt, also setzte er sich dorthin. Zwei Diener, ein Mann und eine Frau, beide groß, mürrisch und von unbestimmtem Alter, traten aus demselben Gang ein, dem er am Abend zuvor nach draußen gefolgt war. Ihre Hände waren mit silbernen Gegenständen beladen: Sie trug ein vierteiliges Kaffee- und Teeservice auf einem Tablett; er hielt in einer Hand eine runde Platte, die mit einer Servierglocke abgedeckt war.

Cade nickte ihnen zu und lächelte. »Morgen.« Keiner der beiden Diener erwiderte seinen Gruß. Beide starrten ihn an, ohne zu blinzeln, was ihn nervös machte.

Er fragte sich, ob er irgendwie gegen die Etikette verstoßen hatte. »Hätte ich warten sollen, bevor ich mich setze?« Seine Frage wurde mit weiterem Schweigen beantwortet. »Tut mir leid, aber spricht einer von Ihnen Englisch?«

Sie besaßen so viel Elan wie eine Schaufensterpuppe.

»Parlez-vous français? ... ¿Habla usted español? ... Sprechen Sie Deutsch?«

Er seufzte frustriert. »Hören Sie, ich hatte noch nie Bedienstete, also weiß ich nicht, was ich hier tun soll.« Er hob seine leere Tasse von ihrer Untertasse. »Könnte ich eine Tasse Kaffee bekommen, während ich …«

Die Frau reagierte schnell und präzise. Sie umrundete den Tisch, balancierte das schwere Tablett auf einer Hand und füllte Cades Tasse mit der anderen. Nachdem sie die Kanne auf das Tablett zurückgestellt hatte, stand sie wie eine Statue neben ihm.

Er nickte in Richtung des Tabletts. »Sie können es abstellen, wenn …« Sie stellte es auf den Tisch, zog sich zurück und stellte sich wieder neben ihren Kollegen.

Cade löffelte etwas Zucker in seinen Kaffee und sagte zu dem Diener: »Wenn das mein Frühstück ist, können Sie es servieren, sobald Sie …«

Der stumme Diener ging um den Tisch herum, stellte das Tablett vor Cade hin und nahm die Glocke ab. Darunter kam ein Teller mit Rührei, Würstchen, Bohnen und einem gebutterten Brötchen zum Vorschein.

Cade schenkte dem Mann, der sich sofort wieder zurückzog, ein unbeholfenes Lächeln. »Das sieht toll aus, danke.«

Der Hunger gewann die Überhand. Er nahm Gabel und Messer in die Hand und stürzte sich auf sein Frühstück. Zwischen den Bissen lächelte er wieder die Bediensteten an. »Übrigens, schön, Sie kennenzulernen. Ich bin Cade. Und wie heißen Sie?« Unschuldiges Nachfragen kollidierte mit stummer Teilnahmslosigkeit.

Er hatte höchstens einen Bissen von allen Leckereien auf seinem Teller probiert und zwei Schlucke Kaffee getrunken, als seine Mahlzeit durch Adairs Gebrüll, das wie ein Nebelhorn vom Treppenhaus her erklang, unterbrochen wurde.

»Auf die Beine, Junge! Zeit zu gehen.«

Cade murmelte mit einem Mundvoll Ei und Brötchen: »Ich habe gerade erst angefangen.«

»So ein Pech.« Adair packte Cade am Kragen und hievte ihn aus seinem Stuhl. »Keine Zeit für Mitleid.« Zu den Dienern fügte er hinzu: »Räumt das weg.«

Die Dienerschaft räumte das Frühstücksgeschirr ab. Cade rettete seine halbvolle Tasse Kaffee und tat sein Bestes, ihn nicht auf seine Hände überschwappen zu lassen, während er Adair folgte.

Sie gingen die Hofpassage hinunter, machten einen Umweg nach links über einen kurzen Quergang und bogen dann an einer Stelle, wo zwei Korridore in einer T-Kreuzung zusammentrafen, rechts ab.

Die Stimme des alten Schotten hallte von den Steinmauern wider. »Vor uns liegt ein langer Tag.«

Cade folgte dem Meister durch einen engen Flur und einige dunkle Treppen hinunter. Auf halbem Weg durch einen langen Gang hatte er ihn fast eingeholt, als er stolperte und ein Spritzer heißen Kaffees ihm den Handrücken verbrühte. »Verdammte Scheiße.«

Sein Murren trug ihm einen Blick des Meisters ein. »Du magst keine Schmerzen, was?«

»Nicht, wenn ich es verhindern kann.«

»Lern am besten schnell, damit umzugehen.« Er führte Cade eine Wendeltreppe hinab.

»Wohin gehen wir?«

»Zur Werkstatt.« Er zeigte auf die Tasse in Cades Hand. »Trink das aus. Deine Hände müssen frei sein.«

Cade kippte den letzten Schluck seines Kaffees auf dem Weg nach unten in sich hinein. Unten angekommen, nahm ihm eine andere Bedienstete – eine blasse Frau mit humorloser Miene – die Tasse ab. Sie trug sie die Treppe hinauf, während Adair Cade den Korridor entlangführte. Cade warf noch einen Blick über die Schulter, um nach der Dienerin zu sehen, aber sie war verschwunden. »Sagen Sie mir, dass Sie Ihr Personal nicht wegen ihrer charmanten Art eingestellt haben.«

»Eingestellt? Sie wurden beschworen.« Er schloss die Werkstatttür auf, dann wandte er sich an Cade, dessen Verwirrung wohl offensichtlich war. »Es sind Lamien. Dämonische Diener.« Er öffnete die Tür und hieß Cade in der ordentlichen Werkstatt willkommen.

Cade musterte zwar die Felswände, die Werkbank und das Werkzeugsortiment, war in Gedanken aber immer noch bei den Lamien. »Sie lassen Dämonen frei in Ihrem Schloss herumlaufen?«

»Weit gefehlt. Das sind niedere Geister, so niedrig, dass sie nicht mal richtige Namen haben. Ihre Art wird für Jahre, manchmal Jahrzehnte, zum Dienst gezwungen. Sie sprechen nicht, aber sie können einfache Befehle befolgen: ›Servier das Essen.‹ ›Wasch das Geschirr ab.‹ ›Wasch die Wäsche, mach die Betten.‹ Du hast Glück, wenn du einen bekommst, der kochen kann.« Mit einer Handbewegung schloss er die Tür zur Werkstatt. »Aber lass dich nicht täuschen: Lamien sind Dämonen und sie hassen uns mehr, als du dir vorstellen kannst. Wenn man sie nicht ordentlich beschwört und bindet, bringen sie uns alle um.«

»Warum setzt man sie dann ein?«

»Weil sie billig sind. Und da sie nicht schlafen, werden sie zu jeder Zeit klaglos dienen.« Er drückte Cade einen Hammer und einen Meißel in die Hand. »Im Gegensatz zu Lehrlingen.«

Die Werkzeuge verwirrten Cade. »Werkzeuge zur Holzbearbeitung?«

»Aye.«

»Ich dachte, Sie würden mir Magick beibringen.«

»Wenn du die Kunst erlernen willst, musst du zuerst lernen, deine eigenen Werkzeuge herzustellen. Dreizehn Klingen, dein eigenes Grimoire, einen Zauberstab ...«

Ungläubig hob Cade die Augenbrauen. »Kann ich die Sachen nicht einfach kaufen?«

»In der Magick gibt es keine Abkürzungen, außer den direkten Weg ins Grab. Ein Anwender muss all seine Werkzeuge selbst herstellen, gemäß ...«

»Warten Sie. Was ist ein ›Anwender‹?«

Ein leidgeprüfter Seufzer. »Ich bin wohl etwas voreilig.« Er holte eine Liste von der Werkbank und gab sie Cade. »Das sind die Gegenstände, die du herstellen musst, bevor du mit dem Erlernen der Kunst beginnen kannst. Hast du Erfahrung mit Glasbläserei? Holzschnitzerei? Metallarbeiten?«

»Ein bisschen.« Ein bescheidenes Achselzucken. »Meine Mutter war Chemikerin. Sie hat mir das Glasblasen beigebracht. Ich weiß allerdings nicht viel über Holz oder Metall.«

»Anja wird dir den Umgang mit Metall beibringen und Niko kann dir zeigen, wie man schnitzt. Stefan wird dir helfen, den Rest deiner Ausrüstung zusammenzustellen, und dich mit den Büchern vertraut machen.«

»Bücher?«

»Aye. Magick ist eine Fähigkeit, die die meisten Menschen mit der Zeit erlernen können. Aber sie ist auch eine Kunst, was bedeutet, dass einige von Geburt an eine größere Begabung für sie haben als andere. Und ich weiß aus zuverlässiger Quelle, dass du ein solches Talent besitzt.« Adair klopfte ihm auf die Schulter. »Die meisten neuen Adepten brauchen ein Jahr, um zu lernen, wie man die Werkzeuge der Kunst herstellt ... Du hast vier Wochen Zeit.«

Er war sicher, den Meister falsch verstanden zu haben. »Vier Wochen?«

Adair wies Cades Einwand mit erhobener Hand zurück. »Normalerweise dauert es drei Jahre, bis man die Grundlagen der Kunst beherrscht. In drei Monaten musst du bereit sein, an meiner Seite in die Schlacht zu ziehen.«

»Sind Sie verrückt? Sie haben gerade gesagt, es gibt keine Abkürzungen in der Magick.«

»Die gibt es auch nicht.«

»Warum dann mein Training überstürzen?«

Der Meister durchbohrte Cade mit einem finsteren Blick.

»Hast du es noch nicht mitbekommen? *Es herrscht Krieg.*«

6

Vier Wochen hatten für Cade wie eine viel zu kurze Zeit geklungen, um mehrere komplexe Fertigkeiten meistern zu können. Erst nachdem die Arbeit begonnen hatte, wurde ihm klar, wie lang ein Tag sein konnte, ganz zu schweigen von einer Woche oder einem Monat. Der Januar war erst halb vorbei und er war schon erschöpft.

An den meisten Tagen holte Anja ihn vor dem Morgengrauen aus dem Bett. Die junge Russin gestattete ihm jeden Morgen weniger als eine Viertelstunde, um sich zu waschen, sich anzuziehen, zu essen und sich auf die Lektionen des Tages vorzubereiten. Sie war bei Weitem die strengste der drei Lehrlinge. Sobald der Unterricht begann, verlangte sie stets Cades volle Aufmerksamkeit. Zuerst hatte er gelernt, wie sehr sie es hasste, sich wiederholen zu müssen. Als Zweites hatte er lernen müssen, dass sie *ihn* abgrundtief hasste.

Nachdem er jeden Tag ein paar Stunden unter Anjas Anleitung gelitten hatte, empfand Cade die Arbeit mit Stefan und Niko als eine Erleichterung. Beide behandelten Cade auf ihre ganz eigene Art wie einen Bruder.

Die Stunden vergingen wie im Flug, während Niko Cade von seiner Jugend in Algier erzählte und wie er und seine jüngere Schwester Camille – Kinder einer griechischen Mutter und eines französisch-algerischen Vaters – dem Leben in Armut entkommen waren, indem sie sich als Teenager nach Frankreich eingeschmuggelt hatten. Während er Cade mit seiner Lebensgeschichte unterhielt, brachte Niko ihm irgendwie auch die Grundlagen der Holzschnitzerei und der Gravur bei.

Stefan war weniger gesprächig. Seine Art war ruhig, freundlich und stets höflich. Trotz seiner Zurückhaltung war Cade sofort klar, dass der Holländer einen scharfen Verstand besaß. Aber am besten gefiel Cade sein sanftes Wesen.

Die erste Woche von Cades Training war ein Erfolg gewesen, soweit er das beurteilen konnte.

Seine Erfahrung mit Glasbläserei hatte sich insofern als nützlich erwiesen, dass Anja ihm die Grundlagen nicht mehr beibringen musste. Sie hatte ihn alles über Metallerze gelehrt, Niko hatte ihm beigebracht, wie man verschiedene Holzsorten identifiziert, und Stefan hatte Cade geholfen, eine Leseliste zusammenzustellen.

Die zweite Woche war weitaus anstrengender gewesen. Das Schmieden von Metall war neu für Cade. Das Einschmelzen von Roherz, das Trennen der verflüssigten Metalle durch Temperatur und das anschließende Gießen in Formen kostete sowohl körperlich als auch geistig jede Menge Kraft. Er und Anja machten ihre Arbeit draußen im Innenhof. Die Esse hatte keinen Blasebalg, aber Anja benutzte Magick, um es weiß glühend brennen zu lassen. Die Hitze fühlte sich an, als würde sie Cades Vorderseite kochen, während sein Rücken von der Winterkälte taub wurde.

Seine Hände hatten geschmerzt, als er an diesem Morgen, dem fünften Tag seiner zweiten Trainingswoche, aufgewacht war. Jedes Mal, wenn er den Hammer auf das Metall des Ambosses schlug, zuckte er zusammen, weil stechender Schmerz seine Arme hinauf bis in die Schultern zuckte.

Er schnitt eine Grimasse angesichts des sichelförmigen Klumpens, den er in Form hämmerte. »Wie, sagtest du, wird das genannt?«

Anja antwortete in monotonem Tonfall. »Eine Boline. Du würdest sie wahrscheinlich als Sichel bezeichnen.«

»Eigentlich bezeichne ich das Ding als absolut nervtötend.«

»Hör auf zu jammern. Konzentrier dich.«

Er schlug wieder mit dem Hammer zu. Funken tanzten an der Kontaktstelle. Er seufzte. »Warum kann ich nicht mit einer geraden Klinge anfangen und das komplizierte gebogene Teil später machen?«

»Weil die Boline das einzige Werkzeug ohne Runen ist. Du musst sie zum Beschriften aller anderen Klingen benutzen, die du herstellen wirst.« Sie zeigte auf die Stahlblöcke, die auf ihre Verarbeitung warteten. »Die wirst du benutzen, um deine anderen Metallteile zu beschriften, und um deine Griffe und deinen Sprengstab zu schnitzen.« Sie bemerkte seine Verwirrung und klärte ihn auf: »Deinen Zauberstab.«

Ein weiterer klingender Schlag des Hammers ließ orangefarbene Funken aufsteigen. Cade wischte sich den Schweiß von der Stirn. »Es kommt also auf die Reihenfolge an, in der ich die Werkzeuge herstelle?«

»Ja.«

»Gut zu wissen.«

Er vertrieb die Fragen aus seinem Kopf und versuchte, sich daran zu erinnern, was sie ihm über das Falten und Formen des Metalls beigebracht hatte. Unter anderen Umständen hätte er ihr die Flut an Informationen, mit der sie ihn überschüttet hatte, vielleicht übel genommen, aber so wie die Dinge lagen, war er dankbar. Jeden Moment, den er mit den komplizierten Details seiner Ausbildung verbrachte, schmorte er nicht in Trauer und Wut.

»Lass das Messer die Arbeit machen«, sagte Niko. Cade ließ zu, dass Niko erst seinen Griff am Schnitzmesser korrigierte und dann die Art, wie er den dünnen Ast aus Haselnussholz in der anderen Hand hielt. »Dreh das Holz, aber halte die Klinge ruhig, um eine Spirale über die Länge des Stabes zu schneiden.«

Cade nahm seine Schnitzübung wieder auf. »Etwa so?«

»Oui, très bien.« Ein aufmunterndes Lächeln. »Du wirst bald so weit sein, das echte Ding zu schnitzen. Wenn ich es nicht besser wüsste, würde ich denken, du wärst der geborene Schreiner.«

»Wohl kaum.« Es fiel Cade schwer, den Winkel des Spiralschnitts bei jeder Drehung des Astes gleichmäßig zu halten. »Ich kann von Glück reden, wenn ich das hier zu Ende bringe, ohne meinen Daumen zu verlieren.«

Niko musterte ihn. »Was wolltest du werden? Vor all dem hier, meine ich.«

Die Frage überrumpelte Cade. Er hörte auf zu schnitzen. »Keine Ahnung. Ich war auf dem besten Weg, ein Studium der Philologie in Oxford zu absolvieren, mit ein bisschen Arabisch im Nebenfach, aber ich habe keine Ahnung, wie ich damit meinen Lebensunterhalt verdienen wollte. Wie auch immer, ich wollte schon immer die großen Fragen angehen: ›Warum sind wir hier?‹, ›Was bedeutet das alles?‹, ›Warum fällt mein Toast immer auf die Butterseite?‹ So was in der Art.«

»Wenn du nach arkaner Wahrheit suchst, wird die Kunst dir liegen.«

»Was ist mit dir?«

Ein breites Grinsen erhellte Nikos Gesicht. »Meine Schwester und ich haben immer gesagt, wir würden in Paris ein Café eröffnen. Sie wäre die Gastgeberin und ich wäre der Koch.« Er kramte seine Brieftasche aus der Hosentasche und zog ein rissiges und verblichenes Porträtfoto einer jungen Frau heraus, die ihm sehr ähnlich sah. »Das ist Camille.«

»Sie ist bezaubernd«, sagte Cade.

»Mehr als für sie gut ist.« Niko steckte das Foto weg, dann schob er seine Brieftasche in die Tasche zurück. »Sei froh, dass du nie eine Schwester hattest. Die machen nichts als Ärger.«

Cade fürchtete das Ende eines jeden Arbeitstags. Er erinnerte sich immer wieder daran, dass seit dem Untergang der *Athenia* und dem Tod seiner Eltern schon mehr als ein Jahr vergangen war, aber seine Trauer war noch zu frisch, um sie einfach begraben zu können.

Jede Nacht lag er im Bett, ohne jemanden, mit dem er Witze reißen konnte, und kämpfte darum, die Ruhe zum Schlafen zu finden.

Nach stundenlanger Lektüre muffiger Wälzer über die Kunst konnte er nur noch wach liegen und dem Wind lauschen, der über den See heulte und an seinen Fenstern rüttelte.

Mit seinen Gedanken allein zu sein, fühlte sich an wie das Taumeln am Abgrund, nur einen Schritt vom Sturz in die völlige Verzweiflung entfernt. Er war in jener Nacht bereit gewesen, im Wasser in der Dunkelheit zu versinken; ein Teil von ihm stellte sich immer noch vor, dass eine solche Kapitulation ihm Erleichterung bringen könnte.

Dann dachte er an Rache und sein Drang zur Selbstzerstörung ließ nach.

Und so beendete er jeden Tag, genährt von Gewaltfantasien.

Anjas Worte leiteten Cades Hände an. »Spüre, wie die Krümmung Gestalt annimmt ... Achte auf das Metall. Wenn es sich wehrt, führe es zum Feuer ... Erinnere dich an das, was ich dir gezeigt habe. Falte den Stahl.« Sie würzte ihre Anweisungen mit russischen Schimpfwörtern, die Cade nur allzu gerne unübersetzt ließ.

Ihr Unterricht hatte eine mechanische Qualität angenommen, die es Cade ermöglichte, seinen Geist von allem anderen als der Aufgabe vor ihm zu befreien. Er fand Trost in der simplen Tätigkeit. Seine Vergangenheit war vergessen, seine Zukunft außer Sichtweite. Alles, was zählte, war die Gegenwart – die Verschmelzung von Hitze und Druck in einem Stahlstreifen zwischen dem Kopf eines Hammers und der Oberseite eines Ambosses.

Er wurde eins mit seiner Arbeit – und in diesen kurzen Momenten fand er Frieden.

Säulen aus gestapelten Büchern umgaben Cade wie ein literarisches Stonehenge. Staub bedeckte die Buchrücken und trübte den Glanz der vergoldeten Seiten. Staubkörner tanzten in den letzten Strahlen des Tageslichts, die durch die Fenster des Arbeitszimmers fielen, und verliehen dem abgelegensten Raum der Burg eine Aura der Zeitlosigkeit.

Auf dem Tisch vor Cade lag aufgeschlagen ein uralter, in Eiche und Kalbsleder gebundener Foliant: *Clavicula Salomonis Regis*, das auch *Lemegeton* genannt wurde, aber besser unter seinem modernen Namen *Der kleine Schlüssel von Solomon* bekannt war. Es behauptete, eine Gebrauchsanweisung für die Beschwörung, Bindung und Kontrolle von Dämonen zu sein. Die Ausgabe, die Cade gerade las und von der Adair behauptet hatte, sie sei die *»endgültige Version«*, war geradezu zwanghaft mit handschriftlichen Notizen versehen worden. Sehr zu Cades Entsetzen waren die Randbemerkungen in demselben archaischen Latein geschrieben wie der Haupttext.

Wenigstens kann ich bei elektrischem Licht lesen, tröstete sich Cade. Die Kodizes in Adairs Bibliothek der Magick waren zu wertvoll, um sie der Gefahr durch Flammen auszusetzen, sodass Cade nicht befürchten musste, beim Lesen im flackernden Kerzenschein zu erblinden. *Ich hoffe nur, ich werde nicht verrückt bei dem Versuch, Altgriechisch und Aramäisch verstehen zu müssen.*

Er wusste, dass er jeden Moment im Sitzen einschlafen konnte, und dann würde er mit dem Gesicht nach unten in einem aufgeschlagenen Buch landen. Er markierte die Stelle mit einer weißen Feder, schloss das Buch und lehnte sich zurück, um sich die müden Augen zu reiben.

In der Ecke des Arbeitszimmers sah Stefan von dem Buch auf, in dem er las.

Er hatte sich so still in seinen Lieblingssessel zusammengekauert, dass Cade die Anwesenheit des älteren Lehrlings vergessen hatte. »Bist du schon mit dem *Kleinen Schlüssel* fertig?«

»Nur zur Hälfte.« Angesichts des Bergs von Worten, der vor ihm lag, verlor er den Mut. »Wie zum Teufel soll ich mir das alles in drei Monaten merken?«

Stefan rückte seine Drahtbügelbrille zurecht. »Ich glaube, du hast sogar noch weniger Zeit. Das meiste davon musst du wissen, bevor du deinen ersten Geist beschwörst.«

»Sag mir, dass das nicht dein Ernst ist. Ich muss das alles lesen, nur um einen Dämon zu beschwören?«

Der Holländer stand auf und ging zu Cades Lesetisch, um die darauf gestapelten Bücher zu begutachten. »Zumindest musst du die Rituale von Waites *Zeremonieller Magie* kennen. Und wir werden alle sicherer sein, wenn du *Pseudomonarchia Daemonum* gelesen hast.«

»Aber der Rest …«

»Ist trotzdem unentbehrlich. Das *Heptameron.* Agrippas *Okkulte Philosophie.* Weyers *Officium Spirituum.* Jedes von ihnen könnte dir eines Tages das Leben retten.« Er nahm ein Buch vom Stapel neben ihm und las den Titel laut vor. *»Necronomicon.«* Er legte es beiseite. »Das vielleicht nicht.«

Cade fühlte sich weiterhin eingeschüchtert von der schieren Masse an Kenntnissen, die er sich in so kurzer Zeit ins Gehirn stopfen sollte. »Ist es wirklich möglich, dass eine einzige Person all das lernt? Hast du das geschafft?«

»Ich habe jedes einzelne dieser Bücher während meiner Ausbildung gelesen.«

»Und wie lange hast du dafür gebraucht?«

Stefan zögerte mit der Antwort. »Vier Jahre und drei Monate.«

»Vier Jahre? Warum glaubt Adair dann, dass ich es in vier Wochen schaffe?«

Cade hatte seine Frage rhetorisch gemeint, aber sie machte Stefan nachdenklich. »Der Meister verrät mir nicht alle seine Geheimnisse, aber wenn er dich so hart anpackt, hat das nur einen Grund: Er sieht, dass du zu Höherem berufen bist.« Er legte Cade die Hand auf die Schulter. »Und ich sehe das genauso.«

Cade hielt die sichelförmige Klinge seiner Boline hoch und bewunderte sie vor dem verblassenden Rosa der Dämmerung. »Wie sieht's aus?«

Anja prüfte die Schneide. »Gute Klinge. Noch einmal brennen und du kannst sie härten.«

»Du hast gesagt, dass ich sie für meine anderen Werkzeuge verwenden werde?«

»Die meisten von ihnen. Zuerst dein Messer mit dem weißen Griff. Dann dein Athame …«

»Das Messer mit dem schwarzen Griff?«

Sie verzog missmutig das Gesicht. »Ja. Dann deine anderen Klingen.«

»Insgesamt dreizehn.«

Seine Unterbrechungen schürten ihre Ungeduld. »Ja. Jedes aus ungebrauchtem Stahl gegossen, dreimal gebrannt und dann in einem Bad aus Elsternblut mit *Jus de Foirole* abgeschreckt.«

»Ich dachte, das Abschrecken mit Blut sei seit dem Damaszenerstahl Vergangenheit.«

»In der Kunst ist der alte Weg immer noch der beste.«

Cade hegte Zweifel. »Aber moderne Abschreckbäder ...«

»Das ist Magick, keine Wissenschaft. Es gibt keinen Ersatz für Blut.«

Er betrachtete die Klinge in seiner Hand und dachte darüber nach, was Anja gesagt hatte.

»Wenn es nicht um Chemie geht, geht es dann um Symbolik?«

»Das ist in der Kunst bei allem so. Man härtet seinen Geist, wie man seine Werkzeuge härtet.«

Sie trat vom Feuer weg und nickte Cade zu, damit er ihr folgte. »Bereite morgen den Rest deiner Klingen vor, damit wir sie am Mittwoch fertigstellen können, solange der Mond noch voll ist.«

»Ich weiß, in der ersten oder achten Tagesstunde, oder in der dritten oder zehnten Nachtstunde, bei Vollmond.« Eine Frage nagte an ihm. »Welche Zeiten sind besser?«

»Die Grimoires sind sich uneins, welche Stunden die besten sind. Widersprüche sind in der Kunst üblich. Was zählt, ist, dass der Anwender gehorsam allen Schritten der Vorbereitung folgt.«

Er erinnerte sich, dass sie mit »Anwender« ihn meinte, in seiner bevorstehenden Rolle als derjenige, der ein Magick-Ritual durchführt. »Wenn ich das alles gemacht habe, bin ich dann bereit, Magick zu lernen?«

Sie wich seinem Blick aus, konnte ihre Verachtung aber nicht verbergen. »Das hat der Meister zu entscheiden.«

Er legte seine unfertige Boline hin. »Ist sie es wert? Magick, meine ich.«

Ein misstrauischer Blick über ihre Schulter. »Sie kann es sein. Wenn du genug Arbeit investierst.«

Cade war noch nicht überzeugt. »Was hast du gelernt?«

»Außer Kampfmagick? Ich kann mit Tieren umgehen. Und ich kann heilen und die Gestalt wechseln.«

»Was meinst du mit ›Gestalt wechseln‹?«

Sie zögerte mit der Antwort. »Ich kann mich in Tiere verwandeln und wieder zurück.«

Er war beeindruckt. »Wenn du ein Talent fürs Heilen hast, warum …« Der Rest seiner Frage blieb ihm im Hals stecken; er hatte zu spät erkannt, dass er kein Recht hatte, sie zu stellen.

Anja konnte sich seine Frage denken und wandte die entstellte Gesichtshälfte von ihm ab. »Du fragst dich, warum ich meine Narbe noch habe.« Sie sah ihm in die Augen. »Keine Magick kann diese Wunde auslöschen. Aber selbst, wenn sie es könnte, würde ich sie behalten, damit ich nie vergesse, wer ich bin – oder wer mir das angetan hat.« Sie kniff die grauen Augen zusammen – sie trug ihre Sorgen und ihren Groll wie einen Orden.

»Es tut mir leid, wenn ich …«

»Reinige dein Werkzeug, dann isst du zu Abend und gehst ins Bett.« Sie ging an ihm vorbei und stieg die Stufen zur Burg hinauf. »Im Morgengrauen machen wir mit der Arbeit weiter.«

Adair stand in der Werkstatt. Seine Adepten hatten sich hinter ihm versammelt. Er begutachtete die magischen Werkzeuge, die Cade angefertigt hatte, und verbarg sein Erstaunen. *Ich habe ihm unmögliche Ziele gesetzt und er hat sie alle übertroffen. Aber überfordere ich ihn?* Es war nicht klar, wie viel Lob seinen Lehrlingen für Cades Ausbildung zustand und wie viel Anerkennung Cade allein gebührte, also ging Adair auf Nummer sicher. »Gute Arbeit. Und schneller fertig, als ich gedacht hatte. Du wirst einen guten Lehrling abgeben.« Er warf einen anerkennenden Blick auf seinen Adepten. »Zweifellos, weil ich dir gute Lehrer gegeben habe.«

Cade wirkte erleichtert. »Kann ich *jetzt* anfangen, Magick zu lernen?«

Das Lächeln des Meisters verblasste und ein leises Gluckern ertönte aus dem tobenden Meer aus Whisky und Galle in seinem Magen. »Du musst erst laufen lernen, bevor du rennen kannst, mein Junge. Du hast noch einen Berg von Lektüre vor dir. Außerdem wird es noch mindestens eine Woche dauern, bis sich die Ausrichtung der Sterne für einen infernalischen Pakt eignet, und du hast noch nicht einmal deine Werkzeuge exorziert.« Seine anderen Adepten traten beiseite, als er sich von der Werkbank abwandte. »Folgt mir, alle.«

Er führte die vier aus der Werkstatt, die Treppe hinauf, dann durch den Dienstbotengang zur Tür in der Nähe des Festsaals. Er steckte die Hände in die Taschen und brachte seine Adepten nach draußen und über den Hof. Der bewölkte Himmel drohte erneut mit Schneefall und ein schneidender Wind ließ Adair die Stirn runzeln. Er geleitete seine vier Schüler zum südwestlichen Gebäude der Burg, einem klotzigen Bauwerk aus Stein und Mörtel mit einem schmalen Spitzdach.

Im Inneren erstreckte sich ein hoher Korridor mit geschlossenen Türen nach rechts.

»Die Wohnungen der Familie Macrae«, sagte Adair zu Cade. »Zurzeit unbewohnt.«

Adair brachte seine Schüler zu einer Tür, hinter der eine Treppe nach unten führte. Ein Messingklopfer in Form eines Drachenkopfs hing in Augenhöhe daran. Seine gespaltene Zunge reagierte auf die Anwesenheit der Gruppe mit einem langsamen Züngeln und verschwand dann hinter den Reißzähnen, als Adair das Maul berührte. Er bemerkte Cades Überraschung und nickte in Richtung des Klopfers. »Ein Wächter, um unser Labor und unsere Werkzeuge zu schützen.« Er öffnete die Tür und führte die Adepten die Treppe hinunter.

Die untere Etage und das Kellergeschoss waren entkernt worden. Reste von Balken ragten aus den Steinwänden und verrieten das Fehlen von Böden, die entfernt worden waren. Drei kleine Fenster an der Südwand und eines in der Mitte der Westwand ließen diffuses Licht herein, das die Schatten, die sich in den tiefsten Ecken sammelten, nicht zu durchdringen vermochte.

Cade ließ alles auf sich wirken. »Was ist hier unten passiert?«

»Als der König das Schloss für die Mitternachtsfront ausgeliehen hat, habe ich die unteren Ebenen ...«, Adair brauchte einen Moment, um das richtige Wort zu finden, »... für meine Zwecke *umbauen* lassen.« Er ging mit seinen Adepten über den glatten Betonboden, auf dem die abgewetzten und verblassten Spuren alter Kreidezeichnungen sichtbar waren. »Ich bin sicher, man wird es wieder in Ordnung bringen, wenn der Krieg vorbei ist. Und niemand wird je etwas davon erfahren.«

Entlang der fensterlosen Nordwand standen fünf Kleiderschränke im viktorianischen Stil. »Der erste Schrank ist meiner«, sagte Adair zu Cade. »Der letzte ist deiner, für dein Werkzeug und deine Ausrüstung.« Adair öffnete Cades Kleiderschrank, den er mit den wichtigsten Vorräten bestückt hatte. »Jungfräuliches Pergament. Kerzen, hergestellt aus dem ersten Wachs eines neuen Bienenstocks. Gesegnete Kreide. Weihrauch, Basisöle, ein Weihrauchfass. Außerdem deine Gewänder und Seide zum Einwickeln deiner Werkzeuge, nachdem sie gereinigt wurden.« Er zeigte auf eine leere Lederrolle, die an einem Haken an der Mittelstange hing. »Für deine Klingen.«

Der junge Mann seufzte. »Kann ich auch ein Maultier bekommen, das mir hilft, diesen ganzen Mist zu schleppen?«

»Wenn du lernst, Experimente eigenständig durchzuführen, kannst du Dämonen dazu bringen, deine Taschen zu tragen.«

»Experimente?«

Anja bedachte Cade mit einem finsteren Blick. »Hast du Waites *Zeremonielle Magie* nicht auswendig gelernt?«

Er begegnete ihrer Geringschätzung mit Sarkasmus. »Ich war zu sehr mit der Herstellung von Schwertern beschäftigt.«

Stefan neigte seinen Kopf vor Adair. »Ich habe es versäumt, ihn vorzubereiten, Meister. Verzeihen Sie mir.«

»Keine Sorge. Er wird bis zum Vollmond noch genug Zeit zum Lesen haben.«

Adair stellte sich vor Cade. »Lass mich dir die Grundlagen darlegen. Ich erkläre dir sozusagen den Jargon. Bist du bereit?«

»Nein, aber das hat bisher niemanden von euch aufgehalten.«

Adair ließ den Sarkasmus des Jugendlichen unkommentiert. »Die gesamte Magick, vom einfachsten Trick bis hin zum größten Wunder, basiert auf der Beschwörung und Kontrolle von Dämonen. Ohne Ausnahme.«

»Wir sind Dämonenanbeter?«

»Wir beten Dämonen *nicht* an. Wir kontrollieren sie. Einen Dämon zu beschwören nennt man *Experiment*. Der Magicker, der ein Experiment durchführt, wird *Anwender* genannt. Diejenigen, die dem Magicker assistieren, werden *Tanisten* genannt. Eine Person, die Magick praktiziert, ist ein *Adept*. Die niedrigste Stufe eines Adepten ist ein *Novize*. Danach kommt der *Akolyth*. Dann die höchste Klasse, die wir *Karcist* nennen.« Adair hielt inne, um Cade zu mustern. Der junge Mann wirkte wach und konzentriert. »Kommt dir irgendwas davon bekannt vor?«

Ein kurzes Nicken. »Erzählen Sie mir mehr.«

»Ein Karcist erhält Macht, indem er dämonische Pakte schließt. Wenn man einen Handel mit einem großen Geist aus der Hölle eingeht, erhält man das Recht, Pakte mit allen anderen Dämonen zu schließen, die diesem Geist unterstehen. Aber man muss seinen Patron weise wählen. Es gibt sechs Gesandte der Hölle, aber ein Karcist kann nur einen von ihnen als Patron haben. Wählt man einen geringeren Gesandten, wird dieser leichter beeinflussbar sein – aber er wird nicht so viel zu bieten haben. Wählt man einen der größeren Geister, könnte man als sein Sklave enden.«

Ein Hauch von Angst schimmerte durch Cades Maske der Großspurigkeit. »Wie wähle ich aus, wen ich als Patron haben möchte?«

»Recherche. Lies die alten Grimoires und entscheide dann, welcher von ihnen über das verfügt, was du brauchst.«

»Woher soll ich das wissen?«

»Dafür hast du mich …«, er zwinkerte seinen Adepten zu, »… und die anderen.«

Den jungen Mann schien das nicht gerade zu ermutigen. »Sonst noch etwas?«

»Nur noch ein paar letzte Grundlagen. Einen Dämon dazu zu bringen, eine Aufgabe für dich zu erledigen, nennt man *Entsendung*. Wenn du einen Dämon entsendest, um eine Person zu verletzen oder zu entführen, wird das Ziel als *Patient* bezeichnet.« Er zeigte auf die verwischten Kreidezeichnungen auf dem Boden. »Du musst lernen, wie man Magiekreise zeichnet, um dich und deine Tanisten während der Experimente zu schützen. Ein Fehler in einem Kreis, und du bringst dich und alle anderen um.«

»Okay. Also, ich bekomme einen Patron, unterschreibe einen faustischen Handel ...«

»Wäre Faust ein besserer Magier gewesen, wäre er nicht gestorben. Aber fahr ruhig fort.«

»Und dann beschwöre ich Dämonen, um Magick anzuwenden?«

Der Junge war etwas voreilig. »Um die Art von Magick zu wirken, deren Anwendung du bei uns und deinem Vater gesehen hast, musst du lernen, wie man Dämonen beschwört.«

Stefan bemerkte Cades Verständnislosigkeit und fügte hinzu: »Du bindest Dämonen an deinen Willen. Solange du sie halten kannst, kannst du ihre Kräfte nutzen, als wären es deine eigenen.«

»Kräfte? Wie Feuer und Blitze schleudern?«

»Das ist nur der Anfang, mein Junge.« Adair breitete die Arme aus. »Für alles, was du dir vorstellen kannst, gibt es einen Geist, der es möglich macht. Du könntest fliegen, deine Gestalt verändern, dich in Rauch verwandeln, unsichtbar werden ... aber das alles hat seinen Preis. Sich einen Dämon zunutze zu machen ist elende Arbeit. Sich auch nur einen Dämon untertan zu machen kann deine Eingeweide in Schlamm verwandeln und deinen Kopf sich so anfühlen lassen, als hätte man ihn zum Hufeisenwerfen missbraucht. Bindet man zu viele Geister oder hält sie zu lange, kann einen die Anstrengung in den Wahnsinn treiben.«

Niko meldete sich zu Wort. »Dämonen vergiften deinen Schlaf mit Albträumen. Sie benutzen deine Hände, wenn dein Geist untätig ist. Bringen dich dazu, dir die eigenen Haare auszureißen. Lassen deine Haut kribbeln, bis du sie abkratzt.«

Das schien Cade offensichtlich Angst einzujagen. »Wie viele Dämonen sind zu viele?«

»Nur du kennst deine Belastungsgrenze«, sagte Adair. »Aber zuerst musst du lernen, Glyphen und Schutzzauber zu zeichnen, und die Rituale verinnerlichen. Heute ist der Einundzwanzigste. Du hast drei Wochen Zeit bis zur nächsten Gelegenheit, einen Pakt zu schließen.« Er warf einen Blick auf Stefan. »Sorge dafür, dass er sich mit Waite auseinandersetzt, dann geh mit ihm das *Grimorium Verum* durch.«

»Ja, Meister.«

Adair klopfte Cade auf die Schulter. »Kopf hoch, mein Junge. Wir werden dich schon noch ausbilden.«

»Wenn Sie mir gesagt hätten, dass Magick mehr Lesen beinhaltet als die meisten meiner Kurse in Oxford, hätte ich vielleicht noch einmal darüber nachgedacht.«

»Jetzt ist es zu spät. Aber wenn es dir nichts ausmacht, nenn es einfach ›die Kunst‹. Wenn du von ›Magick‹ schwafelst, klingst du wie diese Trottel von der Thule-Gesellschaft.«

»Tut mir leid.«

»Es muss dir nicht leidtun, du musst einfach nur vorsichtig sein. Die Kunst ist vieles, aber eines auf keinen Fall: nachsichtig gegenüber Fehlern.« Er scheuchte seine Adepten die Treppe hinauf. »Zurück in die Burg! Ihr müsst Bücher lesen und ich muss Glenmorangie trinken.« Adair setzte eine tapfere Miene auf, als er seine Adepten die Treppe hinaufbegleitete, aber in seinem Herzen wusste er, dass er Cade Martin wahrscheinlich gerade auf den Weg zu einem frühen und grausamen Tod gebracht hatte.

Der Himmel möge mir verzeihen … aber ich kenne keine andere Möglichkeit, den Krieg zu gewinnen.

7

Der Lärm eines Streits, befleckt mit dem Gestank von Dämonen, sickerte von oben durch die Decke und erreichte Kain.

Er stieg die Wendeltreppe hinauf, während zwei Stockwerke über ihm, im dritten Stock des Nordturms der Wewelsburg, seine beiden Schüler wie Krähen aufeinander herumhackten.

Was Siegmars Stimme an Bass fehlte, machte sie an Lautstärke wieder wett. »Wir verschwenden wertvolle Zeit! Es gibt keinen Grund für uns beide, uns mit dieser Aufgabe zu beschäftigen.«

»Die Befehle des Meisters lassen keinen Raum für Diskussionen.« Wie immer waren Briets Worte scharf wie Messer. »Ich habe mich um die Sicherheit des besetzten Frankreichs gekümmert. Er will, dass du Polen sicherst.«

»In Polen gibt es nichts zu verteidigen!«

Frustration steigerte Briets Zorn. »Es geht darum, Deutschland zu schützen, du Idiot – nicht Polen. Du hast die Warnung von Unten gehört, genau wie ich. Die Nazis und die Sowjets werden im Sommer miteinander Krieg führen. Wenn das passiert, wird Polen das erste Ziel der Russen sein.«

Kain erreichte die dritte Etage und unterbrach seine Lehrlinge. »Sie hat recht, Siegmar. Die Deutschen brauchen Polen als Puffer für den Krieg mit Russland.«

Der brillentragende Finne machte ein überraschtes Gesicht. »Dann ist es also wahr? Hitler ist *dermaßen* leichtsinnig?«

»Wenn ich ihn beim Wort nehme? Ja.« Kain durchquerte den runden Raum, der ihnen als Bibliothek und Arbeitszimmer diente, und stellte sich vor Briet und Siegmar. »Und deshalb muss ich mich fragen, was du für dringender hältst als die Sicherung Polens.«

Siegmar verbarg seine Verlegenheit, indem er Briet finster anstarrte. »Adair und seine Adepten.«

»Die schon wieder?« Trotz seines Versuchs, stoisch zu wirken, seufzte Kain enttäuscht.

»Wir haben alle Adepten getötet, die er nach Europa geschickt hat, und alle seine Wunderkinder zur Strecke gebracht. Adair ist *unter Kontrolle*, Siegmar. Wir müssen uns auf wichtigere Dinge konzentrieren.« Er warf einen Blick in Richtung der Treppe. »Und ihr beide müsst lernen, leiser zu sein, wenn wir Besuch haben.«

Die Reaktionen seiner Schüler machten deutlich, dass sie verstanden, was er meinte: Reichsführer Heinrich Himmler und sein Gefolge waren soeben ins Schloss zurückgekehrt, dessen Restaurierung Himmler finanziert und beaufsichtigt hatte. Kain hatte gerade genug Mitspracherecht gehabt, um dafür zu sorgen, dass ihre jeweiligen Bemühungen nicht miteinander kollidierten. Wenn ihr Nazi-Gönner in der Residenz war, erregte man am besten nicht seine Aufmerksamkeit, besonders dann nicht, wenn man es wagte, den Führer zu kritisieren.

Siegmar senkte seine Stimme, blieb aber beharrlich. »Wir vergeuden eine wichtige Gelegenheit. Adairs Macht ist auf dem absteigenden Ast. Jetzt ist es an der Zeit, ihn zu neutralisieren.«

Obwohl Kain sich wirklich wünschte, er könne seine beiden Schüler als voll ausgebildete Karcisten ansehen, die es verdienten, mit Verantwortung betraut zu werden, wurde er daran erinnert, dass Briet die ernsthaftere der beiden war, während Siegmar von seinen Emotionen beherrscht wurde. In der Hoffnung, mit gutem Beispiel voranzugehen, verbannte Kain jegliche Emotionen aus seinem Tonfall. »Zunächst, mein lieber Siegmar, fühle ich mich gezwungen, darauf hinzuweisen, dass wir trotz unserer bisherigen Erfolge nicht alle Lehrlinge von Adair getötet haben. Ich bin mir ziemlich sicher, dass er nach wie vor neue Adepten ausbildet, sogar jetzt noch.«

»Ein Grund mehr, ihn zu jagen und die Sache zu beenden!«

Es fiel Kain zunehmend schwerer, ruhig zu bleiben. »Nun gut. Und wie gedenken Sie, ihn aufzuhalten? Meister Adair ist einer der fähigsten Karcisten der Welt, der mir an Macht und Erfahrung in nichts nachsteht. Was lässt Sie glauben, dass Sie gegen ihn bestehen können?«

»Keine Verteidigung ist perfekt, nicht einmal seine.«

Briet bedachte ihn mit einem herablassenden Blick. »Das ist ein Aphorismus, kein Plan.«

Ihre Stichelei bestärkte Siegmar in seiner Entschlossenheit. »Wir könnten VASSAGO dazu zwingen zu enthüllen ...«

»Adair wird von Geistern bewacht, die wesentlich größer sind als VASSAGO«, entgegnete Kain.

»Aber nicht größer als die, die Ihnen unterstehen.«

»Nur wenige Dinge in der Hölle sind kostspieliger als der Bruch eines Schutzzaubers. Es hat mich *Jahrhunderte* gekostet, mir politisches Kapital bei den Mächten von Unten zu verdienen. Ich werde das nicht voreilig verspielen.«

Sein Schüler nahm sich die Warnung zu Herzen und wechselte das Thema. »Ich könnte Adair und seine Adepten auf die altmodische Art jagen. Alles, was ich bräuchte, wären Geld und Zeit.«

»Und mehr magischen Schutz, als wir drei zusammen bieten könnten.« Kain hob eine Hand, um einem weiteren Einwand Siegmars zuvorzukommen. »Erinnern Sie sich, als der Krieg begann? Als ich Sie nach Oxford geschickt habe, um das letzte von Adairs Wunderkindern zu eliminieren?«

»Natürlich. Es ist mir gelungen.«

»Bis zu einem gewissen Grad. Sie waren weniger als zwei Tage auf englischem Boden, aber Sie vor Adair und den Briten zu schützen, hat uns alle drei Wochen der Vorbereitung gekostet. Und trotzdem sind Sie nur knapp mit dem Leben davongekommen. Stellen Sie sich jetzt vor, wie weit Briet und ich gehen müssten, um Sie während einer Belagerung der stärksten Schanze des Feindes zu schützen.«

Siegmar brodelte vor kaum beherrschtem Tatendrang. »Ich könnte seine Verteidigung innerhalb von Tagen durchbrechen. Maximal eine Woche.«

»Sie würden nie näher als einen Kilometer an ihn herankommen – oder an den letzten seiner Adepten. Aber warum sich die Mühe machen? Adair und seine Schoßhündchen sind bereits in die Enge getrieben. *Neutralisiert.*« Kain drückte seine Handflächen wie zum Gebet zusammen. »Nein, mein Freund. Sie zu jagen ist ein sinnloses Unterfangen und ich werde es nicht erlauben. Nicht, wenn ich Ihre Talente in Polen viel dringender benötige.«

»Was könnte ich dort schon tun, was mehr Nutzen bringen würde?«

Kain zeigte mit seinen Fingerspitzen in Richtung Siegmar. »Machen Sie Jagd auf die letzten Kabbala-Meister und ihre Schüler. Ich habe Berichte von Unten erhalten, dass ein halbes Dutzend der alten Rabbiner in der Nähe von Krakau auf der Flucht ist – und dass Adair seit Monaten versucht, sie zu kontaktieren. Begraben Sie diese alten Narren so tief, dass die Hölle selbst ihre Knochen nicht finden könnte.« Er sah Briet an. »Und Sie brauche ich in Paris, um die direkte Kontrolle über den dortigen Hexenzirkel zu übernehmen.«

Siegmar wurde noch wütender. »Ist das Ihr Ernst? Sie schicken mich nach Krakau, aber sie darf nach Paris fahren?«

»Sie hat mich nicht mit Fantasien über Selbstmordkommandos geärgert.« Doch um der Aufgabe, die er Siegmar übertragen hatte, etwas die Spitze zu nehmen, fügte Kain hinzu: »Falls es Sie tröstet: Ich selbst werde bis zum Hals in Dilettanten stecken, während ich die Gründung neuer Thule-Zirkel überwache. Denn Sie wissen, wie sehr ich die Fähigkeiten von Amateur-Magickern zu schätzen weiß.«

Sein Zorn besänftigt, neigte Siegmar den Kopf. »Wie Sie befehlen, Meister.«

»Ausgezeichnet.« Er bugsierte sie in Richtung Treppe. »Und jetzt begeben wir uns in den Speisesaal. Herr Himmler hat eine Kiste Wein aus Burgund mitgebracht« – er unterstrich seinen Gedanken mit einem Lächeln – »und ich für meinen Teil habe nicht vor, die Nazis alles ohne uns trinken zu lassen.«

Cade war fast fertig damit, sich anzuziehen, als die Tür zu seinem Schlafzimmer aufschwang. Adair und Anja standen im Korridor, beide in zeremonielle Gewänder gekleidet – weiße Messhemden, Pelzgürtel, blasse Papierkronen mit der Aufschrift »El«, gebleichte Lederschuhe – und trugen Schwerter für das große »Experiment«, das Cade leiten sollte.

Der Meister beäugte Cades fast identisches Outfit. »Du siehst bereit aus.« Ein Hauch von Misstrauen. »Hast du das Gebet der Einkleidung gesprochen?«

»Das habe ich.« An sich zweifelnd fügte er hinzu: »Soll ich mich ausziehen und es noch einmal wiederholen?«

Adair schluckte seine Verärgerung hinunter. »Es ist spät. Wir sollten gehen.«

Cade steckte seinen in Seide gewickelten Zauberstab in seinen Gürtel aus Löwenfell. »Fertig.«

Adair führte Cade und Anja die Wendeltreppe der Burg hinunter. »Ihr habt eure Klingen gereinigt? Der Raum ist vorbereitet?«

»Ich habe die Anweisungen der Grimoires buchstabengetreu befolgt.«

Anja fügte hinzu: »Ich habe dafür gesorgt, dass die Kerzen und der Weihrauch rein sind.«

Der Meister wirkte nach wie vor besorgt. »Was ist mit der Holzkohle?«

»Frisch geweiht«, versicherte ihm Cade. »Und in einer neuen Feuerschale. Wir sind bereit.«

Sie sprachen erst wieder, als sie das südwestliche Gebäude erreicht hatten.

Stefan und Niko, beide in ihren eigenen Gewändern, warteten an der Tür zum Keller auf das Trio.

Der Meister wandte sich an Cade. »Denk daran: Du bist heute Abend der Anwender und wir anderen sind nur deine Tanisten.

Sobald das Experiment beginnt, bist du auf dich allein gestellt. Wir können nicht sprechen oder unsere Kreise verlassen. Wir können dir keine Ratschläge geben oder dir helfen, den Geist zu zähmen.«

»Ich weiß. Es ist ›gegen die Regeln‹.« Cade öffnete die Tür. Aus dem Labor, das von einem offenen Feuer erhellt wurde, wehte der Geruch von Lavendel und Kampfer herauf.

»Dann los.«

Sie stiegen die Treppe hinab.

Cade hatte so viele Details lernen müssen, so viele Kleinigkeiten, dass er keine Ahnung hatte, ob er sie alle gemeistert hatte. Er hatte seine Arbeit überprüft, dennoch plagten ihn nach wie vor Zweifel. Die Aufgabe war eine willkommene Ablenkung von seinem Kummer gewesen.

Nur wenige Dinge konnten ihn dermaßen von seiner Trauer ablenken wie das Auswendiglernen von Unmengen henochischer, hebräischer und lateinischer Formulierungen, die scheinbar endlosen Namen Jehovas oder die Details, welches Kraut mit welchem Öl im Schädel welches toten Tieres zu welcher Tageszeit gemischt werden musste, während man ein Gewand in einer bestimmten Farbe trug.

Hätte er die tödlichen Auswirkungen der Magick nie erlebt, hätte er seine Arbeit als absurd empfunden. Stattdessen war er nun mit einem Dilemma konfrontiert, das er vor jener Nacht auf der *Athenia* als Fantasie abgetan hätte. Dieses Ritual verlangte von ihm, die Realität des Übernatürlichen zu akzeptieren und damit auch die Existenz seiner Seele. Aber wenn seine Seele ein echtes Gut war, dann drohte der Handel mit einem Dämon die Verdammnis zu bringen, die er als Junge zu fürchten gelernt hatte.

Wäre Faust ein besserer Magier gewesen, wäre er nicht gestorben, hatte Adair gesagt.

Bedeutete das, dass es einen Weg gab, den Teufel zu betrügen? Ein Geheimnis, um die Hölle übers Ohr zu hauen?

Der Abschluss des Pakts würde Cade den Weg zu einer Macht ebnen, mit der er seine Eltern rächen konnte, und er würde ein Tor zu ungeahntem Wissen öffnen, das sonst außerhalb der Reichweite der Menschen lag.

Wenn das nicht das Risiko seiner ewigen Seele wert war ... was dann?

Cade hielt inne, als er bemerkte, dass Adair und Anja, während er, Stefan und Niko zu ihren Plätzen gingen, am Fuß der Treppe stehen geblieben waren.

»Was ist los?«

Der Meister hatte seine Augen vor Entsetzen weit aufgerissen. Er zeigte auf den großen Schutzkreis, den Cade gezeichnet hatte. »Das ist nicht das Siegel von PAIMON.«

Es hatte keinen Sinn, die Wahrheit zu leugnen. »Nein, ist es nicht.«

Adair stakste um den magischen Schutzzauber herum, dessen Umrandung aus noch behaarten Hautstreifen bestand, die einem Opferzicklein abgezogen und mit vier Nägeln aus dem Sarg eines Kindes an den Punkten der vier Himmelsrichtungen auf dem Boden befestigt worden waren.

Der Meister wies auf Details von Cades Vorbereitung hin, als wäre er ein Staatsanwalt, der seine Beweise präsentiert. »Eine männliche Fledermaus, ertränkt in Blut ... Der Schädel eines Vatermörders.« Er ging weiterhin um den Kreis herum. »Die Hörner einer Ziege.« Ein grimmiges Stirnrunzeln.

»Und mein eigener Familiaris, Kutcha.«

Sein Rabe krächzte ihn an.

Anja stellte sich neben Adair. »Das Dreieck und die Glyphen sind mit Blutstein gezeichnet worden.« Sie und Adair wandten sich nach Osten.

Ein weiterer großer Kreis grenzte an die Rückwand. Darin lag auf einem primitiven Altar der nackte Körper einer der Lamia-Dienerinnen der Burg. Mit grellroter und gelber Fettschminke gemalte Symbole – einige astrologisch, andere henochisch – zierten ihren bleichen Körper von Kopf bis Fuß und unterstrichen ihre Nacktheit. Über ihrem Nabel befand sich ein zusammengedrehtes, violettes

Stoffband, in das eine zerbrochene Abendmahlsoblate eingeknotet war.

Adair war fassungslos. »Wie konntest du *meine* Lamia zum Opfer machen?«

»Sie ist verpflichtet zu gehorchen.«

»*Mir* zu gehorchen, nicht dir.«

Niko zuckte mit den Schultern. »Stefan und ich haben da vielleicht etwas nachgeholfen.«

Adair wurde von Minute zu Minute missmutiger und setzte seinen Rundgang fort. Er starrte auf Chi und Rho, die sich unter der Basis des Dreiecks überlagerten. Er tippte gegen die zwei Meter hohen Kerzen aus jungfräulichem Wachs, die von Kronen aus Eisenkraut umgeben waren. Er schüttelte den Kopf über drei Kreise, die durch ein Kreuz innerhalb des Dreiecks miteinander verbunden waren – den nördlichsten von ihnen zierten Hörner. Er wandte sich an Cade. »Willst du mich verarschen, mein Junge? Warum versuchst du, *diese* Bestie zu erwecken? Warum willst du dich dem Zorn des verdammten Premierministers der Hölle aussetzen?«

»Weil er mir die meiste Macht geben kann.«

»Aber zu welchem Preis? Das ist zu gefährlich!«

Cade hielt seine Stimme ruhig und seine Miene neutral. »Sie wollen, dass ich gegen einen Nazi-Karcisten in den Krieg ziehe, von dem Sie behaupten, er habe irrsinnige Kräfte. Ich kann ihn nicht bekämpfen, wenn ich nicht mit seiner Kraft mithalten kann, und ich bin, egal mit welchem Geist ich es zu tun habe, gleichermaßen verdammt, also kann ich mich genauso gut für den Platzhirsch entscheiden.« Er ging zu seiner Position innerhalb des schützenden Dreiecks, dann schloss er dessen Umkreisung, indem er die Spitze seines Schwertes über dessen Rand zog.

Der Meister kochte vor Wut. »Ich müsste nur mit dem Fuß darüberwischen und der Kreis wäre ruiniert.«

»Und dann? Streiten wir uns noch einen Monat lang? Sie haben es selbst gesagt: Das ist Zeit, die wir nicht haben. Ihr wollt, dass ich euch helfe, Kain zu bekämpfen? Stellt euch in eure Kreise.«

Für einige Sekunden herrschte toxische Stille, bis Adair den anderen ein Zeichen gab, ihre Plätze einzunehmen. Bevor er sich in seinen eigenen Kreis begab, schlich er sich an Cade heran und sprach in vertraulichem Tonfall. »Egal was du siehst oder hörst, verlasse auf keinen Fall deinen Kreis oder wir werden alle sterben.« Mit dieser letzten Warnung zog er sich in den östlichen Kreis zurück und wartete auf den Beginn des Experiments.

Cade musste den anderen keine Anweisungen geben. Sie legten sich ihre Schwerter quer über die Fußspitzen und nahmen die Flasche, die an ihrem Platz neben der Feuerschale stand – Brandy für Anja, Kampfer für Adair, heiliges Öl für Stefan und mit Abramelinöl vermischtes Widderblut für Niko –, und machten sich bereit, die Holzkohle in ihren Messingbehältern zu entzünden.

Cade streckte die Hand zum Rednerpult neben seinem Kreis aus, schlug das Grimoire mit den leeren Seiten auf, das er unter Stefans Anleitung vorbereitet hatte, und nahm seinen Stift der Kunst in die Hand, den er mit der gleichen Sorgfalt unter Nikos Anleitung angefertigt hatte. Er war im Begriff, den Vertrag seines Lebens zu schmieden. Mit einer kurzen Berührung versicherte er sich, dass sich das Stück Blutstein – ein Schutztalisman, den er auf Anweisung des Hexenzirkels beschafft hatte – noch unter seinem Gewand befand. Nichts durfte dem Zufall überlassen werden.

»Zündet die Kerzen an.«

Adair schnippte mit den Fingern und Flammen erwachten tanzend an den Dochten zum Leben.

Cade breitete seine Arme aus und nahm eine Pose ein, die sich angesichts der Umstände wie ein Sakrileg anfühlte. »Reicht mir den Brandy, dann den Kampfer.«

Anja gab Cade den Brandy. Er träufelte etwas auf die Holzkohle und gab ihr dann die Flasche zurück. Als Nächstes nahm er den Kampfer von Adair und streute etwas davon auf die Kohlen, bevor er das Gefäß seinem Meister zurückgab.

»Wir sind so weit. Zündet eure Gefäße an.«

Seine Tanisten entzündeten ihre Räucherschalen.

Der Raum war vorbereitet.

Cade leerte seinen Geist. Rief sich ins Gedächtnis, warum er drei Tage lang gefastet und gebetet hatte. Sein Geist und sein Körper waren unbefleckt. Seine Tribute waren der Reihe nach angeordnet und die Opfer an ihrem Platz. Er ging in die Hocke – mit großer Vorsicht, um das Schwert, das auf seinen eigenen Füßen ruhte, nicht zu verschieben – und zündete sein Feuer aus geweihter Holzkohle an. Als er sich zu voller Größe aufrichtete, rief er mit klarer und befehlender Tenorstimme:

»Ich präsentiere Euch, oh großer ADONAI, diesen Weihrauch als den reinsten, den ich erlangen kann; in gleicher Weise präsentiere ich Euch diese Holzkohle, zubereitet aus dem ätherischsten aller Hölzer. Ich opfere sie, oh großer und allmächtiger ADONAI, ELOHIM, ARIEL und JEHOVA, mit meiner ganzen Seele und meinem ganzen Herzen. Gewährt mir die Gunst, oh großer ADONAI, sie als ein annehmbares Brandopfer zu empfangen. Amen.«

Aus seinem Kohlebecken schoss ein Geysir indigoblauer Funken hoch, die von der hohen Decke abprallten. Unheilvolles Heulen und Schreie erfüllten den Beschwörungsraum und ein makabrer Nebel umhüllte den großen Kreis. Ein Tor zu den Unteren Reichen war geöffnet worden.

Es war Zeit, die Beschwörung zu beginnen.

»Hört mich, SATAN MEKRATRIG! Leistet meiner Aufforderung Folge, PUT SATANACHIA, auch BAPHOMET genannt: Seht meine Gaben und sendet mir Euren Agenten und Diener, frei von bösem Lärm oder Geruch, wie es das Gesetz befiehlt!«

Er holte eine Prise Weihrauch aus seinem Gewand und warf sie ins Feuer, wodurch die Flammen ein widerliches Grün annahmen. Die Dämpfe außerhalb des Kreises flammten rot auf und stanken nach Schwefel, verbranntem Haar und verrottendem Fleisch. Der Gestank drohte, ihm die Kehle zuzuschnüren. Er kämpfte den Würgereiz nieder und zwang sich, wieder zu sprechen:

»Ich beschwöre und befehle Euch, LUCIFUGE ROFOCALE, bei allen Namen, mit denen Ihr bezwungen und gebunden sein möget: SATAN,

Rantan, Pallantre, Lutias, *traditore, tentatore, adulatore, divoratore, conciatore, seminatore e seduttore,* wo seid Ihr? Ich beschwöre Euch, bei dem, der Euch geschaffen hat, mein Werk zu erfüllen! Ich rufe Euch an bei den Namen Adonai, El, Elohim, Zabaoth, Elion, Erethaol, Ramael, Tetragrammaton, Schaddai und bei den Namen Alpha und Omega, mit denen Daniel Bel vernichtete und den Drachen tötete; und bei der gesamten Hierarchie der höheren Intelligenzen, die Euch gegen Euren Willen zwingen werden – ich beschwöre Euch, Lucifuge Rofocale, erscheint vor mir in einer gefälligen Gestalt und Stimme oder spüret den Schmerz meines Stabs!«

Er stieß seinen gewundenen Stab aus Haselnussholz in die Kohlenglut.

Gebrüll von Leid und unermesslichem Hass versetzte Cade in Angst und Schrecken. Seine Hände zitterten und er fürchtete, die Kontrolle über seine Blase zu verlieren. Schwindelgefühl überkam ihn und für ein paar Sekunden war er sicher, dass sein Gleichgewicht ihn im Stich gelassen hatte und er fiel.

Doch auf einmal fühlte er sich ruhig, war wieder bei Sinnen und zog seinen Zauberstab aus der Glut. »Lucifuge Rofocale! Zeigt Euch in einer gefälligen Form oder spüret erneut meinen Zorn!«

Ein Donnergrollen durchfuhr Cade, gefolgt von einer Kälte, die ihm einen ersten Vorgeschmack auf das Vergessen gab, das alle Sterblichen erwartete. Dann erklang eine Stimme, wie er sie noch nie gehört hatte; sie war wie das Prasseln eines Lagerfeuers und das Tosen von Wellen.

Ich bin hier. Warum ersucht Ihr mich?

Eine in Qualm gehüllte und in Licht getauchte Gestalt ohne erkennbaren Ursprung erschien außerhalb des großen Schutzkreises. Sie ragte mehr als drei Meter groß vor Cade auf und betrachtete ihn mit zornigen, gelben Augen. Aus ihrem kahlen Kopf ragten drei verdrehte Hörner hervor. Der Kiefer klaffte auf und enthüllte ein Maul voller Reißzähne über einem spitzen Kinn. Eine zerfledderte Halskrause säumte den Kragen eines kupferfarbenen Wamses, das von einem fransigen Rockschoß geziert wurde. Darunter erstreckte sich ein Paar Ziegenbeine, die in schwarzen Hufen endeten, und ein buschiger Schwanz, der vor nervöser Energie zuckte.

Cade rang darum, seinen Schrecken zu überwinden und sich an seinen nächsten Teil in ihrem vorgegebenen Pas de deux zu erinnern. »Wärt Ihr erschienen, als ich Euch rief, hätte ich Euch keineswegs gestraft. Bedenkt, wenn meine Bitte an Euch abgelehnt wird, bin ich entschlossen, Euch bis in alle Ewigkeit zu quälen.«

SAGT, WAS IHR VERLANGT.

»Ich verlange, dass Ihr mit mir oder mit jenen, denen ich mein hier anwesendes Buch anvertraue, das Ihr genehmigen und unterzeichnen sollt, kommuniziert, wann immer ich oder sie Euch mit den Namen der Macht anrufen; dass Ihr mir die Herrschaft über alle Geister der Hölle gewährt, die Euch ›Meister‹ nennen; und dass Ihr mir das Geschenk von siebenhundert Jahren Leben, Jugend und Vitalität sowie die Freiheit von Gift, Pestilenz und Krankheit gewährt. So lautet meine Forderung.«

Das Monster betrachtete Cade mit Abscheu und Angst. IHR SEID KEIN BLOSSER ABKÖMMLING VON EVA. IHR BRENNT MIT EINER HELLEREN FLAMME.

Man hatte ihn davor gewarnt, den Schmeicheleien des Dämons zu erliegen. »Sprecht ohne Trug! Werdet Ihr meine Bitte erfüllen, so wie sie vorgetragen wurde und ohne zusätzliche Bedingung?«

WAHRLICH, ICH VERSPRECHE, EURER BITTE NACHZUKOMMEN, EUER BUCH ZU GENEHMIGEN, IHM MEIN SIEGEL UND MEINE WAHRE UNTERSCHRIFT HINZUZUFÜGEN UND AUF EUER VERLANGEN HIN ZU ERSCHEINEN, VORAUSGESETZT, IHR BRINGT EINMAL IM JAHR DAS OPFER UND DEN TRIBUT DAR, WIE ES DAS GESETZ VORSCHREIBT.

Cade zog eine lebendige Maus unter seinem Messgewand hervor, entfernte ihre Beinfesseln und ließ sie außerhalb seines Kreises frei. Das Nagetier quiekte und rannte auf den Dämon zu. Dann umrundete sie das Monster dreimal, bevor sie aus dem Raum flüchtete. Sobald sie fort war, zog Cade aus derselben Tasche eine Goldmünze mit dem Siegel des Dämons und warf sie ihm zu.

Das Maul der Bestie öffnete sich weit wie das einer Schlange und schnappte die Münze aus der Luft. HALTET IHR EUCH AN DIE BEDINGUNGEN DES BUNDES, SEID EUCH MEINER UNTERSTÜTZUNG GEWISS. ABER WENN IHR IHNEN NICHT NACHKOMMT, SOLLT IHR FÜR ALLE EWIGKEIT MEIN SEIN.

Der Dämon nahm Cades Stift der Kunst vom Rednerpult und schrieb seine dämonischen Zeichen in Cades Grimoire. Als er den Stift ablegte, fletschte er die Zähne zu einem Grinsen, das nach Urin und Blut stank. UNSER GESCHÄFT IST ABGESCHLOSSEN.

»Ich danke Euch, LUCIFUGE ROFOCALE, und entlasse Euch gemäß den Bedingungen des Paktes. Geht in Frieden und kehret zurück, wenn – und nur dann – wenn ich nach Euch rufe. Hinfort, Geist, im Namen von ADONAI, ELOHIM, ARIEL und JEHOVA!«

Ein Donnerschlag ließ die Flammen auf den Kerzen erzittern.

Der Dämon war fort.

Cade beendete das Ritual mit einem einzigen Wort: »Amen.«

Der Meister verließ seinen Kreis. »Ich habe mir wirklich Sorgen gemacht. Aber du hast das gut gemacht.«

Er legte Cade eine Hand auf die Schulter. »Morgen beschwören wir einen kleinen Geist und zeigen dir, wie man ihn sich gefügig macht.« Mit einem Stirnrunzeln fügte er hinzu: »Dann beginnt der *eigentliche* Spaß.« Er ging zur Treppe.

Niko und Stefan näherten sich Cade. »Das war doch mal was«, sagte Niko. »Ich hoffe, ich sehe so etwas nie wieder.«

Stefan lachte, Niko und Cade stimmten eine Sekunde später mit ein. Als die Heiterkeit nachließ, sagte der ältere Lehrling: »So beginnt deine Reise. Aber du hast noch einen langen Weg vor dir und morgen wird ein langer Tag.« Immer noch in ihren Roben folgten Stefan und Niko Adair nach oben.

Cade zog seine Gewänder aus und verstaute sie in seinem Schrank, anstatt sie in die Burg mitzunehmen, da er sie und seine Werkzeuge im Labor waschen und exorzieren musste. Er schloss die Schranktür und sah sich Anja gegenüber, deren übliche Verachtung durch Wut ersetzt worden war. »Du hättest uns beinahe alle umgebracht.«

Er zuckte vor ihrer Anschuldigung zurück. »Was? Was willst …«

»Als du die Schreie der Verdammten gehört hast, bist du einen Schritt zurückgewichen. Hätte ich nicht die Hand von PALARA benutzt, um dich in deinem Kreis zu halten, hättest du den Schutzwall durchbrochen und LUCIFUGE hätte uns alle verschlungen.« Sie rammte einen spitzen Finger gegen seine Brust. »Wären wir anderen nicht in Gefahr gewesen, hätte ich nichts getan. Aber eins sollst du wissen: Machst du jemals wieder so einen Fehler, lasse ich dich sterben.«

Anja war so wütend, dass sie jeden Anstand fahren ließ und die Tür zu Meister Adairs Schlafgemach aufstieß. Er hatte sein Messgewand schon zur Hälfte abgelegt und erschrak, als die Tür von der Wand zurückprallte. Er warf sein Gewand beiseite und sah Anja mit vernichtendem Blick an. »Was soll das?«

Sie konnte vor Wut nicht aufhören zu zittern. »Sagen Sie mir, dass Sie es gesehen haben.«

»Was gesehen?«

»Was er getan hat! Während des Experiments!«

Der Groll des Meisters verflog. »Du meinst seinen halben Schritt rückwärts.«

Sie fühlte sich im gleichen Atemzug bestätigt und abgewiesen. »Sie haben es gesehen.«

»Natürlich. Und ich habe gesehen, wie du ihn an Ort und Stelle gehalten hast – genau wie ich es wollte.«

»Er hätte uns alle umbringen können.«

Adair setzte sich, um seine Zeremonienschuhe auszuziehen. »Ein Risiko, das ich vorausgesehen habe. Ihm diesen Fehler zu ersparen war unsere Aufgabe als Tanisten.«

»Sie haben mir beigebracht, dass der Anwender die Tanisten schützt. Nicht andersherum.«

»Besondere Umstände.« Er steckte seine Schuhe in eine Samttasche und verschloss sie mit einem Ruck an der seidenen Kordel.

Anja fehlten die Worte und sie konnte nur frustriert knurren. Sie lief auf und ab und fuhr sich mit den Fingern durch die Haare. »Alles, was ihn interessiert, ist seine Rache.«

»Und?«

»Er ist egoistisch. Unsere Sache kümmert ihn nicht im Geringsten.«

»Aye. Aber wenn es das ist, was nötig ist, um ihn rechtzeitig auszubilden, dann ist das eben so.«

»Seine Ausbildung ergibt überhaupt keinen Sinn. Weder das Tempo noch die Nachsicht. Sie haben ihm gesagt, er soll PAIMON erwecken, er ruft stattdessen LUCIFUGE ROFOCALE an – und *Sie haben es einfach zugelassen.* Weshalb?«

»Du hast doch gehört weshalb. Wir haben keine Zeit, um …«

»Nein! Lügen Sie mich nicht an. Wir sind schon zu lange zusammen, haben zu viel durchgemacht.« Sie zeigte anklagend mit dem Finger auf ihn. »Sie hätten das niemand anderem durchgehen lassen, weder mir noch Niko oder Stefan.«

Adair schob seine Schuhe unters Bett, dann machte er sich daran, sein Messhemd zu falten. »Geht es hier darum? Du bist sauer, weil jemand anderes als du eine Sonderbehandlung erhält?«

Das saß und sie spannte sich an. »Wie können Sie es *wagen …«*

»Tu doch nicht so, Mädchen.« Er richtete sich auf. »Es war nie ein Geheimnis, dass ich dich wie mein eigenes Kind liebe. Du warst schon *immer* mein Liebling. Wenn jemand anderes als du jemals so mit mir sprechen würde, würde er die Nacht als Kröte in der Schlosszisterne verbringen – und *das weißt du verdammt gut.*« Er ging zu seiner Kommode.

Mit dem Rücken zu Anja zog er den Stöpsel aus einer Karaffe mit irischem Whiskey und füllte ein Glas. Dann drehte er sich um, kippte den halben Drink in einem Zug hinunter und stieß zufrieden die Luft aus. »Also, was hat dich wirklich auf die Palme gebracht?«

Sie fand die Wahrheit peinlich. Es gab viele Emotionen, zu denen sie sich gern bekannte, aber Neid gehörte nicht dazu. »Cade. Er hat all seine Werkzeuge in drei Wochen hergestellt.«

»Aye, mit Unterstützung.«

Sie schüttelte den Kopf. »Nicht so viel, wie Sie glauben. Als Sie mir geholfen haben, habe ich trotzdem mehr als ein Jahr gebraucht, um meine ersten Werkzeuge herzustellen.«

Adair nahm einen weiteren Schluck von seinem Drink. »Cade hatte mehr Vorbildung als du.«

Anja spürte die rhetorischen Ausweichmanöver ihres Meisters – nicht in dem, was er sagte, sondern in dem, was er nicht sagen wollte. »Und wie hat er so viel von Waite und der *Clavicula Salomonis Regis* und dem *Grimorium Verum* in nur zwei Monaten auswendig lernen können?«

»Ich will nicht unhöflich sein, meine Liebe, aber als ich dich fand, warst du ein Bauernmädchen aus einem russischen Holzfällerkaff. Cade war ein Student in Oxford, einer der renommiertesten Universitäten der Welt. Was ihm deiner Meinung nach an Erfahrung fehlt, macht er durch erstklassige Bildung wett.«

Alles, was der Meister ihr sagte, stimmte, aber sie merkte, dass er noch etwas verbarg. »Sie hatten schon früher Lehrlinge, die gute Schüler waren, bevor sie hierherkamen. Keiner hat je so schnell gelernt wie er.« Ihr Temperament gewann die Oberhand. »Er hat in zwei Monaten mehr gelernt als ich in drei Jahren! Wenn ich Ihr Liebling war, warum haben Sie mein Training nicht so beschleunigt?«

»Wenn ich das getan hätte, wärst du jetzt tot.«

Sie wich zurück, beleidigt von seinem mitleidigen Unterton. »Zur Hölle mit Ihnen.«

Er wirkte beinahe reumütig, sagte aber nichts, als sie aus der Tür in den Flur eilte – wo sie mit Cade zusammenstieß.

Er wich mit erhobenen Händen zurück. »Hey! Sorry, ich …«

»Muss schön sein, etwas Besonderes zu sein«, unterbrach Anja ihn und ließ ihn sprachlos stehen. Sie wollte nichts sehnlicher, als ihn und Adair und alle anderen hinter sich zu lassen. Sie stürmte in ihr Schlafzimmer und knallte die Tür zu.

Mit jedem Tag, der verging, wurde es für sie schmerzhafter, ihren Schwur gegenüber Adair einzuhalten. Über ein Jahr war vergangen, seit der Krieg begonnen hatte, und mit jedem Tag wurde ihr Drang, in die Schlacht zu ziehen, stärker. Nach allem, was der Meister für sie getan hatte, war der Gedanke, ihn zu verlassen, praktisch undenkbar, aber jeder Tag, den sie bei der Ausbildung dieses egoistischen jungen Amerikaners half, war ein weiterer Tag, an dem ihre Pflicht gegenüber den Sowjets weiter hinausgeschoben wurde.

Sie wusste, dass eines Tages ein noch ernsteres Gelübde sie wegrufen würde. Und wenn es so weit war, würde sie keine andere Wahl haben, als diesem Ruf zu folgen.

Bis dahin würde sie weiterhin die Befehle ihres Meisters ausführen.

Aber nur bis dahin.

Sich einen Dämon untertan zu machen, so lernte Cade in der nächsten Nacht, unterschied sich nicht wesentlich davon, einen Pakt mit einem Dämon zu schließen. In mancher Hinsicht war es sogar einfacher. Die Schutzkreise waren leichter zu zeichnen und erforderten weniger Elemente. In einer Hinsicht war es jedoch mühsamer, und das war der Wortlaut der Vereinbarung. Cade war entmutigt von dem Wortschwall, den er auf Adairs Geheiß hin auswendig lernen sollte.

»Muss ich das wirklich alles sagen?«

»Jedes Wort«, sagte Adair. »Dämonen gibt es in allen Formen und Größen, aber eins haben die feurigen Schwachköpfe gemeinsam: Sie halten ihre Pakte *buchstabengetreu* ein.

Einige lassen dich ihre Kräfte für eine *bestimmte Dauer* nutzen, andere lassen dich ihre Kräfte nur eine *begrenzte Anzahl von Malen* nutzen. Die Bedingungen eines jeden Dämons sind einzigartig, daher ist es wichtig, dass jedes Wort in einem dämonischen Pakt perfekt ist, und nichts dem Zufall überlassen wird. Wenn du schlampig wirst, stehst du mitten im Kampf mit leeren Händen da.«

»Es ist alles so willkürlich«, meinte Cade. »Sämtliche Grimoires sagen mir, ich solle LUCIFUGE um siebenhundert Jahre Leben bitten. Aber wenn er mir siebenhundert geben kann, warum kann ich dann nicht um tausend bitten? Oder einfach direkt um Unsterblichkeit?«

»Weil die Bestie sich geweigert und dir siebenhundert angeboten hätte, wie das Gesetz es vorschreibt.«

Das klang für Cade wie eine faule Ausrede. »Und ich wäre verpflichtet gewesen, das zu akzeptieren? Warum? Weil es eben schon immer so gemacht wurde?«

»Ich habe die Regeln der Magick nicht geschrieben, mein Junge. Ich lehre sie nur.«

Mit einem widerwilligen Kopfschütteln fuhr Cade fort, die Zeilen seines bevorstehenden Paktes mit dem Geist namens XAPHAN zu wiederholen, einem Dämon, dessen Körper aus der Ewigen Flamme bestand. Der Pakt gab Cade das Recht, sich den Dämonen für bis zu neunzig aufeinanderfolgende Tage untertan zu machen, und während dieser Zeit dessen Kräfte alle ohne Einschränkung als seine eigenen anzuwenden, bevor er ihn entlassen und erneut beschwören musste. Der Haken an der Sache – denn bei Dämonen gab es immer einen – war, dass XAPHAN für jeden Tag, an dem er Cade seine Macht verlieh, eine Bezahlung in Form von Cades Unterwerfung für ein Jahrhundert der Qualen im Jenseits verlangte.

Vor der Seeschlacht hätte sich Cade nie Gedanken darüber gemacht, eine Seele zu verkaufen, an deren Existenz er nicht geglaubt hatte. Aber jetzt hatte er Dämonen mit eigenen Augen gesehen. Da er wusste, dass sie und die Hölle real waren, fiel es ihm schwer, der Verpflichtung zu Äonen höllischer Qualen gleichgültig gegenüberzustehen.

Er hielt Adair den Vertrag unter die Nase. »Dieses Ding will mich für jeden Tag, an dem ich seine Kräfte nutze, 100 Jahre grillen. Sind alle Verträge so?«

»Die Ewigkeit ist verdammt lang. Sie brauchen etwas, um sich die Zeit zu vertreiben.«

Cade schüttelte den Kopf. »Haben Ihre Verträge auch diese Bedingungen?«

»Aye. Es ist nur eine Standardformulierung. Nichts, worüber man sich aufregen müsste.«

Ein reumütiges Glucksen. »Schon klar. Nur ewige Verdammnis. Keine große Sache.«

»Glaub mir, diese Schuld ist schwer einzutreiben. Tu einfach, was ich sage, und es wird nie dazu kommen.«

Das Ritual verlief reibungslos. Es war vollgepackt mit furchtbarem Geheul, Gerüchen, bei denen sich einem der Magen umdrehte, und der Launenhaftigkeit des Geistes. Das alles hatte Cade erwartet. Ein paar Stöße seines Zauberstabs zwangen XAPHAN, damit aufzuhören, sich in falscher Gestalt zu präsentieren – zuerst als schöne Jungfrau, in einem durchschaubaren Versuch, ihn zu verführen; dann als eine Masse aus gallertartigem Fleisch, Augenstielen und Tentakeln, die ihn einschüchtern sollte – und in seiner wahren Gestalt zu erscheinen: als großer, schlanker Mann mit einem Körper aus Feuer. Seine Stimme war wie das Zischen von Dampf, der über heißes Eisen tanzt.

Sobald der Geist in seine Schranken gewiesen war, ordnete Cade seine Gedanken, bevor er die Details rezitierte, die seinen Pakt mit dem Dämon regeln würden. XAPHAN schmorte während der Festlegung der Bedingungen, für deren Aufzählung Cade fast zwanzig Minuten brauchte.

Als er fertig war, fragte der Dämon mit scherzhafter Langeweile: IST DAS ALLES?

»Fühlst du dich zu wenig ausgebeutet? Soll ich mehr verlangen?« Er hob seinen Zauberstab. Adair hatte ihn davor gewarnt, Dämonen die Oberhand gewinnen zu lassen, sei es durch Drohungen, Schmeicheleien oder Sarkasmus.

ICH AKZEPTIERE DEINE BEDINGUNGEN. ICH WERDE MEIN SIEGEL UND MEINE WAHRE UNTERSCHRIFT DEINEM BUCH HINZUFÜGEN.

Cade drehte das Rednerpult, um sein Grimoire dem Geist zuzuwenden. XAPHAN nahm die Feder der Kunst zur Hand und setzte seine Unterschrift in das Buch der Pakte, genau wie es sein infernalischer Meister LUCIFUGE ROFOCALE in der Nacht zuvor getan hatte.

Er legte den Stift ab und schrumpfte zusammen, während er auf seine Knechtschaft wartete. ICH BIN BEREIT.

Mit einer Hand hob Cade seinen Zauberstab, mit der anderen warf er eine Handvoll Goldstaub in das glühende Kohlenfeuer zu seinen

Füßen. *»Adiuro animae meae anima tua potestate mea sit potestate, in condicionibus foederis.«*

Der Geist verblasste, bis er fast unsichtbar war, dann machte er einen Satz vorwärts und schrumpfte, als er mit Cade verschmolz und dabei in ihm verschwand. Stille senkte sich über den großen Kreis und der Geruch von verbranntem Metall, der die Ankunft des Dämons angekündigt hatte, verflüchtigte sich.

Adair, der das Ritual aus dem Schutz eines Nebenkreises außerhalb des Hauptsiegels beobachtet hatte, fragte: »Wie fühlst du dich, mein Junge?«

Das Gefühl, das durch Cades Körper pulsierte, war fast narkotisch. »Erstaunlich.«

»Genieß es, solange es anhält. Der Kater wird mörderisch sein. Morgen zeige ich dir, wie man Kreise zeichnet, um mehrere Geister gleichzeitig zu rufen.«

»Wann fange ich an zu lernen, wie man diese Kräfte *einsetzt*?«

»Geduld. Im Moment hast du einen Bauch voller Feuer. Morgen besorgen wir dir einen Schild und eine Möglichkeit, Magick zu sehen. Sobald du die hast, können wir dir beibringen, wie man kämpft.«

Cade zwang seine Emotionen in die Schranken. »Also werde ich mir bis morgen drei Dämonen auf einmal untertan gemacht haben?« Sein Meister nickte. »Was ist die höchste Anzahl, die Sie je unterjocht haben?«

»Elf.«

»Was ist der höchste Wert, den je jemand erreicht hat?«

Der Schotte schüttelte den Kopf. »Das Höchste, wovon ich je gehört habe, waren dreizehn.«

»Wer hat das geschafft?« Er konnte die Antwort an Adairs mürrischem Gesichtsausdruck ablesen. »Kain.«

»Aye.« Er verließ seinen Kreis und schnippte mit den Fingern, um die zeremoniellen Kerzen zu löschen. Der Raum wurde bis auf ein paar Strahlen Mondlicht, die durch die Fenster fielen, dunkel. »Aber du hast noch einen langen Weg vor dir, bevor du dich an so etwas heranwagen kannst.‹ Er deutete auf die Treppe. »Morgen ist ein weiterer langer Tag, also schlaf heute Nacht – wenn du kannst.«

»Was soll das heißen?«

»Das heißt, ich an deiner Stelle würde mir eine Flasche Whisky auf den Nachttisch stellen.«

8 FEBRUAR

»Magick ist eine Wissenschaft«, sagte Adair zu Cade und jonglierte mit drei Feuerkugeln. »Man muss ihre Regeln beherrschen, dann kann man lernen, diese zu beugen oder zu umgehen.« Er ließ die Feuerkugeln über seinem Kopf kreisen. »Und sie sogar brechen.« Die winzigen Feuerkugeln verwandelten sich in Eis, schossen in verschiedene Richtungen davon und zerschellten an den steinernen Mauern der Burg. »Versuch es.«

Cade konzentrierte sich auf die Namen und Kräfte der vier Dämonen, die er unterjocht hatte. XAPHAN, der erste, ließ ihn Feuer beschwören und kontrollieren. Er streckte seine rechte Handfläche aus und stellte sich einen Ball aus Flammen vor. Kurzlebige Zungen aus rötlichem Feuer tanzten über seiner Hand. Ein tiefer Atemzug verlangsamte sein rasendes Herz und half ihm, sich den Feuerball mit größerer Klarheit vorzustellen.

Eine Kugel aus kalten Flammen entstand aus dem Nichts und wirbelte über seiner Hand herum.

»Ich habe es geschafft!« Er sah Adair an. »Was kommt als Nächstes?«

»Erschaffe noch eine in deiner Linken, aber mit blauen Flammen. Und dieses Mal heiß wie die Hölle.«

Wieder konzentrierte er seine Gedanken auf den Dämon und sein angeborenes Talent. Weitere zögerliche Flammen züngelten aus seiner linken Hand, bevor der blaugrüne Feuerball erschien. Seine Hitze kräuselte die Härchen auf seinem Handrücken. »Okay«, sagte Cade. »Ein heißer Feuerball, ein kalter. Was jetzt?«

»Wirf sie in den See«, sagte Adair. »Die bringst du mir auf keinen Fall mit in die Burg.«

Cade schleuderte die Feuerbälle in den Loch Duich. Die rote Kugel ließ ein Stück Eis auf der Oberfläche des Sees entstehen und die blaue Kugel sprengte es in Stücke, die in der Luft zu Dampf wurden. »Das war unglaublich«, sagte er, verblüfft, solch rohe Kraft in seinen eigenen Händen erschaffen zu haben.

»Das war gar nichts«, sagte Adair. »Bevor ich dir das Kämpfen beibringen kann, musst du in der Lage sein, gleichzeitig anzugreifen und dich zu verteidigen und fließend von einer Kraft zur anderen zu wechseln.«

»Ist das Ihr Ernst? Ich kann kaum eine Kraft auf einmal abrufen.«

Der Meister nahm Cades Nörgelei gelassen hin. »Mit gebundenen Kräften umzugehen ist anfangs immer schwer. Es ist, als würde man lernen, Musik zu machen.«

»Musik?«

»Ja. Wenn man anfängt, braucht man all seine Konzentration, um eine perfekte Note zu spielen. Man macht sich Gedanken über die Note selbst, darüber, wo die Finger hinmüssen ... und dann macht man sich Gedanken über die nächste Note. Aber je mehr man übt, desto einfacher wird es, einer Note eine weitere folgen zu lassen. Und jeder Dämon ist wie ein neues Instrument, mit seinen eigenen Launen und Techniken. Eines Tages merkt man, dass man gar nicht mehr über die Noten nachdenkt. Dann hat man die Freiheit, einfach nur zu spielen.«

Es war eine schöne Metapher, eine, die Cade endlich verstehen konnte. »Okay. Und jetzt ...?«

»Jetzt lernst du erst mal, die Kreuze von den Bs zu unterscheiden. Wenn du das kannst, fangen wir mit den Akkorden an. Bis dahin ... wollen wir mal sehen, ob du ein paar Blitze schleudern kannst.«

»Magick macht Spaß, *mon ami.*« Niko reichte Cade den Wein an. »Lass dir von niemandem etwas anderes erzählen!« Sie hatten ihre dritte Flasche Côtes du Rhône an diesem Nachmittag fast ausgetrunken, während sie dem folgten, was Niko als Unterricht bezeichnete, was aber in Wirklichkeit nicht viel mehr war als eine Vorführung seines Geschicks für die Magick der Gedankenkontrolle.

Ein Schluck Rotwein verschwand in Cades Rachen. Er wischte sich einige Tropfen von seinem Kinn. »Was zur Hölle ist so lustig daran, Dämonen im Schädel zu haben? Ich habe seit drei Tagen Kopfschmerzen und ich glaube allmählich, dass ich nie wieder richtig kacken kann.«

»Dein Magen wird sich daran gewöhnen. Was deinen Kopf betrifft« – Niko nahm die Flasche – »trink noch was.«

Cade lachte, während Niko einen ausgiebigen Schluck trank. »War es für dich am Anfang auch so schwer?«

»Schwerer. Ich hab achtzehn Monate gebraucht, um meine Werkzeuge herzustellen. Weitere achtzehn, bevor Adair mir erlaubt hat, meinen ersten Pakt zu schließen. Drei Jahre lang war ich Novize – du wirst in drei Monaten Karcist sein. Du kannst dich glücklich schätzen.« Er gab Cade die Flasche. »Willst du einen Partytrick sehen?«

»Wer will das nicht?«

Niko schnippte mit den Fingern und die fast leere Flasche war im Nu wieder voll.

»Besser als Jesus! Aber trink ihn schnell – in einer Stunde verwandelt er sich in Pisse.«

»Ich bin mir ziemlich sicher, dass das sowieso passieren wird, nachdem ich ihn getrunken habe, mit oder ohne Dämon.«

Er stürzte einen Schluck des beschworenen Weins hinunter. »Nicht übel. Ist Fuselmagick ein eigenes Fachgebiet?«

»Das nennt sich Trickserei. Kleine Magick. Man benutzt dafür zwar auch Dämonen, aber für triviale Dinge.«

»Adair hat mir gesagt, ich solle Magick nie für etwas benutzen, das auch auf andere Weise getan werden kann.«

Niko stieß ein zynisches Glucksen aus. »Adair sagt viele Dinge.«

Jetzt war Cade neugierig. »Gibt es etwas, das ich wissen sollte?«

»Nur, dass es mehr als einen Weg gibt, Magick zu wirken. Und manche ...«, er nahm den Wein, »... machen mehr Spaß als andere. Ein Beispiel: Wahrheitsmagick. Ich werde dir eine Frage stellen; wenn du antwortest, versuche, mir eine Lüge aufzutischen.« Er beugte sich vor und sah Cade in die Augen, während er die Macht zusammennahm, jemandem die Wahrheit zu entlocken: »Was hältst du wirklich von Anja?«

»Sie macht mir eine Scheißangst«, sagte Cade. Seine Augen wurden groß. »Mein Gott. Ich wollte sagen: ›Sie scheint nett zu sein, aber ein bisschen verkrampft.‹ Toller Trick, den du da hast.«

»Jetzt stell dir mal vor, was du mit so einer Macht bei einem Pokerspiel anstellen kannst.«

Ein schelmisches Grinsen. »Wie ich schon sagte: Magick macht Spaß.«

»Magick ist Schönheit.« Stefan traf seine Feststellung, soweit Cade das beurteilen konnte, ohne den geringsten Anflug von Ironie oder Befangenheit. Sie waren allein im Beschwörungsraum; Stefan hatte gesagt, sie würden die Feinheiten der Dämonenkontrolle besprechen, aber wie üblich war er wieder weit vom Thema abgekommen. »In den Mysterien der Kunst liegen die Geheimnisse des Universums verborgen.« Er lief um Cade herum, verschwand bei jedem zweiten Schritt, und immer, wenn er wieder auftauchte, hatte sich ein Detail seiner Kleidung oder an seiner Person in Farbe oder Stil verändert. »Die Wissenschaft hat gerade erst begonnen zu begreifen, was die Magick schon lange weiß: dass wir in einem Reich geheimnisvoller Zusammenhänge leben. Unser Kosmos existiert in Größenordnungen, die sowohl größer als auch winziger sind, als wir überhaupt begreifen können.«

Cade hörte Stefan am liebsten von allen beim Reden zu. »Ist das der Grund, warum du Magick studiert hast?«

Stefan hörte auf, Cade zu umkreisen und stellte sich ihm gegenüber. »Nein. Mein ... Freund ... war Student der Kabbala.« Er nahm seine Brille ab, zog ein Tuch aus seiner Tasche und polierte die Gläser. »Ich wollte mich ihm und seinen Rabbinern anschließen. Dann lernte ich Adair kennen. Als er mir zeigte, was die Ars Goetia bewirken kann …« Er verlor sich in einer Erinnerung. »Da wusste ich, welchen Weg ich einschlagen muss.« Er legte das Tuch weg und setzte sich die Brille auf die schmale Nase. »Die Frage, mein Freund, ist, welchen Weg du einschlagen wirst.«

»Weg? Du meinst, wie der linke oder der rechte Weg?«

»Vergiss das Dogma. Magick ist Poesie und Vulgarität. Ihre Kraft kommt aus der Dunkelheit, aber sie kann genutzt werden, um Licht zu verbreiten. Sie ist Yin und Yang. Aber wir müssen uns entscheiden. Unser Wille bestimmt darüber. Welchen Weg wirst du also wählen? Das Licht? Oder die Dunkelheit?«

»Muss es denn immer schwarz oder weiß sein? Kann es nicht einen Mittelweg geben?«

Stefan nickte langsam und runzelte gleichzeitig besorgt die Stirn. »Der Pfad des Schattens. Ein schwieriger Weg. Man weiß nie, wohin er führen wird. Man sollte diesen Weg mit großer Vorsicht beschreiten.«

»Ich denke, das kann man über jeden Aspekt der Kunst sagen«, meinte Cade. »Von meinem Standpunkt aus wirkt das Ganze so, als gäbe es keinen einzigen Teil davon, der einen nicht umbringen kann.«

Seine Beobachtung ließ Stefan kichern. »Wie wahr. Ein gefährlicher Weg, dem wir folgen.«

»Was ist also das Geheimnis? Das wahre Geheimnis, meine ich. Wie kann ich das hier tun, ohne zu sterben?«

Cade hatte den Eindruck, wenn ihm jemand eine klare Antwort auf diese Frage geben würde, dann Stefan. Der Lehrling dachte ernsthaft darüber nach.

»Manche würden meinen Rat als töricht oder naiv bezeichnen«, sagte Stefan, »aber es ist das Einzige, von dem ich weiß, dass es wahr ist. Begründe deine Handlungen in Liebe und Mitgefühl, in Empathie und Großzügigkeit. Handle niemals aus Hass oder aus selbstsüchtigem Gewinnstreben. Die Kunst erhebt diejenigen, die sich vor dem Göttlichen demütigen, und sie erniedrigt diejenigen, die sich in Ruhm kleiden wollen. Nur wenn du die Hässlichkeit dieser Welt loslässt, wird dir die Magick ihre wahre und unendliche Schönheit offenbaren.«

Ein gespaltener Blitz schlug Cade den Zauberstab aus der Hand. Eine unsichtbare Klinge aus Eis durchbohrte seinen Bauch und ließ ihn auf die Knie fallen, dann schleuderte ihn eine unsichtbare Hand so hart gegen die westliche Mauer der Burg, dass seine Stirn aufplatzte und ihm das Blut über das Gesicht lief. Er taumelte rückwärts und brach im Schnee zusammen, betäubt und nach Luft schnappend.

Anja betrachtete ihn mitleidlos. »Magick ist Schmerz. Vergisst du das, wirst du sterben.«

Das Feuer knisterte im Kamin des Quartierzimmers. Cade lag ausgestreckt auf einem champagnerfarbenen, antiken Teppich davor und ließ die Wärme seine Schmerzen lindern.

»Ich glaube wirklich, dass sie versucht, mich umzubringen.«

»Wenn es so wäre, wärst du tot«, sagte Niko. »Sie will nur, dass du leidest.«

Er und Stefan saßen an dem kleinen runden Chippendale-Spieltisch in der Mitte des fensterlosen Raums und nippten an Gläsern mit dem besten Scotch des Meisters. Die Flasche des dreißig Jahre alten Macallan war bereits halb leer, obwohl sie vor nicht einmal einer Stunde angebrochen worden war.

Stefan nickte zwischen zwei Schlucken. »Niko hat recht. Sie spielt mit dir.«

»Ich Glückspilz.« Cade beobachtete, wie der Feuerschein mit den Schatten an der niedrigen, gewölbten Decke tanzte. »Ich will nur wissen, was ich ihr getan habe, dass sie mich so hasst.«

Niko leerte sein Glas. »›Hass‹ ist ein starkes Wort.«

»Warum hat sie mir dann gesagt, dass sie hofft, ich würde während der Ausbildung sterben?«

Die älteren Lehrlinge lachten. Stefan füllte Nikos Glas nach und sagte zu Cade: »Sie ärgert sich über die Aufmerksamkeit, die du vom Meister bekommst.«

Cade setzte sich auf und spürte, wie ihm das Blut aus dem Kopf wich. »Mit Feindseligkeit kann ich umgehen. Aber sie tut so, als hätte sie es auf mich abgesehen. Wie kann ich jemandem, der mich hasst, vertrauen, mich auszubilden?«

»Sie respektiert den Meister zu sehr, um zuzulassen, dass du zu Schaden kommst.« Stefan kippte etwas Scotch in ein drittes Glas und reichte es an Cade weiter. »Hab Geduld. Dich auszubilden war hart für sie.«

»Warum? Ich habe alles getan, was sie mir gesagt hat.«

Niko sagte: »Du bist ein guter Schüler. Besser als erwartet. Und genau das ist das Problem.«

Stefan fügte hinzu: »Du hast die Grundlagen schneller gemeistert als jeder andere, den wir je ausgebildet haben.«

»Warum ist das ein Problem?«

»Weil«, erklärte Stefan, »Anja zwar fähig ist, aber viele Jahre gebraucht hat, um die Kunst zu beherrschen. Es ist ihr nicht in die Wiege gelegt worden.«

»Sie ist nur so weit gekommen, weil Adair sie wie seine eigene Tochter behandelt.« Niko senkte seine Stimme. »Wäre ich so langsam gewesen wie sie, hätte er mich in den Burggraben geworfen und mir gesagt, ich solle nach Hause schwimmen.«

Mehr über die Dynamik zwischen Anja und Adair zu erfahren bereitete Cade nur noch mehr Sorgen. »Ich hab gehört, wie Adair sagte, dass ihr beide bald abreist.«

»Oui«, sagte Niko. »Spezialmissionen. Hinter der Front.«

»Na toll. Und wer rettet mich dann vor Anja, wenn ihr weg seid?«

Stefan füllte Cades Glas nach. »Du wirst sie einfach für dich gewinnen müssen.«

»Und wenn ich das nicht kann?«

Niko grinste. »Nur Geduld. Ihre Gefühle sind verletzt, aber sie wird darüber hinwegkommen.«

Er nahm einen tiefen Schluck Scotch und fügte dann hinzu: »Oder sie wird dich im Schlaf erstechen. So oder so, es wird sich schon finden.«

Cade nippte an seinem Drink. »Danke, dass du mich daran erinnerst, warum niemand die Franzosen leiden kann.«

9

Ein weiterer Blitz schlug in Cades Schild von Rejech ein. Der Blitz richtete die Haare auf seinem Arm auf. Er kreiste nach links, damit Adair vor ihm blieb, und verließ sich auf Sathariels desorientierende 360-Grad-Sicht, um nach kleineren Geistern unter der Kontrolle des Meisters Ausschau zu halten, die womöglich hinter ihm auftauchten.

Adair spottete: »Tu dir keinen Zwang an, du feiger Trottel!«

»Tue ich nicht.« Er schleuderte einen Feuerstrahl auf seinen Meister, der diesen mit Leichtigkeit abwehrte. Dann schoss er einen Feuerball ab, der jedoch von Adairs dämonischem Schild absorbiert wurde.

Der Meister setzte ein wissendes Grinsen auf. »Wie geht es deinem Kopf?«

Cade schnitt eine Grimasse. »Genauso wie gestern.« In Wahrheit war es schlimmer. Das Hämmern in seiner Birne war halb Kater, halb dämonische Bosheit. Er war sich sicher, dass sein Schädel eines Morgens aufplatzen und sein pulverisiertes Gehirn heraussprudeln würde – und er würde dankbar für die Erleichterung sein.

Elektrizität sprang aus Adairs Hand, traf Cades Schild mit genug Wucht, um ihn einen Schritt zurückzustoßen und prallte dann an den Steinwänden der Burg ab.

»Konzentrier dich! Schilde können nicht nur ablenken. Sie können auch streuen, absorbieren und zurückwerfen.«

»Ich kann Ihre Angriffe auf Sie zurückwerfen?«

»Oder sie in eine Gruppe aus Feinden streuen. Glaub mir, das kann sehr praktisch sein.«

Funken tanzten auf Adairs Fingerspitzen. *»En garde.«* Er schleuderte eine Handvoll Blitze auf Cade.

Um mit dem Übungsduell Schritt zu halten, ließ Cade seiner Fantasie freien Lauf. Er stellte sich vor, wie sein Schild den ankommenden Blitz reflektierte, dann beschwor er eine Flammenwand zwischen sich und Adair. Die Blitzkugel prallte von Cades Schild ab und schoss durch das Feuer zurück, direkt auf Adair zu. Cade bediente sich der Allsicht und sah, wie der reflektierte Angriff den Meister von den Beinen riss. Mit einem Gedanken verbannte Cade die Flammenwand.

Er lächelte seinen auf dem Rücken liegenden Mentor an. »Etwa so?«

»Genau.« Adair sah zufrieden aus, als er sich erhob und Schlamm und Schnee von seinem Mantel und seiner Hose klopfte. »Du lernst schnell. Einen zurückgeworfenen Angriff mit einer Feuerwand als Ablenkung zu kombinieren – sehr clever. Heute Abend wirst du noch ein paar Geister beschwören. Morgen zeige ich dir, wie man deren Kräfte bündeln kann, zum Beispiel wie du XAPHANS Feuer mit VAELBORS Waffen verbinden kannst.« Wahrscheinlich bemerkte er eine Veränderung in Cades Miene und runzelte besorgt die Stirn. »Was ist los, mein Junge?«

»Nichts. Mir geht's gut.« Cade hatte noch nie viel für Selbstmitleid übrig gehabt – nicht in der Grundschule, nicht in Oxford und auch jetzt nicht. Er tat so, als würde sein Kopf nicht wie in einem Schraubstock gefangen schmerzen und als wären seine Eingeweide nicht pausenlos von Sodbrennen und Durchfall dämonischer Ursache in Aufruhr. »Wie viele Geister unterwerfe ich heute Abend?«

Trotz Cades vorgetäuschter Zuversicht spürte Adair deutlich, dass etwas nicht stimmte. »Es ist lange her, dass ich ein Lehrling war, aber so etwas vergisst man nicht.« Er schlug einen mitfühlenden Ton an. »Wie hast du denn geschlafen?«

»Beschissen.«

»Albträume?«

»Nicht jede Nacht. Nur wenn ich schlafe.«

»Hilft der Whisky nicht?«

»Der ist mir ausgegangen, schon vor ein paar ...«

Er riss seinen Schild hoch, um Adairs überraschenden Blitzangriff zu absorbieren, und leitete die Energie in sich selbst, um seine Ermüdung zu mildern.

Der Meister nickte anerkennend. »Du hast gelernt, immer auf der Hut zu sein.«

Cade berührte seine Brust. »Ich trage immer noch die Narben von Ihren ersten beiden Lektionen.«

»Das Wort, nach dem du suchst, ist ›danke‹.« Er zeigte mit einer Kopfbewegung auf die Stufen zur Burg. »Genug für heute. Lass uns reingehen, etwas zu essen holen und noch eine Flasche Oban für dich auftreiben.« Er machte sich auf den Weg, aber Cade blieb im Hof zurück. Nach ein paar Schritten drehte Adair sich um. »Ich kenne diesen Blick. Dir geht noch was anderes durch den Kopf. Raus damit.«

Cade fiel es schwer, seine Befangenheit zu überwinden. »Es geht um Anja.«

»Sie hatte wieder eine ihrer Anwandlungen, oder?«

»Sie redet, als ob sie mich tot sehen will.«

»Das beunruhigt dich, oder?«

»Schon, wenn Sie erwarten, dass ich mit ihr in den Kampf ziehe. Wie kann ich darauf vertrauen, dass sie mir den Rücken freihält, wenn es offensichtlich ist, dass sie mich abgrundtief hasst?«

Ein müdes Stirnrunzeln. »Das legt sich wieder.« Leise fügte er hinzu: »Hoffe ich.«

»Niko und Stefan haben das auch gesagt. Aber was, wenn es nicht so ist? Das ist ein bisschen vage, wenn man blind vertrauen soll.«

»Hör mal: Du kannst ihr vertrauen. Wenn Anja eins ist, dann loyal. Du wirst nie einen Verbündeten haben, der so vertrauenswürdig und mutig ist wie sie. Darauf gebe ich dir mein Wort.«

Seine Zusicherung genügte Cade. »In Ordnung.« Der Wind vom See jagte ihm einen Schauer über den Rücken. »Und was die

Unterwerfung weiterer Dämonen angeht – haben Sie etwas Stärkeres als Scotch?«

Adair zog eine struppige Augenbraue hoch. »Du meinst so was wie Opium?«

»Haben Sie welches?«

»Ein kleines bisschen. Aber ich habe nicht vor, es dir zu geben.«

Diese Lockvogeltaktik irritierte Cade. »Wieso nicht?«

»Ich hebe es auf.« Er stapfte die Stufen zur Burg hinauf und Cade folgte ihm dichtauf.

»Unterjoche sechs Geister und du kannst mit Absinth weitermachen. Wenn du Laudanum in deinem Cocktail haben willst« – er grinste über die Schulter hinweg – »zeig mir, dass du neun unterjochen kannst.«

Der Morgen kam wie immer zu früh für Cade. Er wurde von Stimmen aus dem zweiten Stock der Burg geweckt. Benommen überlegte er, sich noch mal umzudrehen und weiterzuschlafen, bis er sich an das Datum erinnerte: Stefan und Niko wollten an diesem Morgen abreisen. Er stand auf, zog sich eilig an und stieg die Wendeltreppe hinunter, in der Hoffnung sie vor ihrer Abreise noch zu erwischen.

Alle Türen im zweiten Stock waren geschlossen, außer der am Ende des Korridors, dem Zimmer direkt unter Cades. Er ging näher heran und erkannte Stefans Höflichkeit und Nikos Schimpfen.

»*Mon Dieu!* Wie lange dauert es, eine Tasche zu packen?«

»Länger mit Kritik als ohne, würde ich meinen.«

Cade stand vor der halb geöffneten Tür. Das Zimmer sah seinem sehr ähnlich; es hatte denselben Grundriss, aber das Fenster war weiter links, in der Nähe der Garderobennische. Außerdem gab es eine größere Sitzecke mit einem Paar gepolsterter Bänke, die sich gegenüberstanden. Niko hatte sich in einen Sessel in der Ecke geflätzt und ein Bein über die Armlehne gelegt. Sein Mantel und sein Schal waren in seinem Schoß gestapelt.

»Vielleicht hoffst du, unsere Abreise hinauszuzögern? Bis zum Sommer, zum Beispiel?«

»Ich werde bald fertig sein.« Stefan stand am Fußende seines Betts, mit dem Rücken zu Niko, faltete eine Anzughose und rollte sie dann zusammen.

Hinter der Tür ertönte Anjas Stimme und überraschte Cade. »Nicht jeder packt eine Tasche so, wie ein Metzger eine Wurst stopft, Niko.«

»Vielleicht sollten man das aber. Es geht schneller als auf diese Weise, *n'est-ce pas*?«

»Es mag schneller gehen.« Stefan schob die aufgerollte Hose in seine Umhängetasche, dann begann er, ein Hemd zu falten. »Aber ich bin lieber langsam, statt als wandelnde Knitterfalte herumzulaufen.«

Anja lachte und Niko streckte ihr die Zunge heraus. Dann bemerkte er Cade und winkte ihn mit einer ausladenden Armbewegung heran. *»Entrez-vous!«*

Stefan und Anja drehten sich zur Tür, als Cade den Raum betrat. Der junge Holländer grüßte Cade mit einem Kopfnicken, aber Anja musterte ihn argwöhnisch. Unsicher, was er tun oder sagen sollte, hob Cade seine Hand und winkte halbherzig. »Morgen.«

»Goedemorgen«, erwiderte Stefan.

Cade schaute auf Nikos Seesack, dann auf Stefans Tasche. »Geht ihr ohne Frühstück?«

»Wir haben vor dem Morgengrauen gegessen«, sagte Niko.

Ein verständnisvolles Nicken von Stefan. »Meister Adair hat uns strenge Zeitpläne auferlegt.«

Er packte sein letztes Hemd ein und legte dann seine gefalteten Krawatten auf seine tadellos zusammengelegte Kleidung. Cade bemerkte, dass die Krawatten nach Farben geordnet waren, von der hellsten zur dunkelsten.

Anja schlenderte zur Garderobenecke und starrte aus dem Fenster.

Cade sah zu, wie Stefan seine Tasche schloss. »Wo schickt er euch hin?«

Stefan seufzte. »Der Meister hat ein Grimoire an einen Kreis von Kabbala-Meistern in Polen ausgeliehen. Er hat mich beauftragt, für seine sichere Rückgabe zu sorgen.«

»Und ich«, sagte Niko, »soll in Paris Unterschlupf finden und mich dann an die Arbeit machen, alle Thule-Zirkel in der *zone libre* zu vernichten.« Er schaute auf seine Uhr, warf einen Blick auf Stefans Tasche und räusperte sich. »Wenn ich es denn nach Frankreich schaffe, bevor der Krieg zu Ende ist.«

»Es reicht. Ich bin fertig.« Stefan nahm seinen Mantel und seinen Hut vom Bett.

Den grauen Fedora setzte er sich auf den Kopf, seinen Mantel drapierte er über den Arm.

Niko stöhnte, erhob sich aus dem Sessel und zog seinen Wintermantel und seinen Schal an.

Ihr bevorstehender Aufbruch lockte Anja aus der Ecke hervor. Sie ging zu Stefan und umklammerte seine Arme. »Pass auf dich auf. Und komm zu mir zurück.« Sie umarmte ihn und drückte ihren Kopf an seine Brust. Er umarmte sie mit gleicher Zuneigung.

Stefan ließ sie los und trat einen Schritt zurück. »Ich werde dich vermissen, Anja. Bleib gesund, bis wir uns wiedersehen.«

Sie schob eine verirrte Haarsträhne an die richtige Stelle, dann richtete sie seine Krawatte. »Du auch.« Sie warf Niko einen gespielt finsteren Blick zu. »Und du: Bleib anständig!«

»Aber wo bleibt denn da der Spaß!« Anja hob die Hand und wollte ihm eine Ohrfeige geben. Er wich zurück und sie jagte ihm nach, beide lachten wie Kinder. Sie verpasste ihm noch einen letzten kräftigen Knuff gegen die Schulter, bevor er sich seinen Seesack schnappte und außer Reichweite eilte.

»*Arrêter!* Ich habe schon eine Schwester!«

Niko folgte Stefan zur Tür. An der Schwelle blieben sie stehen und drehten sich zu Cade um. Obwohl der Holländer relativ jung war, lag eine ruhige Weisheit in seinen Augen. »Du kannst dich auf vieles freuen, mein Freund. Adair ist ein hervorragender Meister und du wirst keine bessere Unterweisung in der Kunst bekommen als bei Anja. Bald wirst du feststellen, dass die Welt aus Wundern besteht.«

Niko fügte hinzu: »Pass nur auf, dass diese Wunder dich nicht umbringen.«

Der ältere Lehrling wischte Nikos Pessimismus beiseite, dann schüttelte er Cade die Hand.

»Fürchte dich nicht. Das Universum wird sich deinem Willen beugen.« Ein verschwörerisches Lächeln. »Und es wird wunderschön sein.«

Er ließ Cades Hand los und führte Niko aus dem Zimmer den Flur entlang zur Treppe. Cade stand in der Tür und sah zu, wie sie fortgingen. Als sie am Ende der T-Kreuzung um die Ecke bogen, spürte er Anjas Blick im Nacken. Er schaute sie an. Die schwesterliche Zuneigung, die sie Niko und Stefan entgegengebracht hatte, war verschwunden, ersetzt durch eine unversöhnliche Miene. »Nicht einmal das hier konntest du mir für mich alleine lassen.« Sie schob sich an ihm vorbei und verschwand im Flur.

Entsetzt sah er ihr nach.

Sie wird mir noch mehr in den Arsch treten als je zuvor.

Der Gang, der aus Eilean Donan Castle hinausführte, war kurz und voller Schatten. Das Tageslicht drang auf der einen Seite vom Innenhof und auf der anderen von der Außenwelt herein. Stefan ging vor Niko, die Tasche eng an der Schulter festgezurrt. Es war das erste Mal in fünf Jahren, dass die beiden Eilean Donan für etwas anderes als einen kurzen Ausflug verließen. Vor ihnen erstreckte sich die dreibogige Steinbrücke des Schlosses nach Osten in Richtung Festland.

Adairs Stimme schallte durch den Gang hinter ihnen. »Wartet!«

Sie drehten sich um und sahen ihren Meister aus dem Schloss eilen. Er trug eine Schirmmütze mit Flicken, einen schmuddeligen Mantel und einen langen Schal mit dem rot-schwarzen Schottenmuster seines Clans. Seine Schuhe knirschten auf dem Kies, als er sie einholte. »Ich kann nicht glauben, dass ich euch beinahe ohne die hier gehen gelassen hätte.« Er griff in die Taschen seines Mantels und zog zwei kleine Handspiegel aus Metall heraus. Er reichte jedem von ihnen einen. »Beide in der Hölle hergestellt. Die gehen nie kaputt, es sei denn, ihr wollt es.«

Niko bewunderte seinen Spiegel. »Sehr schön. Wie lauten seine Befehlswörter?«

»Haltet ihn in der Hand und sagt ›*fenestra*‹, dann den Namen der Person, mit der ihr sprechen wollt. Stefan, wenn du mit Niko sprechen willst, sag seinen Namen. Wenn du mit ihm und mir sprechen willst, sag unsere beiden Namen. Um die Verbindung zu beenden, sagt ihr ›*velarium*‹.«

Stefan drehte den Spiegel um und entdeckte die auf der Rückseite eingeätzte Glyphe: das Siegel von HAEL, einem Geist, der als infernalischer Bote diente. »Magisches Funkgerät.«

»Besser. Genau wie mit meinem großen Spiegel können wir kleine Objekte durch sie hindurchreichen. Alles, was zwischen die Ränder passt – ein Schlüssel, ein Zettel, eine Kugel. Sie funktionieren über jede Entfernung und sie sind absolut abhörsicher.« Er legte seine Hände auf die Schultern der Männer. »Lasst nicht zu, dass sie in Feindeshand fallen, und verratet niemandem die Befehlswörter. Entsperrt und mit dem richtigen Zauber ausgelotet, könnte Kain damit jeden meiner Schritte ausspionieren. Wenn ihr glaubt, dass auch nur die geringste Gefahr besteht, dass er oder seine Leute euren Spiegel in die Hände bekommen könnten, haltet ihn in der linken Hand und sagt ›*discutio*‹. Könnt ihr Jungs euch das merken?«

Niko verstaute den Spiegel in seinem Mantel. »*Fenestra, velarium, discutio.* Ganz einfach.«

»Danke, Meister.« Stefan öffnete seine Tasche gerade so weit, dass er den unzerbrechlichen Magickspiegel hineinstecken konnte, dann schloss er den Reißverschluss. »Ich melde mich in zwei Wochen bei Ihnen, wie vereinbart.«

»Seid auf der Hut, beide. Europa mag euch vertraut erscheinen, aber unter der Kontrolle der Nazis ist es Terra incognita, das garantiere ich euch.« Adair breitete seine Hände aus, als wollte er die beiden segnen. »Möget ihr Rückenwind haben und möge die Hand Gottes zwischen euch und allem Unheil stehen.«

Stefan und Niko sagten wie aus einem Munde: »Danke, Meister.«

Adair winkte den beiden Männern zu, die sich abwandten und über die Brücke gingen.

Sie waren auf halbem Weg hinüber, da hörte Stefan das Räderwerk des Fallgatters der Burg, gefolgt vom Klirren von Eisen auf Stein, als das Fallgitter vor dem Haupteingang sich an seinen Platz senkte.

Er warf einen Blick über die Schulter, um sich zu vergewissern, dass sie allein waren, und sagte dann leise zu Niko: »Danke, dass du Adair mein Geheimnis nicht verraten hast.«

»Die Wahrheit hätte mehr Schaden als Nutzen gebracht.«

Als Spezialist für Wahrsagerei und Wahrheitsmagick hatte Niko schon vor langer Zeit Stefans geheime Agenda erkannt – seine persönliche Mission, die er verfolgte, während er daran arbeitete, den Eisernen Kodex für Adair zu bergen: Stefans Geliebter, Evert Siever, war einer der Kabbala-Schüler, die nach dem Einmarsch der Nazis in Polen im September 1939 verschollen waren.

Der Meister hätte mich nicht geschickt, um den Kodex zu finden, wenn er gewusst hätte, wie dringend ich Evert finden muss. Wie oft hatte Adair gegen die Torheit gewettert, viele Leben zu riskieren, um eines zu retten? Es war eine Lektion, die alle seine Adepten früher oder später über sich ergehen lassen mussten: Die kalte Arithmetik des moralischen Kalküls der Kriegszeit war eine Lektion, derer Adair nie müde zu werden schien.

Am Ende der Brücke reichte Niko Stefan die Hand. »Hier trennen sich unsere Wege.«

Stefan zog Niko in eine feste Umarmung und kämpfte mit den Tränen.

»Du bist mir ein guter Freund gewesen, Niko Le Beau. Ich werde dich nie vergessen.«

»Wir werden uns wiedersehen, wenn das hier vorbei ist.« Er klopfte Stefan auf den Rücken, ein herzliches Bekenntnis zu ihrer Kameradschaft. Sie standen sich gegenüber. »Und du wirst ihn finden.«

»Ich hoffe es.«

»Liebe, hm? Man kann ihr nicht entkommen! Glaub mir. Liebe ist stärker als Hass. Sie ist die Quelle der Hoffnung. Und die Hoffnung wird uns tragen.« Er küsste Stefans Wangen auf diese raue, aber liebevolle Art, wie es nur Franzosen konnten.

»Gott sei mit dir, Bruder.«

Es gab nichts mehr zu sagen. Stefan sah zu, wie Niko nach Westen in Richtung Broadford ging, von wo aus er eine Überfahrt nach

Frankreich suchen würde. Derweil war ein Boot bestellt worden, das in Inverness auf Stefan warten und ihn von dort aus über Malmö im neutralen Schweden nach Europa bringen sollte.

Stefan ging nach Osten. Er befürchtete, dass sich Adairs Warnung als vorausschauend erweisen würde. Es war nicht abzusehen, was die Nazis und ihre Sekte übereifriger Hobbymagier – die Thule-Gesellschaft – in Europa angerichtet hatten. Stefans innerer Pessimist hatte Angst, dass er die Orte, die er einst Heimat genannt hatte, nicht wiedererkennen würde. Die Nazis hatten in den Jahren vor ihrem Einmarsch in Polen keinen Hehl aus ihrer antisemitischen Haltung gemacht. Ihm graute davor, dass es in den Jahren, seit er die Niederlande verlassen hatte, um bei Adair zu studieren, nur noch schlimmer geworden sein könnte, und der Verlust des Kontakts zu den Kabbala-Meistern schien seine schlimmsten Befürchtungen zu bestätigen.

Was aus dem neuen Adepten des Meisters werden würde – wer konnte das schon sagen? Cade hatte unscheinbar gewirkt, als sie ihn zum ersten Mal in die Burg gebracht hatten. Nichts weiter als ein junger Bursche, gefangen im steinernen Griff des Todes, mehr ein Abbild einer Person als ein Mensch aus Fleisch und Blut. Dennoch war der Meister bereit gewesen, sich über die Staatsoberhäupter hinwegzusetzen und viele seiner eigenen großen Pläne für den Krieg zu verschieben, um diesen einen jungen Mann vom Rande des Vergessens zurückzuholen.

Es steht mir nicht zu, Fragen zu stellen, rief Stefan sich ins Gedächtnis. *Ich bin ein Soldat und ich habe meine Befehle.*

Seine Füße trugen ihn ostwärts, in Richtung einer längst überfälligen Verabredung und einer zu lange aufgeschobenen Suche. Er war sich bewusst, dass es seine Pflicht war, Adairs fehlendes Grimoire zu finden, aber in seinem Herzen wusste er, dass sein Mut nur einem Ziel diente: Evert zu finden und ihn in Sicherheit zu bringen, koste es, was es wolle.

Nikos Worte hallten in seiner Erinnerung nach.

Liebe, hm? Man kann ihr nicht entkommen.

10

Knietief im Schnee am niedrigsten Punkt der Insel, unterhalb des zinnenbewehrten Seedeichs, konzentrierte Anja sich darauf, große Steine mit einer dämonischen Peitsche zu zertrümmern und dann die Bruchstücke in der Luft mit Höllenfeuerstößen zu schmelzen. Ein einzelner Stein prallte von der Mauer des Wachhauses der Burg ab und flog als Querschläger über die untere Ufermauer in Richtung des Sees. Sie spaltete das faustgroße Stück Fels mit einem Pfeil vom Bogen LERAIKAHS.

Eine Stimme hinter ihr unterbrach ihr Training: »Guter Schuss.«

Der Meister legte seine Unsichtbarkeit ab und nahm allmählich Gestalt an. Er schwebte ein paar Meter über dem Boden. Anja schmollte wegen der Störung. »Ich hätte Sie umbringen können.«

»Wohl kaum. Aber ich bin froh, dass du dir Sorgen um mich machst.« Er schwebte zu Boden. Seine Füße sanken in den aufgewühlten Schnee. »Du bist bei Sonnenaufgang aufgestanden, was?«

»Ich bin gar nicht ins Bett gegangen.«

Der Meister nickte verständnisvoll. »Kannst du nicht schlafen?«

»Seit ein paar Nächten nicht.« Sie massierte ihre rechte Schläfe, dann blickte sie in seine Richtung.

»Und ja, ich habe Absinth probiert. Und nein, ich will kein Opium.«

»Du hast acht Geister unterjocht. Eine Prise Mohn könnte die Dinge entschärfen.«

Anja schüttelte den Kopf. »Das Zeug tut mir gar nicht gut. Und beim letzten Mal habe ich Wochen gebraucht, um aufzuhören.« Sie musterte Adair. »Das war es aber nicht, was Sie mit mir besprechen wollten.«

»Nein.« Er schien sich unwohl zu fühlen. »Du solltest mir helfen, Cade auszubilden.«

Sie suchte auf dem Gelände nach einem neuen Ziel, an dem sie ihre Wut auslassen konnte.

»Er braucht meine Hilfe nicht.«

Mit unsichtbarer Hand drehte der Meister sie so, dass sie ihn ansehen musste. »Ich muss wissen, dass ich dir im Kampf vertrauen kann.«

Die Unterstellung hinter seiner Forderung schmerzte wie ein Stich ins Herz. »Wie können Sie mich das fragen? Nach allem, was ich getan habe? Nach allem, was ich verloren habe? Sie stellen *meine* Loyalität infrage?«

»Ich habe keine Angst um mich, Kleines. Ich mache mir Sorgen, dass du *ihn* nicht beschützen wirst.«

Ihre Ablehnung verwandelte sich in Verachtung. »Soll er doch seine eigene Haut retten.«

»Das reicht mir nicht, meine Liebe.«

»Warum nicht?«

»Weil ich …« Er unterbrach sich und sammelte sich wieder. »Weil *wir* ihn brauchen. Und er braucht uns.« Er stapfte durch den Schnee und nahm Anja bei den Schultern.

»Das hier ist größer als du oder ich. Cade ist unsere beste Hoffnung, diesen Krieg zu gewinnen – aber nicht, wenn wir ihn im Stich lassen.«

»Ich glaube, er wird uns enttäuschen. Gut im Kreis ist nicht dasselbe wie gut im Kampf – und so gut ist er im Kreis auch nicht.«

Adairs Geduld schwand. »Er hat einen Fehler gemacht und du hast ihn aufgefangen. Seitdem hat er sich gut geschlagen. Er beherrscht bereits die Grundlagen.«

»Die Grundlagen? Wir müssen einen Krieg führen gegen einen Feind, der uns zahlenmäßig überlegen ist, und Sie wollen, dass ich mein Leben mit einem Amateur an meiner Seite riskiere?«

Der Meister betrachtete sie ungläubig. »Und was bist du? Ein erfahrener Veteran?«

»Nicht im Krieg. Aber ich kenne mehr Magick. Und immerhin habe ich bereits Blut vergossen.«

Er strich mit der rechten Hand über die Narbe auf ihrer linken Wange, sein Ausdruck plötzlich milde. »Aye. Ich weiß.« Seine Berührung beruhigte sie. Dann schaute er ihr in die Augen. »Aber ich muss wissen, dass du ihm da draußen nicht den Rücken kehren wirst. Oder ihn in Gefahr bringst.«

Sie unterdrückte ihren Neid. »Ich habe auch Ihre anderen ›besonderen‹ Schüler nicht verraten.«

»Nein, aber du warst ihnen gegenüber auch nicht dermaßen feindselig. Warum also bei Cade?«

»Sagen Sie es mir. Warum haben Sie uns alle in Gefahr gebracht, um ihn in jener Nacht auf dem Meer zu retten? Warum haben Sie mich so viel Zeit damit verbringen lassen, ihn von LEVIATHANS Fluch zu befreien?«

»Ich habe meine Gründe, Kleines. Das muss dir reichen.«

Das tat es nicht, aber sein Ton machte deutlich, dass er nicht länger bereit war, Fragen zu dulden. Auf der Hut vor seinem Zorn wechselte sie das Thema. »Ist er bereit für den Kampf?«

»Manche Klingen müssen sich im Einsatz bewähren. Entweder brechen sie oder sie tun das, wozu sie geschaffen wurden.« Ein Seufzer. »Ich weiß nur, dass wir nicht länger warten können. Die Hexenzirkel der Thule-Gesellschaft verbreiten sich wie ein Krebsgeschwür. Wenn wir jetzt nicht anfangen, sie auszurotten, ist der Krieg so gut wie vorbei.« Er schwebte nach oben, parallel zur Mauer der Burg, und rief im Davonschweben zu Anja hinunter. »Pack einen Rucksack, meine Liebe, und nimm nur leichtes Gepäck mit. Wir brechen heute Abend bei Sonnenuntergang auf.«

Als sie erkannte, dass der Tag, auf den sie sich so lange vorbereitet hatte, vor ihr lag, überfiel sie eine bange Vorahnung. »Wohin gehen wir?«

Seine Miene war grimmig. »In den Krieg.«

Ein Kreischen erfüllte den Waggon, als die Bremsen betätigt wurden. Die Passagiere wurden durch den Schwung in ihren Sitzen nach vorn gebeugt, während die Lokomotive langsam zum Stillstand kam und die trostlose Winterlandschaft nicht länger nur als unscharfes Bild vor den Fenstern vorüberzog. Der Spätnachmittagshimmel hatte die Farbe eines gebleichten Pfirsichs angenommen; lange Schatten und schmale Lichtstreifen erfüllten die Straßen von Hamburg.

Stefan ließ sein Exemplar von *»Mein Kampf«* sinken – er hatte auf der Fahrt von Fehmarn nach Süden nur vorgetäuscht, diesen reaktionären Mist, der an die niedersten Instinkte appellierte, zu lesen.

Während seines kurzen Aufenthalts in Schweden hatte ihm seine Kontaktperson geraten, auf seine üblichen dreiteiligen Anzüge zugunsten von Handwerkerkleidung zu verzichten, um nicht aufzufallen. Ihr Rat hatte sich als nützlich erwiesen, als er im Morgengrauen in einer Jolle nach Dänemark übersetzte, und auch danach, als er plötzlich gezwungen gewesen war, einen ganzen Hexenzirkel der Thule-Gesellschaft in Kopenhagen abzuschlachten.

Nachdem er Dänemark mit der Fähre verlassen hatte und mit gefälschten Papieren, die ihn als Bürger des Großdeutschen Reichs auswiesen, auf Fehmarn angekommen war, war Stefan zu seiner Gewohnheit zurückgekehrt und hatte einen Anzug aus dunkelgrauer Wolle mit Seidenweste und Krawatte angezogen. Manch einer hätte ihm Eitelkeit vorgeworfen, aber er betrachtete das Outfit als Teil seiner Rolle. Immerhin hatte er bis Warschau die erste Klasse gebucht, von wo aus er eine alternative Transportmöglichkeit nach Krakau organisieren wollte, zum letzten bekannten Aufenthaltsort der Kabbala-Meister, die mit Adairs kostbarem Grimoire verschwunden waren.

Der Plan war nicht ohne Risiko. Es bedeutete, in aller Öffentlich keit durch zwei der größten Städte Deutschlands zu reisen: Hamburg, den wichtigsten Seehafen, und Berlin, die Hauptstadt. Doch Stefan war sicher, dass seine Verkleidung und sein Auftreten so unauffällig waren, dass er unerkannt bleiben konnte, dank der Anonymität konnte er sich praktisch wie ein Geist umherbewegen.

Dann stiegen vier Männer der Gestapo in den Waggon hinter ihm ein. Die Zivilpolizisten kamen in seine Richtung. Stefan spürte, wie seine Zuversicht schwand. Allein und nur wenige Augenblicke vor einer Konfrontation mit der Geheimpolizei der Nazis, fühlte er sich gar nicht mehr so selbstsicher.

Soll ich weglaufen? Oder vertraue ich auf meine Unterlagen?

Obwohl er sich alle Mühe gegeben hatte, unauffällig zu sein, war er gelähmt von der Angst, etwas übersehen zu haben, irgendein Detail, das ihn verraten würde – wenn nicht als Jude, dann als Homosexuellen oder als alliierten Spion. Er fürchtete, die Nazis könnten seine Tasche durchsuchen, dabei die Fotos von ihm und Evert finden, die er zwischen den Seiten einer Ausgabe von Yeats' gesammelten Gedichten versteckt hielt, und die Wahrheit entdecken, die in diesen Bildern aus glücklicheren Zeiten so offensichtlich schien.

Im nächsten Wagen ging die Gestapo von einer Fahrgastreihe zur nächsten, verlangte Papiere und stellte Fragen. Sie waren in Zweiergruppen unterwegs, wobei jedes Duo eine Seite des Ganges abarbeitete. Ihre schwarzen Trenchcoats und Fedoras wirkten genauso bedrohlich wie die Uniformen der SS-Soldaten.

Wäre es nur ein Mann, könnte ich seinen Tod als Unfall erscheinen lassen. Aber vier von ihnen? Er warf noch einen Blick über die Schulter und erwog, sich unsichtbar zu machen. *Nein, sie haben eine Passagierliste. Wenn ich verschwinde, kann ich genauso gut weglaufen. Aber in dem Moment, in dem ich das tue, werden sie die Suche nach mir aufnehmen.* Er holte tief Luft, aber sein Herz weigerte sich, sein irres Tempo zu verlangsamen.

Ein Klappern kündigte das Öffnen der hinteren Wagentür an. Die vier Gestapo-Leute marschierten zur nächsten besetzten Sitzreihe und begannen, die Fahrgäste nach ihren Papieren zu fragen.

Säure kroch Stefans Kehle hinauf, Schweißperlen standen ihm auf der Stirn. Mit möglichst unauffälligen Bewegungen tupfte er sich mit seinem Taschentuch die Stirn ab und steckte es dann weg.

Was ist, wenn sie mich verhaften?

Er hatte mehr als genug dämonische Kraft zur Verfügung, um alle vier Geheimpolizisten zu töten, aber wie würde er mit den Folgen umgehen? *Hätte ich doch nur* FORNEUS *unterjocht, dann könnte ich die Erinnerungen der Nazis und der anderen Passagiere löschen.* Das war ein Unterlassungsfehler und er schwor sich, diesen zu korrigieren und nie wieder zu machen – aber zuerst musste er unbedingt vermeiden, verhaftet oder getötet zu werden.

»Papiere, bitte.«

Stefan zwang sich zu einem höflichen Lächeln. »Natürlich.« Er fischte seine Papiere aus seiner Anzugjacke und reichte sie dem Polizisten, der über ihm aufragte.

Die beiden anderen Gestapo-Männer gingen den Gang hinunter; die zwei, die Stefans Papiere studierten, blieben stehen. Eine Weile flüsterten sie hinter vorgehaltener Hand miteinander. Einer von ihnen eilte mit den gefälschten Papieren davon, während der andere an Stefans Seite blieb. Der junge Karcist gab sich ganz bescheiden. »Gibt es ein Problem?«

»Seien Sie still«, blaffte sein neuer Wachhund.

Als Stefan einen Blick nach links warf, sah er, wie sein Nazi-Aufpasser seine Hand an den Griff der Luger-Halbautomatik an seiner Hüfte legte. Am vorderen Ende des Waggons gingen die beiden anderen Gestapo-Männer weiter und ließen Stefans Bewacher allein zurück. Durch die Fenster auf der anderen Seite des Waggons konnte Stefan erkennen, wie sich der Polizist, der ihm die Papiere abgenommen hatte, mit einer Gruppe schwarz uniformierter deutscher SS-Leute beriet.

Es brauchte nur einen Gedanken, um Stefans Flucht in Gang zu setzen.

Ich stoße zu, geradewegs in dein Herz. Stefan stellte sich vor, wie der unsichtbare Dolch von ORIAS die Brust des Gestapo-Mannes durchbohrte, und so geschah es. Ohne Geräusch oder Aufsehen, ohne Blut oder offensichtliche Wunde, aber dennoch ein Todesstoß.

Der Polizist sackte auf dem Boden des Zugs zusammen, umklammerte seinen Brustkorb, seine Geste ein hilfloser Versuch, das

Zerreißen seines Herzmuskels unterhalb des Brustbeins zu verhindern.

Stefan sprang auf. »Dieser Mann braucht einen Arzt!«

In dem Moment zwischen seinem Ausruf und dem Gedränge der anderen Passagiere, die zu Hilfe eilten, schnappte Stefan sich seine Lederrolle mit den Werkzeugen vom Gepäckträger, dann seine Umhängetasche. Er warf sie sich über jeweils eine Schulter und hastete nach hinten zum nächsten Ausgang.

Bis die beiden Gestapo-Leute im nächsten Waggon sich umgedreht hatten und der Mann mit Stefans Papieren merkte, dass etwas nicht stimmte, war Stefan aus dem Zug ausgestiegen und hatte sich – im Schutze der vielen Fußgänger – auf den Weg in die Hamburger Innenstadt gemacht.

Die Flucht war zeitlich hervorragend abgestimmt, geradezu kunstvoll. Aber nun war Stefan ohne Papiere mitten im Feindesland gestrandet, weit entfernt von seinem Ziel. Zu seinem Leidwesen konnte er Polen jetzt nur noch zu Fuß und im Schutz der Dunkelheit erreichen.

So viel zum Thema Reisen mit Stil. Er rückte die Rolle mit seinem Handwerkszeug und die Umhängetasche, in der sich seine Kleidung und persönlichen Gegenstände befanden, zurecht und war dankbar, dass Adair ihn ermutigt hatte, mit leichtem Gepäck zu reisen. Sein Weg war länger und gefährlicher geworden, als er es noch vor einer Stunde gewesen war – dennoch wurden seine Gedanken jetzt von pragmatischem Bedauern beherrscht.

Hätte ich gewusst, dass ich zu Fuß nach Polen laufen werde, hätte ich bequemere Schuhe angezogen.

Paris war in diesem Winter nur ein Schatten seiner selbst. Alleen, Boulevards, Gebäude und Denkmäler waren kaum mehr Umrisse auf einer blassen Leinwand aus kniehohem Schnee. Nur die verschlungenen Pfade der Reifenspuren und der breiten Panzerspuren verunstalteten das Grabtuch, das die Stadt des Lichts bedeckte.

Niko stapfte eine *Rue* im neunten Arrondissement hinunter und zog sich den Schal über die Nase, um sich zu wärmen und anonym zu bleiben. In den Wochen, seit er in Carantec an Land gewatet war, nachdem er den Ärmelkanal in einer von einem sturzbetrunkenen alten Waliser gesteuerten Jolle überquert hatte, war er von einer Stadt oder einem Dorf zum nächsten gewandert, immer im Schutz der Dunkelheit.

Unterwegs hatte er genug von den Gräueltaten der Deutschen gesehen, um zu wissen, dass er es um jeden Preis vermeiden musste, im besetzten Frankreich aufzufallen. Genau wie Adair ihn vorgewarnt hatte, fühlte sich seine Wahlheimat fremd und feindlich an. In einem Dorf auf dem Land hatte er gesehen, wie SS-Truppen zwei Jungen hinrichteten, weil sie einen Laib Brot gestohlen hatten. Auf einer Straße außerhalb von Sainte-Suzanne war er vom Wald aus stummer Zeuge gewesen, wie ein Trupp der Wehrmacht das Feuer auf einen Milchwagen eröffnete, der sich geweigert hatte, auf ihr Kommando hin anzuhalten; als die Soldaten das Wrack durchsuchten, hatten sie nur eine junge Frau in einer Schürze, eine Lache aus Milch und Sahne aus einem Dutzend zerbrochener Flaschen und fünfzig Pfund von Kugeln durchsiebten Käse gefunden.

Niko winkelte seine Arme an den Seiten an und beschleunigte seinen Schritt.

Eine Stunde zuvor, nachdem er die Pont de la Concorde überquert hatte, war ihm eine Gruppe von Anglern aufgefallen, die sich über das Geländer am rechten Ufer beugten und ihre Angeln in die Seine auswarfen. Niko konnte sich nicht erinnern, jemals so viele Menschen auf einmal gesehen zu haben, die versuchten, im Fluss zu angeln, also hatte er lange genug angehalten, um einen älteren Herrn zu fragen. »Hatten Sie Glück?«

Der alte Fischer blickte ihn mit eingefallenen Augen an. Seine hageren Wangen waren mit den dichten Stoppeln eines weißen Bartes bedeckt. »Nicht mehr, als zu erwarten war.«

Niko, der sich inzwischen an die verzweifelte Stimmung der Leute gewöhnt hatte, nickte und ging weiter.

Auf halbem Weg die Stufen der Rue Foyatier hinauf kam er an einem Trupp deutscher Soldaten vorbei. Das halbe Dutzend Nazis brüllte antisemitische Schimpfwörter, während sie unter einer der Laternen an der Treppe auf einen gebrechlichen älteren Mann und eine Frau einschlugen. Die Deutschen schenkten Niko keine Beachtung, als er mit gesenktem Kinn und vor Scham auf seine Füße geheftetem Blick an dem grausigen Schauspiel vorbeiging, das sich auf den Stufen der berühmten Basilika Sacré-Cœur auf dem Montmartre abspielte.

Ich bin ein Pilger in einem unheiligen Land.

Er zitterte vor Wut und unterdrückte den Drang, sich zu übergeben. Der Konflikt zwischen seinem Impuls, Rache an den Nazis zu üben, und seiner Pflicht, seine Mission zu erfüllen, die von ihm verlangte, im Feindesland unentdeckt zu bleiben, trieb ihm beißende Tränen in die Augen.

Wie viele muss ich dem Gemeinwohl opfern? Und wie vergebe ich mir selbst für die Leben, die ich nicht rette? Er ging eilig weiter und fand keine Antworten und keinen Trost, nur Abstand vom Schmerz.

Als er die Rue Saint-Éleuthère erreichte, fand er die Straßen menschenleer vor. Der Schein des Laternenlichts war durch den Schneesturm getrübt und seine Schritte wurden vom tiefen Schnee gedämpft. Für den Rest seines Wegs durch Montmartre sah er keine Menschenseele mehr, und als er beim Café Étoiles in der Rue des Cloys ankam, war es – wie er erwartet hatte – geschlossen, verriegelt und dunkel.

Er versuchte es mit der angrenzenden Tür, die zu den Wohnungen über dem Restaurant führte. Sie war nicht abgeschlossen, also öffnete er sie und trat ein. Er durchquerte das Foyer und stieg dann die Wendeltreppe in den dritten Stock hinauf. Vor der einzigen Wohnungstür blieb er stehen und klopfte zweimal mit der Seite seiner Faust.

Poltern und Rumpeln auf der anderen Seite. Gedämpfte Stimmen, ängstliches Geflüster.

Dann das dumpfe Geräusch eines zurückgeschobenen Riegels. Die Tür öffnete sich einen Spalt. Niko erspähte einen hochgewachsenen Mann, der mit unverhohlenem Misstrauen fragte: »Was willst du?«

Das war nicht die Begrüßung, die Niko erwartet hatte. »Ich bin auf der Suche nach Camille.«

Er hörte, wie hinter der Tür ein Revolver gespannt wurde. Der Typ hinter der Tür kniff sein sichtbares Auge zusammen. »Und wer bist du?«

»Niko. Ihr Bruder.«

Ein Tumult, dann wurde der Muskelprotz beiseitegeschoben, und die Tür weit aufgerissen.

Freudestrahlend sah Nikos kleine Schwester ihn an – die nun erwachsener war, als er es je für möglich gehalten hatte. »Niko!« Camille warf ihre Arme um ihn und lachte, während sie seine Wangen mit Küssen bedeckte. Sie drückte ihre Handflächen an sein Gesicht und lehnte sich zurück. »Es ist so lange her! Als die Deutschen kamen, hatte ich Angst, ich würde dich nie wiedersehen.«

»Sei nicht dumm, Cami. Selbst die Horden der Hölle könnten uns nicht trennen.«

Ihr glücklicher Moment wurde von dem Schlägertypen gestört. »Wir sollten ihn durchsuchen.«

Camille starrte den großen Mann an. »Du wirst meinen Bruder *nicht* durchsuchen.«

»Wir können niemandem trauen. Nicht nach dem, was mit Luc und Adele passiert ist.«

Niko wollte sein Wiedersehen mit Camille genießen, aber es war klar, dass er zur Sache kommen musste. Er betrat die Wohnung. »Du meinst die Lamarck Maquis?«

Der große Mann drückte die Mündung seines Revolvers gegen Nikos Stirn.

Camille versuchte, sich zwischen die beiden zu drängen. »Ferrand! Lass das!«

Ferrand schob sie beiseite und hielt seinen Blick auf Niko gerichtet. »Woher weißt du das?«

»Die britische SOE hat mich geschickt.«

Eine Schweißperle lief über Ferrands rechte Schläfe. »Beweise es.«

»Die Alliierten werden Hilfe brauchen, wenn sie kommen, um Europa von den Nazis zu befreien. Sie werden eine starke Résistance hier im besetzten Frankreich brauchen. Eine fünfte Kolonne, die den Weg ebnet.«

Ferrand presste die Mündung des Revolvers noch fester gegen Nikos Kopf. »Das wissen wir.«

»Dann weißt du auch, dass die Nazis Guerilla-Einheiten in Frankreich haben, die vorgeben, okkulte Gruppen zu sein. Sie nennen sich die Thule-Gesellschaft. Die SOE hat mich geschickt, um sie in der *zone libre* auszulöschen.«

»Die SOE hat *einen Mann* geschickt, um den Thule-Kult zu bekämpfen? Ich bin mir nicht sicher, ob ich dir glaube.«

»Warum sollte es mich einen Dreck scheren, was du glaubst?«

»Ferrand, Schluss damit.« Camille stieß die Pistole von Niko weg und legte eine Hand auf Nikos Brust, um ihm zu signalisieren, dass er sich zurückziehen sollte. »Niko … Ferrand Clipet ist mein Mann.«

Niko lachte in sich hinein, dann stellte er seinen Seesack und die Werkzeugrolle ab. Er rieb sich die Augen und seufzte, bevor er sich seiner Schwester und seinem Schwager zuwandte. »Ein Schläger, genau wie Papa. Ich hätte es wissen müssen.«

Ferrand suchte immer noch Streit und machte zwei Schritte auf Niko zu. »Oh, *Verzeihung*. Hätte ich erst deinen Segen einholen sollen? Vielleicht hätte ich das getan, wenn du nicht nach England abgehauen wärst!«

Niko hatte nicht die Geduld für einen Streit mit einem aggressiven Schwachkopf. Er zeigte auf die Tür. »Monsieur Clipet, würde es Ihnen etwas ausmachen, uns ein paar Minuten allein zu lassen, bitte?«

»Ja, es macht mir etwas aus. Das hier ist mein Zuhause. Du kannst hier nicht einfach wie ein Pfau reinstolzieren und …«

»Gib uns ein paar Minuten«, zischte Niko und projizierte die zwingende Kraft von DANTALION. »Leg die Pistole weg und mach draußen einen Spaziergang.«

Ferrand erstarrte und war zwischen seinem freien Willen und dem magischen Druck, der ihm aufgezwungen wurde, hin und hergerissen. Dann legte er seinen Revolver auf den Tisch, ging zur Tür hinaus und weiter die Treppe hinunter und ließ Niko endlich mit seiner jüngeren Schwester allein.

Sie strahlte Missbilligung aus. »Das war unhöflich.«

»Unhöflich? Er hat mir eine Waffe an den Kopf gehalten. Ein Vergehen, das ich verzeihen würde, wenn er dir nicht auch noch einen Ring an den Finger gesteckt hätte.« Er hob ihre Hand, um einen Blick auf ihren Ehering zu werfen.

»Was hast du dir dabei gedacht?«

Sie zog ihre Hand beleidigt zurück. »Dass du tot bist, wie Mama und Papa.«

»Wie kommst du darauf? Ich habe dir jede Woche geschrieben.«

»Bis die Deutschen Paris eingenommen haben.«

»Ist das meine Schuld? Ich bin schuld, weil die Nazis meine Briefe aus England nicht zugestellt haben?«

Sie schloss die Wohnungstür, dann drehte sie sich um und senkte ihre Stimme. »Du hast keine Ahnung, wie es hier ist, seit die Deutschen gekommen sind. Sie nehmen das meiste Essen und Heizmaterial und lassen uns dann um Reste betteln.« Ein Nicken in Richtung Küche. »Es ist Monate her, dass wir Speiseöl hatten. So mager unsere Rationskarten auch ausfallen, an den meisten Tagen haben die Märkte nicht genug Lebensmittel, um sie zu füllen.«

»Das erklärt die Fischer an der Seine.«

»Die Nazis haben die Fischerei an der Küste verboten, um die Männer davon abzuhalten, nach Süden zu segeln und sich den Freien Franzosen anzuschließen.« Sie zog einen Stuhl vom Tisch zurück und ließ sich darauf sinken. »Die Vichy-treue Polizei und die Nazis verhaften jede Woche Hunderte. Juden, Kommunisten, jeden, der anders aussieht oder etwas sagt, was ihnen nicht gefällt. Wann immer jemand einen Nazi auch nur anrempelt, töten sie Dutzende von Unschuldigen.« Sie wischte sich die Tränen von der Wange. »Wir sind in der Hölle, Niko.«

Es schmerzte ihn, sie so verängstigt zu sehen, so ohne Hoffnung. Ein Jahrzehnt zuvor, als sie als jugendliche Flüchtlinge nach dem Tod ihrer Eltern nach Paris gekommen waren, hatte er versprochen, sie zu beschützen. Als er sie weinen sah, wusste er, dass es Zeit war, sein Versprechen einzulösen.

Er beugte sich vor und umfasste ihre Hände. »Du bist nicht in der Hölle, Camille. Und ich werde es dir beweisen – und deinem Arschloch von Ehemann, wenn er mich lässt.«

Sie musterte ihn mit tränenverhangenen Augen. »Wie?«

»Ich werde dir und Ferrand helfen, mit anderen Widerstandsgruppen zusammenzukommen. Wenn ihr erst einmal zusammenarbeitet, werdet ihr feststellen, dass ihr stärker seid, als ihr glaubt.«

Camille stand auf. »Ich bin dabei.« Auf dem Weg in die Küchenecke klopfte sie ihm auf die Schulter. »Also, Lebensmittelmarken hin oder her: Mein Bruder ist von den Toten auferstanden! Ich muss hier irgendwo ein Stück Gruyère und eine Flasche Cabernet versteckt haben ...«

Cade eilte die Treppe zum Beschwörungsraum hinab. Jede Diele ächzte unter seinem Gewicht. Über eine Schulter hatte er einen Rucksack aus abgewetztem Segeltuch geschlungen. Seine schwere lederne Klingenrolle trug er diagonal über dem Rücken. Er sprang die letzte Stufe hinunter und stellte den Riemen seiner Werkzeugrolle nach, die eng an der Vorderseite seines Mantels anlag.

Adair stand am anderen Ende des Labors, sein Werkzeug und sein Rucksack waren nirgends zu sehen. Als er Cades Ankunft bemerkte, zog er eine Taschenuhr unter seinem Trenchcoat hervor. »Zur Abwechslung mal früh dran.« Er steckte die Uhr weg. »Zwar nur eine Minute, aber ich nehme jedes Wunder, das ich kriegen kann.«

Begierig auf das, was immer Adair geplant hatte, durchquerte Cade den Raum und stellte sich neben seinen Meister. »Ich dachte, Sie würden mit uns kommen.«

»Wie kommst du darauf, dass ich das nicht tue?«

Ein verwirrter Blick in die Runde, gepaart mit einem Schulterzucken. »Wo ist Ihre Ausrüstung?«

»Ich habe einen Dämon, der diesen Mist schleppt.« Ein Zwinkern und ein schiefes Lächeln: »Es zahlt sich aus, die Hände frei zu haben.« Er musterte Cade und runzelte die Stirn. »Du lässt dir einen Bart wachsen, was?«

»Ja.« Die Erwähnung seiner neuen Gesichtsbehaarung erinnerte Cade an den Juckreiz, der damit einherging. Er kratzte sich an beiden Seiten seines Kinns. »Ich dachte mir, warum nicht. Sie waren in Oxford nicht verboten, aber sie waren auch nicht in Mode. Außerdem gefällt es mir irgendwie.«

»Hmpf.« Dem Meister schien er nicht zu gefallen. Bevor Cade fragen konnte, was er dagegen hatte, drehte Adair sich zur Wand um. »Ich schätze, wir sollten anfangen.«

»Sollten wir nicht auf Anja warten?«

»Ich bin hier«, sagte sie direkt hinter ihm über seine Schulter hinweg.

Cade zuckte zusammen, weil ihre Stimme so nah war. »Wo zum Teufel kommst du denn her?«

»Der Schatten ist mein Freund. Genau wie die Stille.« Sie ging zu Adair. »Ich bin so weit.«

»Also dann. Bleibt dicht hinter mir, alle beide.« Mit einer Armbewegung warf er einen Schleier beiseite, der einen riesigen Spiegel an der Westwand des Raumes verdeckt hatte. Adair zog seinen Zauberstab und richtete ihn auf den Spiegel. *»Haec reflexio fit per fenestram, hoc autem speculo fit porta.«*

Die Spiegelbilder der drei verschwanden und wurden von Rauchwolken verdrängt, die sich von Schwarz zu kaiserlichem Violett wandelten. Adair schloss die Augen und konzentrierte sich, während er seinen Zauberstab auf den Spiegel gerichtet hielt. Eine Szene nahm aus den Schlieren Gestalt an. Es war, als spähe man in ein Haus, dessen Inneres in Nebel getaucht war. Adair runzelte die Stirn, schüttelte den Kopf und vertrieb das Bild mit einer Bewegung seines Zauberstabs.

Cade fragte: »Was war das für ein Ort?«

»Ein Haus außerhalb von Brisbane, Australien«, sagte Adair. »Kein nützliches Portal.«

»Portal?« Der Spiegel füllte sich erneut mit wirbelnden Schwaden. Cade fragte sich, was als Nächstes enthüllt werden würde. »Wir reisen, indem wir durch Spiegel schreiten?«

»Aye, wenn ich ein Portalglas finden kann, das Kain nicht zertrümmert hat.«

»Man braucht also auf beiden Seiten einen speziellen Spiegel?«

Adairs Stirn legte sich in Falten. »Wenn man ihn als Portal benutzen will, ja.« Er hielt inne, um Luft zu holen, und der Spiegel kehrte in den Normalzustand zurück, als er die Augen öffnete.

»Ich kann damit auch Leute und Orte ausspähen, die nicht durch Schutzzauber gesichert sind, aber das nützt uns im Moment nicht viel.« Er wappnete sich für einen weiteren Versuch. »Ich muss irgendwo in Nordeuropa ein funktionierendes Glasportal finden, eines, das groß genug ist, damit wir hindurchgehen können.«

Cade fragte sich, ob ihm etwas Offensichtliches entging. »Warum machen Sie nicht einfach einen neuen Spiegel und lassen ihn von einem Dämon dorthin bringen, wo Sie hinwollen?«

Der Meister warf Cade einen vernichtenden Blick zu. »Weil ich die verdammten Dinger nicht herstelle. Das macht die Hölle, auf Anfrage. Die Herstellung eines Spiegels, der groß genug ist, dass ein Mann hindurchgehen kann, dauert sieben Jahre und kostet ein Vermögen. Die tragbaren Dinger, die ich Niko und Stefan geschenkt habe, brauchen nur ein Jahr, aber die sind auch nicht gerade billig.« Die Griesgrämigkeit des Meisters wurde schlimmer. »Ich habe beinahe zwei Jahrhunderte damit verbracht, solche Spiegel überall auf der Welt aufzustellen. Kain hat in knapp einem Jahr fast alle zerbrochen.«

Das war bestürzend, aber Cade klammerte sich an die Hoffnung. »Gibt es keine andere Möglichkeit, ein Portal zu erschaffen, das groß genug ist, damit wir es benutzen können?«

»Dauerhaft? Nicht, dass ich wüsste. Notfalls könnten wir ein Heiligenportal nutzen ...« Der Meister bemerkte sofort, dass Cade nicht wusste, wovon er sprach, und schaltete einen Gang zurück. »Das ist ein Portal, das mit Staub von geweihten Glasfenstern und einer Menge heiligem Öl hergestellt wird und nur einmal benutzbar ist.«

»Okay«, sagte Cade. »Warum benutzt man das nicht immer?«

»Weil«, meldete sich Anja zu Wort, »ein gesegnetes Fenster zu stehlen schwieriger ist, als man denkt. Und die meisten Kirchen weigern sich, heiliges Öl mit den Karcisten zu teilen.«

»Ganz zu schweigen davon«, fügte Adair hinzu, »dass man dafür einen größeren Dämon unterjocht haben muss, und bei den wenigen, die diesen Zauber wirken können, bekommt man es mit der Angst zu tun, wenn sie einem im Kopf herumschwirren.« Er hob seinen Zauberstab, schloss die Augen und konzentrierte sich auf den Spiegel. »Versuchen wir es noch einmal, ja?« Die Wolken tauchten wieder auf und löschten das Spiegelbild des Trios aus. Das Bild kräuselte sich, nur um zu noch mehr Nebel zu werden. »Scheiße! Dieser Bastard Kain war ganz schön fleißig.«

Cade hatte eine Idee. »Was ist mit Südeuropa? Haben Sie dort Spiegel?«

»Einen, in der Toskana – aber das hilft uns nicht weiter.«

»Warum nicht?«

»Weil das Territorium den Achsenmächten gehört und es in Italien keine Thule-Zirkel gibt. Teil eines Abkommens, das Kain mit dem Vatikan geschlossen hat, um sicherzustellen, dass die Weißmagier der Synode sich aus dem Krieg raushalten.« Leise fügte er hinzu: »Verdammte Wichser.«

Ein weiterer Schwung von Adairs Zauberstab und die verflüssigte Oberfläche des Spiegels erzitterte.

Als sie sich beruhigte, enthüllte sie etwas, das für Cade wie ein mit Spinnweben übersätes Lagerhaus aussah. »Da haben wir's«, sagte der Meister. »Brügge. Ein alter Kleiderladen.« Er runzelte die Stirn über die Szene, die der Spiegel offenbarte. »Sieht aus, als wären sie pleitegegangen. Das macht nichts. Das ist unser Weg nach Europa. Wir gehen auf drei. Fertig?« Anja und Cade nickten. »Gut. Eins. Zwei. Drei!«

Die drei traten im Gänsemarsch durch den Spiegel und kamen im Inneren des Ladens heraus.

Für Cade fühlte es sich an, als würde er durch einen Spalt in einer Wand treten. Dann bemerkte er eine Veränderung in der Qualität des Lichts und in seinen Knochen spürte er das Gewicht, ein Loch in der Realität durchquert zu haben. Er blickte zurück und erwartete, das Labor im Spiegel hinter sich zu sehen. Alles, was er sah, waren Reflexionen seiner eigenen Überraschung, Adairs Belustigung und Anjas Langeweile. Er schluckte und tat so, als würde er nicht merken, dass der Witz auf seine Kosten ging. »Also schön. Wir sind da. Und was jetzt?«

Adair schlug Spinnweben beiseite und navigierte durch ein Labyrinth aus staubigen Nähmaschinen zum Ausgang. »Erst finden wir einen Weg nach draußen. Dann klauen wir einen Wagen und fahren nach Norden, nach Amsterdam.«

»Was ist in Amsterdam?«

»Der nächstgelegene Thule-Zirkel.« Der Meister hielt an der Tür inne, drückte sein Ohr daran und klopfte dann auf den Knauf, bevor er ihn drehte. Er spähte durch den Spalt zwischen Tür und Pfosten, öffnete sie dann und führte Cade und Anja durch ein Treppenhaus hinunter zu einer anderen Tür. »Es gibt etwa dreißig größere Zirkel in Westeuropa. Vielleicht zehn in Deutschland, der Rest in den besetzten Gebieten.«

Er stieß die Tür am unteren Ende der Treppe auf. Sie führte auf eine Straße mit Kopfsteinpflaster, gesäumt von Gebäuden, die für Cade aussahen, als wären sie einem Märchen entsprungen. Adair hielt auf dem Bürgersteig an, um die Nachtluft zu genießen, dann lächelte er. »Schön, wieder auf dem Kontinent zu sein.« Er fischte eine Zigarettenschachtel aus seinem Mantel, zündete sich mit einem Fingerschnippen eine an und hielt Anja die Schachtel hin, die sich eine Zigarette nahm und sie am Ende von Adairs Zigarette anzündete.

Der Meister hielt das Päckchen Cade hin, der abwinkte. »Nein, danke.«

»Wie du willst.« Er steckte die Zigaretten weg und überquerte die Straße. »Hier entlang.«

Es dauerte weniger als eine Minute, bis Adair ein Auto gefunden hatte, das ihm geeignet erschien. Das Fahrzeug war verschlossen, aber der gleiche Zauber, den Adair an der Tür im Kleiderladen benutzt hatte, öffnete die Türen des Wagens und schaltete die Zündung ein. Anja stieg vorne ein, um zu fahren. Cade wollte hinten einsteigen, nur um vom Meister auf den Vordersitz gescheucht zu werden. »Ich hab gerne Platz zum Ausstrecken.«

Cade stieg ins Auto und tat sein Bestes, um Blickkontakt mit Anja zu vermeiden. Sie schien keine Mühe zu haben, ihn zu ignorieren, legte den Gang ein und raste die vergessenen Straßen von Brügge entlang. Anstatt nach vorne durch die Frontscheibe zu starren, halb gelähmt von der Angst vor einem Zusammenstoß, drehte Cade sich zu Adair um, der es sich für ein Nickerchen auf der Rückbank bequem gemacht hatte. »Was machen wir, wenn wir in Amsterdam sind?«

»Das Versteck der Dilettanten finden, auf ein Treffen von ihnen warten und sie dann töten.«

»Klingt einfach.« Cade kratzte sich seinen juckenden Bart. »Wo ist der Haken?«

Anja sagte: »Wir werden in der Unterzahl sein.«

»Um wie viele?«

Adair sagte: »Keine Ahnung. Manche Zirkel sind klein, vielleicht ein halbes Dutzend stark. Andere könnten zwanzig oder noch mehr Mitglieder umfassen.« Er öffnete ein Auge. »Aber in der Schlacht geht es um mehr als um Zahlen. Die meisten in den Reihen des Feindes sind Amateure.«

»Warum brauchen wir dann drei von uns, um einen Hexenzirkel anzugreifen?«

Anja antwortete: »Auch Amateure haben mal Glück.«

Das Auto klapperte, als Anja es eine weitere enge Straße hinuntersteuerte. Vor den Fenstern zogen malerische Gebäude und gewölbte Brücken vorbei.

Die Fragen nagten weiter an Cade, der zu aufgewühlt war, um seine Sorgen für sich zu behalten. »Wenn die Thule-Zirkel Amateure sind, warum verschwenden wir dann Zeit damit, sie zu bekämpfen?

»Was ihnen an Fähigkeiten fehlt, machen sie durch ihre Zahl wett. Sie bilden eine unsichtbare Verteidigungslinie, die die Alliierten nicht durchbrechen können, obwohl sie nicht wissen werden warum. Wir müssen diese Dilettanten aus dem Weg schaffen, *bevor* die Alliierten kommen, um Europa zu befreien.« Er setzte sich auf und gab offenbar seine Hoffnung auf ein Nickerchen auf. »Wir können den Krieg der Alliierten nicht für sie führen, aber wir können ihnen die Chance auf einen *fairen* Kampf geben.«

»Aber warum nicht gleich auf Kain losgehen? Warum Zeit mit Kleinvieh vergeuden?«

Adair schüttelte den Kopf. »Kain ist im Moment zu stark, als dass wir ihn angreifen könnten. Ein Teil seiner Macht rührt daher, dass er eine Armee von Anhängern hat, die seine Stärke nähren. Es ist wie beim Schach: Man dünnt die Figuren auf dem Brett aus, bevor man den König angreift. Vertrau mir, mein Junge, das ist der richtige Weg.« Er lehnte sich nach vorne gegen den Vordersitz. »Kleines, bieg da vorne links ab.«

»Ich kenne den Weg.«

»Aye, aber ich kenne die Abkürzungen. Bieg die nächste links ab. Wir werden die Nacht hindurch fahren und dann etwas Benzin finden, bevor wir uns schlafen legen.« Er legte Cade die Hand auf die Schulter. »Und wenn ich du wäre, würde ich mir überlegen, diesen Bart abzurasieren.«

»Sie mögen meinen Bart nicht?«

»Er gefällt mir gut. Aber ich glaube, dir ist nicht klar, was du ihm antust.«

Verwirrt drückte Cade seine Handfläche an sein Gesicht und spürte seltsame Lücken in seiner Gesichtsbehaarung. Adair reichte ihm einen Handspiegel. Als Cade sein Spiegelbild aus der Nähe betrachtete, sah er, dass unregelmäßige kahle Stellen seinen Bart auf beiden Seiten des Kinns verunzierten und sich bis zu den Mundwinkeln und unterhalb der Wölbung des Kieferknochens erstreckten. »Was zur ...«

Dann, als er sich im Spiegel betrachtete, beobachtete er, wie seine Hand über eine beschädigte Stelle seines Bartes strich, ein Haar unter dem Daumennagel erwischte und es mit einem scharfen Ruck auszupfte. Er war sich bewusst, was er tat, während es geschah; er wollte es nicht tun, aber seine Hand tat es trotzdem.

Und er verstand: »Dämonen.«

»Du kannst nicht behaupten, ich hätte dich nicht gewarnt.« Adair zeigte auf die struppigen Büschel seiner eigenen Augenbrauen. »Man kann sie nicht davon abhalten. Wenn man sie lange genug unterjocht, werden die schlechten Angewohnheiten zu einem Teil von einem selbst. Dann tut man es am Ende auch, wenn man niemanden außer sich selbst im Kopf hat.«

»Was soll ich also tun?«

»Rasier den Bart ab. Stutz dir die Brauen. Und wenn du es über dich bringen kannst, rasier dir auch noch den Kopf.«

Vielleicht spielte das Mondlicht ihm einen Streich, aber Cade glaubte, Anja grinsen zu sehen.

Er gab Adair den Spiegel zurück. »Ich nehme jetzt doch die Zigarette.«

Acht Tage und es werden immer mehr. Es war nicht das Warten, das Cade störte; es war der Mangel an Schwung, nachdem sie es so verdammt eilig gehabt hatten hierherzukommen.

Die Fahrt von Brügge nach Amsterdam hatte etwas mehr als acht Stunden gedauert, da Adair darauf bestanden hatte, dass Anja nur Nebenstraßen benutzte, um Nazi-Patrouillen zu entgehen.

Trotzdem hatten sie in den frühen Morgenstunden einen Weg in die Stadt gefunden und in einer verlassenen Färberei unweit des jüdischen Viertels, in der Nähe des Nieuwmarkts, Unterschlupf gefunden, als der Himmel noch dunkel war.

Und dort waren sie in der letzten Woche geblieben. Und hatten gewartet.

An den meisten Tagen waren Cade und Anja damit beschäftigt, den zentralen Bereich der Fabrikhalle zu säubern, damit er für magische Rituale genutzt werden konnte. Es war schlichte Arbeit, aber Cade war dankbar dafür. Wenn es nichts anderes zu tun gab, wandten sich seine Gedanken dunklen Erinnerungen zu. Und dann gaben sich seine unterjochten Dämonen alle Mühe und stachelten seine Hände zu Taten der Selbstzerstörung an. Ein paar Mal war er aus einem

Schmollzustand aufgeschreckt und hatte festgestellt, dass er seine Fingernägel bis zur Fingerkuppe abgekaut hatte.

In dieser Nacht prasselte der Regen auf das Dach der Fabrik und der Donner ließ das Fundament beben. Cade hatte keine Erfahrung mit Verstecken, aber er war sicher, dass dieses hier viel zu wünschen übrig ließ. Die Wände waren von Schimmel befallen und jeder Quadratzentimeter war von feuchtem Geruch durchdrungen. Kaputte Maschinen verstopften den Raum und sammelten Staub.

Die meisten Fenster waren dick mit Dreck beschmiert. Adair hatte darauf bestanden, daran nichts zu ändern, um ihre Privatsphäre zu schützen. Cade, der nie tat, was man ihm sagte, hatte mit seinem Daumen die Ecke eines Fensters freigewischt, nur um einen Blick auf die Außenwelt zu genießen.

Nach dem Wenigen, was Cade während der mitternächtlichen Fahrt von Amsterdam gesehen hatte, hatten die Nazis die holländische Hauptstadt vor der mutwilligen Zerstörung verschont, die sie in Rotterdam angerichtet hatten. Trotzdem hatten die Deutschen keine Zeit verschwendet, um Amsterdam ihren Stempel aufzudrücken. Hakenkreuzbanner hingen an jedem markanten Gebäude von Haarlem bis Amstelveen. Und der Stacheldraht, mit dem die Deutschen die jüdischen Viertel der Stadt abgegrenzt hatten, war nicht zu übersehen gewesen.

Cade lief neben der Haustür auf und ab und fragte sich, wann Adair zurückkehren würde.

Der Meister unternahm immer wieder nächtliche Streifzüge in die Stadt. Oft kehrte er mit Säcken voller gestohlener Konserven, Käsestücken, altem Brot oder Wein zurück. Ein paar Mal hatte er zerknitterte Zigarettenschachteln ergattert – oder gestohlen –, in denen noch zwei oder drei Zigaretten waren. Trotz seines anfänglichen Widerstands gegen das Rauchen hatte Cade die Fähigkeit des Nikotins zu schätzen gelernt, seinen Geist von dämonischen Einflüsterungen zu befreien.

Anja lag auf ihrem Feldbett und starrte zum undichten Dach hinauf. Sie bemerkte Cades Unruhe und beäugte ihn verächtlich. »Setz dich. Deine Schritte gehen mir auf den Geist.«

Er war nicht in der Stimmung zu streiten, setzte sich auf seine Pritsche und fuhr sich mit der Hand über den Kopf – eine Angewohnheit, die er entwickelt hatte, seit er einen Bürstenhaarschnitt trug. Er mochte das Gefühl der geschorenen Haare unter seiner Handfläche und das Kratzen seines stoppeligen Kinns, aber er ärgerte sich über die Zwänge, die beides erforderlich gemacht hatten.

Der Riegel an der Hintertür des Lagerhauses glitt zurück, geführt von einer unsichtbaren Hand. Anja und Cade sprangen auf und zogen ihre Zauberstäbe, bereit zum Angriff, falls ihr Besucher jemand anderes als Adair war.

Regenböen wehten herein, als die Tür aufschwang. Der Meister eilte herein und schloss die Tür, verriegelte sie aber nicht. »Zieht euch an.«

Cade und Anja zogen ihre Mäntel an. Soweit Cade sich erinnern konnte, war dies das erste Mal, dass Anja aufgeregt wirkte. Sie fragte Adair: »Sie haben den Zirkel gefunden?«

»Ich erkläre alles unterwegs.« Er öffnete die Tür und sie traten in den Sturm hinaus.

Der Meister führte Cade und Anja schweigend an deutschen Patrouillen vorbei in eines der Wohnviertel der Stadt. »Ich wurde in die Irre geführt«, sagte er schließlich. »Thule hat hier keinen Hexenzirkel. Noch nicht.« Sie bogen in eine Seitenstraße ein. »Er wird heute um Mitternacht ins Leben gerufen.«

Adair eilte eine schmale Gasse zwischen zwei alten Backsteingebäuden entlang. »Kain hat einen seiner besseren Schüler als Anführer geschickt. Wenn wir schnell sind, können wir ihn töten, bevor er eine neue Bande von Dilettanten den Eid ablegen lässt.« Er blieb stehen und wandte sich Anja und Cade zu. »Hans Boerman ist ein Zirkelmeister, ein Karcist von beträchtlichen Fähigkeiten. Er wird kein leichtes Ziel sein, also überrumpelt ihn am besten und erledigt ihn rasch.« Er reichte Cade und Anja Messer mit schwarzen Klingen. »Wenn ihr nah genug rankommt, benutzt sie.«

Cade studierte das Lichtspiel auf den Klingen. »Woraus bestehen sie?«

»Onyx. Nur für den Fall, dass Hans Schutzzauber gegen Metall hat.« Adair kramte in der anderen Tasche seines Mantels, zog eine kompakte halbautomatische Pistole heraus und reichte sie Anja. »Für den Fall, dass es nicht so ist.« Am Ende der Gasse zeigte er ihnen die Rückseite eines Stadthauses. »Geht hinten rein. Ich übernehme die Vorderseite.« Dann verschwand Adair in den Schatten und überließ es Cade und Anja, zu zweit weiterzugehen.

Eine Welle der Angst traf Cade. Die Realität seiner Ausbildung rückte in den Fokus: Er hatte die letzten drei Monate damit verbracht, das Töten zu trainieren. Jetzt war es an der Zeit, seine Fähigkeiten auf die Probe zu stellen. Die Aussicht, einer realen Person in einem Kampf auf Leben und Tod gegenüberzustehen, schürte Übelkeit in seinen Eingeweiden und ließ ihn wie angewurzelt stehen bleiben.

Anja schubste ihn. »Los.«

»Ich kann nicht.« Das Messer fiel ihm fast aus der zitternden Hand.

Sie gab ihm einen festen Stoß, der ihn auf die offene Straße katapultierte. Sobald er in Bewegung war, übernahmen seine Füße die Kontrolle. Er fühlte sich, als würde er zur Hintertür des Stadthauses schweben, ein Zuschauer in einem Albtraum. Regen prasselte ihm ins Gesicht. Ein leises Pochen in seinem Kopf sorgte dafür, dass ihm schwindelig wurde und er nach Atem ringen musste, als er die Hintertür erreichte.

Anja packte ihn am Kragen und beugte sich so dicht zu ihm herüber, dass er nur noch ihre grauen Augen sah. »Beruhige dich. Sieh mich an. Atme ein. Halte die Luft an.« Sie verdrehte seinen Kragen, um ihn zur Ordnung zu rufen. »Jetzt atme aus.« Er gehorchte und sie sah ihm weiterhin in die Augen. »Noch mal.«

Sein Puls beruhigte sich, seine Atmung wurde langsamer. Sein Magen war immer noch eine Grube voller Galle und er musste pinkeln, aber als Anja fragte: »Alles gut?«, nickte er. Sie deutete auf die Tür. »Öffne das Schloss.«

Er starrte auf den Knauf. *Zeit, dass sich der ganze Schmerz auszahlt.*

Cade rief die Talente von Ariosto an, beseitigte den Schutzzauber des Schlosses, bearbeitete die Schließen und zog den Riegel zurück, sobald er spürte, dass er gelöst war. Der Erfolg fühlte sich an, als würde er einen Juckreiz in seinem Geist kratzen.

Er drehte den Knauf, dann schob er vorsichtig die Tür auf. Er sah Anja an. Sie gab ihm ein Zeichen voranzugehen.

Sie betraten einen dunklen Flur, in dem es nach gelöschten Kerzen und Lavendelräucherwerk roch. Schummriges Licht drang aus den Räumen zu beiden Seiten am Ende des Flurs. Rechts von Cade befand sich die Treppe zum oberen Stockwerk.

Über ihnen waren schwere Schritte zu hören, begleitet von knarrenden Dielen. Wieder schaute Cade Anja an und blickte nach oben. Sie presste ihren Zeigefinger an die Lippen, dann deutete sie auf die Treppe. Er verlagerte seinen Dolch in die linke Hand, sodass der Knauf zu seiner Brust zeigte und die Klinge nach außen – ein Griff, den er von seinem Fechtlehrer in Oxford gelernt hatte. Dann führte er Anja die Treppe hinauf, während er versuchte, das Atmen nicht zu vergessen.

Oben auf dem Treppenabsatz hielt Anja ihn mit einer Hand an der Schulter auf. Sie gab ihm ein Zeichen, hinter ihr zu bleiben und ihnen den Rücken freizuhalten; dann schlich sie den langen Flur entlang in Richtung des Zimmers, aus dem sie die Schritte gehört hatten.

Cade konzentrierte sich voll und ganz auf den Bereich vor sich und Anja. Die Einrichtung des Stadthauses nahm er nur verschwommen wahr: alte Möbel, gerahmte Fotos an den Wänden, Kitsch in den Regalen, schummriges elektrisches Licht in den Wandlampen. Das einzige Detail, das Cade deutlich wahrnahm, war der Teppichboden, der seine und Anjas Schritte dämpfte, während sie sich dem Ende des Flurs näherten.

Als sie die letzte Tür erreichten, war diese angelehnt. Von der anderen Seite erklang eine blecherne Stimme aus einem Radio, die einen Nachrichtenbericht auf Niederländisch verlas.

Anja hielt die Pistole in der rechten Hand, dann wölbte sie die linke über ihrem Kopf, ein Vorspiel zur Entfesselung dämonischer

Gewalt. Sie warf einen Blick auf Cade, um sich zu vergewissern, dass er bereit war.

Er hielt sein Messer so ruhig wie möglich und beschwor eine Handvoll Feuer in seiner rechten Hand. Mit einem Nicken gab er ihr das Zeichen zum Angriff.

Sie trat die Tür auf. Diese prallte an der Wand ab, während Anja den Raum durchsuchte. Er stürmte hinter ihr hinein und zuckte zusammen, als er einen Funken rechts von sich bemerkte ...

Ein Mann mit dem Modebewusstsein eines Bankers schleuderte Blitze auf ihn.

Cade hob seinen Schild von Azael und lenkte die gegabelten Blitze ab, nur um zu sehen, wie sie auf Anja zurasten. Sie benutzte ihren eigenen Schild, um den Blitz in die Decke zu leiten, wo er eine gezackte Wunde hinterließ, aus der Rauch quoll.

Sie stieß Cade zur Seite. »Runter!«

Ihr linker Arm schoss nach vorn und eine geisterhafte Peitsche, an der grüne Flammen loderten, schlug nach Hans, der sie mit einem Geisterschwert, das in seiner linken Hand erschien, parierte.

Die Peitsche schlang sich um die Klinge. Anja riss den Arm ruckartig zurück, schaffte es aber nicht, Hans zu entwaffnen oder die Peitsche zu befreien.

Cade schleuderte einen Feuerball auf Hans. Er prallte gegen seinen Schild und wurde davon absorbiert. Hans schleuderte einen Strahl arktischer Kälte auf Cade, der sich duckte und versuchte, den Angriff zu blocken. Der betäubende Biss des magischen Frosts raubte Cade jegliches Gefühl in seinem Arm.

Ein ohrenbetäubender Knall ließ Cade zusammenzucken. Anja feuerte mit der Pistole auf Hans.

Mit ihrer linken Hand stützte sie die rechte und zielte mit der Präzision eines Scharfschützen. Ihre ersten Schüsse – Kopf, Brust, Bauch – wären tödliche Treffer gewesen, hätte Hans' Schild sie nicht abgelenkt.

Sie änderte ihr Ziel und schoss eine Kugel durch Hans' linken Fuß. Das Leder seines Schuhs sprang auf und spuckte Blut und Knochen.

Hans taumelte vorwärts, da breitete sich plötzlich Nebel im Raum aus.

»Tempestas!«, rief Anja. Ein Windstoß fauchte aus ihrer ausgestreckten Handfläche. Er riss gerahmte Fotos von den Wänden, stürzte kleine Tische im Flur um und sprengte Türen auf, während er Hans' Tarnung auflöste – aber da war Hans schon verschwunden.

Anja schloss ihre Faust und beendete den Orkan. *»Koshka!«*

Auf die Gefahr hin, Anja weiter zu verärgern, bedeutete Cade ihr zu schweigen. Er beschwor die Allsicht von SATHARIEL und sah Hans, der, in dämonische Unsichtbarkeit gehüllt, die Treppe hinunterschlich ... und blutige Fußabdrücke hinterließ. Cade beschwor einen weiteren Feuerball ...

Anja rief: »Cade! Runter!«

Hans wirbelte herum und schlug mit einem Tentakel zu, der genauso aussah wie der, der Cades Eltern getötet hatte. Ein Hauch von salzigem Verwesungsgeruch bestätigte, dass dieses Anhängsel LEVIATHAN gehörte.

Er schmetterte Cade gegen die Wand – und fast durch sie hindurch.

Als Cade auf dem Boden zusammenbrach, trat Anja zwischen ihn und den Dämon. Ihr Zauberstab entfesselte dämonische Pfeile, die das Monster gemeinsam mit Hans zum Rückzug zwangen.

Cade war benommen und hatte Schmerzen, als Anja ihm aufhalf. Sie hielt seinen Ärmel fest, bis er aufhörte zu schwanken wie eine Weide im Sturm. »Kannst du laufen?«

»Ja. Schnappen wir ihn uns.«

Sie gingen zur Treppe. Eine Kakofonie von unten ließ sie innehalten, bevor sie die erste Stufe nahmen. Es war das Pfeifen von Stahl, der erst die Luft und dann Fleisch durchschnitt. Schreie wichen gurgelnden Geräuschen, gefolgt von dem grässlichen Schmatzen von Flüssigkeit und zerfetztem Fleisch, das Cade mit Ekel erfüllte. Als er es wagte, einen Blick nach unten zu werfen, sah er, dass die Wände der unteren Etage voller Eingeweide und Blut waren.

Säure stieg ihm in die Kehle, aber er zwang sie hinunter. Es kostete ihn all seine Konzentration, nicht von dem Gemetzel überwältigt zu werden. Als er Anja einen Blick zuwarf, war er etwas erleichtert, dass auch sie von dem Schlachthaus am Fuß der Treppe angewidert zu sein schien.

Unten kam Adair in Sicht, der darauf achtete, nicht in die tiefsten Lachen aus Blut und zerfetzten Körperteilen zu treten. »Schon gut. Ich habe ihn erledigt. Ihr könnt runterkommen.«

Cade stapfte die Stufen hinunter, um sich zu dem Meister zu gesellen, und trat ihm mit gesenktem Kopf gegenüber. »Tut mir leid. Ich bin erstarrt.« Er spähte die Treppe hinauf und versuchte, Anjas vorwurfsvollen Blick zu ignorieren. »Als der Tentakel mich getroffen hat, dachte ich, ich wäre erledigt.«

»Wir sind am Leben und dieser Wichser ist tot. Es gibt nichts, was dir leid tun müsste.« Er spuckte auf die zerfetzten Überreste von Hans' Körper. »Einer erledigt, bleiben noch dreihundert.«

Adair warf eine Handvoll Feuer die Treppe hinauf, das den zweiten Stock in ein Inferno verwandelte, dann ging er zur Vordertür hinaus in den Sturm.

Cade wollte ihm folgen, da hielt Anja ihn mit eisernem Griff zurück.

Ihre Worte trieften vor Verachtung. »Lerne zu denken, *bevor* du handelst.« Sie schob sich an ihm vorbei zur Tür hinaus und trat in den Regen. »Und bevor du uns alle umbringst.«

11

MAI

Das Geschrei verstummte, als Feuerstöße die Fenster des Landhauses sprengten und geschmolzenes Glas auf die Straße draußen herabregnen ließen. Das stattliche Herrenhaus war zu einem Krematorium geworden. Niko stand inmitten des Infernos, so substanzlos wie ein Traum, und sah zu, wie alles brannte.

Er wusste, es wäre eine Lüge gewesen zu behaupten, sein Angriff auf den Thule-Zirkel hätte irgendetwas mit Kunst oder Stil zu tun. Die Wahrheit war einfach und hässlich: Sein Angriff war eine schamlose Zurschaustellung von Macht gewesen. Zwanzig Dilettanten unter den Fittichen eines halbwegs fähigen Nazi-Karcisten hätten eine Gefahr für ihn darstellen können, wenn er ihnen die Chance gegeben hätte, sich zu wehren. Hatte er aber nicht.

Jetzt waren sie ein Haufen verkohlter Leichen im Keller des Hauses, dank Niko, der den Boden unter ihren Füßen zertrümmert hatte, bevor er ihnen eine brennende Decke auf den Kopf fallen ließ.

Er war froh darüber, dass er nicht gezögert hatte, als die Zeit zum Blutvergießen gekommen war, und dankbar, dass sich seine angeheuerten Dämonen als stärker erwiesen hatten als der Patron des Hexenzirkels. Es gab tausend Möglichkeiten, wie der Kampf hätte schiefgehen können, aber für heute Abend hatte er sich allein gegen viele durchgesetzt.

Knacken und Ächzen kündigten den Einsturz des Daches an. Funken schossen aus dem entkernten Haus, als das Obergeschoss in den Keller stürzte.

Die Feuersbrunst würde die Nachbarn anlocken und die Vichytreue Polizei aus der nahe gelegenen Stadt Limoges würde bald die Ermittlungen aufnehmen. Niko musste weg sein, bevor sie ankamen.

Zeit, abzuhauen.

Er ließ seine Geistergestalt durch reine Willenskraft aus dem Haus treiben. Als er sich in sicherer Entfernung vom Feuer befand, ließ er sein Fleisch in seinen normalen Zustand zurückkehren, dann ging er vom Landhaus in Richtung Süden, da er wusste, dass seine Maquis-Verbündeten ein Stück entfernt auf ihn warteten.

Das könnte ein guter Zeitpunkt sein, um nach Stefan zu sehen.

Er zog seinen verzauberten Spiegel aus dem Inneren seines Mantels und nahm ihn in die rechte Hand. »*Fenestra,* Stefan.« Sein Spiegelbild verdunkelte sich zu einem Schatten.

Stefans Gesicht erschien. *»Niko? Du siehst aufgewühlt aus.«*

Niko hielt den Spiegel in einem Winkel, sodass er Stefan das brennende Herrenhaus hinter sich zeigen konnte, und antwortete: »Ich habe gerade ein Haus voller Dilettanten vernichtet.«

Stefan reagierte mit grimmiger Anerkennung. *»So ähnlich wie ich letzte Nacht hier in Warschau.«*

»Hast du irgendwelche Hinweise auf die Kabbalisten gefunden? Oder das Grimoire?«

»Nein. Alles, was ich vorfinde, wo immer ich hingehe, ist das hier.« Stefan drehte seinen Spiegel, um das Elend hinter sich zu zeigen: ein winziger Raum ohne Möbel, in dem zehn jüdische Flüchtlinge übereinandergestapelt auf dem Boden lagen. Eine weitere Drehung des Spiegels brachte Stefan zurück ins Blickfeld. *»Überall, wo ich hingehe, ist es das Gleiche.«*

»Gestapelt wie Kaminholz. *Mon Dieu.*«

In den letzten Wochen hatte jedes Gespräch mit Stefan Neuigkeiten über irgendeine weitere Grausamkeit gebracht, die die Nazis dem jüdischen Volk in Polen zufügten. Erst wurde es in Gettos zusammengetrieben, dann hatte Stefan Niko Dutzende von jüdischen Tempeln gezeigt, die verwüstet, verbrannt oder ausgeschlachtet worden waren, um als Ställe oder Vorratslager für die Nazis zu dienen. Innerhalb der Grabesmauern des Gettos wurden Möbel und Wertgegenstände der Juden gestohlen, um sie an Deutsche und polnische Christen zu verteilen. Dann kamen Verprügelungen auf offener Straße, gefolgt von der Beseitigung aller, die als untauglich für körperliche Arbeit oder potenziell subversiv galten.

Die neuesten Berichte waren so grausig, dass Niko anfing zu glauben, dass selbst seine schlimmste Elendsgeschichte Stefan nur beleidigen könnte, der inmitten unzähliger Gräueltaten lebte.

»Ich wünschte, ich könnte helfen. Wenn es etwas gibt, das ich …«

»Zigaretten?«

Niko griff in seine Hosentasche, zog eine zerknitterte Schachtel Gauloises heraus und reichte sie durch den Spiegel. »Eine halbe Packung. Das ist alles, was ich im Moment habe.«

Stefan schnappte sich die Packung von seiner Seite des Spiegels. *»Das reicht fürs Erste.«* Er zupfte eine braune Zigarette aus der Schachtel und zündete sie an. Er genoss einen langen Zug, dann blies er den Rauch durch den Spiegel und parfümierte die Luft um Niko mit dem Aroma türkischen und syrischen Tabaks. *»Danke, Bruder.«* Ein weiterer Zug und er schien fast wieder der Alte zu sein. *»Wie läuft dein Kampf? Sind die Maquis gute Verbündete?«*

»Ja, alles läuft recht gut. Bis jetzt haben sie mir geholfen, drei Thule-Zirkel in Vichy-Frankreich aufzuspüren.« Das Knacken und Knallen des brennenden Holzes, das er hinterlassen hatte, veranlasste ihn dazu, den Mund zu einem schiefen Grinsen zu verziehen.

»Noch acht oder zehn, dann muss ich in Paris nur noch den Kopf abschlagen. Wie sieht es bei dir aus?«

»Ich habe vor Warschau erst einmal Prag und Posen gesäubert. Morgen fahre ich nach Krakau.«

Niko sah Scheinwerfer, die sich näherten. »Meine Mitfahrgelegenheit ist fast da. Gute Reise.«

»*Wir sprechen uns bald wieder.* Velarium!« Die Verbindung zwischen ihren Spiegeln brach ab und Niko steckte seinen in die Jacke zurück. Ein Lastwagen, der dem Maquis gehörte, hielt neben ihm. Er öffnete die Beifahrertür des Führerhauses und kletterte hinein. »Schöne Nacht für eine Spazierfahrt, was, Etienne?«

Etienne Charbonneau, der als professioneller Bürokrat gearbeitet hatte, bevor er zum Amateurschützen und Fluchtwagenfahrer geworden war, sah aus, als würde er sich in die Hose machen, als er das brennende Herrenhaus erblickte. »Mein Gott! Was hast du getan, Niko?«

»Ich habe dem Feind eine Botschaft geschickt. Und ich habe vor, noch viele weitere zu schicken.« Er zog eine Karte hervor, die von seinen Informanten markiert worden war, und zeigte auf ihr nächstes Ziel. »Auf nach Süden. Es gibt Nazi-Spione in Toulouse, die ich töten muss.«

12

JUNI

Alles hängt vom richtigen Zeitpunkt ab, hatte Adair gesagt und Anja hatte sich die Warnung des Meisters zu Herzen genommen. In der Gestalt einer Felsentaube kreiste sie über dem Zentrum der belgischen Stadt Gent, den Blick auf ein efeubewachsenes Haus am Fluss Leie gerichtet.

Unter ihr spurtete Cade mithilfe seines neuesten dämonischen Talents über den schmalen Fluss. Trotz ihrer magisch verbesserten Sicht konnte sie Adair nicht ausmachen, aber sie wusste, dass er sich darauf vorbereitete, als Ablenkungsmanöver einen Angriff auf den Vordereingang des Herrenhauses zu starten.

Die Hexenstunde, drei Uhr morgens, rückte näher. Wenn sie gekommen war, würde der Hexenzirkel der Thule-Gesellschaft in Gent einen großen Diener der Absteigenden Hierarchie herbeirufen. Dieser sollte einen Zauber wirken, der die Zirkelmitglieder im politischen Leben der Stadt verankern würde – wie Zecken, die sich ins Fleisch bohren.

Etwas, das Adair, Anja und Cade auf keinen Fall zulassen würden.

Am Flussufer erreichte Cade das Haus. Sein Körper wurde zu einer Rauchfahne, die durch die Ritzen der sturmgepeitschten Fenster ins Innere des Gebäudes glitt. Das war Anjas Signal, mit ihrer eigenen Attacke zu beginnen. Sie stürzte auf das Dach des Hauses zu. Kurz bevor sie es erreichte, flachte sie ihre Flugkurve ab, flatterte mit den Flügeln und landete hinter der Wache.

Der junge Mann drehte sich um und bemerkte etwas, das für ihn wie eine gewöhnliche Taube aussehen musste. Dann konzentrierte er sich wieder auf seine einsame Wache und starrte auf das Meer von Dächern herab.

Geräuschlos legte Anja ihre Vogelform ab.

Der Wachposten hatte ihr den Rücken zugewandt. Sie konnte sich aussuchen, wie sie ihn beseitigen wollte. Ihre wilden Impulse drängten sie dazu, ihm ein Messer in den Rücken zu rammen und den Widerstand von Knochen und Sehnen zu spüren, wenn sie die Klinge drehte, um seine Lunge zu Brei zu zermahlen – aber Adairs Lehren zwangen sie, ihn schnell und mit so wenig Lärm wie möglich zu erledigen.

Sie beschwor einen Knochenspeer und schleuderte ihn auf den Wachmann, wobei sie seine Wirbelsäule und sein Herz durchbohrte. Die Waffe verschwand, sobald der tote Mann auf dem Dach zusammensackte.

Anja stieg über seinen Körper und näherte sich der Tür zum Treppenhaus des Gebäudes. Ein Blick durch die Augen von Vos Satria bestätigte, dass auf der Tür keine Schutzzauber lagen, außerdem gab es keine magischen Wächter, die vor Eindringlingen warnten. In der Gewissheit, dass der Weg frei war, öffnete sie die Tür, schlüpfte hindurch und eilte die Treppe hinunter. Sie war begierig darauf, den bevorstehenden Kampf nicht zu verpassen.

Anders als das Haus, in das sie und Cade in Amsterdam eingedrungen waren, wirkte dieses bescheiden. Es gab keine Dekoration, keine Teppiche, keine Möbel, die Akzente setzten. Nur leere Flächen und enge, unmöblierte Flure, die von geschlossenen Türen gesäumt waren.

Jeder Schritt, den sie in Richtung Keller machte, steigerte ihre Furcht. So sehr sie auch versucht hatte, Cades ungeschickte Fehler in Amsterdam zu verzeihen, so sehr fürchtete sie, dass er sie oder den Meister erneut in Gefahr bringen würde, nicht aus Bosheit, sondern aus reiner Inkompetenz. Das war etwas, das sie nicht zulassen konnte – nicht, wenn so viel auf dem Spiel stand.

Kurz vor dem ersten Stock blieb sie stehen. Sie hörte das Atmen eines Thule-Wachpostens, der am Fuß der Treppe stand. Bevor sie sich einen Angriffsplan ausdenken konnte, hörte sie einen aufkommenden Wind vor dem Haus, dann flog die Eingangstür nach innen auf, aufgestoßen von einer Sturmböe mit Orkanstärke. Der Wachmann zog mit der einen Hand einen Zauberstab, mit der anderen eine Pistole und wirbelte zur offenen Tür herum.

Anja sprang von der Treppe, legte einen Arm fest um die Kehle des Dilettanten und stieß ihr Athame in seine Wirbelsäule. Mit Genugtuung spürte sie, wie seine Wirbel unter ihrer Klinge brachen.

Adair schritt durch die offene Eingangstür, als Anja dem Thule-Wächter mit einer Drehung das Genick brach. Sie ließ den Körper fallen. Er sackte zusammen und landete mit einem dumpfen Knall auf dem Boden. Der Meister schenkte der Leiche keine Beachtung, als er an ihr vorbeiging und Anja durch das Erdgeschoss des Hauses führte. »Es ist gleich so weit. Lass uns nach unten gehen.«

Sie folgte ihm den Flur entlang und durch die Küche bis zur Kellertür. Als er sie öffnete, fragte sie: »Was ist mit Cade?«

»Wenn er getan hat, was ich gesagt habe, ist er schon da.«

Er öffnete die Tür.

Heulen und Rumpeln erklangen aus der Dunkelheit unten. Ein moschusartiger Duft von Sandelholz durchdrang den Keller; er war beinahe stark genug, um den Geruch von Schimmel und Mehltau, der darunter lauerte, zu überdecken. Adair flüsterte Anja über seine Schulter hinweg zu: »Sie versuchen, Belial zu erwecken.« Er schloss die Augen und verschwand dann aus dem Blickfeld. Seine körperlose Stimme hauchte warnend: »Sei vorsichtig, Kleines.«

Anja dämpfte ihre Schritte mit den weichen Pfoten von Psythrios und stieg die Stufen langsam und vorsichtig hinunter, um ja nicht mit ihrem nun unsichtbaren Meister zusammenzustoßen.

Auf halbem Weg in den Keller endeten die Stufen auf einem Treppenabsatz, der eine Kehrtwende machte. Als Anja dort stehen blieb, konnte sie beobachten, wie das Experiment nur wenige Meter entfernt Gestalt annahm.

Ein Thule-Zirkelmeister stand auf der Position des Anwenders in einem großen Schutzkreis, unterstützt von zwei Tanisten. Außerhalb des großen Kreises standen sechs weitere Dilettanten, alle sicher in ihren eigenen Pentagrammen.

Der Zirkelmeister konnte sich nicht umdrehen, ohne das Schwert ins Rutschen zu bringen, das er auf den Spitzen seiner weißen Schuhe balancierte. Also sprach er über seine Schulter hinweg zu seinen Adepten. »Es ist wichtig, dass niemand von euch während der Zeremonie spricht. Schon das kleinste Geräusch könnte meine Kontrolle über den Dämon brechen. Und ich bin sicher, ich muss euch nicht daran erinnern, was passiert, wenn ihr eure Kreise verlasst, also bewegt euch nicht.« Er hob seinen Zauberstab mit einer Hand und öffnete mit der anderen sein Grimoire.

Das war das Stichwort zum Angriff. Cade war nirgends zu sehen, aber Anja wagte es nicht, noch länger zu warten: Sobald die Dilettanten einen Dämon erweckten, war jeder außerhalb der Kreise so gut wie tot.

Sie griff die beiden Adepten auf der linken Seite an. Dem Mann brach sie mit der Faust von BAEL das Genick und die Frau erdrosselte sie mit der Peitsche von VALEFOR.

Adair, immer noch unsichtbar, tötete das Paar in der Mitte mit gleichzeitigen Stichen zwischen die Schulterblätter. Beide Männer zuckten und gurgelten Blut, während seine von der Kunst beschworenen Messer sie aufspießten.

Cade tauchte aus den Schatten hinter den Männern auf der rechten Seite auf. Mit einer Drehung seiner offenen linken Hand riss er den Kopf des einen Mannes auf magische Weise mit einem Ruck herum. Der Mann fiel mit dem Knirschen von splitternden Knochen nach hinten. Den anderen Mann spießte er mit einem geisterhaften Speer auf. Es dauerte ein paar Sekunden, bis der geschockte Dilettant starb und schlaff auf dem stachelbewehrten Schaft der Waffe hing.

Alle sechs toten Adepten fielen gleichzeitig zu Boden.

Im Inneren des großen Kreises wirbelten der Meister des Hexenzirkels und seine beiden Tanisten herum.

Der Meister war älter, kahlköpfig, mit verkniffenen Gesichtszügen und wachen Augen. Der Mann hatte blondes Haar, einen bleistiftdünnen Schnurrbart und eine Brille mit Drahtgestell, während die Frau eine lange Nase und ein kantiges Kinn hatte, was ihr ein pferdeähnliches Aussehen verlieh.

Der Zirkelmeister kochte beim Anblick seiner toten Adepten. »Wie mutig, Wehrlose hinterrücks zu ermorden.« Aus seiner Hand sprangen gespaltene Blitze, von denen jeweils eine Zunge auf Anja, Cade und Adair gerichtet war. Alle drei beschworen magische Schilde. Dabei schwärmten sie aus, um den Dilettanten in die Flanken zu fallen.

Die beiden Tanisten bewegten sich auseinander. Der Mann schleuderte Feuer auf Anja, während die Frau eisige Nadeln in Cades Richtung sprühte, und es ihrem Meister überließ, seinen Blitz auf Adair zu richten. Dessen Unsichtbarkeitszauber versagte und er wurde sichtbar.

Anja nutzte ihren Schild, um den Angriff des männlichen Adepten zu absorbieren. Dann leitete sie ihn in einen fokussierten Schlag aus der Hand von BAEL um. Sie hoffte, er würde das Bein des Mannes zerschmettern, aber der Angriff wurde durch den Schutz eines anderen Dämons abgefangen.

Auf der anderen Seite des Raums warf Cade den Nadelangriff der Tanistin zurück. Auch sie lenkte ihn mit einem dämonischen Schild ab – nur um dann festzustellen, dass sich Schlangen um ihre Füße wanden.

Der männliche Tanist füllte seine rechte Hand mit Elektrizität und holte mit dem Arm zum Wurf aus. Anja deckte seinen Schild mit LERAIKAHS Giftpfeilen ein – und setzte ihn im selben Moment den Qualen des XENOCH aus. Seine Schreie wurden von der vorzeitigen Detonation seines Blitzschlags übertönt. Die Explosion schleuderte ihn gegen die Wand. Sein brennender Leichnam fiel auf den Boden.

Der Zirkelmeister und Adair lieferten sich einen wütenden Schlagabtausch aus Elektrizität und geisterhaften Geschossen, wobei keiner von beiden einen klaren Vorteil erlangte. Dann, als die Tanistin von den Schlangen überwältigt zusammenbrach, schleuderte Cade eine Lichtkugel auf den Zirkelmeister. Sie explodierte mit gleißendem Licht am Schild des Mannes. Unterstützt durch diese Ablenkung löste Adair den Beton unter den Füßen seines Gegners auf. Der Meister des Hexenzirkels stürzte durch das Loch und platschte in hüfthohes Wasser. Darin erwachte ein Strudel zum Leben und wirbelte ihn wie ein Blatt im Sturm herum, bis Adair die Misshandlung des Mannes beendete, indem er ihn mit einer spektralen Sense an der Taille in zwei Teile schnitt.

Stille senkte sich über den Raum.

Anja beobachtete Adair, der ihre und Cades Arbeit begutachtete. »Nicht schlecht. Ihr habt eure Ziele getroffen und seid euch gegenseitig aus dem Weg gegangen. Das ist ein guter Anfang.« Er klopfte Cade auf die Schulter. »Ihn mit einem Lichtzauber abzulenken war brillant! Und die Wasserhose war ein raffinierter Schachzug.« Er zeigte auf Cade und Anja. »Sobald ihr beide gelernt habt, eure Angriffe abzustimmen, sind wir bereit, den Hexenzirkel in Calais zu Fall zu bringen. Aber heute Abend ...«, geräuschvoll sammelte er den Schleim in seiner Kehle und spuckte auf den toten Hexenzirkelmeister, »haben wir uns unseren Wein verdient.«

Der Meister kehrte zur Treppe zurück und verließ den Keller. Cade sah sich im Raum um, dann wanderte sein Blick zu Anja. »Dir heute bei der Arbeit zuzuschauen hat mir gefallen.« Ein schwaches Lächeln. »Es war ziemlich ... lehrreich.« Er folgte Adair nach oben und ließ Anja allein in dem Blutbad zurück, das sie angerichtet hatten.

Widersprüchliche Gefühle ließen sie wie angewurzelt stehen bleiben. Sie beneidete Cade um die rohe Kraft, die er in so kurzer Zeit zu beherrschen gelernt hatte – weit mehr, als sie sich je auf einen Schlag hatte zunutze machen können; gleichzeitig nahm sie ihm das übel, wenn auch nicht so sehr wie noch vor ein paar Monaten. In den vergangenen Wochen hätte sie sein unterwürfiges Kompliment als

Vorwand benutzt, um ihn zu beleidigen. Aber heute Abend, als der naive junge Amerikaner sie angelächelt hatte, hätte sie fast zurückgelächelt.

Fast.

Vielleicht werde ich ihn doch nicht im Schlaf töten. Zumindest nicht heute Nacht.

Hätte man Kain Engel gebeten, die am wenigsten gewürdigten Geschenke der Welt aufzuzählen, so hätte er das Kehlsteinhaus ganz oben auf seine Liste gesetzt. Das Chalet konnte mit Wänden aus handgeschliffenem Stein, perfekt polierten Böden und einem atemberaubenden Blick auf die bayerischen Alpen aufwarten. Entworfen von Martin Bormann als Geschenk für den Führer zu dessen fünfzigstem Geburtstag, stand es die meiste Zeit leer. Soweit Kain wusste, hatte Hitler das Chalet in den letzten drei Jahren weniger als sechs Mal besucht, und dann meist nicht länger als eine halbe Stunde.

Was für eine Verschwendung.

Der Sommer hatte das Tal unten in üppige Grüntöne getaucht und ein warmer, milder Westwind streichelte Kains Gesicht. Er schwenkte den letzten Tropfen des 34er Duhart-Milon-Rothschild in seinem Glas, bevor er den Rotwein in einem Zug hinunterkippte. Obwohl er sich mit der Notwendigkeit der Entlastung durch chemische Substanzen abgefunden hatte, wann immer er sich mehrere Dämonen für längere Zeit untertan machte, sah er keinen Grund, seinen Gaumen mit minderwertigen Jahrgängen zu beleidigen. Feine Weine waren seine bevorzugte Droge; Opiate und Fusel überließ er den Schwachen, den Dilettanten und den Spießbürgern.

Er stellte sein leeres Glas auf einen der Tische im Innenhof. Er war ein wenig enttäuscht, dass es nicht nötig war, ein Feuer im zentralen Kamin des Chalets zu entfachen. Der rote Marmor, aus dem der Kamin im Hauptspeisesaal bestand, war pure Schönheit – ein Geschenk, wie er gehört hatte, von Benito Mussolini.

Kain entschied sich stattdessen für die Beschwörung von Zwillingsfahnen aus Höllenfeuer in seinen nach oben gerichteten

Handflächen. Die Flammen züngelten harmlos über seiner Haut, während er seinen Geist auf ihren teuflischen Tanz ausrichtete und seinen Willen durch sie projizierte. »*Exaudi. Exaudi. Exaudi.*«

Er konzentrierte sich auf die Namen und Gesichter seiner Adepten. *Siegmar. Briet.*

Vertraute Gesichter flackerten in den Flammen. In Kains linker Hand Siegmar, in seiner rechten Briet. Er begrüßte sie mit einem Nicken. »*Ave*, meine Freunde.«

Briet neigte den Kopf leicht. »Ave, *Meister.*«

Siegmar ahmte Kains subtiles Senken des Kinns nach. »*Meister.*«

»Ich bringe schlechte Nachrichten. Unsere Feinde sind nach Europa gekommen und greifen an.«

Briet fragte: *»Wie viel wissen wir über ihr Vorgehen?«*

»Genug, um mich zu beunruhigen. Ihr erstes Opfer war Hans Boerman, der von mir ausgebildete Karcist, der unseren neuen Hexenzirkel in Amsterdam leiten sollte. Seitdem haben wir noch einige mehr verloren.«

Siegmars gelassene Fassade bröckelte. *»Was? Wann ist das passiert?«*

»Boerman starb in derselben Nacht, in der er den Amsterdamer Hexenzirkel weihen sollte. Der Zirkel in Gent wurde eine Woche später ausgelöscht. Im letzten Monat haben wir den Kontakt zu Zirkeln in Osteuropa und in der französischen *zone libre* verloren. All das deutet darauf hin, dass unsere Feinde ihr Tempo erhöhen.«

Briet griff Siegmars Sorge auf. »*Warum erfahren wir erst jetzt davon?«*

»Vor dem heutigen Abend war ich mir nicht sicher, was passiert war. Herr Boerman schien bei einem Hausbrand umgekommen zu sein: Ungewöhnlich und tragisch, aber so was kommt vor. Was Gent betrifft, so fehlte es den Mitgliedern an Erfahrung. Ihr Tod hätte durch einen Fehler während eines Experiments verursacht worden sein können; sie wären nicht die ersten Amateure, die infolge eines Missgeschicks ihr Leben lassen mussten.« Er atmete frustriert aus. »Aber die rasche Auslöschung mehrerer Ortsverbände? Das ist kein

Zufall. Mein alter Freund Adair treibt auf dem Kontinent sein Unwesen und er hat die letzten seiner Adepten mitgebracht.«

Seine Schüler begannen beide, langsam zu nicken.

Briet strich sich eine Haarsträhne aus dem Gesicht. *»Ich habe einen Spion beim Maquis. Ich kann ihn benutzen, um demjenigen eine Falle zu stellen, der unsere Zirkel im Freien Frankreich angreift.«*

Kain zog eine Augenbraue hoch. »Ihr Hauptaugenmerk liegt auf der Verteidigung des Pariser Hexenzirkels.«

»Wir können zuschlagen, ohne unsere Kehle zu entblößen.«

»Sehr gut. Fahren Sie fort, aber seien Sie vorsichtig. Adair würde seine letzten verbliebenen Adepten nicht in die Schlacht schicken, wenn er nicht sicher wäre, dass sie voll ausgebildet sind.«

Siegmar räusperte sich. *»Wir haben womöglich ein ähnliches Problem an der Ostfront. Ich habe Berichte über einen ›Wundertäter‹ in den jüdischen Gettos gehört. Ein Fremder, der Fragen zu den vermissten Kabbalisten von Adair stellt.«*

»Das könnte sich als Gelegenheit erweisen. Identifizieren Sie diesen ›Wundertäter‹ und sorgen Sie dafür, dass er uns in die Hände fällt. Ich vertraue darauf, dass Sie wissen, wie man das anstellt.«

»Das tue ich, aber ich brauche etwas Zeit. Ich bin noch in Kovno.«

»Das ist noch nicht erledigt?«

»Die Einsatzgruppen haben die Exekutionen beendet, sind aber noch nicht fertig mit der Plünderung der Leichen.«

»Wie lange wird das dauern?«

Ein arrogantes Achselzucken. *»Ich weiß es nicht. Ich habe noch nie gesehen, wie hundert Schwachköpfe versuchen, dreitausend Leichen auszurauben. Ich werde in einen Zug steigen, sobald ich kann.«*

»Sorgen Sie dafür, dass es nicht zu lange dauert.« Kain spürte, wie die Zukunft endlich Gestalt annahm. »Unser Feind steht endlich vor unserer Tür. Bereiten wir ihm einen Empfang, den er nie vergessen wird.«

Alles war nach Plan verlaufen, bis zu dem Moment, als alles zum Teufel ging.

Die Vorderseite des Hexenzirkelhauses außerhalb von Toulouse war für Nikos Geschmack zu exponiert, es gab nicht genug Deckung, also hatte er sich durch den Wald dahinter genähert.

Nichts an dem Gebäude ließ darauf schließen, dass es mit besserer Verteidigung ausgestattet war als die Häuser, die er weiter nördlich in der *zone libre* zum Einsturz gebracht hatte.

Dann war sein Feuerball von der Hintertür des Hauses abgeprallt, hatte seinen Schild verschlungen und ihn auf den Hintern geworfen. Jetzt lag er auf dem Rücken, betäubt und verwirrt, während Maschinengewehre mit ohrenbetäubendem Rattern die Luft durchlöcherten und Gräben in den Rasen rissen.

Niko drehte sich um, stieß sich vom Boden ab und sprang auf die Bäume zu, wobei er bei jedem Schritt von Schüssen bedrängt wurde. *Merde!*

Im Inneren des Hauses schrien deutsche Stimmen »Alarm!«, als Kugeln die Rinde von Bäumen zu beiden Seiten von Niko zerfetzten. Er lief im Zickzack durch den Wald, da flammten hinter ihm Suchscheinwerfer auf. Ihre Strahlen bewegten sich von einer Seite zur anderen und warfen Schatten in alle Richtungen.

Schritte und auf Deutsch gebellte Befehle verfolgten Niko, als er stolpernd den Rückzug antrat. Die Schüsse der halbautomatischen Gewehre durchdrangen den Wald und eine verirrte Kugel bohrte sich in Nikos linken Trizeps. Er umklammerte die Wunde, um die Blutung zu stillen, während er rannte.

Weitere Schüsse zischten an seinem Kopf vorbei. Er war eine halbe Minute von der Lichtung entfernt, auf der sein Gefährt auf ihn wartete, vorausgesetzt, der Maquis war nicht beim ersten Schuss geflohen. Als er sich daran erinnerte, wie viel offenes Gelände zwischen dem Lastwagen und der Baumgrenze lag, befürchtete Niko, dass er es nicht lebendig in das Fahrzeug schaffen würde, nicht mit den Deutschen so dicht auf den Fersen.

Er schaute sich suchend nach den Nazi-Truppen um. Es war zu dunkel, um sie direkt anzuvisieren. *Ich muss mich wohl damit begnügen, sie zu verlangsamen.*

Er schwang seine Hand in einem weiten Bogen und beschwor HARATHORS Gabe der »Fußfessel«, mit der Baumwurzeln und Unterholz zum Leben erwachten und zu lästigen Fallen für jeden wurden, der sie überquerte. Er wurde sofort durch eine Unterbrechung des Gewehrfeuers belohnt, gefolgt von deutschen Schimpfworten aus den Schatten. *Das sollte reichen.* Er rannte weiter.

Als er sich der Lichtung näherte, wurde er von Ferrand und einem anderen Maquis namens Michel abgefangen. Sie waren mit gezogenen Pistolen in den Wald gekommen.

»Was ist passiert?«

»Eine Falle«, stieß Niko keuchend hervor, ohne langsamer zu werden. »Zurück zum Lastwagen!«

Michel und Ferrand liefen hinter Niko her. Als die drei aus dem Wald auftauchten, verkündete ein scharfes Knacken hinter ihnen, dass die Deutschen den verfluchten Wurzeln entkommen waren. Dann ging direkt vor ihnen ein Flutlicht an und blendete sie.

Camille rief: »Los! Sie sitzen euch im Nacken!«

Niko blinzelte und sah, dass Camille ihren Lastwagen vorwärts zum Rand der Baumgrenze gefahren hatte, um einen schnelleren Rückzug zu ermöglichen. Jetzt stand sie auf dem Trittbrett und balancierte ihre einzige funktionierende Maschinenpistole auf dem Rahmen der offenen Tür. »Steigt hinten ein!«, rief sie, bevor sie drei schnelle Schüsse über ihre Köpfe hinweg in den Wald abfeuerte. »Beeilung!«

Ferrand zog sie vom Trittbrett und riss ihr die Waffe aus den Händen. »Steig hinten ein.« Er schwenkte herum und warf Michel das SMG zu. »Noch zwei Salven, dann fährst du los.« An Niko und Camille gewandt bellte er: »Hinten rein! Sofort!«

Niko, seine Schwester und ihr Mann rannten zum Heck des Lastwagens und kletterten auf die Ladefläche. Draußen stotterten noch zwei weitere Salven aus dem SMG, die von den Gewehren der Deutschen beantwortet wurden, dann brummte der Motor des Lastwagens auf. Er ächzte protestierend, als Michel den Gang einlegte und beschleunigte. Das Chassis und die Verkleidung klapperten und ratterten, als sie den felsigen Feldweg hinunterfuhren, der die einzige Verbindung zur Lichtung darstellte.

Nachdem seine Schwester die Wunde in seinem Arm mit einem Taschentuch verbunden hatte, zündete Niko sich eine Zigarette an, um seine aufgewühlten Nerven zu beruhigen. Er nahm einen Zug und reichte sie dann an Camille weiter. »Gut, dass du den Lastwagen vorgefahren hast. Wir hätten es nicht geschafft, wenn wir die Lichtung hätten überqueren müssen.«

Er sah das Lächeln seiner Schwester im Schein der Zigarettenglut, als sie inhalierte. »Keine große Sache.«

»Von wegen«, sagte Ferrand in scharfem Ton. »Ich hab doch gesagt, du sollst dich im Hintergrund halten.«

»Ich hab Schüsse gehört.«

»Ein Grund mehr, weshalb du an Ort und Stelle hättest bleiben sollen. Ich habe dir gesagt, dass du dich zurückziehen sollst, wenn wir unter Beschuss geraten – nicht, dass du angreifen sollst, um den Tag zu retten. Mach das noch mal, dann prügle ich die Lektion in dich hinein.«

Niko platzte der Kragen. Die letzte Person, die Camille auf diese Weise bedroht hatte, war ihr Vater, Marlon Le Beau gewesen – der erste Mann, den Niko jemals hatte töten wollen.

»Halt die Klappe, Ferrand. Sie hat uns da hinten das Leben gerettet. Du solltest dich bei ihr bedanken, du undankbares Stück Scheiße.«

Ferrand packte Niko mit einer Hand am Jackenkragen und hielt ihm mit der anderen ein Messer an die Kehle. »Vergiss nicht, wer hier das Sagen hat.« Er übte gerade genug Druck aus, um seinen Standpunkt klarzumachen. »Und sag mir nie wieder, wie ich mit *meiner* Frau reden soll.«

Genau wie Papa es getan hätte. Marlon Le Beau war tot und begraben, aber Ferrand gab Niko das Gefühl, als wäre diese erbärmliche Ausrede für einen Mann in all seinem hasserfüllten, alkoholgetränkten Elend wiederauferstanden. Niko kochte, sagte aber nichts. Er kannte mindestens zwei Möglichkeiten, seinen Schwager mit Magick zu töten, die lautlos und spurlos waren, keine Anzeichen hinterlassen und keinen Tropfen Blut vergießen würden. Und wenn er sich Ferrands Griff entziehen und verschwinden wollte, konnte er das nach Belieben tun.

Stattdessen begnügte er sich damit, den Mann anzustarren, bis Camille Ferrand überredete, sein Messer wegzulegen und die Sache auf sich beruhen zu lassen.

Das war das Beste, zumindest für den Moment. Es war nichts damit gewonnen, auf die Drohungen der Kleingeistigen und Engstirnigen zu antworten, nicht, wenn sie in weitaus dringenderen Zwickmühlen steckten.

Zunächst mal, wie konnten die Deutschen mich heute Abend in einen Hinterhalt locken? Wer hat ihnen verraten, dass ich kommen würde?

Niko musterte Ferrand, dann Michel. Weder sie noch einer ihrer Landsleute hatten etwas zu gewinnen, wenn sie in eine Falle liefen. Aber wem könnten sie noch etwas erzählt haben? Und wie konnte er diese Namen von ihnen in Erfahrung bringen, ohne ihren Verdacht zu wecken?

Ein Problem nach dem anderen, sagte er sich.

Er griff nach oben und tastete mit seinen Fingerspitzen über die Wunde von Ferrands Messer. So sehr er sich auch auf seine Mission konzentrieren wollte, alles, woran er denken konnte, war, ob Ferrand Camille jemals ein Messer an die Kehle gehalten hatte. Der Gedanke daran erfüllte seinen Geist mit Visionen von Rache. *Er kennt keinen Schmerz. Nicht so, wie ein Dämon ihn ihm beibringen könnte …*

Er schloss die Augen und beruhigte seine Gedanken. *Das sind die Dämonen, die sich in den Vordergrund drängen,* erkannte er. Es wurde immer schwieriger, ihr Anstacheln von seiner eigenen inneren Stimme zu trennen, vor allem, wenn er gezwungen war, mehr als einen Tag ohne einen harten Drink auszukommen.

Camille reichte ihm die halb gerauchte Zigarette. Niko nahm einen genüsslichen Zug, dann atmete er durch die Nasenlöcher aus, während er sich daran erinnerte, was Meister Adair immer gesagt hatte, wenn seine Lehrlinge einander auf die Nerven gingen: *Hebt euch eure Flüche für die Nazis auf.*

Das war ein guter Rat und Niko hatte vor, ihn zu beherzigen. Solange Ferrand nie wieder die Hand gegen Camille erhob.

Eine Karte in polnischer Sprache zu lesen war schwierig. Der Versuch, sie im Dunkeln zu lesen, reichte aus, um Stefan zum Fluchen zu bringen. Um ihn herum erstreckten sich die Vororte von Krakau, der Wohnbezirk Dębniki. Er wusste, dass er seinem Ziel nahe war, aber die Stunden, die er damit verbracht hatte, durch stockdunkle Straßen zu irren, ließen ihn befürchten, dass er eine Abzweigung verpasst hatte oder in die falsche Richtung gelaufen war.

Stefan hielt an, um sich zu orientieren. In der Ferne hörte er das Rumpeln von Fahrzeugen und Maschinen; der Stadtkern lag in nordöstlicher Richtung vor ihm. Eine Wolkenbank teilte sich und gab den zunehmenden Mond frei, eine schmale Sichel an einem Himmel voller Dunkelheit.

Das hier ist der richtige Weg. Ich muss einfach weitergehen.

Bald fand er sich vor einem zweistöckigen Haus wieder, das ein Stück von der Straße zurückgesetzt war. Das einen halben Hektar große Grundstück drumherum war gut gepflegt und mit Eichen und Linden bepflanzt. Drinnen brannte kein Licht – zumindest keines, das er sehen konnte. Die von den Nazis besetzte Stadt hatte die Bewohner monatelang gezwungen, ihre Fenster zu verdunkeln, um die Stadt vor russischen Bombenangriffen zu verstecken.

Als er die Nacht mit den Augen von Sōzay durchbohrte, sah Stefan, dass das Haus vor magischen Schutzzaubern glühte. Es war zweifelsohne ein Versteck des Thule-Zirkels. Er nahm seinen Rucksack und seine Werkzeugrolle ab und vertraute sie seinem dämonischen Lasttier an. Er wusste, dass er sich bei dem, was als Nächstes kam, schnell bewegen musste und freie Hände brauchte.

Blaue Flammen wanden sich um seine Fäuste, als er zur Eingangstür schritt.

Die Kräfte von Teragor lösten die Schutzzauber an der Tür und ließen diese aufschwingen, um Stefan Einlass zu gewähren. Er flüsterte zwei Worte in altem Henochisch, um den Dämon zu bannen, der auf der anderen Seite als Wächter aufgestellt worden war. Dann stand er unbehelligt im Eingangsbereich.

Im azurblauen Licht des Feuers in seinen Händen konnte er erkennen, dass das Foyer nur spärlich möbliert war, aber der vordere Raum zu seiner Linken und das Esszimmer zu seiner Rechten waren prächtig ausgestattet. Vor ihm, neben einer steilen Treppe, führte ein Flur, der kaum breit genug war, dass zwei dünne Menschen aneinander vorbeigehen konnten, zu einer Handvoll Räumc im hinteren Bereich.

Stefan standen verschiedene subtile Möglichkeiten zur Verfügung, das Haus zu durchsuchen und die Informationen zu erhalten, die er brauchte. Aber nach Wochen einsamer Reise stand ihm nicht der Sinn danach, diskret vorzugehen.

Seine magischen Sinne spürten die Anwesenheit von drei Personen im Haus, plus eine Handvoll kleinerer Geister, die mit einer dieser Personen verbunden waren. *Das ist dann wohl der Hexenzirkelmeister,* schlussfolgerte er.

Er durchbrach die Stille mit einem gebrüllten Befehl: »Aufwachen, Abschaum!«

Geräusche der Verwirrung erfüllten die kurze Zeitspanne zwischen Stefans Herausforderung und der Antwort der Dilettanten. Der Meister und zwei seiner Adepten kamen aus verschiedenen Schlafzimmern im Obergeschoss gerannt, jeder im Schlafanzug. Am oberen Ende der Treppe stießen sie beinahe zusammen. Einem der Adepten fiel sein Zauberstab aus der Hand und er musste mit ansehen, wie er durch das Geländer rutschte und ins Erdgeschoss fiel.

Der Zirkelmeister zielte mit seinem Zauberstab auf Stefan – der den Mann so hart gegen die Decke schleuderte, dass die Hälfte seiner Knochen brach. Auf der Treppe bereitete sich der Adept, der seinen Zauberstab noch hatte, darauf vor, seinen besten Schuss abzugeben. Stefan warf ihm einen blauen Feuerstrahl entgegen und setzte ihn in Flammen. Es dauerte ein paar Sekunden, bis der Adept aufhörte zu schreien, tot die Treppe hinunterstürzte und zu Stefans Füßen landete. Bis dahin hatte sich der letzte Adept, der allein auf dem Treppenabsatz stand, die Hosen vollgepinkelt.

Stefan ließ den Zirkelmeister – ein viel zu hehrer Titel für einen solchen Amateur, fand er – von der Decke fallen. Der Mann stürzte die Treppe hinunter und landete keuchend auf seinem toten Lehrling. Stefan zog ein Messer und erlöste den Mann von seinem Leiden, indem er ihm die Kehle durchschnitt.

Jetzt blieb nur der urindurchtränkte Jugendliche am oberen Ende der Treppe.

»Komm her«, forderte Stefan ihn auf.

Der Jugendliche stieg mit zitternden Schritten die Treppe hinunter.

Er stand vor Stefan und schlotterte.

Stefan legte eine Dämonenhand um die Kehle des jungen Mannes, um sicherzugehen, dass er die Konsequenzen einer Lüge verstand. »Ich suche eine Gruppe von Kabbala-Meistern. Sie müssen aus Warschau gekommen sein. Hast du sie gesehen?«

Verzweifeltes Nicken. »Sie waren hier.«

»Hatte ihr Anführer ein großes, in Eisen gebundenes Buch bei sich?«

Entsetzen ließ die Stimme des Dilettanten beben. »Ich weiß es nicht. Ich habe nie eins gesehen.«

»Wo sind sie jetzt?«

»Gegangen, vor Monaten.«

Stefan verbarg seine Frustration darüber, die Kabbalisten verpasst zu haben. »Wohin?«

»Keine Ahnung.« Frischer Urin tränkte das Bein des Jugendlichen. »Vielleicht wissen es die Juden im Getto.«

»Vielleicht. Wo ist das Krakauer Getto?«

»Im Stadtteil Podgórze. Glauben Sie mir – Sie werden es erkennen, wenn Sie es sehen.«

»Ich glaube dir. Außerdem habe ich nun keine weitere Verwendung für dich.«

Eine Drehung von Stefans Handgelenk veranlasste SATOR, dem Dilettanten das Genick zu brechen. Seine Halswirbel zersplitterten knackend. Er ließ den Körper los und dieser sackte zu Boden.

Mit einem mentalen Befehl schickte Stefan SAPAX los, einen Geist, der dafür bekannt ist, Dinge aufzuspüren. *Durchsuche das Haus. Bring mir eine Liste der Mitglieder dieses Hexenzirkels und ihre Adressen, dazu alle Vorräte der Kunst, die nicht vom Anwender selbst hergestellt werden müssen.*

WIE DU BEFIEHLST, antwortete der Dämon und begann mit der Arbeit.

Stefan ging in den Keller des Hauses. Wie er vermutet hatte, diente er dem Hexenzirkel als Beschwörungslabor. Eine der Wände trug das Schutzsiegel des Hauses. Er benutzte sein Messer mit dem weißen Griff, um das Siegel zu beschädigen und dessen Schutzkraft für das Haus zu neutralisieren.

Dann stieg er die Treppe hinauf, verließ das Haus und ging hinunter auf die Straße. Weniger als eine Minute später kehrte SAPAX mit der Liste und einer Ladung von Ölen, Salben und anderen Vorräten zurück, die Stefan helfen würden, seinen Kader aus unterjochten Geistern in den kommenden Wochen aufrechtzuerhalten. Sein höllisches Lasttier GAIDAROS sammelte die Beute ein und sie verschwand in seiner Obhut.

Vor seinem geistigen Auge stellte Stefan sich vor, wie das Haus des Hexenzirkels zu einem Trümmerhaufen zerfiel. Dann schickte er SATOR los, um seine Vision in die Realität umzusetzen, während er seine Reise fortsetzte.

Hinter ihm verwüstete der Dämon das Haus, aber Stefan wusste, dass ein weitaus größeres Grauen vor ihm lag – in Gestalt eines weiteren von den Nazis geschaffenen jüdischen Gettos.

13

JULI

Der Beschwörungsraum war mit den Leichen der Getöteten übersät. Unter Lachen aus Blut und Asche befanden sich die Überreste magischer Kreise. Kleine Haufen von Kerzen, Zauberstäben, Schwertern und Dolchen lagen hier und da. Grimoires verglühten bis auf die Buchrücken und füllten den fensterlosen Raum mit Rauch.

Es fühlte sich falsch an, auf ein solches Gemetzel stolz zu sein, doch Cade freute sich über den Sieg. Höllenfeuer tanzte an seinen Fingerspitzen. Blitze knisterten um seinen Zauberstab.

Sein Geist und sein Körper wurden von den zerstörerischsten Energien der Hölle durchströmt. Nur ein Gefühl von Anstand und ein Hauch von Scham erinnerten ihn daran, dass dies nicht der richtige Augenblick zum Feiern war.

Adair schlenderte von einem Körper zum nächsten, um den Puls zu prüfen. Bei zwei der Gefallenen hielt er inne, um ihnen mit seinem Athamé die Kehle durchzuschneiden. Auf der anderen Seite des Raums benutzte Anja das Hosenbein eines toten Mannes, um das Blut von ihrem Dolch zu wischen.

Cade war von der Mischung aus Weihrauch- und Schlachtgeruch übel und er suchte nach einer Ausrede, um aus dieser Todeskammer zu entkommen. »Meister? Soll ich das Haus durchsuchen?«

»Aye. Schnapp dir die grundlegenden Dinge. Und wenn es irgendwas Exotisches gibt, nimm auch das auch mit. Man weiß nie, wann etwas Seltenes sich als nützlich erweist.«

Nach den Kämpfen in Calais und Le Havre hatte Cade die Routine verinnerlicht: Töte die Mitglieder eines Thule-Zirkels, dann plündere ihre Festung und sacke ihre besten und einzigartigsten magischen Vorräte ein. Dieses Versteck lieferte eine Fülle nützlicher Zutaten: frisches Bienenwachs, jungfräuliches Pergament, verschiedene Kräuter und Salben – bessere Beute als die, die sie von anderen Hexenzirkeln mitgenommen hatten.

Minuten später trafen der Meister und Anja Cade in einem Raum im Obergeschoss. Adair begutachtete die Vorräte. Alles, was er für geeignet hielt, verschwand in den Händen von AKROTH, seinem unsichtbaren Lasttier aus der Hölle; den Rest warf er ins Feuer unter dem Herd. Dann wickelte er seinen Zauberstab in rote Seide. »Nun denn. Endlich wisst ihr beide, wie ihr euch gegenseitig im Kampf schützen könnt.« Er lächelte Anja an. »Und wie du diesen Wichsern Wasser auf die Füße geworfen hast ...« Er grinste Cade an. »... und dann hast du es mit Blitzen getroffen! Das nenn ich Teamwork. Gut gemacht, ihr beiden.«

Ihre Synergie war eigentlich ein Zufall gewesen, aber Cade zuckte mit den Schultern und sagte: »Es war ihre Idee.«

»Das habe ich mir schon gedacht.« Adair tätschelte Anja mit einer väterlichen Geste die Wange. »Du bist die schärfste Klinge, die ich je geschliffen habe.« Er zeigte auf Cade. »Mach weiterhin, was sie sagt. Dann könntest du das hier überleben.«

»Ja, Meister.« Aus dem Augenwinkel bemerkte Cade einen merkwürdigen Blick von Anja. Als er sie ansah, um ihm zu begegnen, wandte sie sich ab.

Adair ging zur Tür. »Los geht's. Wir müssen uns bedeckt halten und uns auf einen *richtigen* Kampf vorbereiten.«

»Einen *richtigen* Kampf?« Cade betrachtete die verstümmelten, verbrannten Körper an. »Was war das hier denn bitte? Eine Kissenschlacht?«

»Bisher durftest du deine Krallen an kleinen Hexenzirkeln wetzen.« Er führte sie aus dem Versteck des Hexenzirkels, einem großen Haus am Rande von Cherbourg. »Jetzt knöpfen wir uns die größeren Knallköpfe vor.« Er fügte mit einem mürrischen Blick hinzu: »Ich will nicht lügen: Ab jetzt wird es hässlich.«

Der Meister murmelte vor sich hin, während er seine Schritte beschleunigte.

Cade folgte ihm etwas langsamer mit einigen Metern Abstand. Er war froh, einen Moment allein zu sein. Nach Monaten des Herumschleichens und Versteckens mit Adair und Anja in den heruntergekommensten Ecken des nordwestlichen Europas war Cade zu der Erkenntnis gelangt, dass das, was er an seinem alten Leben am meisten vermisste, die Privatsphäre war. Er fragte sich, ob er jemals wieder ein solches Privileg genießen würde.

Anja störte seine Einsamkeit, tauchte an seiner Seite auf und hielt mit ihm Schritt. Sie schaute ihn nicht an, als sie fragte: »Warum hast du mich für etwas gelobt, von dem wir beide wissen, dass es Zufall war?«

»Du hast doch gesehen, wie sehr es ihm gefallen hat. Er will glauben, dass wir als Team kämpfen können.«

»Deine Lüge wird ihm kein Trost sein, wenn wir in der nächsten Schlacht versagen.«

Cade wartete, bis sie seinen Blick erwiderte. »Dann solltest du vielleicht tatsächlich *mit mir reden*, damit wir unsere Angriffe und Verteidigung planen können.« Sie drehte sich ablehnend weg, aber er war noch nicht fertig. »Hör auf, mich wie den Feind zu behandeln. Wir *müssen* Verbündete sein. Und ich *möchte*, dass wir Freunde sind.«

»Was du möchtest, ist bedeutungslos.« Sie marschierte an ihm vorbei. »Dies ist *Krieg*.«

Einen Hinterhalt zu überleben hatte Niko eine wertvolle Lektion gelehrt: Vertraue niemandem. Fluchtfahrzeuge und die Unterstützung durch den Maquis hatten ihm bei seinen ersten Angriffen auf Thule-Zirkeln ein Sicherheitsnetz geboten, aber ein Spion innerhalb der

Résistance bedeutete, dass der Luxus dieser Unterstützung zu einer Gefahr geworden war. Natürlich war es für ihn genauso gefährlich, allein zu handeln, aber zumindest konnte er jetzt den Feind überrumpeln. Es hatte in Nizza, Marseille und Lyon funktioniert, die er alle innerhalb weniger Wochen von Thule-Zirkeln befreit hatte. Jetzt gab es, abgesehen von Paris, nur noch ein Ziel in Nikos zugewiesenem Gebiet.

Ein nächtliches Gewitter zog über das Haus des Hexenzirkels außerhalb von Toulouse hinweg. Blitze zuckten über den Himmel und erzeugten grelle Schnappschüsse von überfluteten Straßen. Das Unwetter hatte die Einheimischen dazu gebracht, sich hinter geschlossene Fensterläden zu flüchten, sodass niemand Zeuge von Nikos Rückkehr werden konnte.

Er blieb vor dem Haus stehen. Es war durch Siegel geschützt und wurde von Geistern verteidigt, deren Energien er aus mehreren Metern Entfernung spüren konnte. Doch keins von beidem würde ihn heute Nacht aufhalten.

Den ganzen Tag hatte er das Haus aus sicherer Entfernung beobachtet. Ab dem späten Nachmittag waren die Mitglieder des Hexenzirkels nach und nach eingetroffen, genau wie Niko es vermutet hatte. Dilettanten neigten dazu, sich mehr an die vorgeschriebenen Daten und Stunden für magische Anwendungen zu halten als erfahrene Karcisten. Durch einen Blick in die Ephemeriden hatte Niko bereits vor einer Woche vorhersagen können, wann sich der Zirkel von Toulouse wieder treffen würde. Und hier waren sie nun.

Die Mitternachtsstunde rückte näher. Das war der Zeitpunkt, an dem die Dilettanten damit beginnen würden, ihre Kreise für das Experiment vorzubereiten. Niko wollte sie nicht so weit kommen lassen.

Er setzte seine Kapuze ab und ließ sich vom Sturm umspülen. Der Regen brachte Erleichterung von der schwülen Hitze der Region. Er setzte ein dämonisches Talent ein und dehnte seine Sinne bis in die Gewitterwolken aus. Er machte sich ihre Kraft zu eigen, hob seine Faust und fokussierte seine Gedanken, wie Meister Adair es ihn gelehrt hatte. *»Ut fulgur gladium meum!«*

Niko schwang seinen Arm in Richtung des Gebäudes – und rief den Dämon MOLOCH mit einem Blitzschlag herab. Ein ohrenbetäubender Knall ertönte und ein weiß glühender Blitz spaltete das Haus des Hexenzirkels in zwei Teile. Sein Schutzsiegel war zerbrochen, sein Schutzgeist gebannt, sein zerschmettertes Gerüst stand in Flammen. Brennende Opfer stürzten aus dem Inferno. Einige schrien und taumelten, andere brachen auf dem Boden zusammen.

Bis der Sturm die Flammen gelöscht hatte, die sie zu verschlingen versuchten, waren die meisten der Dilettanten tot.

Das hier war ein plumpes, lautstarkes Mittel zum Zweck gewesen; eines, das alle Warnungen Adairs missachtet hatte, keine Aufmerksamkeit auf sich zu lenken, indem man Magick auf zu öffentliche Art und Weise einsetzte – aber Niko nahm es diesen Leuten übel, dass sie ihn in einen Hinterhalt gelockt hatten, und er beabsichtigte, an diesem Hexenzirkel ein Exempel zu statuieren, als Botschaft an den Feind.

Aus der Mitte des eingestürzten Hauses flogen schwelende Trümmer in die Luft.

Weitere Trümmer folgten, rauchende Holzstücke und Möbel, die aus der Ruine geschleudert wurden, als hätte ein Riese sie geworfen. Niko stand im Regen und bereitete sich darauf vor, der Handvoll kompetenter Magicker des Hexenzirkels gegenüberzutreten, die sich ihren Weg aus dem nun verschütteten Keller des Hauses freikämpften.

Drei Gestalten mit Zauberstäben tauchten aus den Flammen und dem Rauch auf – ein weißhaariger älterer Mann, ein junger Mann mit glattrasiertem Schädel und eine flachsblonde Frau von etwa dreißig Jahren. Sie trennten sich, um Niko in die Zange zu nehmen, während sie sich von dem brennenden Haus entfernten. Der weißhaarige Mann, der die anderen aus dem Keller geführt hatte, sprach mit deutschem Akzent. »Du hättest nicht zurückkommen sollen.«

»Du hättest nicht bleiben sollen.«

Die Dilettanten stürmten los, ihre Zauberstäbe wie Leuchtfeuer im Sturm.

Der Jugendliche zur Linken schleuderte Kugeln aus grünem Feuer; die Frau verwandelte Regentropfen in Eisnadeln, die mit tödlicher Präzision auf Niko zuschossen. Ihr Meister schleuderte mit einer Hand Blitze und ließ mit der anderen unsichtbare Schläge von knochenbrecherischer Kraft auf ihn niedergehen. Es war ein gekonnter Angriff, zu viel für Niko, um alles auf einmal aufzuhalten.

Gefrorene Splitter schnitten in seine Oberschenkel, als er die Feuerbälle ablenkte und die Blitze absorbierte – nur um von der unsichtbaren Faust des Zirkelmeisters nach hinten gestoßen und durch die Luft geschleudert zu werden.

Niko landete auf dem Rücken und schlitterte über die schlammbedeckte Straße. Er schaffte es gerade noch rechtzeitig, seinen Schild hochzureißen, um eine weitere Salve Jadefeuer des kahlköpfigen Lehrlings abzuwehren.

Eine Handbewegung brach dem Glatzkopf mit der mit Widerhaken versehenen Peitsche BANOGS das Genick. Ein Stoß von Nikos rechter Hand sandte ZOGOGENS geflügelte Klingen aus, die der Frau das Fleisch vom Kopf fetzten. Die beiden Adepten brachen im Schlamm zusammen und ihr Meister erstarrte, als er erkannte, dass sie tot waren.

Dann feuerte er einen roten Blitz aus seinem Zauberstab ab, eine Explosion, die mächtig genug war, um einen normalen Menschen vom Angesicht der Erde zu tilgen. Er knisterte und sprühte Funken an Nikos Schild – und dann reflektierte Niko den Stoß auf den Zirkelmeister. Der Schild des weißhaarigen Amateurs zischte und platzte wie ein Ballon, sodass der Mann auf seinen Hintern in den Schlamm fiel.

Eine Reihe von Dorfbewohnern strömte auf die Straße, angelockt durch den Lärm, den das Duell der Magicker verursacht hatte. Niko war nicht in der Stimmung, sich mit dem Aberglauben der Bauern auseinanderzusetzen, und versetzte die ganze Gruppe durch ein Winken mit seiner Hand mithilfe der Macht von NEBIROS in Schlaf. Dann wandte er seine Aufmerksamkeit dem Hexenzirkelmeister zu, der auf der Straße lag und immer noch dank seiner selbstverschuldeten Wunde qualmte.

Niko kniete sich auf die Brust des Verwundeten und packte ihn am Kragen seines Hemdes. »Du warst hier, als ich das letzte Mal dieses Haus angegriffen habe, oder?« Er akzeptierte das schmerzerfüllte, aber stumme Nicken des Deutschen als Bestätigung. »Wer hat dir gesagt, dass ich kommen würde?«

»Die Rote Frau – die Anführerin des Pariser Hexenzirkels.«

»Und wer hat es ihr verraten?«

»Ein Spion, sagte sie. Aus der Résistance.«

Niko drückte die Spitze seines Athamé unter das Kinn des Mannes. »Einen Namen, verdammt noch mal! Gib mir einen Namen.«

Trotz der Klinge an seiner Kehle starrte der Deutsche trotzig zu ihm hoch. »Hat sie nie erwähnt. Du willst einen Namen? Frag sie.«

»Das habe ich vor.« Niko stieß sein Messer in die Halsschlagader des Mannes, dann in sein Gehirn.

»Ich hoffe, sie ist so hilfreich, wie du es warst.«

14

AUGUST

Fünf Minuten nach Mitternacht waren die Straßen von Caen ruhig. Cade kauerte mit Adair und Anja in einem Hauseingang in der Rue Guillaume le Conquérant. Sein Hemdkragen war gestärkt und lag eng an seinem Hals an. Sich selbst in der Kleidung des Feindes zu sehen bereitete ihm Gänsehaut. Er warf dem Meister einen flehenden Blick zu.

»Sind Sie sicher, dass es keinen anderen Weg gibt?«

»Absolut sicher.« Der ruppige Schotte zupfte an den Jackenärmeln der schwarzen Waffen-SS-Uniform, dann richtete er die rote Armbinde an Cades linkem Arm, um sicherzugehen, dass der weiße Kreis mit dem schwarzen Hakenkreuz mittig saß. »Gut. Wo ist die Mütze?«

Anja hielt die schwarze Schirmmütze an der Krempe und reichte sie Adair. Kaum hatte er sie ihr abgenommen, wischte sie sich demonstrativ die Hand an ihrem Hemd ab.

Die Mütze wog schwer auf Cades Stirn, als Adair sie ihm richtig aufsetzte. Er stellte sich vor, dass das Gewicht vom Metall der Adlernadel und des Totenkopfabzeichens sowie vom geflochtenen Kinnriemen herrührte, die sie als Offiziersmütze kennzeichneten. »Sollte ich nicht bewaffnet sein?«

Adair schüttelte den Kopf. »Drinnen sind keine Waffen erlaubt.« Ein Blick nach unten. »Passen die Stiefel?«

»Sie kneifen wie ein Schraubstock. Ich kann meine Zehen nicht spüren.« In Wahrheit schätzte er die Ablenkung. Seine zehn unterjochten Dämonen hatten seine Albträume mit juckenden Empfindungen gefüllt, sodass er sich im Schlaf mit seinen eigenen Zehennägeln die Unterschenkel wund gekratzt hatte. Jetzt kribbelte und brannte der Schorf und lud ihn ein, wieder daran zu kratzen und den Schaden zu verschlimmern.

Adair schnallte den Gürtel der Uniform fest und korrigierte den Winkel des Lederriemens, der von der rechten Schulter bis zur linken Hüfte quer über Cades Oberkörper verlief. »Denk dran: Sag nichts, es sei denn, jemand spricht dich an. Und wenn jemand fragt, bist du …?«

»Untersturmführer Dietrich Hoffmann, Vierzehnte Kompanie, SS-Division ›Totenkopf‹.«

»Gut. Welchen Geist hast du unterjocht, um dein Deutsch auf Vordermann zu bringen?«

»CAELBOR. Er lässt mich sprechen, verstehen, lesen und schreiben.«

Ein Nicken. »Gute Wahl. Und dein Ziel ist …?«

Cades verlor allmählich die Geduld. Es war das dritte Mal, dass Adair ihn über die Details der Mission ausfragte. »Ich steige die hintere Treppe hinauf …«

»Die nur zugänglich ist von …?«

»Dem nordöstlichen Ende des Flurs im zweiten Stock. Im obersten Stockwerk finde ich den Bindekreis, der die Geister im Gebäude kontrolliert, dann ändere ich die Glyphe innerhalb des Kreises von der des Schutzpatrons des Hexenzirkels zu meiner. Die Dämonen erledigen den Rest … Und was werdet ihr zwei machen?«

»Sicherstellen, dass niemand außer dir lebendig durch diese Tür geht.« Der Meister gab Cade einen kräftigen Klaps auf den Rücken, sodass er in Bewegung geriet. »Los geht's. Hopp, hopp.«

Cade hatte keine andere Wahl, als weiterzugehen. Sich jetzt noch mal umzudrehen würde nur die Aufmerksamkeit auf ihn selbst sowie auf Anja und Adair lenken. Er nahm seine ganze Selbstsicherheit zusammen und ging auf die Reihe der dreistöckigen Gebäude auf der anderen Seite der Rue Saint-Manvieu zu.

Als er sich seinem Ziel näherte, öffnete sich die Tür. Grünes Licht fiel heraus und zeichnete die Silhouette von zwei betrunkenen deutschen Soldaten nach, die auf die Straße taumelten und sich aneinander festhielten, als ob das ihre Ungeschicklichkeit weniger peinlich machen würde.

Sie stolperten über den Bordstein und fingen sich gerade noch ab, bevor sie mit dem Kinn voran auf den Bürgersteig fielen. Als sie wieder auf die Beine kamen, sahen sie auf, erblickten Cade und stießen sich fast gegenseitig um, während sie versuchten, gerade zu stehen, den rechten Arm zum Nazi-Gruß zu heben und wie aus einem Munde *»Heil Hitler!«* zu rufen.

Er erwiderte den Gruß, als wäre es eine lästige Pflicht, was es auch war. *»Heil Hitler.«*

Aus Angst vermied er Blickkontakt mit den beiden Männern. Als sie von ihm weghuschten, schien es im Nachhinein die richtige Taktik gewesen zu sein, sich nicht weiter mit ihnen zu befassen. In den letzten Monaten hatte er eine ganze Reihe von Nazi-Offizieren im Umgang mit ihren Untergebenen beobachtet und die meisten schienen die unteren Ränge entweder als verachtenswerte Tölpel oder als wandelnde, sprechende Möbel zu betrachten. Sich das zum Vorbild zu nehmen und den Trunkenbolden mit Geringschätzung zu begegnen hatte sich als seiner Rolle angemessen erwiesen.

Glücklicherweise passte es zudem perfekt zu seiner Laune.

Er schlüpfte ins Innere des Gebäudes. Gleich hinter der Tür versperrten Vorhänge die Sicht auf den dahinter liegenden Flur. Cade schob sich an ihnen vorbei und wurde von einer scheinbar großen, schönen Frau mit ebenholzfarbener Haut, braunen Augen und einer wilden Mähne aus schwarzen Locken begrüßt. Sie trug ein Negligé und übertriebenes Make-up. Ihr Parfüm war moschusartig, ihr Blick intensiv, ihr Lächeln verführerisch. Sie streichelte das Revers von Cades Jacke. »Willkommen, Untersturmführer«, sagte sie in lupenreinem Deutsch. »Sind Sie das erste Mal hier?«

Cade bediente sich seines dämonischen Übersetzers und antwortete: »So ist es. Ich habe gehört, Sie bieten hier etwas für jeden Geschmack, egal wie exotisch.«

»Stimmt. Zu einem Preis, natürlich.«

»Natürlich.« Er griff in sein Jackett und zog eine Handvoll Reichsmark heraus, die Anja aus dem Schließfach des Thule-Zirkels in Le Havre gefischt hatte. »Was kann ich dafür bekommen?«

»Schauen wir mal.« Die dunkle Dame nahm ihm die Papierwährung aus der Hand. Während sie die Scheine zählte, schaute er genauer hin und entdeckte, verborgen in ihren Locken, zwei kleine, aber verräterische Hörner oben auf ihrer Stirn – das Markenzeichen eines Sukkubus. Sie schob das Geld zu einem ordentlichen Stapel zusammen und sah auf. »Für das hier? Alles, was Sie sich vorstellen können.« Sie drehte sich um, ging den Flur entlang und lockte ihn mit gekrümmtem Zeigefinger. »Folgen Sie mir.«

Der namenlose Dämon in Frauengestalt führte ihn zu einem Treppenhaus in der Mitte des Korridors, dann die Stufen hinauf in den zweiten Stock. Blaugrüne Lichtflecken wurden von den Wandleuchtern an die Decke geworfen und ein Schleier aus Opiumrauch hing etwa auf Brusthöhe in der Luft und waberte bis hinauf zur Decke. In beiden Richtungen war der Flur von Türen gesäumt, manche offen, manche verschlossen. Aus den Räumen dahinter drangen eigenartige Geräusche – schnalzendes Peitschen, schmerzliches Wimmern, Stöhnen von Leid und Lust, eine Symphonie perverser Begierden, die gestillt wurden.

Vor einer offenen Tür blieben sie stehen. Mit einer theatralischen Geste schickte sie Cade voran. »Nach Ihnen.« Er nickte und trat ein. Das Zimmer war üppig ausgestattet, mit einem großen Bett und Brokatvorhängen, die hohe Fenster verbargen. Zwischen dem Bett und den Fenstern stand ein antiker Beistelltisch mit einer Porzellanschüssel. Der Sukkubus schnippte mit den Fingern und sofort war die Schüssel zur Hälfte mit dampfendem Wasser gefüllt. Sie wandte sich an Cade. »In drei Minuten werden Sie ein Klopfen an der Tür hören. Sagen Sie Ihrem Gast dreimal ›Herein‹, dann öffnen Sie. Sie werden niemanden sehen, aber wenn Sie sie wieder schließen, wird sie ...«, der Dämon musterte ihn mit neugierigem Blick, »– oder *er* – bei Ihnen sein.«

»Ich verstehe. Ich danke Ihnen.«

Auf dem Weg nach draußen schloss sie die Tür.

Cade ging zur Tür und legte sein Ohr daran. Alles war ruhig. Mit der Allsicht von SATHARIEL warf er einen Blick durch die Tür und vergewisserte sich, dass die Luft rein war. Da er keine Lust hatte, dem Ungeheuer zu begegnen, das die Madam für ihn im Sinn hatte, öffnete er die Tür und schlüpfte in den Korridor.

Als er zur Treppe am Ende des Korridors ging, erlag er seiner morbiden Neugier und nutzte die Allsicht, um die Stelldicheins um ihn herum auszuspionieren. Die meisten waren banale Paarungen, junge Nazi-Offiziere und ältere Soldaten, die von Dämonen in einer Vielzahl von weiblichen Gestalten befriedigt wurden. Einige der Offiziere wurden von zwei Sukkubi auf einmal bedient, während andere es vorzogen, zwei Sukkubi dabei zuzusehen, wie sie sich gegenseitig befriedigten.

Cade wusste, dass das Stöhnen der Dämonen nichts zu bedeuten hatte; die Gefallenen waren nicht in der Lage, Vergnügen bei solchen Begegnungen zu empfinden. Keiner der Männer schien zu wissen, dass die Sukkubi bei Tagesanbruch als Inkubi losgeschickt werden würden, um den dämonisch verdorbenen Samen der Nazis anderen Kunden auf der ganzen Welt einzupflanzen, damit Frauen und Mädchen Monster gebären konnten.

Im Gegensatz dazu wirkten die beiden deutschen Offiziere, die sich gegenseitig befriedigten, während ein Sukkubus in der Ecke stand, der offenbar nur anwesend war, um ihre verbotene Liebschaft zu verbergen, geradezu unschuldig.

Solche unscheinbaren Anblicke konnte Cade vergessen. Es waren die Schrecken dazwischen, die sich auf seinem Weg zur Treppe in sein Gedächtnis einbrannten.

In einem Raum schlug ein Nazi in voller Montur wild auf einen Sukkubus in Gestalt einer jungen Frau ein, die mit einem Heiligenschein gekrönt war. Je lauter sie schrie, desto lauter lachte er.

Cade hielt inne, als er durch eine geschlossene Tür etwas sah, das so wirkte, als würde ein Wehrmachtsoffizier einen Engel vergewaltigen – die weiß gefiederten Flügel waren mit Blut bespritzt, seine

Faust krallte sich in das wallende goldene Haar und zerrte daran, während er von hinten in den Seraph stieß. Dann erkannte Cade die noch hässlichere Wahrheit hinter der Illusion – die verwelkte Gestalt des Sukkubus, die an die verkohlte Leiche eines Kindes erinnerte, versteckt im Trugbild des Engels.

Hinter der letzten Tür vor der Treppe reichte ein Mann um die Fünfzig einer bösartigen, schwarzhaarigen Schönheit ein Foto. »Meine Tochter«, sagte er zu dem Sukkubus. »Kannst du so aussehen und klingen wie sie?«

Im Nu verwandelte der Dämon sich in eine blonde Frau, reichte dann dem Oberleutnant das Foto und sagte mit gespielter Unterwürfigkeit: »Reicht das, Papa?«

Ein lüsternes Grinsen. »Perfekt, Schätzchen.«

Cade schluckte seine Abscheu hinunter und stieg die nordöstliche Treppe weiter hinauf, begieriger denn je, den dritten Stock zu erreichen und das widerwärtige Spektakel des Bordells hinter sich zu lassen. Er stahl sich mit angehaltenem Atem nach oben, unsicher, welche Verteidigungsmaßnahmen ihn erwarteten. An der Kehre auf halber Höhe hielt er inne. Von oben waren Geräusche zu hören, schlurfende Schritte auf dem gefliesten Boden, schnaufen und keuchen.

Schweres Atmen in einem Bordell. Das verheißt nie etwas Gutes.

Er zog eine Obsidianklinge und ging die Treppe hinauf.

Sobald das obere Ende der Treppe in Sicht kam, suchte er nach der Quelle der Schritte. Am Ende des Korridors trottete ein Höllenhund von ihm weg, seine Muskeln spielten, während er sich bewegte. Er wäre für Cade ohne Allsicht unsichtbar gewesen. Das Monster näherte sich dem Ende des Gangs, wo es anhalten und sich umdrehen würde. Cade hatte höchstens ein paar Sekunden, um zu handeln. Weder Feuer noch Blitzschlag kamen infrage; er wollte das Gebäude nicht in Brand setzen, solange er sich noch darin befand. Das ließ ihm nur wenige Möglichkeiten, aber ihm blieb keine Zeit mehr.

Was soll's. Ich habe das Ticket gekauft – Zeit, mir die Show anzusehen.

Er rückte in den dritten Stock vor und beschwor einen Schild.

Der Höllenhund drehte sich um, knurrte Cade an und stürmte dann bellend auf ihn zu.

Er schnaubte grüne Flammen, während er rannte. Nur wenige Meter von Cade entfernt sprang er los, sein Maul weit aufgerissen.

Cade stieß seinen Schild nach vorne und warf das Biest auf seinen Hintern. Als es sich aufrappelte, schlug er mit Waffen aus dem Arsenal VAELBORS – einer Gleve, einem Speer und einem Morgenstern – auf die Kreatur ein und genoss ihr Heulen und Wimmern. Verwundet und zusammengekauert wich sie zurück. Er brachte das Ganze mit einem Stoß des Speers zu Ende. Der Höllenhund löste sich in grünen Nebel auf und wurde in die Hölle verbannt, wo er hingehörte.

Ein Stück weiter den Flur entlang gingen mehrere Türen auf. Drei Männer eilten heraus, um nachzusehen, woher der Tumult stammte. Zunächst wechselten sie verwirrte Blicke, dann entdeckten sie Cade. Der älteste von ihnen, ein Mann um die vierzig mit vorzeitig ergrautem Haar, griff unter seinem Smoking nach einem Zauberstab. Die anderen zogen Pistolen.

Die Nazis hatten ihre Waffen nur halb erhoben, als sie im Griff von ORNIAS ins Taumeln gerieten. Cade wusste, dass man nicht fair kämpfen sollte, wenn man in der Unterzahl war. Er ließ den Dämon die Luftröhren der Dilettanten zerquetschen und ihnen den Hals wie einen billigen Bleistift brechen.

Als sie zu Boden fielen, stieg er über sie hinweg, während er auf der Suche nach seinem Ziel durch geschlossene Türen spähte.

Als er es fand, war die Tür zu diesem Raum verschlossen, wie er erwartet hatte.

Er erfüllte seine Hand mit der Gabe von ARIOSTO, drehte den Knauf und spürte, wie sich das Schloss seinem Willen unterwarf.

Die Glyphe der Verbindung nahm den gesamten Boden des Raums ein. Ein gleichschenkliges Dreieck bildete die äußere Begrenzung. Darin befand sich ein Doppelkreis; sein äußerer Rand hatte einen Durchmesser von vier Metern, der innere Kreis drei. Dazwischen standen Namen in vielen Sprachen und eine Vielzahl von arkanen henochischen Symbolen. In der Mitte befand sich ein einziges Zeichen: das Siegel von Asmodeus, einem der sechs Minister der Absteigenden Hierarchie und dem Patron dieses Hexenzirkels:

Cade benutzte den Ärmel seiner Jacke, um das Kreidesymbol wegzuwischen. Durch den Boden hindurch vernahm er ein durchdringendes Wimmern aus dem Stockwerk darunter, als die Sukkubi, die nicht länger unter direkter Kontrolle standen, protestierend aufheulten.

Er nahm ein Stück geweihten Hämatits aus der Innenseite seiner Jacke und zeichnete aus dem Gedächtnis das infernalische Siegel seines Patrons, des Premierministers der Hölle, Lucifuge Rofocale, auf den Boden:

Es dauerte fast zwei Minuten, bis er das Siegel geschrieben hatte, aber als es vollbracht war, spürte er, wie die Macht des großen Kreises ihn durchströmte. Alle Geister, die an diese Höhle der Frevel gebunden waren, standen nun unter seiner Kontrolle und warteten auf seinen Befehl.

»Höret mich, ihr unreinen Geister. Ich übertrage euch zwei Aufgaben: Erstens, tötet die, mit denen ihr gerade zusammen seid. Zweitens, wenn diese alle getötet sind, tötet die, die vor mir diesen Hort ihr eigen nannten. Wenn diese beiden Anweisungen erfüllt sind, werde ich euch ohne weitere Forderungen entlassen. *Audite vocem meam, et dolore esse parcendum.*«

Er setzte Ariosto ein, um die Zimmertür gegen Eindringlinge zu sichern, dann verschränkte er die Arme und neigte den Kopf, um zu lauschen. Unter ihm und um ihn herum wandelte sich das Lied des Hexenzirkels von grausamer Begierde zu einem albtraumhaften Orchester der wohlverdienten Vergeltung.

Ein verlöschender Funke seiner jugendlichen Naivität ließ ihn fast Mitleid mit den Männern haben, die von Dämonen zerfleischt wurden ... bis er an jene Nacht auf dem Meer dachte, als er hatte mit ansehen müssen, wie die *Athenia* gesunken und wie seine Eltern von einem aus der Hölle herbeigerufenen Monster ermordet worden waren. Männer wie diese hatten den Befehl gegeben, ein unbewaffnetes Schiff zu torpedieren, den Schuss abgefeuert und die Schrecken des Abgrunds beschworen, um ihn und seine Familie umzubringen.

Cade weigerte sich, Gefallen an den Schmerzens- und Entsetzensschreien der Nazis zu finden, aber er weigerte sich auch, sich schuldig zu fühlen, weil er als Instrument für ihren Tod diente.

Sie haben ihren Krieg zu mir gebracht. Ich erwidere nur den Gefallen.

Sich in einer Welt ohne Farben zu bewegen war seltsam, aber Stefan hatte sich in den letzten Monaten, während er im Schutz der Nacht von Stadt zu Stadt schlich, daran gewöhnt. Als Folge der Unsichtbarkeit, die er durch Foras beschworen hatte, sah er alles in Schwarz-Weiß. Wenn er die Vorteile bedachte, die es mit sich brachte, sich ungesehen durch feindliches Gebiet zu bewegen, war es ein kleines Opfer, die Welt in Grautönen wahrzunehmen.

Heute Nacht hatte er die zusätzliche Vorsichtsmaßnahme ergriffen, seine Bewegungen mithilfe der Macht von ANDROMALIUS lautlos zu machen. Vor den Augen und Ohren der Nazis verborgen, schlenderte er unbemerkt in ihr Krakauer Hauptquartier. Er war erleichtert, keine Glyphen oder Schutzzauber an der Außenseite des Gebäudes zu finden und auch keine Anzeichen dämonischer Präsenz innerhalb der Mauern zu entdecken.

Dieser Ort wird für Kain und seine Adepten wohl nicht wichtig sein.

Das Verwaltungsgebäude des Wehrmachtskommandos war von der Stadtverwaltung requiriert worden. Was einst geschäftige städtische Büros gewesen waren, waren nun Lagerräume, in denen sich Kisten auf Aktenschränken stapelten, die jeden Zentimeter Bodenfläche belegten.

Nur wenige größere Büros in den obersten Etagen wurden von den Nazis genutzt, aber sie hatten ihr Bestes getan, um sich auszubreiten und so viel Platz wie möglich einzunehmen, ob sie ihn brauchten oder nicht. Ein großer, fensterloser Lagerraum im obersten Stockwerk war für die Akten der Nazis reserviert, die dort unter Verschluss gehalten wurden.

Ein vergeblicher Versuch, dachte Stefan. Er übertrug TERAGORS Geschick für Schlösser auf seine eigenen Hände, zog das Vorhängeschloss ab, das den Riegel der Tür sicherte, öffnete die Tür und schloss sie dann hinter sich. Er beleuchtete den Raum mit einem Kegel aus BERAGORS Licht, das aus seiner Handfläche kam. Für den Fall, dass jemand an der Tür vorbeiging, verbarg er dieses Licht mit einem Schatten, der ebenfalls zu den Fähigkeiten des Dämons gehörte.

Jetzt muss ich nur noch das finden, wofür ich gekommen bin.

Die Nazi-Armee war so akribisch wie immer in ihrer Aktenführung. Einsatzbefehle, Nachschubanforderungen, Versetzungen von Personal, Dienstprotokolle – alles wurde regelmäßig abgeheftet. Stefan durchsuchte einen Stapel von Akten nach dem anderen und ließ diejenigen aus, die seine einzige Frage nicht beantworteten:

Wo sind die Kabbalisten und Adairs fehlendes Grimoire?

Polizeiaufzeichnungen, Verhaftungsprotokolle – dann fand er sie: Listen von Juden. Er kam der Sache näher. Es gab eine separate Sammlung von Aufzeichnungen über Verhaftungen, die im jüdischen Getto vorgenommen wurden. Er grenzte seine Suche auf Dokumente ein, die in dem Monat angelegt worden waren, in dem nach Augenzeugenaussagen die Kabbalisten von den Nazis verschleppt worden waren. Die meisten der Akten teilten die Menschen im Getto in zwei Kategorien ein: diejenigen, die für die körperliche Arbeit geeignet waren, und diejenigen, die es nicht waren. Jenen, die geeignet waren, versuchten die Nazis passende Arbeitsaufträge zuzuteilen. Jene, die es nicht waren, wurden an Orte verlegt, deren Namen Stefan nicht kannte: Sachsenhausen, Płaszów, Dachau, Auschwitz.

Er zog eine weitere Seite mit Verlegungsaufträgen aus der Schachtel und sein Blick fiel auf eine Reihe von Namen in der mittleren Spalte: die der Kabbala-Meister und ihrer Schüler. Unter ihnen, fast am Ende der Liste, stand der Name seines Geliebten, Evert Siever. Sie alle waren mit dem Vermerk versehen, dass sie in das Getto in Kiew überführt worden waren.

Das Ganze war Stefan ein Rätsel. Kein anderer Jude aus Krakau war nach Kiew verlegt worden, das fast neunhundert Kilometer entfernt lag. Warum sollten die Nazis eine so kleine Gruppe von Gefangenen so weit weg bringen? Hatten sie den Eisernen Kodex entdeckt? Und wenn ja, warum schickten sie die Rabbiner nach Kiew?

Er legte die Akten so zurück, wie er sie vorgefunden hatte; dann, als er sich zum Gehen wandte, dachte er über all das Böse nach, das die Nazis mit diesen Listen von Namen und Adressen anrichten würden.

Stefan warf auf dem Weg aus dem Aktenraum eine Flammenkugel über seine Schulter. Als der Raum und der Rest der Etage drumherum lichterloh brannten, verließ er das Hauptquartier auf demselben Weg, auf dem er gekommen war. Erst nachdem er viele Blocks entfernt war, legte er seine Gaben der Lautlosigkeit und der Unsichtbarkeit ab und drehte sich um, um zu sehen, wie das Gebäude in lebhaften Rotschattierungen brannte.

Es würde bald dämmern. Bis dahin musste er sich wieder nach drinnen zurückziehen, um gut versteckt zu sein.

Den Morgen würde Stefan verschlafen. Am Nachmittag würde er ein paar vertrauenswürdige Freunde im Getto darum bitten, ihm einige Gegenstände zu beschaffen, die er brauchte, um ASARADEL, einen Geist, der ihm Flugfähigkeit verleihen konnte, und GAIDAROS, sein bevorzugtes Lasttier, zu beschwören.

Fliegen würde ein gefährliches Glücksspiel sein: Das Überfliegen einer läutenden Kirchenglocke würde ASARADEL bannen und Stefan in den freien Fall schicken, also musste er seine Route nach Kiew genau planen.

Noch gefährlicher war, dass er sich entscheiden musste, welche beiden seiner derzeit unterjochten Geister er freilassen würde, um GAIDAROS und ASARADEL unterzubringen. Eine seiner exotischen Kräfte für die Fähigkeit des Fliegens aufzugeben war ein fairer Tausch; es ärgerte ihn allerdings, eine seiner Gaben für etwas so Banales wie einen dämonischen Butler zu opfern, aber es war notwendig. Elf war die höchste Zahl an Geistern, die Stefan sich je auf einmal untertan gemacht hatte, und nach Monaten des Reisens mit gefallenen Engeln, die an seine Seele gebunden waren, zehrte die Belastung an seinen Kräften. Seine Tage waren zu einem ständigen Kampf gegen Nasenbluten, Albträume, Kopfschmerzen, abgekaute Fingernägel und seinen übersäuerten Magen geworden. Polen war vom Krieg zerrüttet und von den Nazis geplündert, und so gab es im ganzen Land nicht genug Wodka oder Opiate, um Stefans Leid zu lindern. Der Gedanke, der Quälgeisterlegion seiner Dämonen noch weitere hinzuzufügen, war zu erschreckend, um überhaupt darüber nachzudenken. Nein, er würde zwei gehen lassen müssen.

Das Ganze wird sich lohnen, versprach er sich. *Sobald ich Evert gefunden habe.*

Einen Spion in den Reihen der Résistance ausfindig zu machen erwies sich als chaotischere Aufgabe, als Niko erwartet hatte. Er war gezwungen, seine Ermittlungen in einem geliehenen Schlafzimmer in Camille und Ferrands Wohnung durchzuführen und starrte auf ein Durcheinander aus Notizen, Fotos und Zeitplänen, die er alle mit Kaugummi und Kleber an die Wand geklebt hatte.

Verbunden durch Garnfäden in allen Farben des Regenbogens hatte sich Nikos Sammlung aus Hinweisen von einer Collage zu einem wahren Spinnennetz entwickelt. In der Mitte befand sich ein grobkörniges Bild einer unbekannten rothaarigen Frau. Ein Maquis-Informant hatte sie gesehen, wie sie Symbole an die Wände in den provisorischen Behausungen eines Nazi-Offiziers geritzt hatte – Symbole, die später mit Tapete verdeckt wurden. Als wäre das nicht schon genug gewesen, um Nikos Interesse zu wecken, war auf dem Foto, das er als Herzstück seines Netzes ausgewählt hatte, ein kaum erkennbarer Zauberstab unter dem Gürtel der Frau im Schatten ihres Trenchcoats auszumachen. Sie war eine Karcistin.

Aber ist sie Kains Adeptin Briet? Das ist die Frage.

Von ihrem Foto aus reihten sich Bekanntschaften aneinander, die sie nach und nach mit Nazi-Offizieren, Vichy-treuen Beamten und angeblich dort eingeschleusten Mitgliedern der Résistance in Verbindung brachten. Wer auch immer sie war, sie verfügte bei den Nazis über erheblichen Einfluss.

Keine der üblichen Wahrsagungen hatte Niko in die Lage versetzt, ihren Aufenthaltsort ausfindig zu machen – weder durch Hellsehen noch durch Tarot oder Runensteine. Nicht einmal die logische Maschine von Llull hatte irgendeinen Einblick gewährt. *Magick wird sie nicht finden,* entschied er, *also muss ich mich auf alltäglichere Methoden verlassen.* Er seufzte. *Ihre Fähigkeit, sich zu verstecken, lässt vermuten, dass sie eine Schülerin von Kain ist. Hätte ich doch nur …*

Hektisches Klopfen an der Schlafzimmertür schreckte ihn auf. Sein Herz hämmerte in seiner Brust, als er sie aufriss und Camille anschnauzte: »Was?«

Sie packte ihn am Nachthemd. »Wir müssen weg! Sofort!«

»Wie bitte?« Er befreite sich von ihrer Hand. »Warum?«

Ein ängstliches Flüstern. »Sie sind hier! Die Nazis! Sie haben Listen. Sie holen die Leute aus ihren Häusern!« Sie packte ihn am Ärmel. »Wir müssen gehen!«

Er entzog sich ihrem Griff. »*Wohin*, Cami?«

»Ich weiß es nicht! Aufs Dach? Wir könnten aufs nächste Gebäude springen, auf die Straße gelangen ...«

»Sie werden in den Gassen nach Leuten Ausschau halten, die abhauen wollen.«

Am Ende des Flurs kam Ferrand mit einem Koffer in jeder Hand aus dem großen Schlafzimmer. Er sah noch verängstigter aus als Camille. »Ist er fertig? Wir müssen los!«

»Noch nicht.« Camille drehte sich zu Niko um und bedachte ihn mit einem flehentlichen Blick. Sie ging aus dem Weg, als er sein Zimmer verließ und zur Eingangstür eilte.

Niko legte sein Ohr an die Tür und tat so, als lausche er auf Hinweise aus dem Hausflur, während er in Wirklichkeit ALAKATHS Fähigkeit einsetzte, entfernte Gespräche und Ereignisse zu hören. Von der Straße unten hörte er zwei Männer, die sich auf Deutsch unterhielten.

»Sind wir hier richtig?«

Rascheln von Papieren. *»Ja. Ferrand Clipet. Und seine Frau Camille.«*

»Macht die Hunde bereit, falls sie hinten rausgehen.« Ein kaltes Klicken, als Magazine in Pistolen geschoben wurden, die anschließend durchgeladen wurden. *»Los geht's.«*

Überzeugt, genug gehört zu haben, trat Niko von der Tür zurück und wandte sich Camille und Ferrand zu »Es ist zu spät, sie kommen die Treppe hoch. Versteckt euch im Schlafzimmer. Ich kümmere mich darum.«

Ferrand verzog ungläubig das Gesicht. »Wie?«

»Ich kann sehr überzeugend sein. Beeilt euch!«

Camille und ihr Mann zögerten, bis sie das Getrampel von Stiefeln vor ihrer Tür hörten. Panisch zogen sie sich ins Schlafzimmer zurück und schlossen die Tür so leise, wie sie konnten.

Niko hatte nur wenige Augenblicke Zeit, sich vorzubereiten. Aus der Küche holte er eine Flasche selbst gebrannten Fusels, die Ferrand unter der Spüle aufbewahrte. Er nahm einen Schluck, spuckte ihn in die hohlen Hände, ließ etwas auf sein Hemd tropfen und massierte den Rest in sein fettiges, ungekämmtes Haar und sein unrasiertes Gesicht.

Dreimal klopfte es an der Tür. Einer der Männer, die er unten gehört hatte, forderte in Französisch mit deutschem Akzent: »Ferrand Clipet! Öffnen Sie die Tür!«

Mit einiger Anstrengung entlockte Niko seinem Zwerchfell einen Rülpser, während er zur Tür stapfte. Er tat so, als würde er an den Riegeln und Schlössern herumfummeln, bevor er sie aufzog und sich den beiden bewaffneten SS-Unteroffizieren draußen stellte. »Was wollen Sie?«

»Ferrand Clipet, Sie sind …«

»Wer?«

Der Deutsche erstarrte bei der Unterbrechung. »Monsieur Clipet, Sie sind …«

»Nie von ihm gehört.« Niko täuschte einen Schluckauf vor und wischte sich den nach Alkohol riechenden Speichel aus dem Mundwinkel.

»Das ist seine Adresse.« Der Scharführer hielt Niko einen Haftbefehl vor die Nase.

Niko schielte auf den Haftbefehl und beugte sich näher heran, um ihn zu lesen. »Das muss ein Irrtum sein. Keiner mit diesem Namen hier. Nur ich.«

Der fast knabenhafte Unterscharführer musterte Niko, als suche er nach einem Anzeichen von Täuschung. »Und wer sind Sie, *Monsieur?*«

»Jacques Boulanger«, sagte Niko und benutzte seinen Decknamen von der Reise.

Der Scharführer hielt eine Hand auf. »Papiere, bitte.«

»Natürlich.« Er watschelte von der Tür weg und kratzte sich auf dem Weg zu seinem Schlafzimmer an den Eiern. Er kramte die gefälschten Reisepapiere hervor, die er Monate zuvor aus Schottland mitgebracht hatte, und kehrte ins Wohnzimmer zurück.

Die beiden Nazis waren in der Wohnung. Der Scharführer durchstöberte die Küche und spähte in die Schränke. Der Unterscharführer betrachtete den Inhalt der Bücherregale im Wohnzimmer. Niko gab ihm die Papiere zur Kontrolle.

Nach einem Blick auf die gefälschten Ausweispapiere reichte der Unterscharführer sie seinem Vorgesetzten, dessen Stirn sich in immer tiefere Falten legte, je länger er sie begutachtete.

»Woher kommen Sie?«

»Marseille.«

Vielsagende Blicke gingen zwischen den Deutschen hin und her, dann nickte der Scharführer.

»Es gibt viele ... *Einwanderer* ... in diesem Teil des Landes, nicht wahr?«

»Nicht mehr als sonst, denke ich.«

Die Augen des Nazi-Bosses schienen Nikos Spiel zu durchschauen. Er beäugte ein Glas, auf dessen Rand Spuren von Camilles Lippenstift zu sehen waren, dann legte er seine Hand an den Griff seiner im Holster steckenden Luger. »Sind Sie allein in dieser Wohnung?«

»Ich lebe allein, falls Sie das wissen wollen.«

Der Unterscharführer griff ebenfalls nach seiner halbautomatischen Pistole und bewegte sich in Richtung Flur. »Sie haben doch nichts dagegen, wenn wir die Schlafzimmer überprüfen. Oder, *Monsieur*?«

Niko hatte versucht, höflich zu sein; er hatte simple Tricks zur Ablenkung versucht. Jetzt war klar, dass die Nazis kurz davor standen, die Situation in ein Blutbad zu verwandeln. Er konnte nicht zulassen, dass sie seine Wand voller Beweise fanden oder Ferrand und Camille, die unter einem Bett kauerten.

Er kanalisierte die bewusstseinsverändernde Kraft von DANTALION und sagte mit fester Stimme: »Warum sollten Sie? Sie haben sie bereits durchsucht. Sie sind leer.«

Der Unterscharführer blieb wie angewurzelt stehen. Sein Körper und sein Geist schienen miteinander zu ringen – die eine Hälfte seines Willens drängte ihn vorwärts, die andere widersetzte sich. Auf der anderen Seite der Wohnung fauchte sein Vorgesetzter: »Müller? Was ist …«

»Er gehorcht Ihren Befehlen.« Niko starrte dem Scharführer geradewegs in die Augen und fesselte ihn mit seinem nun hypnotischen Blick. »Sie haben sich mit eigenen Augen davon überzeugt, dass diese Räume leer sind. Sie verschwenden hier Ihre Zeit. Der Mann, den Sie suchen, ist längst weg. Sie und Müller müssen gehen.«

Die beiden Deutschen standen für einige Sekunden wie erstarrt. Dann blinzelte der Scharführer und sprach, als wäre er gerade aus einem langen Schlaf geweckt worden. »Müller, wir haben die Zimmer bereits durchsucht. Sie sind leer.« Sein Untergebener blinzelte ebenfalls und sah ihn an, als er fortfuhr: »Wir verschwenden hier nur Zeit. Clipet ist längst weg. Lassen Sie uns zum Kommando zurückkehren und den Bericht einreichen.«

»Jawohl«, sagte der zweite Deutsche.

Sie gingen ohne Entschuldigung oder Abschied. Niko schloss die Tür hinter ihnen und belauschte dann mit ALAKATHS weitreichenden Ohren ihren Abgang. Als er sicher war, dass sie nicht zurückkommen würden, klopfte er an die Tür des größeren Schlafzimmers. »Cami? Ferrand? Sie sind weg.«

Hinter der Tür hörte er ein Rascheln. Dann öffnete sie sich und Camille kam heraus, die Augen rot, das Gesicht tränenüberströmt. Ferrand stand hinter ihr und sah blass und erschüttert aus. Er sagte nichts, als Camille ihre Arme um Niko schlang und in seine Schulter schluchzte. »Mein Gott, Niko! Ich dachte, sie hätten uns!«

»Es ist alles in Ordnung.« Er hielt sie fest und streichelte ihr Haar. »Ich bin sie losgeworden. Sie werden nicht zurückkommen.« Er warf einen Blick auf seinen Schwager, der fix und fertig aussah. »Und du, Ferrand? Geht's dir gut?« Der Mann konnte nur nicken. Trotz seiner Größe und Muskelkraft wirkte er kraftlos und verängstigt. »Was hätten sie getan, wenn sie euch gefunden hätten?«

»Mich mit Sicherheit umgebracht.« Seine Augen waren feucht von Tränen. »Camille auch.«

Während Ferrand sprach, hörte Niko mit CALIELS Ohr zu, das Lügen noch leichter erkennen konnte als die Wahrheit. Da war keine Falschheit in Ferrands Stimme, kein Nachhall einer Lüge, kein Vibrato der Übertreibung. Er sagte die Wahrheit: Er hatte Todesangst und fürchtete sich ganz schrecklich davor, von den Nazis gefangen genommen zu werden. Dieser Mann war auf keinen Fall mit den Deutschen oder mit Kain im Bunde. Wer auch immer die Schuld am Pech der Maquis trug, es war nicht Ferrand.

Camille löste sich aus Nikos Umarmung. »Was machen wir jetzt?«

»Herausfinden, welche unserer Freunde nicht so viel Glück hatten wie wir«, sagte Niko. »Dann schauen wir, wohin die Nazis sie gebracht haben – und finden einen Weg, sie zu befreien.«

15

SEPTEMBER

Sirenen heulten durch die dunklen und nebligen Straßen von Straßburg.

Egal, wie fest Anja auf die Wunde in ihrem Bauch drückte, sie hörte nicht auf zu bluten. Sirupartige Wärme schob sich zwischen ihre Finger und pulsierte unter ihrer Handfläche. Halb verdurstet und schwindelig wollte sie nur noch stehen bleiben und ihren Durst stillen, aber Adair und Cade zerrten sie eine dunkle Straße nach der anderen entlang.

»Wasser«, murmelte Anja. Cade bedeutete ihr, still zu sein.

Adair hielt an einer Ecke an. Sie drückten sich mit dem Rücken an eine Wand. Schritte näherten sich auf der Straße vor ihnen. Der Meister beschwor einen Schatten, um sie vor dem Trupp Nazi-Soldaten zu verbergen, der an ihnen vorbeistürmte. Schwach wie sie war, hielt Anja den Atem an und redete sich ein, wenn auch nur für ein paar Sekunden, dass sie eins mit der Wand war: kalt, undurchdringlich, unscheinbar.

Die Schritte der Soldaten wurden leiser. Wieder setzten Adair und Cade sich in Bewegung und zogen Anja mit sich zu einem unbekannten Ziel. Ihr Gedächtnis war genau wie die Straßen von dichtem Nebel erfüllt.

Grelle Scheinwerfer flammten plötzlich in der Ferne an einer baumgesäumten Allee auf. Cade und Adair führten Anja über eine verlassene Straße in Richtung eines großen, mit Säulen geschmückten Granitgebäudes. »Beeil dich«, flüsterte Adair, dessen Stimme man die Anstrengung, Anja zu stützen, deutlich anhören konnte.

Anja war überwältigt von der Größe des Gebäudes vor ihr. Es überraschte sie, sich vor einer unscheinbaren Tür an einem der Seiteneingänge wiederzufinden. Cade öffnete die Tür mit Magick; dann schoben er und Adair sich mit Anja in ihrer Mitte hindurch.

Der Meister sagte zu Cade: »Schließ hinter uns ab.«

»Erledigt.«

»Hier entlang.« Adair führte sie durch stockdunkle Gänge, über Stufen, die Anja nicht sehen konnte, ins Innere eines Gebäudes, das so gewaltig war, dass selbst die Stille hier einen eigenen Widerhall zu haben schien.

Ein Fieberschub schüttelte Anjas Körper. Ein Delirium folgte. Kurz darauf lag sie flach auf dem Rücken und konnte eine kalte, harte Oberfläche unter sich spüren. Sie blinzelte, um wieder scharf zu sehen. Rechts und links von ihr ragten endlose Reihen von gefüllten Bücherregalen auf.

Ihre eigene Stimme schien aus weiter Ferne zu kommen. »Wo sind wir?«

»In der Nationalbibliothek der Universität Straßburg«, sagte Adair. »Na ja, darunter, um genau zu sein.« Er fuhr Cade barsch an: »Sie blutet immer noch!«

»Es ist eine magische Wunde. Ich weiß nicht, wie ich die Blutung stillen soll.«

»Finde einen Weg.« Adair beugte sich über Anja, jetzt wieder väterlich. »Halte durch, Mädchen.«

Ihre Kehle schmerzte beim Sprechen. »Was ist passiert?«

»Ein Hinterhalt. Die Dilettanten haben uns kommen sehen.« Der Meister schüttelte den Kopf. »Es ist meine Schuld. Es war nur eine Frage der Zeit, bis Kain uns auf die Schliche kommen musste. Ich hätte vorsichtiger sein sollen.«

Cade kramte in Anjas Umhängetasche nach sauberem Verbandsmull, den er in die blutende Wunde in ihrem Unterbauch stopfte.

»Halten Sie sie wach«, sagte er und bestäubte die Wunde mit weißem Pulver, das alles betäubte, was es berührte.

Der Meister nahm Anjas Hand. Sie blinzelte erneut und nun sah sie, dass Adair und Cade von Kopf bis Fuß blutig, voller blauer Flecken und versengt waren. »Seid ihr verletzt?«

»Uns geht es gut, dank dir.«

»Was habe ich getan?«

»Du erinnerst dich nicht?« Anja schüttelte den Kopf; Adair lächelte. »Du hast einen Schuss abgefangen, der mir galt.« Der Meister benutzte seinen Hemdsärmel, um Blut von Anjas Gesicht und Stirn zu tupfen. »Wenn du nicht gewesen wärst, hätte der Treffer mein Herz zerfetzt.« Seine Augen wurden feucht und seine Stimme brach. »Das ist das zweite Mal, dass ich dir mein Leben verdanke.« Tränen liefen über seine Wangen, als er Cade wütend anfunkelte. »Warum zur Hölle blutet sie immer noch?«

»Weil ich nicht weiß, welcher Dämon auf sie eingestochen hat!«

»Verdammt! Benutz deinen Verstand! Der Hexenzirkel hat einen Eid auf SATHANAS abgelegt! Ein Stachelschwert …?«

»HADRAGOR«, sagte Cade und begriff plötzlich. »Sorgen Sie dafür, dass sie weiterredet.«

Adair legte seine Handfläche an Anjas Wange. »Immer noch bei mir, Mädchen?«

Ein zögerndes Lächeln. »Immer noch hier, Meister.«

Stechender Schmerz gewann die Oberhand über das Morphiumpulver, das ihren Bauch bedeckte. Sie schaute nach unten und sah, wie Cade ihre zerfetzte Wunde zunähte, während er in gebrochenem Latein vor sich hin murmelte und einen Heilzauber vermurkste. Sie wollte ihn ohrfeigen, konnte aber ihre Arme nicht bewegen.

Cade setzte seinen letzten Stich. Er ließ die Schultern hängen. »Ich habe die Blutung gestoppt. Den Rest kann ich später in Ordnung bringen, aber sie muss sich ausruhen. Und ich auch.«

Der Meister entließ Cade mit einem Nicken, dann stellte er sich an Anjas Seite. »Das Schlimmste ist überstanden. Aber jetzt musst du uns für eine Weile verlassen.«

»Ich verstehe.«

Adair strich mit seinen ledrigen Fingern über Anjas Augenlider, damit sie sich schlossen, und ließ sie in einen traumlosen Schlaf sinken.

Es dauerte Stunden, bis Cade die Heilzauber beendet hatte, die Anja brauchte, um sich von ihren Wunden zu erholen. Durch die Anstrengung fühlte er sich ausgelaugter, als er es je für möglich gehalten hätte. Er saß auf dem Boden und ließ seinen Blick über die unterirdische Bibliothek schweifen. Dabei bemerkte er arkane Symbole, die in die Steinsäulen um sie herum eingraviert waren. »Das ist kein normaler Teil der Bibliothek, oder?«

Adair ließ die Nostalgie auf sich wirken. »Vor sechzig Jahren war dies ein geheimer Freimaurertempel. Seine Mitglieder sind jetzt fort. Die meisten tot, der Rest untergetaucht. Aber dieser Ort ist immer noch ein Heiligtum, versteckt vor dem Feind.« Wehmütig lachte er in sich hinein. »Wenn es doch nur einen Spiegel gäbe.«

Der Meister schritt zwischen den Regalen umher und ließ seine Fingerspitzen über die Rücken der Bücher streichen, die fast so alt waren wie er selbst. »Magick war nicht immer so, wie sie heute ist. Große Bruderschaften von Weißmagiern haben einst die Weisheit der himmlischen Mächte gesucht und dieses Wissen genutzt, um die Wissenschaft entstehen zu lassen.« Ein tiefer Seufzer. »Die Beantwortung von Fragen, die jenseits des menschlichen Verstandes liegen – das ist der Grund, warum der Mensch überhaupt mit der zeremoniellen Magick angefangen hat. Nicht für das hier. Nicht für Mord. Für Krieg. Völkermord. Nicht um einen Weg zur Apokalypse zu ebnen, sondern um den Weg zur objektiven Wahrheit zu erhellen.«

Die nächste Frage schien Cade offensichtlich zu sein.

»Was ist passiert?«

»Was immer passiert. Gier. Selbstüberschätzung. Machthunger.« Melancholie legte sich wie ein schwerer Mantel über Adair und ließ seine Schultern herabsacken. »Kain und ich wurden vor vielen Monden von demselben Meister unterrichtet. Ich dachte, wir hätten dieselben Lektionen gelernt, aber die Zeit hat mich eines Besseren belehrt. Das erste Mal, als Kain drohte, sich in menschliche Angelegenheiten einzumischen, half er Napoleon, sich über Europa herzumachen. Ich flehte ihn an, sich herauszuhalten, aber er hörte nicht auf mich – nicht bis unser Meister eingriff. Ein paar Jahre nach Waterloo verschwand unser alter Meister. Kain schwor, dass er nichts damit zu tun hatte ... aber in dem Moment wusste ich, dass es beim nächsten Mal, wenn Kain beschloss, in einem Krieg Partei zu ergreifen, mir obliegen würde, ihn aufzuhalten.«

Cade hörte Adair zu und wurde von Zweifeln und Fragen bestürmt. Der Meister bemerkte seine innere Unruhe sofort. Er beendete seine Wanderung und baute sich vor Cade auf. »Hast du etwas auf dem Herzen?«

Nachdem er monatelang seine Neugierde unterdrückt hatte, um die Kunst zu meistern, wurde Cade klar, dass er gerade zum ersten Mal die Chance bekam, den Meister alles zu fragen, was er wollte. »Es klingt so, als wäre Kain eine Art Schurke. Aber was sind wir? Wenn wir alle Dämonen für die Magick benutzen, gibt es dann einen Unterschied zwischen uns und ihm? Oder sind wir nur Monster einer anderen Art?«

Der Meister nickte. »Ungeachtet dessen, was die Kirchenpropaganda behauptet, sind Dämonen wie jedes andere Werkzeug. Sie einzusetzen macht uns nicht böse – es kommt darauf an, wofür wir sie einsetzen.«

»Was ist also der Unterschied zwischen uns und Kain?«

Die Frage veranlasste Adair zu einer nachdenklichen Pause. »Wir haben gegensätzliche Visionen für die Zukunft der Menschheit. Kain lehnt Wissenschaft und Technologie ab. Nennt sie ›Schandflecken auf unserer kollektiven Seele‹. Er will sie nicht nur zerstören, er will sie *entehren*. Sie sollen in Vergessenheit geraten, damit er und seinesgleichen mithilfe der Magick über die zerbrochenen Überreste einer ›einfacheren Gesellschaft‹ herrschen können.«

»Und was wollen Sie?«

Ein wehmütiges Lächeln. »Meine Hoffnung? Eines Tages, nachdem die Wissenschaft die Regeln des physikalischen Universums definiert hat, wird die Kunst so weit sein, die eine Frage zu stellen, die die Wissenschaft nicht beantworten kann: *Warum?* Und wenn dieser Tag kommt, bete ich, dass die Magick immer noch da sein wird, bereit, den alten Aberglauben zu zerstreuen und die letzte Lücke im Verständnis der Menschheit über sich selbst – und das Universum – zu schließen.« Er zündete zwei Zigaretten an und reichte eine an Cade weiter. Er atmete Rauch aus und wandte sich Anja zu, die immer noch schlafend auf dem Tisch lag. Mit sanfter Geste legte er eine Hand auf ihren Kopf. »Das ist der *wahre* Einsatz in diesem Kampf, mein Junge: eine Zukunft des Lichts – oder eine Ewigkeit der Finsternis.«

Der Zaun war primitiv, aber wirksam: Dicke Pfosten waren tief in den Boden eingelassen, scharfe Pfähle waren eng aneinandergebunden, über allem war Stacheldraht gespannt. Die einzige Unterbrechung in der Umzäunung bestand aus Toren, die Tag und Nacht von Vichy-Gendarmen besetzt waren, die ihre Freude daran zu haben schienen, die Befehle der Nazis auszuführen.

Jenseits des Zauns erhob sich eine Kuriosität in der französischen Landschaft: eine fünfstöckige modernistische Wohnanlage in Form eines Zickzacks. Ihre Erbauer hatten sie im Zentrum von Drancy, einem nordöstlichen Vorort von Paris, als Modell für friedliches städtisches Wohnen errichtet und nannten sie deshalb »Stadt der Stummen«. Nun, da der Komplex zu einem Internierungslager für Juden, Mitglieder der Résistance und alle anderen, die mit Vichy oder Berlin in Konflikt geraten waren, geworden war, hatte der alte Spitzname einen unheilvollen Beigeschmack bekommen.

Niko spazierte gegenüber der Avenue Jean Juarès, die Hände in die Taschen gestopft, durch das Haupttor. Es dämmerte bereits, aber bis zur

Ausgangssperre der Stadt blieben noch einige Stunden, also ignorierten ihn die Wachen. An der nächsten Ecke bog er ab und schlenderte zu seinem geliehenen Auto, das immer noch in der schmalen Straße stand, wo er es geparkt hatte.

Er ließ sich auf den Fahrersitz sinken und drehte sich um, um sicherzugehen, dass er allein war. Dann zog er seinen verzauberten Spiegel aus der Innentasche seiner Jacke. »*Fenestra,* Stefan und Adair.«

Mehrere Sekunden verstrichen, während er auf eine Antwort wartete. Der Meister erschien als Erster. *»Niko, mein Junge. Immer noch in einem Stück?«*

»Bis jetzt.«

Stefan flackerte ins Bild und teilte sich mit Adair den Rahmen. *»Niko! Dir geht es gut, hoffe ich.«*

»Den Umständen entsprechend. Meister, wie geht es Anja?«

»Fast geheilt. Noch eine Woche und wir können den Kampf wieder aufnehmen. Stefan, irgendwas Neues?«

»Nein. Aber ich habe einen Hinweis gefunden, dem ich nach Kiew folge.«

Adair richtete seinen Blick auf Niko. *»Und bei dir, Junge? Hast du Neuigkeiten?«*

»Meine verschwundenen Kameraden wurden ins Internierungslager Drancy verschleppt, zusammen mit siebentausend Juden, die aus Paris und Umgebung zusammengetrieben wurden.«

Seine Enthüllung verdüsterte Stefans ohnehin niedergeschlagene Stimmung. *»Das passiert überall in Europa. Die Nazis haben Gettos für die Juden in Warschau, Krakau, Łodz ... überall, wo sie einen Fuß hinsetzen.«*

»Die gute Nachricht«, fügte Niko hinzu, »ist, dass ich mindestens drei Wege in das Drancy-Lager hinein und wieder heraus kenne. Ich kann Nahrung und Medizin hineinschmuggeln und dann Wege finden, unsere Leute herauszuholen.«

Der Meister schüttelte den Kopf. *»Nein. Das ist nicht die Mission.«*

»Pardonne-moi?«

»Keine Gnadenmissionen. Das können wir nicht riskieren. Nicht, solange aktive Thule-Zirkel immer noch auf freiem Fuß sind.«

Diese Antwort konnte Niko nicht akzeptieren. »Die Leute *verhungern* da drin.«

»Überall sterben Menschen. Du musst das große Ganze sehen.«

»Sie haben keine Heizung. Einige von ihnen haben nicht mal Decken oder Mäntel. Was passiert, wenn der Winter kommt? Soll ich sie einfach erfrieren lassen?«

»Aye, wenn nötig.« Adair rieb sich die blutunterlaufenen Augen. *»Ich bewundere deinen Sinn für Nächstenliebe, mein Junge, aber deshalb habe ich dich nicht dorthin geschickt.«*

Niko rollte angewidert mit den Augen. »Jedes Mal, wenn ich kurz davor bin, den Pariser Hexenzirkel zu finden, entwischen sie mir. Ihr Spion sabotiert mich auf Schritt und Tritt.«

»Dann stell dem Bastard eine Falle und scheuche ihn auf.«

»Ich wusste nicht, dass es so einfach ist. Ich werde den Spion einfach bitten, die Hand zu heben und sich zu offenbaren, *mais oui*?« Er hielt Adairs scharfem Blick stand. »Wenn ich ihn finde, können wir dann den Gefangenen von Drancy helfen?«

Stefan fügte seinen eigenen Appell hinzu: *»Und den Juden in den Gettos?«*

Der Meister runzelte die Stirn. *»Wir können einen Scheißdreck für sie tun, bis wir die Thule-Zirkel gestoppt und den Eisernen Kodex zurückbekommen haben. Sobald das erledigt ist ... vielleicht.«*

Seine Antwort schürte Stefans Verzweiflung. *»Dann ist es womöglich zu spät!«*

Adair seufzte. *»Junge, wenn Kain den Kodex vor uns findet, wird es für uns alle zu spät sein.«*

Sie kamen zu Tausenden, mit allem, was sie besaßen und was ihnen lieb und teuer war. Die Juden von Kiew trugen mehrere Kleidungsschichten übereinander und standen mit Koffern und Seesäcken kilometerlang Schlange. Der Anfang der Schlange befand sich irgendwo im Syrets-Bezirk der Stadt, verborgen hinter einer Kurve in der Straße.

Überall in Kiew hingen gedruckte Zettel – auf Ukrainisch, Deutsch und Russisch –, die erst am Tag zuvor von den deutschen Besatzern der Stadt ausgehängt worden waren. Die Anweisungen darauf waren eindeutig:

Alle Juden der Stadt Kiew und Umgebung müssen am Montag, den 29. September, um 8 Uhr morgens an der Ecke der Straßen Melnykova und Dorogozhitskaya (in der Nähe des Friedhofs) erscheinen. Bringen Sie Dokumente, Geld und Wertsachen mit, außerdem warme Kleidung, Wäsche usw. Alle Juden, die diesem Befehl nicht Folge leisten und anderswo angetroffen werden, werden erschossen. Alle Zivilisten, die die von den Juden verlassenen Wohnungen betreten und sich die darin befindlichen Sachen aneignen, werden erschossen.

Feuchte Kälte erfüllte die frühmorgendliche Luft. Stefan fröstelte in seinem Wollmantel, ungesehen von der Menge, weil er sich durch FORAS' Gabe unsichtbar gemacht hatte. Er war an diesem Morgen mit leichtem Gepäck unterwegs und hatte seine Werkzeuge der Kunst und andere Ausrüstung seinem dämonischen Träger anvertraut. Das bedeutete, er würde seine Werkzeuge desinfizieren und exorzieren müssen, bevor er sie wieder für die Magick verwenden konnte. Diesen Preis musste er nun mal zahlen, um die Hände für den Fall frei zu haben, dass er den Kodex fand.

Neben ihm stand ein alter jüdischer Mann, dessen Bart fast bis zu seinem Gürtel reichte.

Er murmelte vor sich hin, während er ging, und betete leise, wie es Stefans Vater einst getan hatte. Vor Stefan schleppte eine Mutter zwei kleine Kinder – einen Säugling auf dem einen Arm, ein Kleinkind auf dem anderen –, während ein dritter Junge unruhig und weinend wie seine Geschwister neben ihr herstapfte.

Die große Menschenmasse schlurfte voran. Als das Tor zum jüdischen Friedhof in Sicht kam, wurde Stefan schlecht vor Misstrauen. Auf beiden Seiten des Tores standen nicht nur ukrainische Polizisten, sondern auch Waffen-SS-Truppen mit Maschinengewehren und Hunderte von SS-Sonderkommandos. *Wie kann es sein, dass diese Leute nicht wissen, was da vor ihnen liegt? Oder wissen sie es, sind aber zu ängstlich, um Widerstand zu leisten oder sich zurückzuziehen?* Er hatte das Gleiche in ganz Polen erlebt, aber es verwirrte ihn immer noch, Tausende in ihr Verderben marschieren zu sehen.

Als er das Tor des Friedhofs passierte, musste er an das Motto der Hölle aus der Göttlichen Komödie denken: »Ihr, die ihr hier eintretet, lasst alle Hoffnung fahren.«

Hinter dem Tor saß ein dicker deutscher Offizier an einem Tisch. Er trug die Uniform der Einsatzgruppen und wurde von bewaffneten Waffen-SS-Soldaten flankiert. Weitere Nazi-Soldaten und ukrainische Polizisten standen in der Nähe. Die meisten von ihnen schwenkten Maschinenpistolen, aber ein paar hielten knurrende, bellende Kampfhunde an gespannten Leinen.

Sie wechselten sich dabei ab, die Neuankömmlinge wie Vieh zusammenzutreiben.

Stefan schlich sich von der Reihe weg und schlug einen möglichst großen Bogen, um hinter die Deutschen zu gelangen. Selbsterhaltung war sein oberstes Gebot. Egal, wie sehr er sich mit jedem magischen Angriff seines begrenzten Arsenals austoben wollte, er wusste, dass seine Kraft und seine Reserve an unterjochten Talenten zu Ende gehen würden, lange bevor den Deutschen die Soldaten ausgingen. Magick war ein machtvolles Werkzeug, aber kein omnipotentes. Ein einzelner Karcist konnte nicht lange gegen eine Armee bestehen, wenn nur ein einziger Glückstreffer nötig war, um die Konzentration des Magickers zu brechen.

Und dann waren da noch die Hunde. Gezüchtet auf Aggression, trainiert auf Wachsamkeit, waren sie der beunruhigendste Feind von allen. Wie viele Tiere besaßen auch Hunde schärfere Sinne als Menschen. Dadurch ließen sie sich nicht so leicht durch Tarnkappenzauber täuschen. Den Nazis zu entkommen war schon schwer genug, aber ihre verdammten Hunde waren ein Albtraum. Stefan schlich sich am Waldrand entlang und tat sein Bestes, um getrocknete Blätter und Zweige zu meiden, ebenso wie alles andere, was seine Anwesenheit verraten könnte.

Genau wie die Deutschen es in den anderen Gettos getan hatten, in denen er dieses Zusammentreiben miterlebt hatte, trennten sie die ankommenden Juden mit bürokratischer Kälte von ihrem Hab und Gut. Tragbare Wertsachen wurden ganz vorne zuerst beschlagnahmt. Gepäck und größere Besitztümer würden zweifelsohne später beschlagnahmt werden. Und so ging es weiter, bis den Juden nichts mehr blieb.

Es ist möglich, dass der Kodex zusammen mit den Wertsachen entwendet wurde, überlegte er. Er musste die Stapel der gestohlenen Waren durchsuchen, ohne etwas zu bewegen, sonst würden die Deutschen misstrauisch werden. Mit der Allsicht von Sōzay spähte er in verschlossene Kisten und versiegelte Kästen, durchsuchte eine Schicht nach der anderen aus Schmuck, Uhren, Bargeld und kostbarem Schnickschnack. Nachdem er das erste Lager der Nazis durchsucht hatte, war er sich sicher, dass der Kodex nicht dort war.

Er wartete auf die nächste große Gruppe von Juden, die herangetrieben wurde. Er folgte ihnen und hoffte, dass die Aufmerksamkeit der Deutschen auf die Gruppe gerichtet sein würde und nicht auf ihn, der hinter ihnen vorbeiging und auf seinem Weg zum nächsten Kontrollpunkt an der Baumgrenze entlangschlich.

Einige Meter vor ihm sah er, wie andere Juden ihres Gepäcks entledigt wurden. Große und kleine Taschen, von den elegantesten Koffern bis zu den billigsten Seesäcken, wurden alle auf einen Haufen hinter den Nazis geworfen, während ihre Besitzer mit leeren Händen weitergehen mussten.

Noch einmal duckte er sich hinter die Reihe und nutzte Sōzays Gabe, um in verschlossene Koffer zu schauen. In einem Koffer am unteren Ende des Stapels erspähte er ein großes Buch. Könnte das der Kodex sein? Er schaute genauer hin und stellte fest, dass es kein Siegel auf dem Einband und keine Schutzglyphen auf den Seiten hatte. Es war ein altes Buch, eine Antiquität, aber nicht der Eiserne Kodex. *Wenn er hier ist, könnte es Stunden dauern …*

Ein wildes Knurren ging dem glühenden Schmerz der Reißzähne voraus, die Stefans Wade durchbohrten. Überrascht schrie er auf, sein Zauber der Unsichtbarkeit war gebrochen.

Drei Männer der Einsatzgruppen kamen auf ihn zu. Er wollte zu den Bäumen rennen, aber der Hund hatte sich an seinem Unterschenkel festgebissen, sodass er nicht von der Stelle kam.

Die Mündung eines Gewehrs wurde in Stefans Gesicht gestoßen. Kapitulierend hob er die Hände.

»Warum bist du nicht in der Reihe?«

Stefan stammelte: »Ich ... ich habe nicht ...« Der Schaft eines Gewehrs traf ihn seitlich am Kopf.

Einer der Deutschen pfiff und der Hund ließ Stefans Bein los. Die beiden anderen Nazis zerrten Stefan von dem Gepäckstapel weg und stießen ihn in Richtung der Kiewer Juden. Ein SS-Offizier baute sich vor ihm auf. »Wo sind deine Papiere?«

»Ich habe keine.«

Der Offizier zeigte auf Stefan und befahl seinen Männern: »Durchsucht ihn.«

In Sekundenschnelle erleichterten sie Stefan um seine Brille, seine Brieftasche und eine glanzlose alte Taschenuhr – das erste Geschenk, das Evert ihm je gemacht hatte. »Bitte«, bettelte Stefan, »das ist alles, was ich habe.«

»Weitergehen, Jude!« Stefan wurde durch einen Spießrutenlauf deutscher Soldaten gehetzt, die ihm bei jedem Schritt Obszönitäten und Verunglimpfungen zuriefen. Weitere bellende Hunde, deren Reißzähne vor Speichel glitzerten, drohten von den Leinen losgelassen zu werden.

Auf der nächsten Lichtung wurde Stefan kreideweiß. Die Gefangenen wurden gezwungen, sich nackt auszuziehen. Die Oberbekleidung auf einen Haufen. Ein Stapel mit Schuhen. Frauenkleider auf einen Haufen. Männerhosen. Kinderkleidung, getrennt nach Geschlecht. Hemden auf einen zerlumpten Haufen. Unterwäsche aller Art, wahllos zusammengewürfelt.

Die kalte Morgenluft jagte Stefan eine Gänsehaut über den Körper, als er sich seiner Kleidung entledigte und sie den Nazis übergab. Immer wieder suchte er nach einer Möglichkeit zu fliehen, seine verbliebenen Reserven unterjochter Magick zu nutzen, um diesem Todesmarsch zu entkommen, aber der Spießrutenlauf aus SS-Sonderkommandos, Einsatzgruppen, Waffen-SS und ukrainischen Kollaborateuren ging ohne Unterlass weiter.

Die Kurven und Windungen des Pfades erschwerten die Sicht nach vorn und der Verlust seiner Brille machte es für Stefan noch schwieriger. Doch bevor er das Schicksal sah, das ihn erwartete, hörte er es, obwohl der Wald die Geräusche dämpfte …

Kurze kontrollierte Feuerstöße: das knatternde Stakkato der Maschinenpistolen.

Jeder Schritt brachte ihn näher an die Quelle der Schüsse heran und trug ihn weiter weg von seinem verzweifelten Bedürfnis zu leugnen, was geschah.

Überall um ihn herum wimmerten und weinten nackte Juden – alte und junge, Männer und Frauen, Teenager – als sie dorthin getrieben wurden, wo, wie sie jetzt wussten, ihr Untergang auf sie wartete. Von vorne waren Geräusche zu hören, die Stefan den Magen umdrehten. Schmerzensschreie, die Schreie verängstigter Kinder, jämmerliches Keuchen … alles wurde von knatternden Gewehrstößen abgeschnitten, abgelöst von wiederum anderen Stimmen, die das gleiche Lied des Schreckens hinausschrien.

Schließlich sah er durch die Bäume, wie sie vor ihnen gähnte: die Schlucht von Babyn Jar – eine bewaldete Schlucht von dreißig Metern Breite und fünfzehn Metern Tiefe, deren Ränder in steilen Hängen abfielen. Vorhänge aus Pulverdampf hingen in der Morgenluft und verbreiteten einen beißenden Schwefelgeruch im Wind.

Die Nazis reihten ihre jüdischen Gefangenen zu zehnt am Rande der Schlucht auf.

Die letzte in der Reihe war eine junge Mutter, die einen Säugling an ihre Brust drückte.

Sie schrie, als ein SS-Offizier ihr den Säugling aus den Armen riss und ihn wie Müll in die Schlucht schleuderte. Mit einem Aufschrei sprang sie über die Kante, um ihrem Sohn zu folgen. Schüsse bohrten sich in ihren Rücken und hüllten sie in scharlachroten Nebel, als sie leblos in diese Narbe der Erde fiel.

Das Grauen machte Stefan sprachlos und Tränen liefen ihm über das Gesicht.

Mein Gott.

Er stand immer noch unter Schock, als die Deutschen ihn an den Rand der Schlucht stießen.

Hinter ihm hörte er das Knacken und Klappern von Waffen, die nachgeladen und zum Feuern vorbereitet wurden.

Keine von ihm unterjochte Magick würde ihn gegen Kugeln unempfindlich machen. Wenn er überleben wollte, musste er die komplexeste Magick anwenden, die er je gewagt hatte – und er hatte dafür nur Sekunden. *Erinnere dich an die Ausbildung,* ermahnte er sich. *Befreie deinen Geist.*

Es war eine Illusion in vier Teilen, die alle gleichzeitig innerhalb von zwei Sekunden abliefen.

Durch ANARAZEL schuf er um sich herum ein Trugbild von sich selbst.

Mit der Gabe von FORAS machte er sich unsichtbar.

Durch die Macht des ANDROMALIUS hüllte er sich in Lautlosigkeit.

Und als er in die Schlucht sprang und spürte, wie die Schwerkraft von ihm Besitz ergriff, warf er einen Zauber von ASOCLAS auf sein Trugbild, das noch mit den Gefangenen am Rand stand.

Ein Sperrfeuer zerfetzte die zitternden Opfer. Stefan ließ blutige Wunden an seinem Abbild aufplatzen, und ließ das Trugbild dann in die Schlucht stürzen; sein gequältes Heulen wurde von dem Zauber erzeugt.

Er schlug hart auf, sein langer Sturz wurde durch die vielen Schichten aus Toten abgefedert, die bereits den Boden der Schlucht füllten. Die von Kugeln durchlöcherten Leichen der Gefangenen klatschten um ihn herum in unnatürlicher Haltung auf, die meisten mit offenen Augen, die aber nichts mehr sahen.

Es waren bereits zu viele Tote, sodass Stefan sie nicht mehr zählen konnte. Es waren Hunderte, vielleicht Tausende. Männer, Frauen, Kinder, alle geschunden und gebrochen, bedeckt mit Blut und Schmutz. Ein Gestank wie aus einem Leichenhaus drang in Stefans Nase, ein Gestank von totem Fleisch und ausgeleerten Gedärmen und

Blasen. Der Gestank war schlimmer als alles, was er je erlebt hatte; nicht einmal die Dämpfe der Hölle waren vergleichbar.

Über ihm ging die Massenhinrichtung weiter, ein unaufhörliches Gemetzel. Wenn einer Gruppe von Bewaffneten die Munition ausging, löste ein neuer Trupp sie ab und das Morden ging weiter. Ein- oder zweimal pro Stunde stiegen die Nazischützen in die Grube hinab und durchwühlten das Massaker nach Überlebenden. Diejenigen, die sie fanden, erledigten sie mit gezielten Schüssen in den Nacken.

Stefan konnte sich nirgends vor dem Regen der Toten verstecken. Die Leiche einer alten Frau landete auf ihm. Der Aufprall wurde allein dadurch gemildert, dass sie nach langem Hungern nur noch Haut und Knochen war.

Ihr Blut lief über sein Gesicht und er spürte, wie sich der Inhalt ihres Darms über seine Beine ergoss. Er wollte sie zur Seite schieben und sich befreien, aber er wagte es nicht, aus Angst, die Aufmerksamkeit der Bewaffneten auf sich zu ziehen, die mit sadistischer Miene Ausschau nach Überlebenden hielten.

Weitere Körper landeten auf Stefan. Ihr Gewicht drückte ihn nach unten und erstickte ihn, auch wenn sie ihn abschirmten. Gefangen unter immer mehr Schichten von Toten, verlor Stefan die Sicht auf den Himmel.

Das Rattern der Gewehre der Nazis war endlos. Es war eine Fabrik des Völkermords, industrialisierter Mord, mit all der Effizienz, für die die Nazis inzwischen berüchtigt waren.

Unfähig, sich zu bewegen oder zu atmen, fühlte Stefan, wie ihm das Bewusstsein schwand. Er überließ sich der Dunkelheit und konnte nur hoffen, dass dies nur ein weiterer seiner unzähligen dämonischen Albträume war.

Ein Hauch von frischer Luft weckte Stefan. Da er kein Geräusch von oben hörte, riskierte er es, den Körper der alten Frau ein Stück beiseitezuschieben, um zu sehen, ob es für ihn einen Platz zum Klettern gab. Das Gewicht der Toten war erdrückend, aber ein flüchtiger Lufthauch gab ihm Energie.

Es dauerte lange, sich selbst auszugraben, ohne das empfindliche Gleichgewicht der über ihm gestapelten Leichen zu stören. Er schlängelte sich um einen kalten, nackten Körper nach dem anderen, folgte seiner Nase, klammerte sich an die Hoffnung und ignorierte den Gestank von verwesendem Fleisch und menschlichen Ausscheidungen.

Loser Schmutz spritzte ihm ins Gesicht, als er um eine weitere Leiche herumglitt. Er schob sich nach oben und kratzte ein Loch in eine Schicht locker aufgeworfener Erde.

Seine Hand brach aus dem Grab hervor. Er schaffte genug Platz, um den Kopf zu heben und seine Umgebung mit Blicken abzusuchen.

Hoch oben, auf dem Grat, von dem er gesprungen war, loderten unruhige Flammen von Lagerfeuern. Gedämpfte Stimmen mit deutsch klingendem Akzent wehten herab. Sogar in der Nacht wachten die Nazis über ihr Massaker.

Stefan musste vorsichtig sein.

Einige Dutzend Meter entfernt sah Stefan zwei Teenager, einen Jungen und ein Mädchen, beide nackt und schmutzig, die sich gegenseitig halfen, den steilen Hang der Schlucht auf der dem Lager der Deutschen entgegengesetzten Seite zu erklimmen. Sie gaben sich große Mühe, sich unauffällig zu verhalten, aber sobald sie die Schlucht hinter sich gelassen hatten, wurden sie entdeckt. Einer der Nazis rief eine Warnung und Schüsse ertönten, als das junge Paar zwischen die Bäume floh. Danach verlor Stefan sie aus den Augen.

Schwach und vor Kälte zitternd bildete er mit seinen Gedanken einen Befehl.

Gaidaros. Gib mir einen Satz Kleidung, meine Arbeitsschuhe und meine Ersatzbrille.

Die gewünschten Gegenstände erschienen in seinen Händen. Er zog sich schnell, aber mit minimalen Bewegungen an und achtete darauf, nicht das Feuer der Deutschen auf sich zu ziehen.

In weniger als einer Minute war er bekleidet und bewegte sich schleichend und manchmal kriechend die Schlucht entlang, weg von den Soldaten. Babyn Jar war etwa 150 Meter lang. Bald erreichte er das nördliche Ende der Schlucht, wo sie in ebenes Gelände und ein langes Waldstück überging. Es gab keine Anzeichen dafür, dass ihn jemand verfolgte. Trotzdem hüllte er sich in Lautlosigkeit, damit er laufen konnte, ohne sich zu verraten.

Zuerst rannte er, aber seine Kräfte ließen bald nach. Er wurde langsamer, bis er seine Ausdauer wiedererlangte, dann schlug er wieder ein schnelleres Tempo an. Er wollte so viel Abstand wie möglich zwischen sich und Babyn Jar bringen.

Nach gefühlten Stunden ließ er sich gegen einen Baum sinken, um nach Luft zu schnappen. Aus Gewohnheit griff er nach der Tasche, in der er seine Uhr aufbewahrte. Da fiel ihm ein, dass die Nazis sie jetzt hatten.

Wenigstens bin ich noch am Leben.

Er schaute in der Hoffnung nach oben, die Zeit an den Sternen ablesen zu können, aber der bedeckte Himmel machte ihm einen Strich durch die Rechnung. Die Morgendämmerung konnte Stunden entfernt sein – oder nur Minuten.

Ein Feuerball erhellte die Nacht.

Stefans mentale Reflexe ließen einen Schild entstehen und zerstreuten die Flammen, die nach dämonischem Ursprung stanken. Er suchte geduckt Deckung hinter einem breiten Baum, während er nach der Quelle des Feuerballs suchte.

Aus der Dunkelheit höhnte eine unbekannte Männerstimme in stockendem Deutsch: »Du bist schnell, Wundermann. Das muss ich dir lassen.«

Es war schwer für Stefan, so kurz nach der Feuerexplosion in der Dunkelheit etwas zu erkennen.

Er blinzelte und hoffte, damit einige der Flecken zu vertreiben, die seine Sicht trübten. Dann machte er den Dolch von ORIAS bereit – die einzige Kampffähigkeit, die er in diesem Moment besaß – und überlegte, ob er losrennen sollte. Er antwortete, nur um Zeit zu gewinnen.

»Du bist Kains Marionette Siegmar, oder?«

»Ich ziehe es vor, mich als Gleichrangigen zu betrachten.«

Ein Spektralschwert stach durch den Baumstamm und streifte Stefans Kinn.

Er sah die gewellte Schneide der Klinge und erkannte sie als Qliphors Flamberge. Dann zog sie sich zurück und verschwand, zweifellos ein Vorspiel für ihren nächsten Schlag.

Stefan bemühte sich, seine Angst in den Griff zu bekommen, aber er brauchte mehr Zeit. Er rief Siegmar zu: »Das Massaker von Kiew! Das warst du?«

»Ich habe es nicht geplant, aber ich wusste, dass es kommen würde. So wie ich wusste, dass du kommen würdest.«

Siegmars Erklärung jagte Stefan einen Schauer über den Rücken. *Woher wusste er, dass ich …?*

Kurz darauf dämmerte ihm die Antwort. »Die Verlegungsbefehle, die ich gefunden habe. Fälschungen?«

»Wie gesagt, Wundermann! Du bist schnell!« Ein grausames Kichern. »Du hast doch nicht geglaubt, dass deine heiß geliebten Kabbalisten noch leben, oder?«

Mit dem Schwur, die Opfer von Kiew zu rächen, sammelte Stefan seine letzten Kräfte und ließ seine unterjochten Dämonen arbeiten. Es war an der Zeit, Siegmar ein Ziel zu bieten, auf das er schießen konnte.

Den abtrünnigen Karcisten aufzuscheuchen war nicht schwierig gewesen, aber es hatte mehr Geduld erfordert, als Siegmar eigentlich aufwenden wollte. Jetzt, wo er den Mann in die Enge getrieben hatte, wollte er ihn fertig machen – wenn der feige Jude sich nur zeigen würde.

Ein weiterer Flammenstoß aus Afaels Ofen nahm in Siegmars Hand Gestalt an, als sein Wunsch erfüllt wurde. Der erschöpfte feindliche Magicker stürmte direkt auf ihn zu, einen Ball aus Elektrizität in der einen Hand und einen Revolver in der anderen. Blitze sprangen aus der Handfläche des jungen Magickers.

Siegmar stimmte seinen Schild so ab, dass er ihre Kraft absorbierte, und schleuderte sie dann auf seinen Gegner zurück, um ihm das Fleisch von den Knochen zu brennen. Die gleißenden Energiezinken durchdrangen den Schild und seinen Gegner – genau wie eine Salve von sechs Schüssen aus dem Revolver.

Ein Trugbild, erkannte er. Als die Illusion mit seinem Schild kollidierte, benutzte Siegmar ihn, um sie in Dämpfe aufzulösen. Dann hielt er nach dem eigentlichen Angriff seines Gegners Ausschau, der aus jeder Richtung kommen konnte – doch als er aufblickte, erkannte er zu spät, dass er die Absichten seines Feindes falsch eingeschätzt hatte. Das Ablenkungsmanöver hatte keinen Angriff, sondern eine Flucht getarnt.

Fast so schnell, wie Siegmar die verschwommene Bewegung am grauen Morgenhimmel entdeckte, war sie auch schon wieder verschwunden. Ohne einen flugfähigen Geist im Gespann hatte er keine Möglichkeit, die Verfolgung aufzunehmen.

Wir sehen uns wieder, Wundermann. Und wenn es so weit ist ... werde ich dich töten.

16

OKTOBER

Das Bedürfnis nach Ungestörtheit hatte es notwendig gemacht, dass Niko das ganze Material für seine Ermittlungen in den Keller eines heruntergekommenen Gebäudes hinter dem Haus brachte, in dem seine Schwester und ihr Mann lebten, aber er begann, den Ortswechsel zu bereuen. Es fiel ihm schwer, sich auf zeitliche Abläufe und Berichte über feindliche Aktivitäten zu konzentrieren, wenn seine Nase ständig vom Gestank geplatzter Abwasserleitungen, den Dämpfen von Motoröl und Dieselkraftstoff und dem Geruch von Schimmel angegriffen wurde.

Seine Sammlung von Notizen und Fotos war gewachsen, obwohl sie jetzt besser geordnet war. Sie erstreckte sich inzwischen um eine Ecke auf eine angrenzende Wand. Er näherte sich dem Thule-Spion und zog die Schlinge um Briet enger.

In seiner Tasche vibrierte der verzauberte Spiegel und machte ihn darauf aufmerksam, dass jemand versuchte, ihn zu erreichen. Dankbar für eine Ausrede, seine Aufmerksamkeit für einen Moment von der Wand abzulenken, zog er den Spiegel hervor. Sein Hochgefühl verflog, als er Adair in seinem Rahmen sah.

»Wie läuft die Jagd, mein Junge?«

»Ich könnte Sie das Gleiche fragen.«

»Wir haben die Thule-Zirkel in den besetzten Gebieten nördlich von Paris zerschlagen. Jetzt geht's nach Deutschland. Aber hör auf, das Thema zu wechseln. Hast du den Spion gefunden?«

»Nicht direkt. Aber ich habe sehr viel darüber nachgedacht.«

Adair hatte sichtlich Mühe, ruhig zu bleiben. *»Und wie willst du deine Gedanken in Taten umsetzen?«*

Niko richtete den Spiegel auf seine Wand aus Worten und Bildern. »Ich habe den Kreis der Verdächtigen auf drei eingegrenzt: Antoine Le Blanc, Michel Deniaud und Françoise Perrault. Alle hatten Zugang zu den Nachrichten zwischen mehreren Zellen der Résistance und des Maquis. Außerdem hat jeder von ihnen Verbindungen zur Vichy-Regierung und alle sind wiederholt der Verhaftung durch die Nazis entgangen.«

»Und wie willst du den Spion aus der Reserve locken?«

Er drehte den Spiegel wieder zu sich. »Indem ich mich daran erinnere, welche Lügen ich erzähle.«

Adair schien fasziniert. *»Erklär mir das.«*

»Drei Lieferungen, die aus verschiedenen Quellen nach Paris gelangen. Jede mit einer eindeutigen Zeit, einem eindeutigen Ort und einer eindeutigen Art der Auslieferung. Jede wird von einer anderen Partei in Gang gesetzt, die die anderen nicht kennt und die meinen Verdachtigen nicht bekannt ist.« Niko zeigte auf die mit Bindfäden verbundenen Punkte an seinen Wänden. »Ich habe jedem Ziel mitgeteilt, dass ich eine Nachschublieferung von den Briten arrangiert habe. Antoine glaubt, dass sie morgen per Lkw aus Le Havre kommt. Françoise habe ich gesagt, dass sie Donnerstag per Luftabwurf nördlich der Stadt in den Hügeln westlich von Clermont eintrifft. Und Michel habe ich erzählt, die Lieferung kommt mit dem Samstagszug aus Genf.«

»Dann beobachtest du die Lieferungen und schaust, welche von den Nazis beschlagnahmt wird.«

»Genau.«

»Das ist aber kein perfekter Plan, oder? Was ist, wenn die Nazis auf anderem Wege von deinen Lieferungen erfahren? Was, wenn sie alle beschlagnahmt werden?«

»Um auf Nummer sicher zu gehen? In dem Fall befinde ich sie alle für schuldig und töte alle drei.«

Der Meister nickte. *»Aye. Das ist der sicherste Weg. Natürlich könntest du das auch jetzt schon tun.«*

»Ich würde lieber nur denjenigen töten, der es verdient hat.«

»Wie du willst. Aber sag mir eines: Wie willst du den Pariser Hexenzirkel aufspüren?«

Ein abgrundtiefer Seufzer. »Ich weiß es nicht. Jedes Mal, wenn ich glaube, ich wäre nah dran, finde ich eine weitere Sackgasse. Ich denke, ich sollte dem Spion folgen, um zu sehen, ob er mich zu Briet führt.«

»Einen Versuch ist es wert. Aber wenn du sie findest, pass auf, was du tust. Sie ist gefährlicher, als du glaubst.«

Niko grinste. »*Vous plaisantez?* Sie wollen, dass ich mir eine weitere List ausdenke? Sie wissen doch, das ist nicht gerade meine – wie sagt man? – Stärke.«

»Ich will damit nur sagen, dass man wissen sollte, was man tut, bevor *man es tut.«*

Er musste über den Ratschlag schmunzeln. »Meister, Sie kennen mich. Ich bin nicht wie Stefan. Ich mag keine Pläne. Ich ziehe es vor, Dinge einfach ... zu tun.«

Der Meister war nicht zu Scherzen aufgelegt. *»Nun, was auch immer du tust, tu es schnell. Dieser Spion hat den Nazis geholfen, allein im letzten Monat ein halbes Dutzend Widerstandszellen in das Lager Drancy zu schicken. Er kostet die Résistance Männer, Geld und Zeit – und je länger das so weitergeht, desto mehr schadet es der Rekrutierung. Merk dir meine Worte: Wenn du dieses Leck nicht bald stopfst, ist die Résistance so gut wie tot.«*

Der Wind heulte über den Dächern von Paris. Im knöcheltiefen Schnee auf dem Dach des Gare de Lyon kauernd, bemerkte Niko die Ankunft des Zuges aus Genf. Er zog die Hände aus den Manteltaschen, um auf seine Uhr zu schauen. Ihr Zifferblatt war beschlagen, aber er konnte die Zeiger noch erkennen: 2:17 Uhr morgens.

Mein Plan wird sich jetzt entweder als genial erweisen oder in Flammen aufgehen.

Schaffner und Frachtabfertiger strömten auf den Bahnsteig und brachten sich vor Ankunft des Zugs in Position. Als der Zug einfuhr, kreischten die Bremsen.

Niko steckte seine Uhr weg, rieb dann die Hände aneinander und hauchte sie zum Aufwärmen an. Die ersten beiden Köder, die er für den Spion ausgeworfen hatte, waren unangetastet geblieben.

Weder die Lastwagenlieferung noch die Luftabwürfe waren abgefangen oder, allem Anschein nach, von den Deutschen überhaupt bemerkt worden. Die Waffen, die Munition und die Medikamente waren für die Résistance eine willkommene Überraschung gewesen.

Jetzt blieb nur noch abzuwarten, was mit den Kisten in diesem Zug passierte.

Die Bremsen verstummten, als die Lokomotive mit einem Ruck zum Stillstand kam. Die Türen einiger Passagierwaggons öffneten sich. Ein paar Leute stiegen aus. Alle stemmten sich mit hochgezogenen Schultern gegen die Kälte und bewegten sich mit der Hast von Menschen, die in einer Nacht Wärme suchten, in der die Böen von der Seine messerscharf waren und selbst die dicksten Mäntel durchdrangen.

Am hinteren Teil des Zugs huschten vier schattenhafte Gestalten auf dem Weg zum Güterwaggon über die Gleise. Wen auch immer die Résistance für diesen Job angeheuert hatte, es waren Profis. Sie brauchten weniger als eine Minute, um in den Waggon einzubrechen, und dreißig Sekunden später kamen sie wieder hinaus. In Zweiergruppen schleppten sie zwei Holzkisten auf die Gleise.

Suchscheinwerfer flammten auf und ließen sie in einem weißen Lichtkegel erstarren.

Ein Schwarm von Vichy-Polizisten, eine Handvoll Waffen-SS-Offiziere und ein Trupp Nazi-Soldaten stürzten sich auf die Diebe und bellten Befehle auf Französisch und Deutsch.

Die Diebe bewiesen erneut ihre Professionalität, indem sie die Kisten absetzten, auf die Knie sanken und die Hände auf den Kopf legten. Keiner von ihnen war dumm genug, einen Fluchtversuch zu unternehmen.

Es gab keinen Zweifel mehr, dass Michel der Spion war, den Niko gejagt hatte. Er bedauerte, die Männer auf den Gleisen opfern zu müssen, aber das war der Preis des Sieges. *C'est la guerre.*

Er wollte sich gerade davonschleichen, als kupferne Locken seine Aufmerksamkeit erregten: Briet marschierte auf die verhafteten Männer zu – und Michel huschte neben ihr her.

Niko hatte vorgehabt, Michel zu folgen und sich von dem Verräter zu ihr führen zu lassen.

Stattdessen war sie zu ihm gekommen. Er nahm seinen Platz am Rand des Dachs wieder ein und beobachtete, was als Nächstes geschah.

Die Nazis öffneten die gestohlenen Kisten, um ihren Inhalt zu inspizieren. Niko konnte fast ihre Flüche hören, als sie sich durch Schichten von Stroh wühlten und nichts als Holzreste fanden. Er war darauf vorbereitet gewesen, bei einer der ersten beiden Lieferungen eine echte Lieferung zu verlieren; das wäre der Preis des Geschäfts gewesen. Aber nachdem diese unbehelligt geblieben waren und nur noch das Schicksal der dritten Lieferung ungewiss war, hatte er in letzter Sekunde eine Änderung vorgenommen. Warum sollte er grundlos wertvolle Vorräte opfern?

Der Rotschopf konfrontierte Michel, beschimpfte ihn und stieß ihn immer wieder mit einem Finger vor die Brust. Niko versuchte, sie mit der Hellhörigkeit von ALAKATH zu belauschen, aber er hörte nur gedämpftes Kauderwelsch. Innerhalb von Sekunden erkannte er, dass es sich um eine magische Verschleierung handelte.

Sie muss einen Störzauber benutzen.

Er kramte in den Taschen seines Mantels nach seinem Fernglas, damit er versuchen konnte, von ihren Lippen abzulesen. Kaum hatte er es scharfgestellt, schlug Briet zu. Das Scheinwerferlicht reflektierte von der Klinge ihres Messers mit dem schwarzen Griff, als sie Michel die Kehle aufschlitzte. Der Spion stürzte mit dem Gesicht voran auf den Schotter zwischen den Gleisen und färbte ihn mit seinem Blut.

Sie wischte ihr Athamé an seinem Rücken ab und verstaute es unter ihrem Trenchcoat. Als sie aufstand, gab sie den Nazis barsche Befehle. Diese stolperten übereinander in ihrer Eile zu gehorchen. Dann wandte sie sich von dem Mann ab, den sie gerade getötet hatte, und ging in Richtung Bahnhof.

Niko zog sich vom Rand des Dachs zurück und rannte dann zur Zugangstür.

Seine Schritte donnerten im Treppenhaus, als er nach unten stürmte.

Zwei Minuten später erreichte er das Erdgeschoss und stieß die Tür des Treppenhauses auf. Von Briet fehlte jede Spur. Er konnte sie weder auf den Bahnsteigen noch auf den Gleisen entdecken. Sie war auch nicht in der Haupthalle oder auf dem Platz vor dem Haupteingang.

Niko verfluchte sich selbst dafür, dass er ARUSPEX nicht länger unterjocht gehalten hatte. Ohne den Geist hatte Niko keinen Zugriff auf die Allsicht. Wenn Briet in der Nähe, aber unsichtbar war, konnte er es nicht erkennen. Und da Michel tot war, hatte er keine Spur mehr, der er folgen konnte.

Dafür wird der Meister mich einen Kopf kürzer machen.

Er bereitete sich auf eine harsche Zurechtweisung vor, während er in den Schatten verschwand. Er legte die Arme eng an den Körper, die Hände tief in den Manteltaschen vergraben, und trat den langen Heimweg zum Montmartre an.

Der braunhäutige Mann ging so dicht an Briet vorbei, dass sie den Geruch seines Parfums wahrnehmen konnte. Er war in Eile. Jeder seiner Schritte und Blicke brachte Verzweiflung zum Ausdruck. Er starrte sie direkt an – und dann bemerkte sie, wie er sich anstrengte, in die Ferne zu blicken. Dank der Unsichtbarkeit, die SITHIROS ihr verliehen hatte, sah er geradewegs durch sie hindurch. *Er hat wohl keinen Geist an sich gebunden, um ihm Allsicht zu gewähren.*

Michels Nachricht war zu schön gewesen, um wahr zu sein, und hatte sofort ihr Misstrauen geweckt. Briet hatte ständig mit einem

Vergeltungsschlag gerechnet, seit ihre Falle in Toulouse nach hinten losgegangen war. Als sie am Gare de Lyon ankam, hatte sie vorsichtshalber die Sinne von PHENE-GREX angewandt. In Sekundenschnelle hatte sie gewusst, dass ein anderer Karcist in der Nähe war, einer mit mehreren unterjochten Geistern im Schlepptau, also kein Dilettant.

Sie fragte sich, ob ihr heimlicher Verehrer sich durch den Mord an Michel um seine Rache betrogen gefühlt hatte. Sobald die Kisten als Köder enttarnt waren, wusste sie, dass der junge Spion nutzlos geworden war. Sie hatte nichts zu gewinnen und viel zu verlieren, wenn sie ihn zur Résistance zurückkehren ließ. Deshalb hatte er sterben müssen.

Ihr Beobachter faszinierte sie. Sie sah zu, wie er vergeblich nach ihr suchte.

Ich frage mich, woher er wohl kommt. Aus Marokko? Algerien? Letzteres schien ihr wahrscheinlicher zu sein.

Nach ein paar Minuten gab er die Suche auf. Briet konnte es ihm nicht verübeln. Es war kalt und spät. Er stemmte sich gegen den eisigen, messerscharfen Wind und stapfte los. Wenn er Glück hatte, wartete vielleicht eine schöne junge Frau auf ihn, die ihn in dieser Nacht wärmte, wie es bei Briet der Fall war.

So leicht kommst du mir nicht davon.

Sie griff in eine pelzgefütterte Tasche ihres Trenchcoats, in der sie ihren Familiaris mit sich führte. Trixim, eine handtellergroße schwarze Ratte mit blutroten Augen, schien unempfindlich gegen Hitze oder Kälte sein, und war immer bereit, ihren Befehlen zu gehorchen. Sie deutete auf den braunhäutigen Mann.

»Folge ihm. Lass dich nicht blicken. Lass dich nicht erwischen. Los.«

Die Ratte sprang aus ihrer Hand und hüpfte über den Bürgersteig, dann verschwand sie über den Bordstein in den Rinnstein, und nahm die Verfolgung des feindlichen Karcisten auf, der davoneilte.

Sie wusste, wem der Mann dienen musste; das war der einzige Grund, weshalb sie ihn nicht getötet hatte. Kain wollte den Standort des feindlichen Stützpunkts und Hinweise auf seine zukünftigen

Ziele. Diesen Mann zu beobachten könnte beides in kurzer Zeit liefern. Also würde er vorerst am Leben bleiben. Wenn er aufhörte, nützlich oder amüsant zu sein, würde Kain über sein Schicksal entscheiden.

Bis dahin wollte Briet herausfinden, wie viele seiner Freunde und Angehörigen der braunhäutige Mann wohl durch ihre Tricks und Listen an die Nazis ausliefern würde.

17

NOVEMBER

Die meisten Thule-Zirkel in Frankreich, bei deren Vernichtung Cade geholfen hatte, waren trotz ihrer Präsenz weitestgehend unbemerkt geblieben. Der Zirkel, den er in Stuttgart überwachte, bildete keine Ausnahme. Tatsächlich erwies sich diese Gruppe von Dilettanten geradezu als dreist; sie hatten sich in einem Gebäude in der Nähe des Rathauses verschanzt. Das spitze Dach und das kunstvolle Fachwerk erinnerten Cade an die Lebkuchenhäuser, die er als Teenager in den Schaufenstern gehobener Londoner Bäckereien gesehen hatte.

Er lauerte auf der anderen Seite des Platzes und beobachtete sein Ziel aus den Schatten zwischen zwei frei stehenden Häusern heraus. Seine Aufgabe war es, den Vordereingang und die dem Platz zugewandten Fenster des Hexenzirkels zu beobachten, alle Personen zu notieren, die kamen oder gingen, und zu verfolgen, in welchen Räumen zu welchen Zeiten Aktivität herrschte.

Es war eine mühsame Arbeit, aber nach dem Hinterhalt in Straßburg hatte Adair auf bessere Vorsichtsmaßnahmen und sorgfältigere Vorbereitung für zukünftige Aktionen bestanden.

Auf diese Weise konnte es Wochen dauern, bis sie ein Ziel zur Zufriedenheit des Meisters ausgekundschaftet hatten. Bis jetzt hatte es sich allerdings ausgezahlt. Bewaffnet mit Grundrissen und Zeitplänen der Mitglieder hatten sie in zwei Monaten vier Gruppen von

Dilettanten ausgelöscht. Nun waren sie in Deutschland und trugen den Kampf vor die Haustür des Feindes.

Auf der anderen Straßenseite näherten sich zwei Männer dem Eingang des Hexenzirkels. Einer von ihnen klopfte dreimal an die Tür, machte eine Pause, klopfte einmal, hielt wieder inne und klopfte dann ein letztes Mal. Es war immer die gleiche Abfolge. Erst wurde ein Guckloch von der anderen Seite geöffnet, dann wurde die Tür geöffnet, um die Männer einzulassen. Als die Tür sich schloss, schaute Cade auf seine Uhr. Es war kurz nach 1:30 Uhr nachts. Er öffnete sein Notizbuch und notierte das Ereignis.

Ein weiterer kleiner Schritt in Richtung Sieg. Er legte den Bleistift weg und zog eine Packung Lucky Strikes hervor. Mit einem Ruck aus dem Handgelenk entlockte er der weichen Packung ein Zigarettenende. Er hob die Packung an den Mund, zupfte die lose Zigarette mit den Lippen heraus und steckte den Rest weg.

Ein Schnippen mit den Fingern und eine Zunge aus XAPHANS Feuer entzündete die Lucky.

Wenn die Mitglieder des Hexenzirkels sich treu blieben, so erwartete Cade, dass er für mindestens drei weitere Stunden niemanden mehr kommen oder gehen sehen würde. Er fragte sich, ob die Hintereingänge um diese Zeit belebter waren. Für Adair und Anja hoffte er es.

Hinter einem abgehangten Fenster im oberen Stockwerk des Gebäudes ging ein Licht an. Cade griff nach seinem Notizbuch, um aufzuschreiben, um welches Fenster und welche Uhrzeit es sich handelte. Als er mit dem Bleistift das Papier berührte, erklang eine Stimme aus der Gasse hinter ihm.

»Guten Abend.«

Er wandte den Kopf. Ein großer, eleganter Mann schlenderte auf ihn zu. Der Herr war von schlanker Statur und als er durch einen Lichtstrahl ging, der von oben herabsickerte, bemerkte Cade seine markanten Gesichtszüge und sein glattes Haar. Sein Anzug sah aus, als wäre er ihm auf den Leib geschneidert worden, und seine Schuhe knirschten auf dem Pflaster. Er bedachte Cade mit einem Lächeln, aber es erreichte seine Augen nicht, sondern ließ lediglich seine perfekten Schneidezähne aufblitzen. »Was machen Sie an einem so kühlen Abend draußen?«

Cade hoffte, dass Feindseligkeit den Typen abschrecken würde.

»Ich kümmere mich um meine eigenen Angelegenheiten«, sagte er auf Deutsch.

Der Fremde hielt eine brennende Zigarette zwischen Daumen und Zeigefinger, eine affektierte Haltung, die Cade seltsam fand. Mit langsamen Schritten näherte sich der Mann. »Und was kritzeln Sie da? Gedichte vielleicht?« Der blonde Deutsche gab sich keine Mühe, seinen Spott zu verbergen. »Darf ich ein Gedicht vorschlagen? ›So ging der Unhold auf diesem windigen Landmeer auf und ab, allein auf seine Beute bedacht.‹«

Cade steckte sein Notizbuch in die Tasche und beschloss, dass er die Nase voll von diesem Deutschen hatte. »Wenn du auf ein bisschen Analverkehr aus bist, bist du hier falsch.« Er fügte seinen Abschiedsworten die suggestive Kraft des Esias hinzu: »Und jetzt verpiss dich.« Der Fremde hielt inne. Dann atmete er ein. »Ah. Der süße Duft dämonischer Suggestion.« Er klang nostalgisch. »*Diesem* Parfüm bin ich schon ewig nicht mehr erlegen.«

Cade dämmerte, dass der Fremde Kain sein musste. *Ich bin nicht darauf vorbereitet, gegen Dilettanten zu kämpfen, geschweige denn gegen einen Meisterkarcisten.* Es fühlte sich an, als wäre der Boden unter seinen Füßen weggesackt und er fühlte sich, als wäre er in dem Moment vor dem freien Fall gefangen. Er hob seinen Schild – aber nicht früh genug.

Eisige Stöße trafen seinen Bauch und eine dämonische Kraft schleuderte ihn so hart gegen die Gassenwand, dass seine unteren Rippen brachen.

Sein Verstand rebellierte gegen den Gedanken an Kapitulation. Er schlug mit einem Feuerstoß um sich, nur um mit ansehen zu müssen, wie dieser an Kains Schild verpuffte. Der Nazi-Karcist klappte seine Kiefer auf wie eine Schlange, die sich darauf vorbereitet, eine fette Beute zu verschlingen. Ein Kältestrahl schoss daraus hervor, der

Cade in die Gliedmaßen fuhr und sein Gesicht mit Raureif überzog. Ein weiterer Schlag und Cade wurde unkontrolliert in die Luft geschleudert. Er schlug kopfüber auf dem Boden auf und spürte einen schneidenden Schmerz auf seiner Kopfhaut.

Desorientiert zwang Cade sich auf ein Knie, entschlossen, sich zu revanchieren.

Er konnte seinen Schild gerade noch rechtzeitig heben, um einen violetten Blitz zu blockieren, der aus Kains ausgestreckter Hand zu kommen schien. Der Angriff ließ Cade einige Meter nach hinten schlittern, bevor er ihn umwarf. Er rollte sich ab und schleuderte dann VAELBORS Speer.

Kain schlug die Spektralwaffe beiseite und sie wurde zu Nebel. »Du bist also der kleine Marodeur, der meine französischen Zirkel verwüstet hat?« Eine Handbewegung des Nazi-Magickers ließ Cades rechten Oberschenkelknochen brechen, als wäre er ein trockener Ast. »Ich nehme an, für Amateure magst du wie ein echter Karcist wirken. Aber wenn du glaubst, ich lasse dich einfach so ins Vaterland hineinspazieren ... dann irrst du dich gewaltig.«

Pein und Erschöpfung brachten Cade dazu, zitternd auf dem Boden liegen zu bleiben und auf den tödlichen Schlag zu warten, während Kains offene Hand sich mit Feuer füllte.

Dann wirbelte der Nazi herum und blockte ein Sperrfeuer aus Blitzen und geisterhaften Pfeilen ab.

Adair und Anja marschierten in die Gasse, beide mit Händen voller tödlicher Magick, die darauf wartete, entfesselt zu werden. Die Stimme des Meisters klang so bedrohlich, wie Cade sie noch nie gehört hatte:

»Lass ihn in Ruhe, Kain.«

»Mein alter Freund. Es ist schon viel zu lange her.« Kain musterte Anja. »Dein Schoßhündchen – wie sie gewachsen ist. Das kann man von ihrem Bruder allerdings nicht behaupten, oder?«

Anjas starrer Blick war unmissverständlich: Sie wollte Blut.

»Lass meine Adepten aus dem Spiel«, sagte Adair.

Kain wirkte beinahe reumütig. »Du hast sie da mit reingezogen, Adair. Das macht sie zu Freiwild. Nicht, dass der Krieg die Gesetze der Magick respektieren würde – oder irgendetwas anderes, wenn man es genau nimmt.« An Anja gewandt fügte er hinzu: »Muss ich dich daran erinnern, wer von uns beiden zuerst Blut vergossen hat?«

Sie wollte auf ihn losgehen, aber Adair hielt sie mit einer Hand zurück; dann schleuderte er mehr Magick auf Kain, als Cade für möglich gehalten hätte. Infernalische Energien wüteten in beide Richtungen – Feuer und Blitze, sich windende Wolken aus blendendem Licht und eisigen Schatten, Wirbelstürme aus Glas und Sand. Je länger sie ihre Angriffe ausführten und abwehrten, desto größer wurde der Mahlstrom. Irgendwann musste Cade sein Gesicht bedecken und sich flach an den Boden pressen, um zu verhindern, dass ihm die Haut von den Knochen gefetzt wurde.

Ein Donnerschlag zerschmetterte jedes Fenster in der Gasse und brachte den Sturm zum Stillstand.

Cade sah auf. Adair und Kain lagen auf dem Rücken, beide verbrannt und blutig. Kain war am schlimmsten von beiden zugerichtet.

Adair setzte sich auf, zeigte mit seiner qualmenden rechten Hand auf Cade und sagte zu Anja: »Hilf ihm.«

Sie lief zu Cade. »Kannst du laufen?«

»Nein.«

»Dann wird das hier wehtun.«

Sie packte ihn unter den Schultern und zerrte ihn mit sich. Und sie hatte Recht – jeder Zentimeter seines Körpers flammte vor Schmerz auf. Als sie sich Adair näherte, holte der Meister wie aus dem Nichts einen Lederbeutel und einen Kristallkolben hervor. Er leerte den Beutel auf das Pflaster, wodurch ein perfekt runder Fleck aus vielfarbigem Staub entstand. Dann zerbrach er den Kolben in der Mitte des Kreises. Eine Ölpfütze breitete sich bis zu seinem Rand aus und schimmerte. Bevor Cade fragen konnte, was Adair da tat, stimmte der Meister an: *»Pulverem et oleum fenestram.«* Ihre Spiegelbilder waberten in der öligen Pfütze und wurden dann durch einen rauchigen Vorhang ersetzt, der wogte und wirbelte.

In der Gasse hinter ihnen begann Kain, seine Erstarrung abzuschütteln.

Anja packte Cade, dann ließ sie sich mit ihm im Schlepptau durch das improvisierte Portal stürzen. Sie schienen zu schweben, schwerelos ...

Dann fielen sie aus dem großen Spiegel im Beschwörungsraum von Eilean Donan Castle und knallten auf den Steinboden, was eine neue Welle aus Schmerz durch Cades Glieder jagte.

Adair purzelte hinter ihnen aus dem Spiegel. Er rollte über den Boden, dann zeigte er auf den Spiegel und befahl mit heiserer Stimme: *»Absconde ostium!«*

Die wirbelnden Dämpfe im Spiegel kräuselten sich, dann verschwanden sie und hinterließen nur die Spiegelbilder des ausgemergelten Trios. »Trautes Heim, Glück allein«, murmelte Adair – kurz bevor er bewusstlos zu Boden fiel.

18 DEZEMBER

Zwei Wochen hatte Cade nun schon im Bett gelegen. Jeder Teil seines Körpers schmerzte noch immer. Er wollte es genießen, wieder in Eilean Donan zu sein – ein Gedanke, der ihm ironisch vorkam, wenn er bedachte, wie sehr er diesen Ort gehasst hatte, als er vor fast einem Jahr hier aufgewacht war –, aber die dumpfen und stechenden Schmerzen, die seine Glieder, seinen Rumpf und seinen Kopf durchdrangen, machten es ihm schwer.

Draußen vor seinen Fenstern waren die Highlands von Skye mit Schnee bestäubt. Der Himmel war ständig bewölkt. Selbst in der Morgendämmerung ließ sich die Sonne kaum blicken, bevor sie sich hinter Schottlands allgegenwärtiger Wolkendecke versteckte.

Zweimaliges Klopfen an seiner Tür – Adairs Markenzeichen. Cade legte das alte, in Leder gebundene Buch weg, das er gelesen hatte. »Herein.«

Der Meister stieß die Tür mit seinem Fuß auf und kam mit einem Tablett herein. Kutcha hockte auf seiner Schulter. »Ich habe Frühstück mitgebracht«, sagte Adair.

Eine Zeitung war unter seinen Arm geklemmt. Um ihre Genesung zu beschleunigen, hatten sie sich alle nach ihrer Rückkehr ins Schloss von ihren unterjochten Geistern getrennt, und Adair hatte das Lamia-Hauspersonal verbannt, anstatt Zeit und Mühe darauf zu verwenden, sie an sich zu binden. Nur Kutcha hatte bleiben dürfen.

Adair stellte das Tablett auf den Tisch neben Cades Bett. Das Frühstück bestand an diesem Tag aus pappigem Porridge, verbranntem Toast, einem gekochten Ei und etwas, das für Cade wie die schwächste Tasse Earl Grey aussah, die je aufgebrüht worden war. Er nahm die Mahlzeit mit einem höflichen Lächeln zur Kenntnis. »Meine Güte, Meister. Das wäre doch nicht nötig gewesen.«

»Nicht gerade ein Festmahl, oder? Die Speisekammer wurde in unserer Abwesenheit ein wenig vernachlässigt.«

Cade nahm sich eine geschwärzte Scheibe Brot und biss eine Ecke ab. Es schmeckte wie Holzkohle. Er legte den Toast weg. »Immerhin musste ich nicht die Treppe runterhumpeln, um es mir zu holen.«

Adair lachte und klopfte Cade auf das Bein. »Wahre Worte, mein Junge!« Er zog die Hand verlegen zurück, als er sah, wie Cade vor Schmerz zusammenzuckte. »Tut mir leid. Tut's noch weh?«

»Nur wenn ich bei Bewusstsein bin.« Ein schmerzerfülltes Stöhnen. »Ich wünschte, Anja könnte es wieder in Ordnung bringen.«

Der Meister schüttelte den Kopf. »Auch ihre Fähigkeiten sind begrenzt, wenn die Wunden durch Magick hervorgerufen wurden. Manche Dämonen richten Schaden an, der nie heilt.« Er hielt die Zeitung hoch. »Bereit für gute Nachrichten?« Er faltete ein Exemplar der New York Times auseinander und enthüllte die Schlagzeile auf der ersten Seite:

**JAPAN FÜHRT KRIEG GEGEN
AMERIKA UND ENGLAND;
PLÖTZLICHER ANGRIFF AUF HAWAII;
SCHWERE KÄMPFE AUF SEE GEMELDET**

Cade begegnete Adairs erwartungsvollem Blick. »Das sind gute Nachrichten?«

»Dass deine Landsleute den Spielfeldrand verlassen und sich ins Getümmel stürzen? Ich finde das verdammt gut. Es wird Zeit, dass die Amis sich mit uns gemeinsam in den Dreck werfen.« Mit etwas weniger Schärfe fügte er hinzu: »Anwesende selbstverständlich ausgeschlossen.«

»Selbstverständlich.« Er beugte sich näher zu der Zeitung hinüber. »Wann ist es passiert?«

»Vor ein paar Tagen. Euer Kongress hat Japan gestern den Krieg erklärt und die Nazis haben sich heute revanchiert. Also wird sich jetzt nicht mehr länger krank gestellt. Wie lange dauert es, bis du eine weitere Runde drehen kannst?«

»Eine weitere Runde von was? Mir in den Arsch treten zu lassen?«

Adairs hoffnungsvoller Blick wurde zu einer Maske des Bedauerns. »Das war zum Teil meine Schuld. Ich wusste, dass du dich irgendwann Kain stellen musst. Ich hätte nur nicht gedacht, dass es so bald sein würde.«

»Was meinen Sie damit, dass ich mich ihm ›irgendwann‹ stellen muss?«

Der Meister setzte sich auf die von Cade am weitesten entfernte Ecke seines Betts. »Es gibt einen Grund, warum Kain hinter dir her ist. Einen Grund, warum er die Nazis die *Athenia* versenken ließ, und warum er Dämonen auf dich und deine Angehörigen angesetzt hat.« Seine Miene war schuldbewusst. »Aus demselben Grund ist dein Vater gestorben, um dich zu retten – und deshalb habe ich auch so darum gekämpft, dich zurückzuholen.« Ein tiefer Atemzug und ein Seufzer des Bedauerns. »Es geht nicht nur darum, dass du Kain gegenübertreten musst – es geht darum, dass du vielleicht die einzige Seele auf Erden bist, die das tun und darauf hoffen kann, tatsächlich zu gewinnen.«

»Warum? Was ist so besonders an mir?«

»Das ist ein Thema für ein anderes Mal.« Adair stand auf. »Du musst wieder auf die Beine kommen und dann daran arbeiten, deine Magick zu wirken, als hinge dein Leben davon ab – denn das tut es verdammt noch mal auch.«

Er zeigte auf das Buch in Cades Schoß. »Wo wir gerade dabei sind – was liest du da?«

»Das Schwurbuch des Honorius.«

»Ein bisschen leichte Lektüre?«

»Das kann man wohl sagen.« Er sah den Meister mit einem verschmitzten Blick an. »Funktioniert das so gut wie das *Grimorium Verum*? Oder der *Kleine Schlüssel*?«

Adair ging zur Tür und hielt inne. »Wenn du deinen Arsch bald mal aus diesem Bett hochkriegst, finden wir es vielleicht heraus.«

»Herausforderung angenommen.«

Der Meister verabschiedete sich und Cade war wieder allein mit einem der komplexesten Wälzer, den er je aufgeschlagen hatte, einem der schlechtesten Frühstücke, das er je gegessen hatte, und den am längsten anhaltenden Kopfschmerzen, die er je ertragen hatte. Doch er konnte nur daran denken, dass Adair es vermieden hatte, ihm etwas über Kain zu erzählen, und warum er – Cade – der Einzige war, der hoffen konnte, ihn aufzuhalten.

Eins ist sicher: Ich werde hier oben keine Antworten finden. Er verschlang seine dürftige Mahlzeit, trank seinen lauwarmen Earl Grey und legte das Buch beiseite.

Er setzte sich auf. Schob seine Beine über die Bettkante. Ließ seine Füße auf den Boden gleiten. *Genug Trübsal geblasen. Ich stehe jetzt aus diesem gottverdammten Bett auf.*

In dem Moment, in dem er auch nur ansatzweise das Gewicht auf seine Beine verlagerte, durchfuhr ihn an der Stelle, an der sein Oberschenkelknochen gebrochen war, glühender Schmerz. Er fiel rücklings in seine Kissen.

Morgen. Morgen stehe ich aus diesem Bett auf … hoffe ich.

1942

19

JANUAR

Durch Magick zu fliegen war schon unter den besten Umständen ein gefährliches Unterfangen. Stefan schwebte, von der Macht Asaradels in der Luft gehalten, über Chełmno nad Nerem und fühlte sich schrecklich angreifbar, obwohl er dank Foras unsichtbar war. Seit er gezwungen gewesen war, unterzutauchen und sich monatelang versteckt zu halten, hatte er eine regelrechte Phobie vor offenen Plätzen entwickelt. Nachdem er den Schrecken von Babyn Jar entkommen war, wollte er nur noch außer Sichtweite bleiben.

Zunächst hatte er sich eingeredet, er sei nur pragmatisch. Er hatte Zeit gebraucht, um sich auszuruhen; dann dauerte es Wochen, bis er einen abgelegenen Ort fand, der sich für magische Experimente eignete – einen Ort, an dem das Getöse und der Gestank der Dämonen keine Aufmerksamkeit erregen würden. Aber selbst nachdem er sich mit allen unterjochten Geistern, die er ertragen konnte, gewappnet hatte, wollte er nichts lieber, als sich in die Schatten zurückziehen. Jetzt kannte er die Wahrheit: Er hatte entsetzliche Angst. Das Böse der Menschen hatte das der Dämonen in den Schatten gestellt.

Unten rollte ein Lastwagenkonvoi auf das Tor eines von einem Holzzaun umgebenen Anwesens zu. Der größte Teil des Grundstücks war flach und offen; es wurde von einem großen Herrenhaus dominiert. Stefan war den Lastwagen in der Nacht zuvor aus dem Getto von Łodz zu einer verlassenen Mühle gefolgt, in der Hunderte von Gefangenen bis zu diesem Morgen festgehalten worden waren. Die deutschen Truppen winkten sie durch das Tor.

Die Fahrzeuge spuckten nacheinander ihre Passagiere aus, die die Deutschen im Gänsemarsch ins Innere des Anwesens trieben. Die meisten sahen aus wie aus dem Getto deportierte Juden, aber unter ihnen waren auch ein paar Männer in Uniformen der russischen Armee – Kriegsgefangene von der Ostfront. Jeder trug einen Rucksack oder einen Seesack, vollgepackt mit allem, was sie in dieser Welt noch besaßen.

Während die Schlange nach drinnen schlurfte, betrachtete Stefan das Gelände des Anwesens. Es gab keine Baracken, nichts, was einer provisorischen Unterkunft ähnelte. Schnee bedeckte den Boden und überzog die Bäume des Waldes im Norden auf beiden Seiten der Straße nach Koło. Stefan wandte sich nach Osten und schirmte seine Augen gegen die Strahlen der Morgensonne ab, die durch die Wolken brachen.

Nichts von dem, was er sah, ergab für ihn einen Sinn. Warum brachte man die Gefangenen hierher? Es gab keine Arbeit für sie in Chełmno nad Nerem, keinen Ort, um sie unterzubringen. Er schaute in Richtung des nahen Flusses Ner, um herauszufinden, ob dort vielleicht Boote warteten oder ob es womöglich eine Erweiterung des Lagers gab, aber er sah nichts als die weite Winterlandschaft. Dann ließ er sich von einer Brise treiben, die ihn hinter das Herrenhaus trug. Dort entdeckte er drei große Lastwagen, jeder viel größer als die Transporter, die die Häftlinge angeliefert hatten. Es handelte sich um eine andere Art von Fahrzeugen, mit vollständig geschlossenen, hartschaligen hinteren Passagierbereichen. Anstelle von Segeltuchklappen hatten sie hinten schwere, fensterlose Türen. So etwas hatte Stefan noch nie gesehen.

Er versuchte, sich sinken zu lassen, um einen genaueren Blick darauf zu werfen, aber als er sich immer noch mehr als dreißig Meter über dem Boden befand, widersetzte sich Asaradel seinen Befehlen, tiefer zu gehen – wenigstens dachte er das zunächst. Als er seinen

Verstand für die Proteste des angeketteten Geistes öffnete, verstand er sofort: Eine unsichtbare magische Barriere hinderte den Dämon daran, sich dem Herrenhaus oder seinem Gelände zu nähern.

Die Glyphe oder der Schutzzauber muss mächtig sein, um Asaradel in Schach zu halten.

Ihm wurde klar, dass kein Dilettant in der Lage gewesen wäre, eine solche Verteidigung aufzubauen. Es musste das Werk von Kain oder einem seiner führenden Adepten sein – vielleicht derjenige, der ihn in Babyn Jar fast getötet hatte. Was auch immer hier vor sich ging, die Karcisten des Feindes hatten dafür gesorgt, dass niemand sich einmischen würde.

Fast eine Stunde verging, bevor Stefan wieder eine Bewegung auf dem Boden erhaschte.

Eine Hintertür des Anwesens öffnete sich und die Gefangenen wurden nach draußen geführt – nur waren die Männer und Kinder jetzt nackt, die Frauen nur mit ihren Slips oder Unterwäsche bekleidet. Keiner von ihnen hatte die Taschen dabei, die sie mitgebracht hatten. Nazi-Soldaten brüllten sie während ihres Wegs über Rampen in die Lastwagen mit den festen Aufbauten an – fast siebzig Menschen in den kleineren, doppelt so viele in den größten – und verschlossen dann die Türen. Die Deutschen ließen die Motoren an, standen ein paar Minuten im Leerlauf, dann fuhren sie vom Gelände.

Stefan folgte ihnen nach Nordwesten, die Straße hinauf Richtung Koło. Sie war zweispurig und führte durch einen dichten Wald, dessen Äste die Straße teilweise überdeckten. Etwa vier Kilometer von dem Herrenhaus entfernt bogen die Fahrzeuge von der asphaltierten Straße auf einen befestigten Feldweg ab.

Als er den Weg entlangspähte, um herauszufinden, wohin er führte, entdeckte Stefan ein weiteres eingezäuntes Gelände auf einer großen Waldlichtung. Er schwebte näher heran und suchte nach Baracken, fand aber nur einen baufälligen Unterstand, der mit Stacheldraht umgeben war. Ein Aufgebot an Nazi-Truppen bewachte eine Gruppe von etwa dreißig abgemagerten Gefangenen, von denen keiner angemessene Winterkleidung anhatte.

Der Konvoi hielt vor den Toren an. Deutsche Soldaten, die Wache standen, öffneten die Tore, winkten die Lastwagen ins Innere des Geländes und sicherten dann die Einfahrt hinter ihnen.

Noch einmal versuchte Stefan, nach unten zu schweben, um mehr zu erfahren und vielleicht einzugreifen, und wieder wurde er von einer unsichtbaren Schutzglyphe daran gehindert. Er hatte keine Ahnung, welche Form sie hatte – ein vergrabener Talisman, eine unsichtbare Sigille, ein Dämon, der die Aufgabe hatte, das Gebiet bis zum Jüngsten Tag zu verteidigen –, er wusste nur, dass ihm die Fähigkeiten und die Kraft fehlten, sie zu überwinden.

Zwei Dutzend Meter unter seinen Füßen wendeten die Lastwagen, hielten an und fuhren dann rückwärts auf eine riesige, kürzlich ausgehobene Grube zu. Nachdem die Lastwagen angehalten hatten, kletterten die Männer aus ihren Fahrerkabinen heraus, und Stefan bemerkte zum ersten Mal, dass sie alle Gasmasken trugen.

Die maskierten Nazis öffneten die Hecktüren der Fahrzeuge.

Stefan änderte seinen Blickwinkel und sah, dass seine schlimmsten Befürchtungen wahr wurden. Alle Passagiere auf der Ladefläche der Lastwagen waren tot und lagen kreuz und quer übereinander, ihre leblosen Augen vor Entsetzen und Qual weit aufgerissen. Er wusste nicht, wie die Deutschen das während des Transports bewerkstelligt hatten, aber sie hatten es getan.

Nach ein paar Minuten wurden die halb verhungerten Häftlingsarbeiter gezwungen, die Leichen aus den Lastwagen zu zerren und in das Massengrab zu hieven. Sobald alle Leichen in der Grube waren, wurden die meisten der Arbeiter damit beauftragt, Erdreich auf sie zu schaufeln, während ein paar andere dazu gezwungen wurden, Urin und Kot aus dem Inneren der Lastwagen zu waschen und sie dann trocken zu wischen, bevor sie zum Herrenhaus zurückkehrten, um die nächste Gruppe zum Tode Verurteilter abzuholen.

Stefan beobachtete mit bitterer Galle auf der Zunge, wie die Lastwagen davonrollten und auf der Straße nach Süden zum Herrenhaus fuhren. Noch während er über die polnische Landschaft hinwegschwebte, versank seine Seele in Verzweiflung.

All diese Leben in Kiew konnte ich nicht retten; all diese Seelen hier habe ich im Stich gelassen. Ich werde mich an sie alle erinnern – und ich werde sie rächen.

Jeder Schritt die Wendeltreppe hinunter ließ scharfen Schmerz durch Cades Bein und seine Wirbelsäule hinauf schießen. Trotz allem, was Anja und Adair für ihn getan hatten, war sein Körper nach wie vor verwundet, und er wusste, dass er es wahrscheinlich auch bleiben würde. Er lernte allmählich, mit den Schmerzen in seinem Schädel zu leben, mit den heißen Nadeln, die in sein Herz stachen, wenn er tief einatmete, und mit den Zuckungen, die seine Muskeln heimsuchten wie eine reisende Freakshow. Es war Zeit für ihn, seinen neuen Status quo zu akzeptieren und sich an die Arbeit zu machen.

Das Problem war, dass Adair nicht einverstanden war. *Er ist besorgt, dass ich nicht die Kraft oder die Konzentration habe, Dämonen zu kontrollieren. Er denkt, wenn ich mich wieder in den Kreis stelle, könnte ich uns alle umbringen.*

Das waren durchaus begründete Ängste. Aber Cade hatte genug davon, Angst zu haben.

Er humpelte die Treppe hinab und hielt inne, bevor er den Festsaal betrat. Der Raum lag still und schummrig vor ihm, beleuchtet von einer einzigen Lampe am hinteren Ende. Cade schloss die Augen und nahm die Geräusche in sich auf, die im Schloss widerhallten. Er fing Adairs und Anjas Stimmen auf. Sie klangen gedämpft, aber wenn er sie hören konnte, mussten sie irgendwo in der Burg sein. Dann bemerkte er einen Hauch von Holzrauch in der Luft und schloss daraus, dass sie sich im Quartierzimmer befinden mussten, direkt unter ihm.

Ein weiterer unbeholfener, hinkender Schritt, ein weiterer stechender Schmerz, der durch sein Bein schoss. Er zog eine Grimasse und schleppte sich weiter zur nächsten Treppe.

Ich muss den Schmerz unter Kontrolle bringen. Ich kann nicht zulassen, dass sie mich so sehen.

Wenn er bloß wieder in den Kreis steigen und sich ein anderes Team von Dämonen untertan machen könnte, würde Adair ihn seine

Diät aus Whisky und Opiaten wieder aufnehmen lassen. Dann könnte er seinen Schmerz wirklich unterdrücken.

Er wusste, was sie sagen würden, wenn sie sahen, wie er sich abmühte. Sie würden ihm vorwerfen, er sei stolzer, als gut für ihn sei, er habe mehr Mut als Verstand. Und vielleicht hätten sie sogar recht. Aber er wusste, was ihn dazu zwang, den Beschwerden seines Körpers zu trotzen.

Schuldgefühle.

Egal, wie oft er sie bat, den Kampf ohne ihn fortzusetzen, sie weigerten sich. Sie wollten ihn nicht zurücklassen, obwohl es offensichtlich war – zumindest für Cade –, dass sie wertvolle Zeit verloren. *An jedem Tag, den sie auf mich warten, kann der Feind unsere Siege rückgängig machen. Jeder Tag, an dem ich hier festhänge, lässt Kain stärker werden. Ich bin es leid, an Boden zu verlieren.*

Ein tiefer Atemzug, dann erklomm er die Treppe. Dieser Teil der Burg fühlte sich wie ein Zen-Koan an: Man musste hinaufgehen, um hinuntergehen zu können. Um vom Bankettsaal im ersten Stock in das darunterliegende Quartierzimmer zu gelangen, musste man zu einem Absatz hinaufsteigen, von dem aus man in umgekehrter Richtung eine parallele Treppe zum Erdgeschoss hinabsteigen konnte.

Schon in Ordnung, versicherte er sich. *Ich kann das Training gut gebrauchen.*

Seine erste Herausforderung war es, sein Hinken zu überwinden. Er zwang sich, in normalem Tempo zu gehen, ohne ein Bein zu schonen, mit geradem Rücken und erhobenem Kopf.

Dann konzentrierte er sich darauf, den Schmerz aus seinem Gesicht zu tilgen. Anja merkte sofort, wenn jemandem etwas zu schaffen machte, und der Meister hatte ein gutes Gespür für Täuschungen. Die beiden hinters Licht zu führen würde schwierig sein, aber es war notwendig.

Bis er das Erdgeschoss erreicht hatte, war seine Scharade komplett. Mit einer Maske der Fröhlichkeit marschierte er ins Quartierzimmer.

Anja und Adair saßen sich am Spieltisch in der Mitte des Raums gegenüber und sprachen leise miteinander, während sie über mehreren Karten brüteten. Ein Feuer im Kamin warf warmes Licht auf die niedrige gewölbte Decke. Cade räusperte sich.

»Ich hoffe, ich störe nicht.«

Adair lächelte und stand auf. »Sieh mal, wer da aufgestanden ist!« Er begrüßte Cade und klopfte ihm auf die Schultern. »Wie geht es dir, mein Junge?«

Cade lächelte, obwohl er eigentlich nur stöhnen wollte. »Bereit, wieder in den Kampf zu ziehen.«

Die Freude des Meisters schlug in Besorgnis um. »Wir sollten nichts überstürzen.«

»Entspannen Sie sich.« Er näherte sich dem Tisch. »Was sehen wir uns an?«

Anja drehte ihm eine Deutschlandkarte zu. »Ziele.«

»Hervorragend.« Er beäugte die Karte.

Der Meister stellte sich neben ihn. »Bist du sicher, dass du dich dem gewachsen fühlst? Gestern konntest du keine drei Meter gehen, ohne …«

»Das war *gestern*«, brauste Cade auf. »Mir geht's gut. Konzentrieren wir uns auf das Wesentliche.«

Vielleicht spürte Adair, dass Diskussionen vergeblich waren, und beließ es dabei. »Uns mangelt es nicht an Auswahlmöglichkeiten. Die stärksten Thule-Zirkel sind in den Großstädten.« Er tippte auf Orte auf der Karte, während er sie benannte. »Bremen, Hamburg, Münster, Berlin, Düsseldorf, Köln, Stuttgart, München. Wenn wir uns ins Landesinnere bewegen, finden wir kleinere Zirkel in Hannover, Frankfurt und Leipzig. Es mag albern erscheinen, aber in der Mitte zu beginnen, könnte unsere beste Chance sein, in Deutschland Fuß zu fassen.«

»Die Frage ist«, sagte Anja, »wo wir zuerst zuschlagen sollen. Leipzig ist das abgelegenste Ziel im Inland, das wir nutzen könnten, um …«

»Stuttgart«, schaltete Cade sich ein.

Alarmierte Blicke gingen zwischen Anja und Adair hin und her. Der Meister sagte zu Cade: »Junge, hast du ein Wort von dem gehört, was wir gesagt haben? Der Stuttgarter Hexenzirkel ist riesig, und sein Anführer ist Johann Merganthaler.«

»Nur ein Dilettant«, erwiderte Cade.

»Aye, aber ein begabter.« Er sammelte sich. »Abgesehen davon – die Tatsache, dass wir Kain vor dem Hexenzirkel angetroffen haben, lässt vermuten, dass er an der Verstärkung der Verteidigung beteiligt war. Selbst wenn er jetzt nicht dort ist, muss das das härteste Ziel in Deutschland sein, abgesehen von Berlin selbst.«

Cade nickte. »Ich weiß. Deshalb müssen wir es niederbrennen.« Er sah von der Karte auf und begegnete Adairs besorgtem Blick. »Sie wollen Kain aus dem Gleichgewicht bringen? Nehmen Sie nicht seine Schwachstellen ins Visier. Damit rechnet er. Treffen Sie ihn dort, wo er glaubt, am stärksten zu sein. Zerschlagen Sie seinen Hexenzirkel in Stuttgart. Das wird die anderen in Angst und Schrecken versetzen – und *ihn.*«

Anja schien diese Antwort zu begeistern. »Mutig. Gefällt mir.«

»Viel zu tun, wenig Zeit.« Adair knackte mit den Fingerknöcheln und schnappte sich einen Stift. »Machen wir uns an die Arbeit.«

20

FEBRUAR

Der Dämon manifestierte sich in einer Rauchwolke, die weder seine Hufe noch seinen kahlen Schädel mit den drei Hörnern oder seine strahlend gelben Augen verbarg. Seine Stimme ertönte aus allen Richtungen und ließ den Boden unter Kains Füßen erbeben: WARUM HABT IHR MEINE RUHE GESTÖRT?

Die Beherrschung bei einem Gespräch mit dem Ministerpräsidenten der Hölle zu verlieren hatte noch nie etwas gebracht, aber Kain Engel war diesmal stark in Versuchung, genau das zu tun. »Ich denke, du weißt warum.«

Sein Vorwurf hallte in der Kammer der Ewigen Flamme wider – dem wichtigsten Raum der Wewelsburg. Sie befand sich im Untergeschoss des Nordturms und war ein Meisterwerk aus Sandstein und goldenem Marmor, so rund, wie Menschenhände sie nur herstellen konnten. In ihrer Mitte befand sich eine flache Grube, aus der eine gasgespeiste Feuersäule emporstieg, umgeben von alten, arkanen Glyphen, die alle durch einen Kreis mit den Namen von EL in henochischer Schrift verbunden waren.

In dieser Flamme stand LUCIFUGE ROFOCALE.

Das Ziel von Kains Zorns wirkte unbeeindruckt.

ICH WÜRDE EURE GEDANKEN LESEN, ABER IHR VERWEHRT MIR DIESES PRIVILEG. ALSO SPRECHT.

»Der schottische Hund und seine Welpen ärgern mich.«

Diese alte Leier. Der Dämon schrumpfte von seiner imposanten Größe auf die eines Menschen und seine Stimme nahm eine menschliche Dimension an. »Was haben sie jetzt wieder getan?«

»Meinen Hexenzirkel in Stuttgart vernichtet.«

»*Hach.* Welch eine Schande.« Der Dämon machte keinen Hehl aus seinem Spott. »Ich weiß, du hast mich nicht aus der Unterwelt gerufen, damit ich dich bemitleide.«

Kain widerstand dem Drang, den Dämon zurechtzuweisen. »Natürlich nicht, mächtiger Fürst. Ich suche den Rat der Hölle in Strategiefragen.«

Die Bestie lachte. »Schade, dass du nicht früher nach mir gerufen hast. Jetzt kann ich dir nur noch sagen, dass du dir das selbst eingebrockt hast.«

»Was soll das heißen? Sprecht klar und deutlich! Sonst sollt Ihr ...«

»... *Euren Stab und seine Qualen spüren.* Ja, ja. Du hattest die Chance, diesen Krieg in Stuttgart zu gewinnen, und du hast versagt. Du hast dich ablenken lassen.«

Seine Anschuldigung verblüffte Kain. »Ablenken lassen? Wodurch?«

Ein Grinsen mit gebleckten Reißzähnen. »Durch den Groll gegen deinen alten Rivalen. Du hast dich von deinem Hass auf ihn davon abhalten lassen, deinen wahren Feind zu erledigen.«

Kain erinnerte sich an den Kampf in der Gasse, doch er verstand nicht, worauf der Dämon hinauswollte.

»Das Mädchen? Sie ist keine Bedrohung für mich ...«

Nicht sie! Die Wände erbebten beim Brüllen der Bestie. Sie schwoll zu ihrer früheren Größe an. Habt Ihr den Adepten nicht erkannt, dessen Funken Ihr nicht auslöschen konntet?

Die Nachricht ließ Kains Kinnlade herunterklappen. »Er ist am Leben? Wie kann das sein? Keiner könnte überleben, was ich ...« Sein Unglaube wich einer erschreckenden Erkenntnis. »Er ist nicht bloß irgendein weiterer Karcist, oder?«

Er ist einer der *Nikraim*.

»Unmöglich. Ich habe sie alle getötet. Der Letzte starb auf See, nur wenige Tage nach Kriegsbeginn.«

Wirklich? Seid Ihr Euch da so sicher?

Als er die Frage hörte, wurde Kain klar, dass er sich keiner Sache mehr sicher war. »Wenn der Adept, den ich in Stuttgart getroffen habe, Cade Martin heißt, muss er eliminiert werden.«

Wenn das Euer Wille ist.

»Wo ist er? Sag es mir und ich schicke Mammon, um seine Seele zu ernten.«

Ein missbilligendes Knurren des Dämons. Er wird durch grosse Mächte und Pakte geschützt. Wenn Ihr ihn jetzt tot sehen wollt, muss es durch Eure eigene Hand geschehen.

Kain wusste, dass man einen gefallenen Engel nicht beim Wort nehmen durfte. »Es gibt keine Schutzzauber der Hölle, die du nicht brechen kannst.«

Falsch. Ich kann meine eigenen Schutzsiegel nicht brechen – oder vielleicht will ich es nicht. Wie auch immer, das Ergebnis ist das gleiche.

Kain brauchte eine Sekunde, um die Offenbarung des Dämons zu deuten. Als er sie verstand, packte ihn die Wut. »*Du* bist sein Patron?«

Er führte das Ritual durch und hielt sich an den Pakt. Die Bestie zuckte mit den Schultern, streckte die Arme aus und rollte den Kopf in eine Pose, um Christi am Kreuz zu verhöhnen.

Ich werde nicht einen Sohn im Kampf gegen einen anderen unterstützen.

»Verflucht seist du! Ich verbanne und entlasse dich und befehle, dass du ohne Verzug und Umweg zur Ewigen Flamme zurückkehrst! Hinweg, ich schwöre dir ab! Bei den Namen Adonai, Ariel, Elohim, Jehovam und Tetragrammaton!«

Feuer verschlang den Dämon von seinen Hufen aufwärts, bis seine verdrehten Hörner in kobaltblauen Rauchschwaden verschwanden.

Kain warf eine Handvoll Kampfer ins Feuer, um die Kammer mit seinem Duft von dem anhaltenden Gestank des Dämons zu reinigen, bevor er zum Abschluss »Amen« murmelte.

Er blieb innerhalb des Anwenderkreises stehen, tief in Gedanken versunken.

Warum habe ich nicht erkannt, dass der Nikraim *noch am Leben ist? Wie konnte ich ihn nicht erkennen, als er vor mir stand?* Solche Fragen stellen zu müssen machte ihn wütend. Sie ließen ihn an sich selbst zweifeln, eine ärgerliche Angewohnheit, von der er geglaubt hatte, sie läge Jahrhunderte hinter ihm, ein Relikt seiner längst vergessenen Vergangenheit.

Er zügelte seine wieder aufkeimende Unsicherheit. *Vorwürfe bringen nichts. Ich habe keine Zeit, mich mit Schuldzuweisungen oder Reue zu beschäftigen. Alles, was jetzt zählt, ist Handeln.*

Er streckte seine Hände in die Feuersäule in der Mitte der Grube und zog zwei Handvoll Flammen heraus. Goldene Feuerzungen wirbelten in seinen Händen, dann verfärbten sie sich zu einem widerwärtigen Grün, als er die Macht von PARAGO beschwor: *»Exaudi. Exaudi. Exaudi.«*

Er dachte an die Namen seiner Adepten und ihre Gesichter erschienen über seinen flammenden Händen. »Siegmar. Briet. *Ave*, meine Freunde.«

Sie neigten den Kopf; dann kam Briet zur Sache, wie immer. *»Welche Neuigkeiten gibt es, Meister?«*

»Keine, die ich nicht bereits mitgeteilt habe. Ich rufe euch heute Abend, um euch beiden einen Befehl zu geben, der alle meine vorherigen Befehle ersetzt. Habt ihr beide verstanden?«

Hinter den Schleiern des Feuers nickten sie bestätigend.

»Gut. Richtet ab sofort jeden Gedanken, jedes Wort und jede Handlung auf dieses Ziel: Findet und tötet Adair Macrae und bringt mir seinen jüngsten männlichen Lehrling – den, der Cade Martin heißt.«

21

MÄRZ

Wie ihre verstorbenen Kollegen in Stuttgart wussten sich die Düsseldorfer zu wehren. Nicht einer von ihnen bat um Gnade.

Das war auch gut so; Anja war nicht in der Stimmung, diese zu gewähren.

Zwei Deutsche sprangen durch eine Türöffnung, nur um von Anjas Sperrfeuer aus giftigen Nadeln niedergestreckt zu werden. Am Ende des Korridors schimmerte die Gestalt eines anderen, der durch einen schwachen Unsichtbarkeitszauber verborgen war, für eine halbe Sekunde auf, als er Feuer auf sie spie. Sie absorbierte seinen Angriff mit ihrem Schild und sandte ihm dann als geisterhafte Pfeilsalve zu ihm zurück.

Als er tot umfiel, stellte sie sich der nächsten Welle von Angreifern.

Es fühlte sich gut an, die Kraft freizusetzen, die sie in sich aufgestaut hatte. Es war ihre gerechte Belohnung dafür, dass sie wochenlang zehn unterjochte Dämonen quer durch Europa geschleift hatte.

Die oberen Stockwerke des Herrenhauses aus dem neunzehnten Jahrhundert bebten unter dem ohrenbetäubenden Knall der Peitsche, mit der Anja einem Dilettanten mit einem Schlag den Arm und einem anderen das Bein abriss. Sie holte mit der Peitsche für einen weiteren Schlag aus und hörte, wie diese hinter ihr Stühle und Tische zu Kleinholz zerfetzte.

Einer der Nazi-Wächter der Dilettanten stürmte vor ihr in den Flur und richtete seine Maschinenpistole auf sie. Sie setzte ihre Peitsche in Flammen, während diese nach vorne zischte. Bevor der Soldat den Abzug betätigen konnte, verwandelte sich seine Waffe in halb geschmolzenen Schrott. Er ließ sie fallen und griff nach seiner Pistole.

Anja drückte ihm mit einem Hieb einer Dämonenfaust den Brustkorb ein.

Er brach zusammen und Anja blieb allein zurück. Aus den Stockwerken über ihr war zu hören, wie Blitze knisternd gegen magische Verteidigung prallten, gefolgt vom Grollen von Explosionen. Dumpfe Kollisionsgeräusche pflanzten sich durch die Wände fort. Stickiger Rauch füllte das Treppenhaus; ein toter Dilettant fiel herunter und schlug als Haufen blutigen Fleisches und gebrochener Knochen im Erdgeschoss auf.

Dann ... Stille.

Keine Kampfgeräusche mehr von oben und auch keine aus dem Keller.

Ist es vorbei? Sie spürte einen Stich der Enttäuschung. Sie hatte höchstens neun oder zehn Dilettanten getötet. Nach all der Vorbereitung hatte sie gehofft, doppelt so viele zu erlegen.

Anja war klar, wenn sie eine solche Beschwerde gegenüber Adair äußerte, würde er sagen, dass die Dämonen aus ihr sprachen. Aber sie wusste es besser. Sie hatte so lange mit Dämonen gelebt, dass die schwarzen Feuer ihrer Natur ihr eigenes Wesen gestählt hatten – das Töten war nicht länger etwas, das sie mit Bedauern betrachtete. Es war eine grauenhafte Notwendigkeit.

Eine Bewegung erregte ihre Aufmerksamkeit, aber es war nur Cade. Er kam mit zerrissenen und angesengten Kleidern aus dem Beschwörungsraum im Keller zurück.

Eine Wunde an der linken Seite seines Kopfes hatte eine schwelende Schneise in seinem Bürstenhaarschnitt hinterlassen. Anja beobachtete, wie er über einen toten Dilettanten stieg.

Er erstarrte, als er in ihre Richtung blickte.

Seine Hand schoss in die Höhe, die Handfläche ausgestreckt, umringt von Elektrizität.

Was zum Teufel macht er da?

Ein Blitz zuckte aus Cades Hand, direkt auf sie zu. Sie beschwor einen Schild und wappnete sich, um den Angriff auf ihn zurückzuwerfen – dann beobachtete sie erstaunt, wie sich der Blitz in zwei Hälften teilte. Beide Strahlen aus Elektrizität vollführten einen Bogen um sie herum. In dem Bruchteil einer Sekunde, den sie brauchte, um sich umzudrehen, liefen die beiden Blitzarme wieder zusammen und spießten einen Thule-Dilettanten auf, der zwei spektrale Krummsäbel hielt.

Sie war sprachlos, als sie mit ansah, wie der Mann tot zu Boden sackte, seine dämonischen Klingen schwanden gemeinsam mit dem Licht in seinen Augen.

Cade trat an ihre Seite. »Geht es dir gut?«

Sie brauchte eine Sekunde, um zu antworten. »Der gespaltene Blitz … ?«

»Ein Trick, den ich von Honorius aufgeschnappt habe. Er hat einen ganzen Haufen davon auf Lager.« Er berührte ihre Schulter und blickte ihr mit echter Sorge in die Augen. »Bist du sicher, dass es dir gut geht?«

Sie nickte. »Ja.« Das nächste Wort kostete sie einige Mühe. »Danke.«

»Gern geschehen«, sagte er lächelnd und wandte sich dann der Treppe zu, als Adair die letzte Stufe herabstapfte. »Oben alles erledigt?«

»Sie sind alle tot, wenn du das meinst.« Er nickte Cade zu, damit er nach oben ging. »Leg das Feuer. Ich will, dass dieser Ort in Flammen steht, wenn wir aus der Tür gehen.«

Ein gehorsames Nicken. »Ist schon so gut wie erledigt.« Der junge Mann stürmte die Treppe hinauf und nahm dabei zwei Stufen auf einmal. Anja sah ihm hinterher und merkte zum ersten Mal, dass sie echten Respekt vor ihm entwickelte – und vielleicht auch ein bisschen Angst.

Adair musterte sie. »Was bedeutet dieser Ausdruck in deinem Gesicht?«

»Cade. Er gewinnt immer noch an Kraft.«

Der Meister strich sich über seinen zerzausten grauen Bart. »Ist mir nicht entgangen.«

»Er ist mächtiger als alle anderen ›Besonderen‹, die Sie ausgebildet haben.«

»Aye ... aber nur, weil er länger überlebt hat als sie.«

Tag und Nacht kamen Züge an. Jeder von ihnen spuckte Hunderte von Gefangenen aus – einige von ihnen waren Juden, einige Polen und ein paar Kriegsgefangene. Alle wurden von den Nazis, die das Konzentrationslager außerhalb von Oświęcim – oder Auschwitz, wie die Deutschen es seit der Eingliederung Polens in ihr immer größer werdendes Reich nannten – mit ekelerregender Effizienz abgefertigt.

Das Lager war riesig, größer als jedes andere, das Stefan auf seinen Reisen gesehen hatte. Es bestand aus Hunderten von Baracken, die in Reihen angeordnet waren, alle umgeben von Mauern, die in regelmäßigen Abständen von Wachtürmen unterbrochen wurden. Es war in zehn Bereiche unterteilt, die durch elektrische Zäune mit Stacheldraht getrennt waren und von SS-Truppen mit Hunden patrouilliert wurden. Die Einwohnerzahl betrug nach Stefans Schätzung mehr als hunderttausend Menschen und jeden Tag kamen weitere Gefangene hinzu. Die Schwachen wurden umgebracht, die Starken zur Zwangsarbeit herangezogen.

Stefan kauerte im Wald, der das Lager umgab, und konnte alles nur mit ansehen und trauern. Wie in Chełmno wurde Auschwitz nicht nur von Truppen verteidigt, sondern auch von versteckten Glyphen, die verhindern sollten, dass Geister – und Lebewesen wie er selbst, die Geister unterjocht hatten – eindringen konnten. Es war eine grausame Ironie. Wenn er sich seiner Kräfte und seiner Verteidigung entledigte, konnte er vielleicht das Lager betreten, aber das wäre Selbstmord gleichgekommen.

Stefan wollte mehr als alles andere aus der Dunkelheit herauslaufen, zu den Toren von Auschwitz stürmen und das Ziel belagern, von dem er wusste, dass er es nicht besiegen konnte.

Monatelang hatte er Kains Netzwerk von Thule-Zirkeln im östlichen Europa ausgemerzt. Kains Schüler Siegmar hatte neue Zirkel gegründet, um die zu ersetzen, die Stefan vernichtet hatte, aber keiner hatte mehr als ein paar Wochen überdauert, bevor Stefan sie und ihre Adepten zu Asche verbrannt hatte. Seit Babyn Jar hatte er die Taktik des Feindes übernommen und er weigerte sich, sich dafür zu entschuldigen.

Hier wusste er, dass er es ohne Dämonen nicht über die Mauer oder auch nur bis auf ein Dutzend Meter an sie heran schaffen würde, bevor die Nazis ihn mit ihren Maschinengewehren niedermähten. Trotzdem stellte er sich vor, wie es wäre, die ankommenden Züge aufzuhalten. Er würde die Gefangenen befreien und sie wie ein moderner Moses in ein Land der Freiheit führen, weit weg von hier, weit weg von allem, was er oder sie jemals gekannt hatten. Er wusste nicht, wo es einen solchen Ort geben könnte, in einer Welt, die solche Grausamkeiten zuließ, aber er musste daran glauben, dass er existierte. Er musste daran glauben.

Aber er konnte nur aus der Ferne zusehen.

Nachdem er Siegmars Spott in Babyn Jar gehört hatte, hatte Stefan jede Hoffnung aufgegeben, die Kabbalisten lebend zu finden. Nachdem er die Lügen, die ihn nach Kiew gelockt hatten, verworfen und Unmengen von Nazi-Aufzeichnungen durchforstet hatte, war er zu dem Schluss gekommen, dass die Kabbalisten höchstwahrscheinlich alle hier gestorben waren.

Was bedeutete, dass der Eiserne Kodex sich auch hier befinden musste, wenn Kain ihn noch nicht gefunden hatte.

Die Dämmerung verschmolz mit der Dunkelheit, als ein neuer Zug mit Gefangenen durch das Haupttor rollte. Stefan hüllte sich in Unsichtbarkeit und ließ sich von ASARADELS Flügeln hoch über das Lager tragen. Unten spielte sich eine bekannte Szene ab. Die Deutschen holten die Gefangenen aus den Waggons und reihten sie zur Beurteilung auf. Die wenigen, die für die Arbeit geeignet waren, wurden in Baracken untergebracht. Hunderte von anderen wurden in Richtung der nordwestlichen Ecke des Lagers abtransportiert.

In den letzten Tagen hatte Stefan diejenigen beobachtet, die in die Kaserne geschickt wurden.

Heute Abend brachte er den Mut auf, den Verurteilten zu folgen.

Die meisten, die aus den Reihen aussortiert wurden, waren alt oder gebrechlich oder Kinder, die zu jung waren, um für sich selbst zu sorgen. Flankiert von bewaffneten Truppen trotteten sie auf dem westlichsten Weg des Lagers nach Norden. Sie wurden in ein großes Gebäude geschickt, aus dem sie Minuten später nackt und weinend herauskamen. In der Winterkälte zitternd wurden sie aus dem Lager geführt.

Gleich hinter der nordwestlichen Ecke des Lagers wurden die Häftlinge in einem großen Bauernhaus aus rotem Backstein zusammengepfercht. Sobald die Gefangenen drinnen waren, verriegelten die Deutschen die Türen von außen. Ein Nazi-Offizier rief Männern, die auf dem Dach des Bauernhauses positioniert waren, etwas zu. Diese leerten Kanister in die Schornsteine und deckten sie mit Metallplatten ab. Dann kletterten die Deutschen von dem Dach herunter und zogen mit ihren Waffenbrüdern ab; die Gefangenen in dem kleinen roten Haus waren vergessen.

Irritiert und von Angst erfüllt, bat Stefan ASARADEL, ihn neben dem Backsteinhaus abzusetzen. Gefrorenes Gras knirschte unter seinen Füßen, als er um die Rückseite des Hauses herumging. Alle Fenster waren zugenagelt oder zugemauert. Ein Geruch, der ihn an Mottenkugeln erinnerte, erfüllte die Luft.

Sein Fuß stieß gegen etwas.

Ein leerer Metallkanister. Er hob ihn auf und betrachtete das Etikett.

Es war als Zyklon B gekennzeichnet, ein hochgiftiges Pestizid.

Der Rasen um das Haus war übersät mit leeren Kanistern wie jenem, den er in der Hand hielt. Er wandte sich dem Haus zu, blickte hinauf zu den abgedeckten Schornsteinen.

Überwältigt vom Entsetzen seiner Entdeckung drehte er sich um und entledigte sich seines Mageninhalts. Als sein Körper nichts mehr zu geben hatte, quälte er sich mit trockenem Würgen, bis er hustete und auf die Knie fiel, wo er weinte, bis sein Brunnen des Kummers versiegte.

Als er keine Tränen mehr hatte, blieb er mit seiner Wut allein zurück.

Er rückte seine Brille zurecht, kam auf die Beine. *Es ist mir egal, welche Glyphen dieses Lager bewachen.*

Keine Barriere ist undurchdringlich. Nichts wird mich aufhalten. Nichts.

Asaradel trug Stefan hoch über das Lager. Er beobachtete die Bewegungen der Deutschen. Sie schoben Karren, die bis oben hin mit Kleidung und persönlichen Gegenständen beladen waren, die sie von ermordeten Häftlingen gestohlen hatten, aus dem großen Gebäude, in dem sie die Verurteilten entkleidet hatten, und aus dem Rangierbahnhof in der Nähe des Haupteingangs am Südende des Lagers. Der geraubte Reichtum wurde in einem riesigen Lagerhaus im nordwestlichen Sektor des Lagers, in der Nähe des Verarbeitungszentrums, gelagert.

Stefan beschloss, dass es Zeit war, mit eigenen Augen zu sehen, was die Nazis alles gestohlen hatten. Seit er in Chełmno ausgebremst worden war, hatte er sich auf diesen Moment vorbereitet.

Die Verteidigungsanlagen hier zu durchbrechen würde die Aufmerksamkeit von Kain auf ihn und möglicherweise Vergeltung nach sich ziehen, aber wenn der Eiserne Kodex hier war, wie Stefan vermutete, würde die Belohnung die Gefahr mehr als rechtfertigen.

Stefan befahl Asaradel, zum Eingang des Lagers hinabzusinken, und beschwor die Macht von Varaxas, um die Schutzglyphen zu überwinden, die das Lager vor magischen Einblicken oder dem Eindringen von Karcisten mit unterjochten Geistern schützten.

Als Stefan die schützende Sphäre durchdrang, fühlte er sich, als ob tausend Hornissen ihn stachen, aber der Schmerz verging schnell und dann lag er auf dem Boden – immer noch unsichtbar, lebendig und unverletzt.

Er folgte den Nazis ins Innere der Lagerhalle. Es war schlimmer als alles, was er sich vorgestellt hatte. Es gab Stapel, die ihn überragten und aus nichts als beschlagnahmten Brillen bestanden. Berge von Kleidung. Geldbörsen, Schmuck, Schnickschnack jeder Art. An einem Tisch wog ein heiserer Deutscher scharfkantige Goldklümpchen, die Stefan nach einer Weile als Zahnfüllungen erkannte. Als er sich vorstellte, wie die Nazis an sie herangekommen waren, hätte sein Magen ihn um ein Haar durch einen weiteren Brechreiz verraten.

Keine Zeit, mahnte er sich. *Kain und seinesgleichen wissen, dass ich hier bin. Ich muss schnell sein.* Er nahm sich einen Moment Zeit, um sein rasendes Herz zu beruhigen, dann machte er sich an die Arbeit. *SAPAX, durchsuch das Lagerhaus. Wenn der Eiserne Kodex hier ist, führe mich auf dem schnellsten Weg und ohne Verzögerung oder Täuschung zu ihm.*

WIE DU WÜNSCHST.

Der Dämon konnte den Eisernen Kodex wegen der Schutzzauber des Buches nicht berühren, aber wenn das Grimoire hier war, konnte SAPAX Stefan hinführen.

Ein kalter, stinkender Luftzug wehte durch das Lagerhaus. Die Nazis beachteten ihn nicht. *Wenn sie an einem Ort wie diesem schuften,* überlegte Stefan, *müssen sie den Gestank der Verdammten für selbstverständlich halten.*

Jeder verstreichende Augenblick fühlte sich an, als würde er das Schicksal herausfordern, eine Katastrophe heraufzubeschwören. Stefan wusste, dass der Geist das Lagerhaus schneller durchsuchen konnte, als jeder Sterbliche es je vermochte, aber wie lange würde …

ES IST HIER, sagte der Dämon in Stefans Gedanken. LASS MICH DICH FÜHREN.

Es war, als bewegte er sich in einem Traum. Stefan ließ sich von dem Dämon durch die grauenvollen Schluchten geplünderten Diebesguts lenken. Im Herzen des Lagerhauses blieben sie stehen.

Dort, in einem Stapel alter Bücher, lag der unverwechselbare Einband des Eisernen Kodex. Ein kurzer Check mit der Allsicht bestätigte, dass seine Siegel und Schutzzauber intakt waren; niemand hatte versucht, ihn ohne Erlaubnis zu öffnen. Stefan nahm ihn aus dem Stapel und drückte ihn an seine Brust.

Es war Zeit zu gehen, aber es gab noch eine Frage, auf die er eine Antwort brauchte. *Sapax, wenn irgendetwas, das meinem Geliebten Evert Siever gehörte, in diesem Haus der Plünderung liegt, bring es zu mir.*

Der Geist huschte davon, so schnell wie ein Gedanke, seine Anwesenheit kaum mehr als ein kaltes Flüstern im Nacken der Ahnungslosen. Er kehrte innerhalb von Sekunden zurück und erschien vor ihm, eine Silhouette, wässrig wie eine Fata Morgana. Sein gehörnter Kopf war gesenkt, seine krallenbewehrten Hände waren ausgestreckt und hielten eine lederne Brieftasche, in die die Initialen von Evert eingebrannt waren. Stefan nahm sie dem Geist ab und inspizierte ihren Inhalt. Sie enthielt kein Geld, keine Ausweispapiere, aber Stefan wusste, wo er nach dem suchen musste, was wichtig war. Er zog das Innenfutter heraus und fand darunter ein kleines Foto. Ein verblichener grauer Schnappschuss von ihm und Evert, die Wangen aneinandergedrückt, als sie viele Jahre zuvor auf einer Brücke in Amsterdam freudestrahlend in die Kamera geblickt hatten.

Die Brieftasche fiel zu Boden, als Stefan das verblichene Foto küsste. Tränen kullerten aus seinen Augen; sein Geliebter hatte durch die Hände von Monstern ein ungerechtes Ende an diesem verfluchten Ort gefunden.

Stefans Herz wurde von Finsternis überflutet. Er wollte Qualen mit Qualen vergelten, Kummer mit Kummer. Aber dies war nicht die Zeit, nicht der Ort. Er war noch nicht bereit.

Aber bald würde er es sein. Dann würden diejenigen, die ihm Evert genommen hatten, leiden. Sie würden den Tag bereuen, an dem sie ihm die Liebe geraubt hatten, und sie würden wissen, was es bedeutete, wahre Angst zu fühlen, bevor sie starben.

Ein buntes Schimmern von Sapax warnte Stefan, dass der Feind nahe war. Es war Zeit, sich zurückzuziehen und neu zu formieren.

Es machte ihn krank, so viele unschuldige Seelen zurücklassen zu müssen, als er sich in Sicherheit brachte, aber er tröstete sich mit einem Versprechen: Wenn die Zeit reif war, würde er an diesen Ort zurückkehren.

Und wenn er das tat, würde er die Heerscharen der Hölle mit sich bringen.

22

APRIL

Cade kam es wie eine einfache Aufgabe vor: Jetzt, da Stefan den Eisernen Kodex wiedergefunden hatte, musste er ihn nur zu Adair bringen, bevor der Feind merkte, dass der Diebstahl des Grimoires der Grund war, weshalb Stefan überhaupt nach Europa geschickt worden war. Aber wie bei den meisten Dingen, die simpel erschienen, hatte sich die Rückgabe des Kodex als verdammt schwierig erwiesen.

Eine Reihe von Faktoren verkomplizierte die Angelegenheit, wie Adair erklärt hatte.

Zunächst einmal war der Kodex durch eine Vielzahl von Siegeln und Schutzzaubern geschützt.

Die meisten sollten Personen davon abhalten, das Buch zu öffnen oder zu benutzen, wenn sie nicht seine Schibboleths kannten. Ein paar von ihnen sollten das Buch vor Schäden aller Art bewahren, einschließlich Feuer, Wasser, Schnitte oder Risse. Aber eine Glyphe erwies sich als das wahre Sandkorn im Getriebe: Sie hinderte Dämonen daran, das Buch zu berühren.

Diese Schutzmaßnahme bedeutete, dass Stefan den Folianten nicht seinem dämonischen Träger anvertrauen konnte. Es war ebenfalls ausgeschlossen, das Buch von einem Geist zu Adair bringen zu lassen.

Hätte es ein funktionierendes Spiegelportal von ausreichender Größe gegeben, hätte Stefan selbst mit dem Buch nach Hause gelangen können, aber eine gründliche Suche im östlichen Europa bestätigte, was Adair bereits wusste: Kain hatte alle mannshohen verzauberten Spiegel in dieser Region von Europa aufgespürt und zerstört.

Damit blieben nur noch die Handspiegel übrig, aber die waren viel zu klein, als dass das massive Grimoire hindurchgepasst hätte. Bestenfalls konnten sie etwas von der Größe einer Zigarettenschachtel oder vielleicht das Magazin einer automatischen Pistole hindurchreichen, aber nichts Größeres.

Und so war die Mitternachtsfront in eine Sackgasse geraten.

Es war zu gefährlich für Stefan, sich mit dem Kodex in feindlichem Gebiet aufzuhalten, aber es war noch gefährlicher für ihn zu versuchen, damit zu reisen. Folglich hatte er sich wochenlang versteckt, umgeben von immer größer werdenden Kreisen magischer Verteidigung und Schutzzaubern gegen magische Aufspürmethoden. In der Zwischenzeit hatte Adair sich in die Bibliothek von Eilean Donan zurückgezogen und alle seine verstaubten Bücher über Magick in der Hoffnung durchforstet, eine Lösung zu finden.

Sechs Tage später war Adair mit einem Plan aufgetaucht, den er auf ein Blatt Kanzleipapier gekritzelt hatte. Dieses reichte er durch einen Handspiegel an Stefan weiter. Stefan las den Plan und erklärte ihn für »verrückt«. In Ermangelung einer besseren Idee hatte er jedoch zugestimmt, sein Bestes zu geben.

Nun stand Stefan allein auf seiner Seite des Spiegels, mit dem Eisernen Kodex in den Händen. Cade und Anja flankierten Adair im Beschwörungsraum des Schlosses, beobachteten Stefan durch den Handspiegel des Meisters und warteten darauf, was als Nächstes passieren würde.

»Wenn das funktioniert«, sagte Stefan, *»sollte ich in der Lage sein, Ihnen das Buch zu übergeben. Wenn es nicht klappt, werdet ihr vermutlich Zeuge meines schrecklichen und schmerzhaften Ablebens.«*

»Ich wusste, ich hätte die Kamera mitbringen sollen«, sagte Cade.

»Genug geplappert«, sagte der Meister. »Komm zur Sache.«

Der Holländer drückte seine Hände gegen beide Seiten des Kodex – und dieser schrumpfte, als würde er ihn wie weichen Teig zusammendrücken. Als er ihn auf die Größe eines Spielkartensatzes zusammengepresst hatte, schob er ihn durch den Spiegel. *»Halten Sie ihn mit beiden Händen, Meister.«*

Adair zog ihn nur mit Daumen und Zeigefinger hindurch, dann studierte er ihn mit eigenartigem Blick. »Aber er ist leicht wie eine Feder.«

»Das wird sich ändern.« Stefan schnippte mit den Fingern und augenblicklich hatte das Buch wieder seine volle Größe. Es fiel dem Meister aus der Hand und landete mit einem lauten Knall auf seinem Fuß. Der Handspiegel entglitt Adair, aber Cade fing ihn auf, während der Meister Flüche brüllte und auf seinem unversehrten Fuß herumhüpfte.

Stefan zuckte mit den Schultern. *»Ich hab ihm doch gesagt, er soll beide Hände benutzen.«*

Cade unterdrückte den Drang zu lachen, da er wusste, dass er damit nur den Zorn des Meisters auf sich ziehen würde. Stattdessen sagte er zu Stefan: »Gute Arbeit. Welchen Geist hast du dafür unterjocht?«

»Taqlath«, antwortete Stefan. *»Aus dem arabischen Text.«*

»Gute Wahl.« Cade hob einen Flachmann mit Whisky auf, den er für Stefan mitgebracht hatte. Er passte nur knapp durch den Spiegel. »Das sollte ein bisschen helfen.«

»Das ist nett.« Ein entferntes Geräusch ließ Stefan den Kopf drehen. Seine nächsten Worte waren geflüstert. *»Ich muss weg. Viel Glück mit dem Kodex.* Velarium!«

Sein Bild verschwand aus dem Spiegel. Cade sah, dass Adair sich wieder unter Kontrolle hatte, also reichte er dem Meister den Spiegel. »Eine Mission erfüllt. War es das wert?«

»Und ob es das war. Wenn Kain ihn in die Finger bekommen hätte …«

»Ich weiß: Feuer und Schwefel, Franzosen und Engländer, die auf einmal zusammenleben, totales Chaos. Ich möchte nur eins fragen: Wenn der Kodex so wichtig ist, warum haben Sie überhaupt riskiert, ihn auszuleihen?«

Die Frage zog einen vernichtenden Blick des Meisters nach sich. »Weil ich kein Hellseher bin, oder? Als ich den Mystikern das Buch überließ, wusste ich nicht, dass sie in den verdammten Krieg verwickelt werden würden.«

Seine Antwort verblüffte Anja. »Wie lange ist es her, dass Sie ihnen den Kodex geliehen haben?«

»Fünfzehn Jahre, mehr oder weniger.«

Cade dachte, er hätte sich verhört. »Fünfzehn Jahre?«

»Magische Forschung braucht Zeit. Wenn man das Ganze falsch angeht, kann das Leben kosten. Also macht man es langsam.« Adair hob den Kodex vom Boden auf – und stöhnte bei der Anstrengung. »Wenn ich allerdings gewusst hätte, was auf mich zukommt, hätte ich die Gelehrten vielleicht gebeten, sich hier ihrer Arbeit zu widmen.«

Cade führte Adair und Anja die Treppe hinauf. »Und jetzt, wo wir ihn zurückhaben, was machen wir damit?«

»Zu Gott beten, dass wir ihn nie benutzen müssen.«

Monatelang hatte Briet den braunhäutigen Mann aus den Schatten heraus beobachtet und alles notiert, was er tat. Zweimal war er kurz davor gewesen, den Standort ihres Hexenzirkels in Paris aufzudecken. Um ihre Adepten zu schützen und die Geheimhaltung des Hexenzirkels zu wahren, war Briet deshalb in den letzten sechs Monaten beide Male gezwungen gewesen, ihr Versteck zu wechseln. Nun, da ihr endgültiges, permanentes Versteck fast fertig war, war sie entschlossen, es nie wieder zu verlegen. *Wenn er uns jetzt findet, werde ich ihn einfach töten müssen – ob Kain es gutheißt oder nicht.*

IHR HABT GESCHWOREN, EUREM HERRN ZU GEHORCHEN.

KUSHIELS dreistes Eindringen in ihren Geist ärgerte sie. *Schweig oder spüre meinen Zorn.*

Die Verfolgung ihres Feindes hatte Briet an diesem Abend quer durch die Stadt geführt. Es amüsierte sie, dass es in der Stadt des Lichts so viele dunkle Ecken gab und dass der feindliche Karcist – der von seinen Gefährten und Komplizen Niko genannt wurde – mit allen vertraut zu sein schien.

An diesem Abend hatten ihn seine Streifzüge vom Montmartre zu den gepflegten Boulevards der Champs-Élysées, den geschichtsträchtigen Gassen des Marais und einer Reihe von Sandsteinhäusern in der Rue Cassini in Montparnasse geführt. Er hatte nur an Orten angehalten, die er schon einmal besucht hatte. Die meisten waren Hintereingänge von Gebäuden, die verlassen aussahen; Türen, die zu Kellern und unterirdischen Verstecken führten, die die Résistance in den Katakomben, dem Labyrinth der Pariser Beinhausgänge, eingerichtet hatte.

Wenn Niko sich an solche Orte wagte, zog Briet es vor, Abstand zu halten und ihn durch die Augen von Trixim, ihrem schwarzen Rattenfamiliaris, zu beobachten. Es kostete zusätzliche Anstrengung, ihre Wahrnehmung durch die Gaben von DESMOS zu filtern, aber das war es wert, um von dem Gestank der Flüsse menschlicher Exkremente verschont zu bleiben, wenn Niko einen Umweg durch die Abwasserkanäle der Stadt machte.

Ihn aufzuspüren war mühsame Arbeit. Es verschlang Nacht für Nacht Briets Zeit und erfüllte sie mit Unmut. *Ich würde meine Abende viel lieber mit Victor und Sandrine verbringen als ...*

Niko kehrte von seinem jüngsten Treffen zurück – die meiste Zeit davon hatte man der Besprechung banaler Details von Schmuggel und Sabotage durch die Résistance gewidmet – und eilte aus der Gasse, dann eine Seitenstraße hinunter, scheinbar ohne zu bemerken, dass Trixim jeden seiner Schritte verfolgte.

Von SITHIROS unsichtbar gemacht, verbarg Briet ihre Schritte mit Lautlosigkeit und ging vor Niko her, dann schlich sie in eine Gasse. Nachdem er vorbeigegangen war, tauchte sie auf, schnappte sich Trixim, steckte die Ratte in ihren Trenchcoat und folgte Niko in diskretem Abstand.

Es war gefährlich, ihm zu nahe zu kommen. Sie hatte gelernt, die Anwesenheit von Dämonen zu wittern, die nicht unter ihrer Kontrolle standen, also war es möglich, dass Niko diesen Trick ebenfalls beherrschte. Kain hatte ihr gegenüber betont, wie wichtig es war, dass sie Niko nicht zum Versteck des Pariser Hexenzirkels führte oder ihm verriet, dass er verfolgt wurde, denn er war ihre einzige Spur zu Adair und seinen anderen Adepten.

Jede Woche schien es, als würde ein weiterer Thule-Zirkel abgeschlachtet werden, doch Kain riet zur Geduld. Briet hatte das ewige Warten inzwischen gründlich satt. Sie wollte zuschlagen.

DER MEISTER HAT EINEN PLAN FÜR DEN DA.

Kain behält seine Pläne für sich – was du mit deinen Gedanken auch tun solltest.

Einen klaren Kopf zu behalten, um sich nicht zu verraten, während man einen ausgebildeten Spion und Karcisten wie Niko beschattete, bedeutete, öfter nüchtern zu bleiben, als ihr lieb war. Das Leben war einfacher, wenn sie die scharfen Kanten ihrer Dämonen mit Wein oder Schnaps abstumpfen konnte. In Nächten wie dieser musste sie zwei Schlachten auf einmal schlagen: eine in der materiellen Welt, gegen einen Feind, dessen Aufmerksamkeit sie nicht auf sich ziehen durfte, und die andere in ihrem eigenen Kopf, gegen Feinde, deren Aufmerksamkeit sie nicht entkommen konnte.

Niko tat alles, was er konnte, um Briet zu zwingen, ihre Anwesenheit preiszugeben: Er machte kehrt, nahm Umwege durch Sackgassen und griff auf Unsichtbarkeitszauber zurück, die sie dazu zwangen, zu seiner Verfolgung die Allsicht einzusetzen, während er auf seinem Weg nach Norden über die Pont Royal nach Saint-Germain ging.

Sie folgte ihm zum Montmartre und erwartete, dass er in seinem mit Schutzzaubern versehenen Wohnhaus verschwinden würde, dessen Mauern und Fundament Trixim nicht hatte überwinden können. Stattdessen hielt Niko am Café Étoiles an, klopfte in einem abgehackten Rhythmus ans Fenster und schlüpfte hinein. Dann schloss jemand die mit Zeitungspapier überklebte Eingangstür hinter ihm.

Briet näherte sich dem Restaurant. Sie befürchtete, die Besitzer könnten jemanden abgestellt haben, um die Rue des Cloys zu bewachen, aber als sie die Fassade erreichte, sah sie niemanden am Fenster. Sie ging näher heran. Aus dem Inneren drangen Stimmen.

Durch die Ziegelwände und das staubige Glas hindurch spürte sie den Widerstand von Nikos Schutzglyphen. Als sie versuchte, mit der Hellsicht von VERAKOS hineinzuspähen, hörte sie nur tosendes Inferno und läutende Glocken.

Das Café war, wie der Rest des Gebäudes, gegen magisches Ausspähen und Eindringen gesichert. Das bedeutete, dass sie Trixim nicht an ihrer Stelle hineinschicken konnte. Außerdem konnte sie die Schwelle nicht überschreiten, während sie unterjochte Geister bei sich hatte.

Dann sind also primitivere Methoden gefragt.

Sie zog ihre Luger-Halbautomatik, feuerte vier Schüsse durch das Fenster des Cafés und erfreute sich an der Musik von splitterndem Glas und panischen Schreien hinter den zugezogenen Vorhängen. Dann schlenderte sie um die nächstgelegene Ecke und wartete, verborgen im Schutz ihrer Unsichtbarkeit.

Die Eingangstür des Cafés schwang auf. Drei Männer stürmten heraus: Niko und zwei Franzosen – der eine ein rundlicher Herr mittleren Alters, der andere ein bulliges Exemplar französischer Bauernfamilien. Der große Mann trug eine Schrotflinte, während Niko und der ältere Mann Revolver schwangen. Sie suchten nach ihrem Angreifer, aber die Straße war menschenleer und still. Bald ließen sie die Waffen sinken, offenbar überzeugt, dass die Bedrohung vorüber war.

Briet war enttäuscht. Eine Handvoll Maquis zu entlarven interessierte sie nicht.

Dann bemerkte sie die Frau, die aus dem Café kam und direkt auf Niko zuging: ein junges, hübsches Ding, das genau wie er mediterraner Abstammung war – hellbraune Haut, schwarzes Haar, dunkle Augen. Wer war sie für Niko? Seine Geliebte? Seine Ehefrau? Ein Blick in den Augen der Frau ließ vermuten, dass die beiden sich sehr zugetan waren. Aber auf welche Weise?

Der große Franzose zog die Frau von Niko weg und Briet hatte ihre Antwort. Diese lässige Brutalität und die Tatsache, dass die Frau diesen Umgang stillschweigend hinnahm, waren ein Szenario, das sie aus ihrer eigenen Jugend in Reykjavik kannte: Nur ein Ehemann würde es wagen, eine Frau so zu behandeln – wie Eigentum, als wäre sie nicht besser als ein Stück Vieh. Ebenso vertraut war Briet die Wut in Nikos Augen, als er ohnmächtig danebenstand und nicht eingreifen konnte.

Sie ist seine Schwester.

Mit neuen Informationen bewaffnet, eilte Briet in Richtung Süden, fort vom Montmartre. Nachdem sie ein paar Häuserblocks zwischen sich und das Café Étoiles gebracht hatte, füllte sie ihre offene Handfläche mit dem Feuer von Pyrgos und rief nach ihrem Meister. *»Exaudi. Exaudi. Exaudi.«*

Kains Augen leuchteten durch die Flammen. »Ave, *meine Liebe. Was gibt es Neues?«*

»Niko hat eine Schwester, hier in Paris.«

»Interessant. Bedeutet sie ihm etwas?«

»Durchaus.«

»Gut.« Ein diabolisches Grinsen hinter dem Feuer. *»Das haben Sie gut gemacht, Briet. Jetzt ist es an der Zeit, unsere Feinde ins Freie zu treiben – und sie endgültig zu erledigen.«*

23

MAI

Auf dem Montmartre war alles ruhig gewesen, als Niko das Haus seiner Schwester verließ, um seine nächtlichen Runden zu drehen, in denen er nach dem Rechten sah, Strategien besprach und auskundschaftete. Es gab kein Anzeichen dafür, dass ihm jemand gefolgt war, keinen Hinweis darauf, dass etwas nicht stimmte.

Es war, als wären die Nazis in den Urlaub gefahren.

Neun Minuten nach vier Uhr morgens bog er links in die Rue des Cloys ein und blieb angesichts der Szene, die sich weniger als zwei Blocks vor ihm abspielte, mitten auf der Straße wie versteinert stehen. Eine Kompanie der Wehrmacht und ein Aufgebot der Waffen-SS drängten sich auf der Straße vor dem Café Étoiles. Ein für die Aufnahme von Gefangenen umgebauter Truppentransporter stand vor Camilles Haus. Auspuffgase hingen in der Luft und vermischten sich mit dem Zigarettenrauch der Deutschen, die die Straße beobachteten.

Wie haben sie uns gefunden? Hat jemand geredet? Gibt es …

Ein paar SS-Männer zerrten Camille aus dem Gebäude. Sie war barfuß, nur mit ihrem Nachthemd bekleidet, ihr Haar war zerzaust. Sie fluchte und spuckte die Deutschen an, die sie auslachten. Als Nächstes kam Ferrand, seine Hände waren auf den Rücken gefesselt. Ein Soldat auf jeder Seite zerrte ihn vorwärts, während ein dritter eine Pistole zwischen Ferrands Schulterblätter drückte.

Ein deutscher Wachposten schaute in Nikos Richtung. Niko verwandelte sich in Dampf und ritt ungesehen und ungehört auf dem Wind. Eine Böe trug ihn näher an den Tumult vor dem Café heran.

Ein SS-Offizier streichelte Camilles Gesicht. Er begegnete ihrem finsteren Blick mit perverser Neugierde. »Jude? Afrikanerin?« Er hob ihr Negligé an und stieß seine Hand zwischen ihre Beine. »Mischlingshure!«

Ferrand riss sich von seinen Bewachern los. Seine Hände waren auf dem Rücken gefesselt, also rammte er dem SS-Offizier kurzerhand die Stirn ins Gesicht und zerquetschte die Nase des Mannes.

Der Obersturmführer sackte zu Boden. Brüllend vor Wut hob Ferrand seinen Fuß, um den Kopf des Deutschen zu zermalmen.

Ein Schuss hallte zwischen den Häusern wider. Ferrands Kopf zerplatzte und bespritzte die Straße und den gefallenen SS-Mann mit Blut und Hirn. Camille ließ sich auf den Leichnam ihres Mannes fallen und schrie vor Schmerz, während der Obersturmführer seine Männer anbrüllte, weil sie seine Uniform beschmutzt hatten. Eine Minute lang schien es, als würde jeder jeden anschreien, bis eine Frauenstimme den Lärm durchschnitt wie ein Peitschenknall und klare, zornige Befehle bellte: Es war Briet.

Sie, die Michel am Gare de Lyon die Kehle durchgeschnitten hatte, sie, von der Niko vermutete, dass sie die Pariser Sektion der Thule-Gesellschaft beschützte. Sie war hier und die Reaktion des SS-Offiziers auf ihre Zurechtweisung machte deutlich, dass sie das Sagen hatte.

Auf ihren Befehl hin warfen die Nazis Camille mit den anderen Gefangenen auf den hinteren Teil des Lastwagens. Die Deutschen stiegen in ihre Fahrzeuge und fuhren davon, wobei sie Ferrands Körper mit dem halb weggerissenen Kopf auf der Straße liegen ließen.

Krank vor Schuldgefühlen legte Niko seinen Zauber ab und manifestierte sich neben seinem getöteten Schwager. Völlig überfordert fiel er neben dem Mann auf die Knie. Er hatte Ferrand nicht gemocht; sie waren keine Freunde gewesen. Aber Ferrand war Nikos Verbündeter gewesen, sein Gastgeber und sein Verwandter. Jetzt war der Mann tot, niedergeschossen wie ein Tier und zum Verrotten zurückgelassen. Und Niko war sich sicher, dass es daran lag, dass Briet ihn gesucht hatte. *Sie muss mich hierher verfolgt haben. Jetzt hat sie Camille und ich muss sie zurückholen.*

Er hatte keine Möglichkeit, dem Konvoi zu folgen, der seine Schwester mitgenommen hatte, aber das war nicht von Bedeutung. Er wusste bereits, wohin sie sie bringen würden.

Sie war auf dem Weg ins Gefangenenlager Drancy.

»Mon Dieu! *Sie machen wohl Witze! Wir können sie nicht einfach in Drancy lassen!*«

Adair verschränkte die Arme und fixierte seinen hitzköpfigen Adepten durch den verzauberten Spiegel des Beschwörungsraums mit einem finsteren Blick. »Was sollen wir deiner Meinung nach tun, Niko? Mit flammenden Zauberstäben die Tore stürmen? Drancy ist besser gesichert als eine Jungfrau mit einem Keuschheitsgürtel. Diese Mauern könnten genauso gut von SATAN selbst bewacht werden.«

Seine Ermahnung stieß auf taube Ohren. *»Wir brauchen keine Magick, um sie rauszuholen. Eine Bestechung könnte reichen. Dämonen haben früher verlorene Schätze geholt. Warum können wir so was nicht versuchen? Die Wachen bestechen?«*

»Erstens«, sagte Adair, genervt davon, etwas erklären zu müssen, das Niko verdammt noch mal längst hätte wissen müssen, »wurde jeder Schatz, der es wert ist, gefunden zu werden, lange vor meiner Geburt gehoben. Der größte Teil des Reichtums der Welt ist in Tresoren unter dem Vatikan, in Schweizer Banken oder im verdammten Fort Knox eingeschlossen. Und du kannst Gift darauf nehmen, dass sie alle von Magick bewacht werden, die mehr als stark genug ist, um dir die Knochen aus dem Leib zu reißen, wenn du sie auch nur schief angucken würdest. Zweitens, selbst wenn du ein verlorenes Vermögen ausgraben und es den Wächtern von Drancy in die Hände drücken würdest, woher willst du wissen, dass sie ihr Wort halten würden? Ich wette, die haben alle eine Scheißangst vor Kain und seiner rothaarigen Hexe. Selbst die, die keine Ahnung haben, was sie ist, wissen, dass man sich nicht mit ihr anlegen sollte. Und wenn sie sich die Mühe gemacht hat, Drancy zu beschützen, meinst du nicht, dass sie klug genug wäre, die verdammten Wachen mit Schutzzaubern zu versehen? Ich an ihrer Stelle würde genau das tun.«

Niko schien von einem widerspenstigen Geist besessen zu sein. »Merde! *Ich kann nicht einfach aufgeben! Sie ist alles, was von meiner Familie übrig geblieben ist! Ich werde nicht zusehen, wie sie von den Nazis wie Müll entsorgt wird!*«

Cade mischte sich von der Treppe hinter Adair ein: »Er hat recht.«

Adair musterte Cade und Anja, die an Cades Seite stand, mit finsterer Miene. Der Meister wusste, dass sie von oben zugehört hatten, aber ihre Unterbrechung kam überraschend. »*Et tu*, mein Junge?«

Ein ungläubiger Blick. »Sie wollen, dass Niko seine einzige Verwandte opfert, aber Sie erwarten, dass ich mich wie der Bösewicht fühle? Netter Versuch.« Er und Anja stellten sich neben Adair vor den Spiegel. »Mit unserer Hilfe könnte er hineinkommen und wieder draußen sein, bevor die Nazis merken, wie ihnen geschieht. Lassen Sie Stefan dazustoßen und wir machen diese Trottel fertig.«

»Ach, so einfach ist das, ja?« Es fiel Adair schwer, sich nicht aufzuregen, und er vergaß leicht, dass sie trotz ihrer Talente für Magick alle jung und töricht waren. »Ist dir mal in den Sinn gekommen, dass vielleicht – *nur verdammt noch mal vielleicht* – der Feind genau das will? Dass der Grund, warum Nikos Schwester geschnappt wurde, womöglich darin liegt, uns zu einer dummen Aktion zu verleiten?«

Nikos Gesicht verzog sich vor Wut. »*Möglich?* Mais oui. *Aber genauso möglich ist, dass sie entführt wurde, weil sie zum Maquis gehört. Weil sie eine Anführerin der Résistance ist. Oder weil sie zur falschen Zeit am falschen Ort war. Oder weil sie die falsche Hautfarbe hat!*«

Es war, als würde man mit einem Stier debattieren, der bereits auf Angriff geschaltet hatte.

Dennoch war es Adairs Aufgabe, zu lehren und zu beraten – und darauf zu hoffen, dass seine Adepten auf ihn hörten.

»Mein Junge, mein Entschluss steht fest. Ich kann dich, die Résistance und den ganzen beschissenen Krieg nicht aufs Spiel setzen, nur um eine Frau zu retten, egal, in welchem Verhältnis sie zu dir steht. Die Antwort lautet Nein.«

Niko schäumte und grummelte vor sich hin. »Va te faire enculer!« Dann fauchte er: »Velarium!« Sofort verschwand sein Abbild aus dem Spiegel und ließ Adair zurück, der das Spiegelbild seiner gequälten Gesichtszüge und Cades und Anjas missbilligendes Stirnrunzeln sah.

»Fangt ihr beide nicht auch noch an. Ich bin verdammt noch mal nicht in der Stimmung dafür.«

Eine merkwürdige, stille Übereinkunft zeigte sich zwischen Cade und Anja. Dann wandte sie sich wortlos ab, stieg die Treppe hinauf und ließ Adair mit Cade allein.

Zum ersten Mal, seit Adair ihn kennengelernt hatte, betrachtete der junge Mann ihn mit Enttäuschung. »Schöne Worte. Das muss ich Ihnen lassen. Wenn Sie wollen, dass wir uns Hals über Kopf in die Höhle des Löwen stürzen, reden Sie von Pflicht, Ehre und Loyalität. Aber wenn einer von uns etwas braucht ...«

»Bist du der Meinung, dass ich dir was schulde? *Irgendeinem* von euch? Ohne mich wärt ihr alle *nichts*. Nur kleine Stücke im Knochenmehl, die vom Getriebe des Krieges zermalmt werden. Aber ich habe euch aufgespürt, euch aufgenommen, euch Geheimnisse gelehrt, die nur eine Handvoll Menschen je gesehen haben. Ich habe euch wahre Macht in die Hände gelegt, und *so* dankt ihr mir?«

Cade ließ sich von seinem Ablenkungsversuch nicht beirren. »Sie haben mir nichts gegeben, was ich mir nicht selbst hätte nehmen können. Sie haben mir nur gezeigt, dass es vorhanden war, um genutzt zu werden.« Er kam näher, ohne Angst, seinem Meister Auge in Auge gegenüberzutreten. »Was bringt es, Macht zu haben, wenn wir zu viel Angst haben, sie einzusetzen?«

»Es geht darum, sie *sinnvoll* einzusetzen.«

»Unschuldige Leben zu retten ist kein sinnvoller Einsatz von Macht?«

»Ich versuche, dir klarzumachen, dass Macht wie unsere nicht leichtfertig verwendet werden sollte – nicht wenn so viel auf dem Spiel steht. Es ist nicht so, dass ich kein Mitleid mit den Seelen habe, die dieser Krieg verschlingt. Und glaub mir, es gibt Millionen von ihnen. Es ist nur so, dass ich mir den Luxus nicht leisten kann, sie zu bedauern. Und wenn ich ganz offen sprechen darf? *Du auch nicht.*«

Cade blieb unnachgiebig. »Aber wir reden hier über seine *Schwester*! Das muss die Ausnahme von der Regel sein.«

»Nein, ist es nicht. Denn ich garantiere dir, dass das …«, er zeigte auf den Spiegel, »… eine verdammte *Falle* ist.«

24

JUNI

Durch das Fenster von Kains Arbeitszimmer wehte ein Hauch von Sommer, aber aus den Flammen in seinem schwarzen Marmorkamin quoll Briets Schimpfkanonade. *»Es ist schon über einen Monat her und sie haben nicht einmal versucht, das Mädchen zu kontaktieren, geschweige denn, es zu retten!«*

»Wie ich befürchtet hatte. Adair ist kein Narr. Und seine Lehrlinge sind jung, aber sie sind auch loyal.«

Sein Vorwurf schürte Briets Entschlossenheit. *»Sie haben Niko und seine Schwester nicht gesehen. Er liebt sie. Es ist mir egal, wie viel Loyalität Adair verlangt – gegen Familienbande kann er nicht bestehen.«*

»Das wissen wir nicht.« Kain nahm sein Glas Wein mit zum nächstgelegenen Fenster, um der Hitze des Kamins zu entkommen, und bewunderte die hügelige Landschaft rund um die Wewelsburg. »Wir wissen nur, wie unwahrscheinlich es ist, dass Adair seinen Leuten erlaubt, sich in Gefahr zu bringen, um diese Frau zu retten.«

Briet überlegte. *»Vielleicht haben wir die Latte zu hoch gelegt. Wenn die Verteidigung des Komplexes nicht so massiv gewesen wäre …«*

»Ich bezweifle, dass das einen Unterschied gemacht hätte.« Er nahm einen Schluck von seinem 1865er Beaune Grèves Vigne de l'Enfant Jésus, einem der hervorragendsten Pinot Noirs, die je abgefüllt worden waren. Obwohl die meisten sogenannten Fortschritte der Menschheit Kain enttäuschten, wurde er vom Wein immer wieder beeindruckt. »Wenn starke Verteidigungsmaßnahmen ausreichen würden, um diese Leute abzuschrecken, hätten sie unseren Stuttgarter Hexenzirkel nie attackiert. Nein, ich denke, das Problem ist, dass es sie nicht teuer genug zu stehen kommt, wenn sie untätig bleiben.«

Wie immer begriff Briet schnell, was er meinte. *»Sie können tolerieren, dass sie eingesperrt ist. Aber wenn ihr die Hinrichtung droht ...«*

»Ganz genau, meine Liebe. Aber damit diese Falle funktioniert, ist nicht ihr Tod wichtig, sondern wir müssen dafür sorgen, dass Niko *vorher* davon erfährt. Wenn er ihr so sehr zugetan ist, wie Sie sagen, wird er entweder Adair überreden, eine Rettungsmission zu leiten, oder sich seinem Herrn widersetzen und selbst eine durchführen.«

Ein verständnisvolles Nicken. *»Wie viel Vorlaufzeit sollten wir ihnen geben?«*

»Heute ist welcher Tag? Der Fünfzehnte?« Er malte sich ein paar mögliche Szenarien aus. »Ein Gefangenenzug wird in ein paar Tagen Drancy verlassen. Bringen Sie eine der Wachen dazu, die Nachricht an ein Mitglied des Widerstands zu verkaufen. Sie sollte Niko schnell genug erreichen.«

»Was dann?«

Er genoss einen weiteren Schluck Pinot Noir. »Dann? Dann setzen Sie seine Schwester in den Zug – und sorgen dafür, dass Sie an Bord sind, wenn er ihr zu Hilfe kommt.«

Die Nacht war hereingebrochen, im Umkreis von einem Kilometer war keine Menschenseele zu sehen und Stefan befand sich gut versteckt in einem verlassenen Bauernhaus, das sich südlich des Flusses Wisła zwischen die Bäume schmiegte – und doch fürchtete er, dass jemand Nikos Rufe durch den verzauberten Spiegel hören würde: *»Ich habe keine Zeit, ruhig zu bleiben! Wir müssen handeln, bevor es zu spät ist!«*

Stefan bemühte sich um einen möglichst beruhigenden Tonfall. »Dennoch musst du ruhig bleiben.« Er ignorierte den Schmerz seines leeren Magens. »Sag mir, was passiert ist.«

Niko fuhr sich mit einer Hand über sein stoppeliges Gesicht, während er um Fassung rang; er betrachtete Stefan mit blutunterlaufenen Augen. *»Einer meiner Spione im Drancy-Komplex hat mir eine Nachricht geschickt. Die Nazis verlegen heute Abend eintausend Gefangene aus Drancy. Camille, meine Schwester – sie steht auf dieser Liste!«*

»Hast du Adair davon erzählt?«

»Natürlich habe ich das! Aber er sagt dasselbe wie zu dem Zeitpunkt, als die Deutschen sie mitgenommen haben: Sie ist es nicht wert, gerettet zu werden.« Kummer verzerrte sein Gesicht. *»Er weiß, was sie mir bedeutet. Sie ist alles, was ich habe. Aber trotzdem befiehlt er mir, sie aufzugeben!«* Er stach mit dem Finger nach Stefan, der beinahe damit rechnete, dass der Finger aus seinem eigenen Spiegel ragen würde. *»Merk dir meine Worte: Ich werde sie nicht aufgeben. Niemals.«*

»Ja. Du musst sie retten. Aber der Feind ist vorbereitet. Das wird sehr gefährlich werden.« Stefan überlegte angestrengt, wie er und sein Freund die Gefahr überwinden konnten. »Was ist mit Anja? Oder Cade? Sie könnten eine große Hilfe sein.«

»Es gibt keine Möglichkeit, Adair zu umgehen, um sie zu erreichen.« Niko hob seinen Spiegel über die Schulter und erlaubte Stefan so, einen Blick auf die ausgemergelten Gefangenen zu werfen, die gezwungen wurden, einen Zug zu besteigen. Genau wie Niko es beschrieben hatte, trieben die Nazis Scharen von Männern, Frauen und Kindern mit vorgehaltener Waffe in die Zugwaggons. Der Anblick machte Stefan krank, als er sich an all die Züge erinnerte, die er in den polnischen Konzentrationslagern gesehen hatte.

Niko drehte den Spiegel wieder zu sich. *»Über eintausend Seelen,* mon frère. *Alle werden an einen Ort namens Auschwitz gebracht. Hast du davon gehört?«*

Allein der Name brachte Stefan zum Würgen. Er spürte, wie er blass wurde. »Das habe ich.«

Tränen brannten in seinen Augen, als er sich an das rote Farmhaus erinnerte. Ein tiefer Atemzug stählte seine Nerven und klärte seinen Blick. Grimmig entschlossen blickte er in Nikos ängstliche Augen. »Wie lautet dein Plan.«

»Eine Gruppe von Maquis wird mir helfen, den Zug zu stoppen. Ich habe die Route des Zugs einem deutschen Offizier …« Er brauchte einen Moment, um das genaue Wort zu wählen. »… abgenötigt, *der dann einen Unfall hatte. Meine Freunde werden die Gleise ein paar Meilen vor Fleury sabotieren und dann die Deutschen beschäftigen, während ich die Waggons öffne und die Gefangenen befreie.«*

Das letzte Detail überraschte Stefan. »Alle?«

»Oui. *Was wäre ich für ein Mann, wenn ich meine Schwester rette, aber tausend andere sterben lasse?«* Ein bescheidenes Achselzucken. *»Außerdem wird es Chaos schaffen, um unsere Flucht zu decken.«*

Stefan ließ sich Nikos Moral ebenso wie seine Taktik einen Moment lang durch den Kopf gehen. »Sehr clever.«

»Sobald sie aus dem Zug und in unserem Lastwagen ist, bringen wir sie zu einem Mann, der weiß, wie man Leute nach Spanien schmuggelt.«

»Vernünftig. Was brauchst du von mir?«

Nikos Markenzeichen, sein Optimismus, schwand. *»Du … sollst meine Rückversicherung sein. Wenn mein Plan scheitert, aus welchem Grund auch immer, und der Zug an uns vorbeikommt … Dann musst du Camille für mich aus Auschwitz herausholen.«*

Stefans Mut geriet ins Wanken. »Das Lager ist durch Magick gesichert, Niko. Ich habe die Barriere einmal durchbrochen, um den Kodex zu holen. Der Feind hat Maßnahmen ergriffen, damit ich das nicht noch einmal tun kann. Und du solltest wissen: Die meisten Gefangenen werden bei der Ankunft getötet. Wenn deine Schwester Auschwitz betritt, werden ihre Chancen gering sein.« Als er die Niedergeschlagenheit auf Nikos Gesicht sah, fügte er schnell hinzu: »Aber ich kenne ihre Zugrouten. Wenn es sein muss, lege ich selbst einen Hinterhalt und halte den Zug auf, bevor er das Lager erreicht.«

»Kannst du noch vor dem Zug in Auschwitz sein?«

Er fragte sich, wie Niko auf die Wahrheit reagieren würde. »Ich war nie weg.«

»Du warst die ganze Zeit da?«

»Seit der Rückgabe des Kodex, ja. Ich beobachte das Ganze und versuche, einen Weg zu finden, die da drinnen zu retten.« Stefan zögerte, des Teufels Anwalt zu spielen, aber jetzt fühlte er sich gezwungen, es zu versuchen. »Niko ... der Meister hat schon öfter richtiggelegen. Und ich glaube, er hat recht, was den Zug angeht: Das fühlt sich wie eine Falle an.«

»Es ist nur eine Falle, wenn man nicht damit rechnet. Das ist eine Einladung zum Kampf. Und ich gedenke, vorbereitet sein, um ihnen einen zu liefern. Meine einzige Frage ist: Bist du dabei?«

Stefan konnte Niko mit dieser Sache nicht allein lassen. Er lächelte. »Wer lässt sich schon einen guten Kampf entgehen?«

»Merci beaucoup, mon frère.« Von irgendwo jenseits des Spiegelrahmens flüsterten andere Stimmen mit Niko. Er steckte den Spiegel weg und antwortete mit geheimnisvollem Flüstern. Dann nahm er die Unterhaltung wieder auf. *»Der Zug fährt in vier Stunden ab; ich muss los, damit ich ihm zuvorkommen kann.«* Er beugte sich näher heran. *»Wenn wir sie retten, melde ich mich bei dir. Aber wenn du bis morgen früh nichts von mir hörst, dann ist unser Plan gescheitert, und das Leben meiner Schwester liegt in deinen Händen.«*

»Ich verstehe. Verlass dich auf mich.«

Ein Lächeln und ein Salut. *»Bis dann.«*

»Wir sehen uns in Spanien, mein Bruder.« Er schloss das Astralfenster zwischen ihren Spiegeln mit einem gemurmelten »Velarium« und verstaute ihn in seiner Tasche.

Wenn Niko es nicht schaffte, den Zug in Drancy aufzuhalten, würde dieser Auschwitz in knapp vier Tagen erreichen, wenn die Deutschen sich wie sonst auch an ihren notorisch starren Zeitplan hielten. Stefan überlegte, welche Geister er beschwören und unterjochen konnte, bevor es so weit war. Die meisten von denen, die er beschwören konnte, würden ihm wenig nützen, aber er kannte mindestens drei, deren Kräfte sich als entscheidend erweisen könnten – vorausgesetzt, er konnte sie lange genug unter Kontrolle halten, um sie zu nutzen.

Es war das Risiko wert, entschied er.

Er breitete seine Werkzeuge der Kunst aus und machte sich an die Arbeit, den Raum für Magick vorzubereiten.

Ein winziger Lichtpunkt in der Dunkelheit kündigte den Zug aus fünf Kilometern Entfernung an. Der Scheinwerfer der Lokomotive schien zu flackern, als sie durch eine Baumgruppe in der Ferne raste. In wenigen Augenblicken würde sie den geraden Abschnitt der Gleise erreichen, wo der Maquis seinen Hinterhalt gelegt hatte.

Niko betrachtete seine drei Komplizen. »Gaston, du löst auf meinen Befehl die Sprengladungen aus. Jules, André, geht auf beide Seiten der Gleise und gebt mir Deckung, während ich die Gefangenen befreie. Wenn irgendwelche Nazis sich zeigen, nachdem wir den Zug angehalten haben, tötet sie.«

Alle drei Männer bestätigten seine Anweisungen und schwärmten dann in die Nacht aus, um auf den sich nähernden Zug zu warten, der bereits den Boden unter ihnen beben ließ.

Es war ein idealer Ort für einen Angriff – abgelegen, ohne deutsche Garnisonen oder Vichy-Sympathisanten in der Nähe und mit zahlreichen Bauernhöfen, auf denen die geflohenen Häftlinge Nahrung und, wenn sie Glück hatten, Unterschlupf finden konnten.

Der schwierigste Teil des Plans bestand darin, den richtigen Moment abzuschätzen, um das Dynamit auf den Gleisen zu zünden. Wenn Niko den Befehl zu früh gab, würde der Zug kurz vor dem Kreuzfeuerpunkt anhalten und den deutschen Truppen an Bord Zeit geben, zurückzuschlagen; wenn er die Sprengladungen zu spät zündete, lief er Gefahr, den Zug entgleisen zu lassen und nicht nur die Nazis, sondern auch ihre Gefangenen, einschließlich Camille, zu töten.

Um die Detonation zeitlich abzustimmen, hatte Niko zwei Kugeln im Abstand von hundert Metern auf die Gleise gelegt, wobei die nächstgelegene zwei Kilometer entfernt war. Er würde die Verzögerung zwischen den Funken messen, wenn der Zug nacheinander über die Kugeln rollte, und dies zur Zeitmessung für die Detonation verwenden.

Er vergewisserte sich, dass sein Revolver noch in seinem Holster und sein Athamé in seiner Scheide steckte. Dann hockte er sich neben die Schienen und wartete auf die Funken, um seinen Countdown zu starten.

Schweiß kitzelte seinen Nacken, als die Lokomotive näher kam. Der erste Funke ging los und Niko begann seinen stillen Countdown. Fünf Sekunden später zündete das zweite Geschoss. Nach einer schnellen Rechenrunde in seinem Kopf schätzte er, dass der Zug etwa einen Kilometer zum Anhalten brauchen würde, um nicht zu entgleisen, was bedeutete, ihm eine Minute Vorlauf zu geben.

Er schaute auf die Uhr. »Gaston, spreng die Gleise in drei ... zwei ... eins ... jetzt!«

Gaston drückte den Griff der Zündmaschine herunter.

Nichts geschah.

Nikos blaffte ihn an: »Hast du die Drähte überprüft?«

»Natürlich habe ich das!«

»Also was ...?« Ein eisiger Schauer lief Niko den Rücken hinunter und der Schwefelhauch in der Luft verriet ihm, wer die Drähte durchtrennt hatte: *Dämonen.*

Er bediente sich der Allsicht und sein Verdacht bestätigte sich. Zwei Geister rannten vor dem Zug her und räumten die Gleise von Hindernissen frei. Das bedeutete, dass mindestens ein Karcist den Transport begleitete, und ein gerissener noch dazu. *Wie ich erwartet hatte – wir beide sind kampfbereit erschienen.*

Die Dämonen flogen an Niko und seinen Kameraden vorbei und hielten sie offenbar für unbedeutend. Das hieß, dass der Zug nur noch Sekunden davon entfernt war, an ihnen vorbeizufahren. *Zeit zu improvisieren.*

Niko sprang auf die Füße und rannte die Gleise entlang, als der Zug hinter ihm heranraste. Er schrie über sein Getöse hinweg: »Gaston! Hol den Laster! Folge mir!«

Sein bärtiger Verbündeter war verwirrt. »Warte! Was ...?«

Es war zu spät für Worte. Niko musste handeln, solange er noch konnte.

Ein Luftschwall bewegte sich vor dem Zug her und schob Niko von den Gleisen weg, als die Lokomotive wie eine rasende Lärmwand vorbeirauschte. Niko stolperte in der Dunkelheit über unebenen Boden, richtete sich dann auf und sprintete weiter.

Wenn sie einen Kampf wollen, werde ich ihnen einen liefern.

Niko kanalisierte die Kraft von MADRIAX, der ein Jahrhundert zuvor der Lieblingsgeist eines britischen, unter dem Spitznamen Spring Heeled Jack bekannten Witzbolds gewesen war. Dann sprang er in die Luft hoch über den Zug – hoch genug, dass er Angst bekam, was bei seiner Landung passieren würde. Der Dämon beherrschte zwar den Aufstieg, aber der Abstieg war eine Herausforderung, die er anderen überließ.

Es war schwer, den Zug zu sehen. Nur die Lokomotive und ein paar vordere Waggons hatten Innenbeleuchtung und diese befanden sich weit vor Niko, als er Richtung Boden hinabraste. Das Mondlicht glitzerte auf den Metallrahmen der mittleren Waggons, die unter ihm vorbeiflogen.

Er traf auf dem Dach eines Waggons auf und kippte sofort rücklings um, als hätte man ihm den Teppich unter den Füßen weggezogen. Die Landung auf dem Rücken raubte ihm den Atem und er rollte zur Seite, bis seine Finger zwischen den Holzlatten des Waggondachs Halt fanden.

Der Wind stach ihm in die Augen, peitschte durch seine Haare und zerrte an seiner Kleidung. Er kämpfte um sein Gleichgewicht, bis er seinen festen Stand zurückgewonnen hatte. Für einen Moment hielt er sich in der Balance und befahl AMON, einem Geist der Weissagung: *»Finde meine Schwester Camille!«*

Wie ein von einem Magneten angezogener Eisenspan spürte Niko, wie er unter AMONS Führung auf dem Zug nach vorne zum nächsten Waggon gezogen wurde, der näher an der Lokomotive war.

Die Schwerkraft und das rasante Tempo schienen sich gegen Niko verschworen zu haben. Die Waggons schaukelten durch jede Kurve und drohten, ihn abzuwerfen, als die Lokomotive an Geschwindigkeit zulegte.

Er sprang über die Lücke zwischen den Waggons und huschte vorwärts. Er konnte nur noch daran denken, Camille so schnell wie möglich zu finden. Mit jedem Schritt brüllte er ihren Namen über den tosenden Wind und das Stampfen der Stahlräder hinweg.

»Camille! Hörst du mich? Camille! Ich bin's, Niko! Camille!«

Er hörte ihre Stimme aus dem Waggon unter ihm: »Hier! Niko!«

Er kniete nieder und spähte durch einen Spalt zwischen den Dachlatten. Dann sah er sie, zusammengekauert im schattenhaften Gedränge der Gefangenen. »Camille! Halte durch, ich hole ...«

Sie rief etwas, aber die Dampfpfeife des Zuges übertönte sie. Als das Pfeifen aufhörte, rief sie wieder: »Niko! Es ist eine Falle!«

An der Spitze des Zugs bewegte sich etwas. Niko stand auf und sah sich einem Feind gegenüber, dessen Gesicht er nur zu gut kannte: Briet.

Sie stand breitbeinig da. Dunkle Rauschschwaden umhüllten ihre rechte Hand; in der linken züngelte eine violette Flamme. »So berechenbar.«

»Ja, das bist du.« Niko griff an, schleuderte geisterhafte Dolche und grüne Blitze.

Sie rannte auf ihn zu und entfesselte dabei Feuer und giftigen Rauch. Ihre Schritte waren so sicher, als stünde sie auf festem Boden und nicht auf einem schwankenden Waggon.

Feuerbälle schlugen in Nikos Schild ein. Er lenkte sie ab, dann wich er ihrer Giftwolke aus, die sich im Wind verteilte. Er stellte seinen Schild so ein, dass er die Energie ihres nächsten feurigen Angriffs abzog, um seinen Gegenangriff zu speisen – einen Schlag mit BANOGS Stachelpeitsche.

Sie parierte die spektrale Peitsche; dann fegte eine unsichtbare Kraft Nikos Beine unter ihm weg und schleuderte ihn auf den Rücken. Er wickelte seinen Schild um sich, um Zeit zu gewinnen und wieder auf die Füße zu kommen. Währenddessen nutzte er BARATOS Talente, um die Türen der Waggons zu entriegeln.

Briet sprang auf denselben Waggon wie Niko und schleuderte Blitze auf ihn.

Er reflektierte sie. Die Blitze schlugen in ihren Schild ein und schleuderten sie zurück auf den Waggon hinter ihr. Niko benutzte die vielen Hände von ALASTOR, um alle Türen der Waggons zu öffnen.

Camille ist fast frei! Ich muss nur noch den Zug anhalten.

Briet griff wieder an. Niko zog seinen Revolver.

Ein Schnappen ihrer brennenden Peitsche brach seine Hand und schlug seine Pistole weg.

Er schlug mit ALASTORS Faust zu, in der Hoffnung, sie vom Zug zu stoßen, aber sie blockte ihn ab. Verzweifelt versuchte er, eine Schwäche in ihrem Geist aufzuspüren, eine, die er mit Gedankenkontrolle angreifen konnte …

Ein geisterhafter Speer bohrte sich in Nikos Oberschenkel und ein Schwall von Nadeln ließ sein Gesicht brennen, als hätten ihn Wespen umschwärmt. Briets feurige Peitsche traf seine Brust, während eine Ladung Blitze seinen Schild durchbrach und seine Glieder zittern ließ. Er schmeckte Zinn auf seiner Zunge.

Briet war über ihm. Sie packte ihn mit der rechten Hand an der Kehle und zwang ihn auf die Knie. »Niko! Du hast keine Ahnung, wie sehr ich mich auf das hier gefreut habe.«

»Ich kann nicht behaupten, dass es mir genauso geht«, würgte er hervor.

Mit einer Bewegung ihrer linken Hand schloss sie alle Türen der Waggons, eine Drehung ihres Handgelenks verriegelte sie. Sie griff nach unten, holte den verzauberten Spiegel aus Nikos Manteltasche und hielt ihn wie einen Siegespokal empor. »Führe mich zu deinem Meister und seinem Adepten Cade, und ich werde dich und Camille freilassen.«

Niko spürte, wie seine Kraft schwand. Er konnte keine Magick mehr aufbringen. Seine unterjochten Geister spürten seine Schwäche und lösten sich, zogen sich in die Unterwelt zurück und überließen ihn seinem Schicksal.

Briet wedelte mit dem Spiegel vor ihm. »Sag es mir!«

Niko riss seine linke Hand nach oben, um den Rand des Spiegels zu packen.

»Discutio!«

Der Spiegel zersprang und brennend heiße Splitter prasselten auf Briets rechte Gesichtshälfte ein. Sie ließ Niko los, dann schleuderte sie ihn mit der Kraft eines Titanen vom Zugdach.

Halb blind und von Schmerzen geplagt, wirbelte Niko durch die Nacht, schoss durch die Luft und sank dann im freien Fall. Schließlich kam der Aufprall, hart und unbarmherzig.

Stein und Holz zerrissen Fleisch und brachen Knochen, zersplitterten Zähne und zerquetschten Zahnfleisch. Die Welt um Niko wurde schwarz, durchdrungen von blutrotem Schmerz.

Irgendwann hörte sein Körper auf, wild über den Boden zu rollen. Umgeben von gespaltenen Baumstämmen und großen Steinen kam er zum Stillstand. Er erkannte, dass er durch eine Steinwand und einen Stapel Brennholz gekracht war. Es war eine Qual, den Kopf zu heben, aber er musste den Zug mit seinen eigenen blutigen Augen sehen. Er ratterte ohne ihn davon und setzte seine Reise nach Auschwitz fort, mit seiner eingesperrten Schwester im Inneren und seinem Erzfeind auf dem Dach, schwer verwundet, aber noch am Leben.

Seine Seele wollte die Verfolgung aufnehmen, aber sein Fleisch war geschlagen. Aus einem Arm und einem Bein ragten gezackte Enden geborstener Knochen heraus; jeder Atemzug, den er nahm, rief ihm seine gebrochenen Rippen ins Gedächtnis.

Er hätte geweint, aber seine Stimme war verloren, genau wie der Kampf.

Camille ... Ich habe dich enttäuscht. Verzeih mir ...

Der Zug verschwand in der Nacht. Irgendwo hinter ihm war das Brummen von Motorrädern und das heisere Dröhnen eines Lastwagenmotors zu hören. Als Gaston und die anderen Niko fanden, war er zu schwach, um sich zu bewegen oder zu sprechen – nicht, dass es noch von Bedeutung gewesen wäre. Ohne den Spiegel hatte er keine Möglichkeit, Stefan zu warnen, der Zug war zu gut verteidigt, als dass er sich ihm allein stellen konnte.

Ich hätte auf dich hören sollen, mein Freund. Hätte ich doch bloß auf dich gehört ...

Seine Verbündeten schleppten ihn weg. Gaston flehte mit heiserer Stimme, jemand möge einen Arzt rufen. Niko wünschte, er könnte seine Freunde bitten, ihn liegen zu lassen. Was hatte es für einen Sinn, sein Leben jetzt noch zu retten? Sie waren zu spät gekommen.

Seine Schwester war fort.

25

Vier Tage ohne irgendeine Nachricht von Niko. Versuche, ihn über den Spiegel zu erreichen, waren gescheitert. Stefan hatte überlegt, Adair anzurufen und ihn um Rat zu bitten, aber er wusste, was der Meister sagen würde: Dass Niko nie einen Rettungsversuch hätte unternehmen dürfen, dass Stefan Adair früher hätte Bescheid geben sollen und dass er diesen törichten Kreuzzug aufgeben und lernen sollte, »das große Ganze« zu sehen.

Ich habe genug vom »großen Ganzen« gesehen. Erinnerungen an Chełmno und Dachau, an Bergen-Belsen und Auschwitz verfolgten Stefan, wann immer er die Augen schloss. Wenn dies das große Ganze war, von dem Adair sprach, brauchte Stefan keine weitere Erinnerung. Es war Zeit, sich zu wehren.

Doch die Mahnungen seines gesunden Menschenverstandes nagten an ihm. Es gab keine Nachricht von Niko. Das deutete darauf hin, dass sein Versuch, den Zug anzuhalten, fehlgeschlagen war. Stefan wusste aus Erfahrung, dass Niko ein starker und kluger Karcist war. Wenn man ihn bei dem Versuch, die Gefangenen aus Drancy zu retten, ausgeschaltet hatte, war es wahrscheinlich, dass die Verhaftung und Deportation seiner Schwester Teil einer Falle gewesen war, genau wie sie vermutet hatten. Wenn dem so war, wäre es das Vernünftigste für Stefan, sich zurückzuziehen, seine Deckung zu wahren und auf neue Befehle zu warten.

Allein der Gedanke daran trieb Stefan die Galle in die Kehle. *Nein. Ich bin schon zu lange weggelaufen. Ich war Zeuge des Grauens und habe nichts getan. Ich werde nicht tatenlos zusehen, wie die Nazis weitere tausend Leben in dieses Schlachthaus liefern. Egal, ob ich lebe oder sterbe, es ist Zeit, Farbe zu bekennen.*

Verborgen hinter seinem Mut hegte er insgeheim die Hoffnung, dass er sich irrte. Er betete, dass Niko den Zug bereits gestoppt und die Gefangenen befreit hatte und dass er einfach nicht in der Lage war, sich mit ihm in Verbindung zu setzen. Wenn der Zug nicht innerhalb der nächsten Stunde um die Kurve kam, so versprach Stefan sich, würde er die Passagiere als befreit betrachten und sich in den ...

Ein Licht durchdrang die Dunkelheit. Der Zug aus Drancy kam.

Stefan war nicht in der Stimmung für Täuschungsmanöver. In seiner Vorstellung war der Zug mehr als eine Maschine, mehr als ein schlichtes Transportmittel. Er war ein Motor des Bösen, eine ganz eigene Kraft, ein verfluchtes Gefährt, das unschuldige Seelen in eine von Menschenhand geschaffene Hölle brachte.

Er war gekommen, um dessen Kraft in gleichem Maße zu begegnen.

Der Zug war noch etwa einen Kilometer entfernt. Stefan trat zwischen die Gleise und ging auf ihn zu, seine Miene stolz, furchtlos und rachsüchtig. Er hob die rechte Hand, die von einem weißen Lichtschein umgeben war, als er mit der unnachgiebigen Macht von Sator die Hand ausstreckte und den Zug zum Anhalten zwang.

Die Kolben der Lokomotive kreischten protestierend und die Stahlräder schrammten heulend über die Schienen. Das eiserne Ungetüm kam nur wenige Meter vor Stefan zum Stehen. Dampfwolken schossen aus Ventilen auf beiden Seiten des Zugs.

Stefan stand im Licht des Zugscheinwerfers.

Auf beiden Seiten der Lokomotive stiegen Waffen-SS-Truppen aus und stürmten auf Stefan zu, die Maschinenpistolen im Anschlag. Er hätte sie alle mit Ragoras' Atem einschläfern können, aber er war nicht geneigt, Gnade walten zu lassen.

Die Männer zu seiner Linken mähte er mit einer Sägezahnklinge von Vescael nieder; den Trupp zu seiner Rechten erschlug er mit gespaltenen Blitzen, bevor einer von ihnen Zeit hatte, eine Drohung zu rufen oder den Abzug zu betätigen.

Alles war still. Dann stiegen drei Gestalten aus dem ersten Personenwagen des Zugs und kamen auf Stefan zu. Sie bewegten sich ruhig und unaufgeregt, näherten sich ohne jegliche Eile. In der Mitte befand sich ein Mann, der Stefan schon oft von Adair beschrieben worden war – der Meister der Schwarzen Magick der Nazis, Kain Engel. Er trug einen Anzug, der Stefan mit Neid erfüllte.

Rechts von Kain ging Briet in einem dunklen Trenchcoat; Stefan erkannte sie von Nikos Fotowand, obwohl die schartige Narbe, die die rechte Seite ihres Gesichts zierte, ein neues Detail war. Zur Linken des Schwarzmagiers ging Siegmar, der Mann mit dem grausamen Gesicht, dem Stefan in Babyn Jar gegenübergestanden hatte.

Kain ging seinen Adepten voraus und blieb einige Meter vor Stefan stehen.

»Hallo, mein junger Freund. Sie …«

»Ich bin nicht Ihr Freund«, unterbrach Stefan ihn.

»Wie Sie wünschen. Ich nehme an, Sie sind einer von Adairs Schülern. Ich gehe davon aus, dass Sie wissen, wer ich bin.«

»Der Agent des Teufels auf Erden.«

Der Mann wirkte beinahe bescheiden. »Das ist zu viel der Ehre.« Er zeigte auf seine Adepten und fuhr fort. »Dies sind meine Adepten. Briet Segfrunsdóttir. Und ich glaube, Sie haben bereits die Bekanntschaft von Siegmar Tuomainen gemacht.«

Stefan beobachtete ihre Augen und Hände, während er sein eigenes magisches Arsenal vorbereitete.

Kain analysierte die Konfrontation mit trauriger Resignation. »Muss es immer so weit kommen? Offensichtliche Täuschungen und ein vergeblicher Kampf?«

Stefan warf den sprichwörtlichen Fehdehandschuh hin: »Es wird nicht vergebens sein, solange ich einen von euch mit ins Grab nehme.«

Rauch und Blitze erfüllten die Luft; die Welt verschwamm in Blut und Feuer. Geisterhafte Waffen klirrten und schnitten in Fleisch. Stefan lenkte einen von Kains Feuerbällen auf Siegmar um, fesselte Briet mit einer Spirale aus Stahlschienen, die er wie Lötdraht verbog, und wähnte sich fast in dem Glauben, einen Pyrrhussieg erringen zu können …

Dann zerstreute ein eisiger, schmerzhafter Stich Stefans Gedanken und seine unterjochten Geister begannen, ihn zu verlassen – wie Ungeziefer, das aus einem schnell sinkenden sterblichen Schiff floh.

Er fiel auf die Knie und sah nach unten. Ein halbdurchsichtiger Speer ragte aus seinem Bauch hervor und löste sich in Nebel auf, als sich eine brennende Peitsche um seine Kehle schloss. Unsichtbare Kräfte ergriffen seine Handgelenke und fesselten seine Hände hinter ihm.

Briet und Kain waren blutverschmiert, aber ungebrochen. Siegmar blieb auf den Knien und schlug auf brennende Flecken seiner versengten Kleidung ein, um sie zu löschen.

Briet durchsuchte Stefans Taschen. Blut lief ihr über die Stirn; Rauch stieg von ihrem Rücken auf. Mit leeren Händen wandte sie sich ihrem Meister zu. »Er hat keinen Spiegel wie den von Niko.«

»Oh, ich bin sicher, dass er einen hat. Ich glaube, er hat nur gelernt, ihn besser zu verbergen.« Ein Achselzucken. »Das macht nichts. Er wird ihn uns noch früh genug geben – zusammen mit dem Aufenthaltsort von Adair und seinen Adepten.«

Stefan spuckte Kain an. »Ich werde Ihnen gar nichts sagen.«

»Nicht alles auf einmal – und nicht ohne Widerstand, da bin ich sicher.« Mit einer kleinen Handbewegung hob er Stefan vom Boden hoch. »Selbst Berge erliegen den Elementen. Es ist nur eine Frage des Drucks und der Zeit.« Er zog Stefan von den Schienen weg; dann richtete er mit theatralischen Gesten das Stück Schiene, das Stefan verbogen hatte, gerade und schweißte es wieder an seinen Platz. So gut wie neu.

Kain gab dem Schaffner des Zuges ein Zeichen, in Richtung Auschwitz weiterzufahren. Dann schleifte er Stefan auf eine beschworene Feuersäule zu, seine verwundeten Schergen humpelten dicht hinter ihnen her. »Lasst uns einen etwas privateren Ort aufsuchen, ja? Wir haben viel zu besprechen.«

Wellen des Schmerzes, kalte Angst, Einsprengsel von Farben und abgehackte Töne – Stefan geriet unter der Reizüberflutung von Kains magischer Folter innerlich ins Wanken. Präziser als rohe Gewalt oder die grausamen Schnitte von Stahl, heimtückischer als Drogen lotete sie die dunkelsten Tiefen von Stefans Gedanken aus und forderte all seine lange vergrabenen Schrecken zutage.

Das Sonnenlicht blendete ihn. Er war allein auf einer kargen Ebene, ein Kind, das nach seiner Mutter schrie.

Donner krachte, der Himmel wurde schwarz. Stefan war alt und gebrochen, lag auf den Knien und scharrte in der frisch aufgewühlten Erde eines offenen Grabes, von dem er tief im Innersten wusste, dass es sein eigenes war.

Becken schepperten wie bei einem verrückt gewordenen Orchester und ein kreischendes, alle Gedanken überlagerndes Geräusch drang in sein Gehirn. Dann traf eisige Luft auf seine Milz, seine Leber, seine Eingeweide. Er wurde gehäutet und gefesselt, sein Körper ein offenes Buch auf einem Stahltisch. Zu seinem Entsetzen war sein ausgeweideter Zustand keine dämonische Illusion, keine Lüge – es war Realität.

Kain wirkte und klang tieftraurig. »Herr Van Ausdall, haben Sie noch nicht genug davon? Im Gegensatz zu dem, was Ihr Meister Ihnen gesagt hat, habe ich keine Freude daran, Sie zu verletzen. Meine Methoden sind grausam, aber nur, weil Sie mich dazu zwingen.« Er drückte einen kühlen, feuchten Lappen an Stefans Wange. Er wischte das Blut und den Speichel von Stefans Kinn. Er faltete das Tuch wieder zusammen und wischte damit den Schweiß von Stefans fiebriger Stirn. »Der Spiegel, den mein Adept unter Ihren Habseligkeiten fand … Wie aktivieren wir ihn? Und bitte versuchen Sie nicht, mich dazu zu bringen, ›discutio‹ zu sagen. Ihr Kamerad Niko hat uns bereits demonstriert, was dieses Wort bewirkt.«

Aus Verzweiflung wollte Stefan gestehen. Sein Körper war schwach, schmerzerfüllt, krank bis ins Mark. Die Aussicht auf einen weiteren Ansturm dämonischer Qualen vernebelte seinen Geist mit Panik. Dann erinnerte er sich an die Abschiedsworte seines Meisters bezüglich der Spiegel: *Lassen Sie nicht zu, dass sie in Feindeshand fallen, und verraten Sie niemandem die Befehlswörter. Entsperrt und mit dem richtigen Zauber ausgelotet, könnte Kain damit jeden meiner Schritte ausspionieren.*

Es kostete Stefan alles, was er noch hatte, um »Tötet mich« zu murmeln.

Kain warf Briet und Siegmar einen Blick zu. Beide standen in jeweils einem Schutzkreis. Sie goss einen Schluck Branntwein in das rauchende Feuer zu ihren Füßen; er träufelte Kampfer in den schwelenden Messingtopf vor sich. Dampfwolken stiegen zur Decke auf und verschmolzen zu einer wirbelnden Masse, die die Form von etwas Ungeheuerlichem annahm.

Stefan blickte nach unten. Verfolgte die Linien innerhalb des großen Kreises, der sie alle umschloss. Er sah, dass Kain im Anwenderkreis stand und sein Schwert auf seinen weißen Schuhen balancierte. Die Konvergenz der anderen Linien im Raum bestätigte Stefans schlimmste Befürchtung: Er befand sich außerhalb des Kreises und war den beschworenen Geistern ausgesetzt, die unter Kains Kontrolle standen.

Kain fragte: »Sollen wir weitermachen?«

»Bitte ...«

»Sie möchten aufhören?«

Um Gnade zu bitten würde bedeuten, seinen Meister und seine Freunde zum Tode zu verurteilen. Aber Stefan kannte die Gräueltaten und die Folter, die Dämonen ausführen konnten. Nicht nur Verletzungen des Fleisches, sondern auch Qualen des Geistes. Ungeschützt wie er war, wäre er der Köder für eine dämonische Fressorgie. Ein schneller Tod käme nicht infrage: Als Spielball der Geister würde er zu einem zerbrochenen Behältnis werden, einem Kanal für vergängliche Schrecken, bis sein Körper um die Überreste seines Intellekts verrottete.

Wenn ich doch nur einen unterjochten Geist hätte. Irgendeiner würde reichen. Ich könnte ihn dazu bringen, mich zu töten, mir das Genick zu brechen und mich zu erlösen. Aber ich bin allein – und Kain wird mich niemals so leicht gehen lassen. Er wird das so lange hinauszögern, bis er mich gebrochen hat. Tränen der Scham und der Niederlage liefen aus seinen Augen. *Ich kann mich nicht ewig gegen ihn wehren. Wie lange kann ich mich noch widersetzen?*

Kain beugte sich dicht zu Stefan herab. Das Flüstern des dunklen Meisters strich über Stefans Wange. »Sie wissen, wozu die Gefallenen fähig sind, Herr Van Ausdall. Sie können Ihre Augen in ihren Höhlen kochen lassen. Ihnen alle Knochen brechen, sie wieder zusammensetzen und dann noch einmal zerschmettern. Ihre Eingeweide zu Knoten binden, die einen Seemann vor Neid erblassen lassen würden. Müssen wir diesen Weg einschlagen?«

Alles, was Stefan wollte, war Rache, aber die war unerreichbar. Tränen der Wut und Verzweiflung strömten über seine Wangen, Schluchzen ließ seine Brust beben. Er schüttelte den Kopf. »Nein.«

»Sagen Sie mir, wie man den Spiegel benutzt.«

»Ich kann seine Verteidigungen beschreiben. Eilean Donan ist verwundbar.«

»Ich muss die Schutzzauber mit eigenen Augen sehen. Das verstehen Sie doch, oder?«

Ein hektisches Nicken. »Ja.«

»Der Spiegel. Wie schalte ich ihn frei?«

»Um ihn zu öffnen: *fenestra.* Um ihn zu schließen: *velarium.*«

»Wie fokussiere ich ihn?«

»Sie müssen ihn auf einen gleichartigen Spiegel abstimmen, indem Sie den Namen des Besitzers sagen.«

»Ausgezeichnet.« Unter seinem Gewand holte Kain den Spiegel von Stefan hervor. Er hielt ihn auf Augenhöhe, konzentrierte sich einen Moment, dann sprach er mit klarer Stimme: *»Fenestra Adair, occulta speculis.«* Er lächelte über das, was er sah. »Gut. Sehr gut.«

Stefan war ausgelaugt, zerrüttet, jenseits von Widerstand. »Töten Sie mich.«

Kain wackelte mit einem Zeigefinger. »Noch nicht.« Der dunkle Meister bannte seine Dämonen und öffnete den Kreis.

Briet und Siegmar trugen Stefan zu einem Feldbett in der Ecke des Beschwörungsraums.

Aus der Nähe bemerkte Stefan, dass die Wunden, die er auf Briets Gesicht gesehen hatte, fast vollständig verheilt waren.

Zweifellos auf meine Kosten, erkannte er.

Die beiden Adepten versorgten Stefans Wunden, verbanden seine Handgelenke und ließen ihn dann in Ruhe. Es schien, als hätten seine Qualen ein Ende, aber er wusste es besser. Dieser Kampf war noch lange nicht vorbei.

Kains Rache hatte gerade erst begonnen.

Es war erschreckend zu beobachten, wie schnell Cade Magick lernte. Anja hatte so etwas in all den Jahren, in denen sie bei Adair gelebt und bei ihm gelernt hatte, noch nie gesehen. Keinem seiner anderen Adepten war die Magick so zugefallen; weder denjenigen, die vor ihr gekommen waren – eine erlesene Gruppe, zu der nur Stefan, Niko und ein paar andere gehört hatten –, noch einem der vielen hundert, die nach dem Einmarsch der Nazis in Polen rekrutiert worden waren.

Sie saß Cade an einem langen Tisch in der Bibliothek gegenüber. Er hatte den Haupttisch mit alten Grimoires und Kodizes vollgestapelt. Sie waren in Sprachen geschrieben, die Anja noch nie gesehen hatte. Einige lagen aufgeschlagen zwischen ihnen und er zeigte von einem zum nächsten, während er aufgeregt von seinen neuesten Entdeckungen schwärmte.

»Und hier, im sumerischen Buch der Verdammten, gibt es einen Bindungszauber, mit dem man nicht nur einen Dämon, sondern alle anderen, die ihm unterstehen, unterjochen kann. Stell dir das vor: Wir könnten einen der geringeren Fürsten unterjochen und seine Legion von Geistern gegen andere Dämonen befehligen. Warum sollte man sich mit einer Macht begnügen, wenn man eine ganze Armee beherrschen kann?«

Die Buchstaben auf den Kalbslederseiten waren für Anja unverständlich. »Wie kannst du das lesen? LIOBOR sagte, er würde mir die Beherrschung jeder gewünschten Sprache gewähren, aber selbst er kann das nicht übersetzen.«

»Das hier sind keine menschlichen Texte, dies ist die proto-henochische Schrift – das Alphabet, das die Engel vor dem Fall benutzten. Unter den vielen Dingen, die die Heerscharen der Hölle bei ihrer Rebellion aufgaben, war auch die Fähigkeit, dies zu lesen. Für sie ist es, als ob sie sich Lauge in die Augen reiben würden.«

»Wie kannst du es also ohne ihre Hilfe lesen?«

Ein jungenhaftes Grinsen und ein verschmitzter Blick. »Ganz ehrlich? Keine Ahnung.« Er zeichnete mit einer Fingerspitze eine Zeile der Engelsschrift nach. »Alle Legionen eines Fürsten zu unterjochen würde mehr Schmerzen verursachen als alles, was wir je versucht haben, aber wir sind der Thule-Gesellschaft immer noch zahlenmäßig unterlegen und die, die übrig sind, werden von Tag zu Tag stärker. Wir brauchen einen Weg, um die Chancen auszugleichen.«

Er hatte recht, aber sein Ehrgeiz beunruhigte sie. »Als ich jünger war, hat mir Adair Geschichten erzählt. Er sagte, Kain sah die Macht in der alten Magick und tat Dinge, die sich sonst keiner traute. Es machte ihn stark, aber es trieb ihn auch in den Wahnsinn. Bist du sicher, dass du mit so vielen Dämonen auf einmal umgehen kannst?«

Er begegnete ihrer Vorsicht mit einem verwegenen Lächeln. »Ich schätze, wir werden es herausfinden.« Er schnappte sich einen Federkiel und kritzelte Notizen auf einen Zettel. »Bei der Hälfte der Sachen weiß ich nicht mal, wo wir die auftreiben können, aber ich habe auch nicht gefragt, warum Adair ein Glas mit der Aufschrift ›Nägel aus einem Kindersarg‹ hatte. Wenn er …«

Ein Donnerschlag ließ die Fenster zerspringen.

Glas- und Holzsplitter bohrten sich in Cade und Anja, die von der Explosion zusammen mit Tischen, Stühlen und Dutzenden von Büchern quer durch die Bibliothek geschleudert wurden.

Anja riss die Arme dicht vors Gesicht, doch Glasscherben zerkratzen ihren Nacken und zerfetzten ihre Kleidung. Steinfragmente rissen ihr die Seite auf, als sie auf dem Boden landete. Als sie hochsah, lag Cade neben ihr, die Hand gegen die rechte Seite seines Kopfs gepresst. Blut quoll unter seinen Fingern hervor und lief an seinem Hals hinunter. Auch seine Arme und Hände bluteten.

Sie umklammerte seine Schulter. »Bist du in Ordnung?«

Er nickte, sein Atem ging schnell und hektisch. »Was hat uns getroffen?«

Anja huschte zu dem zerborstenen Fenster. Unten im Innenhof stand ein Trio. Kain, die adrett gekleidete Nemesis des Meisters, erkannte sie aus Stuttgart. Bei ihm waren eine etwa zwanzigjährige rothaarige Frau und ein dunkelhaariger Mann um die dreißig: Briet und Siegmar.

Auf dem Boden zu ihren Füßen zuckte ein blutiges Knäuel aus schwarzen Federn und zerbrechlichen Knochen, das einmal Kutcha, der Familiaris des Meisters, gewesen war.

Woher wussten sie, dass wir hier sind? Wie sind sie an Adairs Verteidigungsmaßnahmen vorbeigekommen? Hat der Meister sie kommen hören? Sie wandte sich an Cade. »Kain ist hier. Mit seinen Adepten.«

Cade war auf den Beinen. Er nahm die Hand von seinem blutigen Ohr. »Gehen wir.«

Die Vernunft sagte ihr, dass sie zur Vorsicht mahnen sollte, aber er war schon auf halbem Weg aus der Bibliothek zur Treppe, um sich ins Getümmel zu stürzen. Ohne zu protestieren, rannte sie ihm hinterher.

Dämonen gingen auf der Treppe auf sie los. Zwei vertrieb er mit einer Handbewegung, einen anderen verbannte er mit einem gebellten lateinischen Fluch. Sie wehrte zwei ab, die ihn von hinten angriffen, dann exorzierte sie einen weiteren, als dieser durch den Boden nach Cades Füßen griff.

Eine Legion von Geistern belästigte sie den ganzen Weg hinunter zum Hof. Bei jedem Schritt warfen sie und Cade immer mehr der namenlosen Unholde zurück in die Hölle und benutzten dazu Worte, die schon uralt gewesen waren, als die Welt noch jung war. Für Laien wären die Dämonen tödlich gewesen, für die vorbereiteten Karcisten waren sie lediglich Plagegeister; Hindernisse, die ihre Kraft und Entschlossenheit zermürben sollten. Bei Anja erreichten sie nur, dass ihr Appetit angeregt wurde.

Cade sprengte die Tür zum Innenhof auf. Er und Anja rannten nach draußen, um sich den Eindringlingen zu stellen.

Auf der anderen Seite des Hofs flog die ebenerdige Tür der Burg auf und Adair schritt mit ernster Miene heraus. Er verspottete Kain. »Bist du gekommen, um in dein Schwert zu fallen?«

»Wohl kaum.« Der Deutsche zog eine Augenbraue hoch. »Ich muss schon sagen, alter Freund – du und die deinen sehen ziemlich mitgenommen aus. Man könnte meinen, dass ihr die Ausübung der Kunst als anstrengend empfindet.«

Seine bissige Beobachtung war nicht von der Hand zu weisen. Kain und seine Adepten waren wie aus dem Ei gepellt. Jedes Detail ihrer Erscheinung – von ihren Haaren und ihrem Teint bis hin zu ihren Schuhen und ihrer eleganten Kleidung – drückte Stolz und Macht aus. Im Vergleich dazu sahen Adair, Anja und Cade aus, als wären sie durch Felder von Blut und Stacheldraht geschleift worden. Verbrannt und vernarbt, mit Bärten und Augenbrauen, die zwanghaft zerrupft waren, und einem blassen Teint nach monatelangem Schlafentzug und Drogenmissbrauch, waren sie eine erbärmliche Ausrede für … na ja, *alles.*

Mörderische Stille erfüllte den Innenhof.

Dann brach Chaos aus.

Feuer und Blitze in allen Farben, die Anja sich vorstellen konnte, tosende Flammen und brüllende Ungeheuer. Spektrale Geschosse und geisterhafte Klingen. Unsichtbare Fäuste und rasiermesserscharfe Stürme.

Ein Dämon schleuderte Anja gegen eine Steinmauer. Sie prallte ab und schlug hart auf dem Boden auf. Sofort sprang sie wieder auf die Füße, setzte ihren Angriff mit VALEFORS knallender Peitsche fort und füllte den Hof mit Höllenfeuer. Doch nichts davon konnte Kain oder seine Adepten berühren. Sie schleuderte einen Schwung dämonischer Pfeile auf den dunklen Meister, aber er wedelte sie beiseite wie lästige Fliegen. Siegmar löschte ihre Flammen mit einem Wasserstrahl aus seinem weit aufgerissenen Mund.

Kain und Adair feuerten ein Sperrfeuer aus roher Energie ab, das Anja eine Gänsehaut über den Rücken jagte. Ein elektrisches Kribbeln erfüllte die Luft, als die Meister ihre Salven austauschten.

Dann tauchte Briet – die verschwunden war, während Anja abgelenkt gewesen war – hinter Cade wieder auf. Bevor Anja eine Warnung rufen konnte, schlug die rothaarige Hexe ihre Handflächen gegen die Seiten von Cades Kopf. Er zuckte und erschlaffte in ihrem Griff.

Siegmar bellte ein Wort und verschwand mit Briet und Cade in einer Feuerwand.

Anja hatte keine Zeit für Bedauern – Kain bedrängte sie und Adair mit einer Blitzkaskade und einem Trugbild eines Hybriden aus Löwe und Drache, der eine Wolke beißender Insekten ausstieß. Diese Attacke zwang sie dazu, sich hinter ihren Schilden in Verteidigungshaltung auf den Knien zusammenzukauern.

Als der Angriff endete, war der dunkle Magicker verschwunden.

Der Gestank von Schwefel und verbrannter Wolle erfüllte die Luft.

Jeder Teil von Anja tat weh. Ihre Gelenke schmerzten, ihre Muskeln brannten, ihre Haut fühlte sich an, als sei sie von einer Milliarde Reißzähne zerfressen worden. Übelkeit drehte ihr den Magen um. Sie wollte sich verzweifelt übergeben, um sich von echten oder eingebildeten Giften zu befreien. Ihre Kraft ließ nach und sie fiel auf die Knie. Ihr Gesicht brannte sowohl vom Angriff des Feindes als auch von der Scham der Niederlage.

Sie wollte nur noch zusammenbrechen, sich wie ein Igel einrollen und sich verstecken.

Eine Hand packte ihren Bizeps und hob sie auf die Beine.

Adairs Stimme war schroff. »Hoch.«

Anja taumelte in seinem Griff, während sie durch das südwestliche Gebäude rannten. Dann erkannte sie, dass Ruhe das Letzte war, was der Meister im Sinn hatte. »Wohin gehen wir?«

»Wir schlagen zurück.« Er stieß die Tür zum Beschwörungsraum im Keller mit der Schulter auf. Sie stolperten die Treppe hinunter.

»Wie haben sie uns gefunden? Wie sind sie reingekommen?«

»Weiß ich nicht. Ist auch egal.«

Er zog sie von der Treppe weg in die Mitte des Raumes. »Bleib hier stehen. Beweg dich nicht.« Er ging noch ein paar Schritte weiter, dann holte er aus seiner Tasche eine große Perle und hob sie über seinen Kopf. *»Eripe me Angeli Dómini a malo!«* Er zerschlug die Perle auf dem Steinboden.

Sie explodierte mit einem Blitz, der Anja zwang, die Augen zu schließen. Als sie sie wieder öffnete, wallte ein gespenstischer Nebel um sie und Adair. Beide trugen mit einem Mal ihre zeremoniellen Gewänder. Um ihre Füße waren magische Schutzkreise erschienen. Darumherum war ein thaumaturgisches Dreieck innerhalb eines großen Doppelkreises entstanden, aber die Glyphen und Symbole in den Zwischenräumen hatte Anja noch nie gesehen. Ein glänzendes, goldenes Schwert balancierte auf Adairs Füßen und der Eiserne Kodex lag auf seinem Pult.

»Stillhalten«, mahnte er. »Sag kein Wort. Ich werde dir Geister untertan machen, wie du sie noch nie gespürt hast. Es wird auf eine Weise brennen, der Worte nicht gerecht werden. Aber es muss getan werden.«

Zum ersten Mal seit Jahren hatte Anja Angst. »Meister? Ich erkenne diese Symbole nicht. Welchen Dämon beschwören Sie?«

Er warf einen Blick über seine Schulter in ihre Richtung. »Dämonen werden nicht ausreichen, wenn wir Cade lebend wiedersehen wollen.« Er öffnete den Eisernen Kodex. »Du solltest jetzt besser deine Augen schließen.«

Sie gehorchte. Seine Stimme erfüllte den Beschwörungsraum mit Worten, die sie noch nie gehört hatte. Dann erschien ein Licht, das so stark war, dass Anja selbst mit geschlossenen Augen wusste, es konnte nicht in der Hölle entstanden sein. Irgendwie tat Adair das, von dem alle Schriften und Grimoires, die jemals geschrieben worden waren, geschworen hatten, dass es niemals möglich sein würde.

Er beschwor das Arsenal des Himmels herab.

Er machte sich Engel untertan.

26

»Wachen Sie auf, Herr Martin.«

Cade kam nach und nach wieder zu Bewusstsein. Der Druck in seinen Nasennebenhöhlen ließ ihn zusammenzucken; es fühlte sich an, als sei der Schmerz wie ein Muster in seine Gedanken eingebrannt worden. Seine Augenlider öffneten sich flatternd und er merkte, dass er die Welt nur verschwommen und trübe wahrnahm.

Nachdem sein Blick sich geklärt hatte, erkannte er, dass er in einem kerzenbeleuchteten, runden Raum aus Stein auf dem Boden lag. Die Flammen der Kerzen warfen schwaches Licht auf die Wände, das aber nicht bis zur hohen, in Schatten gehüllten Decke reichte.

Der geflieste Boden war mit einem verschlungenen magischen Muster beschriftet worden.

Kreise, die Pentagramme umschlossen, befanden sich in Dreiecken. Alles war mit Symbolen aus dem Tierkreis und den alten Grimoires, Dämonensiegeln und makabren, gottlosen Verzierungen versehen. Kohlen glühten in Feuerschalen und erfüllten den Raum mit dem Duft von Aloe, Harz, Zedernholz und Alaun.

Er prüfte seine Fesseln; eine kurze Kette hielt ihn an Ort und Stelle fest. Sie verband einen Schäkel an seinem linken Knöchel mit einem zentimeterdicken, in den Boden eingelassenen Metallring. Sein Herz raste, als er seine missliche Lage begriff: *Ich befinde mich in einem Kreis, der für Opferungen verwendet wird.*

Ihm gegenüber lag Stefan ausgestreckt außerhalb der Kreise. Seine Kleidung war zerrissen und schmutzig. Blut tropfte aus Wunden in seinem Gesicht und an seinem Kopf und ein x-förmiger Einschnitt an seinem Oberkörper war grob zugenäht worden. Der Holländer öffnete ein Auge einen Spaltbreit und schaute Cade an, es gab jedoch keinerlei Anzeichen, dass er ihn erkannte – im Gegensatz zu ihren drei Feinden, die sie beobachteten.

Kain stand ihnen am nächsten im Kreis des Anwenders. Seine Adepten standen hinter ihm zu beiden Seiten und besetzten die Positionen der Tanisten. Alle trugen weiße Gewänder.

Der Meister nahm Cades Rückkehr ins Bewusstsein zur Kenntnis, indem er seinen Kopf wie ein Vogel zur Seite neigte. »Wir sind uns noch nicht richtig vorgestellt worden. Ich bin …«

»Ein toter Mann.«

Die Unterbrechung schien Kain nicht zu stören. »Dann erlauben Sie mir, meine Adepten vorzustellen: Briet Segfrunsdóttir, Siegmar Tuomainen.«

Cade richtete seine Aufmerksamkeit auf Siegmar. »Oxford. Und die Anlegestelle in Liverpool.« Er zuckte unter grausigen Erinnerungen zusammen – Torpedos, die die *Athenia* trafen; eiskaltes Wasser; die erstickende Umarmung des LEVIATHAN. Hass quoll aus den dunkelsten Winkeln seines Verstands hervor. »Sie haben den Nazis gesagt, sie sollen uns versenken.«

Kain schüttelte den Kopf. »Ich habe diesen Befehl gegeben, Herr Martin. Obwohl es Siegmar war, der mir den Namen Ihres Schiffs und sein Ziel genannt hat.« Er hob kurz die Hand und schloss die Augen, um zu signalisieren, dass er das Thema abhaken wollte. »Ich habe Sie nicht hergebracht, um alte Geschichten aufzuwärmen. Ich habe Ihre Anwesenheit veranlasst, damit wir über die Zukunft sprechen können. *Unsere* Zukunft.«

»Sie haben keine Zukunft. Nicht, sobald ich frei bin.«

Die Drohung konnte Kain nicht aus der Ruhe bringen. »Selbstsicherheit, die an Arroganz grenzt. Ich habe nichts anderes erwartet.« Er musterte Cade, als würde er jede seiner Reaktionen genau beobachten. »Wir sind uns sehr ähnlich, Sie und ich.«

»Das sehe ich nicht so.« Cade wurde vom aufrechten Stehen schwindelig, aber er ließ sich nicht beirren.

»Wir beide respektieren Macht. Deshalb haben wir denselben Patron gewählt. Das sehen Sie doch ein, oder? Wir sind dazu *bestimmt*, uns zusammenzutun. Als Verbündete könnten wir Wunder bewirken. Wir könnten diese Welt verändern.«

»Ich würde lieber die Form Ihres Gesichts verändern – mit meinen Fäusten.« Cade hielt seinen Blick auf Kain gerichtet, aber in Gedanken suchte er nach seinen unterjochten Dämonen, nach irgendeinem Anzeichen dafür, dass er sich wehren konnte. Zu seiner Enttäuschung musste er feststellen, dass die ihm verpflichteten Geister exorziert worden waren. Er war komplett entwaffnet worden und seine einzige verbleibende Verteidigung war Tapferkeit: »Sagen Sie Ihren Nazi-Kumpels, dass ich nicht mitspiele.«

»Ich versichere Ihnen, die Nazis sind nicht Teil dieser Gleichung.« Vielleicht erkannte Kain Cades Verwirrung, denn er fragte: »Überrascht Sie das?«

»Sie sind ihr germanisches Ideal.«

»Ja, der Führer sieht das wohl so.« Der alte, aber jugendlich wirkende Karcist wurde nachdenklich. »Verzeihen Sie meine Neugierde: Was hat Ihnen mein alter Freund Adair über mich erzählt? Geht er immer noch mit seiner Fantasie hausieren, dass ich die Weltherrschaft anstrebe?«

»So was in der Art.«

Kain schüttelte den Kopf. »Ich bedaure, Ihnen sagen zu müssen, dass man Sie in die Irre geführt hat. Seit Jahrhunderten ist er ein Sklave veralteter Vorstellungen von Gut und Böse. Er hat sich in die Aufklärung und die industrielle Revolution verliebt, sich aber nie gefragt, ob die Menschheit für beides bereit war.«

»Was hat das damit zu tun, den Nazis bei der Ermordung von Millionen zu helfen?«

»Schließen Sie sich mir an und ich werde Ihnen alles erklären.«

Ein Husten und Würgen ließ Cade den Kopf zu Stefan drehen. Sein Freund krächzte durch rissige, blutende Lippen: »Trau … ihm … nicht.«

Die Warnung ließ Kain noch eindringlicher werden. »Stellen Sie sich auf meine Seite, Herr Martin, und ich werde Ihren Freund heilen und ihn freilassen.«

»Selbst wenn ich Ihnen trauen würde …«

»Gemeinsam können wir diesen Krieg in wenigen Monaten beenden und Millionen von Menschenleben retten.«

»Indem wir die Welt an die Nazis ausliefern? Verzeihen Sie meine Ausdrucksweise, aber Sie können mich mal. Ich meine mich zu erinnern, dass in der Bibel steht, die Sanftmütigen werden die Erde erben.«

»Stimmt.« Unsichtbare Reißzähne aus Eis bissen sich in Cades Eingeweide und zwangen ihn auf die Knie, wo er vor Schmerzen schrie. Kain grinste. »Aber da stand nirgendwo, dass sie sie behalten dürfen.« Kain schnippte mit den Fingern und der Schmerz ließ nach. »Die Menschheit wurde von der Wissenschaft verführt und auf einen Pfad geführt, der in ihrer eigenen Zerstörung enden wird. Denken Sie daran, wie die Menschen früher Krieg geführt haben. Sehen Sie sich die Gräuel an, die sie jetzt verüben. Die Wissenschaft hat den Menschen Kräfte gegeben, die sie nicht kontrollieren können. Mit der Zeit wird sie Länder verwüsten, dann die Welt selbst. Nietzsche hat es am besten gesagt: ›Oh, was verbirgt heute nicht alles Wissenschaft! Oh, wie viel soll sie mindestens verbergen!‹ Hören Sie auf mich, Herr Martin: Ohne Kontrolle wird die Wissenschaft das Ende der Menschheit einläuten, wenn wir sie nicht in die Schranken weisen. *Wir* müssen die Welt retten.«

»Was lässt Sie glauben, *Sie* hätten das Recht, diese Entscheidung zu treffen?«

»Wer soll es denn sonst tun? Die Massen? Sie sind nicht in der Lage, sich den Schrecken der Wissenschaft zu widersetzen. Sie werden von Raubrittern unterdrückt. Magnaten. Industriellen, die sich jahrzehntelang auf einen Krieg vorbereiteten, den sie selbst geschaffen haben. Was haben gewöhnliche Menschen einer solchen institutionellen Niederträchtigkeit entgegenzusetzen?« Kain hielt inne, um seine Gedanken zu sammeln und sich zu beruhigen. »Dies ist nicht irgendeine List, Herr Martin. Die Menschheit erkennt nicht, dass sie an einem Scheideweg steht, an einem Punkt, an dem sie dazu verdammt zu sein scheint, den falschen Weg zu wählen. Das dürfen wir nicht zulassen.«

Cade unterdrückte ein tiefes Unwohlsein in seinem Bauch, damit er Mut vortäuschen konnte. »Die Wissenschaft hat große Dinge für die Welt getan. Warum sollte ich Ihnen also glauben?«

Kain faltete die Hände auf seinem Grimoire. »Vor Jahrhunderten haben Adair und ich unter demselben Meister gelernt. Aber Adair klammert sich zu sehr an die Hoffnung. Er ist naiv. Sentimental. Schwach.«

»Mein Meister ist vieles. ›Schwach‹ gehört nicht dazu.«

»Wirklich? Adair tat *nichts*, als die Wissenschaft begann, die arkane Kunst auszumerzen. Die Inquisition. Salem. Und so viele andere Gemetzel – das war das Gesicht, das mir und Dutzenden meiner Lehrlinge von der Wissenschaft gezeigt wurde. Ich habe mich gewehrt, solange ich konnte, aber zu viele Karcisten sind Adairs Beispiel gefolgt. Alle von ihnen sind jetzt tot.«

Ein spöttisches Schnauben. »Zusammen mit den meisten Ihrer Thule-Schergen.«

»Ja, Hunderte von vielversprechenden neuen Adepten – alle von Ihnen und Ihren Freunden ermordet.«

»Sie werden einfach noch mehr ausbilden. Es sei denn, wir halten Sie auf.«

Kains Augen verrieten seine Frustration. »Was glauben Sie, wie viele Menschen in jeder Generation wirklich qualifiziert sind, um Karcisten zu werden? Es gehört mehr dazu als Mut und gewisse Grundkenntnisse – obwohl das bei Ihrer russischen Freundin anscheinend funktioniert hat.« Ein niedergeschlagener Seufzer. »Die Wahrheit ist, Herr Martin, dass die Kunst stirbt, und diese Welt mit ihr. Es sei denn, *wir* retten sie.«

Es klang fast wie die Wahrheit – aber das taten die besten Lügen ja oft. Cade lachte. »Netter Versuch. Heben Sie sich das für die Filmvorführungen auf.«

Eine gespenstische Krähenschar mit zerfledderten Flügeln und verrottetem Fleisch entstand und stürzte sich auf Cade, pickte an seinen Ohren, Augen, Nasenlöchern und jeder weichen Stelle, die er nicht verteidigen konnte. Ihre Schnäbel waren scharf und jeder wilde Stoß ließ ihn vor Schmerz aufschreien.

Ein Händeklatschen von Kain und die Vögel lösten sich in schwarzen Rauch auf.

»Es war vielleicht töricht von mir zu hoffen, dass Sie zur Vernunft kommen würden.« Kain öffnete sein Grimoire. »Trotz meines Bedauerns werde ich das Beste aus Ihrem Widerstand machen. Ihr Blut wird die letzte Zutat für ein Ritual sein, das seit mehr als sieben Jahrhunderten niemand mehr durchgeführt hat. Wenn es vollendet ist, werde ich nicht nur die Welt von ihrem letzten atmenden *Nikraim* befreien, sondern auch verhindern, dass sich Ihresgleichen in den nächsten drei Generationen auf der Erde manifestieren kann – oder, um genau zu sein, in den nächsten neunundneunzig Jahren.«

Er warf eine Handvoll Pulver in die Feuerstelle zwischen ihm und Cade. Violetter Rauch, der nach Lavendel und Sandelholz duftete, stieg in die Schwärze über ihm auf.

Cade blieb an einem Detail von Kains Monolog hängen. »Was zur Hölle ist ein ›*Nikraim*‹?«

Kains Vorbereitungen gerieten bei der Frage ins Stocken. »Ist das Ihr Ernst? Hat Adair es Ihnen nicht gesagt?«

»Mir was gesagt?«

»Was Sie sind.«

Neugier kollidierte mit Misstrauen. Seit Cade in Adairs Obhut erwacht war, hatte er das Gefühl gehabt, dass der Meister etwas vor ihm verbarg, dass ihm eine wichtige Wahrheit vorenthalten wurde. Aber konnte er wirklich darauf vertrauen, dass ausgerechnet Kain ihm die Wahrheit über seine eigene Existenz offenbaren würde?

Er hatte keine Zeit, sich zu entscheiden.

Ein Lichtblitz und ein durchdringendes Fiepen wie ein Tinnitus entstanden hinter Cade und erfüllten den Beschwörungsraum. Seine Haut kribbelte und die Haare auf seinen Armen stellten sich auf ...

Magick wurde in einem entsetzlichen Ausmaß entfesselt. Ohne Verteidigung oder die Möglichkeit, sich dem Kampf anzuschließen, tat er das Einzige, was er konnte: Er ließ sich auf den Boden fallen.

Um ihn herum entfaltete sich der Kampf mit einer solchen Geschwindigkeit, dass er ihm kaum folgen konnte. Kain, Briet und Siegmar schleuderten dämonische Wurfgeschosse, Ströme roter Blitze, Kegel aus Feuer. Adair und Anja stürmten mitten in dieses irrsinnige Sperrfeuer hinein, bewaffnet mit nichts als gleißendem Strahlen, einer kalten Energie, wie Cade sie bei seinen Studien der Magick noch nie gesehen hatte.

Briet ließ einen Messerhagel auf Anja los, die diesen mit einer Welle aus Licht parierte. Siegmar beschwor das Phantom eines echsenäugigen, gehörnten Cäsars, der auf einem von geflügelten Löwen gezogenen Streitwagen stand. Heiliges Feuer aus Adairs Handfläche verdampfte die Zugtiere, den Wagen und den Fahrer.

Kain schwang eine halbtransparente Hellebarde in Adairs Richtung. Der Meister blockte sie mit seinem Unterarm ab und ein helles metallisches Klirren war in der Steinkammer zu hören.

Dann klappte Adairs Kinnlade herunter und er stieß ein gewaltiges Gebrüll aus: Es war das Tosen des Meeres, das Donnern eines ausbrechenden Vulkans, ein Orkan, der nur Zentimeter über Cade und Stefan tobte. Die Kerzen wurden gelöscht und beiseitegeschleudert; Kains Pult und sein Grimoire rollten davon wie Steppenläufer. Seine Adepten taumelten aus ihren Kreisen. Um seine Position zu halten, ließ sich Kain auf ein Knie fallen.

Der Sturm legte sich und Adair rief: »Anja! Hol Cade!«

»Aber Stefan ... !«

»Tu, was ich sage!« Blut floss aus Adairs Nasenlöchern und tropfte aus seinen Ohren.

Anja lief zu Cade, durchtrennte seine Kette mit einem Lichtstrahl aus ihrer Hand und half ihm auf.

Adair streckte seinen Arm aus. Er brachte Stefans verzauberten Spiegel dazu, von einem Tisch am anderen Ende des Beschwörungsraums in seine Hand zu fliegen. Seine Stimme war wie ein Megafon: »Bewegung!«

Anja legte sich einen von Cades Armen um ihre Schultern, während Adair ein ovales Portal erschuf, das von blau-weißem Licht umgeben war. Dahinter sah Cade nur Dunkelheit, aber Anja zerrte ihn darauf zu.

Hinter ihnen kamen die feindlichen Karcisten wieder auf die Beine. Bevor Cade Anja warnen konnte, feuerte Adair aus seinen Augen weiße Energiestrahlen ab. Es war kein Feuer, keine Elektrizität, nichts, für das Cade ein anderer Begriff als Macht einfiel. Die Zwillingsstrahlen streiften Kain und seine Adepten, die aufschrien, stolperten und sich hinter ihren Schilden zusammenkauerten. Gleichzeitig breiteten sich blutende Risse über Adairs Gesicht und Hals aus, dann seine Arme hinunter bis zu seinen Händen.

Adair gab alles und ließ den kaum noch bei Bewusstsein befindlichen Stefan schweben, bevor er ihn noch vor Anja und Cade durch das Portal fliegen ließ. Die beiden blieben kurz vor der Schwelle stehen.

Anja flehte: »Meister! Beeilen Sie sich!«

»Los!« Er stolperte rückwärts auf das Portal zu, während er den Raum mit sich windenden Bändern aus Licht und Feuer überzog. Er blickte mit blutenden Augen über die Schulter. »Lauft!«

Sein Ton duldete keinen Widerspruch. Anja zog Cade durch das Portal.

Sie landeten hart auf der anderen Seite, an einem Ort, den Cade nicht erkannte. Ein sonnendurchfluteter Raum aus rosa Kacheln, weißem Stuck, Naturholz und Stein, mit Fenstern, die den Blick auf rote, staubige, mit Gestrüpp übersäte Hügel freigaben.

Auf der anderen Seite des immer noch offenen Portals wankte Adair und wehrte drei Angriffe gleichzeitig ab. Er wich in Richtung des Portals zurück und bombardierte die feindlichen Magicker mit Feuerwirbeln. Dann sprang er durch die Pforte.

Hinter ihm traf ein Puls aus indigoblauem Licht von Kains Hand das Portal, als Adair es durchquerte. Blut spritzte, als es sich schloss – und Adair knallte vor Cade auf den Boden. Sein rechtes Bein war zwei Zentimeter unterhalb des Knies abgetrennt worden.

Anja weinte blutige Tränen, während sie sich über Stefan beugte, dessen Eingeweide durch seine geplatzten Nähte quollen. Adair fluchte und umklammerte sein amputiertes Bein, verzweifelt bemüht, seine eigene Blutung zu stoppen.

Cade glaubte, er müsse sich übergeben; dann hustete er Blut aus, einen Mundvoll, dann noch einen. Sein Magen drehte sich um, sein Kopf schwamm, und erst dann wurde ihm klar, dass die Folter, mit der Kain ihn malträtiert hatte, seine inneren Organe zerfetzt hatte.

Er sackte neben Stefan und Adair auf dem Boden zusammen. Sein Blick wurde trüb und der Rand seines Sichtfelds schnurrte zusammen. Es dämmerte ihm, dass er im Sterben lag.

Ich bin noch nicht so weit! Ich muss kämpfen …

Er war im Ozean, wurde in die kalte, salzige Tiefe gezogen. Sein Ende war nah, mit magnetischer Anziehungskraft, und es gab nichts, was er tun konnte, um ihm zu widerstehen.

Seine Seele wütete in stillem Protest.

Kain darf nicht gewinnen …

Die Dunkelheit sog ihn auf.

Ich kann nicht zulassen …

Der Rest war Stille.

Anja war völlig benommen von dem kurzen, aber unerträglichen Ausbruch der Engelskraft, die der Meister an sie gebunden hatte. Sie stand im Hauptflur einer unbekannten ländlichen Villa vor ihren verwundeten Freunden und rang um Ruhe und Klarheit, nur um festzustellen, dass diese unerreichbar waren.

Stefan schlug mit gebrochenen Fingern durch die Luft, sein Kiefer bebte. Adair stöhnte und zitterte neben ihm auf dem gefliesten Boden, Blut spritzte aus dem Stumpf seines abgetrennten Beins, sein ganzer Körper war geschunden von der Anstrengung, die Engelsmacht zu bändigen. Cades nasses, blutiges Husten verstummte und seine Gesichtszüge nahmen einen todesähnlichen Ausdruck an.

Anja stand vor Unentschlossenheit wie erstarrt da. *Was soll ich tun?*

Ihr Verstand war durch blanke Panik vernebelt. Sie hatte schon früher Massaker gesehen, schlimmer als dieses, aber die Zeit hatte den Schmerz abgestumpft. Cade und ihre Freunde starben vor ihren Augen und sie fühlte sich wie gelähmt.

Stefan drehte seinen Kopf in Adairs Richtung. Reumütige Tränen rollten über seine Wangen. »Es tut mir leid ... Meister. Ich war schwach. Habe ihnen vom Schloss erzählt. Und vom Spiegel.«

Adair streckte seine zitternde Hand aus. Er strich über Stefans Gesicht. »Nicht deine Schuld.«

Die Absolution vertiefte Stefans Kummer nur noch mehr. Seine Stimme brach, als schuldbewusstes Schluchzen ihn überkam. »Ich habe euch alle dem Untergang geweiht.«

»Niemand von uns ... könnte allein gegen Kain kämpfen.« Die verzweifelten Blicke des Meisters fanden Anja. Seine Stimme wurde zu einem zittrigen Krächzen. »Kleines ...?«

Sie kniete nieder und nahm seine Hand. »Meister?«

Er packte ihren Hemdkragen. Seine Augen quollen hervor und seine Nasenlöcher blähten sich, als er sie dicht an sein rissiges, blutverschmiertes Gesicht zog: »Hilf uns!«

Wachgerüttelt löste sie sich aus seinem Griff und umhüllte ihre Hand mit Feuer. Sie presste ihre Handfläche, heiß wie ein Brandeisen, gegen Adairs Beinstumpf und versengte ihn, bis er schwarz wurde. Sein wütendes Brüllen erfüllte die Villa, dann brach er keuchend und erschöpft zusammen. Die Blutung zu stillen war alles, was sie für ihn tun konnte; sein Bein war durch Magick abgetrennt worden, und es zu ersetzen, überstieg Anjas Fähigkeiten. *Er wird lernen müssen, mit Narben zu leben, so wie ich es getan habe.*

Schweißperlen liefen durch seine zerzausten Augenbrauen und sein Bartgestrüpp. Nach einem weiteren Atemzug nickte er ihr zu. »Gut.« Er sah zu Cade hinüber. »Jetzt er.«

Cade war bewusstlos und blau angelaufen. Stefan war wach und litt. Anjas Entscheidung war klar. Sie schüttelte den Kopf. »Cade ist erledigt.« Sie drehte sich um und wollte Stefan helfen.

Der Meister zerrte Anja von dem sterbenden Holländer weg. »Tu, was ich sage!«

Er schob sie in Cades Richtung. »Es ist noch Zeit! Hilf ihm!«

Sie wollte sich weigern, Cade ignorieren und alles für Stefan tun, was sie konnte – aber Adair war seit dem Tag, an dem ihre Mutter sie verstoßen hatte, wie ein Vater für sie gewesen. Sie konnte ihm nichts abschlagen.

Magick sagte ihr, was sie wissen musste.

»Da ist noch Leben in Cade«, gestand sie. »Aber Stefan hat mehr.«

»Das ist mir egal. Rette Cade.«

»Aber Stefan …«

»Ohne Cade haben wir den Krieg verloren. Rette ihn!«

Anja spürte, wie ihre Kräfte schwanden; ihre Kontrolle über BUERS Joch ließ nach. Ohne den Dämon hatte sie keine Magick zum Heilen. Sie wandte Adair den Rücken zu und kniete neben Stefan, der immer geduldig mit ihr gewesen war, auch als sie eine leidenschaftliche, aber nahezu ungebildete Anfängerin gewesen war. Sie strich ihm eine Haarsträhne aus der Stirn, die feucht von Schweiß und klebrig von Blut war. »Nur Mut. Ich …«

»Lass mich gehen«, flüsterte Stefan durch rissige Lippen. »Rette Cade.«

»Ich bin nicht stark genug.«

»Nimm meine Kraft. Gib sie ihm.«

Sie wich zurück. »Dich töten? Für ihn?« Zornige Tränen trübten ihren Blick. »Niemals. Ich …«

Er brachte sie mit einer sanften Berührung seiner Fingerspitze an ihrer Wange zum Schweigen. »Das hier ist wichtiger als ein Leben, Anja.« Er streichelte ihr Kinn. »Lass mich frei. Rette Cade.«

Seine Bitte riss ihr das Herz heraus. Sie sackte zwischen ihm und Cade auf den Boden, ihr blieb die Luft weg und in ihren Augen sammelten sich bittere Tränen.

Adair drückte ihre Hand. »Bitte. Ich flehe dich an. Bevor es zu spät ist.«

Der Meister hatte sie noch nie um etwas gebeten, niemals.

Eine tragische Erinnerung quälte sie – eine Vision ihres jüngeren Bruders, Piotr, tot im Schnee, ermordet von Kain. Und von ihr selbst, wie sie trauernd und machtlos neben Piotrs Leiche kniete.

Ihre Atemzüge wurden schnell und flach, während sie sich bemühte, das Schluchzen zu unterdrücken. Sie blickte auf Stefan hinab. »Verzeih mir.«

Ein schwaches Lächeln. »Du tust mir kein Unrecht. Nenn es einen letzten Freundschaftsdienst.«

Sie legte ihre linke Hand auf Stefans Brust, die rechte drückte sie auf die von Cade. Laut den Grimoires wirkte sie einen Heilzauber, aber sie betrachtete es als das, was es wirklich war: der Diebstahl des Lebens eines Menschen zum Nutzen eines anderen. Es war alles Teil des grausamen Sinns für Balance, den das Universum hegte, seiner Waage der Ungerechtigkeit. Sie lenkte die Kräfte Buers und übertrug den letzten Rest von Stefans Lebenskraft – eines üblicherweise nicht greifbaren Guts – auf Cade. Für Anja fühlte es sich an, als würde sie die letzte Glut eines Lagerfeuers stehlen, um einen Haufen Asche wieder zu entzünden.

Sie sah, wie das Leben aus Stefans Augen schwand. Eine kalte Leere erfüllte sie, als sie die Wahrheit akzeptierte, dass sie es ihm genommen hatte, um es einem Mann zu geben, den sie beneidete und verachtete.

Grabesstille erfüllte die Villa.

Cade keuchte und riss die Augen auf. Gierig sog er einen Atemzug ein. So schnell, wie er aufgewacht war, glitt er wieder in die Bewusstlosigkeit zurück, aber er befand sich nicht länger in den Fängen des Sensenmannes.

Anja erweiterte ihre Sinne noch einmal, um zu bestätigen, was sie bereits wusste.

»Cade wird leben.« Sie starrte Adair mit einem unversöhnlichen Blick an. »Stefan ist tot.«

Ein trauriges Nicken. »Danke.«

Sie stand auf, erfüllt von Abscheu. »Fahren Sie zur Hölle.«

»Glaubst du, du bist die Einzige, die leidet? Stefan war wie ein Sohn für mich. Aber ich habe ihn aufgegeben – weil es notwendig war. Und er *wusste* es! Also entehre seinen Mut nicht, indem du so tust, als wäre sein Opfer vergebens gewesen. Er ist gestorben, um uns eine Chance zu geben.«

Es kostete sie all ihre Willenskraft, den Mann, den sie einmal Meister genannt hatte, nicht anzuspucken.

»Er ist gestorben, weil ich das, was von seiner Seele übrig war, herausgerissen habe« – sie nickte zu Cade, als sie fortfuhr – »und es *ihm* gegeben habe. Stefan ist tot, weil er sterben musste, damit Ihr Schoßhündchen leben kann.«

Anja ging davon, ihr Herz wurde mit jedem Schritt kälter. Sie konnte sich keinen Weg in ihrem Leben vorstellen, der sie dazu bringen würde, Adair zu vergeben, oder sich selbst. Aber diese Wahrheit zu akzeptieren führte sie zu einer anderen, weitaus ernüchternderen Erkenntnis.

Ich kann nirgendwo anders hin.

27

Die Villa war kleiner als Eilean Donan Castle. Sie war rustikal – ein netteres Wort als »heruntergekommen« oder »marode« – und lag auf einer staubigen Hügelkuppe, die man über eine Serpentine an der Südseite des Hügels erreichen konnte.

Verblichene rosa Fliesen bedeckten die meisten Böden und die Wände waren grauweiß verputzt. Es waren keine Decken eingezogen worden, sodass man durch die Stützbalken bis zum Dachstuhl sehen konnte, wo sich offenbarte, dass das Dach schon seit Langem vernachlässigt wurde. Mittags wurde das Haus zum Backofen. Wacklige Möbel standen in allen Zimmern außer dem großen Saal im Erdgeschoss, dessen weitläufiger Parkettboden ohne jegliche Einrichtung auskommen musste. Die Vorratskammer war so gut wie leer, der Weinkeller ebenfalls, und Cade hasste seine durchgelegene Matratze.

Trotz all dieser Makel strahlte das Haus einen gewissen Charme aus. Durch die schmutzigen Fenster fiel goldenes Nachmittagslicht in das zweistöckige Gebäude. Von der Veranda aus konnte man das Vorgebirge der Sierra Nevada zwischen den Ortschaften Orgiva und Lanjarón sehen. Es lag rund eine Autostunde von Granada entfernt. Die frische Luft, die Wildblumen im Garten und das alte Holz der vielen Balken erfüllten das Haus mit angenehmem Duft.

Fünf Tage waren vergangen, seit Anja und Adair Cade hierhergebracht hatten. Seit der Meister sich in seiner Gästesuite eingeschlossen hatte. Seit Anja Stefan begraben und zum letzten Mal etwas gesagt hatte.

Heute fühlte sich Cade zum ersten Mal so gut, dass er es wagte, sein Bett zu verlassen und die Villa zu erkunden. Die Bibliothek war der einzige Raum, der ihn beeindruckte. Die hohen Wände verbargen sich hinter Regalen voller uralter Kodizes und Schriftrollen. Auf einem Tisch in der Mitte lagen Adairs, Anjas und sein eigenes Grimoire. Ihre in Leder eingeschlagenen magischen Werkzeuge und ihre Roben waren in einem majestätischen, lackierten Eichenholzschrank, der in einer Ecke stand, verstaut worden. Als Cade das alles sah, fragte er sich, wie es hierhergekommen war.

Die Antwort war natürlich offensichtlich. Adair hatte einen Dämon mit Magick gezwungen, ihr Hab und Gut mitsamt der Bibliothek aus Eilean Donan in dieses abgelegene andalusische Versteck zu bringen.

Cade sehnte sich nach frischer Luft, also ging er nach draußen, streckte sich auf dem Rasen aus und verlor sich im Sonnenuntergang, der den von Wolken durchzogenen Himmel in Westen tiefrot färbte. Schon bald würde die Nacht denselben Himmel mit Sternen bedecken. Dann würde es so kalt werden, dass man ein Feuer im Kamin des Saals anzünden musste. Cade war dankbar für die Einsamkeit. Er schloss die Augen und ließ seinen Gedanken freien Lauf.

Die Nacht kam über ihn und der Himmel enthüllte seine Pracht. Cade bewunderte die Sterne, bis ihn die Vorstellung seiner Bedeutungslosigkeit im Angesicht dieser gewaltigen Schöpfung ermüdete. Also hörte er auf seinen wachsenden Appetit und kehrte in die Villa zurück.

Im Haus war es ungewöhnlich still. Der kühle, nächtliche Wind wehte lautlos hindurch.

»Anja? Bist du da?«, rief Cade, obwohl er damit in Kauf nahm, Adair zu wecken, der während seiner Genesung fast rund um die Uhr schlief. Niemand antwortete.

Sie war weder in der Küche noch in einem der Zimmer im ersten Stock. Cade ging nach draußen und umrundete die Villa. Im Umkreis von mehreren Kilometern war niemand zu sehen.

Eine furchtbare Ahnung ließ ihn in die Bibliothek zurückkehren. Anjas Grimoire war verschwunden. Er öffnete den Schrank. Ihre Roben und magischen Werkzeuge lagen nicht mehr darin.

Anja war ohne Erklärung oder Abschied gegangen.

28

JULI

Angst und Verwirrung, Freudentaumel und Bedauern – erfüllte einen Freiheit immer mit so einem Gemisch aus Gefühlen? Ihr ganzes Leben lang war Anja fremdbestimmt gewesen. Zuerst von ihrer Mutter, dann ab dem dreizehnten Lebensjahr von Adair. Nun glitt sie allein durch die Nacht, dreihundert Meter über dem Mittelmeer. Die Zauber von Andrealphus hatten sie in einen Wanderfalken verwandelt und den Transport ihrer Werkzeuge und der anderen Habseligkeiten hatte sie Danochar überlassen.

Hinter ihrem linken Flügel erstreckte sich die Ostküste Spaniens, zu ihrer Rechten zeichnete sich die Insel Palma am Horizont ab. Sie hatte vor, der Küstenlinie an Frankreich vorbei bis Italien zu folgen und dann über Land bis zur Adria zu fliegen. Dort wollte sie in Richtung Osten abbiegen. Wenn sie erst einmal das Schwarze Meer sah, konnte sie dessen Nordküste bis zur Mündung des Peka Don folgen. Der gewundene Fluss würde sie an ihr Ziel führen: Stalingrad. Dort würde sie sich der Roten Armee anschließen, um ihre Pflicht zu erfüllen und Mütterchen Russland zusammen mit ihren Kameraden gegen Hitlers Legionen zu verteidigen.

Doch als die Welt sich vor ihr ausbreitete, lenkten ihre Schuldgefühle ihre Gedanken zurück zu dem, was sie hinter sich gelassen hatte. Zu Adair. Sie versuchte, die Erinnerung an ihn und die damit verbundene Wut zu verdrängen.

Wieso war Cades Leben mehr wert als Stefans? Diese Frage quälte sie. Anja nahm es Cade übel, dass er Adairs neuer Liebling war, dass der Meister bereit war, all seine anderen Adepten für ihn zu opfern. *Wann hätte er wohl von mir verlangt, mein Leben für sein amerikanisches Schoßtier zu geben?*

Sie wollte Cade zwar hassen, aber das konnte sie nicht. Er hatte um das Leben, zu dem Adair ihn zwang, nicht gebeten. Trotzdem hatte er sich dem Kampf mutig gestellt und es beunruhigte Anja, wie schnell er Aufgaben und Techniken meisterte, für die sie Jahre gebraucht hatte.

Sie gestand sich nur ungern ein, dass sie Adair vermissen würde. Dass sie ihn verlassen hatte, obwohl er verstümmelt ans Bett gefesselt war, erfüllte sie mit Reue, auch wenn sie nicht mehr für ihn hätte tun können. Sie hatte sich um seine schwersten Verletzungen gekümmert; die restlichen konnte nur die Zeit heilen.

Die übrig gebliebenen Zirkel der Thule-Gesellschaft stellten immer noch eine Gefahr dar, ebenso wie Kain und seine Lehrlinge. Adair und Cade hatten sich sicherlich darauf verlassen, dass Anja ihnen bei diesen Kämpfen zur Seite stehen würde, aber sie musste sich nun einer wichtigeren Aufgabe stellen.

Sie schätzte, dass sie Stalingrad in sechs Tagen erreichen würde. Dann würde sie den Feldzug antreten, auf den sie sich, wie sie nun erkannte, körperlich und geistig sieben Jahren lang vorbereitet hatte. Sie würde ihre Ehre als Russin zurückerlangen – und den Nazis zeigen, dass sie die heroischen Sowjets noch mehr fürchten mussten, als sie bisher gedacht hatten.

Anja hatte die Villa vor Tagen verlassen, aber Cade verstand ihre Motive immer noch nicht. Er lehnte im Türrahmen des Badezimmers, während Adair in der frei stehenden Badewanne untertauchte. Als der Meister wieder hochkam, fragte Cade: »Sie glauben doch nicht, dass sie sich Kain allein stellen will, oder?«

Adair strich sie die nassen, grauen Haare aus dem Gesicht. »Das kann ich mir nicht vorstellen.« Er wrang seinen struppigen Bart aus und rieb sich die Augen.

»Aber sie hat jetzt eine Kostprobe von Engelsmagick bekommen ...«

»Was nicht reichen wird, um Kain zu besiegen. Sie könnte eh nicht darauf zugreifen.«

»Aber Sie haben sie in der Wewelsburg benutzt ...«

»Ja.« Adair massierte seinen Beinstumpf. »Was mich fast das Leben gekostet hätte.«

»Wieso haben wir nicht von Anfang an Engelsmagick verwendet?«

Adair bedachte Cade mit einem strengen Blick. »Weil ich den Eisernen Kodex brauchte, um das überhaupt versuchen zu können.«

»Aber jetzt haben Sie ihn ...«

Der Meister zeigte auf die verkrusteten Risse, die wie Pfade des Schmerzes von seinem Kopf bis zu seinem verbliebenen Fuß verliefen. »Erstens dürfte dir aufgefallen sein, dass das Unterjochen eines Engels, was nicht einmal das richtige Wort ist, dem Körper deutlich mehr abverlangt als das eines Dämons. Der Hauptgrund ist jedoch, dass man Engel nicht wie Dämonen zum Dienst zwingen kann. Man kann Engel um Hilfe bitten, aber sie müssen die Bitte nicht zwangsläufig gewähren.«

Cade merkte sich diese Information für später und wandte sich dann dringenderen Fragen zu. »Meinen Sie, dass Kain und seine Adepten sich noch in der Wewelsburg aufhalten?«

»Die sind längst weg. Wer weiß, wohin.« Er streckte die Hand nach Cade aus. »Hilf mir hoch.«

Vor der Wewelsburg hatte Adair auf Cade imposant, fast schon unbesiegbar gewirkt. Nun war er nass und nackt und balancierte ungeschickt auf einem Fuß, während er versuchte, die Badewanne zu verlassen, ohne auf dem Hintern zu landen. Auf einmal erschien ihm Adair gebrechlich. Er stützte den alten Karcisten, als er sich erhob.

Obwohl Adair ein Bein ab dem Knie verloren hatte, wog er nach wie vor einiges, als Cade ihn aus der Wanne hob und auf dem kleinen Teppich absetzte. Bevor der Meister fragen konnte, hatte Cade ihm bereits ein Handtuch gereicht. Adair trocknete sich die Brust ab, dann hing er sich das Handtuch wie eine Kapuze über den Kopf. Cade stützte ihn, während er sein Gewand anzog, und sich dann auf einen Hocker neben der Wanne setzte. »Danke, mein Junge.«

Der Stumpf unter Adairs Knie bestand aus hellrosa Narbengewebe. Cade war davon ebenso fasziniert wie abgestoßen. »Tut das noch weh?«

»Weniger als du wahrscheinlich denkst.« Adair inspizierte die Wunde mit klinischer Distanziertheit. »Nachdem Anja den Stumpf verbrannt hatte, um die Blutung zu stillen, habe ich nichts mehr gespürt. Der Schmerz ist erst zurückgekehrt, als sie die Brandwunde geheilt hat.« Er runzelte ausgiebig die Stirn. »Dreihundertfünfzig Jahre fast ohne einen Kratzer. Und jetzt das.« Seine Laune besserte sich. »Habe ich auch verdient. Ich bin ja wie ein Vollidiot da reingestürmt, brüllend und tobend.«

Adair trocknete sich die Haare ab, während Cade seine Krücke holte. Der Meister stand auf und klemmte die gepolsterte Stütze unter seine Achselhöhle. Dann humpelte er vom Bad in sein Schlafzimmer. Cade folgte ihm. »Wann können Sie wieder Magick einsetzen?«

»Frühestens in einigen Wochen.« Er musterte Cade. »Und du?«

»Ich bin bereit.« Das war gelogen. Cades Inneres fühlte sich an, als wäre es in Säure gekocht und mit Dornen zerkratzt worden, aber er riss sich für seinen Mentor zusammen.

»Wenn du das sagst.« Der Meister faltete Unterwäsche und eine Hose auseinander. »Wegen mir musst du dich zu nichts zwingen. Das nächste Mal wirst du den Kreis allein betreten.« Er schien die Nervosität zu spüren, die Cade zu verbergen versuchte. »Vergiss nicht, was ich dich gelehrt habe: Der Kreis wird für fünf, drei oder einen gezogen. Es funktioniert nicht zu zweit. Da Anja weg ist, bist du auf dich allein gestellt.«

»Kein Problem.« Auch das war gelogen. Die Vorstellung, allein vor einer Reihe von Dämonen zu stehen, entsetzte Cade zutiefst. Er beschloss, das Gespräch auf ein Thema zu bringen, das ihn seit seiner Entführung vor über einer Woche beschäftigte. »Ich hab da ein paar Fragen.«

»Ich wäre sauer, wenn du keine hättest.«

Er wartete, bis Adair seine Hose angezogen hatte, dann fragte er: »Was ist ein *Nikraim?*«

Der Meister seufzte. »Er hat es dir also erzählt.« Er runzelte die Stirn. »Das ist ein altes hebräisches Wort, eines, das längst aus dem Sprachgebrauch verschwunden ist. Es beschreibt eine Person, die sich spirituell an einen Engel gebunden hat – keinen gefallenen, sondern einen aus der Heerschar des Himmels.«

»Ich dachte, die nennt man Nephilim.«

Der Meister schüttelte den Kopf. »Nein, Nephilim sind Nachkommen eines Menschen und eines fleischgewordenen Engels, so wie Cambione Nachkommen eines Menschen und eines Dämons sind. Ein *Nikraim* ist *kein* Mischling. Es sind zwei Wesen, die als Einheit leben, ein Geist, der mit einer Seele verschmolzen ist.«

Die Implikationen verblüfften Cade. »Wie passiert so was?«

»Niemand weiß, warum der Himmel bestimmte Seelen auswählt oder warum er Geister aussendet, die sich in menschliche Angelegenheiten einmischen. Aber *Nikraim* erlangen große Macht, wenn sie erwachsen werden.«

»Und ich bin einer von ihnen?«

Adair sah ihn gequält an, dann zeigte er auf die Kommode. »Sei ein guter Junge und hol mir meinen Flachmann.« Cade nahm den matt schimmernden stählernen Flachmann aus einer Schublade und stellte fest, dass er noch halb voll war. Adair schraubte die Kappe ab und nahm einen Schluck. »Theoretisch betrachtet stimmt das. Du bist ein *Nikraim.*« Er nahm noch einen Schluck. »Aber du gehörst nicht so richtig zu den Auserwählten Gottes.«

Je mehr Adair sagte, desto weniger verstand Cade. »Das heißt?«

Adair humpelte auf seiner Krücke zu einem Schrank und nahm ein zerknittertes Hemd heraus. Während er es anzog, erklärte er: »Deine Verbindung beruht auf Magick. Dein Vater hat ein großes Experiment durchgeführt, während du noch im Mutterleib lagst. Er hat einen Pakt mit dem Himmel geschlossen, einen Engel aus der Heerschar beschworen und ihm angeboten, dich als Gefäß zu benutzen.«

»Wollen Sie damit sagen, dass ich eine Art Marionette bin?«

Der Meister hielt beim Zuknöpfen seines Hemds inne. »Nein! Du besitzt einen freien Willen, und zwar schon schon immer. Der Engel ist eher ein Passagier. Du zapfst seine Kraft und seine Talente an, aber du hast die volle Kontrolle.«

»Aber was für Talente habe ...« Die Erkenntnis traf ihn wie ein Schlag ins Gesicht. »*Magick.* Was auch immer mein Vater mir angetan hat, ich bekam dafür die Gabe der Magick.«

Ein ernstes Nicken. »Aye.«

»Wenn ich mit einem Engel verbunden bin, heißt das, dass ich Engel unterjochen kann?«

»Wie schon gesagt, unterscheiden sich wahre Engel von Gefallenen. Du kannst sie um Hilfe bitten, aber die gewähren sie nur, wenn es dem Göttlichen gefällt – man kann das nicht erzwingen. Nicht mal du bist dazu in der Lage. Und eines kannst du mir glauben: Du magst das Unterjochen eines Dämons für harte Arbeit halten, aber einem Engel das Zaumzeug anzulegen, ist zehnmal schlimmer.«

»Sie meinen also, dass ich *ständig* einen Engel mit mehr herumschleppe, und das schon mein ganzes Leben. Wieso wirkt sich das nicht auf meinen Verstand aus?«

»Verbinden und Unterjochen sind nicht dasselbe. Beim Unterjochen bindest du die Macht eines Geistes an dein Fleisch. Wenn dein Körper schwächer wird, verlierst du die Kontrolle über den Geist. Aber bei einer Verbindung verschmilzt die unsterbliche Essenz eines Geistes mit der sterblichen Seele eines Menschen und das für dessen gesamtes Leben.«

»Aber wozu? Wieso hat mein Vater das mit mir gemacht?«

Adair schloss den letzten Knopf seines Hemds und drehte sich zu Cade um. »Weil Kain ein *Nadach* ist, jemand, der seine Seele mit einem Dämon verbunden hat. Das macht ihn zu einem mächtigeren Karcisten, als ich je sein werde. Das bedeutet auch, dass ihn nur ein Magicker besiegen kann, der ihm ebenbürtig ist. Ein *Nikraim.*«

»Sie meinen mich.«

»Aye.« Adair blickte zu Boden. »Deshalb habe ich Anja befohlen, Stefan sterben zu lassen – damit sie die Kraft hatte, dich zu retten.

Ich habe Stefan wie einen Sohn geliebt, aber ... er hätte Kain niemals besiegen können.« Als er aufsah, schimmerten Tränen in seinen dunklen Augen und seine Stimme zitterte vor Trauer. »Deshalb musste ich ihn gehen lassen.« Mit dem Handrücken wischte er sich die Tränen vom Gesicht.

Schuldgefühle überkamen Cade. »So viele Menschen sind für mich gestorben. Meine Eltern, die Passagiere der *Athenia* und jetzt Stefan ... Wie soll ich das je wiedergutmachen?«

»Indem du ein Leben führst, das diesen Opfern würdig ist.«

Das war der simpelste Rat, den der Meister ihm je gegeben hatte – aber auch der beste und härteste. Cade versuchte, das Zittern in seinem Körper zu unterdrücken. »Schaffen Sie es allein nach unten?« Der Meister nickte, also wandte Cade sich von ihm ab. »Lassen Sie sich Zeit. Ich kümmere mich um das Frühstück.«

Ein Tag voller banaler Aufgaben lag vor Cade, Arbeiten, die er erledigen musste, damit sie in der Villa nicht nur leben, sondern sie auch gegen magische Angriffe verteidigen konnten, so wie den, der Eilean Donan ereilt hatte. Adair würde ihm zwar Ratschläge geben, aber Cade war derjenige, der sich die Finger schmutzig machen musste. Ein langer Tag lag vor ihm, aber der war nicht halb so lang wie die Nacht, die auf ihn folgen würde. Denn wenn die Sonne untergegangen war und die Uhr sich der Geisterstunde näherte, würde Cade sein nächstes Experiment vorbereiten.

Es war Zeit, dass die Hölle sich *seinen* Forderungen beugte.

Neue Magick blieb Adair weiterhin verschlossen, aber er hatte noch ein paar Asse im Ärmel. In seinem Arbeitszimmer stand ein großer ovaler Spiegel in einem schweren Holzgestell, den man über ein Gelenk vertikal drehen konnte. Dies war sein letzter Spiegel in Kontinentaleuropa. Ohne einen weiteren Zauberspiegel auf der anderen Seite konnte er nicht als Portal genutzt werden, aber immerhin noch als Kristallfenster.

Adair hatte tagelang vor dem Spiegel gesessen und durch die wässrig schimmernde Oberfläche nach Niko gesucht. Schon vor

Stefans Ergreifung hatte er sich nicht gemeldet. Adair ließ sich von DEMOGORGONS Wahrsagetalenten anleiten. Mit ihrer Hilfe hatte er seine Suche zuerst auf Frankreich, dann auf Burgund und schließlich auf die Gemeinde Vitteaux eingegrenzt.

Und nun hatte er Niko gefunden, dessen geschwollenes und zerschlagenes Gesicht ihm entgegenblickte. Adair rief nach Cade, der sich im angrenzenden Zimmer aufhielt. »Mein Junge, ich hab ihn gefunden!«

Cade eilte herein, stellte sich neben Adair vor den Spiegel und verzog das Gesicht, als er Niko sah. »Ach du Scheiße! Geht's dir gut?«

»Ich hab schon besser ausgesehen, n'est-ce pas?«

Adair starrte Niko mit offenem Mund an. »Mein Gott! Dass du überhaupt noch am Leben bist!«

»Wahrscheinlich sollte ich das gar nicht sein. Aber der Arzt hier im Ort ist extrem stur.«

Wäre Adair der sarkastische Tonfall in Nikos Stimme nicht so vertraut gewesen, hätte er seinen einst so impulsiven jungen Adepten nicht wiedererkannt. »Apropos stur – du hast versucht, sie zu retten. Obwohl ich dir gesagt hatte, du sollst das nicht tun.«

Die Maske der Gewalt, die Nikos ehemals gut aussehendes Gesicht verbarg, konnte seine Wut nicht vertuschen. »Oui. *Sie war meine Schwester. Ich wollte sie denen nicht kampflos überlassen.«*

»Aber zu welchem Preis? *Verdammt noch mal,* Niko! Es ist schon schlimm, dass du dein eigenes Leben riskiert hast, aber musstest du Stefan mit hineinziehen? Wegen dir konnte Kain in Eilean Donan eindringen. Er hat Stefan umgebracht und hätte uns anderen beinahe das Gleiche angetan. Nur, weil *du* dich einem Befehl widersetzen musstest.«

»Wenn Sie mir geholfen hätten, sie zu retten, anstatt …«

»Halt den Mund! Ich hab dir gesagt, dass wir nicht den ganzen scheiß Krieg für das Leben einer Frau riskieren können, aber genau das hast du getan! Wenn wir Cade verloren hätten, wären wir jetzt so gut wie tot. Du, ich, die Résistance, die Alliierten, Milliarden von Menschen, verdammt noch mal – alle wären verreckt für dieses eine Leben.«

Nikos Wut verwandelte sich in Trauer. *»Sie war alles, was ich an Familie noch hatte. Ich werde mich nicht dafür entschuldigen, dass* *ich sie retten wollte.«* Ein flehender Tonfall mischte sich in sein Bedauern. *»Ich musste es versuchen, Meister. Bitte sagen Sie, dass Sie das verstehen.«*

Es fiel Adair schwer, Nikos Leid mit anzusehen, ohne Mitgefühl zu empfinden. »Dass ich das verstehe, heißt nicht, dass ich es gutheiße – oder dir vergeben kann.«

»Ich habe um beides nicht gebeten.«

»*Du* solltest jedoch verstehen, wie groß der Schaden ist, den du angerichtet hast. Mit dieser einen egoistischen Tat hättest du uns alle beinahe ausgelöscht. Du musst wieder am Kampf teilnehmen. Ich brauche dich in Paris, damit du den Thule-Zirkel zerstören kannst, bevor er noch stärker wird.«

»Der Dorfarzt sagt, dass es Monate dauern wird, bis ich wieder gehen kann.« Das Funkeln in Nikos Auge ließ erahnen, dass sich unter seinen schwarzblauen Wunden der Hauch eines Lächelns abzeichnete. *»Aber der Maquis bringt mir immer noch Neuigkeiten aus Paris – Neuigkeiten, die Sie erfahren müssen.«*

Niko hustete und sprühte dabei Blut auf seine Faust. Er wischte sie an seinem Hemd ab. *»Die Résistance benutzt die alten Katakomben, um ihre Leute und deren Ausrüstung ungesehen durch Paris zu transportieren. Sie haben detaillierte Karten der Tunnel angefertigt und wissen, wo sie an die Oberfläche kommen.«*

»Weiter.«

»Letzte Woche haben Waffenschmuggler des Maquis Fremde in den Katakomben entdeckt. Keine deutschen Soldaten, sondern Zivilisten, die Roben trugen. Zu ihnen gehörte eine rothaarige Frau. Sie sind den Fremden gefolgt und auf einen Tunnel gestoßen, der nicht auf den Karten verzeichnet war. Ein Weg, der von einem Eisengitter ohne Tür versperrt wurde. Aber die Eindringlinge waren weg. Wie durch …«

»… wie durch Magick«, sagte Adair und beendete damit Nikos Gedanken. »Hat dein Maquis daran gedacht, den Tunnel auf der Karte einzuzeichnen?«

»Oui.« Er hielt ein zusammengefaltetes Dokument hoch, damit Adair es sehen konnte.

Der Meister wandte sich an Cade und zeigte auf die Kommode. »Hol die Kamera.«

Cade folgte der Aufforderung und fotografierte einige Seiten der Karte ab. »Ich bringe den Film in die Stadt und lasse die Bilder vergrößern.« Er ging zur Tür.

»Gute Arbeit.« Im Licht der Entdeckung, die Niko gemacht hatte, bereute Adair, dass er ihn so scharf angegriffen hatte. Es fiel ihm schwer, ihn anzusehen. »Tut mir leid, dass ich dich nicht herholen kann. Es werden bald neue Portale eintreffen, aber ... die sind leider schon verplant.«

Niko schüttelte den Kopf. *»Das trifft sich ganz gut. Das würde beim Maquis sehr viele Fragen aufwerfen, die ich nicht beantworten könnte.«*

»Das stimmt.« Er nahm den Zauberspiegel, den er in der Wewelsburg aufgesammelt hatte, aus dem Regal neben dem Spiegel. Das aus Glas und Stahl bestehende Rechteck war in weiße Seide eingeschlagen. »Das war Stefans. Ein Geist wird ihn dir morgen bei Tagesanbruch bringen, um den zu ersetzen, den du verloren hast. Für den Fall, dass du etwas Neues erfährst. Oder unsere Hilfe brauchst.«

Der zerschlagene junge Mann akzeptierte das Angebot mit einem dankbaren Nicken. »Merci.«

»Werd erst mal gesund, Junge. Wir halten dich auf dem Laufenden.« Er und Niko nickten sich zum Abschied zu, dann schloss Adair das Kristallfenster mit einer Handbewegung.

Er stand auf und schob sich die Krücke unter den Arm. Schließlich blickte er aus dem Fenster und entdeckte Cade, der auf seinem Fahrrad saß und über die gewundene Straße den Hügel hinunterfuhr, um die Kamera in die Stadt zu bringen.

Wenn Briet und ihr Pariser Zirkel die Katakomben als Unterschlupf nutzten, dann musste Cade sich ihnen allein stellen und sie alle vernichten.

Adair umklammerte die Krücke so fest, dass seine Knöchel weiß hervortraten. Mühsam schluckte er sein Bedauern herunter.

Gott, vergib mir ... was, wenn ich diesen Jungen in sein Verderben schicke?

29 AUGUST

Wochenlang hatte er auf diesen Moment hingearbeitet. Cade hatte den großen Saal der Villa nach und nach für die Beschwörung vorbereitet. Jede Sigille, jede Linie, jedes Totem von goëtischer Bedeutung war platziert, korrigiert und in Übereinstimmung mit den uralten Grimoires perfektioniert worden. Adair hatte sich alles genau angesehen und keinen Grund zum Meckern gefunden – wenn man davon absah, dass er Cades kompletten Plan ablehnte, doch den stellte Cade nicht zur Diskussion.

Er trug seine zeremoniellen Roben und hatte sein Werkzeug dabei, das er nach den Anweisungen von Honorius und Salomon exorziert und geweiht hatte. Zedern- und Sandelholz brannten in der Feuerschale, deren Flammen ab und zu mit Öl und Kampfer übergossen wurden.

Die Hölle machte das übliche Theater, bevor sie Lucifuge Rofocale ausspuckte. Dessen Ankunft wurde von Donner, Feuer, ätzendem Rauch und widerlichem Gestank begleitet. Der Ziegenschwanz der gehörnten Abscheulichkeit zuckte und sie stampfte mit ihren Hufen auf den Parkettboden der Villa. Ihre gelben Augen richten sich feindselig und verächtlich auf Cade.

Aus welchem Grunde stört Ihr mich?

»Ich habe eine Liste mit Geistern dabei, die Euch unterstehen, und die ich unterwerfen will, so wie es unser Pakt vorsieht. Ich befehle

Euch, diese Geister zu zwingen, herbeizukommen, sobald ich ihren Namen verlese, und sich vorzustellen, damit ich sie in meine Dienste nehmen kann.«

Der Dämon verdrehte die Augen. Cade nahm an, dass ihm das alles lästig war: ständig die gleichen Forderungen und dieselben Namen und das in alle Ewigkeit.

Erneut donnerte seine Stimme durch den Saal. NENNT JENE, DEREN DIENSTE IHR BENÖTIGT. WENN SIE MIR UNTERSTEHEN, WERDE ICH SIE EUCH ÜBERLASSEN.

Dies war der Moment, der Cades Entschlossenheit auf die Probe stellen würde. Er zitierte die Liste aus dem Gedächtnis. »Großer und mächtiger LUCIFUGE ROFOCALE, ich befehle Euch, die folgenden Geister meiner alleinigen Herrschaft zu überlassen. AZAEL, ZOCAR, XAPHAN, VESTURIEL, ARIOSTO, MARCHOSIAS, SATHARIEL, VAELBOR, JEPHISTO, SABAOTH, SEIR, CASMIEL, MEUS CALMIRON, AOROTOS und VERMAEL.«

Der mächtige Geist hielt inne, als hätten ihn Cades Forderungen überrascht. Er wirkte nicht mehr so herablassend wie zuvor und seine Stimme klang nicht mehr ganz so majestätisch, auch wenn sie immer noch dröhnte wie entfernter Donner. FÜNFZEHN GEISTER? NOCH NIE ZUVOR HABT IHR SO VIELE UNTERJOCHEN WOLLEN.

»Werdet Ihr sie mir überlassen, so wie es unser Abkommen verlangt? Oder muss ich Euch bestrafen?«

LUCIFUGE ROFOCALE verneigte sich höhnisch und übertrieben lang. ICH HABE NUR EURE SICHERHEIT UND EUER WOHLBEFINDEN IM SINNE. STERBLICHE KÖRPER SIND NICHT DAFÜR GEDACHT, SO VIELE AUS MEINEM VOLK AUFZUNEHMEN.

Cade richtete seinen Zauberstab auf die qualmende Feuerschale vor ihm. »Meiner wird so viele aufnehmen, wie es mir beliebt. Und wenn ich Euren Rat wünsche, werde ich darum bitten. Bringt mir nun die Geister, die ich Euch genannt habe, und befehlt ihnen, augenblicklich vor mir zu erscheinen. Sonst werdet Ihr meinen Zorn zu spüren bekommen.«

Der Geist trat zurück und warf sich in die Brust. Ihn umgab eine Aura des Stolzes und der arroganten Gleichgültigkeit. ICH KANN EUCH DIE GENANNTEN GEISTER BRINGEN, BIS AUF ZOCAR.

Die Spitze von Cades Zauberstab strich über die glühenden Kohlen in der Feuerschale, woraufhin der Dämon mit einem unbehaglichen Knurren reagierte. »Wieso könnt Ihr mir ZOCAR nicht bringen?«

Hass loderte in den Augen des Dämons. ZOCAR BEFINDET SICH MOMENTAN RECHTMÄSSIG IM DIENSTE EINES ANDEREN MEINER DIENER. WENN IHR BLITZE SCHLEUDERN MÖCHTET, KANN ICH EUCH AZALETH ÜBERLASSEN.

»Von wem wurde ZOCAR unterjocht?« Eine lange, trotzige Stille trat ein, als der Dämon die Antwort verweigerte. Cade stieß seinen Zauberstab in die rot glühenden Kohlen, wobei er Asche aufwirbelte und LUCIFUGE ROFOCALE schreckliche Laute entlockte. Dieses Heulen, Ausdruck seiner übernatürlichen Qualen, würde erst nachlassen, wenn Cade den Stab aus dem Feuer nahm. Cade hatte jedoch kein Mitleid mit dem brüllenden, sich windenden Ungeheuer. »Von wem wurde ZOCAR unterjocht? Sagt es mir oder ich werde Eure Qualen um ein Tausendfaches steigern!«

Cade hatte noch nie so einen gequälten Schrei gehört wie den, der nun durch die Villa hallte. Schließlich ließ der Geist die Balken erbeben, als er brüllte: NEHMT DEN STAB AUS DEM FEUER, DANN WERDE ICH ES EUCH SAGEN! GNADE!

Cade zog den Zauberstab aus der Feuerschale. »Beeilt Euch. Ich bin mit meiner Geduld am Ende.«

EUER RIVALE, KAIN ENGEL – ER HÄLT ZOCARS ZÜGEL IN DER HAND.

Cade hatte noch nie über die Bedeutung des Worts »alleinig« in der Unterjochungsforderung nachgedacht. Es war nur eines der vielen Wörter gewesen, die er hatte auswendig lernen müssen. »So lange Kain den Geist unterjocht hat, kann ihn also kein anderer beschwören?«

LUCIFUGE ROFOCALE bestätigte das mit gepeinigter Stimme. IN DER TAT, SO IST ES.

»Funktioniert das umgekehrt auch? Wenn ich einen Geist unterwerfe, hat Kain keinen Zugriff auf ihn?«

RICHTIG. Die Antwort war zwar kurz, aber voller Verachtung.

Mit diesem Wissen ließ sich etwas anfangen, das ahnte Cade, aber zuerst musste er sich um dringendere Dinge kümmern. »Ich akzeptiere AZALETH als Ersatz für ZOCAR. Bringt mir AZALETH und all die anderen, die ich Euch genannt habe, abgesehen von ZOCAR, damit ich sie unterwerfen kann.«

Der Premierminister der Hölle gehorchte, so wie es der Pakt von ihm verlangte, und beschwor vor Cade eine Parade der Gottlosen; jede einzelne Abscheulichkeit erfüllte die Luft mit ekelerregendem Gestank und stieß grässliche Laute aus. Cade nannte einen Namen nach dem anderen und bei jedem schälte sich eine geisterhafte Gestalt aus der Dunkelheit und wurde von Cade absorbiert.

Jeder Dämon löste eine Welle des Schmerzes aus, die immer stärker wurde, bis es sich so anfühlte, als würde er versuchen, ein Rudel Wölfe in einen Seidensack zu sperren.

Als der letzte Geist in Cade verschwand und von ihm unterjocht wurde, überkam ihn eine starke Übelkeit, heftiger als jede, die er zuvor hatte ertragen müssen. Sein Körper wehrte sich gegen die Invasion, die man ihm aufgezwungen hatte. Seine Eingeweide brannten; sein Magen verkrampfte sich. Galle stieg ihm in die Speiseröhre. Der Druck in seinem Kopf wurde so groß, dass er sich danach sehnte, seinen Schädel zu zertrümmern und den Schmerz herauszulassen.

Etwas Warmes berührte seine Oberlippe. Er wischte sich das Blut, das aus seinen Nasenlöchern tropfte, mit dem Handrücken aus dem Gesicht. Dann spürte er einen tiefsitzenden Schmerz in seinem rechten Auge.

Unmenschliche Stimmen drängten sich in seinem Verstand. Sie übertönten seine eigenen Gedanken – eine Art Vorgeschmack auf den Albtraum, den man durchmachte, wenn man von Dämonen besessen war –, bis er sie zwang zu schweigen. Dafür musste er seine ganze Konzentration aufbringen, und als er fertig war, überkam ihn Schwindel und in seinen Därmen brodelte es.

Als sein Blick auf LUCIFUGE ROFOCALE fiel, kam es ihm so vor, als würde sich der Dämon an seinem Leid ergötzen. Er wollte ihn nicht weiter kostenlos unterhalten. »Ich danke Euch für Euren Dienst und gebe Euch in Übereinkunft mit den Bedingungen des Pakts frei, vorausgesetzt Ihr tut weder Mensch noch Tier an diesem Ort etwas an und auch nicht denen, die ich in mir aufgenommen habe. Geht in Frieden und kehrt nur dann zurück, wenn ich Euch rufe. Hinfort, Geist – im Namen von ADONAY, ELOHIM, ARIEL und JEHOVA!«

Ein gewaltiger Knall erschütterte die Villa. Das Innere des Kreises, der LUCIFUGE ROFOCALE gefangen hielt, verschwand und an seine Stelle trat ein Abgrund voller umherwirbelnder Wolken, Dunkelheit und Sternen, in den der Dämon stürzte. Kaum hatte er den Raum verlassen, da kehrte der Fußboden mit einem Donnerschlag zurück, der beinahe die zeremoniellen Kerzen erlöschen ließ, die den Beschwörungsbereich umgaben.

Das Ritual war vorbei. Der Raum war wieder gesichert.

Cade fiel erschöpft und von Übelkeit geplagt auf die Knie. »Amen.«

Er hatte gewusst, dass die Unterwerfung von so vielen Dämonen gefährlich und schmerzhaft sein würde, aber erst in diesem Moment begriff er das Ausmaß der Folter, die er sich selbst antat. Zu lernen, unter diesen Bedingungen klar zu denken und sein Leid zu verbergen, würde mit einem gewaltigen Kraftakt verbunden sein. Aber dabei auch noch Magick zu wirken …? Er wusste nicht, wie er das vollbringen sollte. Er wusste nur, dass er keine Wahl hatte.

In wenigen Tagen würde man ihn allein ins Feindesland schicken. Er wollte nicht wie ein Lamm zur Schlachtbank gehen. Cade war lange genug Beute gewesen.

Ich hatte lange genug Angst, schwor er sich. *Es wird Zeit, dass Kain mich fürchten lernt.*

Obwohl sich Kain auf einen Stock stützte, verzog er bei jedem Schritt das Gesicht. Seine Gelenke fühlten sich an, als hätte man sie mit rostigem Draht umwickelt. Seine Schultern, Hüften, Knie und Ellenbogen waren extrem angespannt. Wenn er seinen Kopf mehr als ein paar Zentimeter zur Seite drehte, schossen Schmerzen durch seine Halswirbel. Und das waren nicht einmal seine schlimmsten Beschwerden.

Er hatte chronische Kopfschmerzen, ständig Durchfall, konnte nur verschwommen sehen und litt unter Schlaflosigkeit. Er hatte das letzte Mal vor einigen Tagen geschlafen, doch er hatte sich nur ein paar Stunden in diesen Zustand flüchten können, bevor ihn die Albträume – endlose Visionen des Fegefeuers und rachsüchtiger Engel – eingeholt hatten. Kain hatte flaschenweise Rotwein getrunken und zahllose mit Opium gestopfte Pfeifen geraucht, aber das alles hatte seine Qualen nicht lindern können.

Seit über zwei Monaten befand er sich nun schon in diesem bemitleidenswerten Zustand, seit es Adair und seiner jungen Schülerin Anja gelungen war, ihn und seine Adepten in der Wewelsburg aufzuspüren – etwas, das sich Kain nach wie vor nicht erklären konnte –, und sich mit Himmelsmagick einen Weg hinein gebahnt hatten. Kain hatte jahrhundertelang von solchen Meisterleistungen gehört, sie allerdings noch nie selbst erlebt.

Ich hätte nicht gedacht, dass Adair die Samthandschuhe ausziehen würde. Nun weiß ich es besser.

Siegmar und Briet begleiteten Kain auf seinem langen Weg durch Auschwitz, vom Büro des Kommandanten bis zu den Hinrichtungskammern des Lagers. Siegmar trug eine Augenklappe über dem rechten Auge, das in der Wewelsburg von einer magischen Explosion der Russin gekocht worden war wie ein Ei. Briets linker Arm war eingegipst. Adairs unsichtbarer Schlag hatte ihn an drei Stellen gebrochen und keine Magick der Welt konnte ihre Ober- und Unterarmknochen zusammenfügen.

Ihr Arm wird wenigstens mit der Zeit heilen. Siegmar wird jedoch halb blind bleiben, wenn dieses Ritual nicht funktioniert. Kain und seine Adepten gingen am Eingang des Krematoriums vorbei, einem Gebäude aus Beton und Zement, in dem Öfen mit gusseisernen Türen standen. Kain erhaschte einen Blick ins Innere, als er am Gebäude vorbeischlurfte. Nur die Hälfte der Verbrennungsöfen war in Betrieb, aber die Gluthitze vermischt mit menschlicher Asche kamen ihm wie der Atem der Hölle vor. Im roten Licht der Öfen sah er eine große Gruppe ausgemergelter jüdischer Gefangener, die ihre ermordeten Mitgefangenen verbrennen mussten, während eine Handvoll Nazi-Wächter sie beobachteten.

»Es geht doch nichts über deutsche Gründlichkeit«, murmelte Briet leise.

Siegmar stieß ein boshaftes, amüsiertes Schnauben aus. »Zumindest nicht auf der Erde.«

»Ruhe«, sagte Kain, während er sich mühsam vorankämpfte. »Wir sind fast da.« Er führte sie zu einem kleineren Gebäude, das eine Handvoll Türen, aber keine Fenster hatte. Auf dem Dach sah er einige schornsteinähnliche Konstruktionen, doch er wusste, dass sie nicht für die Abfuhr von Giften gedacht waren, sondern für die Zufuhr.

Vor dem Eingang, der ihm am nächsten war, warteten drei deutsche Offiziere. Die beiden rangniedrigeren kannte Kain nicht, wohl aber den dritten, Lagerkommandant und SS-Obersturmbannführer Rudolf Höss. Dessen Uniform war so schneidig wie seine Begrüßung. »Herr Engel, wir haben Sie bereits erwartet ...«

Kain unterbrach den Kommandanten mit erhobener Hand und sagte zu dessen Untergebenen: »Das betrifft Sie nicht.« Als sie zögerten und einen verwirrten Blick wechselten, fügte Kain mit ESIAS' Suggestivkraft hinzu: »Gehen Sie. *Sofort.*«

Bevor Höss widersprechen konnte, eilten die Männer davon. Obwohl Höss nun allein vor Kain und seinen Adepten stand, verlor er seinen Hochmut nicht. »Ich erhebe Einspruch gegen diese Inspektion, Herr Engel. Das Lager steht unter meinem Kommando und Sie haben nicht die Befugnis, hier ...«

»Seien Sie still« Kain wollte nur ungern Magick gegen Höss einsetzen müssen. »Ich bin nicht hier, um mir Ihre Ansichten anzuhören oder Ihr Ego zu streicheln. Kehren Sie in Ihr Büro zurück und lassen Sie uns in Ruhe arbeiten.«

Sein Befehl ließ Höss vor Wut schäumen. »Was fällt Ihnen ein! Sie haben nicht das Recht ...«

Der Kommandant krümmte sich zusammen, als Kain den rechten Zeigefinger auf ihn richtete. Kain hätte ihm am liebsten aus reiner Gehässigkeit das Leben genommen, aber er wusste, dass es besser war, den Führer nicht zu reizen. Also beschränkte er sich auf diese kleine Machtdemonstration.

»Erstens hat mir der Führer höchstpersönlich gestattet, Ihr Lager, Ihre Leute, Ihre Gefangenen und *Sie* so zu benutzen, wie ich es für richtig halte, Obersturmbannführer. Wenn Sie diesen Besuch in den Lagerakten verzeichnen … wenn Sie jemals irgendwem gegenüber von meinem Aufenthalt hier erzählen … verspreche ich Ihnen, dass Sie für den Rest der Ewigkeit Qualen erleiden werden, die Sie sich nicht ansatzweise vorstellen können. Und das, obwohl Sie über diesen Höllenschlund der Verzweiflung herrschen.« Kain ballte die Hand halb zur Faust und grinste, als er Höss' gequälten Gesichtsausdruck sah. Der Nazi-Offizier fiel zu Boden und rollte sich dort zusammen wie ein Embryo. »Die Schmerzen in Ihrer Brust werden von der unsichtbaren Hand eines Dämons verursacht, der den Namen ORNIAS trägt. Wenn ich die Faust vollständig balle, wird seine Hand Ihr Herz zerquetschen wie einen verfaulten Pfirsich. Wenn Sie sterben, wird er Ihre Seele verschlingen – und mir Ihre Kraft überlassen.« Er beugte sich vor und flüsterte ebenso genüsslich wie drohend: »Zwingen Sie mich nicht dazu, die Faust zu ballen, Herr Höss. Kümmern Sie sich um Ihre Angelegenheiten und lassen Sie mir die meinen. Haben Sie das verstanden?«

Tränen liefen Höss über das Gesicht, als er hektisch nickte. Kain entspannte seine Hand und ließ sie sinken. Höss keuchte, atmete tief und dankbar durch und kam dann taumelnd auf die Beine. Er floh vor den drei Fremden, die so unauffällig aufgetaucht waren, um die Gaskammern des Lagers zu inspizieren. Kain führte seine Adepten zu der offenen Tür. »Gehen wir rein.«

Die Magicker betraten das leere, hässliche Vergasungsgebäude. Es bestand aus schmutzigem grauem Beton und war abgesehen von einigen Reihen Maschendraht, die für eine grobe Unterteilung sorgten, leer. Von allen Oberflächen stieg ein widerlich süßlicher Chemikaliengeruch auf. Kain tastete mit seinen Sinnen nach den Reaktionen seiner unterjochten Dämonen. Sie alle genossen die grimmige Aura des Gebäudes. Er nickte. »Das sollte reichen.«

Siegmar runzelte die Stirn. »Für was?«

»Wir müssen Kraft schöpfen, wenn wir Adair und seine Lehrlinge vernichten wollen. Die Nazis sind besessen vom Völkermord. Wir sollten ihren Wahnsinn endlich zu unserem Vorteil nutzen. Solche Lager wie dieses hier ermöglichen uns nicht nur Blutopferrituale, sondern vereinfachen sie auf nie da gewesene Weise.« Seine Handbewegung schloss das gesamte Innere des Gebäudes ein. »Briet, Sie werden die unsichtbaren Siegel unserer Patrone – Ihres, Siegmars und meines – in dieser und allen anderen Gaskammern anbringen. Weihen Sie jedes Gebäude zum Altar der Hölle. Siegmar, Sie werden das Gleiche in den Krematorien machen – ich möchte, dass jede Leiche, die von den Nazis verbrannt wird, unseren Herren von Unten als Feueropfer dargebracht wird.«

Briet schienen Kains Anweisungen zu missfallen. »Meister, dies sind Gaskammern. Goëtische Rituale erfordern *Blut*, nicht nur Tod.«

Briet war zwar talentiert, aber auch jung und unerfahren. Kain strich mit den Fingerspitzen über die Flecken an den Wänden. »Sehen Sie genauer hin, meine Liebe. Betrachten Sie die Wände. Den Boden. Die Nazis morden zwar mit Gas, aber wenn es in diese Kammer eindringt, reißen sich die Juden die Fingernägel aus, weil sie versuchen, sich durch die Wände zu graben. Wenn das scheitert, kratzen sie sich gegenseitig und schließlich an ihren brennenden Augen.« Mit der Stiefelspitze berührte er eine dunkle Stelle am Boden. »Am Ende, wenn die Lungen brennen, erbrechen die meisten Blut.« Er blickte zu seinen Lehrlingen auf. »Sie können mir glauben, dass es in diesen Räumen mehr als genug Blut gibt, um den Durst der Hölle zu stillen.«

30 SEPTEMBER

Die Wanduhr, die im Flur des oberen Stockwerks der zweigeschossigen Villa hing, schlug und verriet Cade, dass es zehn Uhr abends war. Er hatte sich die ganze Nacht lang in einen von Adairs staubigen Ratgebern über Taktiken und Techniken des magischen Kampfs vertieft. Das meiste war in längst toten Sprachen geschrieben worden, die nur mithilfe von Magick lesbar waren, eine Tatsache, die Cade dazu gebracht hatte, seiner unhandlichen Liste unterjochter Dämonen einen sechzehnten Geist mit Namen CAELBOR hinzuzufügen.

Er klappte das Buch zu und streckte die Arme über dem Kopf aus. Obwohl er versuchte, regelmäßig Sport zu treiben, was sich auf ausgedehnte und einsame Spaziergänge durch die Hügel beschränkte, waren seine Muskeln steif geworden. Seine Ernährung bestand hauptsächlich aus Whisky, Wein und mit Laudanum versetztem Absinth, womit er zumindest die Kopfschmerzen nahezu in den Griff bekommen hatte. Allerdings hatte er gleichzeitig den von Dämonen verursachten Durchfall gegen chronische Verstopfung eingetauscht. Seit seiner dämonischen Massenunterwerfung waren einige Wochen vergangen, aber er hatte seitdem keine Nacht mehr richtig geschlafen.

Sein Aussehen war ihm unangenehm. Die Unterjochung war so anstrengend, dass ihm die Kapillaren in den Augen geplatzt waren, wodurch sich das Weiße blutrot gefärbt hatte. Er vermied es nicht nur, in den Spiegel zu sehen, sondern ging auch seinem Meister aus dem Weg, weil er hoffte, dass die Verletzung heilen würde, bevor sie ihm auffiel. An diesem Nachmittag hatte Cade beim Aufwachen einen Zettel von Adair gefunden, mit dem er gebeten wurde, um 22 Uhr in dessen Arbeitszimmer zu kommen. Nun war es so weit und Cade legte seine Bücher beiseite, um der Einladung nachzukommen. Auf dem Weg zu seinem Meister fiel sein Blick zufällig auf eine große Teekanne, die zu einem silbernen Teeservice gehörte. Obwohl sein Spiegelbild stark verzerrt war, sah er, dass seine Augen immer noch stark gerötet waren.

Vielleicht fragt er nicht danach ... Und vielleicht kann ich zum Mond fliegen, wenn ich mit den Armen flattere.

Cade klopfte an die Tür von Adairs Arbeitszimmer. Niemand antwortete. Er drehte den Knauf und stellte fest, dass die Tür nicht abgeschlossen war. Also öffnete er sie einen Spaltbreit und warf einen Blick ins Innere. Das Zimmer war so dunkel wie die Sünde. Trotz der späten Stunde waren sämtliche Vorhänge geschlossen und es brannten keine Kerzen.

»Meister?« Er tastete sich vor und schloss die Tür hinter sich. Es war still im Zimmer, doch dann hörte er weiter entfernt Stimmengewirr, das Klingeln von Telefonen und das Klappern von Schreibmaschinen. Er folgte den Geräuschen zu dem ovalen Spiegelportal. In der Scheibe, die in den dunklen Eichenrahmen eingesetzt worden war, wirbelten blaugraue Wolken umher, in deren Tiefen ein überirdisches Licht flackerte.

Als sich der Mahlstrom öffnete, konnte man die Geräusche von der anderen Seite besser hören. Cade hörte britische Akzente aus unterschiedlichen Orten – London, Manchester, Liverpool – und einige amerikanische Stimmen. Der polternde Glasgower Dialekt seines Meisters übertönte sie alle. Der Nebel löste sich auf und nun sah Cade Adair, der sich auf zwei Krücken stützte. Er stand so dicht vor dem Spiegel, dass er Cade die Sicht auf einen Großteil des Raums versperrte, trotzdem war dank der zahlreichen Telefone klar zu erkennen, dass es sich um einen militärischen Planungsraum handelte, der sich wahrscheinlich sogar in einem Bunker befand. Wo, konnte Cade jedoch nicht sagen.

Ein Offizier, der das Rangabzeichen eines amerikanischen Army-Majors trug, salutierte vor Adair, der den Abschiedsgruß mit einem lässigen Winken erwiderte, bevor er sich ungeschickt mit den Krücken zur Seite drehte, um sein Gewicht vor dem Schritt durch das magische Portal zu verlagern. Als er den ovalen Rahmen hinter sich gelassen hatte, wurde die Scheibe wieder zum Spiegel. Adair entdeckte Cade, warf einen Blick auf seine Taschenuhr und lächelte. »Sehr pünktlich. Gut gemacht, Junge.«

Cade schaute zu, wie er zu seinem Schreibtisch humpelte. »Schön, dass Sie wieder auf dem Bein sind.« Der vernichtende Blick seines Meisters verriet ihm, dass die Zeit für Witze über seine Behinderung noch nicht gekommen war. Also wechselte Cade das Thema. »Ein neuer Spiegel?«

»Einer von mehreren. Er ist gerade in Gibraltar, ein Zwischenstopp auf dem Weg zu seinem neuen Ziel.« Er schien Cades nächste Frage bereits zu ahnen, denn er fuhr fort: »Ein neuer Handspiegel ist ebenfalls für dich in Arbeit, versprochen.«

»Ja, ja und der Scheck ist in der Post. Wie war Ihre Konferenz?«

»Besser als sonst.« Adair setzte sich auf seinen Stuhl und stellte die Krücken beiseite. »Die Alliierten werden in ein bis zwei Monaten Französisch-Nordafrika angreifen. Danach Italien.«

»Was ist mit dem Pazifik?«

Der Meister schüttelte den Kopf. »Der geht uns nichts an.« Er zog seinen Flachmann aus der Jackentasche, schraubte den Verschluss ab und nahm einen Schluck. »Es geht erst einmal um die Rückeroberung Europas. Die Alliierten sammeln ihre Streitkräfte, aber wir müssen die letzten drei Thule-Zirkel ausheben, sonst bringt das alles nichts. Wir beide müssen also in Gang kommen, mein Junge – und diese verfluchten Schwachmaten so schnell wie möglich vernichten. Danach können wir uns voll und ganz auf Kain konzentrieren.«

Cade warf unwillkürlich einen Seitenblick auf Adairs Krücken. »Bei allem Respekt, ich glaube nicht, dass Sie einsatzfähig sind.«

»Und du? Ich habe schon Leichen mit mehr Elan gesehen und deine Augen sind roter als ein Truthahnhals.« Er musterte Cade misstrauisch. »Wie viele Geister hast du unterjocht?«

»Genug, um die Sache zu erledigen.« Er hatte keine Lust, eine Diskussion über seinen Zustand oder seine Entscheidungen anzufangen, also lenkte er vom Thema ab. »Was wissen wir über den Pariser Zirkel?«

Adair durchschaute Cade zwar sofort, spielte aber mit. »Mehr als noch vor ein paar Tagen.« Er griff erneut in seine Jacke, holte dieses Mal jedoch eine Karte heraus, die er auseinanderfaltete, auf den Schreibtisch legte und glatt strich. Dabei handelte es sich um einen auf Cades Fotos beruhenden Lageplan der Katakomben von Paris. Die Karte war mit zahlreichen Fußnoten, Anmerkungen und Notizen versehen, die einem den Weg durch das Labyrinth erleichtern sollten, sowie mit Hinweisen auf neue Zugangsstellen. »Nikos Freunde vom Maquis haben weitere Informationen gesammelt.«

Das Ausmaß dieser von Menschen erschaffenen Höhlen überstieg Cades Vorstellungskraft. »Jesus, hat der Minotaurus diese Tunnel gegraben? Ich nehme an, dass man sich da unten ziemlich leicht verlaufen kann.«

»Verdammt richtig. Deshalb benutzt der Maquis sie ja.« Er klopfte mit dem Finger auf eine Zugangsstelle. »Das ist der Eingang, der dem Thule-Zirkel am zweitnächsten ist. Nimm nicht den nächsten, da sie den selbst benutzen.« Sein Finger folgte einem Pfad durch die Katakomben, der mit Punkten aus roter Tinte hervorgehoben worden war. »Das ist der beste Weg zu ihrem Unterschlupf. Nicht der kürzeste, aber der mit der meisten Deckung.« Sein Finger hielt inne, als die Punkte endeten. »Das ist der Tunnel, der von dem Eisengitter versperrt wird. Um weiterzukommen, müsste der Maquis die Gitterstäbe durchtrennen – was dem Zirkel verraten würde, dass wir ihn gefunden haben.«

Cade bewunderte diesen simplen Schutzmechanismus des Zirkels. »Das ist kein Problem«

»Bist du sicher? Wenn wir davon ausgehen, dass diese Leute nicht die beste Geheimtür aller Zeiten dort eingebaut haben, dann erwarten dich auf der anderen Seite dieses Gitters keine Dilettanten, sondern erfahrene Karcisten mit mindestens einem unterjochten Dämon pro Person. Kains gesamte Verteidigungsstrategie in Frankreich basiert auf diesen Leuten. Du wirst dich allein in das größte Kreuzfeuer deines ganzen verdammten Lebens begeben.«

Cade ließ seine Fingerknöchel knacken. »Wenigstens sind dann alle auf einem Haufen. Das wird ein Kinderspiel. Nur eine Frage: Wie komme ich denn nach Paris?«

Der Meister schnippte mit den Fingern und zeigte dann auf den Spiegel hinter Cade. Ihr Spiegelbild verschwand. Grüner Rauch wallte auf. Als er sich auflöste, konnte Cade einen halbdunklen Raum hinter einem riesigen Vorhang ausmachen. Seile hingen von oben herab und in den Ecken standen in Kostüme gehüllte Schaufensterpuppen neben aufgestapelten Kisten und allem möglichen Krimskrams.

Adair betrachtete bewundernd das Chaos. »Hinter den Kulissen des Grand Guignol.« Er schenkte Cade ein verschmitztes Lächeln. »Ich habe meine Zeit auch nicht verschwendet.«

Um fünf Minuten vor Mitternacht war es still auf der Rue de Sèvres. Dichter Nebel erdrückte die Straßen von Paris und segnete die Straßenlampen mit Heiligenscheinen.

Cade hüllte sich in den Nebel wie in einen Umhang, als er aus den Schatten trat. An einer Kreuzung, wo die Straße auf die Avenue de Breteuil traf, ragte ein gusseiserner Gullydeckel aus dem Asphalt hervor. Cade ließ ihn mit seinem Willen schweben; er löste sich mit einem leisen, kratzenden Geräusch aus seiner Fassung.

Unsichtbare Hände trugen Cade, als er einen Schritt in den Schacht machte, und sorgten dafür, dass er langsam zu den Kanälen und Tunneln darunter hinabsank. Als sich sein Kopf unterhalb der Straße befand, schickte er den Gullydeckel wieder an seinen Platz, wo er mit einem dumpfen Knall landete.

In den Tunneln herrschte undurchdringliche Finsternis, doch Cade benutzte Sathariels Augen und sah den Tunnel in einem graugrünen

Zwielicht vor sich. Er war größtenteils rund und bestand aus Ziegelsteinen, aber die Karte behielt Recht, denn östlich des Schachts gab es eine Lücke in der Mauer. Cade schwebte über den ekelhaften Schlamm zu diesem Riss und betrat durch ihn die Katakomben.

Vor ihm erstreckte sich ein klaustrophobisches, schier endloses Labyrinth aus gerade einmal schulterbreiten Gängen, an deren Wänden sich vom Boden bis zur Decke menschliche Knochen und Schädel stapelten. Der Tod blickte ihm entgegen, wohin er sich auch wandte. Er hielt sich genau an die Karte der jahrhundertealten Tunnel und folgte dem Pfad aus roten Punkten durch das unterirdische Labyrinth. An diesem Ort, an dem die meisten Menschen wohl zu ihrem Schutzengel gebetet hätten, war er von Dämonen umgeben.

In dieser dunklen Welt unter der Stadt des Lichts ließ sich die Zeit nur schwer einschätzen. Cade beeilte sich, kam aber trotzdem nur langsam voran, weil er sich ständig davon überzeugen musste, dass er auf dem richtigen Weg war. Der Maquis hatte die Tunnel nur sehr subtil gekennzeichnet, um sicherzustellen, dass die Nazis diese Wegweiser nicht entdecken würden, sollten sie je herausfinden, dass die Résistance diese Grabstätten zum Schmuggeln nutzte.

Schließlich fand Cade den Gang, der in den alten Karten nicht auftauchte, und den Nikos Verbündete nur entdeckt hatten, weil sie den Dilettanten gefolgt waren. Der Hinweis des Maquis erwies sich als richtig, denn das letzte abschüssig verlaufende Stück des Tunnels wurde von einem Eisengitter versperrt. Die Gitterstäbe waren fast drei Zentimeter dick, fest miteinander verschweißt und verliefen von der Decke zum Boden sowie von einer Seite zur anderen, was sie zu einem unüberwindbaren Hindernis machte. Die schulterbreite Passage verlief dahinter noch rund ein Dutzend Meter geradeaus weiter, bevor sie scharf abknickte.

Cade konnte auf beiden Seiten des Gitters keine Schutzzauber entdecken. Anscheinend glaubten die Thule-Karcisten, dass die Stäbe reichen würden, um Neugierige abzuschrecken. *Entweder nehmen sie an, dass sie nicht mehr zum Schutz ihres Unterschlupfs brauchen, oder das hier ist bloß die erste Abwehrmaßnahme.*

Nur eines war sicher: Auf dieser Seite der Barriere würde er nicht mehr erfahren. Er wechselte in VESTURIELS Geistergestalt und trat durch die Gitterstäbe. Auf der anderen Seite nahm sein Körper wieder seine feste Form an. Er schien keinen Alarm ausgelöst zu haben und auch keine Fallen. Zufrieden ging er weiter.

Überall stapelten sich Schädel und Knochen, aber sie waren nicht beliebig angeordnet worden. Einige waren nach Farben sortiert, dunklere umgaben hellere. Schwarz verbrannte Schädel bildeten geometrische Muster. An einer Stelle hatte man tausend Schädel zu einem Mosaik zusammengesetzt, das ein grinsendes Schreckgespenst darstellte.

Cade lugte vorsichtig um den Knick im Tunnel. Er entdeckte eine große Höhle, in der düsterer Singsang ertönte und Schatten im Feuerschein tanzten. An die Wand gedrückt umrundete er die scharfe Kurve und schlich weiter, hielt jedoch nur einen Moment später inne, als der Boden unter seinen Füßen ganz leicht knirschte. Er blickte nach unten. In diesem bislang nicht verzeichneten Gang bestand der Boden aus kleinen und großen Knochen und die Wände und Decken aus Schädeln in unterschiedlicher Größe. Der Unterschlupf war ein Haus des Todes.

Lautlos ging er zum Rand des Abgrunds und warf einen Blick über die Kante. Ein paar Dutzend Meter unter ihm, am Ende eines spiralförmig nach unten verlaufenden Wegs, stand eine kreisrunde Plattform aus schwarzem Granit. Man hatte mit Kalksteinkreide einen großen Schutzkreis darauf gezogen und an ihrem nördlichen Ende stand ein Basaltaltar.

In dem Kreis standen drei Personen, die Messhemd und Kapuze trugen: ein Anwender und zwei Tanisten. Auf dem spiralförmigen Weg standen Dutzende in Roben gehüllte Initiierte, die den Blick auf den Altar richteten. Das waren Zirkelmitglieder, die dem nächtlichen Experiment beiwohnen sollten und sich alle in ihrem eigenen Schutzpentagramm befanden.

Die Sigille und Opfer, die Cade sah, ließen ihn darauf schließen, dass dieser Saal ASTAROTH geweiht war. Das Siegel des Dämons war auf die Roben der Adepten gestickt worden, zweifellos zum Schutz – und dieser Schutz fehlte Cade. Die Regeln der Magick verhinderten außerdem, dass er ihn sich erschlich, indem er einfach eine der Roben stahl.

Was ist, wenn Adair recht hat und ich mich übernehme ...?

Er vergaß seine Selbstzweifel, als ein Adept des Zirkels die Opfergabe hereinbrachte: ein kleines Mädchen, fünf oder sechs Jahre alt. Es war barfuß, trug nur ein weißes Nachthemd und zitterte. Es weinte verängstigt, weil es sehr wohl verstand, wo es war und was geschehen würde. Der Adept legte es auf den Altar, fesselte es und drückte ihm eine aus Stechpalmenblättern geflochtene Krone auf die Stirn.

Die Wahl, vor der Cade stand, war erschreckend klar.

Er konnte sich zurückziehen und später besser bewaffnet und vielleicht sogar mit Adair an seiner Seite wiederkommen. Dann würden seine Überlebenschancen deutlich besser aussehen. Aber in dem Fall würde dieses unschuldige Kind von einem Dämon grausam ermordet werden.

Oder er betrat diese Knochengrube, damit der Zirkel seine Angriffe auf ihn konzentrierte, und riskierte sein Leben bei einer waghalsigen Attacke, auf die er nicht vorbereitet war, für die er weder Plan noch Fluchtweg hatte.

Er erinnerte sich an die Schmerzen und die Tragödien, die Stefan und Niko verursacht hatten, weil sie diese harten Tatsachen geleugnet hatten. Und er erinnerte sich an all die Menschen, die gestorben waren, weil er in Oxford nicht auf Adairs Warnung gehört hatte. Es war klüger, auf diesen Kampf zu verzichten, damit der Krieg gewonnen werden konnte. Genau das hätte Adair ihm gesagt: »Opfere das Kind. Gib ein Leben hin, damit unzählige andere gerettet werden können.« Das Ergebnis dieser moralischen Rechenaufgabe war eindeutig – trotzdem konnte Cade nicht damit leben.

Scheiß drauf. Ich habe Mathe eh noch nie gemocht.

Er sprang von der Kante oberhalb des Schutzrings in den Abgrund.

Alles, was er sah, alles, was er spürte, machte er zur Waffe. Flammen aus den Kerzen am Rand des Kreises und den Fackeln an den Wänden wurden zu Tentakeln des Höllenfeuers, die nach den Adepten auf dem Weg schlugen. Zwei Dutzend rote Blitze schossen aus Cades Handflächen und verbanden Dutzende Thule-Dilettanten zu einer Kette der tödlichen Qual. Genicke brachen mit dem nassen Knacken splitternder Knochen, als Cade mit den vielen Händen des JEPHISTO gnadenlos für Gerechtigkeit sorgte. Warnende und wütende Schreie gellten durch die Höhle.

Dann brach der Sturm der Vergeltung los.

Feuerstöße, elektrische Blitze, Eiskegel und Schattenschwärme, die ihn wie Haie umkreisten – all das stürzte sich auf Cade, als er auf den Boden zuraste.

Das war vielleicht ein Fehler.

Kurz vor dem Aufprall verwandelte er sich in Rauch und nahm seine feste Gestalt erst wieder an, als er auf festem Boden stand, nun aber mit einem Breitschwert in der einen Hand und einen Dreizack in der anderen, die beide von einer spektralen, leuchtenden Macht erfüllt waren. Dämonische Geschosse regneten auf ihn herab, wurden jedoch von seinem Schild abgewehrt – bis Cade den Sturmangriff umkehrte und ihn gegen die Verursacher richtete, die reihenweise fielen.

Hastig durchtrennte Cade die Fesseln des Mädchens mit unsichtbaren Dämonenklingen.

Schreie, die das Blut gefrieren ließen – Menschen und Dämonen stürzten sich aus einigen Gängen, die an das Schlachtfeld grenzten, auf ihn. Cade benötigte nur einen Gedanken, um sich und das Mädchen zu schützen, dann bediente er sich CASMIELS Kampfkunst und MEUS CALMIRONS Stärke.

Er schwang sein Geisterschwert, schlug Gliedmaßen und Köpfe ab, während er einem Angreifer den Dreizack so fest in den Magen rammte, dass dessen Rückgrat brach. Die Feinde hinter sich tötete er mit Höllenfeuer und Blitzen. Blut schwappte über den Boden und spritzte ihm ins Gesicht.

Das Knattern automatischer Waffen übertönte den magischen Kampflärm. Cade drückte das Kind mit JEPHISTOS Hand nach unten, um es zu schützen. SABAOTHS Gabe sorgte dafür, dass Metall Cade nicht berühren konnte, während er für das Mädchen als Schild fungierte – er war ihr Bollwerk gegen das Böse.

Dämonen strömten aus jeder Ritze der Höhle. Dutzende Geister ergossen sich über den Rand der Grube über ihm wie ein Wasserfall der Finsternis.

Er konnte sie nicht alle aufhalten.

Cades Schild war nicht unendlich groß. Um das Mädchen komplett einzuhüllen, musste er eine schmale Lücke in seinem Schutz in Kauf nehmen – und die fand sein Feind immer und immer wieder.

Unsichtbare Klingen schnitten in seine Arme und Beine. Flammenzungen leckten über sein Gesicht, bis er seine verbrannten Haare riechen konnte. Eisnadeln stachen ihm in den Nacken. Die Hand eines Dämons schloss sich um seine Kehle, bis er VAELBORS Klinge hineinstieß und den Dämon ins Hölleninferno schleuderte. Blutig und von Brandwunden übersät ging Cade auf die Knie und richtete den Blick auf die Karcistin, die im Kreis des Anwenders stand und den goëtischen Albtraum des Zirkels wie eine Dirigentin steuerte.

Briet beobachtete fasziniert, wie ihre Horde auf ihn herabregnete.

Dann schenkte ihr Cade ein raubtierhaftes Grinsen – und löste völliges Chaos aus.

Also gut, MARCHOSIAS – zeigt, was Ihr könnt.

Der Großherzog hatte Cade das Kommando über seine infernalischen Legionen übertragen, so wie es im Honorius-Grimoire versprochen worden war. Tausende Geister, eine Heerschar gefallener Engel – eine Darbietung der Macht, die den Angriff der Schatten, auf den Briet Sekunden vorher noch so stolz gewesen war, zurückwarf.

Ihr höhnisches Grinsen wurde zur Grimasse. Sie verschwand hinter auflodernden Flammen und tintenschwarzem Rauch und überließ ihre Helfer allein dem Tod.

Cade hob das Mädchen hoch und schwebte empor. Die letzten Angreifer des Zirkels bombardierten sie mit Geschossen, die wie brennende Schädel aussahen, mit einem geisterhaften Pfeilgewitter und chaotisch-magischer Energie. Nur eine Handvoll gelangte durch

Cades Schild, sorgte jedoch dafür, dass er Blut hustete, als er die Kante oberhalb der Höhle erreichte.

Er stolperte mit dem weinenden Kind an seiner Seite in den Tunnel hinein und wehrte sich gegen die Attacken des Zirkels mit einem Feuerball, der heller als ein Sonnenaufgang war. Der Knall erschütterte die Katakomben und ließ die Grundfesten von Paris erbeben. Staub regnete herab, als die Knochenhöhle und all die kleineren Gänge, die zu ihr führten, einstürzten und nicht nur von der Karte, sondern von der Welt getilgt wurden.

Er wusste, dass Adair das nicht gutheißen würde, was ihm mittlerweile jedoch egal war.

Drei Jahre zuvor hatte er dem Meister gesagt: *Das ist nicht mein Krieg*. Nun hatte sich das geändert – und er würde ihn auf seine Weise führen.

Er führte das Mädchen durch den Tunnel zum Eisengitter, das er mit einem Gedanken zerschmetterte. Dann sackte er gegen die Wand und versetzte dem Kind einen sanften Stoß nach vorn.

»Geh geradeaus weiter«, sagte er. »Die Leute des Maquis werden dich finden und nach Hause bringen.«

Sie zitterte, als sie fragte: »Und was ist mit dir?«

»Vergiss mich ... vergiss diesen Ort ... Das alles war ... nur ein böser Traum.« Cade hinterließ einen schmierigen Streifen Blut auf der Knochenwand, als er daran zu Boden glitt. »Lauf.«

Das Mädchen verschwand in der Dunkelheit.

Cade erlaubte sich, das Gleiche zu tun.

31 OKTOBER

Nach über zwei Monaten Häuserkampf war aus Stalingrad ein Ruinenlabyrinth geworden, aber noch immer versuchten beide Seiten, die Stadt zu erobern. Anja kannte ebenso wie alle anderen den Grund dafür: Die Stadt war nicht nur von strategischer Bedeutung, weil man durch sie Zugang zu den Ölreserven im Kaukasus erhielt, sondern sie war auch als Propagandasymbol wichtig, da sie den Namen des sowjetischen Generalsekretärs trug. Allein wegen der Moral konnte die Rote Armee sie nicht den Deutschen überlassen. Die Deutschen wiederum mussten sie erobern, um in dieser Region ihre Vorherrschaft zu etablieren. Und so zog sich die Schlacht hin, von einem Haus zum anderen, von einer Straße zur nächsten, Tag für blutigen Tag.

Der Bombardierung und dem Beschuss zum Trotz ragten die Skelette großer Gebäude in der Verwüstung auf. Das Straßennetz war noch weitgehend nutzbar, da die Gebäude, die in den beiden vorangegangenen Jahrzehnten gebaut worden waren, im Allgemeinen in sich zusammenfielen und nicht umkippten. Trotzdem gewährten Schuttberge und Trümmer auf den breiten Alleen Guerillakämpfern Schutz und beeinträchtigten das Vorankommen der gefürchteten Panzerdivisionen der Nazis.

Oft verbarg sich ein Großteil der Verwüstung hinter dichtem Rauch, doch ganz entkommen konnte man ihr nie. Die deutschen und russischen Soldaten waren von einer Schicht aus pulverisiertem Beton bedeckt, der ihnen das Aussehen von Geistern verlieh, die durch die Überreste der Stadt spukten. Nur ihre Größe und die Tatsache, dass sie auf zwei Beinen herumliefen, wenn die Scharfschützen gerade eine Pause machten, unterschied sie von den Ratten und streunenden Hunden. Allerdings richteten sie sich nicht oft auf, da Generalsekretär Stalin seit Langem darauf pochte, dass jeder Russe in erster Linie ein Scharfschütze zu sein hatte.

Mit diesem Edikt war Anja aufgewachsen und sie hatte es sich zu Herzen genommen.

Als sie drei Monate zuvor freiwillig der Roten Armee beigetreten war, hatte ihr niemand allzu viele Fragen gestellt. In der Stadt hatte Chaos geherrscht. Zivilisten waren evakuiert worden, während gleichzeitig neue, allerdings unterernährte und schlecht ausgerüstete Bataillone eintrafen. Es hatte an allem gemangelt und so war es immer noch. Es fehlte an Uniformen, Stiefeln, Gewehren, Munition, Lebensmitteln und Unterkünften.

Wer überleben wollte, musste sich anpassen. Soldaten, die kein Gewehr bekommen hatten, folgten bei einer Schlacht denen, die bewaffnet waren. Wenn ein bewaffneter Soldat fiel, nahm der unbewaffnete sein Gewehr und kämpfte weiter. Die Truppen tauschten untereinander Kleidungsstücke und Uniformteile, bis sie passende fanden. Doch Stiefel bekam man nur von Toten. Nun stand der Winter bevor, was bedeutete, dass diese Hölle auf Erden zufrieren würde. Und weder Anja noch ihre Kameraden besaßen einen warmen Mantel.

Das war ein lebensbedrohliches Problem, doch es musste warten.

Anja war stolz auf das, was sie in dieser Nacht getan hatte. Während ihre Kameraden durch die verwüstete Stadt schlichen, hatte sie sich dank des Zaubers von ANDREALPHUS als Taube in die Lüfte geschwungen. Von dort oben hatte sie als winziger Punkt zwischen Wolken aus Rauch und Asche die neuesten Truppenbewegungen der Nazis beobachtet. Drei Kompanien der sechsten Armee der Deutschen hatten einen Bogen nach Süden geschlagen, um dort nach neuen Angriffsmöglichkeiten zu suchen, während ihre Zwangsarbeiter eine

Straße freiräumten, was den Nazis erlauben würde, ein halbes Dutzend Panzer am Westrand der Stadt neun Häuserblocks in Richtung Norden zu versetzen.

Als Anja ihre Erkundungsmission abgeschlossen hatte, landete sie auf einem halb eingestürzten Dach, von dem aus sie die momentane Schanze der deutschen Kommandodivision überblicken konnte, und verwandelte sich zurück. Ohne Flügel konnte niemand die oberen Stockwerke, geschweige denn das Dach des Gebäudes erreichen; das gesamte Treppenhaus war eingestürzt, sodass es nur noch als Schutz vor Beschuss dienen konnte.

Deshalb genoss Anja die Verblüffung der Nazis umso mehr, als sie eine Kugel aus ihrem Mosin-Nagant durch den Schädel eines SS-Offiziers schoss, der seinen Helm abnahm, während er durch den Sichtbereich ihres Zielfernrohrs lief. Bevor die Nazis sie orten konnten, verwandelte sich Anja in einen Spatzen und verschwand in der Dunkelheit.

In Nächten, in denen es ihr nicht gelang, unter den feindlichen Offizieren ein geeignetes Ziel zu finden, stillte sie ihr Bedürfnis nach Vergeltung, indem sie ganze Rattenschwärme beschwor und auf die Lebensmittellager der Nazis losließ. Die Tiere verbreiteten Krankheiten in den Lagern und fraßen die Stoffummantelung von den Kabeln der deutschen Panzer. Das machte die Ratten glücklich, hielt sie von den Stellungen der Roten Armee fern und sorgte für eine Reihe von Kurzschlüssen und Stromausfällen bei den Panzerfahrzeugen der Nazis.

Aufgrund der Umstände konnte Anja ihre Magick nur sparsam einsetzen. An der Front gab es kaum Privatsphäre und nur wenige sichere Orte, an denen sie die Rituale, die zur Beschwörung und Unterjochung von Geistern nötig waren, durchführen konnte. Obwohl sie vorsichtig war, schwanden ihre Magickreserven rasch.

Anja hatte sich außerdem daran gewöhnen müssen, dass man als Karcistin in einem Kriegsgebiet nicht durch überlegene Feuerkraft überlebte, sondern durch diskretes und subtiles Vorgehen. Sie hatte gelernt, sichtbare Magick nur einzusetzen, wenn niemand sie dabei beobachten konnte. Hätte sie ihre übernatürlichen Kräfte vor den Augen von Zivilisten oder ihren Kameraden demonstriert, wäre sie verhaftet, ins nächste Gulag geschickt und von Agenten der Staatssicherheit seziert worden. Und die Erfahrung hatte sie ebenfalls gelehrt, dass ein Magicker, selbst ein extrem mächtiger, einer großen Gruppe Soldaten im offenen Kampf immer unterlegen sein würde.

Aber das störte sie nicht. Die Dämonen, die zu einem magischen Hochleistungskampf taugten, ließen sich nur schwer unterjochen und entkamen leicht, während die, die es einem erlaubten, zu heilen, sich zu verwandeln oder die Kontrolle über Tiere zu erlangen, einfacher zu unterjochen und länger zu ertragen waren.

Zum Glück verfügten die Nazis in Stalingrad noch nicht einmal über simple Schutzzauber für ihre Soldaten und deren Ausrüstung. Leider galt das auch für die Rote Armee. Anja hoffte, dass weder Kain noch dessen Dilettanten ihre Aufmerksamkeit auf die Verteidiger der Stadt gerichtet hatten.

Anja flog durch eine Betonruine. Sie genoss das Gefühl des Winds unter ihren Schwingen, ihren verbesserten Orientierungssinn, ihren schärferen Blick. Als Vogel zu reisen bereitete ihr immer wieder großes Vergnügen. Allerdings hatte sie auf die harte Tour herausgefunden, dass es besser war, nur bei Nacht zu fliegen, und auf hungrige russische Scharfschützen zu achten, denen der Sinn nach Geflügel stand. Der gefährlichste Moment kam stets am Ende ihrer nächtlichen Ausflüge, wenn sie in die Lücke zwischen zwei Gebäuderuinen hinabglitt, die wie abgebrochene Zähne aussahen. Wenn sie irgendjemanden in den Häuserblocks rund um diese verdreckte, von Trümmern verdeckte Stelle entdeckte, stieg sie wieder empor und flog weiter.

In dieser Nacht war sie sich sicher, dass niemand in der Nähe war, also landete sie und nahm ihre menschliche Gestalt an – das tat sie noch im Flug, sodass sie geduckt hinter einigen Trümmern am Boden aufkam.

Sie setzte den Weg zum unterirdischen Lager ihrer Kameraden zu Fuß fort. Irgendwo hörte sie Gewehrschüsse, aber die waren mindestens einen halben Kilometer entfernt. Das Knattern des Maschinengewehrs war noch weiter weg. *So weit, so gut.*

Vorsicht, Geduld, Sorgfalt, Misstrauen: Das waren die Eigenschaften, die Anja und ihre Kameraden zum Überleben brauchten. Ein Soldat, der den Kopf einzog, fing sich kein Loch im Schädel ein. Das war keine schwere Lektion – und man prägte sie sich spätestens dann ein, wenn einem dank einer Scharfschützenkugel das blutige Gehirn eines Freundes ins Gesicht klatschte.

Sie eilte durch die Ruine eines Theaters, das kein Dach mehr hatte, vorbei an verbrannten Sitzen zu einer versteckten Falltür in der ehemaligen Bühne. Sie klopfte zweimal, dann einmal, dann wieder zweimal. Sie hörte, wie unter ihr ein Riegel zurückgeschoben wurde. Die schwere Platte wurde hochgedrückt und Anja schlüpfte hindurch und eilte die Trittleiter herunter in das Netzwerk aus Tunneln und Hohlräumen hinein, das von der Roten Armee zu ihrem Hauptquartier in der Stadt erklärt worden war.

Vertraute Gesichter registrierten ihre Rückkehr. Einige Leute hoben zum Gruß das Kinn, andere winkten. Ein paar taten so, als würden sie Anja nicht bemerken. Sie nahm das nicht persönlich. Die Menschen lebten hier ohne jede Privatsphäre auf engstem Raum zusammen, deshalb versuchten sie mit allen Mitteln, etwas Distanz zu ihren Mitmenschen zu halten, auch wenn das nur eine Illusion war. Das gehörte zu ihrer Überlebensstrategie und war im Krieg normal.

Die Leute, die Anja sah, kauerten sich auf der Suche nach Wärme unter dünne Decken zusammen, rieben sich die Hände im Rauch von ein paar brennenden Zweigen oder beschäftigten sich irgendwie, um die Kälte und die Langeweile zu vertreiben. Sie beneidete die wenigen, die Wodka in kleinen Schlucken aus heil gebliebenen Flaschen tranken. Solcher Luxus war selten geworden. Anja hatte das letzte Mal vor Wochen etwas getrunken, was bedeutete, dass sie nüchtern mit ihren unterjochten Dämonen umgehen musste. Sie hatte die meisten Geister freigelassen, aus Angst, die Kontrolle über sie zu verlieren, aber selbst die wenigen verbliebenen laugten sie aus, nagten an ihrer Geduld und machten sie gereizt.

Anja hatte ihren Schlafsack fast erreicht. Sie sehnte sich nach etwas Schlaf, doch als sie näher kam, bemerkte sie, dass ihre Tunnelnachbarn ihr ängstliche Blicke zuwarfen. Oleg und Anton wagten es nicht, sie anzuschauen, aber Nadezhda, die mutiger war als die anderen, riss die Augen auf, um Anja vor einer drohenden Gefahr zu warnen.

Was alle so verstörte, wusste Anja nicht. Sie eilte auf Nadezhda zu und zog die junge Frau sanft beiseite. »Was ist denn los?«

Nadezhda flüsterte verängstigt: »Politoffiziere!« Sie sah sich um. Ungewaschene, blonde Locken fielen ihr ins Gesicht. »Sie haben nach dir gefragt.«

»Warum? Was haben sie …«

Nadezhda wich zurück und starrte aus geweiteten Augen auf etwas hinter Anja.

Anja drehte sich um und entdeckte zwei sowjetische Politoffiziere. Dank ihrer gebügelten Uniform, den sauberen Stiefeln, den frisch geschnittenen Haaren und den glatt rasierten Gesichtern fielen sie stets auf. Sie trugen keine Rangabzeichen, die bei der Roten Armee auch erst langsam wieder in Mode kamen, weil man im Krieg eine klare Befehlshierarchie benötigte.

Doch selbst ohne Rang war klar zu erkennen, dass der Ältere das Sagen hatte. Er nahm seine Kappe ab und entblößte seinen kahl rasierten Kopf. Er schob die Kappe unter den Arm, rückte seine Nickelbrille zurecht und trat vor. »Genossin Anja Kernova?« Er wartete, bis sie zustimmend nickte, dann fuhr er fort: »Wir würden gerne mit Ihnen reden. Allein.«

»Und wer sind Sie?«

»Hauptmann Misha Krezinskov, Politoffizier.« Er zeigte auf seinen jüngeren, blonden Untergebenen. »Das ist Leutnant Gogol.« Mit einer Handbewegung forderte er Anja auf, die anderen Soldaten zu verlassen. »Wollen wir?«

Sie wusste, dass sie nichts falsch gemacht hatte, aber sie hatte schon viele Horrorgeschichten über Leute gehört, die von Politoffizieren abgeführt und nie wieder zurückgekehrt waren. Sie rührte sich nicht. »Wir können hier reden.«

»Das war keine *Bitte.*«

Also war es ein Befehl. Sie konnte entweder gehorchen oder sich hinrichten lassen. Sie seufzte. »Wie Sie wünschen. Gehen Sie vor, Genosse Hauptmann.« Krezinskov führte sie tiefer in den Tunnelkomplex hinein, während Gogol die Nachhut übernahm. Sie führten sie einige Minuten lang durch die unterirdischen Gänge, bis sie einen kleinen Raum mit einer schweren Tür erreichten. Darin standen ein Schreibtisch und ein Stuhl. Von der Decke hing eine Kerosinlampe.

»Setzen Sie sich«, sagte Krezinskov. Er legte seine Kappe auf den Tisch.

Anja setzte sich auf den Stuhl, während Gogol die Tür verriegelte und sich davorstellte. Anja richtete ihre Aufmerksamkeit auf den Hauptmann. »Was kann ich für Sie tun, Genosse Hauptmann?«

Er musterte sie. »Ich habe Ihre Dienstakte gelesen. Sie sind erst seit drei Monaten bei der Armee, haben sich aber schon einen Namen gemacht. Wenn ich das richtig sehe, haben Sie als Scharfschützin *einundsechzig* Feinde erschossen?«

»Zweiundsechzig. Ich habe heute Abend einen *SS-Obersturmbannführer* in einem Befehlsstand der Nazis erschossen.«

»Welcher Befehlsstand war das?«

»Der neben dem Krankenhaus.«

Die beiden Politoffiziere wechselten einen verblüfften Blick. Der Hauptmann sah Anja zunehmend misstrauisch an. »Sie meinen den Posten, den niemand ins Visier bekommt?« Dass Anja nur mit falscher Bescheidenheit die Schultern hob, erheiterte ihn nicht. »Genau das macht uns Sorgen, Genossin. Anscheinend können Sie Ziele abschießen, an die andere nicht herankommen. Selbst Vasily Zaytsev konnte sich den feindlichen Befehlsständen nicht so weit nähern.«

»Das muss er auch nicht. Und er ist ein viel besserer Schütze als ich.«

»Aber Sie sind auch eine hervorragende Spionin. Laut Ihrer Akte haben wir dank Ihnen Informationen über mehr als zwei Dutzend Truppenbewegungen, Ausrüstungs- und Munitionstransporte sowie geplante Überfälle der Deutschen erhalten. Jeder dieser Hinweise hat sich als korrekt erwiesen. Wenn ich es nicht besser wüsste, würde ich glauben, dass Sie sich im feindlichen Hauptquartier aufgehalten haben, als die Nazis ihre Pläne schmiedeten.«

Das stimmte natürlich – sie war als Ratte oder Maus dort gewesen –, aber sie wusste, dass sie die Wahrheit nicht preisgeben durfte. Nicht vor ihren Kameraden und schon gar nicht vor den Politoffizieren. Atheismus war der kommunistischen Partei sehr wichtig, allein deshalb konnte Anja nicht erklären, dass ihre Erfolge auf goëtischer Zeremonialmagick aus der Renaissance beruhten. Wenn ihre Befrager ihr glaubten, würde man sie als Staatsfeindin ins Gefängnis werfen; wenn sie ihr nicht glaubten, würde man sie einsperren, weil eine Wahnsinnige eine Gefahr für das Gemeinwesen darstellte. Egal was passierte, durch die Wahrheit konnte sie sich nicht aus dieser unangenehmen Lage befreien, sondern wahrscheinlich nur ihren eigenen Tod herbeiführen.

Sie lächelte Krezinskov an. »Was soll ich sagen, Genosse Hauptmann? Ich habe ungewöhnliche Talente. Aber ich bin froh, dass ich damit Mütterchen Russland helfen kann.«

»Vielleicht sind Sie eine deutsche Spionin. Sie machen uns Geschenke, damit wir Ihnen trauen – aber im kritischen Moment werden Sie sich gegen uns stellen.«

Es fiel ihr schwer, ihre Verachtung für seine Paranoia zu verbergen. »Meinen Sie das wirklich ernst? Geschenke? Halten Sie die Nazis für so großzügig, dass sie es mir erlauben würden, neunundvierzig Offiziere und über ein Dutzend hochrangiger Unteroffiziere zu erschießen? Glauben Sie, die Nazis sind *so* clever? Vielleicht lassen sie mich ja sogar Hitler eine Kugel in den Kopf jagen, damit *Sie* mir vertrauen.«

Er kochte vor Wut. War sie zu weit gegangen? Würde er ihre Frechheit mit Prügel bestrafen? Oder mit einer Kugel? Sein wutverzerrtes Gesicht entspannte sich und er atmete tief durch, um sich zu beruhigen. »Also gut. Gehen wir erst mal davon aus, dass ich Ihren Argumenten glaube. Können Sie Ihre Methode anderen beibringen? Wenn Sie Zaytsev zeigen könnten, wie Sie an Ihre Ziele herankommen …«

Sie schüttelte den Kopf, woraufhin der Hauptmann erneut die Augenbrauen zusammenzog. »Es tut mir leid, Genosse Hauptmann. Aber ich kann meine Methoden nicht anderen beibringen. Zumindest nicht hier. Und es ist auch nicht jeder dafür geeignet.«

Es war klar, dass ihre Antwort das Misstrauen der Politoffiziere gesteigert hatte. Krezinskov tastete mit der Hand nach der Pistole an seinem Gürtel. Da wusste Anja, dass sie das Gespräch beenden musste – auf ihre Weise.

Sie sah Krezinskov an, bis er ihren Blick erwiderte – und dann bediente sie sich SICARIOS' Gabe, mit der sie die Gedanken anderer steuern konnte. Leise und ruhig sagte sie: »Wenn Sie meine Akte gelesen haben, Genosse Hauptmann, dann wissen Sie, dass ich loyal zur Sowjetunion stehe. Leider kann ich meine Methoden nicht an andere weitergeben, aber Mütterchen Russland braucht mich an der Front. Sehen Sie das nicht auch so?«

Der Hauptmann stimmte mit einem langsamen, betäubten Nicken zu. »Das sehe ich auch so.«

Hinter ihm verließ Leutnant Gogol seinen Posten und trat vor. »Hauptmann?«

»Ich habe mich sehr gern mit Ihnen unterhalten«, fügte Anja hinzu, »aber General Chruschtschow braucht Sie und Leutnant Gogol dringend im Hauptquartier.«

Krezinskov setzte sich die Kappe auf und wandte sich an Gogol. »Wir müssen gehen. Der General braucht uns im Hauptquartier.« Er drängte sich am Lieutenant vorbei, öffnete die Tür und verließ den Raum. Gogol wollte ihm folgen, warf aber zuerst Anja einen verwirrten Blick zu.

Sie starrte ihn boshaft an. »Beeilen Sie sich lieber, Genosse Leutnant. Man sollte den General nicht warten lassen.« Gogol machte sich eilig auf dem Weg und lief dem Hauptmann hinterher.

Anja schlenderte aus dem kleinen Raum und kehrte zu ihrem Platz im Tunnel unter der Kirche zurück. Sie hatte eine lange Nacht hinter sich und sehnte sich nach Schlaf. Als sie sich in den Schlafsack legte, drehte sich Nadezhda um und sah sie an. »Was ist passiert? Ist alles in Ordnung?«

»Es geht mir gut. Schlaf wieder ein.«

Die blonde Frau wandte sich von Anja ab und fiel in einen unruhigen Schlaf. Anja lag wach neben ihr, starrte die Decke an und bereute ihre Lügen.

Gar nichts ist gut, Nadezhda. Nichts ist in Ordnung. Sie schloss die Augen und richtete ihren letzten Befehl des Tages an sich selbst. *Schlaf jetzt.*

32

NOVEMBER

Es bereitete Adair Unbehagen, dass die Zeit immer schneller zu vergehen schien, je älter er wurde. Nach mehr als dreieinhalb Jahrhunderten verging manchmal eine ganze Woche, ohne dass es ihm auffiel. Ein Monat löste sich auf wie Tau in der Morgensonne.

Das war auch der Grund, weshalb es ihm so vorkam, als wäre Cade gerade erst aus Paris zurückgekommen und würde nun erneut seinen Seesack packen, um sich in Gefahr zu begeben.

Adair humpelte durch die offene Tür in Cades Zimmer. Der junge Mann wandte ihm den Rücken zu. Das erste Licht des Tages hüllte ihn ein, während er einige letzte Kleidungsstücke in die Tasche stopfte. Die Lederrolle, in der seine magischen Werkzeuge steckten, lehnte schräg am Fußende des Betts.

»Hast du dein Grimoire eingepackt?«

»Nein, ich hab es verbrannt.« Cade sah, wie Adairs Augen schmal wurden. »Ich habe es als Erstes eingepackt.«

»Guter Junge.« Adair hüpfte einbeinig ins Zimmer. »Tut mir leid, dass ich dich nicht begleiten kann.«

»Sie müssen sich nicht entschuldigen. Irgendjemand muss ja hier bleiben und den Wein bewachen.« Der junge Karcist schloss den Reißverschluss der Tasche und reichte sie seinem unsichtbaren Dämonendiener.

»Denk daran, die Thule-Zirkel zuerst auszuspionieren. Stürm nicht hinein wie ein hirnloser Vollidiot.«

»Beruhigen Sie sich. In Paris bin ich auch allein zurechtgekommen.«

»Nach allem, was der Maquis Niko erzählt hat, wärst du beinahe umgekommen.«

Der junge Mann zog die Augenbrauen zusammen. »Ich weiß, was ich tue.«

»Aye, das tust du.« Es brachte nichts, Zweifel in Cades Gedanken zu säen, oder ihn daran zu erinnern, dass seine Solo-Mission in Deutschland, bei der er die beiden letzten großen Thule-Zirkel vernichten sollte, noch gefährlicher sein würde als seine Mission in Paris.

Deshalb haben wir ihn der Verbindung unterzogen. Dafür habe ich ihn ausgebildet.

Er hoffte, dass er gelassener klang, als er sich fühlte. »Ach, das kriegst du schon hin. Ich wünschte, ich könnte bei dir sein, aber ich weiß, dass du allein gehen musst.«

Cade streifte seinen Trenchcoat über und warf einen Blick auf Adairs Krücken. »Kein Wunder. Schließlich bin ich der Einzige hier, der noch gehen kann.«

»Unverschämter Rotzlöffel! Nur damit du Bescheid weißt: Meine alten Armee-Kumpel suchen nach einer Prothese für mich.«

»Gut.« Cade nahm sein Werkzeug. »Dann machen wir Weihnachten ein Wettrennen.«

Adair verzog das Gesicht, obwohl es ihn nicht störte, ein wenig aufgezogen zu werden. »Du kannst mich mal am Arsch lecken, du Satansbraten.« Er griff in seine Tasche und nahm einen kleinen, rechteckigen Stahlspiegel heraus, der so aussah wie die, die er Niko und Stefan gegeben hatte. »Den habe ich für dich anfertigen lassen. Damit wir in Kontakt bleiben können.«

Cade wirkte amüsiert. »Habe ich etwa schon wieder Geburtstag?«

»Wann hast du eigentlich Geburtstag?«

Der junge Mann tat so, als wäre beleidigt. »Wir kennen uns seit zwei Jahren und Sie fragen das erst jetzt?«

»Ich hatte andere Dinge im Kopf.«

Cade verzichtete auf weiteren Sarkasmus. »Neunter Mai.«

»Also habe ich ihn verpasst.«

»Nur um rund sechs Monate.«

»Und wie alt bist du jetzt?«

Der Junge dachte eine halbe Sekunde darüber nach. »Dreiundzwanzig.«

»Na, dann scheißherzlichen Glückwunsch, hier ist ein magischer Spiegel. Weißt du, wie man damit umgeht?«

»*Fenestra, velarium, discutio.*«

»Na also – du hast mir ja doch zugehört.« Er reichte Cade den Spiegel. »Aber sei vorsichtig. Der Feind weiß jetzt auch, wie man ihn benutzt. Begeh nicht den gleichen Fehler wie Stefan.«

»Das werde ich nicht. Aber wieso verändern wir nicht einfach die Befehlswörter?«

»Weil wir sie nicht ändern können. Der Dämon, der die Spiegel herstellt, bestimmt die Kommandos.«

»Ein Hoch auf die Höllenbürokratie.« Der junge Karcist ließ den Spiegel in einer Innentasche seines Mantels verschwinden. »Schade, dass wir keinen großen für eine Abkürzung nach Deutschland übrig haben.«

»Tut mir leid. Meine letzten beiden Portale sind bereits im Einsatz. Einer hat dich nach Paris gebracht, bevor Kain ihn zerstörte. Der andere ist auf dem Weg an einen sicheren Ort.« Adair drehte sich, um Cade nicht aus den Augen zu verlieren, als der um ihn herum zur Tür ging. »Kain hat seine Abwehrmaßnahmen an der deutschen Grenze verstärkt. Also musst du dich auf einem steinigeren Weg ins Krautland begeben.«

»Ich dachte, all unsere Wege sind steinig.« Cade klang auf einmal sentimental. »Also für den Fall, dass ich nicht zurückkehre ...«

»Sag nichts, mein Junge.«

»Das muss ich aber. Für den Fall, dass ich nicht zurückkehre, möchte ich Ihnen für alles danken, das Sie mir beigebracht haben. Ich werde versuchen, Sie nicht zu enttäuschen.«

»Ja, also …« Was sollte er darauf antworten? Adair schluckte die Gefühle, die in ihm aufwallten, herunter und wandte sich ab, damit Cade die Tränen in seinen Augen nicht sah. »Weißt du noch, wohin du gehen musst?«

Cade nickte. »Nach Carchuna.«

»Richtig. Wenn du die Beine in die Hand nimmst, schaffst du das bis Sonnenuntergang. Wie heißt der Fahrer?«

»Esteban Alvaros. Er hat graue Haare und an seiner linken Hand fehlt der kleine Finger.«

»Nach Sonnenuntergang wird er dich die Küste hinauf nach Gibraltar bringen. Wo ist dein Reisebefehl?«

Cade klopfte sich auf die Brust. »In der Hemdtasche.«

»Zeig ihn in Gibraltar einem beliebigen Uniformträger und sag ihm, dass dir befohlen wurde, dich bei General Eisenhower zu melden. Er wird dich so schnell wie möglich in ein Flugzeug nach Deutschland setzen.« Er lehnte eine seiner Krücken an den Türrahmen. Mit der freien Hand umarmte er Cade. Das hatte er noch nie getan, weder bei Stefan noch bei Niko und auch nicht bei all den anderen jungen Menschen, die er über die Jahre hinweg auf gefährliche Missionen geschickt hatte, was er nun zutiefst bedauerte. Seine Stimme zitterte vor Angst, als er Cade auf den Rücken klopfte. »Komm gesund wieder, mein Junge.«

Als sie sich voneinander trennten, sah Adair, dass sich seine starken Gefühle in Cades Augen widerspiegelten. Er dachte daran, dass der junge Mann eine Waise war und ebenso dringend eine Ersatzfamilie brauchte wie er selbst.

Cade verdrängte seine Melancholie mit einem Lächeln und brachte dann seinen Humor hervor, um diesen sentimentalen Moment zu beenden. »Versprechen Sie mir, bis dahin nicht den ganzen Scotch zu trinken.«

»Ach, ich verspreche nie etwas, das ich nicht halten kann.«

»Das mache ich auch so. Und ich verspreche *Ihnen* …« Er schlug Adair leicht auf die Schulter, »dass ich Ihnen in den *Arsch* treten werde, wenn es bei meiner Rückkehr keinen Single Malt mehr gibt.«

Adair lächelte stolz. »Verstanden.«

»Und wenn Sie schon dabei sind«, sagte Cade. »... können Sie auch ein Licht für mich brennen lassen.«

»Das werde ich, mein Junge. Das werde ich.«

Das britische Protektorat Gibraltar war zwar nichts weiter als eine Beule an der Südküste Spaniens, dennoch wimmelte es dort vor alliierten Truppen. Cade sah Briten, Amerikaner, Kanadier, Neuseeländer, freie französische und griechische Partisanen und das allein während seiner Fahrt zum unterirdischen Hauptquartier, das man zum Schutz tief in den Fels der Halbinsel gegraben hatte. Jeder Quadratzentimeter dieses Kommandozentrums war vollgepackt mit Lebensmitteln, Ausrüstung, Munition und Treibstoff. Uniformierte Männer und Frauen eilten durch die Gänge, während Soldaten nervös auf ihren nächsten Einsatz warteten.

Cades Reisebefehl war von fast einem Dutzend Offizieren überprüft und verifiziert worden, dann endlich stand er vor der einen Person, die zu wissen schien, was los war. General Dwight D. Eisenhower war ein großer, stattlicher Mann mit einem Bürstenschnitt und Gesichtszügen, die von den Härten des Kriegs selbst herausgemeißelt worden zu sein schienen. Vier Sterne zierten die Schulterklappen seiner Uniform. Eisenhower nickte, als er Cades Papiere durchlas. »Sie sind das also«, sagte er, als er sie zurückgab. »Meine Truppen werden übermorgen Nacht, am achten, verlegt. Dann geht auch Ihr Flug.«

Mehr sagte er dazu nicht. Einige seiner Untergebenen brachten Cade aus dem Raum, woraufhin er von einem Betreuer zum nächsten weitergereicht wurde, deren Rang immer niedriger wurde. Schließlich führte ihn ein Lieutenant zu seinem Bett in einer überfüllten unterirdischen Kammer, die er sich mit fünf Dutzend Fremden teilen musste.

»Wir sagen Ihnen Bescheid, wenn der Flug geht«, sagte der Offizier. Er verließ den Raum, bevor Cade ihn nach seinem Namen fragen oder herausfinden konnte, was zur Hölle hier eigentlich los war.

Dann kam der achte November und überall wurde nur noch von dem für diese Nacht geplanten alliierten Angriff auf Französisch-Nordafrika geredet. Marokko, Algerien, Tunesien – diese drei Länder hatte man ins Visier genommen. Die Alliierten beschrieben sie als den »ungeschützten Bauch des Mittelmeers« und den wollten sie den Achsenmächten entreißen.

Nur das Flugpersonal eines B-17-Bombers namens *Silver Sadie* würde sich nicht an der Invasion beteiligen, sondern Cade nach Deutschland bringen. Er hörte, wie die Männer leise fluchten und sich über ihn und die Mission beschwerten, als sie über das Rollfeld zu dem abseits des Geschwaders stehenden Flugzeugs gingen.

Sergeant Ward, der Flugingenieur, knurrte: »Sechs Monate haben wir uns auf diese Mission vorbereitet – alles umsonst. Jetzt müssen wir diesen Idioten nach Krautland bringen.«

»Zum Glück haben wir auf diesem Flug keine Bomben dabei«, sagte Corporal Trahern, einer der Bordschützen. »So haben wir genug Platz für das Gepäck des Generals.«

Cade bewunderte den Bomber. Ihm gefiel die Zeichnung am Bug: eine dralle Blondine, die einen blauen Overall trug, und mit stolzem Gesichtsausdruck Hitler eine Rohrzange ins Gesicht pfefferte, woraufhin dessen Zähne durch die Luft flogen. Das dunkelgrüne Flugzeug wurde ins weiche Licht des herbstlichen Sonnenuntergangs getaucht, als Cade die Leiter hinauf ins Mittelstück des Flugzeugs kletterte.

Dort schaute er sich um. Da keine Bomben an Bord waren, wirkte der Bereich merkwürdig leer. Private Orson, der Heckschütze, rempelte ihn im Vorbeigehen so heftig an, dass Cade beinahe gestürzt wäre. »Aus dem Weg, du Sack.«

Corporal Chao, ein anderer Bordschütze, wandte sich leise an Cade. »Orson ist ein Arschloch. Kümmer dich nicht um ihn.« Er zuckte überrascht zusammen, als er Cades Gesicht sah. »Scheiße – was ist denn mit deinen Augenbrauen passiert?«

»Berufsrisiko.« Cade drehte sich um und beendete damit die Unterhaltung.

Captain Gladwin, der Pilot und Kommandant, kam als Letzter an Bord. Mit lauter Stimme wandte er sich an den Rest des Flugpersonals. »Ich möchte, dass alle ihr Bestes geben. Ich weiß, dass dies nicht die Mission ist, die wir erwartet haben, aber Befehl ist Befehl. Und sehen Sie es positiv – sobald wir Mr. Martin hinter den feindlichen Linien abgesetzt haben, fliegen wir weiter nach England.«

Gladwin war noch nicht ganz im Cockpit verschwunden, da sagte Ward, der am oberen Geschütz saß, sarkastisch zu Chao: »Na, wunderbar – England im November. Ich hätte meine Badehose einpacken sollen.«

Die *Silver Sadie* war eines der letzten Flugzeuge, die an diesem Abend starteten. Sie hob zwei Stunden nach Sonnenuntergang ab. Es wurde Nacht, als sie über Spanien hinwegflogen, und die Dunkelheit hüllte sie über Frankreich ein wie ein Umhang. Vom Land selbst war nichts zu sehen, da dort eine Verdunkelungsanordnung galt.

In dem Bomber war es eiskalt. Cade hatte um diese Jahreszeit mit nasskalten Bedingungen in Deutschland gerechnet, aber auf die eisige Luft, die bei knapp vierhundert Stundenkilometer und dreitausend Metern über dem Boden das Flugzeug erfüllte, war er nicht vorbereitet gewesen. Der zehnköpfigen Bomberbesatzung schien sie nichts auszumachen, aber sie trugen alle gefütterte Jacken, Seidenschals, Wollmützen und dicke Handschuhe.

Das Dröhnen der Propeller war jedoch noch schlimmer als die Kälte. Ihre Vibrationen durchdrangen den Rumpf des Bombers und die Decks. Cade hatte gehofft, dass das Geräusch sich irgendwann als hypnotisch erweisen und ihn in den Schlaf wiegen würde, aber es war so laut, dass es ihm vorkam, als hätte er einen Bienenschwarm im Kopf.

Verdammte Scheiße. Was würde ich dafür geben, mal eine Nacht durch…

Der Stupser einer Stiefelspitze brachte ihn dazu, die Augen zu öffnen. Über ihm stand der sichtlich schlecht gelaunte Ward, der mit dem Daumen auf das Bugschott zeigte. »Der Cap sagt, dass wir gerade die Grenze zwischen der Schweiz und Deutschland überquert haben, also holen Sie Ihren Scheiß.«

Cade sah auf die Uhr. Es war ein Uhr morgens. Sie hatten extrem wenig Zeit für den Flug von Gibraltar hierher gebraucht, was seinen Verdacht, dass die Besatzung der *Silver Sadie* ihn so schnell wie möglich loswerden wollte, erhärtete. Dass der B-17-Bomber keine schwere Artillerie mitführte, hatte den nächtlichen Flug über feindliches Gebiet noch mehr verkürzt. Während Cade in der Dunkelheit seine Ausrüstung zusammensuchte, kletterte Ward wieder hinauf zu seinem Geschütz.

Der Rest der Besatzung zeichnete sich im Mondlicht ab, als Cade den Blick vom Bug zum Heck gleiten ließ. Die Bordschützen Trahern und Chao rieben sich die Augen und umklammerten dann wieder den Griff ihrer schwenkbaren M2-Browning-Maschinengewehre. Ganz hinten schwenkte der Heckschütze Orson von links nach rechts, während er auf Probleme wartete. Gleichzeitig drehte Ward den oberen Geschützturm um dreihundertsechzig Grad und suchte den Himmel nach Gefahren ab. Corporal Dominguez tat das Gleiche im unteren Geschützturm. Durch die offene Cockpittür konnte Cade die Piloten sehen. Nur Sergeant Rozansky, der Kanonier und Bugschütze, entzog sich seinem Blick.

Als Erstes hob Cade die Lederrolle auf, in der sein magisches Werkzeug steckte. Er hing sie sich diagonal über den Rücken, so wie immer, wenn er auf Reisen war.

Ward rief über das Dröhnen der Propeller: »Ey, du Sack! Bist du blöd? Bind dir das Ding ums Bein, sonst verfängt es sich in deinem Fallschirm!«

Cade wollte Ward nicht erklären, weshalb er keinen Fallschirm brauchen würde. Er hob die Hand, um ihn von weiteren Ratschlägen abzuhalten. »Keine Sorge«, rief er. »Mir wird …«

Explosionen erfüllten den Himmel rund um den Bomber mit Feuer und Lärm.

Cade stolperte in Richtung Heck, als das Flugzeug nach oben gedrückt wurde und die Motoren aufheulten. Die Besatzung presste sich eine Hand auf das Ohr, um die Informationen und Befehle verstehen zu können, die sie vom Co-Piloten über ihren Kopfhörer erhielten. Flammen breiteten sich am Himmel aus und Trümmer zischten rund um die *Silver Sadie* durch die Luft. Captain Gladwin wich nach links aus und zog den Bomber noch höher, um dem Flakfeuer zu entgehen.

Cade hielt sich verängstigt an der Wand fest. *So viel zum Thema unauffällig nach Deutschland kommen.*

Dominguez grinste ihn an. »Was is', Gringo? Magst du kein Feuerwerk?«

Chao grinste ebenso dreist. »Macht Spaß, oder?«

Ward spähte zu Cade hinunter. »Halt dich fest, Kumpel. Gleich wird's …«

Schmerz stach in Cades Ohren, als eine kreischende Explosion das Flugzeug erschütterte.

Der Bug der *Silver Sadie* füllte sich mit orangen Flammen und schwarzem Rauch. Mit Öltropfen durchsetzter Wind und glühende Schrapnelle rasten vom Cockpit in das Mittelstück. Das Flugzeug hüpfte auf und ab und kippte nach links, wobei Cade gegen die halbrunde Wand geworfen wurde.

Kurz darauf vollführte das Gefährt zwei Fassrollen. Cade und die Bordschützen wurden wild durch die Kabine geschleudert, wie menschliche Würfel in einem Becher. Eine zweite Explosion riss die Steuerbordtragfläche auf und zerstörte den Motor. Dann ging der Bomber auf einmal in einen unkontrollierten Sturzflug, als das Heck abgerissen wurde und Private Orsons Leben in einem Sturm aus Metall und Rauch endete.

Feuer und freier Fall, Panik und bittere Kälte. Cade schrie, so wie die Männer, die ihn umgaben. Das Mittelstück der *Silver Sadie* platzte auf, als das Flugzeug sich drehte und verbog. Cade und die vier überlebenden Besatzungsmitglieder wurden in die Nacht hinausgeschleudert, wo Cade mit seinen halb erfrorenen Ohren nichts außer dem heulenden Wind hören konnte. Es war so dunkel, dass er die Erde unter sich nicht sah. Er erinnerte sich an die Anweisungen, die er in Gibraltar bekommen hatte, und wusste, dass er in knapp einer Minute am Boden aufschlagen würde.

Mehr als genug Zeit.

Er konzentrierte sich auf die Allsicht. Die Landschaft unter ihm erhellte sich und zeigte ihm dunkle Schatten und grünliche Flecken. Als er nach oben blickte, entdeckte er die vier Überlebenden der *Silver Sadie*, die gerade ihre Fallschirme öffneten. Sein Magen verkrampfte sich, als die brennenden Wrackteile des Bombers auf sie herabregneten und die Schirme in Brand setzten.

Die Männer öffneten sofort die Reserveschirme, doch diese erlitten das gleiche Schicksal. Trahern, Chao, Dominguez und Ward stürzten ihrem Tod entgegen.

Cade breitete die Arme aus, um seinen Sturz abzubremsen, dann streckte er JEPHISTOS unsichtbare Hand aus, fing die Männer ein und zog sie zu sich heran. Chao war der erste, den er auf diese Weise greifen konnte. Er hielt den jungen chinesischen Amerikaner am Ärmel fest und brüllte: »Pack dir Dominguez!« Als Chao das tat, erkannten die anderen Besatzungsmitglieder, was von ihnen erwartet wurde, obwohl sie natürlich nicht verstanden, was Cade damit beabsichtigte. Ihnen blieben nur noch Sekunden bis zum tödlichen Aufprall, als Dominguez Trahern am Kragen packte und dieser Wards Fußknöchel zu fassen bekam.

Das sollte reichen.

Er beschwor VESTURIELS Geistergestalt, kurz bevor sie den Boden erreichten. Sie blieben wie Nebel, wie graue Schwaden über einer von totem Gras bedeckten Wiese in der Luft hängen.

Dann atmete Cade aus und sorgte dafür, dass er und die anderen Überlebenden wieder stofflich wurden. Benommen und verblüfft sanken sie zu Boden. Ihre zerrissenen Fallschirme flatterten herab und legten sich wie Grabtücher auf sie. Die vier Männer zogen hastig ihr Fluggeschirr aus, kamen unter den Fallschirmen hervor und tasteten sich ab, als fiele es ihnen schwer, ihren Sinnen zu trauen.

Dominguez wirkte entsetzt. »Sind wir tot? Sind wir Geister?«

Chao boxte ihn gegen den Arm, woraufhin Dominguez kurz aufschrie. »Nein. Wir sind aus Fleisch und Blut.«

Trahern brachte keinen vollständigen Satz heraus. »Aber ich ... Aber wir ... Wie hat ...? Wieso sind wir ...?« Schließlich gelang es ihm, einen Gedanken zu beenden. »Wie hast du das gemacht?«

Der Meister hatte Cade eingeimpft, dem »Pack« nicht zu viel über Magick zu erzählen, also bediente er sich einer praktischen Lüge. »Tut mir leid, das ist streng geheim. Ihr hättet das gar nicht sehen dürfen, aber ich … ich konnte euch nicht sterben lassen.«

Ward nahm seine gefütterte Lederjacke und reichte sie Cade. »Nimm die.« Cade wollte ablehnen, aber das ließ der Flugingenieur nicht zu. »Es ist scheißkalt hier draußen und es wird sogar noch kälter werden.« Er zeigte Cade das Innenfutter. Auf einem rechteckigen Stück Seide war eine detaillierte Karte von Westeuropa abgedruckt. »Damit du dich nicht verläufst.«

»Das kann ich nicht annehmen. Ohne die Karte findet ihr nicht aus dem feindlichen Territorium heraus.«

»Chaos Jacke ist genauso gefüttert.« Er drückte Cade seine Jacke in die Hand.

Cade zog seinen dünneren Mantel aus und reichte ihn Ward. »Jetzt musst du aufpassen, dass du nicht erfrierst.«

»Die Jungs und ich werden den Mantel abwechselnd tragen, aber du musst allein weitergehen. Apropos …« Er drehte sich zu Trahern um. »Danny, gib ihm deinen Colt.«

Der Corporal schreckte vor dem Befehl zurück. »Was?«

»Er ist unbewaffnet und auf dem Weg ins Krautland. Gib ihm deinen scheiß Colt.« Als der Bordschütze der *Silver Sadie* sich immer noch weigerte, fügte Ward hinzu: »Er hat dir gerade das Leben gerettet, du undankbarer Mistkerl. Da kannst du ihm wenigstens deine Pistole geben.«

Cade wäre es schwergefallen, Ward zu erklären, dass er sogar sehr gut bewaffnet war, deshalb nahm er die halbautomatische Pistole mit Holster entgegen, die Trahern ihm mürrisch reichte, und bedankte sich mit einem bescheidenen Lächeln. »Danke. Sollte ich überleben, gebe ich sie dir zurück.«

»Nur falls ich auch überlebe«, sagte Trahern. »Wenn nicht, dann gib sie meiner Frau und meinen Kindern. Sie leben in Secaucus.«

»Mach ich.«

In der Dunkelheit hörte man entfernt Lastwagenmotoren und auf Deutsch gebrüllte Befehle. Östlich der Wiese zuckten bläulich-weiße Suchscheinwerfer über eine niedrige Hügelkuppe. Sie mussten weg.

Cade schüttelte Ward die Hand. »Danke, Sergeant. Und viel Glück!«

»Dir auch, Junge.« Er wandte sich ab und lief an seinen Männern vorbei. »Kommt, Ladys! Die Krauts sind unterwegs und die Schweiz wartet schon!«

»Schokolade und Milchmädchen«, sagte Trahern, als er sich ihm anschloss. »Das wird ein Fest.« Dominguez und Chao verdrehten die Augen und schüttelten den Kopf, während sie sich in Richtung Südwesten wandten und ihrem Sergeant folgten. Der Weg in das neutrale Land war lang und gefährlich.

Aorotos machte Cade unsichtbar, sodass er die deutsche Suchmannschaft ignorieren konnte. Er ging in Richtung Nord-Nordosten, also in Richtung Frankfurt. Am Morgen, wenn er irgendwo sicher untergekommen war, würde er Adair mit dem Spiegel kontaktieren und Bescheid sagen, dass er in Deutschland angekommen war und dass die Überlebenden der *Silver Sadie* aus der Schweiz rausgeholt werden mussten.

Bis dahin musste er in Bewegung bleiben und durfte nicht zurückblicken, denn dort gab es nur Kummer – und diese Last war Cade jetzt schon zu schwer geworden.

Man gewöhnte sich nicht an den Gestank im Lazarett. Andererseits kam es Anja wie ein schlechter Witz vor, diese Bruchbude überhaupt als Lazarett zu bezeichnen. Es handelte sich dabei um einen grob in die Erde gegrabenen Tunnel, dessen Dach nur morsche Balken und leere atheistische Gebete vor dem Einsturz bewahrten. Wenn eine Mörsergranate im Umkreis von fünfhundert Metern einschlug oder ein deutscher Panzer einen halben Häuserblock entfernt vorbeirollte, regnete Dreck auf die Verwundeten und Sterbenden herab und verlieh ihnen die Farbe des Grabs.

Anja mied diesen Ort meistens, aber seit einem Monat führte sie ihr Gewissen jede Nacht dorthin. Dutzende verstümmelter Soldaten und Zivilisten, die dort vor sich hin vegetierten, brauchten Hilfe und mit jeder Stunde kamen neue hinzu, die sich in die Reihen der tödlich Verwundeten und Fieberträumenden einreihten.

Der Blutgeruch wurde von dem der Desinfektionsmittel überdeckt, aber beide gingen im Gestank der menschlichen Exkremente unter, die am Boden Pfützen bildeten. Sterbende Patienten entleerten ihre Blase mit ekelerregender Regelmäßigkeit, ebenso wie die, die Amputationen ohne Wodka oder gar Morphium aushalten mussten. Wenn einer der freiwilligen Pfleger sich nicht mehr gegen das Erbrechen wehren konnte, kümmerte sich niemand darum. Das war nur eine Körperflüssigkeit mehr.

Anja ging an den in Reihen aufgestellten Feldbetten vorbei und betrachtete entsetzt die Blutigen und Verbrannten. General Chruschtschow und die anderen Kommandanten der Roten Armee hatten ein Ende der Kämpfe versprochen. Die längst überfällige Verstärkung war eine Woche zuvor eingetroffen und hatte die rumänischen und ungarischen Streitkräfte, die die Flanken der Nazis schützten, aufgerieben. Damit schien die Schlacht vorbei zu sein; die Deutschen hatten verloren. Alle hatten damit gerechnet, dass sie die weiße Fahne hissen würden. Doch leider hatte wohl jemand vergessen, das den Deutschen zu sagen, denn die verstärkten ihre Bemühungen stattdessen und führten einen Zermürbungskrieg, bei dem sie ihren Gegner zwangen, um ein Gebäude nach dem anderen zu kämpfen, manchmal sogar um einzelne Stockwerke in einem Gebäude.

Das war Irrsinn. Anja verstand das nicht.

Aber sie verstand Leid. Trauer. Verlust.

So viele Kinder lagen unter den blutbefleckten Laken. Zu viele. Anja konnte die Klagelaute erwachsener Soldaten und Spione ausblenden, weil diese Menschen gewusst hatten, welchen Preis sie für ihren Kriegseinsatz wahrscheinlich bezahlen würden müssen. Aber die Kinder …

Im Gesicht der Jungen sah sie die verzerrte Grimasse ihres sterbenden kleinen Bruders Piotr, dessen Körper von Kains grausamer Magick gespalten worden war, und dessen Blut sich mit dem Schnee vermischt hatte. In den Augen eines jeden verwundeten Mädchens sah sie sich selbst, trauernd und allein, ohne die Hoffnung auf Erlösung.

Mit Asche beschmierte kleine Finger streckten sich zitternd nach ihr aus. Sie glitt stumm an ihnen vorbei, ein lebender Geist, der jene heimsuchte, die der Sensenmann bereits für sich beansprucht hatte.

Wenn Anja die Kinder mit ihrer dämonischen Allsicht betrachtete, erkannte sie, welche selbst ihre Gabe nicht mehr retten konnte und welche allein überleben würden. Sie suchte nach denen, deren Leben auf Messers Schneide stand.

Ein fünf- oder sechsjähriger Junge, dem man in den Unterleib geschossen hatte. Die Blutung war gestillt worden, aber man wusste nicht, ob er an Sepsis sterben würde.

Ein neunjähriges Mädchen, das nach dem Sturz von einer Ruine im Koma lag und mit einer Gehirnblutung rang.

Eine Jugendliche, die sich ans Leben klammerte, obwohl die Sanitäter sie bereits aufgegeben hatten – niemand besaß die Mittel, um festzustellen, dass sie im zweiten Monat schwanger war.

Anja blieb nacheinander bei ihnen stehen, legte ihnen die Hand auf die Brust und aktivierte die Heilgabe von Buer, einem der drei Geister, die sie trotz des damit verbundenen Unwohlseins und des Risikos, das sie einging, wenn sie die Unterjochung erneuern musste, noch in sich trug.

Nachdem sie die magische Therapie bei allen drei Kindern angewandt hatte, tauchte sie den Zeigefinger in eine Feldflasche mit exorziertem und geweihtem Wasser. Mit der nassen Fingerspitze malte sie jedem Kind ein Kreuz auf die schmutzige Stirn.

Als sie sich vom letzten Kind abwandte, wäre sie beinahe mit Schwester Deshkin zusammengestoßen, einer jungen Frau, die sich freiwillig um die Verwundeten kümmerte.

»Die heilige Anja zieht wieder ihre Runden.« Deshkin klang nicht sarkastisch. Wie vielen anderen war ihr aufgefallen, dass die Verwundeten, die Anja besuchte und segnete, sich immer erholten.

»Ich versuche nur, ein wenig Trost zu spenden.«

Anja machte sich auf den Weg zurück, hielt jedoch inne, als Deshkin ihr nachrief: »Wir könnten Ihre Hilfe gebrauchen. Es kommen Verwundete rein. Viele. Von der Schlacht um die alten Getreidesilos.«

»Ich bin nicht wegen ihnen hier.« Sie ging schneller, um sich dieser Verpflichtung zu entziehen. Deshkin würde sie nicht aufhalten.

Doch eine Welle verwundeter Rote-Armee-Soldaten, die in das Lazarett schwappte, tat genau das.

Überall wurde geschrien und gebrüllt, aber niemand wusste, was zu tun war. Soldaten auf Tragen erbrachen dunkles, fast schon schwarzes Blut oder krallten die Hände in ihren blutbefleckten Oberkörper. Anja sah Dutzende Verwundete mit fehlenden Gliedmaßen oder zerfetzten Augen. Manche hielten sich ein abgerissenes Ohr an den Kopf, in der Hoffnung, dass jemand es wieder annähen würde.

Mitten in diesem Chaos brüllte ein einziger Chirurg allen, von denen er annahm, dass sie ihm helfen konnten, Befehle zu. Darunter war auch Anja, doch sie war so schockiert, dass sie kein Wort verstand.

Schwester Deshkin packte Anjas Hand, legte sie auf die Brust eines verwundeten Soldaten und befahl scharf: »Fest draufdrücken.«

Blut pulsierte unter Anjas Handfläche und floss zwischen ihren Fingern hindurch, egal wie fest sie zudrückte. Panik loderte in ihr empor. Ihr Herz raste, ihre Atemzüge wurden flach und sie zitterte wie ein Hund in der Kälte. Jeder Nerv in ihrem Körper forderte sie zur Flucht aus diesem Schlachthof auf.

Sie blickte auf den Patienten hinab, um sich für ihre Feigheit zu entschuldigen – und erstarrte. Obwohl das Gesicht blutverschmiert und schmutzig war, erkannte sie es. Nadezhda starrte Anja an und flehte um ihr Leben. Die mutige junge Scharfschützin bewegte die Lippen, brachte aber keinen Laut hervor. Anja beugte sich zu ihr hinunter, hörte jedoch nur ihre schwachen Atemzüge.

Sie verstärkte den Druck auf Nadezhdas Brust und machte sich über den Lazarettlärm hinweg bemerkbar: »Hier! Sie braucht sofort einen Arzt!«

Der Chirurg steckte bis zu den Handgelenken in den Eingeweiden eines anderen Soldaten. »Sie muss warten, bis sie an der Reihe ist!«

Anja musste keine Dämonengabe einsetzen, um zu erkennen, dass ihre Freundin im Sterben lag. Nady blieben nur noch wenige Atemzüge, bevor der Sensenmann zuschlug. Sie war fast tot. Anja wusste, dass sie kämpfen musste, um Nady zu retten – und wenn ihr das gelang, wie sollte sie es je erklären?

Ein Stöhnen aus Nadezhdas trockener Kehle erregte Anjas Aufmerksamkeit. Sie hielt das Ohr dicht vor Nadezhdas Lippen und versuchte, die letzten Worte ihrer Freundin zu verstehen.

»Anja?«

»Ich bin hier, Nady.«

»Ich ... ich habe Angst.«

Das Blut pulsierte nicht mehr so heftig unter Anjas Hand, der Druck war so weit zurückgegangen, dass es auch nicht mehr zwischen ihren Fingern hindurchrann. Das war Nadezhdas Ende; der Tod würde sie Anja entreißen, so wie er ihr viele Jahre zuvor ihren Bruder entrissen hatte.

Nein. Du kriegst sie nicht.

Buer konnte mit seinen Kräften sehr viele Verletzungen und Krankheiten heilen, aber je schwieriger das war, desto mehr forderte er von einem Karcisten ein. Nadezhda von der Schwelle zum Tod zurückzuholen würde ihn und Anja an ihre Grenzen bringen. Sie spürte, wie Buer sich sträubte, als sie ihn anwies, Nadezhdas zerfetztes Herz zu heilen.

Gehorcht mir, Dämon!

Ihre Wunden sind zu schwer. Der Tod ist zu nahe.

Ihr werdet sie nicht sterben lassen!

Wenn Ihr sie retten wollt, muss ich ihr etwas von Eurer Stärke geben.

So sei es.

Außerdem müsst Ihr mich und die anderen aus Eurem Joch befreien.

Wenn Ihr schwört, gemeinsam und in Frieden von dannen zu ziehen, werde ich Euch freilassen.

Wir schwören dies bei unserem Herrn und Patron Astaroth.

Das war ein stolzer Preis, aber damit hatte Anja gerechnet. Selbst wenn Buer nicht seine Befreiung und die der anderen verlangt hätte, wäre Anja, nachdem sie einen Teil ihrer Lebenskraft abgegeben hatte, zu schwach gewesen, um die Geister zu bändigen. Das Schlimmste an dieser Abmachung war jedoch, dass sie auf absehbare Zeit ohne Magick auskommen musste. Im Chaos von Stalingrad würde es schwer werden, einen abgeschiedenen, sicheren Ort zu finden, an dem Anja das Ritual der Unterjochung durchführen konnte. Wenn sie überhaupt genug Kraft dafür aufbringen konnte.

Buer riss sie aus ihren Gedanken. Ich habe alle Wunden geheilt, die ich konnte. Seid bereit. Ich werde der Frau die Hälfte Eurer Lebenskraft geben, so wie Ihr befohlen habt. Wenn das vollbracht ist, werden ich und die anderen gehen.

Anja atmete tief durch. *Tut das.*

Eine tiefgreifende Leere gähnte auf einmal in ihr. Es fühlte sich an, als hätte sie auf einen Schlag die Hälfte ihres Bluts verloren. Sie verlor das Gleichgewicht und die Welt drehte sich und wurde zu einem Kaleidoskop aus Farben und Lauten. Sie war wie betäubt, fühlte sich aber gleichzeitig ohne ihre dämonischen Passagiere leicht. Ihre Knie gaben nach und sie brach über Nadezhda zusammen.

Die verwundete Soldatin erwachte keuchend. »Anja? Anja!«

»Alles ist gut«, flüsterte sie ihrer Freundin zu und war erleichtert, weil es die Wahrheit war. Sie lächelte und ergriff Nadezhdas blutige Hand. »Es geht uns gut, Nady … uns beiden.«

Regen nieselte aus Dachrinnen auf Cade herab. Er stand zusammengekauert und frierend in einem dunklen Spalt zwischen zwei Gebäuden in der Frankfurter Innenstadt und beobachtete den Haupteingang eines Freimaurersaals auf der anderen Straßenseite. In seiner rechten zitternden Hand hielt er eine brennende Zigarette, in seiner linken den ebenfalls zitternden Zauberspiegel. »Scheiße, ist das kalt. Meine Finger werden schon taub.«

Adair wies ihn aus dem Spiegel mit einem ironischen Stirnrunzeln zurecht. *»Das härtet dich nur ab, Schwächling.«*

»Sie haben leicht reden. Sie sitzen mit einem Glas Grenache am Kamin.«

»Glenmorangie wäre mir lieber. Aber jeder muss Opfer bringen.«

Vier Männer, jeder mit einem zeltgroßen Regenschirm über dem Kopf, stiegen die Treppe zum Eingang des Saals hinauf und betätigten den Messingtürklopfer einmal, dann dreimal, schließlich zweimal. Eine hagere, bleiche Gestalt, die wie ein Butler gekleidet war, öffnete die Tür. Die Männer schlossen ihre Regenschirme und reichten sie beim Eintreten dem Türsteher. Der hatte die Tür kaum wieder geschlossen, als fünf weitere Männer auftauchten. Sie trugen dunkle Anzüge und Trenchcoats und eilten mit hochgezogenen Schultern und Regenschirmen in der Hand um die Ecke und die Stufen hinauf. Dann klopften auch sie an die Tür.

Cade zog an seiner Zigarette. »Mein Gott, noch mehr? Langsam muss es da drinnen eng werden. Wie viele Leute gehören denn zu diesem Zirkel?«

»Laut unserem Spion ungefähr dreißig. Wieso?«

Auch dieses Mal öffnete der Butler – Cade hielt ihn für eine Art Lamia – und nahm den Gästen Schirm und Mantel ab, bevor er die Tür wieder zumachte. »Allein in der letzten Stunde sind doppelt so viele Leute in dieses Gebäude gegangen.«

Sorgenfalten gruben sich in Adairs Stirn. *»Bist du sicher?«*

»Absolut. Da drin halten sich mindestens siebzig Personen auf.«

Adair strich sich nachdenklich über den Bart. Dann warf er Cade einen alarmierten Blick zu. *»Hast du einen irregroßen Bastard gesehen? Glatze, ganz in Weiß gekleidet und mit einem schwarzen Stock, dessen Knauf aus einem goldenen Wolfskopf besteht?«*

Die Beschreibung war unglaublich detailliert. »Ja. Vor ungefähr fünfzehn Minuten.«

Der Meister verzog das Gesicht. *»Das ist Ludwig König, der Leiter des Berliner Zirkels. Die halten ein Gemeinschaftstreffen ab. Alle Mitglieder der Thule-Gesellschaft befinden sich gerade in diesem Saal.«*

»Alle?« Cades Gedanken überschlugen sich. »Wollen Sie damit sagen, dass wir sie heute auslöschen können?«

»Was? Nein! Ich will damit sagen, dass du dich zurückziehen musst.«

Er begehrte dagegen auf. »Rückzug? Sind Sie verrückt?«

»Nein, aber du anscheinend schon. Du kannst nicht so viele auf einmal angreifen. Mach dich leise vom Acker. Sofort.«

Der Befehl war vernünftig, stank Cade aber trotzdem. Seit Wochen schlich er sich durch Deutschland. Er hatte in Gräben geschlafen, Leuten Essen (und jede Menge Wein und Schnaps) gestohlen und ein halbes Dutzend Gestapo-Beamte getötet, die das Pech gehabt hatten, ihm zu nahe zu kommen. Seit vier Tagen drückte er sich nun in den Gassen und Nischen rund um den Freimaurersaal herum und beobachtete das Kommen und Gehen der Zirkelmitglieder. Er war hier, um sie abzuschlachten, nicht um vor ihnen die Flucht zu ergreifen.

Adair unterbrach Cades dunkle Gedanken. *»Hast du mich verstanden?«*

Cade zog an seiner Zigarette. »Klar und deutlich.« Angewidert stieß er den Rauch aus. »Ich hätte es gern vermieden, Weihnachten in Berlin zu verbringen. Auf der anderen Seite kann ich vielleicht Hit…« Der Name des Führers blieb Cade im Hals stecken, als er die einsame Gestalt erspähte, die gerade die Treppe zum Freimaurersaal hinaufstieg. Trotz der Entfernung erkannte Cade sie sofort.

Der Finne hatte einen schlanken Körper und ein grausames Gesicht. Er trug keinen Schirm, aber der Regen berührte ihn nicht. Die Tür wurde ihm geöffnet, bevor er klopfen musste.

Cade flitschte die Zigarette über seine Schulter. »Siegmar. Er ist hier.«

»Vergiss, was ich gesagt habe. Zieh dich nicht vorsichtig zurück, sondern nimm die Beine in die Hand und lauf!«

»Nein.« Als der Finne den Unterschlupf des Zirkels betrat, dachte Cade daran, wie Siegmar am Hafen von Liverpool gestanden und die

Abfahrt der *Athenia* beobachtet hatte, damit er seinem Meister davon berichten konnte. Kain hatte LEVIATHAN geschickt, aber Siegmar hatte ihm das Ziel genannt.

Mit Zorn im Herzen verließ Cade die Gasse und ging durch den Regen auf den Freimaurersaal zu.

Adair protestierte im Spiegel dagegen. *»Lass das, Cade! Es sind zu viele! Du kannst sie nicht …«*

»Velarium.« Cade verstaute den Spiegel in seiner Manteltasche.

Zwei Stufen auf einmal nehmend lief er die Treppe hinauf. Als er die mittlere Stufe erreichte, lösten sich zwei Wachdämonen aus dem Nebel rechts und links der Tür. Es waren chimärische Horrorgestalten. Eine hatte den Kopf einer Ziege, aber den Körper eines Menschen. Maden krochen über sein verwesendes Fleisch und an jeder Hand saßen vier schwarze Klauen. Bei dem anderen handelte es sich um einen Frevel an der Heiligen Jungfrau, die anstatt einer Zunge eine Schlange im Mund hatte und deren weißes Gewand mit Blut und Scheiße besudelt war.

Cade tötete die Wächter mit Höllenfeuerblitzen. Die Dämonen lösten sich auf, als er die oberste Stufe erreichte. Er nahm sich nicht die Zeit anzuklopfen. Stattdessen entriegelte er die Tür mit Magick und stieß sie mit der Kraft seiner Gedanken auf.

Auf der anderen Seite griff der leichenblasse Dämonenbutler bereits nach einer Alarmglocke, die neben ihm auf dem Tisch stand. Cade spuckte einen weiteren Schwall Höllenfeuer und verwandelte die Lamia in eine Wolke aus Schwefel und Asche.

Zwei breite, halbkreisförmige Treppen rahmten das große und leere Foyer ein. Cade sah drei geschlossene und vergoldete Flügeltüren, eine direkt vor ihm, die anderen beiden je rechts und links von ihm.

Sie blieben nicht lange geschlossen.

Die Türen auf beiden Seiten flogen auf. Ein halbes Dutzend Dilettanten, die Zeremonialgewänder trugen, stürmten heraus. Die meisten fuchtelten ungeschickt mit ihren Zauberstäben herum, während ihre Zunge über in Küchenlatein verfasste Flüche stolperte.

Die ersten sechs durchbohrte Cade mit VAELBORS Speeren.

Die drei dahinter zerbrach JEPHISTO wie Zweige.

Die letzten drei schleuderten Höllenfeuer, Blitze und einen Wespenschwarm auf Cade, aber der kehrte die Flammen um und richtete sie auf die Insekten, die zu Staub zerfielen. Er absorbierte den Blitz, spaltete ihn in drei Teile und jagte diese auf die letzten drei Dilettanten, die zuckend zu Boden gingen.

Durch die offenen Türen sah er zu seiner Linken eine Bibliothek und zu seiner Rechten einen Salon. Andere Türen führten aus diesen Zimmern tiefer in den Gemeinschaftsbereich des Gebäudes hinein. Hielten sich dort noch mehr Dilettanten auf, die sich entweder vor ihm versteckten oder ahnungslos waren? Und was ging in den oberen Stockwerken vor sich? Der Feind war Cade zahlenmäßig so überlegen, dass er seine Rückendeckung nicht vernachlässigen durfte.

MARCHOSIAS, *Eure Legionen werden den Rest der Etage durchsuchen. Sie sollen alle Karcisten außer mir töten.*

Die Stimme des Dämons klang in seinem Kopf wie die eines heiseren alten Manns.

SO SEI ES.

Die namenlosen Geisterlegionen des Großherzogs wehten an Cade vorbei wie fauliger Wind. Vorhänge bauschten sich und Papier flatterte durch den Salon und die Bibliothek, als die unsichtbare Horde hindurchstürmte.

Cade gelangte über die linke Treppe in den ersten Stock. Als er den Weg vor sich mit der Allsicht betrachtete, entdeckte er Schutzzauber, die nebeneinander an einer Stufe angebracht worden waren. Er beschwor ein Flammenschwert, als er über die Sigille trat.

Ein zweiköpfiger Greif erschien vor ihm und griff an. Er streckte die Klinge vor, sodass die Bestie sich selbst aufspießte. Das brennende Schwert fraß sich in den Oberkörper zwischen den Hälsen und das Höllenfeuer verzehrte den Dämon von innen. Cade fragte sich, ob sein Feind wirklich nichts Besseres zu bieten hatte.

Am Ende der Treppe erstreckte sich ein Gang nach links und rechts. Auf beiden Seiten gab es Büros, Raucherzimmer und Ähnliches. Die Türen waren offen, aber nichts geschah.

Alle hier oben müssen mich gehört haben. Also sind diese Zimmer entweder leer oder es verbergen sich Angreifer in ihnen. Er konzentrierte sich. MARCHOSIAS, *ist das Erdgeschoss gesichert?*

DAS IST ES.

Schickt Eure Legionen nach oben. Sie sollen alle außer mir umbringen.

WIE IHR WÜNSCHT.

Erneut wehte kalter, stinkender Wind an Cade vorbei und verteilte sich auf beiden Seiten im Gang. Wenn sich dort jemand aufhielt, würde er es gleich wissen.

Der Dämon meldete sich rasch bei ihm. DIE OBEREN RÄUME SIND LEER.

Gut. Cade ging nach unten. Er blieb vor der letzten geschlossenen Tür stehen. Man hatte Wächter davor postiert, um ungebetene Gäste zu vertreiben. Die meisten Eindringlinge wären nicht an ihnen vorbeigekommen, sodass die Sicherheit des Allerheiligsten bewahrt worden wäre.

Für Cade stellten sie nur eine Formalität dar.

Er negierte die Türwächter und schlich sich in die dunkle Kammer auf der anderen Seite. Stimmen hallten vor ihm durch einen Raum, der sehr groß zu sein schien. Als Cade die Dunkelheit mit der Allsicht durchdrang, sah er einen mit magischen Sigillen bestickten schweren Vorhang vor sich, der die Kammer von dem Raum dahinter trennte. Da er mit der Allsicht an dem Vorhang nicht vorbeikam, schlich er sich heran und zog ihn gerade so weit auf, dass er einen Blick daran vorbei werfen konnte.

Und da erblickte er den großen Saal.

Dreißig Meter breit. Fünfzig Meter lang. Zehn Meter hoch. Protzig dekoriert. Sehr viel Blattgold und Wandgemälde, auf denen ägyptische Hieroglyphen, kabbalistische Symbole und goëtische Schutzkreise zu erkennen waren. Dazwischen entdeckte er klassische Freimaurersymbole: den Kompass und das Viereck sowie eine unvollendete Pyramide, über der ein allsehendes Auge schwebte.

Auf beiden Seiten des langen Saals standen stufenförmig angeordnete Sitzreihen, auf denen sich die Mitglieder beider Zirkel drängten. Der Boden des Saals war größtenteils leer, abgesehen von einem großen Schutzkreis in der Mitte, in den man einen komplexen siebenzackigen Stern gezeichnet hatte. Siegmar stand im Kreis des Anwenders. Zwei ältere Männer – einer von ihnen war der Mann in Weiß, den Adair als Leiter des Berliner Zirkels identifiziert hatte – hatten die Positionen der Tanisten eingenommen. *Wenn der Berliner Oberboss ein Tanist ist*, schlussfolgerte Cade, *dann handelt es sich bei dem anderen wahrscheinlich um den Frankfurter Chef.*

Ebenerdig standen einige Stühle mit hoher Lehne in ihren eigenen kleinen Schutzkreisen. Die Männer und Frauen, die auf ihnen saßen, hielt Cade für die hochrangigsten Mitglieder der beiden Zirkel. Die Aufmerksamkeit aller Anwesenden war auf Siegmar gerichtet, der zum Saal sprach.

»Aus diesem Grund ist es unerlässlich, dass wir neue Mitglieder rekrutieren. Ihre beiden Zirkel haben Meister Kains Erwartungen weit übertroffen. Aber wir können unser Vaterland nicht mehr ausreichend verteidigen. Und es fällt uns zunehmend schwerer, den Zugang zu den besetzten Gebieten im Westen einzuschränken.«

Während Cade Siegmar zuhörte, fragte er sich, wie er so viele Gegner auf einmal angreifen sollte.

»Der Neuanfang wird nicht einfach sein«, fuhr Siegmar fort, »aber wir müssen die verlorenen Zirkel wieder aufbauen – zuerst hier in Deutschland, dann ... in Frankreich und ...«

Siegmar verstummte und spähte mit zusammengekniffenen Augen in Cades Richtung.

Was? Ich habe keinen Mucks von mir gegeben. Er kann mich unmöglich bemerkt haben. Oder?

Der Finne zeigte auf Cade. »Eindringling! Tötet ihn!«

Ach du Scheiße!

Die Zirkelmitglieder wandten sich der Kammer zu. Cade hatte zwar keinen Plan, aber er wusste, dass er sich nicht in die Ecke treiben lassen durfte. Also stürmte er in den Saal. *Dann improvisiere ich eben.*

Sechs Dutzend Angriffe prallten auf Cades Schild, mehr als er auf einmal absorbieren oder zurückwerfen konnte. Heißer und kalter Schmerz schoss durch seine Rippen und eine unsichtbare Hand umklammerte seine Kehle. Er konnte nicht atmen und den Schild gegen eine solche Übermacht kaum aufrechterhalten. Er geriet in Panik.

Spektralfeuer tanzte über seinen Schild, aber er spürte die Hitze trotzdem. Blitze verästelten sich auf seiner Haut. Elektrisierendes Kribbeln verwandelte sich in die Stiche von tausend Bienen, die qualvolle Krämpfe in seinen Armen und Beinen auslösten.

Cade wusste, dass ihm MARCHOSIAS' Legionen hier nicht helfen konnten. Die Zirkelmitglieder, selbst die in den hinteren Reihen, waren von Schutzzonen umgeben.

Er griff in die Taschen seiner Bomberjacke und holte zwei Splittergranaten heraus. Er zog bei beiden den Stift und warf sie in Richtung der Sitzreihen.

Die Granaten sprangen über den Parkettboden.

Die magischen Angriffe prasselten nicht mehr gegen Cades Schild. Die Thule-Dilettanten rannten zum Ausgang – was bedeutete, dass sie die Schutzzonen verließen.

Mit SATHARIELS omnidirektionaler Wahrnehmung beobachtete Cade, wie MARCHOSIAS' Legionen sich auf die flüchtenden Dilettanten stürzten, während er gleichzeitig den halbautomatischen Colt zog, den er Wochen zuvor von Trahern bekommen hatte. Damit eröffnete er das Feuer auf die Anführer. Drei Schüsse in Königs Oberkörper, dann ging der Berliner Zirkelmeister zu Boden. Ein Glückstreffer in den Kopf des Frankfurter Meisters beschädigte den äußeren Glyphenring des großen Schutzkreises, als Blut und Gehirnstücke darauf spritzten.

Dann explodierten die Granaten.

Die Splitter zerfetzten die Dilettanten, die ihren Platz zu langsam verlassen hatten, oder bei der Flucht über ihre eigenen Füße gestolpert und von den Nachfolgenden niedergetrampelt worden waren.

Dank seiner gottlosen Gaben wehten die Explosionen über Cade hinweg wie eine warme Brise. Splitter zerrissen seine Kleidung, passierten jedoch seinen Körper, ohne Schaden anzurichten.

Auf der anderen Seite der Wolke überstand Siegmar die Explosionen mit der gleichen Gelassenheit. Metall und Feuer konnten auch ihm nichts anhaben.

Hinter Cade hinkte eine Handvoll Nachzügler auf den Ausgang zu oder versuchte, mit Zauberstäben in seine Richtung zu zielen. Er zerquetschte einen wie ein Insekt, köpfte einen anderen mit VAELBORS Klingen und ließ den Rest von Dämonen verschlingen.

Flammen hüllten die Vorhänge ein und Schwefelgestank hing schwer in dem großen Saal.

Cade wandte sich Siegmar zu, seinem letzten verbliebenen Gegner.

Der finnische Karcist stand nach wie vor im Anwenderkreis. Sein Messhemd war unbefleckt, sein Schwert lag in seiner Hand. »Wenn es nach mir gegangen wäre, hätte ich dich schon vor Jahren umgebracht.«

»Dann probier' es doch, du Hurensohn.«

Einen halben Atemzug lang geschah nichts – dann entfesselten beide Höllenkräfte.

Blitze schossen aus Cades Händen und prallten auf die, die Siegmar geworfen hatte. Violettes Licht erstrahlte am Kollisionspunkt und im Saal stank es nach Ozon.

Dichte Rauchschwaden verwandelten sich in Schlangen, die Cade entgegenzuckten. Er zerteilte sie mit VAELBORS Geisterklingen und ging dann selbst zum Angriff über.

Siegmar schmetterte Cades Blitz ab, wurde jedoch von einer plötzlichen Sturmböe aus dem Anwenderkreis geworfen. Als er sich abrollte, schleuderte er einen giftüberzogenen Dreizack auf Cades Brust. Cade ließ sich fallen und die riesige Waffe raste an ihm vorbei.

Er und Siegmar kamen hoch und griffen gleichzeitig an. Eine schwarze Wolke, die aus Spinnen und Skorpionen bestand, löste sich von Siegmars Händen und flog auf Cade zu, der einen Sturm aus glühend heißem Höllenfeuer hervorbrachte, der auf die Wolke prallte.

Halb gekochte Arachniden krabbelten über Cades Füße und unter seiner Hose die Beine hinauf. Bisse und Stiche brannten an seinen Waden und dann spürte er haarige Beine auf seinem Kopf. Sekunden später wurde er heftig in den Nacken gebissen.

Die primitiven Instinkte stürzten sich auf ihn. Er schlug und trat nach den kriechenden Schrecken, aber dank Adairs harter Ausbildung konnte er wenigstens den Schild aufrechterhalten.

Doch der konnte Siegmars in grüne Flammen gehüllte Flamberge nicht aufhalten.

Cade duckte sich. Die brennende Klinge riss eine qualmende Scharte in den Boden.

Siegmar hob den Beidhänder mit der wellenförmigen Klinge und holte zum nächsten Schlag aus. Cade beschwor ein Breitschwert und parierte den Angriff.

Cade ließ sich von CASMIELS Kampfkünsten führen. Der Schwertkampf spielte sich mit einer so hohen Geschwindigkeit ab, dass Cade ihm kaum folgen konnte: Finten und Paraden, blockierte Schläge und Ausfallschritte, Stöße und Schnitte. Die Spektralklingen versprühten bei jedem Angriff Funken und spuckten Feuer. Cade drückte die Flamberge gegen den Boden und MEUS CALMIRON ließ seine Kraft in Cades linke Faust fließen, sodass deren Schlag blutige Zähne aus Siegmars Mund schießen ließ.

Eine unsichtbare Kraft schleuderte Cade rückwärts durch den großen Saal. Bei der harten Landung beschwor er gewaltige Blitze, die das Dach und die oberen Etagen des Gebäudes durchschlugen, die mosaikbesetzte Decke des Saals durchbohrten und Siegmar trafen. Als die Feuersbrunst in sich zusammenfiel, hockte Siegmar auf seinen Knien in einem qualmenden Krater, lebte jedoch noch. Eine Kugel aus schützender Energie hatte ihn gerettet.

Feuer und Rauch hüllten ihn und Cade ein. Das gesamte Gebäude stand in Flammen und stürzte um sie herum in sich zusammen. Brennende Möbelstücke fielen wie Meteore durch die aufgerissene Decke und wurden zu Wolken aus Funken und Asche, wenn sie am Boden aufschlugen. Sie erfüllten die glutheiße Luft mit Millionen brennender Partikel.

Cade hob den Arm, um einen Blitz zu schleudern – aber er erlosch in seiner Hand. Er versuchte, die Kontrolle über den Brand zu erlangen, aber das Inferno widersetzte sich ihm. *Scheiße.*

Siegmar grinste höhnisch, als er sich erhob. »Lässt deine Kraft nach?« Das brennende Schwert kehrte in seine Hand zurück. Die mörderischen Absichten standen ihm ins Gesicht geschrieben, als er auf Cade zuging.

MARCHOSIAS, *Eure Legionen ...*

KÖNNEN IHM NICHTS ANHABEN. Der Dämon schien über Cades Notlage hocherfreut zu sein. VASSAGO BESCHÜTZT IHN. NUR KRÄFTE, DIE EURER HAND ENTSPRINGEN, KÖNNEN VASSAGOS SIEGEL ÜBERWINDEN.

Kein Feuer, keine Blitze – Cade konnte XAPHAN und AZALETH nicht mehr unterjochen. Er versuchte, mit JEPHISTOS Fäusten auf Siegmar einzuschlagen, doch auch dieser Dämon entzog sich seiner Kontrolle, sodass Siegmar die Angriffe mühelos abwehren und sich Cade mit schnellen Schritten nähern konnte.

Ich brauche Zeit. Cade machte sich unsichtbar und versuchte, Siegmar nach links auszuweichen, doch der Finne brachte ihn mit einem höhnischen Singsang von diesem Vorhaben ab. »Ich kann dich sehen.«

Er kam immer näher und Cade gingen die Ideen aus. Er verfügte zwar noch über VAELBORS Breitschwert, doch das wurde zunehmend schwerer, was bedeutete, dass er die Stärke, die ihm MEUS CALMIRON zur Verfügung stellen musste, aufgebraucht hatte.

CASMIEL, *du Arsch. Wehe, du bist nicht mehr bei mir.*

Er gab die Unsichtbarkeit auf und umkreiste Siegmar, der ihn mit der Wut eines Berserkers angriff und seine von grünem Feuer umgebene Flamberge schwang.

Jeder Schlag, den Cade parierte, fühlte sich an, als würde eine Eiche auf seine Klinge fallen. Siegmar wirbelte das Schwert wie ein Wahnsinniger herum und als Cade ihm auswich, landete er auf dem Hintern und war einen Moment lang wehrlos.

Siegmar sprang hoch in die Luft und stürzte auf Cade herab wie ein Raubvogel auf eine Feldmaus, die Spitze seiner Flamberge auf Cades Herz gerichtet.

Die dämonische Klinge durchdrang Cades Brust und versank einen Meter tief im Boden. Siegmar erstarrte, als er erkannte, dass Cade seine Geistergestalt angenommen hatte.

Da Cade nicht länger stofflich war, konnte er sich einfach vom Schwert wegdrehen und seinen Obsidiandolch ziehen. Er nahm wieder feste Gestalt an und rammte die Vulkanglasklinge in Siegmars Brust.

Ein heftiges Zittern überkam Siegmar – Cade spürte es durch den Griff des Dolchs.

Der Finne hustete Cade Blut ins Gesicht. Nasse Würgelaute drangen aus Siegmars Kehle, als er versuchte, nach Cade zu greifen.

Cade drehte den Glasdolch, dann drückte er darauf und brach ihn am Griff ab. Die Klinge ließ er in Siegmars Brust zurück.

Als der Finne zusammenbrach, wich Cade hastig zurück. Siegmar sank zu Boden, stieß ein blutiges Keuchen hervor und rührte sich nicht mehr. Cade starrte ihn an und wartete auf ein Gefühl der Zufriedenheit, aber er wurde enttäuscht. Siegmar umzubringen hatte seine Wut und seine Trauer nicht etwa vertrieben, sondern angefacht, sodass sie stärker als je zuvor in ihm loderten.

Die Rache, auf die Cade zwei Jahre lang gewartet hatte, hinterließ nichts als schreckliche Leere in ihm.

Um ihn herum tobte das Inferno. Die vielen Leichen versorgten die Flammen mit Nahrung. Die Außenwände des Gebäudes stürzten ein und gaben den Blick auf die Stadt dahinter frei, in der man das Heulen von Sirenen hören konnte. Der Brand würde Schaulustige anziehen – und deren Aufmerksamkeit konnte Cade nicht gebrauchen.

Er kam mühsam hoch und stolperte hustend und mit brennenden Augen durch den Rauch. Bei jedem Schritt schossen Schmerzen durch seinen Oberkörper, die auf unsichtbare Wunden hinwiesen. An der Rückseite des Saals gab es eine Tür, die er aufstieß. Er lief durch den Gang dahinter und verließ das Gebäude durch die Hintertür.

Der Sturm empfing ihn, als er in die Nacht hinausfloh. Jeder kühle Atemzug war ein Segen, jeder Regentropfen auf seinem Gesicht eine

Taufe – aber er befand sich verwundet und allein im Herzen Deutschlands, und wenn seine Kräfte weiter nachließen, würde ihm schon bald keine Magick mehr zur Verfügung stehen. Sein Sieg und seine Rache hatten ihm einen hohen Preis abverlangt und der Weg zurück nach Spanien würde lang und gefährlich sein.

Doch obwohl er sich leer fühlte und ein Gejagter war, bereute er nichts.

Die Thule-Gesellschaft existierte nicht mehr.

33

DEZEMBER

Je lauter Hitler schrie, desto weniger Aufmerksamkeit schenkte ihm Kain. Der Führer hatte ihn telefonisch und begleitet von wüsten Beschimpfungen zu sich befohlen und Kain hatte auf der gesamten Zugfahrt zur Wolfsschanze vor Wut gekocht. Doch seit er nach seiner Ankunft zum Führer gebracht worden war, wünschte er sich in den Zug zurück.

Obszönitäten, Beleidigungen und Zurechtweisungen sprühten aus Hitlers Mund, während der Führer selbst immer wieder mit der Faust auf den Schreibtisch schlug – um seine Worte zu unterstreichen oder vielleicht auch nur aus Frust. Das war nicht ganz klar, aber Kain war es eigentlich auch egal. Er hörte eh nicht zu.

Vor den frostbedeckten, in die Nordwand eingelassenen Fenstern des Führerbunkers erstreckten sich die masurischen Wälder. Schneeflocken torkelten träge dem mit einer dicken weißen Schicht bedeckten Boden entgegen. Zwischen den Bäumen entdeckte Kain einige pyramidenförmigen Bunker, auf denen Flakgeschütze standen. Der Boden rund um das Lager war vermint worden und im Lager selbst hielten Hunderte Soldaten Tag und Nacht Wache.

Ohne die Nazis wäre das hier ein Winterparadies.

Kain hatte sich monatelang von Lebenskraft ernährt, die er Nazi-Opfern gestohlen hatte, aber er wurde nur langsam wieder der Alte.

Die chronischen Schmerzen waren so gut wie verschwunden, und da seine Kraft zurückgekehrt war, hatte er auch wieder Dämonen unterjocht. Er hatte zwölf eingespannt, bevor Hitlers Anruf ihn gezwungen hatte, das Kehlsteinhaus zu verlassen.

Wenn ich mich weiter in diesem Tempo erhole, kann ich bis Silvester fünfzehn Geister unterjochen und bis Ostern achtzehn.

Noch nie zuvor hatte er achtzehn Dämonen unterjocht und er wusste, dass er sich damit viel Ärger einhandeln würde, aber Siegmars grausamer Tod hatte ihn daran erinnert, dass Krieg herrschte. Man musste zu extremen Mitteln greifen.

Das Kratzen von Stiefeln auf Beton, eine Wolke aus Mundgeruch neben Kains Gesicht. Er drehte den Kopf und sah, dass Hitler unangenehm dicht neben ihm stand. Er wirkte manisch. »Gottverdammt, Kain! Haben Sie nicht zugehört?«

»Ich nehme an, es ging irgendwie um Russland?«

»Um Stalingrad, Sie Schwachkopf! Wir haben dort über achthunderttausend Männer verloren! Jetzt ist Winter und die Sechste Armee sitzt in der Stadt fest.«

»Ich wüsste nicht, was ich damit zu tun habe.« Kain entfernte sich von Hitler und fing an, die Schallplatten zu inspizieren, die neben dem Grammofon standen.

»Bitte?« Der Führer folgte ihm wie ein Schatten. »Natürlich haben Sie etwas damit zu tun, Herr Engel. Sie haben mir doch zu Operation Barbarossa geraten.«

»Vielleicht haben Sie mich missverstanden. Ich habe Ihnen geraten, den Kaukasus und dessen Ölreserven unter Ihre Kontrolle zu bringen. Ich habe Sie bestimmt nicht gebeten, Blut und Geld bei Straßenkämpfen in Stalingrad zu verschwenden.« In Wirklichkeit hatte er Hitler geradezu mit der Nase auf Stalingrad gestoßen. Dass die Nazis sich auf diesen Zermürbungskampf eingelassen hatten, würde den Krieg verlängern und Deutschland an den Rand des Abgrunds führen – und genau dort wollte Kain dieses Land haben, ebenso wie alle anderen, die an diesem globalen Fiasko beteiligt waren.

Kain nahm eine Schallplatte in die Hand. »Haben Sie nur diese eine Wagner-Platte in Ihrer Sammlung?«

»Ich versuche, einen Krieg zu gewinnen, und Sie wollen mit mir über Musik reden?«

»Ein Leben ohne Musik wäre ein Fehler.«

Er rechnete damit, dass er Hitler mit diesem Nietzsche-Zitat in den nächsten Wutanfall treiben würde, aber ausnahmsweise überraschte ihn der Führer. Der jähzornige kleine Mann schluckte seine Wut herunter und riss sich zusammen, bevor er den Mund öffnete. »Wie wir an diesen Punkt gekommen sind, spielt keine Rolle mehr. Wie wir ihm entkommen können, dagegen schon. Meine Soldaten in Stalingrad brauchen Ihre Hilfe. Was können Sie für sie tun?«

»Nichts.« Kain schob die Schallplatte zurück ins Regal. »Ich bin nicht hier, um Ihren Krieg für Sie auszufechten.« Er musterte den Diktator. »Verwechseln Sie meine Hilfe nicht mit Unterwürfigkeit. Ich diene nur einem Herrn und sein Reich ist wesentlich älter und größer, als Ihres je sein wird.« Er betrachtete die Karte, die in einem glaslosen Rahmen an der Wand hing. Im Südwesten der Sowjetunion steckten zahlreiche rote Stecknadeln. »Stalingrad ist verloren. Befehlen Sie den Männern dort, so viel Schaden wie möglich anzurichten. Irgendwann werden sie den Gehorsam verweigern und sich ergeben, aber vielleicht können Sie die Rote Armee vorher ein wenig dezimieren. Bis dahin sollten Sie Ihre Versorgungslinien nach Kursk und Charkow zurückziehen, um die Orte zu sichern.« Kain verlor die Lust an dem Gespräch und ging zur Tür.

Hitler betrachtete wütend die Karte. »Was dann?«

Kain antwortete, ohne sich umzudrehen. »Dann beten Sie für einen zeitigen Frühling, mein Führer.«

1943

34

FEBRUAR

Die winterliche Normandieküste war nicht weiß, sondern grau und trostlos. Niko konnte den Horizont nicht sehen, nur das granitfarbene Meer und den marmorfarbenen Himmel. Er stand am Rand einer Klippe, stemmte sich gegen den Wind, der vom Ärmelkanal heranwehte und kniff die Augen zusammen. Die Hände hatte er tief in den Manteltaschen vergraben, das vernarbte Kinn schob er unter seinen Schal.

Xavier Le Blanc, ein kleiner, drahtiger Maquis-Spion stand zitternd neben ihm. Niko hatte während seiner siebenmonatigen Rekonvaleszenz in Burgund den Kontakt zum Maquis größtenteils über Xavier aufrechterhalten. Nun musterte Niko seinen Verbündeten mit dem dünnen Schnurrbart missmutig. »Was gibt es dann hier zu sehen?«

Xavier runzelte überrascht die Stirn. »Den Atlantikwall.«

Niko sah nur leere Strände, an denen sich die Wellen brachen, und die von einer dünnen Schneeschicht bedeckten Felsen und Klippen. Verwirrt warf er einen Blick über die Schulter, weil er ahnte, dass ihm irgendetwas entging. »Was für ein Wall?«

»Kein richtiger Wall.« Xavier zeigte auf einige Klumpen an den Klippen. »Verschanzte Befestigungen. Maschinengewehrnester.« Sein Blick entfernte sich vom Meer. »Landminen, Flakgeschütze, schwere Artillerie.« Als er bemerkte, dass Niko die getarnten Unterstände an der Küste nördlich und südlich von Caen nun ebenfalls entdeckt hatte, fuhr er fort: »Daran wird schon seit letztem Frühjahr gearbeitet. Hauptsächlich in der Nähe der Häfen – Cherbourg, Calais, Le Havre, Brest, Saint-Malo. Aber sie graben diese Waffen überall dort ein, wo die Alliierten an Land kommen könnten.«

»Die Nazi-Sender geben schon seit Monaten damit an. Wenn meine Zehen gerade grundlos erfrieren, schneide ich dir deine ab.« Das war ganz offensichtlich eine leere Drohung. Seit dem Angriff im Zug konnte Niko seinen linken Arm nicht mehr strecken. Er war auf dem linken Auge halb blind und hinkte außerdem stark. Bei einem Faustkampf würde er niemandem gefährlich werden.

Xavier bat Niko mit einer Geste, ihm zu folgen. »Hier lang.«

Er führte Niko von den Klippen weg und dann zwei Kilometer in Richtung Süden an der Küste entlang bis zu einer noch unfertigen Stellung. Rund herum lagen schneebedeckte Werkzeuge neben Eimern und Paletten. Xavier zeigte das Ganze so stolz, als hätte er gerade ein Kapitalverbrechen aufgeklärt.

Der eiskalte Wind stach in Nikos Ohren und brachte ihn dazu, die Schultern hochzuziehen. Er betrachtete die Szene einen Moment, bevor er sich verwirrt zu Xavier umdrehte. »Und?«

»Das ist der Teil, der keinen Sinn ergibt.«

»Dass du mir ein leeres Loch im Boden zeigst? Das sehe ich auch so.«

Genervt zog Xavier eine imprägnierte Zeltplane von einer Palette. Darunter lagen ordentlich gestapelte Zementsäcke. »Darum geht es hier, Niko.«

»Was hat das alles mit Briet zu tun?«

»Sie war hier.« Xavier zog ein zusammengefaltetes, unscharfes Foto aus der Manteltasche. Obwohl das vergrößerte Bild grobkörnig war, konnte man Briet problemlos erkennen. Hinter ihr sah man einen Bauernhof und ein Silo – genau dieselben, die Niko auch hinter Xavier entdeckte.

Er steckte das Foto ein. »Also gut, sie war hier. Was heißt das?«

»Dass sie für diesen Mist verantwortlich ist.«

»Welchen Mist?«

Xavier ging neben der Palette in die Knie, klappte ein Taschenmesser auf und stach die Klinge in den Zementsack. Er zeigte Niko ein grauweißes Pulver. »Hochwertiger Zement aus Deutschland. Der wurde das ganze letzte Jahr über mit Lkw und Zügen zusammen mit erstklassiger Betonmischung hierhergebracht. Aber im letzten Herbst wurde auf einmal kein Gemisch mehr geliefert, deshalb kam die Arbeit ins Stocken. Dann ist Briet aufgetaucht.« Er trat einen Eimer um und verteilte nassen Sand im Schnee. »Sie hat den Trupps befohlen, weiterzuarbeiten und anstelle des Gemischs Sand vom Strand für den Beton zu verwenden.«

»Soll ich dir jetzt eine knallen? Oder kommst du mal langsam zum Punkt?«

»Aus Strandsand lässt sich nur ziemlich beschissener Beton herstellen. Er neigt zu Rissen und ist instabil. Durch das Salz rostet der Stahl darin.«

»Vielleicht hat sie keine Ahnung vom Bau.«

»Aber die Deutschen haben Ahnung, Niko. Und sie haben sie ständig auf das Problem hingewiesen. Aber sie hat ihnen irgendwie Angst eingejagt, bis alle taten, was sie verlangte. Jetzt wird an der gesamten Küste, von Calais bis Brest, dieser Sand verwendet.« Seine Stimme wurde leiser, so als befürchtete er, jemand könnte sie an dieser einsamen Stelle auf einer Klippe oberhalb des Ärmelkanals belauschen. »Wenn Briet für die Nazis arbeitet, wieso sabotiert sie ihre Verteidigungsanlagen? Wenn die Nazis das absichtlich so machen, wieso?«

Nun verstand Niko Xaviers Dilemma. Doch er wusste nicht, was er ihm sagen sollte. »Wann war sie zuletzt hier?«

»Vor rund einem Monat. Sie kommt alle paar Monate vorbei.«

»Ich brauche einen Ort, an dem ich mich einigeln kann. Ein Haus. Etwas Abgelegenes.«

Xavier nickte und zeigte nach Westen. »Es gibt so ein Haus in Meuvaines. Es gehörte einer jüdischen Familie, bis sie von den Nazis vertrieben wurde. Seitdem steht es leer.«

»Abgelegen?«

»Sehr.« Der schlanke Maquis trat gegen die Palette. »Was machen wir damit?«

»Wir beobachten das Ganze weiter, ohne einzugreifen. Ich weiß nicht, was das soll, aber sie darf nicht herausfinden, dass wir hier waren. Sag allen Bescheid: Der Atlantikwall ist tabu, bis wir mehr wissen. Verstanden?«

Ein ehrfürchtiges Nicken. »Ich gebe es weiter.«

»Danke. Bring mich jetzt zum Haus.«

Seit Monaten hatte Niko sich nicht mehr mit Dämonen eingelassen. In diesen Monaten hatten seine Wut und sein Bedauern viel Zeit gehabt, um in ihm zu gären.

An diesem Abend würde er trotz seiner Schwäche seinen Patron beschwören, sich wieder am Krieg beteiligen und den Weg der Wiedergutmachung antreten … und der Rache.

In der Winterlandschaft wirkte die Rote Armee wie ein gewaltiges, schwerfälliges Ungetüm. Tausende Soldaten stapften durch den kniehohen Schnee. Die meisten trugen einen bis zum Bersten gefüllten Rucksack und ein Mosin-Nagant-Gewehr, dessen Schmieröl mit Benzin versetzt worden war, damit es auf diesem langen Marsch von Stalingrad nach Kursk in der Kälte nicht gefror. Die unterernährten und übermüdeten Kameraden der Zentralfront hatten die Ruinen von Stalingrad hinter sich gelassen und schlurften nun nach Nordwesten zu einem neuen Schlachtfeld.

Die Monotonie des Marschs und die öde, urbane Trümmerlandschaft lullten Anja ein, bis sie sich seltsam leicht fühlte. Sie erinnerte sich nicht an das, was gewesen war, und erwartete nichts von dem, was kommen würde – sie *war* einfach nur. Sie atmete die subarktische Luft, lauschte dem Knirschen der Stiefel, die vor und hinter ihr im Schnee versanken, schmeckte den scharfen Wodka in ihrem Atem und spürte den schmerzhaften Hunger in ihrem Bauch. All das war einfach nur *da*. Es hatte keine Bedeutung und verlangte auch nichts von ihr. Als eine von Tausenden, anonym inmitten der vielen Soldaten, fühlte sie sich zum ersten Mal in ihrem Leben frei.

Trotzdem wäre ein Lammeintopf jetzt nett. Sie wehrte sich gegen den Egoismus. *Hör auf. Glaubst du, außer dir hat niemand Hunger?*

Sie nahm eine Handvoll Schnee und schob ihn sich in den Mund. Das verschaffte ihr nur kurz Linderung, aber so war es heutzutage doch bei allem, oder? Auf mehr als ein paar Minuten ohne die nagende Leere in ihrem Magen konnte sie nicht hoffen. Danach würde sie mehr Schnee essen oder auf Baumrinde kauen oder – wenn sie Glück hatte – wieder einen Schluck Wodka ergattern.

Vor ihr schlängelte sich der Truppenverband durch die Winterlandschaft, eine dunkle Reihe verlotterter Menschen, die dem grauen Horizont entgegenzogen. Die Überreste von Stalingrad, Ruinen ohne Dächer und Berge von zerschmettertem Beton, blieben hinter ihr zurück. Nur eine Handvoll Einwohner hatte den monatelangen, brutalen Häuserkampf durchgestanden.

Die sowjetischen Politoffiziere bezeichneten Stalingrad als Triumph – zu Recht, denn die Sechste Armee der Deutschen hatte kapituliert und war gefangen genommen worden –, doch die Propagandisten sprachen nie über den Preis, den die Rote Armee für diesen Sieg gezahlt hatte. Anja hatte Straßen voller Leichen gesehen. Die Söhne und Töchter Russlands waren abgeschlachtet, verstümmelt, gelähmt, geblendet und in vernarbte Schreckensgestalten verwandelt worden, die selbst ihre Mütter nicht wiedererkannt hätten. Sie war dabei gewesen, als die Deutschen russische Zivilisten hingerichtet hatten, während die Rote Armee tatenlos zusah und stattdessen auf den richtigen Zeitpunkt zum Angriff wartete.

Einige wurden geopfert, um viele zu retten. Es ging nicht anders.

Anja sagte sich das ständig auf dem Marsch. Sie fragte sich, ob sie es tatsächlich glauben würde, wenn die Zentralfront in Kursk ankam.

Sie hörte schnelle, leichtfüßige Schritte hinter sich, die rasch näher kamen. Ihre Laune stieg, als sie am Geräusch erkannte, wer sie verursachte. Nadezhda holte sie ein. Ihre Wangen waren gerötet und sie war ein wenig außer Atem. Seit Anja ihren letzten Rest Magick verbraucht hatte, verdiente sie sich ihre Rationen als Scharfschützin und mit Erkundungen und Nadezhda diente ihr dabei als Aufklärerin.

»Anja! Sieh mal, was ich gefunden habe!« Sie zog zwei goldbraune Brötchen aus der Manteltasche. Sie gab Anja eins davon und grinste. »Nur drei Tage alt.«

Das Brot war hart. Es war alles andere als frisch und wahrscheinlich schon staubtrocken gewesen, als es aus dem Ofen kam. Aber es war Nahrung und damit an der Front wertvoller als alles andere außer Wodka und Morphium. Und vielleicht noch trockene Socken. Oder ein warmer Mantel.

Sie steckte das Brötchen in ihren Mantel und lächelte ihre Freundin dankbar an. »Danke. Ich werde meins heute Abend in der Tasse mit Brühe aufweichen.«

Nadezhda hörte auf, an der undurchdringlichen Kante ihres Brötchens zu nagen. »Gute Idee.« Sie folgte Anjas Beispiel und versteckte das Brötchen in ihrem Mantel.

Anja hatte Nady gern bei sich. Seit sie die junge Frau im Lazarett vor dem Tod bewahrt hatte, war sie so anhänglich wie eine Schwester.

Seit Nadys Rettung und Genesung hatte Anja zwar keine Magick mehr, dafür war das Band ihrer Freundschaft so stark geworden, dass es sie immer noch überraschte. Sie standen uneingeschränkt zueinander und Anja wusste auch, dass Nady sie bewunderte. Als sie das unschuldige Vertrauen sah, das Nady ihr entgegenbrachte, musste Anja daran denken, dass ihr kleiner Bruder Piotr sie auch so angesehen hatte und wie sie sich dabei gefühlt hatte: geliebt, respektiert, bewundert und vertrauenswürdig.

Mir war nicht klar, wie sehr ich das vermisst habe.

Sie hörte Pfiffe hinter sich und anzügliche Sprüche. Drei abgerissene, verdreckte Infanteristen – eine Beschreibung, die auf Zehntausende ihrer Kameraden in diesem Truppenverband zutreffen würde – bedachten sie und Nady mit unverschämten Äußerungen.

Ein bartloser Bauernjunge rief angeberisch: »Wird kalt heute Nacht! Ich kann euch wärmen!«

Sein Kumpel, der deutlich vorstehende Schneidezähne hatte, fügte hinzu: »So dürre kleine Dinger wie ihr brauchen doch einen Beschützer. In meinem Schlafsack ist für euch beide Platz!«

Ihr Freund, ein Kerl mit fliehender Stirn, mischte sich ein: »Ich hab, was Frauen wollen.«

Nadezhda hakte sich bei Anja unter. »Verpisst euch! Sie gehört mir und ich gehöre ihr!«

Nacktgesicht wurde noch anzüglicher. »Kann ich zusehen?« Er und Hasenzahn lachten.

Fliehende Stirn ließ sich nicht beirren. »Ist mir egal, was ihr miteinander macht. Hauptsache, ich kriege, was mir zusteht.«

Nadys Gereiztheit verwandelte sich in Wut und sie funkelte den Typ mit der fliehenden Stirn an. »Verpiss dich oder ich verarbeite dein bestes Stück zu Würstchen für die Hunde.«

Als Hasenzahn und Nacktgesicht höhnisch lachten, errötete er. »Die Klappe aufreißen kannst du, Blondchen. Mal sehen, wie zäh du bist, wenn ...«

Er schloss den Mund, als ihm auffiel, dass Anja die Spitze ihres Bajonetts zwischen seine Beine drückte. Sie fletschte die Zähne. »Noch ein Wort und ich mache den Mann zum Männchen.«

In den Monaten ohne Magick hatte Anja gelernt, sich an einen Gegner anzuschleichen und ihn mit dem Messer zu töten. Sieben Kehlen hatte sie in den Ruinen von Stalingrad durchgeschnitten und sie dachte an jede Einzelheit dieser grausigen Taten, während sie den Kerl anstarrte.

Er hob die Hände, wich zurück und verschwand mit seinen Kumpeln hinter den anderen Soldaten.

Anja ließ die Klinge sinken. Dann nahmen sie und Nady ihren Marsch wieder auf.

Nady stupste Anja mit dem Ellenbogen an und grinste verschwörerisch. »Die können uns am Arsch lecken. Wir brauchen keine Männer. So lange wir zusammen sind, brauchen wir niemanden.«

»Da hast du recht.«

Das zu sagen war richtig. Aber es war gelogen.

Anja liebte Nadezhda zwar wie eine Schwester, bedauerte aber auch, auf welche Weise sie Adair verlassen hatte. Sie verübelte ihm immer noch, dass er sie gezwungen hatte, Stefan zu opfern, um Cade zu retten. Sie wusste nicht, wie mächtig der Amerikaner war, aber er konnte doch nicht so wichtig sein, oder? Der Meister war anscheinend anderer Ansicht, aber auch er konnte sich irren.

Anja hatte nur deshalb auf Distanz zu Adair gehen wollen, um sich zu fangen, um nachzudenken, um zu begreifen ... also eigentlich, um alles zu verstehen.

Aber das gelang ihr nicht. Nichts ergab Sinn. Fast die gesamte Welt befand sich im Krieg und ertrank im Chaos. Alles war durcheinander; nichts stimmte mehr. Wie sollte sie irrationale Probleme, in denen es um Liebe und Trauer ging, lösen, wenn sie abends nicht einmal wusste, ob sie den nächsten Tag erleben würde?

Die Sonne versank langsam im Westen. Schon bald würde die Nacht ihr verschwommene Träume von einem Mann bringen, der wie ein Vater zu ihr gewesen war. Oder waren das Visionen? Anja konnte das nicht mehr unterscheiden. Sie war sich aber sicher, dass sie Adair nur Gutes wünschte, wo auch immer er gerade sein mochte ... und dass sie auf seine Vergebung hoffte.

Wenn ich doch bloß Vergebung verdient hätte.

Die Abenddämmerung überzog das Sierra-Nevada-Gebirge mit strahlenden Rottönen und verlieh jedem Felsen und Bergkamm eine bläuliche Silhouette. Im Westen, rund um den Sonnenuntergang, erstrahlte der Himmel wie ein Rubin.

Cade erklomm die Serpentinen, die zu Adairs Villa führten. Seit über zwölf Wochen war er jede Nacht zehn Stunden lang gelaufen, und das im härtesten Winter, den er je erlebt hatte. Er freute sich darauf, ein Dach über dem Kopf zu haben, ohne sich mit Lügen, Drohungen oder Bestechung Zugang zum Haus oder der Scheune eines Fremden verschaffen zu müssen. Allerdings hatten nicht wenige einsame Frauen in Frankreich ihm nur zu gerne einen Platz in ihrem Bett angeboten. Dass er schon bald warme Mahlzeiten essen würde, die er nicht gestohlen hatte, spornte ihn ebenfalls an.

Er schob den Riemen seiner Lederrolle an eine andere Stelle seiner Schulter. Das Gewicht der Schwerter, Messer und anderer

Metallwerkzeuge wurde trotz der Polster seiner gefütterten Lederjacke rasch unangenehm. Wenn das Exorzieren und Ausräuchern seiner Klingen nicht so lästig gewesen wäre, hätte er die Rolle von seinem Dämonendiener quer durch Europa tragen lassen.

Als er sich der Hügelkuppe näherte, sah er, dass vor dem Eingang ein Jeep stand. An der Fahrertür prangte ein nüchternes Emblem – der weiße, fünfzackige Stern der US-Armee.

Anscheinend haben wir Besuch. Cade hatte keinen Grund zu der Annahme, dass Soldaten der Alliierten ihm oder Adair feindlich gesinnt sein könnten, aber er war seit Monaten auf der Flucht und gegenüber allen Fremden misstrauisch, egal wer sie waren. *Vorsicht ist besser als der Tod.*

Cade ging langsamer. Aus der Villa drangen Stimmen, draußen war jedoch keine Menschenseele zu entdecken, weder hinter dem Haus noch auf dem Anwesen. Auch im Jeep saß niemand. Er legte die Hand auf dessen Motorhaube. Sie war kühl. Wer auch immer sich in der Villa befand, hielt sich schon seit einer Weile dort auf.

Er ging die Treppe hinauf, um vor dem Eintreten einen Moment lang zu lauschen. Dann wurde die Haustür geöffnet und er erstarrte auf der obersten Stufe, als zwei alliierte Offiziere heraustraten – ein Brite und ein Amerikaner. Ihre mit Borten besetzten Kappen hatten sie sich unter den Arm geklemmt und sie wurden von Adair begleitet. Sein Meister wirkte wie immer ungepflegt.

»Danke, dass Sie hergekommen sind. Darf ich …« Er strahlte über das ganze Gesicht, als er Cade entdeckte. »Wenn man vom Teufel spricht! Meine Herren, das ist er! Der Mann der Stunde – Cade Martin.«

Der Amerikaner war sichtlich beeindruckt, als er Cade die Hand gab. »Captain Abraham Corey. Es ist mir eine Ehre.«

Als Corey Cades Hand losließ, ergriff der Brite sie sofort. »Major Bingham Wallis.« Er gab seine Hand wieder frei. »Meister Macrae hat uns berichtet, wie schnell und souverän Sie diese unangenehme Thule-Geschichte ausgemerzt haben. Gut gemacht, junger Mann.«

»Ja, also … besser als arbeiten zu müssen.«

Die Offiziere setzten ihre Kappen auf und wandten sich Adair zu. Der Major sagte: »Wir werden Sie über alle Änderungen auf dem Laufenden halten.«

Adair nickte. »Gut. Dann hören wir voneinander.« Er und Cade sahen zu, wie die Offiziere in den Jeep stiegen. Der Captain fuhr los und lenkte den Wagen über die unbefestigte Straße.

Als der Jeep nicht mehr zu sehen war, packte Adair Cades Schultern. »Willkommen zu Hause, mein Junge!« Die Begeisterung des Meisters verwandelte sich in Sorge. »Mein Gott, du siehst beschissen aus. Und riechst auch so.«

»Vielleicht weil ich zweitausend Kilometer *gelaufen* bin, während die Nazis mir am Arsch hingen.«

Adair rümpfte die Nase. »Das entschuldigt nicht, dass du wie das Meer bei Ebbe stinkst.«

Der Stolz verlangte, dass Cade das Thema wechselte. »Sagen Sie bitte, dass wir Scotch dahaben.«

»Aye.« Adair ließ ihn rein. »Aber den bekommst du erst, wenn du dich gewaschen hast.«

Dazu musste er Cade nicht überreden. Er schlurfte in den ersten Stock, stellte sein Gepäck in das Zimmer, das er vor Monaten zu seinem erklärt hatte, und zog sich ins Bad zurück, um sich den Dreck der Straße von der Haut zu schrubben. Als er in der Wanne lag, ließ er seine unterjochten Dämonen los und atmete blubbernd unter Wasser aus. Dann kam er hoch und fühlte sich so erleichtert wie seit Monaten nicht mehr. Er konnte fast schon durchatmen, ohne dass er Herzrasen bekam oder sich die Welt drehte.

Als Cade nackt vor den Badezimmerspiegel trat, war er entsetzt über sein Aussehen. Die dämonischen Zwangshandlungen hatten ihn dazu gebracht, sich Teile seines Barts und der Augenbrauen auszureißen. *Mein Gesicht sieht aus, als wäre es von haarfressenden Motten angefallen worden.*

Er nahm eine Schere aus der Kommode neben dem Waschbecken und verwandelte seine wirr vom Kopf abstehenden Haare in einen ungeraden Bürstenschnitt. Dann holte er das Rasierzeug aus seinem

Zimmer, rasierte sich einen Backenbart und offenbarte langsam ein Gesicht, das er seit dem letzten Sommer nicht mehr gesehen hatte. An den Augenbrauen konnte er nichts ändern. Er konnte nur hoffen, dass sie nun, da er keine Dämonen mehr unterjocht hatte, nachwachsen würden.

Eine halbe Stunde später kehrte er trocken und mit sauberer Kleidung ins Erdgeschoss zurück. Adair wartete in der Bibliothek auf ihn. Er lächelte, als Cade eintrat. »Wie versprochen.« Auf einem Tischchen neben einem leeren Sessel stand ein Glas, das zu zwei Dritteln mit einer goldenen Flüssigkeit gefüllt war.

Cade ließ sich in den Sessel sinken, nahm den Scotch, genoss einige Sekunden lang dessen Bouquet, dann leerte er das Glas mit nur einem Schluck zur Hälfte. »Verdammt, ist der gut.«

»Ich habe das teure Zeug ausgegraben. Das hast du dir verdient.«

»Danke. Haben Sie Zigaretten?«

Adair hob eine Stange Lucky Strikes auf, die neben seinem Sessel auf dem Boden lag, und warf sie Cade in den Schoß. »Ein Geschenk unserer Gäste.«

Cades eifrige Hände rissen den Karton beinahe in Stücke. Er knickte die Enden ab, zog eine Packung heraus, klappte sie auf und steckte sich eine Zigarette zwischen die Lippen. Einer Gewohnheit folgend schnippte er mit den Fingern und wartete darauf, dass XAPHANS Flamme sie entzünden würde. Dann starrte er seine Hand an und fragte sich, was schiefgegangen war, bis ihm einfiel, dass er ja gerade seine unterjochten Dämonen freigelassen hatte.

Cade zeigte auf das Ende seiner Zigarette und sah Adair erwartungsvoll an. Der hob die Augenbrauen und neigte das Kinn. Ein Funke entstand in der Lucky und wurde zur Flamme, als Cade an der Zigarette zog. Das Nikotin, das in seinen Körper strömte, beruhigte seine Nerven. »Danke.« Er stieß den Rauch durch die Nase aus. »Waren sie deswegen hier? Um Ihnen Scotch und Luckys zu bringen?«

»Wohl kaum. Da wir unsere Aufgabe erledigt haben, können die Alliierten aktiv werden. Sie haben Nordafrika erobert und anscheinend ist Italien als Nächstes dran.«

»Dann Frankreich?«

Der Meister wirkte unsicher. »Bald. Aber vorher muss noch einiges getan werden.«

»Und was?«

»Niko jagt Briet. Sie hat irgendetwas in der Normandie vor, aber wir wissen nicht was.« Er zog eine Schachtel Zigaretten aus der Jackentasche. »Das größere Problem ist die Zeit. Die Alliierten müssen sich organisieren und vorbereiten.«

Rauch wehte aus Cades Mund, als er fragte: »Und was machen wir bis dahin?«

»Uns einem anderen Kampf zuwenden.«

»Sie reden von Kain.«

»Aye. Er ist untergetaucht.« Adair öffnete seine Zigarettenschachtel.

Cade nippte an seinem Scotch und genoss das süßliche Brennen in seinem Gaumen. »Glauben Sie, dass er neue Dilettanten ausbildet?«

»Ich bezweifle, dass er genug für einen Zirkel finden wird.«

»Wirklich? Deutschland ist groß.«

»Er kann Magick nicht x-beliebigen Leuten beibringen. Natürlich kann jeder Narr die Grundprinzipien erlernen, aber die meisten haben nicht den Mut, sie praktisch umzusetzen. Er wird Jahre brauchen, um eine neue Armee aufzubauen.« Der Meister lächelte verschmitzt. »Unsere Aufgabe ist es, genau das zu verhindern.«

Ein weiterer Schluck Whisky und ein Zug an der Lucky gaben Cade Zeit zum Nachdenken. »Wenn er sich versteckt, warum wenden wir uns nicht größeren Zielen zu?«

Sein Vorschlag missfiel Adair. »Und welchen?«

»Hitler und seinen Generälen. Oder sogar seinen Armeen. Unter den richtigen Umständen könnte ich eine ganze Panzerdivision mühelos vernichten.«

Adair schüttelte den Kopf. »Auf keinen Fall. Das hab ich dir doch schon gesagt, als wir angefangen haben. Wir sind nicht hier, um den Krieg der Alliierten für sie zu führen.«

»Dafür ist es ein bisschen spät. Wir stecken doch schon mittendrin. Warum bringen wir den Krieg nicht zu Ende?«

Der Meister seufzte. »Zum einen werden Hitler und die anderen Nazi-Bosse von mächtigen Dämonen beschützt, die Kain schon vor Jahren zu ihnen gebracht hat. Das trifft auch auf die meisten Feldmarschalle zu. Aber selbst ohne diese Vorkehrungen wäre Hitler eine Nummer zu groß für uns.«

Das ergab für Cade keinen Sinn. »Wieso? Er ist nur ein Mensch.«

Adair wischte sich graue Haarsträhnen aus dem Gesicht. »Das habe ich nun davon, dass ich bei den Grundlagen so viel weggelassen habe.« Er legte die Zigarette beiseite, beugte sich vor und stützte die Ellenbogen auf die Knie. »Dein Vorschlag steht im Widerspruch zur Essenz der Magick und ihrer Funktionsweise. Prinzipiell geht es bei Magick darum, den eigenen Willen gegen die Kräfte und Elemente des Universums durchzusetzen. Magicker setzen Geister als Instrument ein, um urzeitliche Energien zu fokussieren und die Welt nach ihren Wünschen zu gestalten.«

Der Meister ließ seine Zigarettenschachtel vom Tisch nach oben schweben, sodass sie zwischen ihm und Cade hing. »Gegenstände haben keinen eigenen Willen und Tiere nur einen sehr geringen, also ist es leicht, Blei in Gold zu verwandeln oder einen Wolf wie eine Marionette zu steuern. Aber Magick gegen Menschen einzusetzen ... Das stellt uns vor andere Herausforderungen.« Er ließ die Schachtel auf dem Tisch landen und fuhr fort: »Ein gut ausgebildeter Karcist kann den Willen einer normalen Seele, einer Person, die nicht von Zaubern oder Geistern beschützt wird, leicht beugen. Aber den kollektiven Willen von Tausenden oder Millionen gleichzeitig zu überwinden, zum Beispiel, indem man einen Dämon aussendet, der den Herrscher eines Landes – jemanden, der Macht, Autorität und große Symbolkraft besitzt – tötet, ist schwer, kostspielig und gottverdammt gefährlich. Der Himmel mischt sich fast nie in menschliche Belange ein und die Hölle hasst das fast ebenso sehr. Wenn man sich also mit einem Führer, einem Präsidenten oder einem Premierminister anlegt, braucht man genügend Macht, um nicht nur seinen Willen zu überwinden, sondern auch den seiner Anhänger. Je mächtiger eine Person ist, desto schwerer ist es, sie mit Dämonen anzugreifen.«

Cade hob die Hände, damit Adair seine Lektion unterbrach. »Moment. Ich habe Magick bereits gegen Dutzende, nein, Hunderte Menschen eingesetzt. Sie sagen also, das ginge nicht bei Hitler? Oder Mussolini?«

»Du hast die Kräfte unterjochter Dämonen eingesetzt. Das ist etwas anderes, als einen Dämon auszusenden, der deine Befehle befolgt. Wenn *du* nahe genug an Hitler herankämst, ohne von seinen Armeen und seiner Geheimpolizei erschossen zu werden, würdest du vielleicht lange genug überleben, um Kains Schutzzauber mit einem Schlag zu vernichten und Hitler umzubringen. Aber ob dir das gelingt oder nicht, würde keine Rolle spielen, da seine dämonischen Wächter dir wie einer Fliege die Beine ausreißen würden.« Er hob fragend eine Augenbraue. »Bist du sicher, dass du dieses Risiko eingehen möchtest?«

Cade nahm an, dass er bei jeder Antwort, die ihm auf diese Frage einfiel, wie ein Idiot klingen würde. Er verzichtete also darauf und trank noch einen Schluck Scotch. Er zog ausgiebig an seiner Lucky, bevor er das Thema wechselte.

»Wenn wir uns dem Oberboss nicht direkt stellen können, was ist mit seinen Truppen? Die hat doch keiner gewählt. Warum schicken wir nicht ein Dutzend Dämonen los, die Hitlers Panzer in Schrotthaufen verwandeln?«

»Weil dir eher die Magick ausgehen würde als einer Armee das Kanonenfutter.« Adair rieb sich die Augen und stöhnte. »Du bist auf einen Kampf aus. Ich kenne das Gefühl, das kannst du mir glauben. Aber bitte hör auf mich. Ein Karcist hat auf dem Schlachtfeld nichts zu suchen. Früher haben wir uns überhaupt nicht an Kriegen beteiligt. Dafür waren unsere Künste nicht geschaffen. Wenn Kain das respektiert hätte, wären wir jetzt nicht hier.« Er zog eine Zigarette aus der Schachtel und steckte sie sich in den Mund. »Du und ich stecken so tief in der Scheiße, weil Kain sich mit den Nazis eingelassen hat, aus Gründen, die ich nicht einmal erahnen kann. Nur *wir* können Kain aufhalten. Deshalb dürfen wir unsere Energie nicht an Kämpfe verschwenden, die uns nicht betreffen.« Seine Zigarette zündete sich scheinbar von selbst an. »Wir beide müssen Kain und Briet finden und sie endgültig vernichten.« Adair füllte seine Lunge mit Rauch und stieß ihn aus wie einen grauen Drachen. »Die Alliierten müssen ihren Krieg ausfechten, mein Junge. Und *wir* den *unseren.*«

35

MÄRZ

Es kam auf den richtigen Zeitpunkt an, so wie immer im Leben. Niko hatte sich in die zivilen Zwangsarbeitertrupps eingeschlichen, die für die Nazis den Atlantikwall errichten sollten. Niemand hatte nach seinen Papieren oder seinem Namen gefragt. Er war einfach vor drei Wochen aufgetaucht – verlottert und ungewaschen – und hatte sich nahe den Klippen nördlich von Caen in die Schlange der Arbeiter eingereiht. Ein von den Nazis rekrutierter Mann hatte ihm seinen Arbeitsbereich gezeigt. Die anderen Arbeiter sorgten dafür, dass Nikos Hinken und der verkrümmte Arm nicht auffielen, indem sie ihn Beton mischen ließen. *Die Letzten werden die Mischer sein.*

Richtig gearbeitet wurde im Landesinneren, nahe Brücken und Kreuzungen, den Nadelöhren, die eine Eroberungsstreitmacht passieren müssen würde. Obwohl sich die Organisation Todt mit der starken Küstenbefestigung der Nazis brüstete, ging es am sogenannten Atlantikwall recht entspannt zu. Die Strände waren leer und auf den Klippen war gerade genug los, um im Ärmelkanal vorbeifahrenden Schiffen den Eindruck zu vermitteln, dass ihr Feind gut auf den Kampf vorbereitet war.

Wenn die Alliierten wüssten, wie ungeschützt die Normandie in Wirklichkeit ist, dachte Niko, *dann würden sie vielleicht nicht bloß in England herumsitzen und in der Nase bohren.*

Das hatte er seinen Vorgesetzten auch schon gesagt. Er hatte es durch die Résistance den britischen Sondereinsatztruppen ausrichten lassen, dann hatte er sich an Adair gewandt, der beteuert hatte, dass er diese Information mit den Kommandanten der Alliierten geteilt hatte. Trotzdem herrschte immer noch Ruhe an der französischen Nordwestküste. Man überließ sie weiterhin den Nazis.

Das brachte Nikos Blut zum Kochen. Er hatte in Filmen gesehen, wie die Nazis unter dem Triumphbogen in Paris hindurch die Champs-Élysées entlangmarschierten. Wie konnte man ihnen so einen Affront ungestraft durchgehen lassen?

Ich wurde in Algerien geboren, aber mein Herz gehört Frankreich. Ich werde das Land befreien oder bei dem Versuch sterben.

Er blieb am Rand der Arbeitszone stehen und klopfte langsam mit einer Zigarette auf seinen Handrücken, um Zeit zu schinden. Aus dem Augenwinkel beobachtete er den Vorarbeiter und den Projektleiter der Organisation Todt. Sie hatten das Kommandozelt verlassen und gingen zu einem Wagen, dessen Chauffeur sie zum Mittagessen nach Saint-Malo fahren würde. Die beiden Deutschen wurden von einem Wehrmachtssoldaten begleitet, der seine Pflichten mittlerweile so sehr vernachlässigte, dass er sein Gewehr diagonal über den Rücken geschlungen hatte, anstatt es kampfbereit in den Händen zu halten. Der junge Soldat spannte sich nicht einmal an, als Niko sich dem Vorarbeiter und dem Projektleiter in den Weg stellte, seine Gauloises hochhielt und mit einem entwaffnenden Lächeln fragte: »Hat jemand Feuer?«

Die beiden Bosse waren sichtlich gekränkt darüber, dass ein einfacher Arbeiter es wagte, sie mit solcher Selbstverständlichkeit anzusprechen. Doch der Vorarbeiter, dessen Schwielen an den Händen verrieten, dass er sich seine Stellung erarbeitet hatte, überspielte seine Verachtung und reichte Niko sein Feuerzeug.

Niko zündete seine Zigarette an und gab es ihm zurück. »Danke.« Er zog genüsslich an der stinkenden Zigarette und fuhr beim Ausatmen fort: »Sieht nach Regen aus.«

»Laut Wetterbericht soll es schneien«, sagte der Vorarbeiter.

»Wenn es vor Sonnenuntergang losgeht, dürfen wir dann früher Schluss machen?«

Der Projektleiter zuckte mit den Schultern. »Warum nicht?«

Niko nickte. »Dann hoffen wir mal das Beste.« Er nickte dem Vorarbeiter zu. »Danke noch mal.«

Die Deutschen drehten sich um und gingen weiter. Niko hinkte in die entgegengesetzte Richtung, zum Kommandozelt. Zwei Soldaten der Waffen-SS, die davor Wache standen, hielten ihn auf. Der SS-Schütze hob seine Maschinenpistole, während sein Vorgesetzter, ein SS-Sturmmann, die Hand auf den Griff seiner Luger legte und in gebrochenem Französisch rief: »Halt! Kein Zugang!«

»Vorarbeiter von Gunsberg schickt mich.« Niko beschwor DANTALIONS Suggestivkraft. »Ich soll den neuen Arbeitsplan für die Trupps an der Nordseite holen.«

Er hatte darauf geachtet, dass die SS-Wachen seine Unterhaltung mit dem Vorarbeiter und dem Projektleiter sehen konnten. Mit dämonischer Überzeugungskraft konnte man zwar viel erreichen, aber sie war besonders effektiv, wenn ihr Ziel sich passende Beweise zurechtlegen konnte. Genau das war passiert, als die Wachen mitbekommen hatten, wie sich Niko mit den Chefs unterhalten und genickt hatte, als sie etwas zu ihm gesagt hatten. Nützlich war auch, dass die meisten Soldaten jung und ungebildet waren und bei ihrer Ausbildung gelernt hatte, sich Autoritäten zu unterwerfen.

Der Sturmmann ließ Niko mit einer Geste durch. »Na gut. Beeil dich.«

»Das werde ich, mein Herr. Danke.«

Die jungen Soldaten mit »mein Herr« anzusprechen, klang unpassend, aber die deutschen Truppen betrachteten das als Kompliment.

Niko hinkte ins Kommandozelt. Es war leer, wie meistens zu dieser Tageszeit. Auf den Tischen rechts und links der mittleren Zeltstange lagen Papiere, Karten und Risszeichnungen. Weitere Tische standen an den Seitenwänden. Kerosinlampen schaukelten an Seilen, die man zwischen der mittleren Zeltstange und den Eckstangen gespannt hatte, hin und her. Sie tauchten das Innere in ein diffuses

Licht. Niko ging zu den Tischen in der Mitte; er vermutete, dass er dort die interessantesten Informationen finden würde.

Nach nicht einmal einer halben Minute stieß er auf Pläne und Zeichnungen, die ihn abrupt innehalten ließen. Er zog seinen Zauberspiegel aus dem Mantel und wisperte: »*Fenestra*, Adair.«

Sekunden später hörte er die tiefe, raue Stimme seines Meisters. *»Was hast du gefunden?«*

Niko drehte den Spiegel, sodass Adair die Zeichnungen sehen konnte. »Pläne für Betonpyramiden, die man in den Wegen zwischen den Stränden und den Straßen oberhalb von ihnen versenken will.«

»Panzersperren.«

»*Oui*, aber in ihnen stecken Zauber. Magische Glyphen.« Er kippte den Spiegel leicht. »Diese Sigille befindet sich in Tetraedern, die man zwischen Cherbourg und Calais vergraben hat.«

Der Meister kniff die Augen zusammen. Dann weitete er sie entsetzt. *»Dämonische Schutzzauber.«*

»Mächtige. Und alle bauen aufeinander auf.« Niko drehte ein paar Seiten herum, sodass Adair das Netz sehen konnte, das die bereits versenkten Pyramiden bildeten. »Wenn ich diese Karte richtig lese …«

»Dann kann man an der gesamten europäischen Atlantikküste keine Magick einsetzen.«

Niko nickte. »Ich habe versucht, zum Strand zu gehen.« Er schüttelte den Kopf. »Mit den unterjochten Dämonen in mir komme ich nur bis auf einen halben Kilometer an den Rand der Klippen heran. Bisher kannte ich den Grund dafür nicht.«

Der Meister vergrub sein Gesicht in den Händen. *»Verdammte Scheiße.«*

Niko klammerte sich an eine vage Hoffnung, als er fragte: »Aber würde das Kain und Briet nicht auch betreffen?«

Adair ließ die Hände sinken und offenbarte seinen erschrockenen Gesichtsausdruck. *»Vielleicht. Aber was soll das Ganze dann?«* Er schüttelte den Kopf. *»Ich verstehe das nicht. Warum beschützen sie die Küste vor Magick, zwingen die Deutschen jedoch, minderwertige Verteidigungsanlagen zu bauen?«*

Niko konnte sich das auch nicht erklären. »Ich weiß es nicht, Meister.«

»Das alles ergibt keinen Sinn«, sagte der grauhaarige Schotte. *»Und die Erfahrung hat mich gelehrt, dass das fast immer ein schlechtes Zeichen ist.«*

36

MAI

Ein Donnerschlag erschütterte die Villa. Der Boden im Kreis des Dämons verschwand und enthüllte ein Flammenmeer, in das ABBADON mit wild um sich schlagenden Schwingen hineinstürzte. Er war gerade erst verschwunden, als es erneut donnerte und der Boden zurückkehrte. Ein kalter Wind, der nach verwesendem Fisch und angezündeten Streichhölzern roch, ließ die zeremoniellen Kerzen flackern.

ABBADONS Beschwörung war erst nach wochenlangen Vorbereitungen möglich gewesen. Cade hatte Tage damit verbracht, den Kreis zu zeichnen, die Opfer zu besorgen, die zur Besänftigung des Dämons nötig waren, und den Federkiel aus der Feder einer weiblichen Taube herzustellen. Schwieriger war die Woche gewesen, in der er sich geistig hatte vorbereiten müssen. Danach hatte er drei Tage gefastet und sein Werkzeug zur Sicherheit dreimal exorziert.

Nun war es vollbracht; er konnte über den Namen und das Siegel des Dämons bestimmen. Den König des Abgrunds zu unterjochen würde sicherlich zu einer zermürbenden Tortur werden, aber Cade nahm sie auf sich, da er hoffte, auf diese Weise seine nächste Begegnung mit Kain zu überleben.

Wann auch immer die stattfinden wird.

Cade deckte die Feuerschale ab, um die Flammen darin zu ersticken, dann verließ er den Anwenderkreis. Er legte sein Schwert und den Zauberstab zusammen mit den restlichen Werkzeugen auf einen Tisch und zog sein Zeremonialgewand aus. Er würde es vor seinem nächsten Experiment waschen und segnen müssen, so wie er sein Werkzeug ausräuchern und exorzieren musste.

Er kehrte in den Kreis zurück, löschte die Wachskerzen, indem er den Docht zusammenkniff, nahm sein Grimoire vom Podium und legte es zu seinen anderen Sachen in den Schrank. Die restliche Reinigung verschob er auf den nächsten Tag. *Ich hätte nicht gedacht, dass ich die Lamien mal vermissen würde.*

Sein Kopf fühlte sich zu leicht an und seine Füße zu schwer, als er die Treppe zum ersten Stock der Villa hinaufging. Als er oben ankam, warf er einen Blick auf die Wanduhr. Es war kurz nach vier Uhr morgens. Dass Cade sich an den Tagesrhythmus der Hölle halten musste, trennte ihn vom Rest der Welt. Nur selten schlief er vor Sonnenaufgang ein oder verließ vor dem frühen Nachmittag das Bett.

Es tröstete ihn ein wenig, dass Adair in einen ähnlichen Rhythmus verfallen war, aber die wochenlange Vorbereitung hatte an seinem Meister gezehrt. Der Kreislauf aus Nachforschungen, Beschwörungen, Bindungen und Verbannungen war für sie beide zu einer elenden Schinderei geworden. Sie schufteten vor sich hin, weil sie sich Vorteile für den unausweichlichen Kampf verschaffen mussten, aber sie wussten nicht, wann und wo es zu diesem Kampf kommen würde.

Cade gab sich Mühe, Adair nicht zu wecken. Auf Socken schlich er am Zimmer seines Meisters vorbei, um zu seinem eigenen zu gelangen. Adairs Tür stand halb offen. Der Meister lag unruhig schlafend im Bett und umarmte seinen Oberkörper. Die Decken lagen in einem Haufen am Fußende auf dem Boden. Eine kalte Brise drang durch ein offenes Fenster ins Innere und erreichte sogar Cade, der im Gang stand. Als er genauer hinsah, fiel ihm auf, dass sein Meister zitterte.

So kann ich ihn nicht liegen lassen. Cade schlich sich in Adairs Zimmer und achtete darauf, die Dielen zu vermeiden, die seines Wissens knarrten. Er hob die Decken auf, deckte Adair damit zu und strich sie glatt. Nach einigen Momenten klapperten die Zähne seines Meisters nicht mehr und auch das Zittern hörte auf.

Cade blieb neben Adairs Bett stehen und betrachtete verstört die Schäden, die sich sein Meister allein in den letzten zwei Monaten zugefügt hatte. Er hatte sich nicht nur den Bart und die Augenbrauen gerupft, sondern auch fast ein Drittel der Wimpern herausgezogen und so viele Haare, dass es aussah, als hätte er eine extrem ungleichmäßige Mönchstonsur. Die Stellen vor und hinter seinen Ohren waren verschorft, weil er sich dort ununterbrochen kratzte.

Cade hatte sich in den letzten Jahren ähnliche Verletzungen zugefügt, wenn auch nicht in diesem Ausmaß. Zum ersten Mal verstand er, welchen gewaltigen Vorteil er als *Nikraim* genoss. Er hatte sich daran gewöhnt, neun unterjochte Dämonen über längere Zeiträume mit sich zu führen. Dank des Engels, der mit seiner Seele verschmolzen war, konnte er sehr wahrscheinlich bis zu einem Dutzend Dämonen wochen- oder monatelang unterjochen, bevor ihre heimtückische Folter ihn dahinraffte.

Adair war zwar sehr erfahren, aber auch nur ein Mensch. Dass er seit Monaten acht unterjochte Geister mit sich herumtrug, zermürbte den Meister und brachte ihn schrittweise dem Tod näher. Cade hatte ihn gedrängt, einige der Geister freizulassen, aber das lehnte Adair ab. »Ich habe mir geschworen, nie wieder unvorsichtig zu sein.« Diese Antwort gab er jedes Mal, wenn Cade ihn besorgt darauf ansprach. Und so überschritt der Meister weiterhin seine Grenzen, was man nur als verrückt bezeichnen konnte.

Man kann niemanden vor sich selbst retten. Das war eine harte Wahrheit, deren Weisheit Cade mittlerweile erkannt hatte. Er hatte alles in seiner Macht Stehende für Adair getan. Nun musste er sich um seine eigenen Bedürfnisse kümmern.

Er verließ unbemerkt das Zimmer des Meisters, kehrte in seines zurück und schloss die Tür. Als er die Nachttischlampe einschaltete, entdeckte er überrascht eine mit einer Seidenschleife verzierte Absinthflasche. Daneben lag ein flacher, mit Schlitzen versehener Silberlöffel. Außerdem stand dort eine Schale mit Zuckerwürfeln, ein bauchiges Glas und eine Phiole. Hinter der Schleife steckte eine kleine Karte. Cade zog sie heraus und las die vom Meister handschriftlich darauf gekrakelte Nachricht:

Herzlichen Glückwunsch, mein Junge.
Schlaf gut.
– Adair

Er rief sich das Datum ins Gedächtnis und erkannte, dass er seinen eigenen Geburtstag vergessen hatte. Es war der 9. Mai 1943. Lächelnd legte er die Karte auf den Tisch und nahm die Phiole in die Hand. Wie er gehofft hatte, befand sich Laudanum darin.

Adair hatte ihm gezeigt, wie man Absinth traditionell zu sich nahm. Zuerst schüttete man einige Schlucke der »grünen Fee« in ein Glas und legte den Löffel quer darüber. Man platzierte einen Zuckerwürfel auf dem Löffel und beträufelte ihn mit Wasser, damit er sich auflöste und in den Alkohol tropfte. Der Zucker nahm dem Getränk etwas von seinem bitteren Geschmack, aber Adair hielt nichts davon, es zu verdünnen. Sein Kompromiss bestand darin, den Zucker in Laudanum aufzulösen, eine potente Mischung aus Opium und Alkohol.

Vielleicht kann ich meinen Schlaf heute Nacht mal ohne Dämonen und Träume genießen.

Ein Fingerbreit Absinth, gefolgt von ein paar Tropfen Laudanum auf dem Zuckerwürfel. Die trübe Mixtur im Glas versprach Cade einen tiefen Schlaf. Er trank sie mit einem Schluck aus und legte sich ins Bett. Nur zwei Atemzüge später beruhigte sich sein angespanntes Bewusstsein und er fühlte, wie er selig in der Droge versank.

Dämonisches Flüstern begleitete ihn in die Tiefe.

IHR KÖNNT UNS NICHT ENTKOMMEN, drohte AZAEL.

VAELBORS raue Stimme verfolgte Cade. WIR SIND IN EUCH, BRUT DER EVA.

Ruhe, sagte Cade drohend zu seiner unterjochten Horde und ihr Wispern verstummte. Dann gab er sich dem friedvollen Nichts hin, das ihn endlich von seinem Ich befreite ...

Bis er unsanft geweckt wurde.

Eine schwielenbedeckte Hand ergriff seine Schulter und schüttelte ihn wie ein Tambourin. Sonnenschein fiel durch das Fenster, dessen Vorhänge aufgezogen worden waren.

Cade, der im gleißenden Licht blinzelte, erkannte Adair nur an seiner Stimme und dem barschen Auftreten. »Aufstehen.«

Er setzte sich stöhnend auf. Säure brannte in seinem Magen und sein Gehirn fühlte sich an, als hätte man es mit einem Stein zermalmt und zurück in den Schädel gestopft. »Jesus. Wie viel Uhr ist es?«

»Halb zwölf«, sagte Adair. »Hopp, hopp. Wir müssen los.«

»Was? Wieso? Und wohin?«

»Man hat uns nach Washington beordert«, erwiderte Adair ernst. »Und wenn wir dort ankommen, muss dein Verstand in Bestform sein – ich hab einen Job für dich.«

Noch bevor Cade zu seiner letzten Mission in Deutschland aufgebrochen war, hatte Adair den neuesten Zauberspiegel der Hölle nach Amerika verschifft. Dieser Spiegel konnte zwar nicht auf normale Weise zerbrochen werden, aber Adair hatte sich Sorgen gemacht, dass er womöglich auf See verloren gehen könnte. Schließlich war der transatlantische Schiffsverkehr ein beliebtes Ziel deutscher U-Boote. Deshalb hatte ihm die US-Armee seinen Wunsch erfüllt und den Spiegel zuerst von Gibraltar nach London und dann weiter nach Washington fliegen lassen.

Der Spiegel war teuer und schwer zu beschaffen gewesen und einen weiteren würde es erst in zwei Jahren geben. Trotzdem hatten die Alliierten darauf bestanden, dass Adair ihn ihnen zur Verfügung stellte. Nun würde sich das rentieren.

Durch die offene Küchentür sah er, wie Cade eine Tasse Tee in nur einem Zug runterstürzte. Der junge Mann wischte sich die Tropfen vom Kinn und folgte dann Adair in dessen Arbeitszimmer, wo der Meister seinen Portalspiegel aufgestellt hatte.

Er warf einen Blick auf seine Taschenuhr. »Dreißig Sekunden.«

»Ich bin bereit.«

Adair brachte seine Gedanken in Einklang mit HAELS Vibrationen und verkündete: *»Aperite portam.«* Sein Abbild verschwand aus dem Spiegel und wurde von wirbelnden Rauchfahnen ersetzt. Er legte die Handflächen zusammen, als wolle er beten. Als er die Hände wieder voneinander löste, teilte sich auch der Rauch und enthüllte ein halbdunkles, aber aufgeräumtes Büro, dessen Tür geschlossen war.

Adair wies Cade mit einer Kopfbewegung an hindurchzugehen. Der junge Mann trat durch das Portal. Sobald er beiseite gegangen war, um seinem Meister Platz zu machen, folgte ihm Adair.

Dann standen sie in dem Büro mit seinen beigen, kahlen Wänden. Es roch nach frischer Farbe und die Möbel waren zwar neu, aber auch billig und stammten offensichtlich aus Massenfertigung. Frühmorgendliches Licht fiel durch die Jalousie vor dem Fenster.

Links von ihnen stand ein adretter amerikanischer Offizier Anfang vierzig. Seine hellbraunen, an den Schläfen angegrauten Haare waren zu einem ordentlichen Bürstenschnitt rasiert worden und sein mit einem Grübchen versehenes Kinn war so glatt rasiert, dass es beinahe glänzte. Er trat mit ausgestrecktem Arm vor. »Auf die Minute! Willkommen im Kriegsministerium, Gentlemen.« Er schüttelte Adair die Hand. »Mr. Macrae, ich bin Colonel Jeremiah Tolbert von der US-Armee.« Er drehte sich um und ergriff Cades Hand. »Sie müssen Cade Martin sein.«

Cade ließ sich nicht anmerken, ob es ihn überraschte, dass der Offizier ihn erkannt hatte. Er nickte kurz, während er Tolbert die Hand gab. »Colonel.«

Tolbert ließ seine Hand los und wandte sich wieder Adair zu. »Danke, dass Sie so schnell gekommen sind.« Er zeigte auf die Tür. »Wenn Sie mir folgen würden. Die anderen warten.«

»Andere?«

»Kriegsminister Stimson und die Stabschefs.« Der Colonel verließ vor ihnen das Büro. »Hier entlang bitte.«

Ausnahmsweise war Adair einmal ebenso verblüfft wie sein Lehrling. Rechts und links von ihnen erstreckte sich ein Gang, der so lang war, dass er die Enden kaum erkennen konnte. Überall liefen Leute umher, passierten einander, schlossen sich kleinen Gruppen an oder trennten sich von ihnen, verließen Büros zu beiden Seiten des Korridors oder betraten sie. Adair fühlte sich wie ein Blatt, das in einen reißenden Fluss geraten war.

Tolbert schien ihre Reaktionen nachvollziehen zu können. »Das Pentagon ist das größte Bürogebäude der Welt. Knapp dreißig Kilometer Gänge verteilen sich auf vier Stockwerke über dem Erdboden und zwei darunter. Mehr als zwanzigtausend Menschen arbeiten hier …« Vier Frauen in Uniform teilten sich in Zweiergruppen auf, um ihnen auszuweichen, und kamen dann wieder zusammen, ohne aus dem Tritt zu geraten. »Bei den meisten handelt es sich um Frauen«, fügte Tolbert hinzu. Er führte sie zu einer Kreuzung zu ihrer Rechten. »Der ganze Komplex wurde in weniger als sechzehn Monaten erbaut. Unglaublich, was so ein Krieg an Motivation erzeugen kann.«

In einem Gang, der zu einer breiten Betonrampe führte, gesellte sich eine dunkelhaarige Frau in einer Uniform der US-Marine zu ihnen. Tolbert stellte sie vor. »Mr. Macrae, Mr. Martin, das ist Warrant Officer Ellen Gallo. Ms. Gallo, Mr. Macrae und ich treffen uns gleich mit den Stabschefs und dem Minister. Bitte bringen Sie Mr. Martin runter zum Platz. Mr. Macrae kann ihn dort aufsammeln, wenn wir fertig sind.«

Cade ließ sich nicht einfach abführen. »Hey, was soll das denn?«

»Nichts gegen Sie, Mr. Martin, aber die Konferenz, an der Mr. Macrae teilnimmt, ist streng geheim. Die Einladung galt nur für ihn. Tut mir leid, wenn das nicht klar war.«

Adair legte Cade beruhigend die Hand auf die Schulter. »Mir wird schon nichts passieren.«

Der junge Mann gab seinen Widerstand mit einem mürrischen Blick auf. »Also gut.« Seine Miene hellte sich auf, als er der Marine-Offizierin die Hand gab. »Hi, ich bin Cade Martin. Ellen, richtig?«

Sie wehrte seinen Flirtversuch ab, indem sie ihn eiskalt ignorierte. »Warrant Officer Gallo reicht völlig aus. Folgen Sie mir bitte.« Sie führte ihn die Rampe hinunter.

Tolbert bat Adair mit einer Geste, ihn zu einem anderen Bereich des ersten Stocks zu begleiten. Adair schloss zu ihm auf und deutete mit dem Daumen über seine Schulter. »Eine Rampe?«

Ein Schulterzucken. »Keine Fahrstühle.«

»Warum nicht?«

»Aus demselben Grund, weshalb das Gebäude nur vier Stockwerke hat: um Stahl zu sparen. Wir konnten nicht in die Höhe bauen, also haben wir in die Breite gebaut.« Er führte ihn zu einer Tür, die von zwei bewaffneten Soldaten bewacht wurde. »Da sind wir.«

Tolbert öffnete die Tür. Adair betrat einen länglichen Raum. Henry Stimson, der Kriegsminister, saß am Kopfende des Konferenztischs und somit am weitesten von Adair entfernt. Mit fünfundsiebzig Jahren war er nach dem Meister der älteste Mann im Raum. Die Natur hatte ihn mit einer großen, fast schon römisch wirkenden Nase gesegnet. Im Alter war er korpulent geworden, aber die Lebenserfahrung hatte ihm ernste Augen und einen verkniffenen Mund verpasst, über dem ein schneeweißer Schnurrbart hing.

Die anderen Männer im Zimmer waren in den Fünfzigern und Sechzigern, wie Adair vermutete. Als er an den Tisch trat und Tolbert die Tür hinter ihm schloss und im Korridor zurückblieb, standen Stimson und die anderen am Tisch zur Begrüßung auf. Stimsons kultiviert klingende Stimme hallte durch den Raum: »Gentlemen, erlauben Sie mir, Ihnen Mr. Adair Macrae von der britischen Sondereinsatztruppe vorzustellen.«

Die anderen nickten Adair zu.

Der Minister deutete auf einen Mann mit breitem Kinn, der links neben ihm stand. »Mr. Macrae, das ist Admiral William Leahy, der kommandierende Offizier der Stabschefs.«

Stimson wandte sich dem Mann gegenüber von Leahy zu – einem schlanken Armee-Offizier mit schmalem Gesicht und Augenbrauen, die so spitz wie ein Zelt zuliefen. »General George Marshall, Stabschef der US-Armee.«

Neben Marshall saß ein weiterer Marine-Offizier, ein stolz aussehender Kerl mit einem langen Gesicht, einer flachen Nase und einem gespaltenen Kinn. »Admiral Ernest King, Oberbefehlshaber der amerikanischen Flotte.«

Als Letztes stellte er den Offizier neben Leahy vor – einen kleinen Mann in Armee-Uniform, dessen Glatze von einer weißen Tonsur umgeben war und dessen Augen erstaunlich sanft wirkten für jemanden, der im Krieg zu Hause war. »General Hap Arnold, Oberbefehlshaber der Armee-Luftwaffe.«

Adair nickte den Anwesenden zu. »Guten Tag, Gentlemen.«

Der Minister setzte sich, womit er den anderen implizit erlaubte, ebenfalls auf ihrem Stuhl Platz zu nehmen. Adair setzte sich an sein Ende des Tischs, gegenüber und so weit wie möglich entfernt von Stimson. »Also dann, Mr. Kriegsminister. Was kann ich für Sie tun?«

Stimson ließ einen braunen Umschlag über den Tisch schlittern, der elegant vor Adair landete. »Unsere Pläne sind in Gang gekommen.«

Adair öffnete den Umschlag und blätterte die Seiten durch, die darin steckten. Schon bei der ersten hielt er inne. »Stimmt das? Die Alliierten haben Nordafrika erobert?«

»Ja, gestern«, sagte General Marshall. »General Eisenhower hat Tunis erobert und danach haben eine Viertelmillion Soldaten der Achsenmächte kapituliert.«

Adair blätterte weitere Seiten durch. »Einfall in Italien bis Juli. Bombenangriffe auf Deutschland.« Er übersprang die restlichen Seiten bis zur letzten. »Und der Pazifik?«

»Diese Informationen gibt es nur im Bedarfsfall«, sagte Admiral Leahy.

Etwas Boshaftes verbarg sich hinter der Fassade des Admirals, aber dank der antimagischen Sicherheitsmaßnahmen, die auf Adairs Geheiß und nach seinen Anweisungen von den Bautrupps des US-Militärs im Pentagon angebracht worden waren, konnte er keinen Blick in die Gedanken des Manns werfen, um die Wahrheit herauszufinden. Er schloss die Akte. »Ehrgeizig.«

Stimson lächelte. »Und das ist erst der Anfang.« Er klopfte Asche von seiner Zigarre. »In einem Jahr sollen unsere Jungs in Frankreich sein.« Er zeigte mit seinem Stumpen auf Adair. »Da kommen Sie ins Spiel.«

»Tut mir leid, aber da komme ich nicht ins Spiel.« Er zog ein Blatt aus der Akte, eine Karte des nordatlantischen Kriegsgebiets. »Der Atlantikwall der Deutschen ist zwar nicht annähernd so gut befestigt, wie sie behaupten, aber in einer Beziehung wird er seinem Namen gerecht: An diesen Stränden und in einem Umkreis von einem Kilometer kann keine Magick eingesetzt werden.«

General Arnold unterdrückte ein herablassendes Schnauben. »Das hätte ich Ihnen auch sagen können.«

Adair fiel es nicht schwer, die Stimmung im Raum richtig einzuschätzen. Abgesehen von Stimson hielten ihn alle für einen Scharlatan. »Möchten die Herren mir etwas sagen?«

Admiral King antwortete kühl und distanziert: »Wir haben diesem Treffen mit Ihnen zugestimmt, weil Premierminister Churchill darauf bestanden hat. Aber wir sind nicht verpflichtet ...«

»Gentlemen«, unterbrach ihn Stimson, »muss ich Sie daran erinnern, dass General Eisenhower *persönlich* für diesen Mann bürgt? Ebenso wie der Präsident?« Dieser Hinweis sorgte für Ruhe. Der Minister sah Adair an. »Mr. Churchill ist in Washington und trifft sich gerade mit dem Präsidenten. Sie wollen einen Invasionstermin für Frankreich festlegen. Was soll ich ihnen sagen?«

Adair öffnete erneut die Akte, blätterte sie bis zu der Seite mit der Überschrift »Operation Overlord« durch und überflog die Hauptziele. »Sagen Sie ihnen, dass das ein verdammt harter Kampf wird.«

Leahy hob eine buschige Augenbraue. »Ist das alles? Dann bin ich ja froh, dass wir uns extra Zeit für ein Meeting genommen haben.«

»Geben Sie mir nicht die Schuld, Admiral. Ich bin nicht dafür zuständig, Ihren Krieg auszufechten.«

Stimson beugte sich vor und verschränkte die Hände. »Und was ist mit *Ihrem* Krieg? Sie haben die Thule-Gesellschaft ausradiert.«

»Reicht das nicht?«

»Was ist mit diesem Kain Engel?«

Adair fühlte sich zunehmend gereizt. »Was soll mit ihm sein?«

Der Minister zuckte mit den Schultern. »Stellt er noch eine Gefahr da?«

»Das tut er.«

Admiral King mischte sich ein. »Wo ist er momentan?«

»Keine Ahnung.« Adairs Ehrlichkeit wurde mit allgemeinem Stirnrunzeln belohnt.

Stimson setzte sein Verhör fort. »Was ist mit seiner Assistentin? Dieser Frau namens Briet Segfrunsdóttir. Kennen Sie *ihren* aktuellen Aufenthaltsort?«

Ein Kopfschütteln. »Leider nicht. Sie und Kain sind wie vom Erdboden verschluckt.«

General Arnolds Freundlichkeit schlug in Streitlust um. »Haben Sie bereits einen Plan, um sie aufzuspüren? Oder um sie zu bekämpfen, wenn es so weit ist?«

»Nein, noch nicht.«

Marshalls Miene verdunkelte sich. »Sie sind nicht annähernd die Wunderwaffe, die Mr. Churchill uns versprochen hat, Mr. Macrae. Sie sind nicht bereit, uns bei unseren Plänen zu unterstützen, und selbst die Ziele, die – da sind wir uns alle einig – in Ihren Verantwortungsbereich fallen, scheinen Sie zu überfordern. Das Kriegsministerium hat erhebliche Summen in Ihre Mitternachtsfront investiert. Falls Sie überhaupt dazu in der Lage sind, verraten Sie mir doch bitte eins: Wie sollen wir es rechtfertigen, Ihr Projekt weiterhin mit dem Geld der amerikanischen Steuerzahler zu finanzieren?«

»Sie können Ihre Steuerzahler daran erinnern, dass wir die Heerscharen der Hölle davon abgehalten haben, Sie, Ihren Präsidenten, diese Herren sowie die Generäle Eisenhower, Patton und MacArthur umzubringen. Und ich schwöre, dass wir Kain und Briet zur Strecke bringen werden.« Adair schloss die Akte und schob sie zurück zu Stimson. »Das ist nur eine Frage der Zeit.«

Er stand auf, ging zur Tür und öffnete sie. Tolbert wartete im Gang. Er schloss zu Adair auf, als der den Konferenzraum verließ. Adair trat den Rückweg an und bellte mit der Autorität eines Manns, der Gehorsam erwartete: »Ich bin hier fertig. Holen wir meinen Assistenten, damit ich nach Hause gehen kann.«

Cade und sein Meister sprachen kein Wort miteinander, als sie den Hauptplatz des Kriegsministeriums verließen. Der Meister hatte ihm vor dem Ausflug nach Amerika lediglich befohlen, aufmerksam zu sein und sich nichts entgehen zu lassen. Und genau das hatte Cade bei jedem Schritt getan.

Adair hatte bei der Rückkehr in Colonels Tolberts Büro ein wenig Small Talk mit dem Offizier geführt, dann dessen Hand geschüttelt und Cade mit einer Geste gebeten, durch den Spiegel zu gehen.

Cade kam in Adairs Arbeitszimmer an, ging aus dem Weg und wartete, bis auch sein Meister zurückgekehrt war, woraufhin der Spiegel wieder seine normale Gestalt annahm.

Der Meister ging zu einer Kiste und nahm eine Packung Lucky Strikes heraus. Er steckte sich eine Zigarette in den Mund und zündete sie mit einem Fingerschnippen an. Während er den Rauch einatmete, warf er Cade die Packung zu, der sich ebenfalls eine anzündete. Der Meister stieß einige Rauchkringel aus, wobei jeder neue sich im Inneren seines Vorgängers befand. Cade genoss seine Zigarette einfach nur. Sie setzten sich entspannt in zwei sich gegenüberstehende Sessel.

Adair nahm noch einen Zug. Rauch kräuselte sich um seine Worte. »Also, ist dir etwas Seltsames an diesem Kriegsministeriums aufgefallen?«

»Meinen Sie abgesehen von der Tatsache, dass es die Form eines Pentagramms hat? Was zufälligerweise genau die Form ist, die sich in der Mitte eines großen Schutzkreises befindet?«

»Aye. Abgesehen davon.«

»Auf dem Platz habe ich Rückstände dämonischer Energie bemerkt. Das ist mir wahrscheinlich nur aufgefallen, weil der Rest des Gebäudes so kalt wie ein Eisberg ist. Aber als ich nach draußen ging, habe ich das gleiche Kitzeln wie beim Unterjochen eines Blitzdämons oder beim Schließen eines wundertätigen Kreises gespürt. Meine

Nackenhaare haben sich aufgerichtet.« Er beobachtete seinen Meister und hoffte auf eine Reaktion, doch Adairs Gesicht blieb reglos. »Was war das? Ein Teil ihres Verteidigungssystems?«

»Nichts, was von mir stammt. Ich glaube, das ist etwas Schlimmeres. Ich habe ihnen gezeigt, wie man das Gebäude vor Magick schützt, aber ich habe ihnen *nicht* gesagt, dass sie es in Form eines Pentagramms bauen sollten.«

»Das könnte Zufall sein.«

»Unwahrscheinlich. Ich kenne diese scheiß Halunken. Bei denen gibt es keine Zufälle.« Er sah Cade grimmig und verschwörerisch an. »Sie haben ein Programm zur magischen Kriegsführung unter ihrem Kriegsministerium aufgebaut. Oder haben es zumindest vor. Jedenfalls ist das alles andere als gut.« Ein schwerer Seufzer. »Deshalb wollte ich mit diesem Krieg nichts zu tun haben. Wenn man Magick einigen wenigen gut ausgebildeten Karcisten anvertraut, kann man viel Gutes bewirken. Man kann Einsichten und Weisheit erlangen.« Er zog langsam an seiner Lucky und stieß mit niedergeschlagener Miene den Rauch aus. »Die Welt hatte uns vergessen. Jetzt will sie, dass wir ihre Kriegsmaschinerie antreiben. Genau das hatte ich vermeiden wollen.«

Cade hoffte, dass er den Neuigkeiten seines Meisters ein wenig Hoffnung abringen konnte. »Das Ganze hat sich nicht aktiv angefühlt, wenn Sie das tröstet. Und wer weiß? Vielleicht haben sie es für Sie errichtet.«

Das sorgte für ein beißendes, leises Lachen. »Oh, das bezweifle ich. Ich habe diesen Arschkrampen schon vor Jahren gesagt, dass ich mir von ihnen eher den Schwanz abbeißen lassen würde, als mich als ihre Geheimwaffe missbrauchen zu lassen. Wenn sie mich daraufhin noch nicht von ihrer Liste gestrichen hatten, dann habe ich heute garantiert verbrannte Erde hinterlassen.«

»Vielleicht spekulieren Sie nur zu viel. Wenn man Sie nicht gebeten hat, ein solches Projekt zu leiten, wen denn sonst?«

Die Frage sorgte für Ratlosigkeit bei Adair. »Keine Ahnung. Es gibt kaum Karcisten in Amerika. Es gibt einen Salem-artigen Zirkel in New Orleans, aber die Mitglieder halten nichts von der Regierung und bleiben lieber unter sich. Ich kannte mal einen Karcisten, der sich im Westen einen Namen machen wollte, als der noch wild war … aber er starb in irgendeinem Drecksnest in Nevada.«

»Wenn man Sie nicht fragen wird«, sagte Cade, »dann vielleicht mich.«

»Wenn wir Glück haben.« Adair drückte seine Zigarette aus und zündete sich eine neue an. »Fürs Erste habe ich wohl genug darüber erfahren. Wir gehen der Sache weiter nach, wenn der Krieg vorbei ist.«

Der Tonfall des Meisters beunruhigte Cade. »Sie klingen nicht gerade optimistisch. Halten Sie das wirklich für ein Problem?«

»Magick in den falschen Händen? Das wäre eine beschissene Katastrophe.«

37

JUNI

Alles im Beschwörungsraum war in Übereinstimmung mit dem Pakt vorbereitet worden. Kerzen aus dem Wachs eines neuen Bienenvolks standen auf Ständern aus reinem Gold. Ihre Flammen warfen zuckende Schatten auf die Wände. Die abgezogene Haut eines neugeborenen Lamms war mit Nägeln aus Fichtenholz hinter dem nordwestlichen Viertel des Doppelkreises an den Boden genagelt worden. Dessen Eingeweide blubberten in einem Topf voller Brandy und Elsternblut, der von Kohlen, mit denen ein Priester eingeäschert worden war, erhitzt wurde.

Das Kernstück des Rituals hing über einer Feuerschale mit Myrrhe und Kampfer von der Decke: ein Achtzehnjähriger, unbefleckt und nackt, abgesehen von den Fesseln an seinen Handgelenken und Fußknöcheln. Seine Glieder wurden von zwei Seidenkordeln – einer weißen und einer roten – zusammengehalten. Seine Hände wirbelten den Rauch auf, während er versuchte, sich zu befreien.

Er starrte Kain verzweifelt und verängstigt an: »Warum tun Sie das?«

»Weil ich muss.« Das stimmte und Kain wollte das Ritual nicht mit Rührseligkeiten unnötig in die Länge ziehen. Dennoch kam er nicht umhin, den jungen Mann zu bewundern.

Er strich über dessen Wange. »Du siehst Sabine so ähnlich. Du hast ihre Augen. Ihre Haare.« Er zeigte auf sein eigenes Gesicht.

»Aber meine Nase, glaube ich.« Zärtlich berührte er die Ohrläppchen des Jugendlichen. »Und noch ein paar andere Merkmale.« Als er die Verwirrung des jungen Manns bemerkte, ließ er sich zu einem Geständnis hinreißen. »Vergib mir. Dachtest du wirklich, Herr Lohmann wäre dein Vater? Wie schade, dass du auf diese Weise vom Seitensprung deiner Mutter erfahren musst.«

Tränen flossen aus den Augen des jungen Manns. Seine Brust verkrampfte sich, als er schluchzte. Kain strich ihm über die Wange und verdrängte sein Mitgefühl, denn er musste sich auf das bevorstehende Ritual konzentrieren.

Er hatte im Laufe der Jahrhunderte viele Liebschaften gehabt. Die meisten Frauen hatte er mit seinem Charme und seinem guten Aussehen verführt, nur wenige – die, die nicht nur wunderschön, sondern auch störrisch waren – mit Magick. Doch er hatte nie eine Frau geliebt oder Zuneigung für sie empfunden. Er hatte sich mit ihnen vergnügt oder sie erobert, um es jemandem heimzuzahlen. Nur wenige hatte er dazu auserkoren, seine Nachkommen zu gebären.

Diese Entscheidung hatte nichts mit dem fehlgeleiteten Wunsch zu tun, ein Erbe zu hinterlassen, sondern basierte auf pragmatischen Erwägungen, denn er benötigte Opfer, in dessen Adern sein Blut floss.

Als er die Augen öffnete, war alles so, wie es sein sollte. Die Zeit für sein Experiment war gekommen. Das Schwert lag quer über seinen Füßen, sein Athame hing an seiner linken Hüfte, der Zauberstab an der rechten. Er griff in eine Tasche an der Vorderseite seines Gewands, nahm eine Handvoll Schwefel und Wermutpulver heraus und warf es in die Feuerschale, die vor ihm stand.

»Chaos! Chaos! Chaos!«

Grüne Funken stoben aus der Feuerschale empor und prallten von der Decke ab. Das Stöhnen und Heulen aus der Tiefe der Hölle übertönte die Schreie des Jugendlichen, der in einem unterirdischen Raum in der Wolfsschanze gefangen gehalten wurde.

Kain hob seine Stimme und verschaffte sich trotz des Geschreis Gehör. »Ich beschwöre Euch, LUCIFUGE ROFOCALE, in Übereinkunft mit unserem rechtmäßigen Pakt und im Namen von ADONAI, EL, ELOHIM, JEHOVAM, TETRAGRAMMATON und im Namen von ALPHA UND OMEGA, mit denen Daniel BEL vernichtete und den Drachen erschlug, und im Namen der gesamten Hierarchie höherer Intelligenzen, die Euch gegen Euren Willen fesseln werden: *venité, venité, submirillitor*, LUCIFUGE ROFOCALE!«

Donner ließ den Raum erbeben. Blaue Flammen und giftiger Rauch manifestierten sich außerhalb des Kreises und als sie sich auflösten, stand dort der Premierminister der Hölle. Er betrachtete seine Umgebung einen Moment lang, dann grinste er und zeigte seine spitzen Zähne. IHR MACHT MIR EIN SCHÖNERES GESCHENK, ALS ICH NORMALERWEISE VERLANGE. Er hob schnüffelnd die Nase. EINEN JUNGFRÄULICHEN SOHN. EINEN, DER EURER SAAT ENTSTAMMT. IHR MÜSST ETWAS BESONDERES WOLLEN.

Kain zog sein Athame und schnitt dem Jugendlichen die Kehle durch. Blut spritzte heraus und fiel dank der Schwerkraft direkt in die Feuerschale. »LUCIFUGE ROFOCALE, wie es unser Pakt verlangt, opfere ich Euch das Blut meines jungfräulichen Sohns, damit ich Euch um den Segen der Weissagung bitten kann.«

Der Tod des Jungen versetzte den bestialischen Dämon in ekstatische Verzückung. Seine gespaltene Zunge zuckte vor und zurück, als würde er den süßen Wein dieses Mordes aufschlecken.

Als die Adern des Opfers leer waren, ließ die Ekstase des Dämons nach und er sah Kain mit dem lüsternen Blick einer bereitwilligen Hure an. WELCHE WAHRHEIT SOLL ICH EUCH ENTHÜLLEN, MEIN TREUER DIENER?

»Die Alliierten werden immer stärker. Es ist nur eine Frage der Zeit, bis sie eine Expeditionsstreitmacht auf das europäische Festland schicken. Ich möchte wissen, *wo* und *wann* genau dieser Angriff stattfinden wird.«

Seine Frage versetzte den Dämon in einen Trancezustand. Seine Augenlider schlossen sich flatternd, seine Hände entspannten sich. Als sich seine gelben Augen öffneten, leuchtete Wahnsinn in ihnen. WAS WERDET IHR MIT DEM WISSEN TUN, DAS ICH EUCH GEBE?

»Das geht dich nichts an. Ich habe mich an die Regeln des Pakts gehalten. Beantworte meine Frage …« Er zog seinen Zauberstab und hielt ihn über die Feuerschale. »… oder du bekommst meinen Zorn zu spüren.«

Die Bestie knurrte, gehorchte dann jedoch widerwillig. Die Alliierten werden die Küste der Normandie erstürmen, von Barfleur bis Le Havre, nächstes Jahr am Morgen des sechsten Juni, zweiunddreissig Minuten nach der sechsten Stunde des Tages. Der Dämon bedachte Kain mit einem vernichtenden Blick. Ihr werdet mit diesem Wissen das, was passiert, nicht verhindern können.

»Ich will es auch nicht verhindern«, sagte Kain, »sondern es mir zunutze machen … im Namen der Hölle.«

38

JULI

Briet hatte noch nie eine so mühselige Reise unternommen wie die, die sie von Cherbourg zur sogenannten Wolfsschanze, dem militärischen Führerhauptquartier in den masurischen Wäldern von Nordost-Polen, geführt hatte.

Kain hatte sie telegrafisch dorthin befohlen, aber ihr, obwohl es dringend zu sein schien, verboten, ihre Reise mit Magick zu beschleunigen. Er hatte die Benutzung der Feuer- und Schattenportale untersagt, da seine Feinde seinen Aufenthaltsort ebenso fieberhaft suchten wie er den ihren.

Daher hatte sich Briet schweren Herzens von ihren *amants* Victor und Sandrine trennen müssen, um eine neuntägige Reise mit insgesamt drei Zügen anzutreten, wobei der Zustand dieser überfüllten, nach Schweiß und schmutziger Kleidung stinkenden Bummelbahnen zunehmend schlechter geworden war.

Europa litt unter einem unbarmherzig heißen Sommer. Auf dem ganzen Kontinent schnellten die Temperaturen in die Höhe und es kam zu Trinkwasserknappheit. Die deutsche Propaganda hatte schon ein halbes Dutzend Mal Regen und ein Ende der Hitze vorausgesagt, aber beides war bisher nicht eingetreten.

Briet konnte während der Reise nicht viel tun, also las sie die Zeitungen, die der Schaffner in ihren Schlafwagen brachte. So bekam sie jeden Tag neue schlechte Nachrichten. Schon seit Monaten beobachtete sie mit Skepsis die Bemühungen der Nazis, Ausländer als Zwangsarbeiter in deutschen Fabriken einzusetzen. Heute fluchte sie über Berichte, in denen deutlich wurde, wie einfach und schnell die Alliierten Italien überrannt und Duce Benito Mussolini zum Rückzug gezwungen hatten.

Der Teufel soll die scheiß Italiener holen. Zuerst haben sie Nordafrika verloren, jetzt können sie nicht mal ihr eigenes Land halten. Nutzlos.

Stahl kreischte und der Zug hielt mit einem Ruck an. Dampf stieg unter dem Waggon auf, als Briet aus dem Fenster schaute und bemerkte, dass sie die Wolfsschanze erreicht hatten. Deutsche Soldaten standen auf Wachtürmen oder versammelten sich, um die Fahrgäste im Empfang zu nehmen.

Zwischen ihnen, aber mit deutlichem Abstand, befand sich Kain Engel. Trotz der Hitze saß jede Bügelfalte an seinem Anzug und der Mann selbst sah aus wie aus dem Ei gepellt. Briet bewunderte und beneidete seine Selbstbeherrschung.

Sie nahm ihr einziges Gepäckstück, eine lange Ledertasche, in der ihr Grimoire und ihre magischen Werkzeuge steckten. Den Rest ihrer Habe – all die simplen Dinge des Alltags – hatte sie DANOCHAR, ihrem Trägerdämon, aufgebürdet. Sie schwang sich die Tasche über die Schulter, verließ den Zug und ging zu Kain, der auf dem Bahnsteig wartete.

»Meister.«

»Willkommen in der Wolfsschanze. Ich hoffe, Ihre Reise war erträglich.«

»Ich war neun Tage lang mit dem Abschaum in heißen Metallwagen eingesperrt.«

Er lächelte beinahe. »Dafür entschuldige ich mich.« Er zeigte auf ein nahe gelegenes Gebäude. »Kommen Sie mit. Eine gekühlte Flasche Gewürztraminer wartet schon auf uns.« Der Meister strahlte zwar stets eine gewisse Gefühlskälte aus, doch die machte er durch Großzügigkeit und Geschmack wieder wett.

Sie zogen sich in sein Gästehaus zurück, dessen Inneres zu Briets Erleichterung gekühlt und entfeuchtet worden war, sodass man es darin recht gut aushalten konnte. Das Mobiliar war einfach gehalten, aber von guter Qualität, und man hatte bei der Auswahl weniger auf Ästhetik als auf Bequemlichkeit geachtet. Dekoration gab es fast keine. Die Wände waren größtenteils kahl, man hatte sie jedoch wenigstens gestrichen und an manchen Stellen getäfelt, um die Tatsache, dass es sich bei dem Gebäude eigentlich nur um einen Zementwürfel handelte, zu überspielen.

Das Haus bestand aus einem Büro, einem Schlafzimmer, einem Bad mit Dusche und einer kleinen Küchenzeile. Eine Falltür in der Diele schien in den Keller zu führen. Briet nahm an, dass Kain sich dort einen Beschwörungsraum eingerichtet hatte.

Er ging zu seinem Schreibtisch, auf dem zwei Weißweingläser und eine schmale, von Kondenswasser bedeckte Flasche standen. Briet stellte ihre Tasche ab und ließ sich auf das Sofa fallen. Der Meister entkorkte die Flasche und füllte beide Gläser zur Hälfte, bevor er ihr eins reichte.

»Auf den Sieg«, sagte er.

Sie stieß mit ihm an. »Den Sieg.«

Der Wein war herb und schmeckte ein wenig nach Äpfeln und Birnen. Die Säure darin machte ihr den Mund wässrig. Es gefiel ihr, dass der Wein nicht so eklig süß wie manche Rieslinge war. Sie trank das Glas rasch aus, in der Hoffnung, dass sie so den Reisestress und die Schmerzen, die ihre neun unterjochten Dämonen verursachten, fortspülen konnte. Dann stellte sie das Glas ab und musterte ihren Meister. »Sie haben mich nicht für eine Weinverkostung aus der Normandie hierhergeholt. Um was geht es?«

»Wie immer kommen Sie gleich zur Sache.« Er stellte sein Glas auf den Schreibtisch. »Mir wurde von Unten etwas … *enthüllt.*«

»Was?«

»Was passieren wird. Unvermeidliche Dinge, die wir zu unserem Vorteil nutzen können.« Er ging auf und ab, legte die Hände übereinander und massierte seine Knöchel. »Monatelang haben Sie auf mein Geheiß hin die Atlantikküste mit henochischen Schutzzaubern versehen. Dabei haben Sie vorbildliche Arbeit geleistet. Doch nun weiß ich, wann und wo die Alliierten in Frankreich einfallen werden, und ich muss etwas Besonderes für ihre Ankunft vorbereiten.« Er blieb stehen und sah sie an. »Etwas noch nie Gesehenes.«

Seine Neigung zur Dramatik nervte sie. »Soll ich raten, um was es sich handelt?«

»Eine Falle – eine, die das Angesicht der Erde verändern und Alliierte wie Achsenmächte zerschlagen wird. Sie wird beide Seiten zu drastischen Maßnahmen zwingen, durch die sich die Völker der Welt gegen sie und ihre ach so wertvolle Wissenschaft stellen werden. Und zwar für immer.«

Hatte ihr Meister nun doch den Verstand verloren? Das Funkeln in seinem Blick wies darauf hin. Briet drückte sich so neutral wie möglich aus: »Was für eine Falle soll das sein?«

»Eine, die eine Legion aus der Hölle hervorbringen kann. Sie wird ohne Anweisungen oder Einschränkungen Chaos über die Welt bringen, bis ich sicher sein kann, dass die dekadente, moderne Welt der Wissenschaft nicht mehr existiert.« Er schien die aufkommende Sorge in Briets Blick zu bemerken, denn er fügte hinzu: »Sie und ich werden nichts zu befürchten haben. Da wir den Tag und die Stunde kennen, werden wir uns mit Kreisen und Zaubern schützen, die selbst Salomon und Honorius nicht beherrscht haben.«

»Selbst wenn ich die logistischen Komplikationen, die mit der Konstruktion einer solchen Falle verbunden wären, außer Acht lasse, frage ich mich, weshalb wir das tun sollten? So viele Dämonen unkontrolliert auf die Erde loszulassen würde sicherlich Armageddon auslösen.«

»Lächerlich. Die Sieben Siegel sind ungebrochen, der Antichrist ist noch nicht aufgetaucht …«

»Sind Sie sich da ganz sicher?«

Er verstand sofort, worauf sie hinauswollte. »Man kann vieles über den Führer sagen – er ist zum Beispiel ein größenwahnsinniger, engstirniger Wurm –, aber ich kann Ihnen versichern, dass der nicht der Antichrist ist. Wie dem auch sei, mein Argument lässt sich nicht von der Hand weisen. Die Prophezeiungen haben sich noch nicht erfüllt. Das Jüngste Gericht wird nicht stattfinden, egal was wir tun. Und ich werde dafür sorgen, dass ich das Chaos beenden kann, wenn ich mit dem Ausmaß zufrieden bin.«

»Wie?«

»Indem ich die Falle nach meinem Ermessen gestalte. Ich werde ein Fesselungssiegel erschaffen, dass selbst Salomons übertreffen wird. Er wurde zur Legende, als er zweiundsiebzig Geister in sein Messinggefäß sperrte. Ich werde eintausendundeinen in Steinplatten sperren und vor den Alliierten platzieren. Egal wie sie sie zerstören, sobald das Siegel gebrochen ist, werden die Alliierten den Zorn der Hölle als Erste zu spüren bekommen. Wenn ihre Armeen vernichtet sind, werden sich die Dämonen auf die Deutschen stürzen. Und dann auf jeden, der ihren Weg kreuzt.« Sein boshaftes Lächeln verlieh ihm das Aussehen eines Wahnsinnigen. »Das wird großartig, meine Liebe.«

War es noch möglich, an seine Vernunft zu appellieren. Sie versuchte es: »Was würde uns die Zerstörung der Welt bringen? Wäre es nicht besser, ein wenig Technologie zu behalten?«

Er füllte ihr und sein Glas auf. »Die Technologie hat die Industrialisierung der Kriegsführung bewirkt, Briet. Dieses Massaker, das die ganze Welt umspannt … wo wird es enden? Kann es enden? Die Chinesen haben das Tal am Gelben Fluss geflutet, um die japanische Armee aufzuhalten. Das hat nicht funktioniert. Stattdessen haben sie eine halbe Million Menschen aus ihrem eigenen Volk umgebracht. Wehrlose Zivilisten, größtenteils Frauen, Kinder und alte Leute. Alle sind ohne Vorwarnung ertrunken, weil der Krieg Menschen in den Wahnsinn treibt. Dank der Wissenschaft können Regierungen ganze Völker im Handumdrehen auslöschen.« Er breitete theatralisch die Arme aus. »Der Mensch hat die Wissenschaft benutzt, um die Erde in seine eigene Hölle zu verwandeln. Ich werde die wahre Hölle auf die Erde holen und dafür sorgen, dass man der Wissenschaft die Schuld gibt.«

»Wie soll das durch eine Nacht voller marodierender Dämonen erreicht werden?«

»Sie wird beide Seiten zu Verzweiflungstaten zwingen. Die Deutschen haben Raketen gebaut, mit denen sie London und bald auch die Ostküste Amerikas bombardieren können, ohne ihre eigenen Piloten zu riskieren. Die Russen haben bereits eine halbe Generation geopfert und ich bin mir sicher, dass sie aus reinem Stolz ihr ganzes Volk auslöschen würden. Und die Amerikaner ...« Er legte den Zeigefinger auf seine Lippen und schüttelte den Kopf. »Lassen Sie mich nur sagen, dass die Hölle mir einen Vorgeschmack auf das gegeben hat, was die Amerikaner der Welt bringen werden. Wenn ich sie weit genug treiben kann – wenn ich zum Beispiel ihre Kriegsflotte versenke und ihre Streitmacht im Ärmelkanal begrabe –, werden sie keine andere Wahl haben, als ihr albtraumhaftes Meisterwerk loszulassen. Erst auf Deutschland, dann vermutlich auf Japan. Verglichen damit wird eine Nacht mit tausend Dämonen wie läppisches Vorgeplänkel wirken.«

Er blieb vor seinem Schreibtisch stehen und stützte die Hände auf eine Karte der Normandie. »Wenn wir fertig sind, Briet, wird die Menschheit der Wissenschaft mindestens ein Jahrhundert lang abschwören. Erst dann, wenn die Welt in Schutt und Asche liegt, werden wir unseren langen Weg antreten und die Welt neu erschaffen können – dieses Mal nach *unserem* Bild.«

39

AUGUST

Maschinengewehrfeuer knatterte durch die Straßen von Charkow, einer Ruinenstadt, die von Staub und dem Qualm brennender Panzer eingehüllt wurde. Die Russen erlitten hier fünfmal so hohe Verluste wie die Deutschen und diese Zahl stieg täglich weiter. Das lag an der Taktik der Roten Armee, den Feind mit Körpern und Material zu bewerfen, bis er unter dem Gewicht zusammenbrach. Es war eine verschwenderische, dumme Strategie, aber gleichzeitig auch eine effektive.

Mörsergranaten kündigten sich mit einem durchdringenden Pfeifen an, was Anja ebenso wie ihre Kameraden dazu veranlasste, in Deckung zu springen. Eine Granate schlug vor ihnen in die Straße ein. Die Explosion ließ den Boden erbeben und Dreck und Glassplitter auf Anja herabregnen.

Durch den braunen Nebel, in dem die Stadt erstickte, konnte man den Himmel nicht sehen, aber das Dröhnen der Stuka-Bomber, die erneut zum Angriff ansetzten, war nicht zu überhören. Der Luftwaffe war der Nachschub ausgegangen, also griffen sie die Stellungen der Roten Armee in Charkow mit Bomben an, die normalerweise dazu gedacht waren, den Rumpf von Kriegsschiffen und Flugzeugträgern aufzusprengen.

Anjas Zugführer bellte: »Runter!«

Anja, Nadezhda und die anderen Soldaten in ihrer Einheit suchten hektisch nach Deckung, als die Bomben kreischend vom Himmel fielen. Donnerschläge zerrissen die heiße Luft und verwandelten ausgebrannte Gebäude in einen Sturm aus pulverisiertem Beton. Zementstücke ergossen sich aus allen Richtungen auf die Straßen, gefolgt vom Knattern der Stuka-Maschinengewehre, die die Trümmer beschossen.

Weiter entfernt, hinter einem Vorhang aus Rauch und Smog entdeckte Anja die Silhouetten anrückender deutscher Tiger-Panzer auf der Straße. Sie rief ihren Kameraden zu: »Panzerfahrzeuge! Stoßen von Westen vor!«

Der Zugführer brüllte zurück: »Wer hat noch Panzerbrecher?«

Anja tastete nach der RPG-43-Panzerabwehrgranate, die an ihrem Gürtel hing. Einige andere Stimmen meldeten sich bei dem Zugführer, bevor Anja hinzufügte: »Ich habe einen!«

»Panzerbrecher, vorrücken! Rechts und links der Straße! Greift das erste Fahrzeug an, damit die anderen nicht weiterkommen. Alle anderen in Deckung bleiben und Sperrfeuer geben! Los!«

Es gab keine Zeit für Diskussionen oder Fragen. Anja lief der anrückenden Panzerkolonne entgegen, in der Hoffnung, dass der Staub, den die Ketten aufwarfen, sie vor den Schützen im Inneren der Fahrzeuge verbergen würde, bis sie in Deckung gegangen war.

Das abgehackte Knattern der Maschinengewehre hallte durch die Straßen. Die Panzerbesatzungen schossen blindlings in den Nebel vor ihnen. Zwei von Anjas Kameraden zuckten und wurden in Stücke gerissen, während sie die Straße hinter sich ließ und sich in einem Schutthaufen aus Geröll und Stahl versteckte.

Sie und die anderen Soldaten aus ihrer Einheit erstarrten, als die Panzer näher kamen. Die Straße zitterte unter dem Gewicht der Nazi-Ungeheuer und ihren leistungsstarken Motoren. Anja kroch wie eine Spinne den Schuttberg hinauf, der sie vor den Deutschen verbarg. Am Gipfel hielt sie inne, um die Panzerabwehrgranate aus ihrem Gürtel zu ziehen; dann wagte sie sich nach vorn.

Als sie den ersten Panzer sah, machte sie die Granate scharf. Sie an ihr Ziel zu bringen würde nicht leicht werden. Die Sprengladung steckte in einem zylinderförmigen Behälter, der genau im richtigen Winkel auftreffen musste, da die Explosion ansonsten verpuffen und nur minimalen Schaden hinterlassen würde. Anja musste sich also die Zeit zum Zielen nehmen, was jedoch die Aufmerksamkeit der Panzerschützen erregen würde.

Ich bin nicht nach Hause gekommen, um als Feigling zu sterben. Sie stand auf und zielte.

Unter ihr rumpelte die Panzerkolonne vorbei.

Sie verlagerte ihr Gewicht auf einen Fuß und warf die Granate. Während sie durch die Luft dem Ziel entgegenflog, sah sie, dass auch ihre Kameraden auf der anderen Straßenseite Granaten schleuderten.

Leuchtspurpatronen schossen aus den Panzern, gefolgt von den dumpfen Schlägen automatischer Waffen. Etwas stach siedend heiß in ihre Seite. Anja ging benommen zu Boden, zitterte trotz der Sommerhitze vor Kälte und wurde von den Explosionen übermannt, die die Straße erschütterten und den Himmel über ihr mit öligem Rauch schwarz färbten.

Sie erlangte ihr Bewusstsein nur Stück für Stück zurück, während sie die Realität nur in abgehackten Eindrücken wahrnahm.

Der Dreck, der an ihrem Gesicht kratzte.

Ihr stoßweise gehender Atem.

Übelkeit erregende Schmerzen, die in ihr aufstiegen.

Dann bewegte sie sich auf einmal. Die Straße glitt an ihr vorbei, ihre Stiefelspitzen zogen Furchen in den Schutt und die Arme wurden ihr fast ausgekugelt. Anja konnte kaum atmen oder sich konzentrieren, versuchte aber zu begreifen, was gerade geschah. Als sie den Kopf hob, sah sie Nadezhda, die sie an den Handgelenken die Straße entlangschleppte, weg von den ausgebrannten Hüllen der Tiger-Panzer, die in einem übereinandergestapelten Haufen mitten auf der Straße standen.

»Nady? Was ... was tust du ...?«

»Ich rette dir das Leben«, presste Nadezhda hervor und keuchte vor Anstrengung. Ihr fehlte die Kraft, um sich Anja über die Schulter zu werfen, also gefährdete sie sich und sie durch diesen dummen Versuch, sie in Deckung zu ziehen.

Anja krächzte durch Zähne, zwischen denen Dreck knirschte: »Lass mich hier.«

»Du hast mich weder in Stalingrad noch in Kursk im Stich gelassen.«

Einen Monat zuvor, am übelsten Tag der Schlacht um Kursk, war Nady ins Visier eines deutschen Scharfschützen geraten. Ihr Zugführer hatte sie schon abgeschrieben, doch das hatte Anja nicht akzeptieren wollen. Also hatte sie sich im Schutz der Nacht in die Ruinen geschlichen und den deutschen Scharfschützen nach einem fast dreistündigen Katz-und-Maus-Spiel besiegt.

Ich hätte wissen sollen, dass ich Nadys Rettung bereuen würde ...

Eine Salve aus einer deutschen Maschinenpistole unterbrach ihre Gedanken.

Kugeln schlugen in Nadys Brust und Unterleib ein. Roter Nebel wallte in der Staubwolke hinter ihr auf. Ihre Hände wurden schlaff und ließen Anjas Handgelenke los.

Soldaten der Roten Armee stürmten an Anja und Nady vorbei und eröffneten das Feuergefecht mit den Deutschen. Verglichen mit den chaotischen, automatischen Salven der Nazis klangen ihre Schüsse klar und präzise, aber Anja hörte nur ihre eigenen gequälten Schreie, als Nady blutend vor ihr zusammenbrach.

Fremde Hände hoben Anja nun auf: Zwei männliche Soldaten ergriffen je einen Arm. Sie zogen sie von den Panzern weg und ließen Nadezhdas zerfetzte Leiche zurück. Anja ließ den reglosen Körper ihrer Freundin erst aus den Augen, als der Rauch der Schlacht, die Spritze der Sanitäter und der dunkle Schatten des Morphiums ihr Nady zum letzten Mal raubten.

Rauch wirbelte von flackernden Flammen empor. Weihrauch schwelte in Messingschalen innerhalb eines sechszackigen Sterns, den Adair rund um den Anwenderkreis gezeichnet hatte. Auf dem Altar im nordwestlich vom Kreis befindlichen Dreieck lag ein Zicklein, das an einen Spieß gefesselt worden war. Sein raues weißes Fell war mit violetten henochischen Glyphen bedeckt.

Die junge Ziege meckerte zweimal verängstigt, und das aus gutem Grund.

Adair hob seinen Zauberstab. In der linken Hand hielt er fein gemahlene Gewürze und brennbare Pulver, ein Rezept aus einem uralten Grimoire, mit dem er sehr vertraut war. »Ich beschwöre und rufe Euch, mächtiger Höllenkönig – kommt oder Ihr werdet meinen Zorn spüren, PAIMON!« Er warf den Staub in die Feuerschale, die vor seinen Füßen stand. Violette Funken stoben auf und schwärzten die Balken über seinem Kopf.

Schwefelgelber Nebel wallte rund um den äußeren Kreis auf. Adair hörte ein atonales Klagen, zuerst leise, dann immer lauter und schriller, als im Nordwesten eine Reihe von Gestalten erschien. Sie waren wie mittelalterliche Troubadoure gekleidet, traten aus den wabernden Dämpfen und enthüllten ihre wahre Gestalt: Es waren Ghoule, deren Augen wie brennende Kohlen glommen und die nach Fäulnis stanken.

Begleitet wurden sie von der furchtbarsten Musik, die menschliche Ohren je vernommen hatten. Einige in dieser Horde bliesen in lange Trompeten, von denen zerschlissene Banner hingen. Andere klimperten auf ungestimmten Leiern herum, schlugen verrostete Becken aneinander oder spielten unterschiedliche Melodien auf Stahl- und Panflöten. Alle zusammen erfüllten den Beschwörungsraum mit einer Dissonanz, die Adair Kopfschmerzen verursachte.

In der Mitte dieser Formation saß eine einsame Gestalt auf einem riesigen Dromedar. Das Reittier trug ein Krone, die am Zaumzeug befestigt worden war, und sein Rücken wurde unter dem Sattel von einem Perserteppich bedeckt. Obendrauf thronte einschüchternd und majestätisch PAIMON, Adairs Patron.

Sein beeindruckender Körper war in scharlachrote und schwarze Gewänder gehüllt. Eine dunkelbraune Mähne umrahmte sein feminines Gesicht und die Reptilienaugen. Er trug eine juwelenbesetzte Goldkrone, um deren zehn Spitzen sich je eine Schlange ringelte.

Ein durchsichtiger Umhang wallte hinter ihm auf, als würde sich ständig eine Brise darin verfangen. Der lange, rattenartige Schwanz des Dämons zuckte.

Wie immer bezog der Dämon rasch seinen Platz im Dreieck, dann erschütterte seine Stimme, die wie eine Mischung aus Tsunami und Erdbeben klang, auch schon das Gestein. Lasst Euren Stab sinken, Brut der Eva. Ich bin hier! Warum stört Ihr mich?

»Um von meinen in unserem Pakt verzeichneten Rechten Gebrauch zu machen. Ich muss wissen, wo Kain Engel und seine Assistentin Briet sind und wo sie sein werden – und ich befehle Euch, es mir zu sagen.«

Paimon streckte den Arm nach dem Altar aus, der sich verlängerte, als bestünde er aus elastischem Material, damit er das meckernde Zicklein packen konnte. Der Dämon riss das Maul auf und sein Gesicht verzerrte sich auf groteske Weise, als er das Tier mit einem Bissen seiner Haifischzähne verschlang.

Nachdem er das Opfer angenommen hatte, wurde das Gesicht des Dämons wieder normal, doch nun waren seine Fänge scharlachrot und dunkles Blut tropfte ihm aus den Mundwinkeln. Seine Stimme hallte erneut durch den kleinen Raum.

Euer Opfer gefällt mir, Adair! Ich werde mich grosszügig zeigen und nicht die Antwort wiederholen, die ich Euch die letzten beiden Male auf diese Frage gegeben habe.

Schon zweimal war es Paimon nicht gelungen, Kain aufzuspüren und das aus demselben Grund: Kains Zauber gegen Weissagungen und Kristallomantie waren so stark, dass Paimon sie nicht überwinden konnte. Adair wurde ungeduldig, denn nun schien sich doch etwas geändert zu haben. »Also? Wo ist er?«

Ich sagte nicht, dass ich Eure Frage beantworten kann, nur dass ich nicht wiederholen werde, was ich Euch bereits auf einfachstem Wege mitgeteilt habe. Aber ich kann Euch eines verraten: Ihr stellt die falsche Frage.

Adair war versucht, seinen Zauberstab in die Kohlen zu stoßen, um Paimos für seinen Spott zu bestrafen, aber er wusste dank seiner jahrhundertelangen Erfahrung, dass Karcisten, die ihren Patron quälten, mit heftigen Konsequenzen rechnen mussten. Also begrub er seinen Zorn, riss sich zusammen und dachte über den Rat des Dämons nach. »Was wisst Ihr über Kains Vorgehen im Hinblick auf den Konflikt zwischen ihm und mir?«

Ein diabolisches Lächeln umspielte die zarten Lippen des Dämons. Er verbirgt sein Vorgehen auf der Erde sehr gut, aber er kann nicht die Aspekte seiner Arbeit verstecken, die die Hölle betreffen. Er hat eine unheilige Weissagung von seinem Patron Lucifuge Rofocale erhalten.

»Was für eine Weissagung?«

Eine Prophezeiung. Ich weiss nicht, worauf sie sich bezieht. Wichtig ist nur, dass er danach ein Werk begonnen hat, das in den Annalen der Hölle nach seinesgleichen sucht. Er hat mehr Geister in dessen Dienst gepresst als alle Karcisten vor ihm.

Das war eine unglaubliche Behauptung, die Adair an der Ehrlichkeit seines Patrons zweifeln lief. Beim Umgang mit Dämonen war es ohnehin klug, sich stets eine gehörige Portion Skepsis zu bewahren. »Ich habe die Zeichen studiert und meine Logikmaschine konsultiert. Es gab keinen Anstieg dämonischer Aktivität. Im Gegenteil, sie nimmt seit Wochen ab.«

Ihr hört mich zwar, aber Ihr hört mir nicht zu. Kain beschwört keine Geister, um sie an andere Orte zu entsenden, und er unterjocht sie auch nicht. Er bindet sie an dieses einzigartige Werk, dessen Zweck ich nicht kenne. Die Zeichen und Omen weisen auf eine sich anbahnende Katastrophe hin.

»Könnt Ihr mir nicht mehr sagen? Zum Beispiel, wo das Ganze stattfinden wird oder wann? Etwas, das mir tatsächlich helfen könnte?«

Seine Bitte schien den Geist zu amüsieren. Ich bezweifle, dass er ein solch gewaltiges Experiment allein durchführen kann. Kain bleibt zwar in den Schatten, aber seine Assistentin ist dazu nicht in der Lage.

Auf einmal erinnerte sich Adair an das, wovor Niko ihn gewarnt hatte: Briet kümmerte sich um die antimagischen Verteidigungsanlagen entlang der Atlantikküste. *Wenn Kain ein Schreckensszenario anstrebt*, dachte er, *dann dort.* »Danke für diese Einsichten, mächtiger König. Habt Ihr mir noch etwas mitzuteilen, bevor ich Euch zurückkehren lasse?«

Ihr habt noch nie vor einer solchen Herausforderung gestanden – um sie zu bestehen, werdet Ihr vielleicht einen Preis zahlen müssen, den Ihr nicht zahlen wollt.

»Wir werden sehen.« Er ließ Paimon und seine unmusikalischen Dämonen ziehen, die in grünen Flammen verschwanden.

Als Adair allein im Rauch stand, der nach der Beschwörung den Raum erfüllte, zog er sein Gewand aus und legte das Werkzeug beiseite. Bis zu diesem Moment hatte er geglaubt, Niko würde Briet verfolgen, weil er sich unbedingt an ihr rächen wollte. Monatelang hatte er sie immer wieder knapp verpasst und die Suche war Adair zunehmend sinnlos erschienen.

Doch nun sah er sie in einem neuen Licht: Die Alliierten mussten Briet unbedingt finden, um Kains neuesten Plan aufzudecken und zu vereiteln, solange sie noch die Zeit dazu hatten.

Er hoffte nur, dass es nicht schon zu spät war.

40

SEPTEMBER

Der Gestank des Todes hieß Anja willkommen, als sie sich ins Bewusstsein zurückkämpfte. Es war ein übler Geruch mit den metallischen Untertönen von getrocknetem Blut und den beißenden, aber dennoch von Sepsis überlagerten Desinfektionsmittelschwaden. Verrottendes Fleisch und der Essiggestank von Erbrochenem. Je besser Anja auf ihre Sinne zugreifen konnte, desto weniger wollte sie das. In der Befürchtung, zwischen den Leichen auf den Straßen von Charkow zu liegen, öffnete sie die Augen.

Die Feldbetten im Lazarett der Roten Armee waren in mehreren ordentlichen Reihen aufgestellt worden. In allen lagen verstümmelte oder sterbende Soldaten von Mütterchen Russland, Kopf an Kopf mit einem gefallenen Kameraden. Anja zuckte zusammen, als sie das blutige Laken sah, in das sie eingehüllt worden war, doch dann bemerkte sie, dass das Blut alt und trocken war. Sie hob das ausgefranste Ende des Lakens hoch, um ihre Wunden zu untersuchen.

Ihr Unterleib bestand aus krude zusammengenähter Haut und rosa Narbengewebe. Sie berührte ihn mit den Fingerspitzen. Einige Wunden fühlten sich noch frisch und feucht an. Ein wenig Druck ließ Schmerzen tief in ihr widerhallen und verriet ihr, wie schwer die Verletzungen waren. Obwohl sie es besser hätte wissen sollen, versuchte sie, sich aufzusetzen. Klingen der Qual bohrten sich in ihren Körper. Sie schwitzte und konnte kaum atmen.

Eine Krankenschwester – oder vielleicht eine Freiwillige, die eine Schwesterntracht trug – eilte zu Anjas Bett. Sie war gertenschlank, hatte weit auseinanderstehende, dunkle Augen und kurz geschorene schwarze Haare. »Genossin Kernova? Schön, dass du wach bist. Wie fühlst du dich?«

»Schrecklich.«

»Das war zu erwarten. Du kannst von Glück sagen, dass du noch lebst.«

»Wie lange bin ich schon hier?«

Die Krankenschwester nahm ein Klemmbrett, das am Fußende des Betts hing, und blätterte die Seiten durch. »Seit etwas über drei Wochen.«

Anja suchte nach einem vertrauten Gesicht zwischen all den Verwundeten. »Hat jemand Genossin Nadezhda Proschkeva hergebracht?« Der leere Blick der Krankenschwester verriet ihr bereits die Antwort. »Klein, blonde Haare. Sie gehörte zu meiner Einheit, der Zentralfront.«

»Hier ist keine Patientin, die so heißt.«

Verzweiflung überkam Anja. Sie wusste, dass sie darauf nicht hätte hoffen dürfen. Ihre Hände schienen immer noch spüren zu können, wie Nadys Griff erschlaffte, als die deutschen Kugeln in ihren Körper einschlugen; und der Moment, in dem das Licht in Nadys entschlossenen Augen erloschen war, hatte sich tief in ihr Gedächtnis eingebrannt.

Was habe ich mir bei der Frage gedacht? In Russland gibt es keine Wunder – vor allem nicht zu Kriegszeiten.

Anja bemerkte, wie unangenehm der Krankenschwester das Ganze war, also wechselte sie das Thema: »Meine Ausrüstung – ich hatte in Leder eingewickeltes Werkzeug dabei. Wo ist es?«

»Unter deinem Bett, genau wie dein Gewehr und der Rucksack.«

»Gib sie mir. Ich meine die Lederrolle.«

Die Krankenschwester bückte sich, zog die schwere, klobige Lederrolle hervor und reichte sie Anja vorsichtig. Sie wurde sichtlich neugierig, als sie sah, wie Anja den Werkzeugbeutel umarmte. »Sind das deine Schätze?«

»Kann man so sagen.« Es wäre Anja schwer gefallen, einer Person, die kein Karcist war, den Wert dieser Werkzeuge zu vermitteln. Die meisten Leute hätten die handgearbeiteten Instrumente als Kuriositäten betrachtet, als Gegenstände, deren Wert sich auf das Metall beschränkte, das in ihnen steckte. Sie zu ersetzen wäre für Anja jedoch kostspielig und aufwendig gewesen. Sie lächelte die Krankenschwester an. »Danke.«

»Sag Bescheid, wenn du etwas brauchst ...« Sie verdrehte die Augen über den absurden und tragischen Zustand des unterbesetzten Lazaretts. »Obwohl es nicht wahrscheinlich ist, dass wir es dahaben.«

»Das werde ich. Danke noch mal.« Als sich die Krankenschwester einem anderen Patienten zuwandte, öffnete Anja die Lederrolle und schaute sich den Inhalt an. Zu ihrer Erleichterung war alles noch an seinem Platz und es sah nicht so aus, als wären die Werkzeuge beschädigt worden. Es schien sich auch niemand daran zu schaffen gemacht zu haben. Sie rollte alles wieder ein und band die Lederriemen fest.

Sie wusste, dass der nächste Schritt schwerer werden würde.

Langsam drehte sie sich auf die rechte Seite, was etwas weniger schmerzte, als sich auf die linke zu drehen. Von der Bettkante aus griff sie unter sich und ertastete ihren Rucksack. Sie zog ihn unter dem Bett hervor, öffnete ihn und wühlte im Inneren herum, bis sie ihr Grimoire fand. Der Seideneinband war noch da und das schützende Siegel ungebrochen. Sie atmete erleichtert auf.

Weiter unten im Rucksack stieß sie auf einen kleinen Aluminiumbehälter, in dem sich noch eine kleine Menge verzauberter Salbe befand. Normalerweise benutzte man sie, um magische Heilung bei bestimmten Wunden zu verstärken und den Patienten gleichzeitig vor den Nebenwirkungen, die bei dem Kontakt mit einem Dämon auftreten konnten, zu schützen. Dieses Mal hatte Anja jedoch etwas anderes damit vor.

Sie stellte den Behälter neben sich, schob den Rucksack wieder unter das Bett, ebenso wie die Werkzeugrolle. Nachdem sie sichergestellt hatte, dass niemand sie beobachtete, zog sie den Deckel von dem Behälter und tauchte den rechten Zeigefinger in die Salbe. Sie hob das Laken über den Kopf und malte damit zwei uralte henochische Symbole auf ihren verletzten Oberkörper – das erste unter ihre Brüste, das zweite über sie. Sie verband die Symbole mit einem elegant geschwungenen S. Das erste Symbol sollte Dämonen fernhalten, mit dem zweiten bat sie um die Heilkräfte des Himmels – der ihr allerdings keinen Gefallen schuldete.

Sie wischte sich den Finger am Laken ab, verschloss den Behälter und versteckte ihn zwischen ihren anderen Habseligkeiten. Die Schutzzauber waren, verglichen mit dem Ausmaß ihrer Wunden, geradezu mickrig, aber zu etwas Mächtigerem fehlte ihr die Kraft. Es würde vielleicht Wochen oder sogar Monate dauern, bis sie ihren Patron erneut beschwören und Dämonen unterjochen konnte.

Bis dahin würden die Fähigkeiten menschlicher Ärzte und deren sogenannter moderner Medizin über ihr Leben oder ihren Tod bestimmen.

Man könnte sagen, dachte Anja missmutig, *dass ich von der Gnade des Schicksals abhängig bin.*

Das war ein besorgniserregender Gedanke, nicht weil sie Angst vor dem Schicksal hatte, sondern weil das Leben und der Krieg ihr den Glauben an Gnade genommen hatten.

In der Abenddämmerung schlich sich Niko durch die gepflasterten Gassen von Bayeux. Die Winkel der alten Küstenstadt lagen in dunklen Schatten verborgen. Niko hinkte auf eine v-förmige Kreuzung zu, in deren Mitte eine weitere Gasse entsprang. Er war so sehr damit beschäftigt, nicht aufzufallen, dass er Xavier, den Mann, den er suchte, erst bemerkte, als er fast vor ihm stand.

Der Maquis-Spion hatte sich in die schmale Lücke zwischen zwei alten Backsteinhäusern gequetscht. Seine Haare standen ihm wirr vom Kopf ab, sein Gesicht wirkte ausgemergelt. »Du bist spät dran.«

»Einer dieser Vichy-Idioten hat mich in der Stadt entdeckt. Ich musste ihn erst loswerden.«

»Hast du das geschafft?«

»Natürlich.« Niko verriet ihm nicht, dass ihm das gelungen war, indem er sich mit GAMIGINS Talent in eine Jugendliche verwandelt und den französischen Verräter in ein großes Gebäude gelockt hatte, das er wahrscheinlich noch stundenlang erfolglos durchsuchen würde. Er gab sich ebenso misstrauisch wie Xavier. »Du sagtest, du hättest etwas gefunden, das mich zu Briet führen könnte.«

»Und du sagtest, dass du mich dafür bezahlen würdest.«

Niko schob seine intakte Hand unter seine Jacke. Xavier zog sein Messer. Die Klinge hatte die Scheide schon zur Hälfte verlassen, als Niko erstarrte und seinem nervösen Mitstreiter sagte: »Ganz ruhig.«

»Wie viel hast du mitgebracht?«

»Das ist kein Geld.«

»Dann hat sich das hier erledigt.« Xavier wollte sich an Niko vorbeizwängen, doch der zeigte ihm die Papiertüte, die er unter seiner Jacke versteckt hatte. »Frisches Baguette. Zwei Würste. Und ein großes Stück Brie.«

Die Augen des Spions weiteten sich, als wären ihm gerade Midas' Schätze angeboten worden. »Woher hast du das? Diese Lebensmittel sind rationiert! Die Deutschen geben uns seit Wochen nichts davon ab!«

»Sie stammen aus dem besten Delikatessengeschäft von Bayeux.«

»Von Monsieur Delacroix?« Xavier war verblüfft. »Wie das?«

Niko hätte sich keinen Vorteil verschafft, wenn er Xavier von seinen Suggestivkräften erzählt hätte. Also wich er der Frage mit einem Euphemismus aus. »Ich habe an seine Güte appelliert.«

Der junge Maquis öffnete die Tüte, hielt seine spitze Nase hinein und atmete den deftigen Geruch ein. »Fantastisch. Wirklich großartig.« Noch ein tiefer Atemzug, dann rollte er die Tüte zusammen und entspannte sich. »Briet wurde an einer neuen Verteidigungsanlage auf den Klippen der Pointe du Hoc gesehen. Sie war im letzten Monat mehrmals pro Woche da. Sie überwacht den Bau eines Nazi-Artilleriebunkers oberhalb des Strands.«

»Warum dieser spezielle Bunker?«

Ein Schulterzucken. »Keine Ahnung. Die Nazis lassen niemanden in die Nähe.«

Schritte hallten aus der Gasse heran. Xavier zog Niko in eine dunkle Straße, von der mehrere schmale Gassen abgingen. Niko fiel es wegen seines verkrüppelten Beins schwer mitzuhalten. Als sie ein neues Versteck gefunden hatten, flüsterte er: »Erzähl mir von ihren Besuchen. Lass nichts aus. Sogar das kleinste Detail könnte wichtig sein.« Ohne um Erlaubnis zu bitten, bemühte er die erinnerungsverbessernden Fähigkeiten von VERMIAS und wendete sie bei Xavier an.

»Sie kommt meistens am späten Nachmittag«, berichtete der sonst oft unkonzentrierte Xavier mit messerscharfer Klarheit. »Sie ist nie allein, sondern wird manchmal von bis zu einem halben Dutzend Wachen der Waffen-SS begleitet. Sie bleibt oft die halbe, manchmal sogar die ganze Nacht dort.«

Niko speicherte diese Aussagen in seiner dämonisch verbesserten Erinnerung ab. »Gut. Wie kommt sie dort an? Zu Fuß? In einem Lkw?«

»In einem Auto mit deutschem Militärkennzeichen. Der Fahrer ist Franzose. Er bleibt meistens beim Auto, bis sie zurückkommt.«

»Weißt du, woher sie kommen? Oder wohin sie anschließend fahren?«

Xavier schüttelte den Kopf. »Nein. Darüber wird nie gesprochen. Und es fragt auch niemand danach.«

Weitere Schritte in der Nähe. Sie gingen um die Ecke und verschwanden in einem neuen Gassenlabyrinth, das von hohen Mauern umgeben war. Dann lauschten sie, bis sie keine Verfolger mehr hören konnten. »Sagt man den Deutschen, die den Bunker bauen, Bescheid, bevor sie kommt?«

»Das weiß ich nicht. Wir haben keine Anrufe, Telegramme oder Funksignale abgefangen, in denen ihr Besuch angekündigt wird. Wenn das der Fall ist, dann in geheimen Briefen.«

»Wer hat Zugang zu diesem besonderen Bunker?«

»Bisher? Nur einige hochrangige Ingenieure, eine Handvoll Arbeiter und Briet.«

»Verstehe.« Niko dachte über das nach, was Xavier ihm erzählt hatte. Das war ein guter Anfang, der ihm bei der Erstellung eines Plans helfen würde. Er hob Xaviers verbesserte Erinnerung auf. »Das hast du gut gemacht, Xavier. Kannst du den Bunker im Auge behalten? Ich muss wissen, ob Briet zurückkommt, oder ob die Arbeit je so lange unterbrochen wird, dass ich mich dort umsehen könnte.«

Der Maquis bedachte Niko mit einem skeptischen Blick, stand aber so loyal zum Freien Frankreich, dass er seine Zweifel überwand. »Das lässt sich arrangieren – aber nicht kostenlos.« Er wandte sich zum Gehen. Niko folgte ihm.

»Du kannst mir glauben, Xavier, dass ich dich gut entlohnen werde.«

»Das sagst du, aber du schuldest mir immer noch eine Flasche Pinot Noir.«

»So ein Quatsch, du …« Niko und Xavier bogen um eine Kurve und standen plötzlich vor zwei Straßenkindern, einem Jungen und einem Mädchen, beide noch keine zehn Jahre alt, beide ausgezehrt und vernachlässigt. Sie wichen zurück, bis Niko vor ihnen den Hut zog. »Guten Abend. Habt ihr euch verlaufen?«

Die Kinder erstarrten vor Angst. Ihr angedeutetes Kopfschütteln verriet, dass sie sich nicht verlaufen hatten. Niko fuhr mit einem sanfteren Tonfall fort: »Ist alles in Ordnung? Wo sind eure Eltern?«

Die Kinder tauschten ängstliche Blicke aus. Dann sagte das Mädchen: »Weg. Die Nazis. Haben Papa getötet. Mama mitgenommen.«

Niko kniete sich hin, damit er mit den Kindern auf Augenhöhe war. »Wann?«

»Im Juli«, sagte das Mädchen. »Vor dem Nationalfeiertag.«

»Sie haben Papa in unserem Haus erschossen«, fügte der Junge hinzu.

»Und Mama in einen Zug gesetzt«, fuhr das Mädchen fort. Aus großen Augen flehte sie Niko und Xavier an. »Habt ihr etwas Geld übrig? Wir haben Hunger.«

Xavier wandte sich ab. »Bettler und Gauner. War ja klar.«

Niko hielt ihn am Arm fest und fragte die Kinder: »Wann habt ihr das letzte Mal etwas gegessen?« Er lauschte ihrer Antwort mit AMONS Talent, das die Wahrheit offenbarte.

»Ich vor sechs Tagen«, sagte das Mädchen. Sie deutete mit dem Kinn auf ihren Bruder. »Marcel vor fünf.«

Xavier knurrte. »Was für ein Un…«

»Sie sagen die Wahrheit«, unterbrach ihn Niko.

»Woher weißt du das?«

»Ich weiß es einfach.« Er holte ein paar Francs aus der Tasche, weil er nicht mehr Geld dabei hatte, und reichte sie dem Mädchen. Dann stupste er Xavier an und richtete einen auffordernden Blick auf die Papiertüte voller Lebensmittel.

Der Spion war entsetzt. »Wieso sollte ich?«

»Um deine Güte zu demonstrieren.«

»Ich habe keine.«

Niko beschwor die bewusstseinsverändernden Kräfte von NEBIROS und platzierte eine tief sitzende Urangst in Xaviers Psyche. »Der Himmel sieht *alles*, mein Freund.« Das war eine grausame Art der Motivation, aber in dieser Situation notwendig.

Verängstigt drückte Xavier dem Jungen die von Fettflecken übersäte Tüte in die Hand. Die Kinder rissen sie auf und betrachteten staunend den Inhalt. Freudestrahlend entkamen sie mit ihrer Beute in die Dunkelheit. Die Männer blickten ihnen nach, bis die Schatten sie verschluckt hatten.

Xavier verzog das Gesicht. »Du übst einen schlechten Einfluss auf mich aus.«

Niko fiel es schwer, Mitgefühl für einen Opportunisten wie Xavier aufzubringen, also grinste er einfach nur frech. »Was soll ich sagen? In mir steckt der Teufel.«

41

OKTOBER

Nach über sieben Wochen in einem Lazarett der Roten Armee war Anja mit ihren Nerven am Ende.

Die erzwungene Genesungszeit kam ihr vor wie ein Gefängnisaufenthalt. Die Zeit verstrich entsetzlich langsam und ständig tauchten Fremde auf, die mit spitzen Gegenständen an ihr Blut wollten. Das Essen war fad und ekelhaft. Jeder Tag war eine Wiederholung des vorangegangenen und eine Vorschau auf den folgenden. Wie Insassen, die Geständnisse austauschten, fragten sich die Patienten gegenseitig: »Wieso bist du hier?« Die Krankenschwestern und Ärzte, die mit Anja sprachen, interessierten sich nur dafür, ob sie weit genug genesen war, um zurück in den Fleischwolf des Kriegs geschickt zu werden.

Anja wollte nicht länger auf ihre Erlaubnis warten.

Sie verließ ihr Bett und trat auf blutbefleckte Bretter, die einen Lehmfußboden bedeckten. Heimlich zog sie sich an und holte ihre Habseligkeiten: Mantel, Rucksack, Gewehr, Werkzeugrolle. Die datierten Notizen auf dem Klemmbrett verrieten ihr, dass es der 7. Oktober war. Eine Armbanduhr, die vom Bettpfosten eines anderen Patienten hing, zeigte ihr, dass es kurz nach vier Uhr morgens war. Also war die Geisterstunde, in der ausgesandte Dämonen am mächtigsten waren, vorüber.

Zeit zu gehen.

Es waren keine Wachen in dem Lazarett postiert. In den frühen Morgenstunden erlaubten sich die wenigen Krankenschwestern, Ärzte und Freiwilligen ein Nickerchen, denn bei Sonnenaufgang würden die Patienten aufwachen und im ersten Tageslicht mitleiderregend schreien und klagen.

Anja schlich sich an den Bettreihen vorbei. Nur ein Soldat, dessen Kehle verletzt war und der sie deshalb nicht mit Rufen verraten konnte, bemerkte sie. Anja nickte ihm zu und flüsterte: »Viel Glück, Genosse«. Er hob zum Abschied schwach die Hand und schlief wieder ein.

Anja hielt am Ausgang inne. Er bestand nur aus drei Decken, mit denen man einen Türrahmen verhängt hatte, dessen Tür schon vor Jahren weggesprengt worden war. Sie schob die Schichten aus Wolle zur Seite und warf einen Blick nach draußen. Auf den verlassenen, von Trümmern bedeckten Straßen war kaum eine Menschenseele zu sehen. Sie verließ das Lazarett so schnell es ihr der Muskelschwund in ihren Beinen erlaubte.

Um den Fortschritt ihrer Genesung vor den Ärzten zu verbergen, hatte sie Schwäche vorgetäuscht und so getan, als könnte sie nicht stehen. Nun musste sie den Preis für diese List zahlen: Ihre wochenlang nicht benutzten Beine zitterten unter der Last des Rucksacks, des Gewehrs und der Werkzeuge.

Geh weiter, befahl sie sich. Mit reiner Willenskraft trieb sie ihren Körper voran. Sie durfte weder gesehen noch aufgehalten werden, nicht jetzt. Wenn ihr Verschwinden auffiel, würde man sie der unerlaubten Abwesenheit beschuldigen. Und einige Tage später der Fahnenflucht. Bis dahin musste sie sich so weit wie möglich entfernt haben. Ihr Leben hing davon ab.

Die Trostlosigkeit ihrer Umgebung war verstörend. Von Charkow waren nur einige ausgebrannte Gebäude geblieben – manchmal nur eine einzelne Mauer oder ein Türrahmen, der von einem Schutthaufen aufrecht gehalten wurde. Sie standen so scharfkantig wie abgebrochene Zähne in der zerstörten Stadt. Rauch stieg aus

Trümmern und zerstörten Panzern auf; Feuer brannten in von Kugeln durchlöcherten Ölfässern.

Ab und zu sah man eine Patrouille, die meistens nur aus drei oder vier Infanteristen bestand. Sie konzentrierten sich hauptsächlich auf ihre weitschweifigen Gespräche und Lügenmärchen und nicht auf den qualmenden Leichnam der Stadt, den sie eigentlich bewachen sollten. Anja fiel es daher leicht, ihnen unbemerkt aus dem Weg zu gehen. Nach einer knappen Stunde hatte sie den Stadtrand erreicht und brach allein in ländliche Gefilde auf, die nach den Panzerschlachten und dem Artilleriebeschuss zu einem zerfurchten Ödland geworden waren.

Sie ging nach Nord-Nordost, in Richtung Moskau. Es war gefährlich, der Hauptstadt so nahe zu kommen, aber Anja hatte keine andere Wahl. Es gab keinen direkten Weg von Charkow zu ihrem Heimatdorf Toporok in der Oblast Nowgorod. Dass sie zu Fuß unterwegs war und den Soldaten ausweichen musste, die vielleicht nach ihr suchen würden, machte die Reise noch riskanter. Außerdem hoffte sie, dass die Deutschen im Spätherbst, bevor es Winter wurde, keinen Vorstoß ins Land wagen würden. Über den Schnee und die Kälte, die auf sie zukamen, würde sie sich Gedanken machen, wenn es so weit war – eine Nacht nach der anderen, einen Schritt nach dem anderen, bis sie die längst überfällige Reise beendet hatte.

Sie hatte genug vom Krieg und genug von der Magick.

Anja sehnte sich nach Zuflucht und Vergebung. Deshalb ging sie nach Hause.

Durch das Fernglas betrachtet, wirkte die Welt schmal und ständig in Bewegung. Niko versuchte zwar, den Feldstecher mit seiner intakten Hand ruhig zu halten, aber er zitterte trotzdem.

An diesem Abend schob er die Schuld daran auf die Kälte, die Häuserfenster an der Normandieküste mit Reif bedeckte. Er hockte in einem Graben hinter den Klippen der Pointe du Hoc, nahe dem Bunker, den Briet laut Xavier seit dem Sommer regelmäßig aufsuchte.

Warum sie das tat, war noch unklar. Weder Xavier noch sein Kontaktmann wussten, welcher Teil der Geschützstellungen sie interessierte. Momentan konnte er nur darauf hoffen, dass sie sich an diesem Abend zeigen würde.

Verdammt, Xavier. Seit drei Wochen verbringe ich jede Nacht in diesem Loch.

Er betrachtete erneut die Klippen oberhalb des Strands. Nach Einbruch der Dunkelheit hielt dort nur eine Handvoll deutscher Soldaten Wache. Wie immer wirkten sie entspannt. Trotz der Nähe zu England und den Streitkräften der Alliierten war es an der Normandiefront ruhig.

Für Niko war die Beobachtung des Bunkers Fluch und Segen zugleich. Da er sich innerhalb der ein Kilometer breiten Zone befand, in die kein Dämon eindringen konnte und in der Magick nicht funktionierte, war Niko gezwungen gewesen, seine unterjochten Geister freizulassen und sich nur mit einer halbautomatischen Pistole, einem Messer und seinem Verstand bewaffnet in Feindesland zu begeben. Seinen Zauberspiegel hatte er einer Gewohnheit folgend trotzdem dabei, obwohl er in der »toten Zone« ebenfalls nicht funktionierte.

Ohne Magick fühlte er sich verletzlich und hilflos. Allerdings genoss er den Schlaf ohne Albträume, der ihm dank der fehlenden Dämonen vergönnt war. Da er nicht länger von ihnen geplagt wurde, rauchte und trank er auch weniger. Nun tat er das nur noch zum Vergnügen, nicht um sich Erleichterung zu verschaffen.

Niko hörte das entfernte Knattern eines Motors und wandte den Blick landeinwärts. Scheinwerfer durchbrachen die Dunkelheit. Ein kleiner Konvoi näherte sich der Baustelle. Niko legte sich flach in den Graben und platzierte den Feldstecher auf dem Rand, damit er nicht zitterte.

Am Kontrollposten wurden drei Fahrzeuge durchgewinkt. Beim ersten handelte es sich um ein schwarzes Mercedes-Benz-Cabrio mit einer langen Motorhaube. Ihm folgten zwei deutsche Militärlastwagen. Sie hielten neben dem Zelt des Chefarchitekten an.

Ein Trupp Soldaten der Waffen-SS sprang aus einem der Lastwagen. Sie waren mit Maschinenpistolen bewaffnet. Aus dem zweiten stiegen Zwangsarbeiter, die Niko noch nie gesehen hatte. Die Soldaten rahmten den Mercedes-Benz schützend ein, während die Arbeiter einen rund einen Meter achtzig langen, in Stoff eingeschlagenen, schweren und keilförmigen Gegenstand aus dem zweiten Lkw hievten.

Briet stieg aus dem Cabrio. Sie ging an ihren Verteidigern vorbei und schnauzte die Arbeiter an, die den rätselhaften Keil mühsam zum Bunker schleppten.

Was haben wir denn hier? Niko richtete das Fernglas auf die Arbeiter. *Hoffentlich ist das nicht bloß ein avantgardistischer Couchtisch oder ...*

Ein Mann verließ das Auto. Groß, gut aussehend, elegant gekleidet: Das war Kain. Er unterbrach Briets Befehlslitanei und flüsterte ihr etwas ins Ohr. Sie nickte und schnauzte die Arbeiter weiter an.

Die Soldaten der Waffen-SS hielten sich dicht bei Kain und Briet, während diese den Arbeitern zum Bunker folgten. Die Magicker betraten die Festung; die Soldaten blieben vor der Tür stehen. Alle verhielten sich so, als wären diese Vorgänge nicht ungewöhnlich, sondern völlig normal.

Niko verzeichnete die Lage des Bunkers auf seiner Karte. In den letzten paar Wochen hatte er sie aktualisiert und die vielen Schützengräben eingetragen, die den Bunker mit benachbarten Stellungen verbanden. Als er die Karte einsteckte, stellte er sich vor, wie er eine Granate in den Bunker warf – als unangenehme Überraschung für Kain und Briet. Nur die Vernunft und Adairs unmissverständliche Befehle – *Observiere, aber misch dich nicht ein; sammle Informationen, aber riskiere keine Gefangennahme* – hielten ihn davon ab.

Nikos Sehnsucht nach Rache wurde zwar ständig größer, aber er hatte Adairs Warnung, Kain stünde kurz davor, eine bisher unerreichte Zerstörungskraft freizusetzen, nicht vergessen. Allerdings wussten die Alliierten nicht, worum es sich bei dieser Bedrohung handelte, deshalb konnten sie auch nicht eingreifen. Sie mussten erfahren, was Kain plante – und genau an diesem Ort ließ sich das herausfinden.

Metall kratzte über Gestein, als die Bunkertür geöffnet wurde. Briet trat als Erste heraus, gefolgt von Kain und dann den Zwangsarbeitern. Die Waffen-SS teilte sich auf. Eine Einheit begleitete Kain und Briet zum Zelt des Chefarchitekten, während die andere die Arbeiter zu den Lastwagen führte – und ohne Warnung mit Kugeln durchsiebte. Die Arbeiter brachen zusammen, doch Kain und Briet schauten sich nicht einmal um. Ihre Gleichgültigkeit verriet Niko, dass diese Massenhinrichtung nicht überraschend kam. Sie war nur eine weitere ganz normale Grausamkeit auf ihrem Weg zum Sieg.

Die SS-Männer lachten über den grausigen Anblick. Niko kochte. *Wenn sie nicht in der toten Zone wären …* Am liebsten hätte er einen Dämon entsendet, der die Nazis wie Forellen ausnahm oder ihre Schädel wie verfaulte Früchte platzen ließ oder ihnen bei lebendigem Leib die Gliedmaßen ausriss, während Niko ihre Kehle mit seinem Athame durchschnitt …

Hör auf. Beherrsch dich. Es war schmerzhaft, die Wut abzulegen und seine Rachlust zu begraben, aber es war nötig. Er musste sich beruhigen.

Geduckt näherte er sich dem Bunker; die zunehmende Dunkelheit gab ihm Deckung. Niemand hielt am Eingang oder im Bunker Wache. Er schlich die Betonstufen hinab, vorbei an einer Schießscharte, und erreichte einen überdachten Bereich, der an den Haupteingang des Bunkers grenzte. Niko hatte nicht vergessen, wie laut die Tür über den Boden geschabt hatte, also hob er sie mit der Klinke ein wenig an und öffnete sie erst dann gerade so weit, dass er hindurchschlüpfen konnte. Er atmete erleichtert auf, als er von draußen nicht mehr gesehen werden konnte.

Im Bunker sah man die Hand vor Augen nicht. Niko zog sein Feuerzeug aus der Tasche, öffnete die Abdeckung mit einer ruckartigen Bewegung des Handgelenks und strich mit dem Daumen über den Zündstein. Eine hohe Flamme tanzte auf dem breiten Docht und erhellte die Dunkelheit um ihn herum in einem kleinen Kreis.

Er stand in einem schmalen Gang. Direkt vor ihm befand sich eine zweite gepanzerte Tür, die halb offen stand. Rechts und links von sich erspähte er jeweils eine ebenfalls offene Tür. Er schlich weiter. Die Schatten, die sein eigenes Feuerzeug an die Wände warf, machten ihn nervös.

Links von ihm, unmittelbar hinter der Schießscharte, befand sich ein Wachraum. Hinter der anderen Tür entdeckte er einen lang gezogenen, fensterlosen Raum, in dem ein kleiner Herd und vier mit Ketten an den Wänden befestigte Etagenbetten standen. Die Nische zu seiner Linken war leer, die Kabel und Leitungen, die aus der Holzvertäfelung an der Decke hingen, ließen jedoch darauf schließen, dass dort irgendeine Maschine angeschlossen werden sollte, vielleicht ein Ofen oder ein Generator oder beides.

Er kehrte zum Hauptgang zurück und wagte sich nach links, in einen großen Raum. An dessen Rückwand, gegenüber dem Eingang, befand sich eine gepanzerte Tür, die man geöffnet und festgeklemmt hatte, damit der Raum belüftet werden konnte. Drinnen gab es kein Mobiliar, doch als Niko zwei Schritte nach vorn machte, entdeckte er sie.

Eine dämonische Sigille verzierte den Boden. Sie bestand aus acht identisch geformten und gleichgroßen Marmorkeilen, die jedoch mit unterschiedlichen Gravuren versehen waren. Niko betrachtete die arkanen Glyphen. Bei einigen handelte es sich um henochische Schutzzauber oder uralte hebräische Buchstaben, die heilige Namen bildeten, oder um Siegel, die für bestimmte Dämonen standen. Andere waren ihm völlig fremd. Die acht Keile und ihre Gravuren passten exakt und nahezu fugenlos zusammen. Niko konnte keine Lücken ausmachen.

Als er näher herankam, gefror ihm vor Angst fast das Blut in den Adern, und das obwohl die Maßnahmen, die der Feind entlang der Küste ergriffen hatte, dafür sorgten, dass Magick unterdrückt wurde.

Ich weiß nicht, was das ist, aber ich weiß, dass Adair es sehen muss.

An den Wänden hingen vier Kerosinlampen. Niko schloss die Tür zum Beobachtungsraum und zündete die Lampen mit seinem Feuerzeug an. Sie erfüllten den Raum mit ihrem honigfarbenen Licht.

Er holte die Miniaturkamera aus der Tasche, die er einem britischen Spion abgekauft hatte und stellte sich auf den Marmor. Dann fotografierte er jeden Keil und achtete sorgfältig darauf, dass sich das Siegel in der Mitte der Aufnahme befand und das Objektiv scharfgestellt war. Die einzelnen Linien der Gravuren waren so winzig, dass jede Einzelheit zählte, die auf seinen Fotos zu sehen sein würde. Als er die acht Keile abfotografiert hatte, wurde ihm jedoch klar, dass das nicht reichte.

Er durchsuchte die umliegenden Räume und fand einige Werkzeuge, die von Arbeitern zurückgelassen worden waren. Darunter war auch ein Zollstock. *Der muss reichen.*

Er kehrte in den Sigillenraum zurück und nahm einen kleinen Kompass aus der Tasche. Geöffnet legte er ihn in die Mitte des unheimlichen Siegels. Er drehte ihn in Richtung des magnetischen Nordpols und war nicht überrascht, dass eine der Fugen zwischen den Keilen perfekt dazu passte. Als Nächstes legte er den Zollstock neben den Kompass, damit der Betrachter die Größe des Siegels richtig einschätzen konnte. Dann stand er auf, hielt die Kamera über seinen Kopf und richtete sie auf den Fußboden. Rasch schoss er einige Fotos. Nachdem er die Kamera weggesteckt hatte, maß er den Raum mit dem Zollstock aus und fügte die Zahlen seinen Notizen zum Bunker hinzu. Dabei vermerkte er auch, dass sich die Sigille exakt in der Mitte des Raums befand.

Niko löschte die Kerosinlampen und kehrte zum Bunkereingang zurück. Er war immer noch unbewacht, also ließ er sich draußen in einen der Schützengräben gleiten. Er war noch drei Schritte von einem sicheren Fluchtweg entfernt, als er innehielt. Ein dunkler Impuls erwachte in seinem Herzen – eine Sehnsucht nach Gerechtigkeit, der Wunsch, Rache an Kain und seiner Assistentin zu üben. Nikos Hand legte sich auf den Griff seiner Pistole.

Hier, in der magisch toten Zone, waren Kain und Briet so angreifbar wie er. Ohne unterjochte Dämonen bestanden sie nur aus Fleisch und Knochen, Blut und Atem.

Ich könnte sie hier und jetzt erledigen und all das beenden.

Angetrieben von seinem gewalttätigen Impuls schlich sich Niko durch die Schützengräben und hinter das Zelt des Chefarchitekten. Kain und Briet saßen darin und unterhielten sich bei einem Glas Wein mit dem Projektleiter. Die meisten SS-Männer standen zu zweit oder in kleinen Gruppen herum, plauderten und rauchten.

Wenn ich einen von ihnen allein erwische ...

Wenn ich einem die Kehle durchschneide und mir seine Maschinenpistole nehme ...

Und dieses Zelt durchlöchere ...

Durch die Zeltplane hörte er das Gespräch zwischen den Magickern und dem Architekten. Niko verstand Deutsch ohne einen Dämon, der es für ihn übersetzte, nicht sonderlich gut. Also konzentrierte er sich auf die Stimmen und versuchte, sich das, was er hörte, zusammenzureimen.

»Natürlich haben wir uns um weitere Ressourcen bemüht«, sagte der Architekt. »Aber in Berlin will man wie immer nicht das Geld ausgeben, das dafür nötig wäre. Wenn Sie mit ...«

»Vergeben Sie mir, Herr Bader«, unterbrach ihn Kain. »Es ist schon spät und meine Mitarbeiterin und ich müssen uns um andere Dinge kümmern.«

Der Projektleiter schlug einen reumütigen Tonfall an. »Natürlich, Herr Engel.«

Briet fragte: »Wann werden Sie damit fertig sein, den Fußboden im Kartenraum zu verstecken?«

»Morgen früh«, sagte Bader. »Wir werden das Bienenwachs schmelzen, das Sie uns gebracht haben, und es über den Marmor gießen, damit er geschützt ist. Sobald es ausgehärtet ist, werden wir eine Schicht Holz darüber verlegen und abschließend eine Schicht Zement. In sechsunddreißig Stunden wird Ihr Marmormeisterwerk so gut geschützt sein, das nur eine Bombe oder Schiffsartillerie ihm etwas anhaben könnte. Aber ich bin doch neugierig: Warum verstecken Sie etwas so Schönes?«

Kains Stimme klang ebenso höflich wie drohend. »Denken Sie an meinen Rat, Herr Bader: Sie kümmern sich ausschließlich um Ihre Angelegenheiten und wir uns um unsere.«

»Selbstverständlich, Herr Engel. Ich wollte nicht unverschämt sein. Entschuldigung.«

Nikos Verwirrung nahm zu. Wieso wollten sie den Fußboden verstecken? Und wieso unter Bienenwachs und Zement? Etwas Seltsames ging hier vor und Adair musste das erfahren – was bedeutete, dass Niko es nicht riskieren durfte, erwischt oder ermordet zu werden, bevor er diese Informationen überbracht hatte. Dabei spielte es keine Rolle, wie unglaublich stark er sich danach sehnte, Kain und Briet niederzumähen.

Lass dich einmal von deinem Kopf leiten und nicht von deinem Herz.

Er beschloss, seinen Wunsch nach Vergeltung an einem anderen Tag zu erfüllen, entfernte sich lautlos vom Zelt – und stand plötzlich vor einem jungen SS-Mann, der allein unterwegs war. Der Deutsche hob hektisch sein Gewehr und rief: »Alarm! Ein ...« Niko schlitzte ihm die Kehle mit seinem Athame auf, bevor er mehr sagen konnte, aber es war zu spät.

Sirenengeheul drang aus den an langen Stangen hängenden Lautsprechern. Auf der ganzen Baustelle erwachte der SS-Zug zum Leben. Die Soldaten liefen zum Zelt des Architekten, um es zu verteidigen. Niko wusste, dass sie ihn in wenigen Sekunden umzingeln würden.

Er ergriff die Maschinenpistole des Toten. Während er hastig zu den Fahrzeugen hinkte, deckte er die sich nähernden Deutschen mit kurzen Salven ein. Querschläger prallten von Lastwagen ab und Kugeln wühlten den Dreck vor den Füßen der Deutschen auf. Die Soldaten sprangen in Deckung.

Niko schoss die letzten Kugeln ins Zelt, in der Hoffnung, Kain oder Briet doch noch durch einen Glückstreffer zu töten. Als die Waffe nur noch klickte, weil das Magazin leer war, warf er sie weg und stieg in das schwarze Mercedes-Benz-Cabrio. Er startete den Motor, der dröhnend ansprang. Mühsam drückte Niko mit dem linken Fuß die Kupplung herunter, legte den ersten Gang ein und trat das Gaspedal durch.

Das Auto machte einen Satz nach vorn. Mit etwas so Leistungsstarkem war er noch nie gefahren. Doch bevor er die Beschleunigung und die Handhabung genießen konnte, zerschmetterten Kugeln die Windschutzscheibe. Glasscherben stachen in sein Gesicht. Gluthitze – eine Kugel durchschlug seine rechte Schulter und verteilte sein Blut auf dem Armaturenbrett. Ein zweiter Treffer. Schmerzen schossen durch seinen linken Rippenbogen und raubten ihm den Atem.

Muss aus der toten Zone raus – nur ein halber Kilometer …

Der Wagen schoss auf den Kontrollposten zu. Niko konnte kaum atmen und kaum etwas sehen, trotzdem trat er auf das Gaspedal und hielt das Lenkrad krampfhaft mit einer Hand fest. Die Wachen sprangen zur Seite, als der Wagen die Schranke durchbrach. Holzsplitter und Draht flogen durch die Luft.

Niko bog auf die Hauptstraße ab, verlor jedoch die Kontrolle über das Auto. Es brach hinten aus und rutschte von der Fahrbahn in den Wald hinein. Äste knallten gegen das Auto – dann kam der Wagen mit einem heftigen Ruck, der Niko gegen das Lenkrad schleuderte, zum Stehen. Alles wurde dunkel …

Niko erwachte erschrocken aus seiner kurzen Ohnmacht. Wasserdampf stieg aus der von einem Baum zusammengedrückten Motorhaube auf. Blut tropfte aus Nikos Seite und quoll aus seiner verletzten Schulter. Er versuchte, einen klaren Kopf zu behalten, während er die Tür aufstieß und sich aus dem Wagen fallen ließ. Er kroch über den gefrorenen Boden und hörte die Stimmen der Deutschen, die ihn verfolgten.

Keine Zeit mehr. Hoffentlich bin ich weit genug vom Strand weg …

Sein eigenes Blut durchnässte ihn. Niko lehnte sich an einen Baum und zog mit zitternder Hand den Zauberspiegel aus seiner Manteltasche. »*Fenestra*, Adair.« Ein Hustenkrampf, bei dem er Blut spuckte, erschütterte seinen Körper, während er auf die Antwort seines Meisters wartete. Suchscheinwerfer flackerten zwischen den Bäumen auf. Die Deutschen folgten der Schneise der Verwüstung, die er in den Wald gegraben hatte.

Adairs Gesicht ersetzte Nikos Spiegelbild. »*Mein Gott, Junge, was …*«

»Keine Zeit, Meister.« Er legte den Spiegel auf seine aufgestellten Beine, dann zog er mit seiner intakten Hand die Karte und die Kamera aus dem Mantel. Nacheinander schob er beides durch den Spiegel zu Adair hinüber. »Kain … hat eine Falle gelegt … In einem Bunker. An der Pointe du Hoc.«

»Niko, ich …«

»Sie werden sie unter Wachs und Zement verstecken. Aber Sie müssen sie vernichten.« Tränen rannen über seine Wangen. Er krächzte seine letzten Worte. *»Bonne chance, Père.«*

Schatten drangen auf Niko ein. Kain schrie: »Ich will ihn lebend!«

Niko schob sich die Pistolenmündung in den Mund.

Sie werden mich nicht wie Stefan gegen meine Freunde einsetzen.

SS-Soldaten mit Maschinenpistolen umringten ihn.

Im Namen der Liebe drückte Niko ab.

Briet folgte Kain durch den Trupp deutscher Soldaten, die sich im Wald versammelt hatten. Als sie die ersten erreichten, betrachtete Briet stirnrunzelnd den mit Blut und Gehirnmasse besudelten Dreck.

In dem Stahlspiegel, der in Nikos Schoß lag, brüllte Adairs Stimme: *»Confringes longius speculo!«* Der Spiegel explodierte und verwandelte sich in Staub.

Es wurde still im Wald. »Gehen Sie«, befahl Kain den Soldaten. Niemand widersprach. Einige Sekunden später waren nur noch Kain, Briet und Nikos Leichnam dort.

»Wir müssen davon ausgehen, dass Adair Bescheid weiß«, sagte sie.

»Das ist unwahrscheinlich.« Kain schien sich keine Sorgen zu machen. »Niko kann ihm in der kurzen Zeit nicht viel gesagt haben. Wir wissen nicht einmal, ob er etwas gesehen hat, oder was.«

Stellte er sich absichtlich dumm? Seine Lässigkeit machte sie wütend. »Das ist ein schlechter Zeitpunkt für Selbstüberschätzung. Niko war kein Amateur. Wir sollten davon ausgehen, dass er von dem Siegel wusste.«

»Und wenn schon.«

»Dann wissen Adair und die Alliierten jetzt ebenfalls Bescheid.«

Er schüttelte den Kopf. »Das spielt keine Rolle mehr.«

»Ich sehe das anders. Das Überraschungsmoment war unser größter Vorteil. Wenn wir das verloren haben …«

»… können sie trotzdem nichts ausrichten.«

Sie verlor die Fassung. »Sie haben ja nicht die ganze Zeit hier alles überwacht. Sie waren nicht monatelang hier, haben nicht jedes Detail sorgfältig …«

»Nein, ich habe ein halbes Jahr lang eintausendundeinen Dämon in Marmorplatten gesperrt, die ich mit eigenen Händen behauen musste. Ich habe die Eindämmungsglyphen erschaffen, die das antimagische Feld im Augenblick seiner Durchbrechung aufheben werden. Und ich habe einen immer neurotischer werdenden Führer beruhigen müssen. Aber erzählen Sie mir bitte noch einmal, wie schwierig *Ihre* Aufgabe war.«

Kain hatte Briet enorm viel über die Kunst beigebracht, aber sie kannte niemanden, der sie so schnell in den Wahnsinn treiben konnte. Sie schluckte ihren Zorn herunter, beharrte aber auf ihren Argumenten. »Wenn die Alliierten gewarnt worden sind, müssen wir reagieren.«

»Wir können nicht reagieren. Das Siegel ist intakt und da, wo es sein soll. Man kann es nicht versetzen, ohne es zu brechen, und wir können es nicht brechen, ohne ihm selbst zum Opfer zu fallen. Außerdem, und das ist ebenso wichtig, dürfen wir nichts tun, das den Nazis eventuell verraten würde, wie gefährlich das Siegel für sie ist.«

»Also tun wir nichts?«

»Das Siegel ist nicht in Gefahr.« Er seufzte. »Aber gehen wir einmal davon aus, dass Sie recht haben und Adair alles weiß. Na und? Ihm sind die Hände gebunden und die Atlantikküste ist nicht nur für Karcisten eine Todesfalle, sondern auch für Abschaum. Wenn Adair den Bruch des Siegels verhindern will, müsste er seine letzten beiden Adepten schicken – das russische Mädchen und den Amerikaner. Beide können ihre Magick nicht einsetzen und müssten sich allein gegen eine Armee zur Wehr setzen.« Er hob eine Augenbraue. »Sollen diese Welpen doch ihr Glück versuchen. Dann werden wir – und Adair – sie nie wiedersehen.«

Für Kain war die Diskussion damit beendet, also wandte er sich von dem qualmenden Wagen und dem toten Magicker ab. Briet schaute ihm sprachlos nach und fragte sich erstmals ernsthaft und ohne Übertreibung, ob ihr Meister nun wirklich den Verstand verloren hatte.

Trauer raubte Adair den Atem. Er hatte gesehen, wie Niko die Pistole gegen sich selbst gerichtet, die Mündung in den Mund geschoben und abgedrückt hatte. Nun hätte Adair sich am liebsten die Wut und den Schmerz von der Seele geschrien, bis Staub von der Decke rieselte. Er wollte die Welt mit Flüchen eindecken, doch selbst das hätte das wahre Ausmaß seines Zorns nicht widergespiegelt. Seine Beine gaben unter der Last der Trauer nach und er fiel hin. Dann sah er Kain und Briet durch den Spiegel und wusste, was zu tun war.

»Confringes longius speculo!« Am anderen Ende der magischen Verbindung platzte Nikos Spiegel. Als das Bild aus Adairs eigenem Spiegel verschwand, rechnete er damit, sein Abbild zu sehen – aber wie der Narr, der Lear betrachtet, sah er nur seinen Schatten.

Er schlug mit den Fäusten auf den Boden ein. *Wie konnte ich nur an dem Jungen zweifeln? Loyal bis zum Ende. Mutiger als ich ahnte.*

Tränen fielen aus Adairs fest geschlossenen Augen. Nikos letzte Worte verfolgten ihn.

Bonne chance, Père.

Adairs Brust krampfte sich mit einem schmerzhaften Schluchzen zusammen, für das ihm der Atem fehlte. Daher schüttelte sich sein Körper beinahe lautlos, als er sich seinem Elend hingab. *Er hat mich Vater genannt.*

Minuten wurden zu Stunden, die Adair allein und trauernd in der Dunkelheit verbrachte. Als er schließlich am gegenüberliegenden Ufer seiner Verzweiflung ankam, war in ihm eine große Leere, eine Sehnsucht nach dem Sinn von all dem. Er hob die blutbesudelte Kamera und die zusammengefaltete Karte auf, die Niko ihm gegeben hatte. Den Film würde er in Gibraltar entwickeln lassen. Die Karte faltete er auseinander.

Sie war enorm detailliert und enthielt die exakten Längen- und Breitengradkoordinaten der Festung auf den Klippen der Pointe du Hoc. Niko hatte die Anordnung der Schützengräben, von denen die Anlage umgeben war, immer wieder korrigiert, und sich Notizen über das Innere des Bunkers gemacht. Dazu gehörte auch eine Glyphe, die in der magischen Kunst als Warnung eingesetzt wurde.

Hier gibt es Dämonen.

Dies war für Adair der Moment der Erkenntnis. Davor musste PAIMON ihn gewarnt haben. Er wusste nicht, welchen diabolischen Plan Kain in Gang gesetzt hatte, aber dies war der Auslöser.

Ich darf keine Zeit verschwenden, riet Adair sich selbst. Er stand auf. Wischte sich über die Augen. Trank einen Schluck Whisky. Zündete eine Zigarette an. Ging nach unten und schickte seinen Kontakten in Gibraltar einen verschlüsselten Funkspruch, in dem er sofort einen Wagen anforderte. Dann setzte er sich und wartete.

Niko, mein Junge ... Du hast mir heute Ehre erwiesen. Ich schwöre bei Gott, dass ich dich ebenfalls ehren werde. Er legte die Hand auf die Kamera. *Und dass Kain dafür mit seinem beschissenen Blut bezahlen wird.*

42

NOVEMBER

Entlasse deine Geister. Diese knappe Nachricht, die Adair ihm ohne jegliche Erklärung gegeben hatte, verriet Cade, dass sich ihre Pläne geändert hatten. Niko war schon vor Wochen in Frankreich gestorben. Der Meister hatte seitdem die Hälfte jeder Woche auf Gibraltar verbracht und Cade ermahnt, in der Villa zu bleiben und auf Magick zu verzichten. Sogar die Benutzung einer Logikmaschine – einem Gerät zur Weissagung, für das man keine Geister benötigte – war Cade untersagt worden.

Ohne seine dämonischen Passagiere fühlte er sich gereizt. Er hatte sich an die stete Zufuhr von Zigaretten und Alkohol gewöhnt, mit der er seine Nerven beruhigte, wenn die boshaften Geister, die er unterjocht hatte, ihn seelisch und mental peinigten. Doch schon Jahre zuvor hatten Adair und seine Adepten ihm prophezeit, dass der Appetit nicht mit den Dämonen verschwinden würde. Sein Geist sehnte sich nach dem Trost, der am Grund jeder Flasche wartete, nach dem sanften Rausch, den eine Lunge voller Tabakrauch verursachte, nach der Erlösung, die Adern voller Opiate versprachen.

Selbst wenn er sich seinen Begierden hingab, ließen die Zwangshandlungen, die seinen Händen von Dämonen antrainiert worden waren, nicht nach. Wenn seine Gedanken abschweiften oder sein Verstand träge wurde, rissen seine Finger Barthaare, Augenbrauenhärchen und sogar Wimpern aus. Wenn sie kein leichtes Ziel fanden, kratzten seine Finger überall, um Phantomjucken zu stillen. Oft fiel ihm das erst auf, wenn die Haut schon aufgerissen war und Blut floss. Seine Handgelenke und Knöchel waren von den Narben dieser Missgeschicke gezeichnet. Manchmal glaubte er zwar, er wäre gelassen, war jedoch auf einmal besessen von dem Gedanken, sich die Finger- oder Zehennägel zu schneiden, was er tat, bis seine Fingerkuppen blutig waren.

Mit zitternden, vernarbten Fingern hob er seine Zigarette. Zog daran. Die Lucky war zur Hälfte heruntergebrannt, während er seinen Gedanken nachgehangen hatte. Ein drei Zentimeter langes Aschestäbchen fiel herab und beschmierte den Boden zwischen seinen Füßen. Er hätte beinahe über sich selbst gelacht.

Das glamouröse Leben eines Karcisten.

Er saß allein am Küchentisch, trank unverdünnten Whisky und sah zu, wie die Schatten des Spätnachmittags über das Sierra-Nevada-Gebirge strichen. Der Meister hielt sich seit der letzten Nacht im Beschwörungsraum der Villa auf, verborgen hinter geschlossenen Türen und zugezogenen Vorhängen. Er hatte Cade nicht verraten, woran er arbeitete, aber Cade nahm an, dass es mit dem zusammenhing, was Niko vor seinem Tod in Frankreich entdeckt hatte, was immer das auch sein mochte.

Er fragte sich gerade, ob er sich etwas zu essen machen sollte, als die Tür zum Beschwörungsraum aufging und Adair heraustrat. »Komm.« Hinkend zog er sich in die Schatten zurück.

Nervös, aber neugierig, folgte Cade Adair in den Beschwörungsraum. Kerosinlampen hingen im Kreis von Haken, die man in der Mitte der Decke angebracht hatte. Die Glyphen, die Adair mit weißer Kreide auf den Parkettboden geschrieben hatte, waren das Wirrste und Komplizierteste, das Cade je gesehen hatte. In den uralten Grimoires, die er studiert hatte, war jedenfalls nichts Vergleichbares zu finden gewesen.

Er stand vor einem Rätsel. »Das ist kein neues Schnittmuster, oder?«

»Das … Niko ist gestorben, um uns das zu zeigen.« Adair gab sich zwar tapfer, aber Cade bemerkte die Trauer, die sein Meister hinter dieser Fassade verbarg. Nach dem Fiasko mit dem Zug war Adair zwar wütend auf Niko gewesen, doch er hatte seinem impulsiven Adepten auch wieder vergeben. Nun musste er irgendwie seinen Frieden damit machen, dass der junge Mann sein Leben auf solch grausige Weise geopfert hatte.

Adair befahl Cade mit einem Nicken zu sich. Als Cade näher kam, breitete er eine Karte auf der Arbeitsplatte an einer Wand des Zimmers aus. »Bei dem Muster auf dem Boden handelt es sich um eine Kopie von dem, was Niko im Kartenraum eines deutschen Bunkers an der Normandieküste gefunden hat.« Er zeigte auf einen roten Punkt. »Hier. An der Pointe du Hoc.« Er reichte Cade einen offenen Umschlag.

Darin steckten einige Schwarz-Weiß-Fotos, die Cade nun herausnahm. Es waren Detailaufnahmen des komplexen magischen Siegels, die Niko einen Keil nach dem anderen abfotografiert hatte. Auf ein paar Fotos sah man einen Zollstock und einen Kompass, mit deren Hilfe sich die Ausrichtung und die Größe des Siegels einschätzen ließen. »Was ist das für ein Ding?«

»Die größte Teufelsfalle aller Zeiten.« Der Meister zeigte auf die Details, während er fortfuhr: »Es gibt tausend Zeichnungen – bei jeder handelt es sich um ein Siegel, das für einen in der Steinplatte gefangenen Dämon steht. Das also hatte dieses Arschloch Kain vor. Er hat eine ganze Geisterlegion zusammengekettet und der erste Narr, der den Stein aufbricht, wird sie alle loslassen.«

Auf Cade wirkte das Siegel wie ein Meisterwerk, allerdings das eines Wahnsinnigen. »Also gut, das ist eine Falle. Aber wieso hat er sie dort gestellt? Was ist, wenn die Alliierten Europa von Italien aus angreifen? Oder in Calais landen?«

Der Meister zog die Augenbrauen zusammen. »Kain weiß genau, wo die Alliierten zuschlagen werden.« Seine Wut verwandelte sich in Verzweiflung. »Was ich dir jetzt sage, ist streng geheim. Die Alliierten planen einen Angriff.« Er tippte an der französischen Küste auf die Karte. »Hier. In der Normandie. Nächsten Sommer.«

»Wann genau?«

»Das weiß ich nicht. Kain schon. Wenn nicht, würde er es nicht wagen, eine solch gewaltige Katastrophe auszulösen. Eintausendundein Amok laufende Dämonen? Das Chaos werden er und die rothaarige Hexe *garantiert* in einem Schutzkreis aussitzen. Denn alle außerhalb eines solchen Kreises sind so gut wie tot. Was bedeutet, dass Kain weiß, wo, an welchem Tag und zu welcher Stunde der Angriff stattfinden wird.«

Cade betrachtete die Karte, auf der nur vereinzelt deutsche Panzer- und Infanteriestellungen eingezeichnet waren. »Aber wenn Kain die Pläne der Alliierten kennt, wieso bringen die Deutschen nicht ihre Truppen in Position? Wieso bauen sie ihre Bunker immer noch mit so einem beschissenen Beton?«

Ein Schulterzucken. »Weil Kain nicht will, dass die Nazis davon erfahren.«

Je mehr Cade hörte, desto weniger verstand er. »Wenn er den Deutschen nicht sagt, was passieren wird ... und wenn er sie schwache Bunker bauen lässt ... dann will er, dass die Alliierten diesen Bunker bombardieren oder beschießen und das Siegel brechen.« Er blickte zu Adair auf. »Und er will, dass beide Seiten von den Dämonen überrannt werden.« Als sein Meister ihm nicht widersprach, fragte er: »Gehört das zu diesem Krieg gegen die Wissenschaft, von dem er in der Wewelsburg gefaselt hat?«

»Das werden wir ihn fragen – kurz bevor wir ihn köpfen.« In Adairs dunkle Trauer mischte sich schwelende Wut. »Aber zuerst müssen wir dieses Siegel aufheben und die Geister verbannen, bevor irgendein dämlicher Narr sie loslässt.«

»Aufheben? Das geht?«

Unsicherheit schwang in Adairs Antwort mit. »Vielleicht. Das Ganze ähnelt den Siegeln, die du in dem dämonischen Bordell in Caen verändert hast, nur viel komplizierter. Ich untersuche dieses Siegel schon seit Wochen. Das ist das Werk eines genialen, boshaften Arschlochs, aber ich glaube, wir können es aufheben.«

»So wie man die Zündschnur von einer Bombe abschneidet.«

»Wenn es doch nur so einfach wäre.« Adair hinkte auf seiner Prothese zur Spitze des großen Siegels, das einen Durchmesser von insgesamt vier Metern hatte. »Wenn man die richtigen Striche, Glyphen und Buchstaben – in den richtigen Sprachen – an exakt den richtigen Stellen und in korrekter Reihenfolge platziert, kann man das Siegel von einem Gefängnis- in einen Bannzauber verwandeln. Man kann damit jedem darin gefangenen Geist befehlen, in die Hölle zurückzukehren.« Er seufzte grimmig. »Die Sache hat allerdings einen Haken.«

»Natürlich hat sie einen.«

»Wenn du die letzte Änderung gemacht hast, wird für ein paar Sekunden ein Wächtergeist aktiv, den Kain auf dem Siegel platziert hat – und du kannst dich nicht verteidigen.«

»Ich habe schon gegen Dämonen gekämpft.«

»Aber nicht ohne selbst auf Magick zugreifen zu können.« Er zeigte auf einige winzig kleine Details des Siegels. »Diese Symbole im dritten und sechsten Keil werden Briets antimagischen Zauber aufheben, sobald das Siegel gebrochen ist. Sonst wären die Dämonen ja gezwungen, das Kampfgebiet sofort zu verlassen. Aber du musst das intakte Siegel neutralisieren, was bedeutet, dass auf dem einen Kilometer breiten Uferstreifen keine Magick angewendet werden kann.«

Cade bereute es, die Frage gestellt zu haben. »Noch was?«

»Aye. Es gibt noch eine Hürde.«

»Ich hatte es geahnt.«

Adair breitete die Arme aus, eine Geste, die das gesamte Siegel mit einschloss. »Wenn du im Raum mit dem Siegel stehst … wirst du es nicht sehen können.«

»Wie bitte?«

»Das hat Niko mir gesagt, als er mir die Kamera und die Karte gegeben hat. Kain hat das Siegel unter Wachs von einem neuen Bienenvolk und einer Zementschicht versteckt. Wahrscheinlich, um zu verhindern, dass die Deutschen es zu früh brechen. Jedenfalls wird deine Herausforderung darin bestehen, die Mitte des Raums zu finden, mit einem Kompass den magnetischen Nordpol zu ermitteln und die Symbole auf dem Zement anzubringen, ohne das Siegel sehen zu können. Du darfst dir dabei keine Ungenauigkeiten erlauben … jede Änderung muss sitzen.«

»Obwohl ich nicht sehen kann, wo ich sie anbringe.«

»Aye.«

»Das ist unmöglich.«

»Beinahe unmöglich, ja. Aber noch schwieriger dürfte es für dich werden, überhaupt in den Bunker hineinzukommen.« Der Meister bemerkte Cades verwirrten Blick. »Die Alliierten wollen die Nazis nicht mit der Nase auf ihre geplante Normandie-Invasion stoßen, indem sie eine Vorhut zur Pointe du Hoc schicken.«

Cade nahm allen Mut zusammen. »Dann gehe ich allein.«

»Ohne Magick? Gegen eine Wehrmachtsdivision und einen Panzerverband? Du würdest nicht einmal bis auf einen halben Kilometer an den Bunker herankommen.«

»Habe ich denn eine andere Wahl?«

Ein tiefes Knurren entrang sich der Kehle des Meisters. »General Eisenhower möchte, dass du dich seinen Truppen beim Angriff anschließt. Man wird dich zum Bunker bringen. Der Rest hängt dann von dir ab.« Er schüttelte den Kopf. »Das ist ein scheiß Plan. Völlig idiotisch. Das habe ich ihnen auch gesagt, aber sie haben nicht auf mich gehört.« Er ging auf und ab, in dem verzweifelten Versuch, sich irgendwie zu beruhigen. »Genau das will Kain. Wir spielen ihm direkt in die Hände!«

»Wie meinen Sie das?«

»Weil ich dich in die Höhle des Löwen schicken muss!« Adair zitterte vor Empörung. »Ich kann niemanden sonst schicken …« Er zog sein Hosenbein hoch und zeigte die primitive Holzprothese, die sein rechtes Bein ab dem Knie ersetzte. *»Deswegen.* Ike hat mich einen verdammten Krüppel genannt. Kriegsuntauglich. Also muss ich dich schicken – meinen letzten Adepten, mein verdammtes Ass im Ärmel, meine einzige Waffe gegen Kain … und nun muss ich dein Leben bei einem scheiß Selbstmordkommando aufs Spiel setzen!«

Cade betrachtete das Siegel nervös. »Ich verstehe, dass Sie das aufregt. Aber es muss getan werden und nur ich kann das erledigen.« Der alte Mann reagierte darauf mit einem schockierten Blick aus geweiteten Augen. Cade unterdrückte seine Angst und nahm seinen Mut zusammen. »Außerdem *möchte* ich es tun.«

»Aber wenn du dich in ein Kriegsgebiet begibst, an die Front …«

»Als mein bester Freund mich gebeten hat, mich mit ihm freiwillig bei der Armee zu melden, hab ich ihm gesagt: *Das ist nicht mein Krieg*. Weil mein Vater das immer behauptet hatte. Aber in Wirklichkeit habe ich gewusst, dass ich mit Miles zur Armee hätte gehen sollen. Ich hatte zu viel Angst, das zu sagen, aber ich hätte an diesem Tag auf ihn hören sollen. Teufel noch mal, ich hätte auf Sie hören sollen. Dann würden meine Eltern vielleicht noch leben. Doch nun weiß ich, was ich immer schon geahnt habe. Dies *ist* mein Krieg. Und er war es von Anfang an.«

Adair musterte ihn mit einem traurigen, aber auch resignierten Blick. »Dann musst du nur noch eine Entscheidung treffen: Möchtest du aus einem Boot an Land gehen? Oder lieber aus einem Flugzeug springen?«

Schmerzhafte Erinnerungen – der kalte Biss des Meerwassers, die gequälten Schreie seiner Eltern, der Gestank von LEVIATHAN – nahmen Cade die Entscheidung ab. »Ich nehme das Flugzeug.«

»Bist du sicher? Vergiss nicht, dass es in der Absprungzone keine Magick geben wird. Ein paar Kugeln werden reichen, um deinen Fallschirm in Konfetti zu verwandeln.«

Cade erinnerte sich daran, wie er mit der Besatzung der *Silver Sadie* durch die Dunkelheit gefallen war. Er fragte sich, wie dieser Sturz ohne Magick geendet hätte.

Nach reiflicher Überlegung nickte er.

»Also gut … Ich nehme das Boot.«

43

DEZEMBER

Adair trug so viele unterjochte Dämonen mit sich herum, dass er sich fragte, ob seine Kopfschmerzen ihn überleben würden.

Er und Cade waren problemlos durch einen Spiegel nach England gelangt. Die Armee hatte Adairs alten Freund Denton Crichlow aufgespürt, einen Okkultisten, der in der Nähe von Bristol lebte. Sie hatten ihn dazu gebracht, einen von Adairs ersten Zauberspiegeln aus einem Lager zu holen. Er stand nun in einem geheimen Haus der SOE in Südengland, nahe Weymouth. Die verschlüsselte Nachricht, in der die Ankunft des Spiegels bestätigt wurde, war kurz vor Mitternacht eingegangen, und Adair war mit Cade sofort durch seinen Spiegel getreten und in einem Land herausgekommen, das sie beide als Heimat betrachteten.

Kalter Nebel hüllte die Südküste Englands ein. Obwohl Cades Rucksack nur halbvoll war, kam der junge Mann langsamer als sonst voran, was es Adair erlaubte, trotz seiner Beinprothese mitzuhalten. Adair, der mit englischen Wintern vertraut war, hatte einen langen Trenchcoat und einen Schal angezogen; Cade trug seine Bomberjacke.

Der junge Karcist verlagerte seinen Rucksack von der rechten Schulter auf die linke. »Wieso kommen wir mitten in der Nacht an, wenn alle Pubs schon geschlossen sind?«

»So geht die Armee nun mal vor«, sagte Adair. »Beeil dich und warte.«

»Was soll das denn heißen?«

»Wirst du schon sehen.«

Die Verdunkelung, die in ganz Großbritannien zum Schutz vor deutschen Bombardierungen angeordnet worden war, sorgte dafür, dass kein Licht aus den Gebäuden rechts und links der Straße drang. Allerdings hörte man dumpfes Gelächter, was auf die Kameradschaft der Soldaten in diesen Häusern schließen ließ.

Cade wirkte nervös. »Ich wünschte, ich hätte mein Werkzeug mitnehmen können. Ohne die Sachen fühle ich mich nackt.«

»Du wirst es nicht brauchen.« Adair reichte ihm einen dicken Fettstift. »Nur den hier.« Er hätte beinahe gelacht, als Cade ihn düster anfunkelte. »Keine Sorge. Ich achte schon auf dein Werkzeug.«

Er steckte den Fettstift in die Tasche. »Allein der Gedanke an Wochen ohne Magick ...«

»Eher Monate.«

Schrecken und Entsetzen. *»Monate?«*

Sie blieben stehen und sahen sich an. »Mein Junge, dir steht die härteste Zeit deines Lebens bevor. Schon morgen, wenn die Armee anfängt, dir in die Eier zu treten, wirst du über die fehlenden Dämonen froh sein. Verstehst du, was ich meine?«

Ein resigniertes Nicken. »Ich verstehe.«

»Gut. Ich möchte nämlich, dass du mir jetzt zuhörst.« Seine Verärgerung verschwand. »Es tut mir leid. Das alles tut mir leid.« Cades zusammengezogene Augenbrauen verrieten seine Verwirrung. »Ich habe dich in meinen Krieg hineingezogen.«

»Das ist nicht Ihre Schuld. Ich wäre eh zur Armee gegangen.«

Adair schüttelte den Kopf. »Ich meine nicht *diesen* Krieg, sondern den gegen Kain. Ich habe ihn schon vor Jahrzehnten kommen sehen.« Er brachte den Mut auf, den Rest der Wahrheit auszusprechen. »Nicht nur dein Vater hat dich zum *Nikraim* gemacht. Dazu wäre er allein nicht in der Lage gewesen. Ich habe ihn dazu gedrängt. Habe ihm mit der Magick geholfen.« Beschämt senkte er den Kopf. »Ich habe dir dieses verfluchte Schicksal aufgezwungen, als ich einen Engel an deine Seele band. Ich hatte nicht das Recht, deine Eltern darum zu bitten und dir keine Wahl zu lassen. Aber ich wusste, dass die Welt einen Karcisten brauchen würde, der stark genug ist, um Kain aufzuhalten.« Er schenkte seinem letzten Lehrling ein warmes Lächeln. »Und ich wusste, dass Blake und Valerie Martin ein kluges, anständiges Kind großziehen würden. Eines, dem man eine solche Macht anvertrauen konnte.«

Cade reagierte entgeistert auf Adairs Geständnis. »Sie haben all diese Mühe auf sich genommen, um mich an einen Engel zu binden. Heißt das, ich bin irgendwie auserwählt?«

»Nein, es gab noch sechs andere ... Kain hat sie alle umgebracht.« Er betrachtete Cade mit tiefem Bedauern in den Augen. »Du warst nicht unsere einzige Hoffnung – aber nun bist du es.« Er legte dem jungen Mann die schwielige Hand in den Nacken. »Deshalb tut es mir leid, Junge. Ich habe diese Last auf deine Schultern gelegt. Die Welt weiß es zwar nicht, aber sie zählt auf uns ... Sie zählt auf *dich.*«

Cade vertrieb die Angst aus seinem Blick. »Ich werde die Welt nicht enttäuschen, Meister. Und Sie auch nicht.«

Adair umarmte seinen Lehrling und wünschte, er hätte das auch mit Stefan und Niko gemacht, bevor er sie in den Tod schickte. Seine Augen wurden feucht und seine Stimme zitterte. »Das weiß ich, mein Junge. Das weiß ich.«

Sie trennten sich voneinander, als Cade leise sagte: »Da kommt jemand.«

»Das ist bestimmt unser Empfangskomitee.« Adair riss sich zusammen und schlurfte weiter. »Wisch dir die Tränen aus den Augen, mein Junge. Da kommt dein neuer Meister.«

Nur wenig später standen sie vor einem Mann, der die Uniform eines Offiziers der US-Armee trug. Er begrüßte Cade und Adair mit einem höflichen Nicken und einem festen Händedruck. »Gentlemen, ich bin Major Paul Abell, Bataillonskommando.« Er wandte sich dem Meister zu: »Sie müssen Mr. Macrae vom SOE sein.« Dann fiel sein Blick auf Cades Bomberjacke. »Und Sie sind ...?«

»Äh ... Cade Martin, Karcist.«

»Jetzt nicht mehr. Ab sofort sind Sie Private Cade Martin der US-Armee.«

1944

44

JANUAR

»Noch mal.« Der Meister drückte auf den Knopf an seiner Stoppuhr. Die Sekunden vergingen rasend schnell.

Cade fielen fast die Augen zu. »Ich kann nicht mehr.«

Adair schnippte mit den Fingern. »Wenn du in der Normandie so langsam bist, werden wir alle sterben.«

»Lecken. Sie. Mich. Am Arsch.« Der Fettstift rutschte Cade aus seiner kraftlosen, verkrampften Hand. Das trübe Licht der Kerosinlampen erhellte den kleinen Übungsverschlag. »Ist Ihnen nicht klar, dass ich seit fünf Uhr morgens wach bin, verdammte Scheiße? Irgendein Sergeant ist in die Kaserne gekommen und hat einen Deckel gegen einen Mülleimer geschlagen. Ich musste einen Rucksack anziehen und vor dem Frühstück beschissene *siebzehn Kilometer* laufen. Sind Sie je in Ihrem scheiß Leben siebzehn Kilometer gelaufen?«

»Nur, wenn ich gejagt wurde.« Er klopfte auf seine Stoppuhr. »Du verschwendest Zeit.«

Cade legte sich flach und mit abgespreizten Gliedmaßen auf den Boden des Bunkernachbaus, direkt auf die Kopie des Dämonensiegels. »Sie kapieren das nicht. Ich bin bei den Fifth Rangers. Die sind verrückt. Die trainieren schon ewig. Und ich soll aufholen. Wissen Sie, wie lange deren Grundausbildung ist? Vier Monate. Raten Sie mal, wie viel Zeit die mir dafür geben. Zwei beschissene Wochen.«

»Du lernst schnell. Du fluchst ja schon so viel wie die.«

Cade wurde hysterisch. »Jesus, lassen Sie mich endlich in Ruhe! Nach dem Frühstück mache ich unzählige Liegestützen, dann laufe ich wieder los, meistens bis ich kotzen muss, dann muss ich irgendwelche Gebrauchsanweisungen und Vorschriften lesen und lernen, wie man Waffen auseinandernimmt, die ich noch nicht zusammenbauen kann. Dann schreien mich alle an und ich muss noch mehr laufen. Nach dem Abendessen muss ich eine Stunde lang meine Schuhe putzen und die Falten aus der Kleidung bügeln. Dann holen Sie mich in diesen Schuppen, wo ich tausend auswendig gelernte Schnörkel auf einen nackten Betonboden malen soll.« Er bedachte Adair mit einem flehenden Blick. »Verdammte Scheiße – wie spät ist es?«

Der Meister sah auf die Uhr. »Halb zwei.«

»Gottverdammt! Ich muss in weniger als vier Stunden aufstehen und dann geht die ganze Scheiße *von vorne* los. Lassen Sie mich gehen. Ich brauche meinen verdammten Schlaf!«

»Du musst lernen, wie man diese Falle entschärft, sonst werden Milliarden Menschen sterben.«

»Das *werde* ich – aber nicht in *einer* Nacht! Scheiße!«

Adair konnte seine Enttäuschung nicht verbergen. »Wir arbeiten seit Wochen daran und du beherrschst gerade mal einen der acht Keile. Wir haben nicht mehr so viel Zeit.«

»Ich dachte, die Invasion würde erst im Sommer stattfinden.«

»Soweit ich weiß stimmt das. Aber deine Einheit wird bald eine Sonderausbildung im Norden absolvieren. Und falls es dir nicht aufgefallen ist: Dieses Scheißding lässt sich nicht so gut transportieren.«

Das war noch untertrieben. Adair und ein Team von Militäringenieuren hatten die Keile originalgetreu nachgebaut und darüber eine Scheibe hochmodernes Sicherheitsglas angebracht, damit Cade mit seinen Fettstift die veränderten Glyphen darauf einzeichnen konnte.

Die ersten zwei Wochen hatte Adair Cade das üben lassen, ohne das Siegel unter der Scheibe zu verbergen. Doch nun hatte er schwarzen Karton zwischen die Scheibe und die Siegelkopie geschoben, damit Cade sich daran gewöhnte, Glyphen zu modifizieren, die er nicht einmal sehen konnte.

Cade setzte sich auf und rieb sich die Augen. Er war so erschöpft, dass sein Gesicht sich taub anfühlte. »Ich habe den ersten Keil raus.«

»Nicht ganz. Du weißt doch: Ein Fehler ...«

»Und wir werden alle sterben. Ja, ja.« Erneut lag ein Flehen in seinem Blick. »Die ersten Wochen waren die härtesten, da musste ich ja das ganze Siegel lernen. Bis morgen Abend werde ich den ersten Keil fehlerfrei hinbekommen. Wenn ich so weitermache, bin ich bis April mit allen acht durch.«

»So viel Zeit hast du vielleicht nicht.«

»Dann nutzen Sie Ihre Magick, um mir mehr Zeit zu verschaffen.« Er hob die Hand, als Adair widersprechen wollte. »Ich kann ohne diesen Schuppen üben. Kopieren Sie die Vorlage und besorgen Sie mir Pauspapier oder etwas anderes, das nicht ganz blickdicht ist. Dann kann ich weiterüben, wenn meine Einheit im Norden ist.«

Adair nickte. »Aye. Das könnte klappen.«

»Gut. Kann ich jetzt ins Bett gehen?«

»Aye.« Adair stellte seine Stoppuhr auf null und legte den Daumen auf den Knopf. »Sobald du mir bewiesen hast, dass du den ersten Keil im Schlaf beherrschst.« *Klick.* »Los.«

Cade nahm den Fettstift in die Hand und starrte Adair finster an. »Ich hoffe, Sie wissen, dass der Teufel einen Schwanz hat, der nur für Sie bestimmt ist.«

»Nicht trödeln.«

Cade hatte geglaubt, nichts auf der Welt könnte schlimmer sein als zu lernen, wie man Dämonen unterjocht. Die US-Armee versuchte, ihm mit aller Macht das Gegenteil zu beweisen.

Das Seil war fast zehn Zentimeter dick und schmerzte wie eine Faust voller Rasierklingen, aber Cade ließ nicht los. Es fraß sich in seine Hände, die vom Seilklettern und Erklimmen von Hindernissen bereits blutig waren. Er befand sich auf dem Trainingsgelände der Ranger, am Rand der Wälder nahe Leominster.

Er schlang die Beine um das Seil, klemmte es zwischen seine Stiefel und drückte seinen Körper einer Markierung entgegen, die noch sehr weit weg war.

Sein Trainingskumpel Private First Class Carl Pinchefsky, ein schlaksiger junger Jude aus New York, hatte die um sein Seil geklebte Markierung bereits berührt und war auf dem Weg nach unten. Dort stand ihr Abteilungskommandant Staff Sergeant Tom Dale, ein athletischer Texaner, und bellte Befehle: »Was ist denn los, Martin? Haben Sie Blei im Arsch? Schneller!«

Cade hätte sich am liebsten fallen lassen, in der Hoffnung, sich dabei das Genick zu brechen, aber er klammerte sich an das Seil und zog sich weiter hoch.

Er war noch eine Handbreit von der Markierung entfernt, als Pinchefsky den Boden erreichte. Dale wandte sich an den Schützen. »Was macht er da, Pinch? Selbst ein Opossum wäre schneller als er.«

»Keine Ahnung, Sarge.«

»Wirklich? Ich habe gehört, Eselsmütze verbringt nachts ziemlich wenig Zeit in seinem Bett.« Er sprach lauter und wandte sich an Cade, der endlich die Markierung erreicht hatte. »Stimmt das, Eselsmütze? Hast du dir ein Flittchen angelacht? Vielleicht solltest du mehr schlafen.«

»Hört sich gut an, Sergeant.« Cade kletterte vorsichtig am Seil hinunter und verzog das Gesicht über die Schmerzen in seinen Händen. Er hatte schon am ersten Tag gelernt, dass man am Seil nicht herunterrutschen durfte – als er den Rest jenes Tages damit verbracht hatte, Hanffasern aus seinen Handflächen zu puhlen.

Cades Fußsohlen hatten den Dreck gerade erst berührt, da brüllte Dale ihn schon wieder an: »Los, los! Beeilung!« Dale blieb neben Cade und Pinch, die als Trainingspartner immer maximal eine Armlänge voneinander entfernt sein durften, egal ob sie rannten, krochen oder kletterten. Als sie zum nächsten Abschnitt des vertrauensbildenden Parcours liefen, bemerkte Cade verärgert, dass nur er schwitzte.

Einige Minuten später erreichten sie das nächste Hindernis, das aus zwei parallel verlaufenden, mit kaltem Wasser gefüllten Gräben bestand. Über den Gräben hatte man im Abstand von jeweils rund einem Meter Stacheldraht quer gespannt. Man konnte kaum darunter durchkriechen, ohne komplett im Matsch zu versinken.

»Rein mit Ihnen!« Dale blies in eine Pfeife, was Pinch und Cade signalisierte, dass sie loskriechen mussten. Als sie auf die Knie gingen, brüllte Dale: »Auf den Rücken! Mit den Füßen voran! Hände auf die Brust! Hebt den Kopf hoch und zieht euch mit den Fersen nach vorn! Na los!«

Cade tat wie befohlen, warf Pinch jedoch einen verblüfften Blick zu. »Meint er das ernst?«

»Ja. Und das wird wehtun.«

Sie setzten sich in den fast zwanzig Zentimeter tiefen Schlamm, lehnten sich zurück und legten sich die Hände auf den Bauch. Cade kam es schon wie Folter vor, den Kopf hochzuheben; er spannte dabei Muskeln an, die er vorher nie bemerkt hatte. Als er versuchte, sich nur mithilfe seiner Fersen vorwärtszubewegen, wurde ihm schwindelig. *Ich werde gleich ohnmächtig.*

Pistolenschüsse krachten in der kalten Morgenluft. Kugeln schlugen auf beiden Seiten des Grabens ein und bespritzten Pinch und Cade mit Schlamm, bis die halbautomatische 45er des Sergeants nur noch klickte.

Panik vertrieb Cades Erschöpfung und er zog sich hastig weiter nach vorn, um so schnell wie möglich das Ende des Grabens zu erreichen. Sein Herz hämmerte in seiner Brust, sein Atem ging schneller und flacher. Er war so hektisch, dass er den Kopf einen Zentimeter zu weit aus dem Schlamm hob und spürte, wie ein Stahlstachel ihm den rasierten Kopf aufriss.

Noch ein Schuss. Erneut spritzte ihm Schlamm ins Gesicht. »Nehmen Sie Ihren gottverdammten Kopf runter, Eselsmütze! Und Beeilung!«

Die Motivationssalven hörten erst auf, als Cade und Pinch aus dem Graben kletterten, aufsprangen und zum nächsten Abschnitt des Parcours liefen. Cade hörte schnelle Schritte neben sich, als der Sergeant zu ihnen aufschloss.

Jeder Nerv in seinem Körper wollte aufgeben und sich der Erschöpfung hingeben. Er zwang sich dazu weiterzulaufen. Dann versagten seine Gliedmaßen ihm den Dienst. Seine Beine schienen aus Gummi zu bestehen, seine Füße aus Blei. Er stolperte.

Pinch packte Cade am Hemd und zog ihn weiter. »Stirb jetzt bloß nicht, Kumpel. Der Sarge sagte, wenn du stirbst, hab' ich bis zum Ende des Kriegs Küchendienst.«

Cade antwortete darauf mit einem Keuchen. »Das wäre ja furchtbar.«

Der dünne Ranger ließ sein Hemd los. »Reiß dich zusammen. Wir müssen nur noch über die Wand kommen, dann gibt's Frühstück.«

»*Das* ist meine Belohnung? Scheiße. Die Armee sollte sich einen besseren Anreiz überlegen.«

Pinchefsky lachte, hielt sich aber die Hand vor den Mund, bevor der Sergeant ihn hören konnte. »Du bist schon in Ordnung, Eselsmütze.« Er kam näher und fügte flüsternd hinzu: »Und du bist besser, als du denkst. Komm nach dem Frühstück zu mir. Dann zeige ich dir, wie du dein M1 ganz leicht zusammenbauen kannst. Aber im Ernst, Kumpel – du musst mehr pennen, sonst packst du das hier nicht.«

Cade nickte nur und lief weiter. Er konnte seinen Abteilungskameraden nicht erklären, was er jede Nacht tat. Eine magische Bombe entschärfen? Eine, die bei der Explosion anstatt Feuer und Splitter Dämonen ausspucken würde? Er verwarf die Vorstellung, die Wahrheit zu sagen, sofort wieder.

Wenn jemand irgendwas davon mitkriegt, werde ich als geisteskrank entlassen.

Er und Pinch entfernten sich wieder bis auf Armeslänge voneinander, als Sergeant Dale sie einholte. »Fassen die feinen Damen sich gegenseitig an den Arsch? Und macht der Morgenlauf Spaß?«

Cade und Pinch brüllten gleichzeitig: »Ja, Sergeant!«

»Beweisen Sie mir das! Klettern Sie über die Wand! Und Tempo!«

Sie rannten auf die vier Meter hohe Holzwand zu, von der einige Seile baumelten. Cade achtete darauf, auf einer Höhe mit Pinch zu bleiben, als sie gleichzeitig an der Wand hochsprangen und sich ein Seil griffen.

Grelle Schmerzen schossen durch Cades aufgerissene Handflächen. Er verdrängte sie so wie die Schikanen unterjochter Dämonen und zog sich hoch, indem er eine Hand über die andere legte und sich mit seinen schlammbesudelten Stiefeln gegen die Bretter stemmte. Als er den Rand der Wand erreichte, hatte sich seine Welt vor Schmerz rot gefärbt. Dann katapultierte er sich über die Wand und genoss eine halbe Sekunde lang den freien Fall.

Er landete und blieb sogar auf den Beinen. Pinch schlug ihm auf den Rücken. »Ja, leck mich doch am Arsch! Du hast es geschafft, Eselsmütze!«

Verblüfft und stumm starrte Cade die Wand an. Mehr als zwei Dutzend Mal hatte er vergeblich versucht, die Wand zu erklimmen. Doch nun hatte er es zum ersten Mal geschafft.

Sergeant Dale ging um das Hindernis herum und sah ihn wie immer streng an. »Verdammt noch mal, Eselsmütze. Bei Ihnen sind Hopfen und Malz ja doch nicht verloren. Ab unter die Dusche und dann Frühstück. Los!«

»Ja, Sergeant!« Cade lief rasch auf die Kaserne zu, bevor Dale seine Meinung ändern konnte. Er sehnte sich nach einer Dusche und einer Mahlzeit.

Seit seine Ausbildung angefangen hatte, überforderten ihn die Ranger geistig und körperlich ohne Unterlass. Nach zwei Wochen kam er sich immer noch jeden Tag wie ein Ertrinkender vor. Wenn die Sergeants ihn nicht bis aufs Blut quälten oder ihn zwangen, irgendwelche Vorschriften auswendig zu lernen, wühlte er sich durch eine Buchstabensuppe aus Armee-Abkürzungen. Je mehr er lernte, desto klarer wurde ihm, wie weit die anderen Männer ihm voraus waren. Es gab Dutzende Waffen, für die er sich qualifizieren musste, und man erwartete von ihm, dass er Klippen erklimmen, Erste Hilfe leisten und viele andere Dinge tun konnte – und das alles, während er darauf achten musste, dass seine Stiefel poliert waren und er seine Bettdecke straff gezogen hatte.

Die Unterjochung von Dämonen war ein Scheiß dagegen.

Er und Pinchefsky verließen den Wald. Die Kaserne lag vor ihnen, am Fuß eines kleinen Hügels. Heißes Wasser und warmes, wenn auch kaum genießbares Essen warteten dort auf sie.

Pinch grinste. »Tut es dir schon leid, dass du dich freiwillig gemeldet hast?«

Er schnaubte spöttisch. *»Freiwillig?«* In Gedanken sah er Adair vor sich. »Scheiße, Mann. Ich wurde *eingezogen.«*

45

FEBRUAR

Anja Kernova wurde nicht wie eine Heldin empfangen.

Schritt für Schritt trotzte sie dem harten russischen Winter. Ihre noch nicht verheilten Wunden quälten sie, während sie auf tauben Füßen durch den knietiefen Schnee stapfte. In den letzten Wochen hatte sie nur leere Straßen gesehen und eiskaltes Wetter erlebt, doch nun näherte sie sich nach mehr als zehn Jahren dem Ort, an dem sie geboren worden war: dem abgelegenen Dorf Toporok.

Das unansehnliche Dorf klammerte sich an das Südufer des Flusses Msta. Toporok war fast fünfhundert Kilometer landeinwärts von der Ostfront entfernt und die wenigen Einwohner, die dort das ganze Jahr über lebten, fällten hauptsächlich Bäume und betrieben nebenher etwas Landwirtschaft, obwohl der Boden nicht viel hergab.

Anja warf einen Blick auf die baufälligen Häuser und die abgeholzten Waldstücke und empfand Trost bei der Erkenntnis, dass sich in den zehn Jahren ihrer Abwesenheit nur wenig verändert hatte. In der Winterluft lag der beißende Geruch des Rauchs, der aus einem Dutzend Schornsteinen aufstieg.

Geister, die Anjas Erinnerung entstammten, schwebten durch die länger werdenden Schatten der Abenddämmerung. Sie hatte diesen Ort mit dreizehn Jahren verlassen.

Ob mich noch jemand erkennt?

In den letzten Jahren hatte ihr Spiegelbild sie oft verblüfft. Die Mühen, die mit dem Erlernen der Kunst verbunden waren, hatten ihr die Jugend geraubt. Die Unschuld, die sie sich bewahrt hatte, war ihr nun vom Großen Vaterländischen Krieg genommen worden.

Unbekannte Gesichter musterten sie durch schmutzige Fensterscheiben. Ihre ehemaligen Nachbarn betrachteten sie wie eine Fremde.

Ich war so lange weg. Vielleicht bin ich das.

Sie schob den Rucksack zurecht und zog an dem Riemen ihrer Werkzeugrolle, der in ihre Schulter schnitt. Sie ging an einem Dutzend Häuser vorbei, bis sie merkte, dass fast alle Gesichter, die sie sah, Frauen gehörten. Sie hatte nur zwei Ausnahmen entdeckt: einen kleinen Jungen, der höchstens vier Jahre alt war, und einen alten Mann mit weißen Haaren und tiefen Falten, die sein Gesicht durchzogen, als wären seine Züge eine Karte, auf der all der Kummer verzeichnet war, den er in seinem Leben hatte ertragen müssen.

Anja hatte damit gerechnet, Jugendliche zu sehen, die vor dem Abendessen noch irgendwem einen Streich spielten, doch im Dorf herrschte Stille. Toporok war zwar klein, hatte der Roten Armee jedoch alle Männer und Jungen gegeben, die ein Gewehr halten oder eine deutsche Kugel stoppen konnten.

Klagende Windböen peitschten weiße Wolken von den Schneeverwehungen zwischen wackligen Häusern auf. Anja näherte sich einem Ziel, das sie mit Hoffnung und Angst erfüllte.

Sie blieb einige Schritte vor der geschlossenen Tür stehen. Das Haus sah aus wie in ihrer Erinnerung. Die Farbe war verblasst, aber das Blaugrau eines Spätwinterhimmels war noch zu erkennen. Goldener Feuerschein drang durch die geschlossenen Fensterläden. Aber Anja hörte keine Musik. Der alten Balalaika der Familie entlockten keine jungen Finger mehr Melodien.

Die Stille des Hauses verunsicherte Anja, deshalb blieb sie vor der Tür stehen. Früher hätte sie sie einfach aufgestoßen und wäre hindurchgestürmt, um sich die kalten Hände am Feuer zu wärmen. Die Schatten, die über die Wände tanzten, verrieten ihr, das im Kamin noch immer ein Feuer brannte, doch ihre Schuldgefühle flüsterten ihr warnend zu, dass sie in diesen Räumen keine Zuflucht finden würde.

Aber ich weiß nicht, wohin ich sonst gehen soll.

Die Verzweiflung lähmte sie. Wenn sie ohne anzuklopfen ging, würde niemand je erfahren, dass sie hier gewesen war. Sie würde frei sein, ein Niemand, der irgendwann in Vergessenheit geriet. Es würde keine Fragen geben, keine Antworten, keine Lügen. Sie musste sich einfach nur umdrehen und weggehen. Die Nacht würde sie verschlingen, so wie sie es stets getan hatte. So wie sie es immer tun würde.

Doch die nicht zu füllende Leere in ihr zwang Anja, einen Schritt nach vorn zu machen, die Hand zu heben und an das alte Holz mit der abgeplatzten Farbe zu klopfen. Dann wartete sie.

Drinnen hörte sie das langsame, dumpfe Rascheln eines Körpers, der sich in Bewegung setzte. Müde Schritte auf einem Holzboden. Der Türknauf knirschte, als er gedreht wurde, und die Scharniere quietschten protestierend, als die Tür einen Spalt geöffnet wurde. Nervöse Augen musterten Anja. Ungeduld verlieh dem Krächzen ihrer Mutter Schärfe.

»Was wollen Sie?«

»Mama? Ich bin es … Anja.«

Galina Kernova öffnete die Tür so weit, dass Anja ihr Gesicht sehen konnte. Es kam ihr so vor, als würde sie ihr zukünftiges Spiegelbild betrachten. Sie und ihre Mutter hatten die gleiche blasse Haut, die gleichen rabenschwarzen Haare, grauen Augen und elegant geschwungenen Augenbrauen. Wäre der Altersunterschied und die schartige y-förmige Narbe auf Anjas linker Gesichtshälfte nicht gewesen, hätte man sie für Zwillinge halten können.

Ihre Mutter verzog das Gesicht. »Was willst du?«

»Kann ich reinkommen?«

»Nein.« Sie wollte die Tür schließen.

Anja versuchte, sie daran zu hindern. »Bitte.«

»Du hast Piotr sterben lassen.« Galina stieß sie zurück und spuckte sie an. »Du bist für mich tot.«

Sie schlug die Tür zu. Durch das dicke Holz hörte Anja, wie der Riegel vorgeschoben und der Schlüssel im Schloss gedreht wurde.

Obwohl ihre Mutter sie vor vielen Jahren rausgeworfen hatte, fühlte sie sich in diesem Moment so allein wie noch nie zuvor.

Jemand anderen im Dorf um Zuflucht zu bitten wäre sinnlos gewesen. Ihre Mutter hatte bestimmt schon vor langer Zeit ihr Gift versprüht und alle gegen sie aufgehetzt. *Warum bin ich hierhergekommen? Wieso dachte ich, dass sie mir vergeben würde? Dass mir irgendjemand vergeben würde?*

In ihrer Einsamkeit fiel ihr nur ein Ort und nur eine Seele ein, die sie in Toporok aufnehmen würde, ohne sie zu verurteilen.

Hoffnungslos und ohne jeglichen Sinn im Leben verließ Anja ihr Zuhause zum zweiten und letzten Mal.

Piotrs Grabstein war von Eis überzogen. Anja kniete sich in den Schnee und bearbeitete ihn mit dem Griff ihres Messers, bis der Name ihres jüngeren Bruders zum Vorschein kam. Sie steckte die Klinge ein und zog einen Handschuh aus. Ihre Finger strichen über die grob in den Stein gehauenen Buchstaben seines Namens. *Das hast du nicht verdient, kleiner Bruder.*

Sie konnte die Litanei des Bedauerns, die ihre Erinnerung abspulte, nicht zum Schweigen bringen.

Wären wir doch nicht in dieses Duell der Zauberer hineingeraten.

Hätte Adair, als er vor Kain im Sterben lag, mich doch nicht so flehentlich angesehen.

Hätte ich doch nicht versucht, mich einzumischen.

Sie erinnerte sich daran, wie Piotr von Kains Magick in zwei Teile gerissen worden war – und dachte daran, wie sie danach das Gewehr ihres Bruder aufgehoben und Kain drei Kugeln in den Rücken gejagt hatte. Das hätte den Bastard umbringen müssen, doch dank seiner Magick war er mit dem Leben davongekommen.

Und so hatte Anja, unterstützt von einem trübsinnigen Adair, die beiden Hälften ihres Bruders nach Hause bringen müssen. Anjas Mutter hatte ihr dieses Versagen nie vergeben und das würde sie wohl auch nicht mehr.

Sie schämte sich, nicht wegen der unfreiwilligen Rolle, die sie bei Piotrs Tod gespielt hatte, sondern wegen ihrer Sentimentalität. Glaubte sie wirklich, dass er ihre Klage hören konnte? *Er ist tot und begraben. Es ist zu spät, um ihn um Vergebung zu bitten. Alles Bedauern der Welt kann daran nichts ändern.*

Ihre Erinnerung an diese Nacht war ebenso lebhaft wie schrecklich. Galina hatte es nicht interessiert, dass Anja die Tat nicht begangen hatte oder dass Adair für sie bürgte oder dass sie selbst verletzt worden war. Für Anjas Mutter zählte damals wie heute nur, dass ihr einziger Sohn tot war. Und sie hatte beschlossen, Anja dafür die Schuld zu geben.

Anja lehnte sich mit dem Kopf an den Grabstein und wartete, bis es Nacht wurde. Nach allem, was sie getan und erlitten hatte, wäre sie gerne in ein freundliches Zuhause zurückgekehrt. Sie wäre in Charkow beinahe an ihren Wunden gestorben. Als sie sich so weit erholt hatte, dass sie wieder laufen konnte, hatte eine in ihr steckende Sehnsucht sie dazu gebracht, sich ihrer Heimat zuzuwenden.

Wohin soll ich jetzt gehen?

Die ganze Welt befand sich im Krieg und nur wenige zivilisierte Orte waren von ihm verschont geblieben. In den neutralen Ländern würde eine Russin Verdacht erregen und eventuell für eine Spionin gehalten werden. Dort würde Anja keinen Frieden finden. Sie hoffte, dass die Rote Armee sie als vermisst und nicht als fahnenflüchtig eingestuft hatte. Und selbst, wenn sie gewusst hätte, wo Adair sich aufhielt, hätte sie nicht zu ihm zurückkehren können, nicht nachdem sie ihn und Cade auf so grausame Weise verlassen hatte.

Anja hatte zu viel erlebt und erlitten, um an Illusionen wie Liebe und Hoffnung zu glauben, trotzdem konnte sie sich nicht dazu durchringen, deren schwächer werdendes Licht aus ihrer Seele zu verbannen.

Vor ihr lag ein langer, dunkler Weg. Anja richtete ihren Blick in die Zukunft und ging weiter. Die Nacht empfing sie mit offenen Armen, so wie sie es stets getan hatte.

So wie sie es immer tun würde.

46

MÄRZ

Alles, was die Ranger von Cade verlangten, war unglaublich hart. Genau darum ging es ja auch. Alle Männer, die sich in ihren Dienst begeben hatten, mussten fast schon unglaubliche Leistungen erbringen. Solange sie noch in Großbritannien waren, wollten sie herausfinden, wer unter Druck zusammenbrach, keine starken Schmerzen aushielt oder weglief, wenn ihm die Kugeln um die Ohren flogen. Es war besser, wenn die schwächsten Glieder hier brachen und nicht auf dem Schlachtfeld in Europa die ganze Kette gefährdeten.

Elf Wochen. So lange war Cade ihnen nun schon ausgeliefert. Seit fast drei Monaten brannten sie das Fett aus seinem Körper und schmirgelten all die Kanten ab, die nicht zu ihrer Vision eines perfekten Soldaten passten. Elf Wochen und er war immer noch hier.

Es kam ihm so vor, als hätte er unglaubliche Fortschritte gemacht. Er absolvierte den Morgenlauf und den Hindernisparcours so schnell wie die Ranger und setzte sein Gewehr nicht mehr als Letzter zusammen. Abgesehen vom Granatwerfer, der Bazooka und dem Flammenwerfer hatte er sich sogar für alle Waffen qualifiziert, die bei seiner Einheit verwendet wurden.

Natürlich nannten die anderen Ranger ihn immer noch »Eselsmütze«. Den Spitznamen hatte er schon am ersten Tag bekommen, als sein Abteilungskommandant herausgefunden hatte, dass Cade noch die gesamte Grundausbildung absolvieren musste. Cade kam es oft so vor, als hätte er seit seiner Ankunft nur eine kluge Entscheidung getroffen: Er hatte sich nicht gegen den Namen gewehrt. Die Ranger hassten nur Nörgler mehr als Grünschnäbel – also nörgelte Cade nicht.

Zumindest nicht, wenn Sergeant Dale ihn hören konnte.

Er und die anderen Soldaten des Ersten Zugs der Hundekompanie wurden geweckt, als der Zug, der sie nach Norden in die schottischen Highlands gebracht hatte, quietschend zum Stehen kam. Niemand hatte ihnen gesagt, wohin sie unterwegs waren oder warum. Man hatte von ihnen nur verlangt, mit gepacktem Rucksack, sauberen Socken und trockener Munition um vier Uhr dreißig anzutreten und in den Zug zu steigen.

Im Sonnenschein, der an diesem Spätnachmittag durch die Zugfenster fiel, konnte Cade kaum erkennen, wo er war. Bevor sich seine Augen an die Helligkeit gewöhnt hatten, marschierten die Sergeants des Ersten Zugs durch den Waggon und brüllten sich überschneidende Befehle: »Auf die Beine!«

»Ausrüstung aufnehmen!«

»Antreten!«

»Schwingt euren Hintern aus dem Zug!«

Chaos brach aus, als alle versuchten, die Befehle so schnell wie möglich auszuführen, um nicht den Zorn der Sergeants auf sich zu ziehen. Cade und die Ranger sprangen von ihren Sitzen und traten sich gegenseitig auf die Füße, als sie zum Ausgang liefen. Nach einem Sprung von den Leitersprossen des Zugs landeten sie mit beiden Füßen am Boden und nahmen ihren Platz ein. Es dauerte nicht einmal zwei Minuten, dann stand das gesamte Fünfte Ranger-Bataillon – mehr als 450 Männer – sortiert nach Kompanie, Zug und Abteilung vor dem Zug.

Die Zug-Führer und Offiziere gingen nach ganz vorn und die Kompaniekommandanten und First Sergeants stellten sich zu ihren HQ-Formationen. Sie alle wurden von einigen britischen Armee-Offizieren inspiziert, die langsam an den Reihen entlanggingen. Auf dem Rückweg unterhielt sich der leitende britische Offizier kurz mit den Kompaniekommandanten und schließlich mit dem Bataillonskommandanten, während die Truppen stramm standen und den Mund hielten.

Schließlich wurde ein Befehl gebrüllt: »Rechts um! Im Gleichschritt Marsch!«

Die Soldaten einer jeden Kompanie drehten sich gleichzeitig um, wie ein Vogelschwarm, der die Richtung ändert. Dann marschierten die Soldaten über einen von Bäumen gesäumten Weg. Er führte an einem Schild vorbei, der ihrem Standort einen Namen gab: Es war der Bahnhof von Spean Bridge. Mit rhythmischen Schritten folgte das Bataillon dem britischen Offizier. Er führte sie über schmale baumgesäumte Straßen, die sich durch einen trostlos wirkenden Teil der schottischen Highlands schlängelte. In einiger Entfernung ragte ein zerklüftetes, schneebedecktes und von Nebelschwaden umgebenes Gebirge auf. Cade nahm eine Packung Luckys aus seiner Manteltasche, schob sich eine Zigarette in den Mund und steckte sie mit dem Feuerzeug an.

Er bot den Männern rechts und links von sich ebenfalls eine an. »Wrench? Professor?«

Private Calvin »Professor« Dalto, der Besserwisser der Abteilung, und Walter »Wrench« Mikalunas, der beste Mechaniker, lehnten dankend ab, aber der Sanitäter Private Alvin »Butterfingers« Kimball griff über Cades Schulter. »Ich nehme eine.« Cade reichte ihm Zigarette und Feuerzeug. Kimball zündete seine Zigarette an, gab ihm das Zippo zurück, nahm einen Zug und lächelte beim Ausatmen. »Danke, Eselsmütze.«

»Immer gern.«

Cade hatte seine Lucky längst aufgeraucht, als das Bataillon nach einem fünfzehn Kilometer langen Marsch auf einer unbefestigten Straße anhielt. Er ließ die Landschaft auf sich wirken, die sanften Hügel neben einem dunklen See, die von einer modern aussehenden Festung überragt wurden.

In einer Burg habe ich Magick gelernt, nun lerne ich in einer anderen das Kriegshandwerk. Der Kreis schließt sich.

Ein britischer Offizier mit einem bleistiftdünnen Schnurrbart und einem jägergrünen Barett begrüßte die Ranger mit einer theatralisch barschen Rede.

»Gentlemen! Willkommen in Achnacarry. Ich bin Lieutenant Colonel Charles Vaughn. In den nächsten vier Wochen werden wir Sie dem härtesten Training in der Geschichte der Kriegsführung unterziehen. Wer nicht mithalten kann, wird zu seiner Einheit zuruckgeschickt.«

Cade fragte sich, was das für ihn hieß, jemanden, der keine alte Einheit hatte und der in den Vereinigten Staaten längst als tot galt.

Vaughn schwafelte weiter: »Sie werden die ganze Zeit über wie echte Soldaten leben: draußen, in Zelten. Wir werden Ihnen zeigen, wie man Strände stürmt. Klippen erklimmt. Berge besteigt. Minen entschärft. Besetzte Orte sichert. Sie werden lernen, wie man mit einem Bajonett tötet, mit einem Messer, mit einem Stein, mit bloßen Händen.«

Der Brite ging langsam an dem Bataillon entlang. Sein scharfer Blick glitt über die Gesichter der Ranger, als suche er nach Schwächen. »Sie werden bei Ihrem Training scharfer Munition und echten Granaten ausgesetzt sein. Sie werden lernen, wie man den Lärm unserer Waffen von dem der feindlichen Waffen unterscheidet. Sie werden Tag und Nacht trainieren. Wir werden sie allen Härten und Gefahren aussetzen, die uns zur Verfügung stehen. Nicht alle von Ihnen werden diese Ausbildung überstehen; manche werden sie vielleicht nicht einmal überleben. Aber wenn Ihnen beides gelingt … dann werden Sie uns eines Tages verdammt dankbar für die Hölle sein, durch wir Sie hier schicken.«

Es lag keine Häme in Vaughns Worten, nur der Pragmatismus eines Manns, der die Aufgabe hatte, aus menschlichem Rohmaterial lebende Waffen zu schmieden. Als man die Kompanien des Bataillons zu ihren Zeltplätzen führte, zweifelte Cade nicht daran, dass Vaughn es ernst meinte. Er würde die Ranger in die Hölle schicken. Doch Cade konnte sich beim besten Willen nicht vorstellen, dass die Ranger dem britischen Kommandanten eines Tages dafür dankbar sein würden, so wie er in seiner Rede behauptet hatte.

Mittlerweile muss er wissen, dass ich weg bin. Bald wird er mich suchen.

Vertrauen fiel Briet nicht leicht. Man musste es sich bei ihr hart erarbeiten und verlor es schnell. Sie hatte sich selbst davon überzeugt, dass Kain einen Plan hatte. Aber je länger sie zusah, wie er beharrlich und besessen versuchte, die Welt in Brand zu setzen, desto klarer wurde ihr, dass sie sich in seinen Persönlichkeitskult hatte hineinziehen lassen und Teil einer ebenso bombastischen wie fehlgeleiteten Mission geworden war.

Der Vollmond erklomm langsam den Horizont und erschuf einen Pfad aus silbernem Licht auf der Ostsee. Briet verbarg sich nahe dem felsigen Strand in einem Wald. Sie hatte nur wenig Gepäck dabei: ihren Mantel, in dem ihr Familiaris, die Ratte Trixim, steckte, einen Rucksack mit ihrem Grimoire, Bargeld, ein paar persönliche Gegenstände und ihre magischen Werkzeuge. Nun wartete sie auf das Boot, dessen Besitzer sie über einen Mittelsmann angeheuert hatte. Er sollte sie aus Deutschland herausbringen.

Wenn er mich hintergangen hat, schwebe ich in großer Gefahr.

Dank ihrer NSDAP-Papiere hatte Briet unbehelligt durch ganz Deutschland reisen können. Niemand hatte nachgehakt, als sie mehrere zehntausend Reichsmark abgehoben und mit Verlust in Goldmünzen umgetauscht hatte. Nun musste sie unbedingt verhindern, dass sie beim letzten Abschnitt ihrer Reise aufflog – oder aufgespürt wurde, entweder von Kain persönlich oder von einem seiner Dämonenagenten, die sie zum Gehorsam zwingen sollten.

Um ihre Verfolger zu täuschen, hatte sie ihr Verschwinden in Hamburg inszeniert, weit weg von der Stelle, an der sie das Land wirklich verlassen wollte. Dort hatte sie viel Gold für zwei neue Pässe ausgegeben – einen, in dem sie eine Deutsche war, einen anderen, der sie als Bürgerin des neutralen Schweden identifizierte. In Briefen, die sie ihren Liebhabern Victor und Sandrine schickte, hatte sie behauptet, ihr Ziel wäre Indien.

Weitaus weniger kostspielig, aber deutlich kränkender, war die Veränderung ihrer Frisur gewesen. Briet hatte fast ihr ganzes Leben lang ihre langen kupferfarbenen Locken stolz zur Schau gestellt. Aber sie waren zu auffällig und das konnte sie sich nicht erlauben.

Briet verzog immer noch das Gesicht, wenn sie an das Geräusch der Schere dachte, mit der sie sich in ihrem Hamburger Hotelzimmer die Haare abgeschnitten hatte, oder an den Anblick ihrer am Boden liegenden Haare. Nachdem sie sich mehr schlecht als recht einen Kurzhaarschnitt verpasst hatte, hatte sie die Strähnen zu einem Zopf geflochten, sie mit weißer Seide zusammengebunden, mit Brandy und Kampfer getränkt und angezündet. Dieses Opfer hatte sie ihrem Patron ASTAROTH gewidmet.

Es würde sie in den nächsten Monaten besser vor Kains Kristallomantie schützen als der Schutzzauber, den sie zwischen ihren Schulterblättern in die Haut eingeritzt hatte. Danach würde sie, wenn alles wie geplant verlief, den Krieg weit hinter sich gelassen haben, ebenso wie den Abschaum und alle anderen Menschen auf dieser Welt.

Sie zitterte in der Meeresbrise und rückte ihre schwarze Perücke zurecht. *Wenigstens ist das Ding warm.* Unter dem Deckmantel ihrer neuen Identität war sie unerkannt von Hamburg nach Stralsund gereist und anschließend von dort nach Sassnitz auf der Halbinsel Jasmund. In Sassnitz, einem bescheidenen Dorf am Meer, hatte sie für einen Monat ein Zimmer gemietet, obwohl sie genau wusste, dass sie dort nur wenige Stunden bleiben würde. Kurz vor Sonnenuntergang hatte sie die vier Kilometer bis zum östlichsten Punkt des Strands zurückgelegt. Dort suchte sie sich eine windgeschützte Stelle aus, an der sie warten und die Wellen beobachten konnte, die sich an den Felsen kurz vor dem Strand brachen.

Sie hatte keine Vorsichtsmaßnahme ausgelassen: Sie hatte falsche Spuren gelegt und mit Magick Menschen, die von Hamburg aus in Richtung Westen reisten, falsche Erinnerungen eingepflanzt. Diese Köder hätten jeden Jäger in die Irre geführt, trotzdem fühlte sie sich verfolgt.

Er wird das Ganze durchschauen. Er wird dich finden.

Als Letztes hatte sie auf ihrer Flucht die unterjochten Dämonen freigegeben. Ohne ihre Kräfte kam sie sich verletzlich und allein vor. Doch mit ihnen würde sie die Aufmerksamkeit von Kains Verbündeten von Unten auf sich ziehen. Außerdem hätte sie sich wegen des Atlantikwalls, den sie selbst mit aufgebaut hatte, um die Reichsgrenzen zu schützen, der Küste erst gar nicht nähern können, was noch schlimmer gewesen wäre.

Ich habe mein eigenes Gefängnis errichtet. Aber tut das nicht jeder?

Auf der funkelnden Dunkelheit des Meeres tauchte eine Silhouette auf. Ein kleines Boot, das von einer Einzelperson gesteuert wurde, glitt durch die Wellen. Das leise Schnurren des Außenbordmotors war über den Wind kaum zu hören. Der Fahrer hatte keine Laterne und keine andere Lichtquelle dabei. Nur das Mondlicht sorgte dafür, dass man ihn in dieser Nacht sehen konnte.

Briet blieb in Deckung, bis das Boot den Strand beinahe erreicht hatte. Als sie hörte, wie der Kiel über die Kiesel kratzte, trat sie aus dem Wald hervor und ging Richtung Wasser. Der Fahrer sprang aus dem Boot und zog es an den Strand. Seine Kleidung passte zu einer kalten Nacht auf See: eine lange Jacke mit Kapuze, schwere Stiefel, eine Hose aus grobem Stoff. Die Kapuze hatte er so fest zusammengezogen, dass sie sein Gesicht nicht sehen konnte, nur ein kurzes Funkeln, wenn sich das Mondlicht in seinen Augen spiegelte.

Sie packte den Griff ihres Athame, das sie unter dem Mantel verbarg. Die Angst vor Verrat war allgegenwärtig. »Sind Sie hier, um mich abzuholen?«

Der Fahrer nickte und streckte die in einem Handschuh steckende Hand aus. Briet zählte fünf Goldmünzen ab und gab sie dem Fremden. Er steckte seinen Lohn ein und bat sie mit einer Geste, ihm ins Boot zu folgen. Er hielt es mit beiden Händen fest, während sie hineinstieg und sich auf die mittlere Bank setzte. Dann schob er das Boot auch schon ins Wasser und kam ebenfalls an Bord. Er setzte sich ans Heck, ließ den Motor an und fuhr in die Nacht hinaus. Das Boot wurde schneller und glitt durch die Wellen. Meerwasser spritzte über den Bug und benetzte Briets Gesicht mit eiskalten Tropfen. Die Salzwassertaufe war so unangenehm, dass sie die Mundwinkel nach unten zog.

Als sie einen Blick zurückwarf, war Deutschland bereits hinter dem Horizont versunken. Der Fahrer schien nicht an einem Gespräch interessiert zu sein, also schwieg Briet. Um sie herum breitete sich das bei Nacht so rätselhaft wirkende Meer in seinen Schichten aus Dunkelheit aus. Briet hoffte, dass sie in Schweden in Vergessenheit geraten und verschwinden konnte – als wäre die Ostsee ihre Lethe, in der sie all ihre Erinnerungen und ihre Vergangenheit ertränken und als Unbekannte ein neues Leben anfangen konnte.

Es war ein schöner, aber naiver Traum. Wenn Kain seinen Krieg gewann, würde er Briets Fahnenflucht weder vergessen noch vergeben. Sollten seine Feinde den Sieg erringen, würden sie, daran gab es keinen Zweifel, sich eines Tages auf die Suche nach ihr machen, um sich zu rächen.

Ich kann mich bis zum Kriegsende verstecken. Danach werde ich eine Zuflucht benötigen. Aber wer ist so mächtig, dass er mich vor Kain schützen könnte? Oder vor Adair? Der Pakt legt fest, dass die Synode das Recht hat, beide zu vertreiben, aber wieso sollte der Vatikan einer Karcistin wie mir, die nicht reumütig ist, helfen?

Sie fand keine Antworten in der Dunkelheit oder im Auf und Ab der Wellen. Nur die Leere einer ungeschriebenen Zukunft und das Versprechen, das in ihrer Flucht lag.

Das musste fürs Erste reichen. Der Rest konnte warten.

Cade legte die Gebrauchsanweisung zur Seite und setzte sich auf. Er war zwar wach, aber er befürchtete, dass sein Gehirn wie ein Ballon platzen würde, wenn er vor dem Schlafengehen noch mehr Informationen hineinstopfte. *Ich muss den Kopf frei bekommen, sonst kann ich nicht schlafen.* Er holte sein Zippo und eine Packung Luckys aus dem Rucksack, zog Stiefel und Jacke an und verließ sein Zelt.

Die Nacht begrüßte ihn mit kalter Luft und einem sternenklaren Himmel. Er zündete sich eine Zigarette an und ging zum Rand des

Zeltplatzes. Abgesehen von einigen Unteroffizieren, die mitten im Lager um eine Kochstelle herumsaßen, waren nur wenige Leute zu sehen. Cade entfernte sich von den Zelten, in der Hoffnung, niemandem zu begegnen.

Er wanderte die unbefestigte Straße entlang, die zur Burg Achnacarry führte. Im nahe gelegenen Wald hörte er Käuzchenrufe und die Hügelkuppen der Highlands schimmerten silbrig im Mondlicht. Die Landschaft wirkte friedlich, aber Cades Gedanken kehrten zu den ersten Tagen zurück, die er in der Burg Eilean Donan verbracht hatte. Er dachte an die Einsamkeit. Die Verwirrung. Die Wut. Er hatte sich in den Tiefen seiner Trauer verloren, war innerlich leer gewesen und hatte seine Sehnsucht nach Rache nicht bändigen können. Er sah, wie sich das Mondlicht im schwarzen Wasser des Arkaig-Flusses spiegelte und erinnerte sich an LEVIATHANS Tentakel, die seine Eltern in ihr nasses Grab gezogen hatten.

Ich habe so viel gelernt … so viel getan … aber was hat das alles gebracht? Er unterdrückte die Zweifel so schnell, wie sie hochgekommen waren. *Sei kein Narr. Die Vernichtung der Thule-Gesellschaft hat einiges gebracht. Und dieser Bastard Siegmar hat bekommen, was er verdient hatte. Hinterfrag nicht deine …*

Hinter seinem Ohr wurde eine Pistole gespannt, was seine Gedanken zum Schweigen brachte. »Halt«, befahl ein Mann, dessen Dialekt verriet, dass er aus Manchester stammte. »Der Zutritt zum Hauptgebäude ist verboten. Was willst du hier?«

Scheiße.

Cade spreizte die Finger und hob beschwichtigend die Hände. »Ich wollte mir nur die Beine vertreten.«

Ein zweiter Mann, der klang, als würde er aus Glasgow stammen, sagte: »Umdrehen.« Als Cade den Befehl befolgte, sah er, dass er vor zwei britischen Soldaten stand, die Tarnkleidung trugen und sich das Gesicht schwarz angemalt hatten. Der Schotte hielt eine STEN-Maschinenpistole auf ihn gerichtet, die anhand ihres charakteristisch langen, an der linken Seite angebrachten Magazins gut zu erkennen war. Sein Kamerad nahm Cade mit einem großkalibrigen Revolver ins Visier.

Der Schotte schüttelte den Kopf. »Verdammte Ranger. Glauben, dass ihnen hier alles gehört.«

Der Mann mit der Pistole nickte grimmig. »Saufen uns das Bier weg und klauen uns die Frauen. Scheiß Yankees. Haben zu viel Geld, kriegen zu viel Sex und treiben sich hier 'rum.« Sein Zeigefinger krümmte sich um den Abzug. »Schade, dass wir auf derselben Seite stehen, sonst würde ich diesem ...«

»Was ist hier los?«, fragte eine tiefe Stimme in der Dunkelheit.

Cade kannte die Stimme, auch wenn er nicht geglaubt hatte, dass er sie je wieder hören würde. Er ignorierte die Waffen, die auf sein Gesicht gerichtet waren, und drehte sich zu seinem alten Oxford-Kommilitonen um, der zwar hagerer und reifer wirkte und Tarnkleidung trug, davon abgesehen aber noch wie vor vier Jahren aussah. »Miles!«

Miles Franklin hielt inne, kniff die Augen zusammen und grinste. »Cade?«

Der Schotte klang enttäuscht. »Sie kennen den Mann, Sergeant?«

»Was glauben *Sie* denn, Sie Vollidiot? Er und ich waren zusammen in Oxford.« Er legte die Hände auf Cades Schultern. »Ich hätte nicht gedacht, dass ich dich *hier* sehen würde.« Dann wandte er sich an die Wachen. »Ich kümmere mich um ihn. Gehen Sie zurück auf Ihren Posten.« Er neigte den Kopf und sagte leiser zu Cade: »Hier lang.«

Sie gingen am Hauptgebäude der Burg vorbei und hinunter zum Flussufer. Als sie nicht mehr in Hörweite waren, stupste Cade seinen alten Freund an. »Sergeant? Ich dachte, du wolltest Offizier werden.«

»Das stellt man sich besser vor, als es ist. Aber reden wir nicht über mich! Ich dachte, du wolltest das Luxusleben zu Hause in Connecticut genießen?«

Cade schüttelte den Kopf. »So weit bin ich nicht gekommen.« Als Miles ihn fragend ansah, fügte er hinzu: »Wir waren auf der *Athenia*.«

Schock und Mitleid. »*Oh nein* ... dein Vater und deine Mutter?«

»Auf See verschollen. Ich offiziell auch.«

»Willst du damit sagen, dass du als tot giltst? Was machst du dann hier?«

Er fragte sich, wie viel er Miles erzählen konnte, ohne für verrückt erklärt zu werden. »Ich gehöre seit vier Jahren einem streng geheimen Kriegsprogramm an.«

Der größere Mann runzelte verwundert die Stirn. »Geheim? Du bist beim SOE?«

»So was in der Art.« Er versuchte, das Thema zu wechseln. »Was machst *du* hier? Und warum zum Teufel begegnen wir uns erst jetzt?«

»Die Oberen wollen, dass man meine Einheit so wenig wie möglich sieht. Theoretisch sollten wir nicht einmal hier sein. Wir sind keine regulären Soldaten, weißt du. Wir sind die Reserve.«

»Das heißt ...?«

»Wir werden nicht für Europa ausgebildet. Unsere Mission ist etwas pessimistischer. Wenn ihr die französische Invasion vergeigt und die Deutschen auf englischem Boden auftauchen, werden wir die Uniformen ausziehen und in den Städten heimlich den bewaffneten Widerstand aufbauen.«

»Klingt spaßig.«

»Ich kann dir versichern, dass es das nicht ist.« Miles warf einen Blick auf das gegenüberliegende Flussufer. Cade versuchte herauszufinden, was sein Freund dort sah, aber da war nur der schwarze Vorhang der Nacht. Miles' tiefe Stimme klang auf einmal niedergeschlagen. »Vaughn und die anderen behaupten zwar, dass Leute wie ich in die Reserve gehören, weil wir in einem ›urbanen Umfeld‹ nicht auffallen, aber ich glaube, ich kenne den wahren Grund. Man schickt mich nicht nach Europa wegen euch Yanks.«

»Wie meinst du das?«

»Bist du blind? Wegen meiner Hautfarbe, alter Junge.«

»Ich weiß, dass bei den amerikanischen Streitkräften Rassentrennung herrscht, aber ...«

»Findest du das nicht ironisch? Dass die Welt auf ein rassistisches Land wie deines setzt, um uns von einem rassistischen Wahnsinnigen wie Hitler zu bewahren?« Das schwache Mondlicht erschuf Schatten auf seiner gerunzelten Stirn. »Weißt du, was ein Ranger mal zu mir gesagt hat? Ich war letztes Jahr hier Ausbilder, als eine von euren

Einheiten hergeschickt wurde. Während einer Übung mit scharfer Munition hab ich einen jungen Kerl aus Alabama davon abgehalten, sich selbst und seine Kompanie mit einer Granate in die Luft zu sprengen. Er hat sich zu mir umgedreht und gesagt, ich solle mein ›Niggermaul‹ halten. Als ich ihn darauf hingewiesen hab, dass er mit einem Sergeant spricht, hat er gesagt: ›Die Streifen eines Zebras haben mehr zu bedeuten als die eines Niggers.‹ Wäre er in einer britischen Kompanie gewesen, hätte ich ihn für einen Monat ins Loch stecken können. Aber man hat uns gebeten, die *besonderen Bedürfnisse* der Amerikaner, was die Trennung von weißem und farbigem Personal angeht, zu ›tolerieren‹. Deshalb ... gehöre ich jetzt zur Reserve.«

Cade schämte sich zutiefst, als er das hörte. Für sein Land, für die anderen Ranger und weil er selbst nie gegen Rassismus aufbegehrt hatte. Die peinliche Stille, in der Schuld und Enttäuschung mitschwangen, zog sich in die Länge, während Cade sich fragte, was er darauf antworten sollte, um nicht auch noch Salz in die Wunde zu streuen. Schließlich seufzte er und steckte die Hände in die Hosentaschen. »Das alles tut mir wirklich leid, Miles. Aber es hätte schlimmer kommen können. Stell dir mal vor, die wüssten, dass du eine Tunte bist.«

Miles hätte beinahe gelacht. »Du bist echt ein Arsch.«

»Weißt du doch.« Eine kühle Brise fuhr durch die Bäume. Cade neigte den Kopf nach rechts. »Ich habe gehört, dass es in Spean Bridge einen Pub gibt. Willst du ein Bier?«

Miles legte Cade den Arm um die Schultern. »Ich dachte schon, du würdest nie fragen.«

47

APRIL

Die Unwissenheit der Hölle war anscheinend grenzenlos. Seit einem Monat hatte Kain seinen Patron immer wieder gebeten, ihm Hinweise auf den Verbleib seiner letzten Adeptin zu gewähren. Er hatte ein halbes Dutzend Dämonen ausgesandt und ihnen einen simplen Befehl erteilt: *Findet Briet. Teilt mir ihren Zustand und Aufenthaltsort mit.*

Alle waren mit leeren Händen zurückgekehrt.

Selbst die Logikmaschine, die äußerst schwer zu täuschen war, hatte keine konkreten Ergebnisse geliefert. Da Kain befürchtete, dass sein Gegenspieler Briet entführt haben könnte, beschloss er, auf die einfachste und direkteste Weise nach ihr zu suchen.

Er stand im Anwenderkreis seines Beschwörungsraums, direkt unter seinem Wolfsschanzenbunker. Rote Flammen umspielten die Kohlen in der Feuerschale. Kain nahm eine in eine frische Mullbinde gewickelte Quecksilberweihrauchkugel aus der Tasche. Steinsalzkristalle knirschten in seiner geballten Faust. Der Druck seiner Hand setzte den blumigen Geruch von schwarzem Nelkenpulver frei.

Er ließ den Weihrauch in die Feuerschale fallen.

Orange Funken stoben als fauchende Fontäne aus den Kohlen, versengten die Decke und regneten hell leuchtend herab. Sie hüpften über den Boden, bis sie dunkler wurden und erloschen. Kain schob die Hand in den Geysir aus brennenden Partikeln und verkündete: »*Exaudi. Exaudi. Exaudi.*«

Er konzentrierte sich auf Briet. Wenn sie noch lebte, selbst wenn sie sich hinter einer magischen Barriere befand, würde sie seine Beschwörung hören und darauf antworten können, indem sie eine Flamme in ihrer Handfläche erschuf.

Kain wiederholte den Zauber. Es kam keine Antwort und er erhielt auch keine Vision seiner verschollenen Adeptin. Die Funken in der Feuerschale wurden schwächer und die Flammen, die an den Kohlen leckten, wurden kleiner und erloschen.

Er zog die Hand zurück.

Er erstickte die Glut in der Feuerschale und öffnete den Kreis. Er hatte Briet zuletzt vor Monaten in der Normandie gesehen. Sie hatten sich im Januar kurz unterhalten, seitdem nicht mehr. Ihre Leibwächter hatten sie nicht abreisen sehen, wussten lediglich, dass sie Briet – auf Kains telegrafischen Befehl hin – an einem Februarmorgen hatten abholen sollen, ihre Berliner Wohnung jedoch leer vorgefunden hatten. Ihre Habseligkeiten waren dort verblieben, nur ihre magischen Werkzeuge fehlten.

Einige Berichte ließen darauf schließen, dass sie in Hamburg aufgetaucht war und einen Fahrschein für den Nachtzug nach Düsseldorf gekauft hatte. Dieser Fahrschein war nicht entwertet worden und soweit Kain wusste, hatte Briet die Reise nie angetreten.

Alle weiteren Versuche, ihre Spur aufzunehmen, waren gescheitert.

Die Ungewissheit frustrierte Kain. War Briet ermordet worden? Hatte man sie gefangen genommen? Hatte sie ihn gar im Stich gelassen? Oder war sie – eine noch schlimmere Vorstellung – zum Feind übergelaufen?

Er hatte alles versucht. Fürs Erste musste er die Sache auf sich beruhen lassen. Kain ging davon aus, dass Briet tot war.

Aber wenn ich nach dem Krieg herausfinde, dass sie lebt, wird das nicht lange so bleiben.

Das Fünfte Ranger-Bataillon trat zwischen der Straße und dem Fluss den fünfzehn Kilometer langen Marsch nach Spean Bridge an. Dort würde ein Zug sie zu ihrem nächsten Ausbildungslager bringen.

Cade überprüfte gerade die Riemen seines Rucksacks und stellte sicher, dass er nichts vergessen hatte, da legte sich eine Hand fest auf seine Schulter. Als er den Kopf drehte, lächelte Miles ihn an.

»Wolltest du etwa aufbrechen, ohne dich zu verabschieden?«

»Auf so eine Idee würde ich nie kommen.« Er und Miles packten sich an den Unterarmen, eine aggressive Parodie des Händeschüttelns. »Man bringt uns wohl zuerst nach Braunton und dann nach Swanage.«

»Um den Sturmangriff zu trainieren. Kopf runter und Augen auf, dann kriegst du das schon hin.«

Cade deutete mit dem Kinn auf die Burg. »Was ist mit dir? Bleibst du hier?«

»Irgendjemand muss ja die nächste Ladung Wichser ausbilden.« Weiter vorn fingen die Sergeants an, die Männer mit gebrüllten Befehlen zum Aufbruch aufzufordern. »Du musst wohl los, alter Junge.«

Der Monat in Achnacarry war so schnell vergangen und Cade hatte nur zwei Wochen Zeit gehabt, um seine Freundschaft mit Miles zu erneuern. Sein ganzes Leben schien an ihm vorbeizurasen, ohne dass er zu Atem kam. Nun, als er sich erneut von Miles verabschieden musste, erinnerte sich Cade an die Schuldgefühle, die ihn überkommen hatten, als er ihn im Rekrutierungsbüro allein gelassen hatte. Aber dieses Mal war er derjenige, der in die Hölle marschieren sollte, während Miles zurückblieb, um die Heimat zu bewachen.

»Wir werden uns wiedersehen«, sagte Cade. »Nach dem Krieg.«

»Du weißt ja, wo ich bin, Kumpel.«

Sergeant Dales Ruf hallte durch die Morgenluft. »Hundekompanie! Erster Zug! Marsch!«

Die Reihen vor Cade setzten sich in Bewegung. Er drehte sich um und fragte Miles mit einem schelmischen Funkeln in den Augen: »Hey! Hast du die zehn Pfund, die du mir noch schuldest?«

Ein strahlend weißes Grinsen. »Tut mir leid. Wir haben nicht so dicke Brieftaschen wie ihr Yanks. Klären wir das nächstes Mal?«

Cade entfernte sich mit dem Rest seiner Einheit von Achnacarry. Über seine Schulter hinweg antwortete er Miles: »Worauf du wetten kannst.«

48

MAI

»Junge, uns läuft die Zeit davon. Versuch es noch mal.« Adair konnte Cade nicht einholen, der schneller ging als je zuvor. Er verlieh seiner Stimme einen flehenden Unterton: »Nur noch eine Runde, dann reicht es für heute.«

»Mir reicht es jetzt schon.« Cade beschleunigte seine Schritte. Die Kaserne, die er sich mit seinem Ranger-Bataillon am Rand von Dorchester teilte – ihre neueste Unterkunft, nachdem sie in schneller Folge zuerst in Braunton, dann Swanage ausgebildet worden waren –, lag nicht weit entfernt am Ende einer dunklen Straße. Fast alle militärischen Anlagen in Südengland wurden als Vorsichtsmaßnahme gegen deutsche Luftangriffe nachts verdunkelt. Cade und die anderen alliierten Soldaten, die auf den Europa-Feldzug vorbereitet wurden, hatten gelernt, ihren Standort mit dem Kompass und den Sternen zu bestimmen.

Adair versuchte, Cade einzuholen, aber nach fast sechs Monaten in der Obhut der Ranger hatte sich der junge Mann völlig verändert. Adair konnte nicht mithalten. »Cade, bitte. Es war nicht einfach, die Armee davon zu überzeugen, den Übungsbunker von Leominster hierher zu verlegen. Das werden die sicher nicht noch einmal machen. Wir müssen ihn benutzen, solange wir ihn haben.«

»Das werden wir. Morgen, wenn ich mich ausgeruht habe.«

Wieso kann ich nicht an seine Vernunft appellieren? »Glaubst du, dass du ausgeruht sein wirst, wenn du vor dem echten Siegel stehst? Nachdem du die Nacht auf dem Kanal verbracht, den Strand gestürmt, eine Klippe erklommen und einen Bunker angegriffen hast – und das alles unter Beschuss? Selbst wenn du bis zum Siegel kommst, wirst du nicht acht Stunden Schönheitsschlaf hinter dir haben. Wenn du Glück hast, kannst du kurz durchatmen und schleifst nicht gerade deine Eingeweide hinter dir her.«

Cade blieb stehen und konfrontierte seinen Meister: »Lassen Sie mich in Ruhe. Ich lerne dieses Ding seit Monaten auswendig. Ich kenne jede gottverdammte Linie.«

»Davon hat man heute aber nicht viel gesehen.«

Cade sog scharf die Luft ein, was seine zunehmende Frustration verriet. »Von den insgesamt tausend Glyphen habe ich zwei vertauscht und bei einer den Punkt vergessen. Nächstes Mal passiert mir das nicht.«

»Das will ich dir auch geraten haben. Wenn du bei dem echten Siegel auch nur eine Glyphe vergeigst, werden die Dämonen losgelassen. Wenn du schluderst, werden wir anderen die Hölle auf Erden erleben.«

»Wir anderen?«

»Aye. Du wirst sofort tot sein. Aber die restlichen zwei Milliarden armen Schweine auf diesem Planeten werden leiden.«

Diese Zahl jagte Cade ein schlechtes Gewissen ein. Er gab seinen Trotz auf, nickte und sah Adair mit Demut im Blick an. »Ich gehe die Glyphen morgen früh noch einmal durch.«

»Warum nicht jetzt?«

Cade schaute auf die Uhr, dann lief er weiter auf die Kaserne seiner Einheit zu. »Der Sarge hat gesagt, ich soll um Mitternacht zurück sein. Warum, weiß ich nicht.« Adair war bereits einige Schritte hinter ihm, als Cade hinzufügte: »Hoffentlich zeigt er nicht schon wieder *Girl Crazy*. Nichts gegen Judy Garland, aber wenn ich den Film noch einmal sehen muss, jage ich mir eine Kugel in den Kopf.«

Adair verfluchte lautlos die Energie und Leidenschaft der Jugend, dann bemerkte er seinen Neid und wies sich selbst zurecht. *Die Welt ist für ihn neu. Er soll sie genießen.*

Er folgte Cade durch schmale, dunkle Straßen, bis sie die Kaserne erreichten. Eine bewaffnete Wache, eher eine Stimme in der Dunkelheit als eine Person, stellte sich ihnen in den Weg.

»Halt! Identifizieren Sie sich.«

»Private Martin Cade, Fünftes Ranger-Bataillon, Hundekompanie, Erster Zug.«

»Wer ist das hinter Ihnen?«

Cade antwortete: »Das ist Adair Macrae, britischer SOE. Er gehört zu mir.«

Die Wache schaltete eine Taschenlampe ein, richtete den Strahl einige Sekunden auf ihre Gesichter und schaltete sie dann wieder aus. »Okay, gehen Sie weiter. Der Sarge wartet schon auf Sie.«

»Danke.« Cade und Adair stiegen die Stufen zur Kasernentür hinauf. Cade klopfte zweimal auf das Holz und wartete auf das Antwortklopfen, das ihm signalisieren würde, dass man im Inneren zur Sicherheit das Licht ausgemacht hatte. Dann öffnete er die Tür und ließ Adair eintreten. Als sich die Tür hinter ihnen schloss und das Licht eingeschaltet wurde, merkte Cade, dass er vor dem kompletten Ersten Zug der Hundekompanie stand. Anscheinend wollte Sergeant Dale etwas verkünden.

Dale nickte Adair zu. Die beiden hatten sich einige Male getroffen, um über Cades nächtliche Sonderausbildung zu sprechen. Im Gegensatz zu den gewöhnlichen Soldaten wussten die Offiziere und Unteroffiziere, welche Einzelmission Cade bei dem bevorstehenden Angriff zu erfüllen hatte. Soweit Adair wusste, war nichts davon zu den unteren Rängen durchgedrungen.

Der Sergeant trat vor Cade. »Junge«, sagte er in seinem gedehnten texanischen Dialekt. »Ich muss etwas gestehen. Als die Armee Sie vor fünf Monaten bei mir abgeladen hat, dachte ich nicht, dass Sie es schaffen würden. Sie hatten keine Ahnung vom Soldatenleben, konnten kaum mit beiden Händen Ihren eigenen Arsch finden, geschweige denn ein M1 auseinandernehmen. Als die Armee mir also gesagt hat, ich solle Sie so gut hinbiegen, dass Sie den Strand erstürmen können, war ich nicht gerade optimistisch, dass das klappen würde.«

Dale betrachtete die anderen Soldaten der Hundekompanie. Die meisten versuchten vergeblich, ihr wissendes Lächeln zu verbergen. »Aber leck mich am Arsch, Junge. Sie haben mir das Gegenteil bewiesen. Ich habe noch nie erlebt, dass jemand Dinge so schnell lernt. Und letzte Woche in Braunton und Swanage … Scheiße, da haben Sie bewiesen, was in Ihnen steckt. Jeder hier würde ohne einen Hauch des Zweifels mit Ihnen in den Kampf ziehen. Das gilt auch für mich.« Er blickte über seine Schulter, als jemand anderes vortrat. »Deshalb haben wir für ein kleines Geschenk gesammelt. Hoffe, es passt.«

Der kräftige Zug-Sergeant, Staff Sergeant Gordon Speath, und der Kommandant des Zugs, First Lieutenant Francis Dawson, den Adair nur einmal kurz im Vorbeigehen gesehen hatte, lösten sich aus den Reihen. Adair fiel aber auf, dass Cade den Lieutenant sehr respektvoll und beeindruckt anschaute.

Dawson hielt Cade seine ausgestreckte Hand hin. Darauf lag ein diamantförmiges Stoffabzeichen für die Schulter mit königsblauem Hintergrund und einem goldenen Rand. In ebenfalls goldenen Großbuchstaben stand darauf: RANGER.

»Nehmen Sie es«, sagte der Lieutenant. »Sie haben es sich verdient. Sie sind jetzt einer von uns.«

Cade betrachtete das Abzeichen verblüfft, bevor er es schließlich in die Hand nahm. »Danke, Sir.«

Private Pinchefsky schlug Cade freundlich auf den Arm. »Du lernst also schnell, was? Dann können wir dich wohl nicht mehr ›Eselsmütze‹ nennen.« Er grinste Dale an. »Was ist denn sein neuer Spitzname, Sarge?«

»Na, jeder mag doch einen Underdog, oder?«

Die Reihen lösten sich auf, als die Soldaten Cade umringten wie Wasser, das einen Stein umspült. Sie klopften ihm im Vorbeigehen auf die Schulter.

»Gut gemacht, Underdog«.

»Gute Arbeit, Underdog«.

»Du hast es richtig krachen lassen, Underdog«.

»Weiter so, Underdog«.

Dawson hob die Stimme. »Jetzt zu den schlechten Nachrichten.« Er reichte Cade ein zusammengefaltetes Stück Papier. Als Cade es öffnete, sagte Dawson: »Man hat Sie versetzt. Zweites Ranger-Bataillon, Leichte Kompanie.« Ein enttäuschtes Stirnrunzeln. »Tut mir leid, der Befehl kommt direkt von Eisenhower. Draußen wartet ein Jeep, der Sie nach Braunton bringen wird. Melden Sie sich dort bei First Sergeant Lang, er wird sich um Sie kümmern.«

Das trübte die Stimmung der Soldaten. Cades verblüffter Gesichtsausdruck ließ erahnen, dass er nicht wusste, wie er mit dieser Neuigkeit umgehen sollte. Er faltete das Papier zusammen und nickte. »Verstanden, Sir.«

Die anderen Männer drängten sich um Cade. Sie schüttelten ihm die Hand, verabschiedeten sich und forderten ihn auf, keine nassen Füße zu bekommen, den Kopf runterzunehmen und nicht den Arsch zu verlieren. Als Letztes stellte sich Pinchefsky vor ihn. »Pass auf dich auf, Underdog.«

»Du auch, Pinch.«

»Und wenn diese Ärsche vom Zweiten Ranger-Bataillon auf dir rumhacken …«

»Schicke ich sie zu dir.«

»Spinnst du?«, rief Pinchefsky. »Die sind nicht ganz dicht. Am besten lächelst du einfach und gehst weiter.«

Die Männer des Ersten Zugs überschütteten Cade weiter mit Witzen und gut gemeintem Spott, während er seinen Seesack packte und sich auf die nächtliche Reise zum Zweiten Ranger-Bataillon vorbereitete.

Adair, der aus respektvoller Entfernung zuschaute, war stolz, dass Cade in kurzer Zeit so viel erreicht und sogar Freunde gefunden hatte. Er hatte befürchtet, dass seine Idee, den Jungen in die Armee zu integrieren, nach hinten losgehen würde. Stattdessen hatte Cade Adairs Erwartungen deutlich übertroffen. Das war ein gutes Zeichen.

Wenn die Ranger an ihn glaubten, dann konnte Cade vielleicht wirklich den Schrecken des Kriegs trotzen.

Doch während er beobachtete, wie sein Adept sich im Lob seiner Kameraden sonnte, stieg auch Angst in Adair auf – das Überleben der Menschheit hing davon ab, dass Cade in diesem Höllenschlund nicht zermalmt wurde.

49

JUNI

Auf der HMS *Amsterdam*, einem Kanaldampfer, den man in ein Infanterietransportschiff der Royal Navy umgewandelt hatte, war es eng und ungemütlich. Man hatte jedes bisschen Komfort entfernt und nur das übrig gelassen, was lebensnotwendig war. Von der Steuerbord- und Backbordreling hingen Amphibienfahrzeuge mit flachem Boden an hydraulischen Winden auf einer Ebene mit dem Hauptdeck. Kurz nachdem das Zweite Ranger-Bataillon in Weymouth angekommen war, hatte man es mit kleinen Lastkähnen durch das Hafenbecken zur *Amsterdam* gebracht, wo man die Soldaten zusammenschob wie Patronen in einem Gewehrmagazin.

Unter Deck separierte man die Ranger nach Zug und Einheit und sagte ihnen, sie sollten ihre Ausrüstung irgendwo verstauen und es sich gemütlich machen. Diese Anweisung kam Cade wie ein schlechter Scherz vor. Es gab mehr als genug Platz für die Männer, nur nicht für die Männer und die ganze Ausrüstung.

Unterhalb des A-Decks existierten kaum Fenster und eine nackte Glühbirne, die eingehüllt von Zigarettenrauch von einem ausgefransten Kabel hing, war die einzige Lichtquelle in der Kabine seines Zugs. Darunter hockten Cade und einige seiner neuen Kumpel vom Zweiten Zug der Leichten Kompanie im Kreis um einen Stapel zerknitterter Spielkarten und einen Haufen Geldscheine.

Dutch schnippte gegen den Rand von einer seiner Karten. »Du bist dran, Martin.«

»Echt? Ich dachte, ihr starrt mich alle an, weil ich so gut aussehe.« Cade dachte über sein Blatt nach: zwei Paare, Königinnen und Dreien. Kein schlechtes Blatt beim Poker, aber Dutch und Paddy setzten so enthusiastisch auf ihre Karten, dass einer von ihnen wahrscheinlich drei gleiche in der Hand hielt. Rooster machte beim Wetteinsatz nie den Anfang, hatte sich aber auf zwei Erhöhungen eingelassen, was Cade auf die Idee brachte, dass der Kasernenanwalt die anderen in eine Falle locken wollte. Am vernünftigsten wäre es gewesen auszusteigen. Das Problem war nur, dass man Cade jetzt schon drohte, seinen Spitznamen in »Schisser« zu ändern, weil er so oft vor dem Spielende aufgab. Stolz war beim Poker ein schlechter Berater, aber Cade wusste eh nicht, wofür er sein Geld sonst ausgeben sollte, also warum es nicht auf sein Blatt verwetten?

First Lieutenant Leagans öffnete die Tür so weit, dass er mit seiner Stimme die Kabine ausfüllen konnte: »Martin! Hierher!«

Cade war erleichtert über die Unterbrechung, gab sich aber niedergeschlagen. »Scheiße, so ein Pech.« Er warf seine Karten hin, stand auf und wischte sich den Staub von der Hose. »Pass gut auf, Dutch.« Er deutete mit dem Daumen auf Rooster. »Sonst bescheißt der euch alle.«

Das Spiel wurde ohne ihn fortgesetzt. Cade ging an den anderen Rangern vorbei und trat durch die Tür. Sie ließ sich wegen der menschlichen Fracht, die ihr den Weg versperrte, nur zur Hälfte öffnen. Im Gang stand er vor Leagans stramm. »Sir.«

»Rühren, Private. Kommen Sie mit.« Der Lieutenant erklärte nichts und Cade wusste, dass Fragen sinnlos waren. Ein Offizier hatte ihm einen Befehl erteilt, das musste ihm reichen.

Sie stiegen die Leiter zum Hauptdeck hinauf, liefen dann an der Backbordseite entlang nach achtern zu einer Luke, hinter der ein Gang unter den Aufbauten des Schiffs hindurchführte. Sie gingen bis zu einer angelehnten Tür im Bugschott, die Leagans öffnete. Cade folgte ihm in den Raum dahinter. Laut einer Plakette neben der Tür handelte es sich um die Offiziersmesse.

Im Gegensatz zu den Unterkünften der einfachen Soldaten war die Offiziersmesse geräumig und hell erleuchtet. An einem Konferenztisch hatten sich die hochrangigen Unteroffiziere des Zweiten Zugs der Leichten Kompanie versammelt: Technical Sergeant Elliot Mann, der Sergeant des Zugs; die Staff Sergeants Jerry Sykes und Sam Kelly, die den Angriffseinheiten vorstanden; und Sergeant Michael DeStefano, der Leiter der Granatwerfereinheit.

Leagans zeigte auf den leeren Stuhl neben Technical Sergeant Mann. »Setzen Sie sich, Private.« Der Zugführer setzte sich Cade gegenüber, neben Sykes. Dann warteten alle. Die Uhr an der Wand kroch quälend langsam dem Ende der Stunde entgegen. Als der Zeiger die zwölf berührte, fragte sich Cade, ob nun etwas Dramatisches ...

Die Tür flog auf, als wäre sie von einer Sturmböe getroffen worden, und ein großer dünner Vier-Sterne-General betrat den Raum und ging zum Kopfende des Tischs. Seine Kappe hatte er sich unter den Arm geklemmt, begleitet wurde er von einer Armee-Offizierin, die eine Aktentasche trug. Leagans und die Unteroffiziere sprangen auf, also tat Cade das Gleiche, nur einen Sekundenbruchteil später. Niemand salutierte, da weder der General noch seine Adjutantin ihre Kopfbedeckung trugen. Captain Richard Merrill, der Kommandant der Leichten Kompanie, und sein Assistent First Sergeant Bob Lang folgten dem General in den Raum und blieben links und rechts von ihm stehen.

Der General lächelte. »Rühren, Gentlemen. Setzen Sie sich.«

Sobald er die Stimme des Neuankömmlings hörte, erkannte Cade ihn als den Mann wieder, dem er vor Jahren kurz in Gibraltar begegnet war: General Dwight D. Eisenhower, Oberkommandant der Alliierten in Europa.

Die Ranger nahmen Platz und versuchten so gut wie möglich, stramm zu sitzen. Eisenhower legte seine Kappe auf den Tisch und blieb stehen, während seine Adjutantin die Aktentasche öffnete und jedem der am Tisch sitzenden Männer einen braunen Umschlag reichte. Als sie damit fertig war, verließ sie die Offiziersmesse und schloss die Tür hinter sich.

»Gentlemen«, sagte der General. »Die Invasion Frankreichs steht unmittelbar bevor. Vor zwölf Tagen haben Sie erfahren, dass Ihr Ziel die Pointe du Hoc sein wird. Nun werde ich Sie über den Rest Ihrer Mission aufklären. Öffnen Sie bitte den Umschlag, den Sie bekommen haben, und sehen Sie sich die erste Seite an ...« Er wartete, bis die Ranger das getan hatten. »Wie Sie sehen, haben wir aus vertrauenswürdigen Quellen der französischen Résistance erfahren, dass die Deutschen die sechs Artilleriegeschütze ins Landesinnere verlegt haben. Diese Information werden Sie nicht an Ihre Männer weitergeben. Ihr Hauptziel ist der Beobachtungsbunker auf der Pointe du Hoc. Auf Seite zwei ...«

Papier raschelte, als Cade und die anderen Ranger umblätterten.

Eisenhower fuhr fort: »... sehen Sie einige Luft- und Bodenaufnahmen, die es Ihnen erleichtern werden, den kürzesten Weg zum Bunker zu finden. Von allergrößter Wichtigkeit ist, dass Sie alle feindlichen Kräfte ausschalten, ohne den Kartenraum zu beschädigen.« Ein knappes, aber herzliches Lächeln ließ die Mundwinkel des Generals zucken. »Und nun zu der Frage, die Sie alle bewegt: Wieso nimmt ein Private an dieser Besprechung teil?« In dem Blick, den er Cade zuwarf, lagen Bewunderung und Mitleid. »Aus demselben Grund, aus dem ich ihn in Ihre Einheit habe versetzen lassen. Er spielt die Hauptrolle bei dieser Mission.«

Diese Enthüllung führte zu erhobenen Augenbrauen und überraschten Blicken, die erst nachließen, als Eisenhower fortfuhr: »Ich habe Ihr Bataillonskommando, Captain Merrill, First Sergeant Lang und Lieutenant Lapres vom Ersten Zug bereits über alles in Kenntnis gesetzt. Sie müssen Folgendes wissen: Im Kartenraum des Beobachtungsbunkers befindet sich eine einzigartige Bombe, zu deren Entschärfung man ganz besondere Fähigkeiten benötigt. Nur Private Cade Martin verfügt über die entsprechende Qualifikation.«

Sykes beugte sich vor: »Verzeihung, General, um was für eine Bombe handelt es sich?«

»Das ist vertraulich, Sergeant.«

Kelly gab als Nächstes seiner Neugier nach. »Und weshalb ist Martin in der Lage, sie zu entschärfen?«

»Weil er vor seinem Eintritt in die Armee eine Sonderausbildung absolviert hat.«

»Was für eine Ausbildung?«, fragte DeStefano. »Und wo hat er sie absolviert?«

Cade fragte sich, wie viel der General den Rangern über die Mitternachtsfront, Adair und die Gefahr, vor der sie standen, enthüllen wollte. Eisenhower sah Cade erneut an und sagte dann mit reglosem Gesichtsausdruck: »Diese Einzelheiten sind streng geheim. Ich kann Ihnen lediglich verraten, dass Private Martin seine Ausbildung in Oxford erhielt und in den letzten paar Jahren hinter den Linien für den britischen SOE gearbeitet hat. Unsere britischen Verbündeten und ich stehen voll hinter ihm.« Er stützte sich mit den Fingerknöcheln auf den Tisch. »Ich lege sein Leben in Ihre Hände. Machen Sie Ihren Soldaten klar, dass sie nach der Landung nur ein Ziel haben, nämlich Private Martin lebendig und so unversehrt wie möglich in diesen Bunker zu bringen. Alle vorangegangenen Befehle, die Sie erhalten haben, und alle zukünftigen, die dieser Anweisung widersprechen, sind nichtig. Dafür stehe ich persönlich ein. Jeder, außer Martin, ist bei dieser Mission entbehrlich, Ihre Männer und auch Sie. Es geht ausschließlich darum, ihn in diesen Bunker zu bekommen. Haben Sie das verstanden?«

Merrill nickte und sprach für die Gruppe: »Klar und deutlich, Sir.«

»Gut. Eine Sache noch: Ihre Mission wird als streng geheim eingestuft. Sie dürfen *niemals* mit einer Person außerhalb Ihrer Einheit darüber sprechen. Auch nach Kriegsende nicht. Diese Besprechung hat nie stattgefunden. Ich war nie hier und Sie wissen nichts über diese Operation. Ist das klar?« Das zustimmende Nicken der Männer entlockte dem General ein zufriedenes Lächeln. »Gut.« Er klemmte sich die Kappe unter den Arm. »Sind Sie bereit für die Landung?«

»Wir werden landen oder sterben, General«, sagte Leagans. »Sie müssen nur den Befehl erteilen.«

»Gentlemen … der Befehl ist hiermit erteilt. Wenn Sie mich jetzt entschuldigen würden? Ich muss zurück nach Southwick House, bevor jemand merkt, dass ich weg bin.«

Eisenhower wandte sich zur Tür um. Leagans und die Unteroffiziere sprangen sofort auf, Cade einen Sekundenbruchteil später. Strammstehend beobachteten sie, wie Eisenhower den Raum verließ. Als die Tür hinter ihm ins Schloss fiel, atmeten alle gleichzeitig aus. DeStefano fixierte Cade mit einem düsteren Blick. »Gottverdammt, Private. In was für einen Scheiß haben Sie uns reingezogen?«

»Das war ich nicht.« Cade zuckte mit den Schultern und hob resignierend die Hände. »Ich wollte allein gehen, aber die Armee hatte andere Pläne.«

»Das hat sie fast immer«, knurrte Sergeant Mann, dessen tief liegende Augen ihm das Aussehen einer Leiche gaben. »Und die meisten enden damit, dass man uns in einer Kiste nach Hause schickt.«

Adair hatte sich nicht verabschieden können. Er hätte seinem letzten Lehrling eh nicht viel zu sagen gehabt, außer ihm Glück zu wünschen und ihn zu ermahnen, bei der Veränderung der Glyphen nicht schon wieder Tau und Rho zu verwechseln. Trotzdem hätte er das Gesicht des Jungen gerne noch einmal gesehen, für den Fall, dass es das letzte Mal war.

So solltest du nicht denken. Kopf hoch. Er wird dich stolz machen.

Vor vier Tagen war Cade mit seinem Bataillon auf eines der im Hafen liegenden Schiffe gebracht worden. Vor vier Tagen waren die HMS *Amsterdam* und Dutzende anderer Dampfer mit rauchenden Schornsteinen und im Schutz der Nacht zum Flottensammelpunkt vor der Isle of Wight aufgebrochen.

Adair richtete seinen besorgten Blick in den sternlosen Himmel. Über England und der Atlantikküste hingen schwere, bleifarbene Wolken, die sich einfach nicht auflösen wollten. Eisenhower hatte den Angriff am Abend zuvor im letzten Moment verschoben, weil das Wetter im Ärmelkanal zu schlecht gewesen war.

An diesem Abend hatte eine weitere Sturmfront die Invasionspläne der Alliierten beinahe zunichte gemacht – was einer Katastrophe gleichgekommen wäre, da der Feind dann vermutlich ihre Absichten erkannt hätte. Doch Eisenhower konnte dank Adairs Pakt mit MERCAEL nun sicher sein, dass sich das Wetter zugunsten der Alliierten entwickeln würde. Danach hatte er bloß noch entscheiden müssen, ob es Zeit war, der Geschichte ihren Lauf zu lassen und sich dem Schicksal anzuvertrauen.

Und das hatte er wie üblich mit wenigen Worten getan: »Okay. Los geht's.«

Adair bewunderte die Prägnanz dieses Befehls.

Nun stand er in der Dunkelheit am Ende des Kais und starrte in Richtung des Hafens von Weymouth. Er stellte sich vor, wie Tausende Schiffe, mehr als 150.000 Männer und eine Flugzeugflotte ihrem Ziel und, da war er sich sicher, einem Wendepunkt der Geschichte entgegensteuerten.

Und von dieser unaufhaltsamen Flutwelle wurde ein junger Mann mitgerissen, dessen Erfolg oder Misserfolg darüber entscheiden würde, ob dieses ganze Unterfangen umsonst gewesen war.

Gott sei mit dir, mein Junge.

SUPREME HEADQUARTERS
ALLIED EXPEDITIONARY FORCE

Soldiers, Sailors and Airmen of the Allied Expeditionary Force!

You are about to embark upon the Great Crusade, toward which we have striven these many months. The eyes of the world are upon you. The hopes and prayers of liberty-loving people everywhere march with you. In company with our brave Allies and brothers-in-arms on other Fronts, you will bring about the destruction of the German war machine, the elimination of Nazi tyranny over the oppressed peoples of Europe, and security for ourselves in a free world.

Your task will not be an easy one. Your enemy is well trained, well equipped and battle-hardened. He will fight savagely.

But this is the year 1944! Much has happened since the Nazi triumphs of 1940-41. The United Nations have inflicted upon the Germans great defeats, in open battle, man-to-man. Our air offensive has seriously reduced their strength in the air and their capacity to wage war on the ground. Our Home Fronts have given us an overwhelming superiority in weapons and munitions of war, and placed at our disposal great reserves of trained fighting men. The tide has turned! The free men of the world are marching together to Victory!

I have full confidence in your courage, devotion to duty and skill in battle. We will accept nothing less than full Victory!

Good Luck! And let us all beseech the blessing of Almighty God upon this great and noble undertaking.

Dwight D. Eisenhower

HAUPTQUARTIER DER ALLIIERTEN EXPEDITIONSSTREITKRÄFTE

//Emblem der SHAEF:
Flammendes Schwert unter Regenbogen auf schwarzem Grund//

Soldaten, Matrosen und Piloten der alliierten Streitkräfte!

Sie brechen bald zu unserem Großen Kreuzzug auf, den wir seit vielen Monaten vorbereitet haben. Die Augen der Welt sind auf Sie gerichtet. Die Hoffnungen und Gebete freiheitsliebender Menschen begleiten Sie. Gemeinsam mit unseren tapferen Verbündeten und Kriegskameraden an anderen Fronten werden Sie die deutsche Kriegsmaschinerie zerschlagen, die Schreckensherrschaft der Nazis über die unterdrückten Völker Europas beenden und der ganzen Welt Sicherheit und Freiheit bringen.

Ihre Aufgabe wird keine leichte sein. Ihr Feind ist gut ausgebildet, gut ausgerüstet und kampferprobt. Er wird sich brutal zur Wehr setzen.

Aber dies ist das Jahr 1944! Viel ist seit den Triumphen der Nazis 1940–41 geschehen. Die Vereinten Nationen haben den Deutschen herbe Verluste beschert, im offenen Kampf, Mann gegen Mann. Unsere Luftoffensive hat ihre Macht am Himmel eingeschränkt und ihren Bodentruppen geschadet. Unsere Heimatfronten haben uns mit überlegenem Kriegsgerät und Munition versorgt und es stehen gut ausgebildete Männer als Kampfreserven bereit. Das Blatt hat sich gewendet! Die freien Menschen der Welt marschieren gemeinsam dem Sieg entgegen!

Ich habe vollstes Vertrauen in Ihren Mut, Ihr Pflichtbewusstsein und Ihre Kampfkraft. Wir werden uns nur mit einem überwältigenden Sieg zufrieden geben!

Viel Glück! Und bitten wir den allmächtigen Gott um seinen Segen bei diesem großen und noblen Unterfangen.

//Stempel Dwight-D.-Eisenhower-Bibliothek//
//Unterschrift Dwight D. Eisenhower//

Anm. d. Red.: Authentisch, s. US-Nationalarchiv

6. Juni 1944
D-Day

50

Es gab Übelkeit und dann gab es die Art von Seekrankheit, unter der man nach zwei stürmischen Tagen auf See in einer Blechdose ohne Fenster litt. Cade hatte sich noch nie so krank gefühlt. Obwohl er nüchtern war, stolperte er herum wie ein Betrunkener, weil sich die Böden, Decken und Wände zu bewegen schienen. Er hatte Kopfschmerzen, sah die Welt nur verschwommen und übergab sich, sobald er es wagte, seinem Magen Nahrung zuzuführen.

Die Unterdecks der *Amsterdam* waren vor lauter Erbrochenem glitschig geworden. Eine Stunde zuvor hatte man den Rangern Pfannkuchen und Kaffee serviert, um die Symptome der Seekrankheit zu lindern. Das hatte nicht funktioniert.

Cade sehnte sich nach frischer Luft und spürte, dass sich sein Magen erneut verkrampfte. Also kämpfte er sich die steile, von Kotze bedeckte Treppe hinauf, die zum Hauptdeck führte, und stieß die wasserfeste Tür auf. Er lief gegen eine Wand aus Körpern. Über die Hälfte der Ranger war auf das Deck gekommen, um sich Erleichterung von ihrer Seekrankheit zu verschaffen. Wind fuhr durch ihre Reihen, Gischt spritzte über den Bug und durchnässte die geduckt dastehenden Männer. Einige Glückspilze hatten einen Platz an der Reling erobern können, was es ihnen ermöglichte, sich die Seele aus dem Leib zu kotzen, ohne auch noch das letzte bisschen Würde zu verlieren. Dem Rest, so wie Cade, blieb nichts anderes übrig, als sich gegenseitig die Stiefel einzufärben und sich zwischen den Würgelauten zu entschuldigen.

Jedes Mal, wenn Cade dachte, es gäbe nichts mehr, was sein Magen noch auf das Deck spucken konnte, würgte jemand neben ihm und seine Qualen fingen von vorne an.

Trotz des Brüllens des Winds und der Schiffsmotoren durchdrang ein unheilverheißendes Dröhnen die Nacht. Cade wischte sich den Speichel von den Lippen und warf einen Blick nach oben. Vor dem bewölkten Hintergrund konnte er die vom Mond angeleuchteten Silhouetten unzähliger Flugzeuge ausmachen. Bomber, Kampfflugzeuge und Fallschirmjäger-Transportflugzeuge zogen wie große schwarze Schlangen hintereinander am Himmel entlang. Ihre Reihen erstreckten sich von einem Horizont zum anderen. Wenn alles nach Plan verlief, würden die Bomber die Küstenverteidigungsanlagen weichklopfen, während die Fallschirmjäger im Landesinneren zuschlugen, hinter den feindlichen Linien für Chaos sorgten und einen möglichen Rückzug der Deutschen verhinderten.

Als würden die sich je zurückziehen. So viel Glück haben wir nicht.

Die Körper um ihn herum bewegten sich, als einige Männer ihren Platz an der Reling aufgaben und unter Deck stolperten, wahrscheinlich, um noch etwas zu schlafen, bevor sie den Befehl erhielten, in die Higgins-Boote zu steigen. Cade ergatterte einen freien Platz nahe dem Bug. Zur Belohnung spritzte ihm Meerwasser ins Gesicht.

Er zog die Mundwinkel nach unten und wischte sich das Wasser aus den Augen. Es war kalt am Bug, aber das störte ihn weniger als der Gestank und die Enge unter Deck. Hier oben konnte er wenigstens den Horizont sehen, was gut für seinen Gleichgewichtssinn war. Die alliierte Armada durchpflügte rund um die *Amsterdam* die dunkle weinfarbene See, Tausende Schiffe, die nahe beieinander blieben. Die HMS *Ben-my-Chree*, auf der sich der Rest des Zweiten Ranger-Bataillons befand, fuhr so dicht neben der *Amsterdam* her, dass Cade glaubte, er hätte über die Lücke springen können.

Rote Lichter blitzten am Himmel knapp hinter dem Horizont und vor der Armada auf. Die Bomber erledigten ihre Aufgabe. Jetzt würde es nicht mehr lange dauern.

Cade versuchte, sich nicht vorzustellen, was passieren würde, wenn eine der Bomben versehentlich Kains Bunkerfalle auf der Pointe du Hoc traf. Stattdessen ließ er seine Gedanken in die Vergangenheit wandern, zu der Nacht, in der er sich zum letzten Mal auf einem Dampfer wie diesem befunden hatte. Das war die *Athenia* gewesen und sie war von dem Torpedo eines U-Boots versenkt worden. Der Untergang hatte das Ende seiner Eltern eingeläutet und seinen Rachefeldzug ausgelöst. Er wusste, dass er dieses oberflächliche Ziel längst hinter sich gelassen hatte. Monatelang hatte er darüber nachgedacht, wie er auf Siegmars Tod reagiert hatte – wie leer sich diese Tat angefühlt hatte. Wie sinnlos.

Meine Eltern würden nicht wollen, dass ich sie räche. Sie würden wollen, dass ich sie ehre.

Ein ohrenbetäubend schrilles Pfeifen. Staff Sergeant Sykes ging an der Backbordreling des Hauptdecks entlang, Staff Sergeant Kelly gleichzeitig an der Steuerbordreling.

»Alle Mann nach unten!«, bellte Sykes. »Na los!«

Kelly brüllte: »Zurück in euer Abteil und zwar ganz schnell!«

Sykes fügte drohend hinzu: »Ich trete jedem Ranger, der in einer Minute noch hier oben ist, persönlich in den Arsch!«

Cade folgte dem Rest der Ranger in die Eingeweide des Schiffs. Die Sergeants trieben die Männer vor sich her bis zu ihren Quartieren, dann bellten sie neue Befehle.

»Nehmt euren Scheiß und haltet euch bereit!«, rief Sykes. »Überprüft die Ausrüstung des anderen! Eure Waffen müssen sauber sein, die Munition trocken!«

Die Gespräche verstummten, als die Ranger ihre Ausrüstung nahmen und Kondome über die Mündung ihres Gewehrs, des Karabiners und der Pistole stülpten, um sie vor Nässe und Sand zu schützen. Im Gegensatz zu den meisten Soldaten, die an diesem Tag am Strand landeten, hatten die Ranger der Einsatztruppe A nur leichtes Gepäck dabei. Schließlich sollten sie die Klippen der Pointe du Hoc erklimmen. Die besten Kletterer der Einheit, die »Oberaffen«, hatten nicht einmal ein M1 dabei, nur einen Karabiner und eine Pistole.

Cade und Dutch überprüften gegenseitig ihre Ausrüstung, dann stellten sie sich zu den Rangern, die mit ihren Vorbereitungen fertig waren.

Ein durch Mark und Bein gehender Knall erschütterte das Schiff, dann noch einer und noch einer. Innerhalb weniger Momente hallte der Paukenschlag des Teufels durch den Rumpf – die Schiffsgeschütze bombardierten die Normandieküste.

Sergeant Sykes ging an der Reihe entlang, überprüfte die Ausrüstung eines jeden Mannes, klopfte ihm auf den Rücken und sagte nacheinander zu allen, wenn auch mit unterschiedlichen Worten: »Ganz ruhig, die großen Waffen nehmen uns die Arbeit ab.« Bei einem Knall wurde das Licht unter Deck schlagartig schwächer. Sykes klopfte Cade im Vorbeigehen auf die Schulter. »Weiteratmen. Das soll so sein.«

Cade schloss die Augen und versuchte, trotz des Lärms und der Vibrationen der Artillerie nicht die Nerven zu verlieren. Er atmete tief durch und stellte sich vor, wie seine Eltern lächelnd auf ihn herabsahen.

Mom, Dad ... gebt mir Kraft, damit ich euch stolz machen kann.

Die heftigen Erschütterungen, die gnadenlosen göttlichen Hammerschläge, vor denen niemand flüchten konnte, die ohrenbetäubend brutalen Salven wollten nicht aufhören. Sie übertönten alles. Cade konnte sie nicht ignorieren; er konnte an nichts anderes denken. Er spürte nur noch seinen Körper, der bei jedem Schuss der mächtigen Geschütze zitterte.

Kurz vor vier Uhr stieß der Sergeant wieder in seine Pfeife. »Wir gehen zu den Booten! Genau so, wie wir es geübt haben! Folgt mir!« Sykes pfiff erneut und führte den Zweiten Zug aus dem Abteil durch die Gänge und die Leitern hinauf zum Hauptdeck.

Mit jedem Schritt der Ranger wurden die Waffen lauter. Als die Männer in Zweierreihen an Deck kamen, konnte Cade die Befehle des Sergeants nicht mehr hören. Er konnte nur noch den Männern vor ihm folgen. Dann blickte er auf.

Der Himmel stand in Flammen.

Hunderte Geschütze auf seinem Schiff und den anderen spuckten Feuer. Goldene und orangefarbene Streifen glitten durch die Nacht und erhellten Rauchwolken, durch die sich die alliierte Flotte pflügte. Jeder ohrenbetäubende Artillerieknall ließ die Schaumkronen der Wellen leuchten, die sich vor der Armada in der Dunkelheit auftürmten.

Geölte Planen wurden von den Angriffslandungsbooten gezogen, die man, während sie sich auf einer Höhe mit dem Hauptdeck befanden, auf die Soldaten vorbereitet hatte. Britische Bootsführer setzten sich auf ihren Platz und überprüften die Ausrüstung ein letztes Mal.

Sykes stand neben dem Angriffslandungsboot 862 und befahl dem Zweiten Zug, über das Seitendeck an Bord zu gehen. »Rückt zusammen! Eier an Arsch!« Das Boot war gerade breit genug, dass vier Männer nebeneinanderstehen konnten, wenn sie den Atem anhielten. Cade und Dutch landeten in der Mitte des Boots neben Paddy und Chapeau. Vor ihnen sah Cade Rooster, Bandit, T-Bone und Hopalong. Hinter ihnen standen die Unteroffiziere: Sergeants Waldman, Sykes und DeStefano sowie Corporal Brett. Sturmtrupp zwei sprang hinter den Männern ins Boot, gefolgt von Lieutenant Leagans.

Die Sergeants hoben den Daumen und Leagans gab das Signal an den Bootsführer weiter. Das Higgins-Boot wurde zwischen den riesigen Transportern ins dunkle, aufgewühlte Meer hinabgelassen. Über ihnen rissen weitere Geschosse den Himmel auf und erschütterten die See.

Als die Seile hochgezogen wurden, warf der Bootsführer den Motor an und fuhr los. Die Wellen schienen das Boot aus allen Richtungen hochzudrücken und fallenzulassen. Innerhalb von nur einer Minute waren alle an Bord klatschnass und schöpften mit ihrem Helm Wasser vom Boden ab.

Da Cade sich in der Mitte des Boots befand, sah er nichts außer Schultern und ab und zu, wenn der Bug des Angriffslandungsboots steil nach unten zeigte, das Meer. Die Kriegsschiffe blieben hinter ihnen zurück. Die Deckgeschütze ließen weiterhin Stahl und Feuer auf die Küste herabregnen.

Dann verschwanden die Riesen aus dem Blickfeld. Nur noch ein Dutzend anderer kleiner Boote begleitete ihr eigenes über das erschreckend große, offene Meer.

Jemand vor Cade übergab sich. Innerhalb weniger Sekunden beugte sich der halbe Zug vor und verlieh dem Deck eine andere Farbe. Cade würgte, hustete und spuckte – und war froh, dass sein Magen bereits leer war. Der Einzige, der nicht unter Übelkeit zu leiden schien, war Leagans.

Cade wischte sich Galle vom Kinn und deutete mit dem Daumen über seine Schulter. »Lou ist sich zu fein, um mit uns zu kotzen.«

Dutch spuckte Erbrochenes aus. »Der hat wohl Kiesel im Bauch.«

»Schön für ihn. Frag ihn, ob er welche übrig hat.«

Die kleine Flotte raste mit der Flut dem Ufer entgegen. Die Alliierten beschossen die feindlichen Stellungen ununterbrochen. Cade sah die Geschosse über und vor sich. Gleichzeitig hörte er das Schnurren des Schiffsmotors, das graue Brüllen des Winds und das laute Klatschen, mit dem sich die Wellen am Rumpf brachen.

Cade hätte sich vielleicht vom Slalom des Boots in eine Art Trance wiegen lassen, wenn die Fahrt nicht so holprig gewesen wäre. Er versuchte, nicht an die Gefahren zu denken, die ihn und die anderen erwarteten, doch er konnte an nichts anderes denken – bis er links von sich einen Warnruf hörte.

Chapeau zeigte zur Seite. Eines der Versorgungsboote hatte Wasser aufgenommen. Bevor Cade sich fragen konnte, was nun zu tun war, sank es. Als er auf die leere Stelle starrte, an der sich das Boot befunden hatte, hoffte er, dass die Besatzung auftauchen würde. Doch das tat sie nicht.

Die Geschwindigkeit, mit der das Versorgungsboot gesunken war, schockierte Cade. Die Wellen, die sich vor dem Bug seines Boots auftürmten, erschienen ihm noch bedrohlicher als zuvor.

Minuten später erscholl ein weiterer Ruf und einige Finger zeigten Richtung Steuerbord. Dieses Mal kenterte eines der Angriffslandungsboote. Weder der Lieutenant noch die Unteroffiziere auf Cades Boot gingen darauf ein oder befahlen, zu wenden und den Kameraden zu helfen. Cade sah den Kommandanten der Hundekompanie und rund zwanzig andere Männer im eiskalten Wasser schwimmen, während der Rest der Flotte weiterfuhr.

Dutch stieß Cade an. »Wieso dauert das so lang? Sollten wir nicht schon am Strand sein?«

»Woher zum Teufel soll ich das wissen?«

Ein Schütze, der über Bug spähte, beschwerte sich bei Sergeant Waldman: »Das ist nicht die Pointe du Hoc.«

Ein besorgtes Murmeln breitete sich in den Reihen aus. Corporal Larry »Pow-Wow« Pawlikowski, einer der Sanitäter, beugte sich kurz über die Steuerbordreling, um einen Blick an Land werfen zu können, dann kehrte er kopfschüttelnd an seinen Platz zurück. »Irgendwer hat Scheiße gebaut. Das ist die Pointe de la Percée.«

Slick, einer der Sergeants, klang besorgt. »Das ist das Ziel von Einsatztruppe B. Wohin bringen uns diese Inselaffen?«

Die Männer schauten Lieutenant Leagans fragend an, aber der bedeckte seinen Mund mit einer Hand, während er über Funk mit jemandem sprach – vielleicht mit dem Flottenkommando oder Colonel Rudder im Führungsboot, das wusste Cade nicht. Aber während sich der Lieutenant mit dem Bootsführer und der Person am anderen Ende der Funkverbindung stritt, wich die nächtliche Dunkelheit, in der sie sich auf dem Weg zur Pointe du Hoc hatten verstecken wollen, der spülwassergrauen Morgendämmerung.

So viel zum Überraschungsmoment, dachte Cade düster.

Die neun Angriffslandungsboote und die vier von den Soldaten als »Ente« bezeichneten Amphibienfahrzeuge waren noch tausend Meter vom falschen Strand entfernt, als sie scharf nach rechts abbogen und parallel zur Küste in Richtung Westen weiterfuhren.

»Das is' nicht gut«, raunte Rooster Bandit zu.

»Kein Scheiß«, sagte der Corporal.

Cade erkannte sofort, was sie meinten. Angriffslandungsboote waren selbst unter Idealbedingungen schwerfällig und ließen sich nur schwer steuern. Die schweren Enten hatte man mit den ausziehbaren, drehbaren Leitern der Londoner Feuerwehr ausgestattet – einer Geheimwaffe, die es den Rangern ermöglichen sollte, die Klippen schneller zu erklimmen –, was sie gerade bei schwerem Seegang noch langsamer machte. Hinzu kam, dass sie nun gegen die Strömung ankämpfen mussten, wodurch ihre Geschwindigkeit weiter sank. Anders gesagt boten sie den deutschen Scharfschützen und der Artillerie ein ausgezeichnetes Ziel.

Was die Deutschen nur drei Minuten später ausnutzten.

Präzisionsschüsse aus Hochleistungsgewehren erwischten je zwei Männer gleichzeitig und bespritzten die anderen Soldaten im Boot mit deren Blut. T-Bone starb, bevor er das Deck berührte, aber Hopalong, einer der Oberaffen des Zugs, drückte die Hand auf seine blutende Seite. »Sanitäter! Ich muss versorgt werden!«

Chapeau kämpfte sich mit seinem Verbandskasten zu ihm durch, während weitere Kugeln von der vorderen Rampe des Boots abprallten. Alle an Bord wurden durchgeschüttelt, als Granaten dicht neben dem Boot im Wasser explodierten. Ein lauter Knall ließ Cades Zähne vibrieren. Als er den Kopf drehte, sah er, wie eine der Enten qualmend und brennend im Meer versank.

Die Pointe du Hoc tauchte wie eine graue Geistererscheinung vor ihnen auf, eine abschreckende y-förmige Gesteinsmasse, die in den Kanal herausragte. Sie sah so aus, wie sie in den Landeplänen beschrieben worden war: steile Klippen über einem ungeschützten, schmalen Strand. Allerdings lagen sie nun hinter Morgennebel und Rauchwolken verborgen, wodurch die Umgebung fast nicht zu erkennen war.

»Mein Gott«, zischte Private William »Hillbilly« Hillman. »Seht euch nur diese scheiß Klippen an. Drei alte Damen könnten uns mit ihrem Besen runterstoßen.«

Cade runzelte die Stirn. »Dann hoffen wir mal, dass die Deutschen ihre Großmütter zu Hause gelassen haben.«

Granaten regneten aus landeinwärts stationierten Geschützen wie der Zorn Gottes auf die Boote herab. Cade konnte nur hilflos zusehen, wie sich vor ihm die Hölle auftat. Aus einer Minute wurden zwei, aber die Zeit verstrich zäh, kam ihm fast schon elastisch vor. Adrenalin und Furcht verlangsamten sie.

Deutsche Kugeln schlugen rasend schnell in sein Boot ein.

Schüsse aus Maschinengewehren und Handfeuerwaffen prasselten gegen den Schiffsrumpf, ein Stakkato aus dumpfen Schlägen und hohem Klimpern. Querschläger jaulten und Kugeln summten wie Insekten über den Köpfen der Ranger.

Eine Kugel prallte von Bandits Helm ab. Der Ranger fluchte und duckte sich tiefer. »Das war knapp.«

Paddy grinste. »Selber schuld, wenn du dich nicht …«

Paddy brach vor Cades Füßen zusammen. Blut bedeckte sein Gesicht. Cade wusste sofort, dass er tot war – und dass er den tödlichen Schuss nicht einmal gehört hatte.

Granaten kreischten beim Anflug, bevor sie mit einem dumpfen Knall explodierten. Sie schlugen zwischen den Booten ein. Die Artillerie der Deutschen beschoss das Wasser zwischen Cades Angriffslandungsboot und dem Strand und brachte gewaltige Geysire hervor. Sykes ging in der Mitte des Boots auf und ab. Er brüllte Befehle über den Lärm von Wind, Wellen und Motor hinweg. »Weg von der Rampe! Sobald sie ausgeklappt wird, schwingt ihr euren Arsch! Verteilt euch und stürmt los. Bleibt nicht zusammen. Drei Männer sind ein Ziel. Einer ist Munitionsverschwendung. Lasst euch nicht einkesseln! Wer nicht in Bewegung bleibt, stirbt!«

Kugeln tanzten über den Rumpf des Boots wie bleiernes Popcorn. Eine Granate, die backbord im Wasser einschlug, löste eine Druckwelle aus, die die klatschnassen Ranger mit eiskaltem Meerwasser überschüttete. Cade unterdrückte ein Zittern, als der Wind durch seine triefende Uniform fuhr.

Neben ihm kotzte Chapeau sein letztes bisschen Galle auf Cades Stiefel. »Tut mir leid«, sagte er mit einem beschämten Schulterzucken.

»Schon gut. Ich muss die nachher eh putzen.«

Am Heck hob der Bootsführer die Faust. »Eine Minute!«

»Okay, Jungs«, rief Leagans und versuchte, Zuversicht auszustrahlen. »Augen auf!«

Das Knattern der deutschen MG-42 und das Brüllen explodierender Granaten war überwältigend. Cade konnte bei diesem Höllenlärm das Boot kaum hören.

Ein weißes Flattern neben ihm – eine blutbesudelte Möwe landete Cade gegenüber auf der Reling des Boots. Sie starrte ihn an und schrie wie am Spieß.

Die Männer rund um Cade betrachteten den Meeresvogel verwirrt.

Sykes murmelte: »Was zum ...?«

Dutch musterte die blutige Möwe. »Will die Selbstmord begehen oder was?«

Die anderen versuchten, den Vogel zu verscheuchen, aber er blieb stur sitzen und stieß einen weiteren markerschütternden Schrei aus.

Cade starrte die Möwe verwundert an – und erinnerte sich an Adairs Familiaris, den Raben Kutcha. Der hatte ihn, Sekunden bevor der Torpedo einschlug, vor dem Angriff auf die *Athenia* gewarnt.

Die Möwe kreischte ein drittes Mal. Blut tropfte von ihrem gekrümmten Schnabel.

Cade ließ seine Granaten fallen. »Weg mit der Ausrüstung! Springt von Bord!«

Sykes packte Cade. »Was soll der Scheiß?«

»Wenn wir im Boot bleiben, sterben wir! Wir müssen runter! Sofort!«

Der Bootsführer rief vom Heck: »Dreißig Sekunden.«

»Wir sind fast schon am Strand!«, sagte Sykes.

Cade blickte seinem Vorgesetzten fest in die Augen. »Sarge, vertrauen Sie mir!«

Sykes warf Leagans einen kurzen Blick zu. Der Lieutenant nickte und ließ seine Ausrüstung fallen. »Haltet euch an Martin! Ausrüstung weg! Springt über Bord!«

Die Ranger warfen hektisch ihre Schusswaffen und Granaten weg. Während Dutch seine Ausrüstung ablegte, fragte er: »Womit sollen wir denn kämpfen? Mit Schimpfworten?«

Sykes brüllte ihn an: »Wir holen uns am Strand, was wir brauchen! Los!«

Die Möwe erhob sich in die Luft und flog auf das Meer hinaus, während Cade bereits über die Reling kletterte. Ein halbes Dutzend weitere Ranger folgte ihm. Er landete im eiskalten Wasser und schnappte einen Moment lang panisch nach Luft.

Die Wellen schlugen über ihm zusammen und er hörte nur noch das Brummen des Bootsmotors und das dumpfe Knallen der explodierenden Granaten. Dann folgte das Klatschen, mit dem Körper im Wasser landeten. Salz brannte in seinen Augen, aber er sah verschwommene, sich bewegende Schatten ...

Schmerz fuhr durch seinen Schädel, als alles gleißend hell aufleuchtete. Wasser drückte ihn und ein halbes Dutzend Ranger vom Boot weg, als die Druckwelle sich ausbreitete. Das Angriffslandungsboot hatte sich innerhalb einer Sekunde in einen verbogenen, brennenden Sarg verwandelt. Zerschmetterte Körper und einzelne Gliedmaßen rutschten vom schrägen Deck, Blut ergoss sich ins Meer. Das aufgerissene Boot drehte sich stöhnend und begrub ein halbes Dutzend Ranger unter sich, als es in den Fluten versank.

Maschinengewehrfeuer schlug rund um Cade ins Meer ein. Kugeln trudelten so langsam durch das Wasser, dass man sie bloßem Auge verfolgen konnte.

Cade kämpfte sich zur Oberfläche empor. Als er der Umarmung der See entkam und nach Luft schnappte, kehrte der für kurze Zeit gedämpfte Kampflärm mit aller Macht zurück. Offiziere und Sergeants peitschten die Männer voran, damit sie an Land kamen. Cades Füße suchten nach Halt, bis sie auf eine Leiche trafen. Er konnte die Leiche durch den aufgewirbelten Sand, das Blut und das Öl zwar nicht sehen, spürte aber deren Nacken unter seinem Stiefel. Er hatte keine Zeit für Schuldgefühle oder Reue. Er kämpfte sich voran und war dankbar für jede Welle, mit der die Flut ihn ein Stück näher an den Strand heranbrachte und ihn gleichzeitig einen Moment lang vor dem Feind verbarg.

Als er durch die hüfthohe Brandung watete, konnte er gerade mal drei Meter weit sehen, so dicht waren die Rauchwolken, die über den Strand trieben. Mörsergranaten schlugen auf den Felsen ein, schleuderten Leichen empor und verschmutzten die Luft mit dem beißenden Gestank nach Schießpulver. Maschinengewehrfeuer riss ohne Unterlass die Brandung auf und zerfetzte Menschen und Boote zugleich. Durch den scheinbar endlosen grauen Vorhang konnte Cade nicht sehen, woher die Schüsse kamen.

Als sein Blick in Richtung Meer glitt, merkte er, dass es den Enten nicht gelungen war, den Strand zu erreichen. Sie fanden im Schlamm des Meeresbodens keinen Halt. Aber das spielte eh keine Rolle. Felsbrocken und schlammbedecktes Treibgut hatten sich am Fuß der Klippe gesammelt und bildeten ein natürliches Hindernis, das es den Enten unmöglich gemacht hätte, der Felswand so nahe zu kommen, dass sie ihre Leitern hätten ausfahren können. Ihre Geheimwaffe war gerade nutzlos geworden.

Die meisten Angriffslandungsboote dümpelten kurz vor dem Kiesstrand im Wasser und Cade erkannte, dass einige ihre Wurfhaken zu früh abgeschossen hatten. Sie waren von der Klippe abgeprallt und lagen nun im Sand. Einige andere hatten ihre Position jedoch schon erreicht. Ranger wateten durch das Wasser und liefen über den schmalen Strand – manche gingen am Fuß der Klippe in Deckung und packten Wurfhaken aus, die sich manuell abfeuern ließen. Andere kletterten trotz der feindlichen Kugeln und Granaten bereits die Klippe hinauf.

Kugeln zerfleischten einen Ranger zu seiner Linken und Cade sah, wie sich die Eingeweide des Mannes in die Brandung ergossen, die nach Scheiße stank und in einem gut sechs Meter breiten Streifen blutrot verfärbt war. Eine Mörsergranate schlug rechts von Cade ein und schleuderte ihn zur Seite, während sie die Luft um ihn herum mit Blut, Metallsplittern, Rauch und Feuer erfüllte.

Knöcheltiefes Wasser. Cade spuckte salzigen Speichel aus, während er zum Fuß der Klippe rannte; sein Herz pochte und er atmete schnell und flach. Ein deutsches MG-42 stanzte mit einem wütenden Knattern, das Cade bei seiner Ausbildung in Achnacarry fürchten gelernt hatte, rund um ihn herum Löcher in den Sand.

Er stolperte über den Rand eines Kraters. An dessen tiefster Stelle lagen drei tote Ranger. Er fiel wie ein Aasgeier über sie her, nahm sich eine M3, ein volles Ersatzmagazin für die kompakte Maschinenpistole und von einem anderen Mann einen Gürtel, an dem Nebelkerzen und Splittergranaten hingen. Feindlicher Beschuss vertrieb ihn aus dem Krater und folgte ihm bis zum Fuß der Klippe. Kugeln prallten von dem brüchigen Gestein über seinem Kopf ab und bespritzten ihn mit Dreck. Er zitterte am ganzen Leib.

Scheiße. Ich würde alles für einen magischen Schutz vor Kugeln geben. Oder einen Schutz vor Feuer. Oder Metall. Irgendwas, um diesem scheiß Strand zu entkommen.

Zwanzig Meter entfernt von ihm erreichte Angriffslandungsboot 861 den von Kratern übersäten Strand. Der Kiel kratzte über die scharfkantigen Felsen. Die Ranger schossen ihre schwerfälligen Wurfhaken ab, verfehlten den Rand der Klippen jedoch. Die Haken landeten zwischen den Felsen am Strand. Als die Rampe des Angriffslandungsboots heruntergelassen wurde, zerrissen MG-42-Kugeln die ersten Reihen der herausstürmenden Männer.

Cade schnappte nach Luft, aber in seiner Panik kam es ihm so vor, als würde er ersticken. Er wusste, dass er in Bewegung bleiben musste, aber seine Hände zitterten und seine Füße waren so schwer wie Ziegelsteine. Eine Gruppe von Rangern versuchte gerade, ihre raketenbetriebenen Wurfhaken aufzubauen, als sie getroffen wurde. Die Schreie, das Knattern der Maschinengewehre und das ohrenbetäubende Donnern der Granaten, die am Strand einschlugen, ließen ihn zurückweichen. In den Rauchschwaden, die über den Kies zogen, sah Cade Soldaten taumeln und zu Boden gehen. Andere versuchten verzweifelt, ihre Eingeweide zurück in den Körper zu drücken.

Eine Granate schleuderte Cade Sand ins Gesicht und zerfetzte zwei Männer neben ihm.

Eine blutige Hand packte Cade an der Schulter. Er blinzelte, bis er sich auf das Gesicht des Manns konzentrieren konnte. Es war Dutch. Er brüllte etwas. Cade hörte seine Stimme, aber den Worten fehlte jede Bedeutung. Sie fügten dem Chaos nur noch mehr Lärm hinzu. Dann packte Dutch Cade mit beiden Händen und schüttelte ihn durch. »Steh auf, du Idiot! Wir müssen klettern!«

Cade schüttelte den Kopf. Er konnte sich der Realität nicht stellen. »Geht nicht. Kann mich nicht bewegen.«

»Quatsch! Du bist unverletzt. Hör auf mit der Scheiße!« Dutch zog Cade an seiner Jacke hoch. »Auf die Beine, Ranger!«

Als Cade sich mitziehen ließ, spürte er, wie sein motorisches Gedächtnis das Kommando übernahm. Er und Dutch stolperten den schlammbedeckten Hügel voller Treibgut und Schutt hinauf, bis sie einige herabhängende, mit Knoten versehene Seile entdeckten. Ein Dutzend Ranger kletterten die Klippe hinauf, während von unten weitere Wurfhaken hinaufgeschossen wurden.

Weitere Explosionen über ihnen: Granaten detonierten an den Klippen. Gestein löste sich und knallte zusammen mit verwundeten Rangern auf den Strand. Cade entging nur knapp einem herabfallenden Körper, der über den Schutthügel bis zum Strand rutschte. Er erstarrte, bis Dutch ihm ein Seil in die Hand drückte. »Sieh's positiv, Underdog! Dieser Scheiß erspart uns zehn Meter Kletterei.«

Cade war zu verstört, um darüber zu lachen. Er kletterte los. Kugeln aus Handfeuerwaffen trafen auf das Gestein und jaulten als Querschläger an seinem Kopf vorbei. Links von ihm riss ein Seil, an dem vier Ranger nach oben kletterten. Sie stürzten auf den Strand und blieben stöhnend liegen.

Über und rechts von ihm bemerkte ein Sergeant trocken: »Irgendwer im Hauptquartier hat Scheiße gebaut und dem Feind scharfe Munition ausgehändigt.«

Das war Galgenhumor, doch er funktionierte. Cade und die anderen Ranger grinsten, als sie weiterkletterten, die Klippe hinauf und einem feindlichen Begrüßungskomitee entgegen.

Donnerschläge erschütterten das Gestein, als die Marine-Artillerie der Alliierten eine weitere Salve auf die Pointe du Hoc abschoss. Die Entfernung zwischen Cade und dem Klippenrand schrumpfte mit jedem qualvollen Schritt und Klimmzug. Seine Hände hinterließen Blutspuren auf dem feuchten Seil, seine Schultern und Hüften schmerzten und die Muskeln in seinen Armen und Beinen schienen in Flammen zu stehen. Eisiger Wind trocknete den Schweiß auf seiner Stirn und in seinem Nacken. Er atmete nur, weil er sich ständig ermahnte, das nicht zu vergessen.

Als er hinaufspähte, entdeckte er einen deutschen Soldaten, der ihn von oben anstarrte.

Der Deutsche hätte um ein Haar seinen Bolzenschneider fallen gelassen, als er hektisch versuchte, den Stacheldraht zu durchtrennen, in dem sich der Wurfhaken von Cades Seil verfangen hatte.

Cade wickelte seinen linken Arm um das Seil und stützte sich mit den Füßen an der Felswand ab, während er nach seinem Colt 1911 tastete. Die halbautomatische 45er lag schwer in seiner Hand, als er versuchte, zu zielen.

Ein Draht wurde gekappt; der Wurfhaken rutschte ein Stück nach unten und Cade hielt sich fest, bis die Metallspitzen erneut Halt fanden. Das Adrenalin schärfte seine Sinne, als er die Pistole hob und schoss.

Die Stirn des Deutschen färbte sich explosionsartig rot.

Cade steckte die Waffe ins Holster und kletterte weiter.

Eine detonierende Granate ließ Felssplitter auf ihn herabregnen. Cade spürte frisches, warmes Blut auf seiner rechten Gesichtshälfte. Die Salven eines Maschinengewehrs zwangen ihn, zur Seite auszuweichen und Schutz hinter einem Felsvorsprung zu suchen. Er verzog das Gesicht, als Schüsse nur Zentimeter von seiner Brust entfernt den Fels aufsprengten.

Sperrfeuer riss den Klippenrand auf und zwang die Deutschen, Deckung in ihren Schützengräben und Maschinengewehrnestern zu suchen. Cade fragte sich, von wem die Unterstützung stammte, und blickte über seine Schulter. Ihm fiel die Kinnlade herunter, als er einen Ranger der Fuchskompanie auf einer voll ausgefahrenen Leiter stehen sah. Sie schwang hin und her wie die Nadel eines Metronoms, weil die Ente unten im Wasser von der Flut angehoben und fallen gelassen wurde. Der Ranger hielt sich mit den Beinen an der Leiter fest und konzentrierte sich voll und ganz auf das Beschimpfen und

Beschießen der deutschen Soldaten, die fast auf Augenhöhe mit ihm waren und denen es schwer fiel, dieses bizarre bewegliche Ziel zu treffen.

Einem geschenkten Gaul schaut man nicht ins Maul. Cade legte eine Hand über die andere und zwang sich, weiter nach oben zu klettern. Sechs Meter unterhalb des Wurfhakens verwandelte sich die fast senkrechte Felswand in einen begehbaren, felsigen Weg, über den er mühelos laufen konnte. Als er den Klippenrand erreichte, sah er, dass andere Ranger schon vor ihm angekommen waren. Sie hatten eine Lücke in den Stacheldraht gerissen, sodass Cade hindurchpreschen konnte, während er den Kolben seines M3 verlängerte und ihn gegen seine Schulter drückte.

Er schaute sich nach Dutch um, konnte ihn aber nicht entdecken.

Bleib in Bewegung, geh in Deckung. Seine antrainierten Instinkte übernahmen die Führung. Er sprang in einen rund einen Meter fünfzig tiefen deutschen Schützengraben. Die Wände waren mit Brettern verstärkt worden, dicke Balken stützten die Ecken. Der Lehmboden war festgetreten worden.

Jemand bewegte sich hinter der Ecke vor ihm. Etwas Graues zuckte hervor ...

Cade schoss, als der Deutsche um die Ecke bog. Das M3 schlug hart gegen Cades Schulter, als er drei Kugeln auf den Oberkörper des Deutschen abfeuerte. Der feindliche Soldat ging zu Boden, doch direkt hinter ihm tauchte der nächste auf, wohl in der Hoffnung, es Cade heimzuzahlen. Stattdessen wurde auch er getroffen. Die Männer bewegten sich nicht mehr, als Cade über sie hinwegsprang und weiterlief. Der Schützengraben verlief am Klippenrand entlang und führte zu dem Beobachtungsbunker, den die Deutschen ganz oben errichtet hatten.

Geschosse der Marine-Artillerie kreischten über seinem Kopf und krachten ein paar Hundert Meter entfernt in die deutschen Stellungen, in denen sechs schwere Artilleriegeschütze standen. Cade schob vorsichtig den Kopf über den Rand des Grabens, um sich zu orientieren.

Das Bombardement aus der Luft und von See hatte den flachen Bereich der Pointe du Hoc in eine Kraterlandschaft verwandelt. Links von Cade hatten deutsche Soldaten ihren Posten aufgegeben und zogen sich durch graue Rauchschwaden zurück. Sie wollten ins Landesinnere fliehen, wurden aber von Rangern verfolgt. Die Deutschen rechts von ihm beschossen aus ihren Maschinengewehrnestern und Schützenlöchern die Ranger, die gerade den Klippenrand erreichten.

Bewegung links – Ranger, Männer aus Cades Einheit. Sergeant Sykes, Corporal Brett und zwei Privates, die Cade nur als Clover und KC kannte. Sykes winkte Cade heran. »Schön, dass Sie noch atmen, Martin.«

»Finde *ich* auch, Sarge.«

»Okay, alle Mann herhören. Clover, KC, Sie bleiben hier und halten uns den Rücken frei. Martin, Sie und Brett greifen das MG von der linken Flanke an, ich von vorne.« Er hielt inne, als Marine-Artillerie einschlug und der Boden erbebte. »Sobald ich sie mit Rauch eindecke, werden Sie ihnen Feuer unterm Arsch machen. Verstanden?« Alle nickten. »Los!«

Cade folgte Brett. Sie kletterten aus einem Graben und liefen geduckt zum nächsten.

Während sie sich hinter dem Widerstandsnest versteckten, kroch Sykes darauf zu und ignorierte das Mündungsfeuer des auf das Meer gerichteten MG-42. Auf einem Erdhaufen, nur von etwas Gebüsch verborgen, blieb er liegen und warf zwei Rauchgranaten in das Nest.

Sie explodierten mit einem lauten Knall und hüllten alles in dichten Rauch. Cade und Brett sprangen aus ihrer Deckung, warfen Splittergranaten durch die ungeschützte Rückseite in das Nest und liefen los, um sich vor der Explosion zu schützen. Deutsche Scharfschützen, die in den Löchern neben dem Nest hockten, drehten sich in dem Moment um, in dem Cade und Brett das Feuer auf sie eröffneten. Östlich und westlich von ihnen gingen andere kleine Rangerteams ebenso vor. Sie hoben die Widerstandsnester der Deutschen aus und ebneten den Männern, die noch die Klippe hinaufkletterten, den Weg.

Die Männer der Hunde- und Fuchskompanie rückten zu den Stellungen und Hecken der Pointe du Hoc vor. Die Männer des Zweiten Zugs der Leichten Kompanie sammelten sich. Die Hälfte fehlte, war entweder tot, verwundet oder vermisst.

Lieutenant Leagans musterte die verdreckte, blutbesudelte Gruppe. »Ich weiß, dass wir beschissen aussehen, Jungs, aber das Schlimmste kommt erst noch.« Er zeigte auf den Beobachtungsbunker am Nordrand der Klippe. »Wir müssen Martin lebend da reinbringen und zwar schnell. Bildet Zweier- und Dreiergruppen und nehmt Martin in die Mitte. Verstanden? Okay. Dann los.«

Wie wilde Tiere, die zur Jagd aufbrechen, stiegen die Ranger aus dem Graben, teilten sich in kleine Rudel auf und schwärmten auf dem flachen Untergrund aus. Leagans schnippte mit den Fingern, um ihre Aufmerksamkeit auf sich zu ziehen, dann wies er den Gruppen mit knappen Gesten ihre Ziele zu.

Sie waren noch ein Dutzend Meter vom nächsten Grabenlabyrinth entfernt, als das Knattern eines MG-42 sie in Kratern, hinter Trümmern und anderen Hindernissen in Deckung gehen ließ.

Kugeln rissen den Boden zwischen den Rangern auf und Handfeuerwaffen erschossen einige vom Glück verlassene Männer, die zu weit von einem schützenden Hindernis entfernt waren.

Niemand musste Cade und den anderen Rangern einen Befehl erteilen, denn sie wussten selbst, dass sie Rauchgranaten werfen mussten. Das taten sie auch. Dreizehn der nicht tödlichen Granaten explodierten innerhalb weniger Sekunden und hüllten das Areal vor ihnen in grauen Rauch.

Als sich die Wolken zu einer einzelnen undurchdringlichen Wand verbanden, setzten die Ranger ihre Gasmaske auf und gingen zum Angriff über. Als der Rauch Cade verschluckte, konnte er die anderen Männer nicht mehr sehen, lief aber trotzdem in Richtung Beobachtungsbunker. Er war allein im grauen Nebel, als er sich in einen weiteren Graben fallen ließ. Mit erhobener Waffe ging er weiter und lauschte dabei auf die Geräusche, die nicht durch seine Schritte und den eigenen keuchenden Atem verursacht wurden – auf alles, was Feindkontakt ankündigte.

Die Mündungsblitze einer Pistole – Kugeln schlugen in die Holzbretter der Grabenwand zu seiner Rechten ein. Er wich nach links aus und schoss mit seinem M3. Ein schmerzerfülltes Knurren im Nebel, dann eine in den Himmel gerichtete Salve. Cade drang weiter vor und stieß auf einen toten Deutschen. Er stahl ihm seine Handgranaten und setzte seinen Weg fort.

Rauch wallte in den Gräben auf und sammelte sich in den Ecken. Noch ein Schatten im Grau – Cade schoss, aber daneben. Fauchende Maschinenpistolenschüsse verfolgten ihn bis hinter eine Ecke. Dann hörte er das sich ihm nähernde Scharren von Stiefeln im Dreck. Cade zog an der Kordel an der Unterseite des Granatengriffs, löste damit den Reibungszünder aus und setzte die fünfsekündige Zündschnur in Brand. Er zählte bis drei und warf die Granate um die Ecke in den Graben.

Deutsche Schimpfwörter und rennende Schritte gingen im Knall der Explosion unter. Sie schleuderte einen Feuerball zusammen mit zwei Nazi-Soldaten in die Luft.

Als Cade um die Ecke lief, sah er, dass qualmende Trümmer und eingestürzte Wände den Gang blockierten. Er kletterte darüber hinweg bis zum Rand und lief dann bis zum nächsten Schützengraben, der zwischen ihm und dem Bunker lag.

Eine Kugel raste glühend heiß und scharf wie ein Skalpell durch Cades rechte Seite, unterhalb des Rippenbogens. Als er stürzte, spürte er einen zweiten heißen Biss, der seinen rechten Trapezmuskel streifte. Er landete mit dem Gesicht nach unten im Dreck und hörte Gewehrfeuer über sich. Er blieb reglos liegen, wartete, bis er den Mündungsblitz der angreifenden Waffe sah und schoss mit seinem M3. Der Deutsche ging zu Boden.

Die Geschosse der Alliiertenflotte heulten über ihn hinweg und explodierten weit hinter dem Rauchvorhang. Der Schock seiner Verletzungen verlieh Cade Energie. Er sprang auf und rannte los. Etwas bewegte sich rechts von ihm – er fuhr herum, schoss und sah Gestalten zusammenbrechen. Er versuchte, das leere Magazin aus seiner M3 zu ziehen, aber es steckte fest.

Keine Zeit. Cade warf das M3 weg, zog seinen Colt und drang weiter vor, wobei er die Pistole mit beiden Händen ruhig hielt. Er ließ sich in den nächsten Graben fallen und setzte seinen Weg zum Bunker fort. Als er um eine Ecke bog, wäre er beinahe mit einem deutschen Schützen zusammengestoßen.

Der verängstigte Jugendliche hob sein Gewehr und Cade schoss ihm eine Kugel in die Kehle. Der Deutsche ließ die Waffe fallen, brach zusammen und presste die Hände auf seine zerfetzte Halsschlagader.

Cade war dem Sterbenden so nahe, dass er den Kaffee und die Zigaretten in dessen Atem riechen und die Dreckspritzer auf seinem jungen Gesicht zählen konnte. Er konnte mit ansehen, wie das Licht in seinen Augen schwächer wurde und für immer erlosch.

Er lud den Colt nach und lief weiter.

Um ihn herum mischte sich das Knattern der Maschinenpistolen in das Knallen der M1-Gewehre. Das Bellen der deutschen Maschinengewehre wurde mit dem Donnern von Granaten beantwortet. Das alles wurde von dem ohrenbetäubenden Kreischen und den wummernden Vibrationen der Marine-Artillerie übertönt. Cade blendete den Lärm aus und beobachtete den Graben vor sich, hielt nach bösen Überraschungen Ausschau.

Über den Gräben verließen Deutsche ihren Posten und liefen landeinwärts, auf die Küstenstraße und ihre nächste Verteidigungslinie zu. Cade hatte sie gerade erst entdeckt, da wurden die zurückweichenden Nazis bereits von Gewehr- und Maschinenpistolenkugeln bis zum letzten Mann niedergemäht.

Vor Cade war es still, aber er ließ seinen Colt nicht sinken. Der Eingang zu dem als H636A bezeichneten Bunker lag vor ihm. Ein Dutzend toter deutscher Soldaten lag dort am Boden. Zusammen mit Cade traten Lieutenant Leagans, Sergeant Sykes und die meisten anderen Männer des Zweiten Zugs aus dem Nebel. Vor dem Bunker standen Lieutenant Lapres, der Anführer des Ersten Zugs, und eine Handvoll seiner Männer. Ihr Boot war direkt unterhalb des Beobachtungsbunkers gelandet. Sie winkten den Zweiten Zug heran. Als die beiden Gruppen zusammenkamen, hockten sie sich hin.

»Schön, dass die Herren auch schon da sind«, sagte Lapres. Er nickte Cade zu. »Wir haben den Bunker leer geräumt, aber den Kartenraum nicht betreten, so wie der General befohlen hat.«

»Danke.«

Sykes zeigte auf das Blut an Cades Uniform. »Alles in Ordnung?«

»Ein Jahr in den Tropen, dann geht's mir bestimmt besser.«

Leagans grinste schief. »Sagen Sie das nicht den Oberen, sonst dürfen Sie gegen die Japsen kämpfen.«

Die Soldaten lachten leise und zynisch.

Leagans fuhr leiser fort: »Sind Sie wirklich bereit dafür, mein Junge?«

Das war der richtige Zeitpunkt für eine Lüge. »Ja, ja.«

Sykes schien daran zu zweifeln. »Wirklich? Sie werden da drin ganz allein sein. Der General hat uns befohlen, draußen zu warten.«

»Ich weiß. Kann mir jemand mit einem nassen Lappen die Hände reinigen?« Als er das Zögern und die Verwirrung der anderen bemerkte, fügte er hinzu: »Meine Hände müssen sauber sein, bevor ich ... die Bombe entschärfe.« Das war die einfachste Erklärung, die ihm einfiel. Er konnte ihnen ja schlecht sagen, dass er den Boden des Kartenraums nicht mit Blut besudeln durfte, weil er damit vielleicht die Sigillen, die er zeichnen musste, verschmutzt oder auf eine Weise verändert hätte, die seine Mühen zunichte gemacht hätten.

Ein Sanitäter tränkte einen Lappen mit Wasser aus einer Feldflasche und entfernte rasch Blut und Dreck von Cades Händen. Er bedankte sich dafür mit einem Nicken. »Gut. Und jetzt verbindet mich. Wenn ich da drin alles vollblute, kommen wir alle vielleicht um. Also wickelt mich ein wie eine Mumie.«

Chapeau fing an, die Wunde an Cades Schulter zu säubern. »Was immer du sagst, Underdog.«

Die anderen Ranger sicherten das Gelände, während die Sanitäter Cades Wunden so schnell und gut wie möglich behandelten und verbanden.

Er stellte sicher, dass der Fettstift, der Kompass und das Maßband noch in seiner Tasche steckten, dann unterdrückte er eine

Schmerzwelle, die in ihm aufwallte, und lächelte seine Ranger-Brüder an. »Okay. Ich gehe rein.«

»Viel Glück, Martin«, sagte Leagans. »Wir warten hier, bis Sie fertig sind.«

Cade salutierte vor dem Lieutenant, verbarg seinen Schmerz und seine Erschöpfung so gut es ging und betrat den rußgeschwärzten Bunker. Auf dem Weg die Treppe hinunter hielt er sich an der Wand fest. Dann ließ er den Eingang hinter sich und stellte sich allein seiner Mission.

Cade hatte monatelang gelernt, geübt und sich vorbereitet. Deshalb hatte er geglaubt, dass ihn das, was ihn im Kartenraum erwartete, nicht überraschen würde. Er hatte sich alle Glyphen gemerkt, die er nicht sehen konnte, und jeden Strich, den er ziehen musste. Er hatte sich jeden Schritt, den er auf dem Weg zur Entschärfung dieser teuflischen Falle machen musste, so gut eingeprägt, dass er ihn im Schlaf hätte ausführen können.

Aber niemand hatte ihm gesagt, dass er Möbel verrücken musste.

Der Kartenraum, das Nervenzentrum des Bunkers, wurde von einem gewaltigen Strategietisch beherrscht. Darauf lag eine Karte der Küste und ein mit Koordinaten versehenes Netzmuster des Ärmelkanals, mit dessen Hilfe man der Artillerie ihre Ziele vorgegeben hatte. An der östlichen Wand, zwischen den Stahltüren in der Nordost- und der Südostecke, standen zwei Schreibtische mit Stuhl.

Bevor Cade mit seiner Arbeit anfangen konnte, musste all das verschwinden.

Schmerz überrollte ihn Welle um Welle, während er versuchte, das Zimmer leer zu räumen. Die Stühle waren am leichtesten, also entfernte er sie zuerst, indem er sie einfach durch die Tür im Südosten in den Kommunikationsraum warf. Als Nächstes wandte er sich den Schreibtischen zu – einen schob er zu den Stühlen, den anderen durch die nordöstliche Tür in die Offiziersquartiere.

Nun stand nur noch der Strategietisch im Raum – fast einen Meter breit, drei Meter lang und so stabil wie das beschissene Fort Knox.

Den kriege ich hier nie raus. Er dachte über die Abmessungen des Raums nach und wo sich die dämonischen Sigillen darin befanden. *Muss ich auch nicht … es reicht, wenn er nicht mehr im Weg steht.*

Er hockte sich hin und legte seine linke Schulter unter den Rand der Tischplatte.

Sein angestrengtes Stöhnen wurde zu einem gequälten Brüllen, als er sich gegen den Strategietisch stemmte und ihn zur Seite kippte. Als die Schwerkraft ihm die Arbeit abnahm, wich er zurück und sah zu, wie der Tisch gegen die Wand krachte.

Wenn meine Berechnungen stimmen, steht er jetzt nicht mehr auf dem Siegel.

Die breiten Tischbeine ragten jedoch noch in seinen Arbeitsbereich hinein. Er trat so lange gegen die beiden unteren, bis sie zersplitterten und sich lösten. Er warf sie in die Offiziersquartiere, entfernte alle Splitter vom Boden und bereitete sich auf seine Arbeit vor, obwohl sein Körper so erschöpft war, dass er am liebsten ohnmächtig geworden wäre.

Er öffnete den wasserfesten Beutel und nahm sein Werkzeug heraus.

Einen Kompass. Ein Maßband. Vier jeweils vier Meter lange Schnüre, die alle fünf Millimeter mit einer Markierung versehen worden und an beiden Enden mit einem kleinen flachen Stein verbunden waren. Eine kleine Tube mit Harzkleber. Und einen Fettstift.

Mit zitternden Händen rollte er das Maßband am Fuß jeder Wand aus, um die Größe des Raums zu kontrollieren. Er war exakt 4,2 Meter breit und 5,2 Meter lang, so wie Niko es sich notiert hatte. Cade brachte in der Mitte jeder Wand eine Markierung an, die ihm bei der Orientierung helfen würde. Nun rollte er das Maßband entlang der Nordsüdachse des Raums aus und schob es ein wenig nach rechts. Er benutzte es als Anhaltspunkt für die Schnur, die er daneben spannte. Diesen Vorgang wiederholte er entlang der Ostwestachse, um die Mitte des Raums zu bestimmen. Dann richtete er den Kompass auf den magnetischen Nordpol aus. *Schritt eins der Anweisungen abgeschlossen.*

Er drehte die erste Schnur, bis sie zur Nordsüdorientierung des Kompasses passte. Die andere Schnur richtete er entlang der neuen Ostwestachse aus. Die dritte Schnur platzierte er so, dass sie sich von Nordwesten nach Südosten zog, die letzte spannte er von Nordosten nach Südwesten. Er überprüfte ein letztes Mal, dass er alle Linien präzise und korrekt gezogen hatte, dann befestigte er die flachen Steine an den Enden der Schnüre und außerhalb der Teufelsfalle mit Harzkleber am Betonboden. Der Klebstoff trocknete schnell. Als er den ersten Stein der vierten Schnur befestigt hatte, konnte er Schnur eins bereits sanft spannen und ihren zweiten Stein festkleben. Und so ging es weiter, bis alle Schnüre gespannt und festgeklebt waren.

Schritt zwei der Anweisungen abgeschlossen. Das war der leichte Teil.

Mit dem Fettstift in der Hand trat er in den Kreis der Falle und hockte sich hin, wobei er sorgsam darauf achtete, die Schnüre nicht zu berühren. Er kannte die Reihenfolge der Symbole, die er anbringen musste, ihre Form, jedes noch so kleine Detail. Er hatte sie so oft geübt, dass er das Ganze sogar im Traum wiederholt hatte. Doch nun, mit seinen brennenden Wunden, den verkrampften Muskeln und der Übelkeit im Magen, konnte er sie nicht sehen. Als er auf dem nackten Betonboden hockte, vergaß er all die Übungsstunden. Dies war der Moment der Entscheidung, doch die Angst lähmte ihn.

Du kennst die erste Glyphe. Eine nach der anderen. Fang an.

Er kontrollierte seine Position im ersten Keil. Er entdeckte eine ihm vertraute Markierung an der Schnur und vertraute darauf, dass seine Hände sich an den Knick im Bogen und den Schnörkel am Ende erinnern würden.

Adairs Stimme spukte durch seine Gedanken. *Nur ein Fehler, dann werden alle Dämonen entkommen.*

Die erste Glyphe führte seine Hand zur zweiten, die in die dritte überging. Vor seinem geistigen Auge sah er die Symbole und Buchstaben, die sich unter dem Beton verbargen. Es war mühsam, Hunderte arkaner Formen über anderen anzubringen, die ihm verborgen waren, aber er war sich sicher, dass er es schaffen konnte – wenn die Kraft ihn nicht verließ.

Das darf sie nicht. Wenn sie das tut, wird die Welt untergehen.

Er versenkte sich in seine Arbeit und die Symbole fügten sich zusammen. Je weiter er kam, desto lauter hallte der Spott der Dämonen durch seine Gedanken. Anfangs flüsterten sie nur leise. Ihre Stimmen ließen sich leicht mit dem Säuseln des Windes verwechseln; die Zweifel, die sie in ihm säten, hätten auch von seiner schwindenden Zuversicht stammen können.

Dann nahm er den Gestank wahr, der in der Luft hing.

»Ich kenne eure Lügen«, sagte er, ohne seine Arbeit zu unterbrechen. Er wusste, dass die Geister ihn hören konnten. »Und ich kenne eure Tricks. Hebt sie euch für jemanden auf, der euch fürchtet.«

Cade holte Luft und wischte sich den Schweiß von der Stirn. Als er nach unten sah, bemerkte er, dass er schon über die Hälfte der Glyphen angebracht hatte. Die ersten vier Keile hatte er ohne Zwischenfälle beschriftet und der fünfte war zur Hälfte fertig. Er versuchte, tief durchzuatmen, aber seine Lunge widersetzte sich ihm. Er hustete wie ein Schwindsüchtiger in seine Armbeuge und als der Anfall vorbei war, entdeckte er blutigen Auswurf. Der Wächter der Sigille griff ihn bereits an.

Scheiße, das ist nicht gut.

Er hockte sich wieder hin und zwang sich weiterzumachen.

Am Ende des fünften Keils spürte er, dass die Revolte der Dämonen um ihn herum Fahrt aufnahm. Boshaft benebelten sie seine Gedanken, indem sie Zweifel und Angst streuten. Sie ließen seinen Blick verschwimmen und verstärkten die Schmerzen in seinen Wunden mit ihrer uralten Grausamkeit. Und sie brachten seine Hände zum Zittern, als litte er unter Schüttellähmung – das alles, während er blind und nur mit einem Fettstift bewaffnet versuchte, Magick zu wirken.

»Ich weiß, was ihr da macht«, sagte er trotzig. »Ihr glaubt, dass ich mich beeilen werden, wenn ihr mir wehtut. Ihr denkt … dass ihr mich dazu bringen könnt, einen Fehler zu begehen.« Er ließ den Stift fallen und das nur einen Sekundenbruchteil bevor genau das passiert wäre. Er zwang sich, durchzuatmen und den Kopf freizubekommen, als er den Stift aufhob. »Nicht. Heute.«

Als er den siebten Keil beschriftet hatte, fühlte sich sein Kopf an, als würde ihn jemand mit aller Macht zerquetschen wollen. Dunkle Flecken tanzten vor seinen Augen und Erbrochenes schoss in seine Speiseröhre. Er zog den Helm aus und kotzte Blut und Magensäure hinein. *Ich darf das Siegel nicht besudeln.* Als er nicht mehr würgen musste, warf er den Helm durch den Raum, weit weg vom Kreis.

Ich muss das hier zu Ende bringen.

Er wusste, dass ihm das Schlimmste noch bevorstand. Das Einzeichnen der vorletzten Glyphe würde den Geistwächter der Falle vollständig befreien. Der würde zweifellos versuchen, die Person, die ihn hervorgebracht hatte, zu quälen und schließlich umzubringen. Deshalb musste Cade innerhalb von Sekunden das letzte Symbol anbringen und die Geister, die in der Falle steckten, verbannen. Sonst würde die ganze Mission kein gutes Ende nehmen.

Vier Symbole vor dem Ziel floss ihm Blut aus der Nase. Er wischte die ersten Tropfen mit dem Ärmel weg, aber es wurde rasch schlimmer. Er riss zwei schmale Stoffstreifen aus seiner bereits durchlöcherten Jacke und stopfte sie sich in die Nase.

Als er mit dem drittletzten Symbol fertig war, durchdrang das Blut aus seinen Wunden in der Seite und der Schulter die Verbände. Er spürte, wie es seine Uniform durchnässte.

Als er das vorletzte Symbol zeichnete, spürte er seine Hände nicht mehr. Die Welt verschwamm vor seinen Augen, dann sah er doppelt und seine Finger zuckten. Als das Symbol vollendet war, erschütterten Krämpfe seinen Körper und der Fettstift fiel ihm aus der Hand.

Alles drehte sich ...

Nein, erkannte Cade. *Nicht der Raum dreht sich, sondern* ich.

Sein Körper schwebte über dem Boden. Nun drehte er sich über Kopf wie ein Uhrzeiger, der in der Zeit zurückgeht. Er konnte nicht atmen und als sich ein Kaleidoskop des Schreckens vor ihm manifestierte, erkannte er den Grund dafür. Ein Geist, dessen brennender Schädel mit Widderhörnern geschmückt war, würgte ihn.

Die Bestie fing erst an, ihn genüsslich zu foltern, aber Cade kamen die wenigen Sekunden wie eine Ewigkeit vor. Er wusste, dass er sofort handeln musste.

Da man diesen einen Kilometer breiten Streifen an der Normandieküste nicht mit unterjochten Dämonen betreten durfte, hatte Cade auf Magick verzichten müssen. Er konnte weder Zauber wirken noch magische Waffen benutzen. Aber er war nicht so dumm gewesen, den Bunker unbewaffnet zu betreten.

Er zog seine Feldflasche vom Gürtel. Schraubte die Kappe ab.

Und spritzte dem Dämon Weihwasser ins Gesicht.

Er brüllte so laut wie alle Geschütze des Kriegs, ließ Cade aber lang genug los, dass dieser zu Boden fallen konnte. Er ließ die Feldflasche fallen. Nahm den Fettstift. Berührte damit den Boden ...

Die Hand des Dämons drang durch den Rücken in Cades Körper ein. Er spürte, wie sich die Klauen des Ungeheuers um sein Herz schlossen. Panik überkam ihn und Krämpfe schüttelten ihn durch, doch er zwang seine Hand, das letzte Symbol zu zeichnen.

Unter dem Beton leuchtete das komplizierte Muster des Siegels auf und setzte zuerst sich selbst und dann Cades veränderte Version in Brand.

Cade legte seine letzten Atemzüge in einen Befehl: »Ich verbanne Euch! Im Namen des ... Pakts! Und im ... Namen ... der Heiligsten! OPHIEL, MICHAEL, TETRAGRAMMATON, ADONAI, JEHOVAM! Amen!«

Ein Wirbelsturm aus fauchenden Flammen wütete im Kartenraum. Die gottlose Heerschar kreischte und entfachte tosende Böen, als sie ins Ewige Feuer gerissen wurde. Cade befürchtete, dass er selbst, sein Körper und seine Seele verzehrt werden würde, doch dann ...

Stille.

Rote Nebelfetzen stiegen vom Betonboden empor und lösten sich auf halbem Weg zur Decke auf. Die vier Schnüre fingen Feuer und verwandelten sich in Linien aus Asche, die vom Seewind weggeweht wurden.

Blut hustend und halb blind stolperte Cade aus dem Kartenraum und dann aus dem Bunker. Er blinzelte, weil er helles Tageslicht erwartete, doch stattdessen erblickte er einen diesigen Sonnenuntergang. Als die Dämonen ihn umklammert hatten, war die Zeit seltsam verlaufen. An der Pointe du Hoc konnte er keinen seiner Kameraden entdecken – nur die Leichen von Freunden und Feinden und eine Landschaft, die Bomben und Artillerie verwüstet hatten. Es stank nach geschmolzenem Metall, nach Leichen, die in der Sonne verrotteten, und nach verbrannten Haaren.

Er wusste nicht, was ihn zum Klippenrand zog. Vielleicht war es der Anblick der alliierten Flotte, Tausende von Schiffen, die sich im Ärmelkanal drängten; vielleicht der Blick auf den von toten Amerikanern und brennenden Boots- und Panzerwracks bedeckten Strand und auf die Wellen, die das Blut der Gefallenen rot gefärbt hatte. Im Sand lagen unzählige tote Fische und Seevögel. Egal, wohin Cade auch schaute, überall stieß er auf Spuren eines Massakers, das seine Vorstellungskraft überstieg.

Er drehte sich um. Machte zwei schwache Schritte in Richtung des Bunkers.

Seine Beine gaben unter ihm nach. Einen Moment lang fühlte es sich an, als würde er fliegen.

Er hörte eine weit entfernte Stimme, die seinen Namen rief, aber er sah nur noch Schwärze. Jemand anderes rief nach einem Sanitäter, doch es war zu spät.

Cade gab sich erleichtert der Dunkelheit hin.

Sein Kampf war vorbei.

»Erscheint, verdammt noch mal! Ich befehle Euch zu erscheinen. Sonst werdet Ihr meinen Zorn zu spüren bekommen!«

Es fiel Kain schwer, die Fassung zu wahren, als er im Anwenderkreis stand. Vor Wut zitterte er so sehr, dass er beinahe den Zauberstab fallen gelassen hätte. Dieser Zorn erstreckte sich bis in sein Innerstes und drohte, ihn mit Flammen, die er nicht unter Kontrolle hatte, zu verzehren.

Ein fauliger Gestank breitete sich rund um den Kreis aus. Der Dämon war da, wollte sich aber nicht zeigen. Kain strich mit der

Spitze des Zauberstabs über die Kohlen in der Feuerschale. Er wurde mit mörderischem Gebrüll belohnt. Kurz darauf manifestierte sich die wabernde Gestalt des Premierministers der Hölle im äußeren Ring.

Gelbe, hasserfüllte Augen blitzten in der rauchigen Dunkelheit auf.

WARUM STÖRT IHR MICH SCHON WIEDER?

»Du kennst den Grund, verdammt noch mal!« Kain hätte LUCIFUGE ROFOCALE am liebsten bis aufs Blut gequält, aber der Pakt verlangte, dass er dem Geist erlaubte, sich zu äußern. »Ich habe die Vorbereitungen für ein globales Inferno getroffen! Aber der Morgen ist vergangen und meine Mühen haben nur Stille hervorgebracht! Wo ist mein schwarzer Sonnenaufgang? Mein brennender Himmel? Mein von Wermut ersticktes Blutmeer?«

DAS ALLES HAT DER *NIKRAIM* VERHINDERT.

»Wie?«

EURE FALLE WURDE GLYPHE FÜR GLYPHE AUFGEHOBEN UND IHRE LEGIONEN ZURÜCK IN MEINE OBHUT GESCHICKT. Der Dämon schnalzte mit der Zunge. SCHADE. ICH HÄTTE EUREN TAG DES CHAOS GENOSSEN.

»Sag mir wenigstens, dass der *Nikraim* dabei umgekommen ist.«

Der Dämon zeigte grinsend seine Reißzähne. UNSER PAKT VERBIETET ES MIR, EUCH ANZULÜGEN.

Diese Niederlage ist schlimm genug – ich werde mich nicht auch noch verhöhnen lassen. »Ich verbanne Euch und befehle, dass Ihr in Frieden in das Ewige Feuer zurückkehrt.« Kain schrie die heiligen Namen, um das Ritual zu beenden, aber seine heisere Stimme ging im grausamen Gelächter des Dämons unter.

Donner erschütterte Kains Beschwörungsraum, als LUCIFUGE ROFOCALE verschwand. Dessen boshaftes Kichern hallte jedoch in den Schatten wider. Bittere Tränen der Schande brannten in Kains Augen.

Ein halbes Jahrhundert Planung ...

Fast zwei Jahre Arbeit ...

... alles umsonst.

Kains Selbstbeherrschung geriet ins Wanken. Dann brach sie zusammen.

Er gab seine jahrhundertelange Disziplin auf und stieß einen frustrierten Schrei aus und dann noch einen. Er schlug sein Pult und das Grimoire zur Seite, dann sprang er wie ein Berserker aus dem Anwenderkreis und ließ seiner Wut freien Lauf. Er nahm einen schulterhohen Kerzenständer und schlug damit wie mit einem Kampfstab auf die anderen ein. Messingstangen landeten scheppernd auf dem Zementboden. Empfindliche, handgezogene Kerzen knallten gegen die Wände und zerbrachen.

Kain schlug mit dem Kerzenständer auf den Boden ein, bis er sich verbog, dann warf er ihn weg. Er krachte in seine Arbeitsbank, wo er handgeblasene Glaskaraffen zerschmetterte und Tinten, Öle und exotische Chemikalien über Tisch und Boden spritzen ließ.

Kain fiel in der Mitte seines nun beschädigten Schutzkreises auf die Knie. Mit geballten Fäusten richtete er wortlose Schreie an die Decke, bis er nach Luft schnappte.

Er kam mit einem Ruck zur Besinnung, fühlte sich erschöpft, erniedrigt und beschämt.

So darf es nicht enden. Das werde ich nicht zulassen.

Kain stand auf und zog sein Ritualgewand aus. Er wischte Kreidestaub und Glassplitter von den Hosenbeinen und glättete die Falten seines Hemds. Seiner Wut hatte er sich nun entledigt, also verbrachte er einen Moment damit, seine Manschettenknöpfe zurechtzurücken und die Krawatte festzuziehen.

Schon besser.

Er nahm seine Anzugjacke vom Haken neben der Treppe und zog sie auf dem Weg nach oben in seinen Privatbunker an. Dort wartete bereits eine gekühlte Flasche Riesling auf ihn.

In ein paar Stunden würde er sich dem Chaos widmen, das er angerichtet hatte. Das zerbrochene Glas würde er wegwerfen, die verschütteten Flüssigkeiten aufwischen. Morgen würde er den Boden bleichen und neu streichen. Übermorgen würde er sich der lästigen Wiederbeschaffung der Glaswaren, des Kerzenständers und der Kerzen widmen.

Damit würde er für diesen Moment des Jähzorns Buße tun.

Und wenn ich damit fertig bin, schwor er sich, *werde ich den Geist beschwören, der meine Falle bewachen sollte – und mir von ihm genau erklären lassen, woran meine Apokalypse gescheitert ist.*

51

Ein Wind, der weder warm noch kalt war, lockte Cade aus der Umarmung des Vergessens hervor. Er wusste, dass er gestürzt war, aber nun schwebte er über dem Boden.

Verwundert betrachtete er die verwüstete Landschaft der Pointe du Hoc und das surreale Spiel von Licht und Schatten. Das, was er für Wind gehalten hatte, schien weder den Staub in der Luft noch die Blätter an den Bäumen zu bewegen, hob die Details der Welt jedoch in verschwommenen Hell- und Dunkeltönen hervor, als wäre die Erde ein Aquarell, das man einem Sturm ausgesetzt hatte. Wind hätte geheult, aber dieser Sturm schrie wie ein falsch singender Chor; der Himmel antwortete darauf mit einem Klagelied in Moll. Verstreute Gedanken umkreisten die Erde, als stammten sie aus einer endlosen Quelle des Bewusstseins, aus einem Springbrunnen der Furcht und Sehnsucht.

Unter sich entdeckte Cade ein Gesicht, das ihm zugleich fremd und vertraut erschien: sein eigenes. Nicht das, das er aus dem Spiegel kannte, sondern das aus Fotografien, was er seltener sah und manchmal nicht zuordnen konnte. Es befand sich am Boden. Die Augen waren geöffnet, starrten aber ins Nichts. Die Züge waren zerschlagen, blutig und dreckig.

Wie ein Magnet, der eine Anziehungskraft spürt, nahm er die Anwesenheit von etwas anderem wahr. Als er sich umdrehte, konnte er anfangs niemanden sehen – dann war etwas neben ihm. Ein Nebel oder ein Schatten. Blasse, schwache Dämpfe. Sie sammelten sich und nahmen eine beinahe menschliche Gestalt an, die jedoch undefiniert blieb, so als hätte ein Künstler eine Schaufensterpuppe aus Nebel geschaffen. Obwohl die Gestalt keine Augen besaß, schien sie Cade ebenso neugierig zu mustern wie er sie.

»Was … wer bist du?«

Ihre Antwort war ein Flüstern aus Rauch und Gesang mit einer Stimme, die Cade eher fühlte als hörte.

ICH BIN GESHURIEL, DEIN VERBUNDENER GEIST.

Diese Behauptung kam Cade unwahrscheinlich vor. Adair hatte ihm erklärt, dass er vor seiner Geburt mit einem Engel verbunden worden war, aber dieses Wesen war so farblos wie altes Waschwasser. »Du bist ein Engel?«

ICH BIN EIN SERAPH, EIN ENGEL DER ERSTEN ORDNUNG.

»Versteh das bitte nicht falsch, aber ich hatte jemanden erwartet, der …«

PRACHTVOLLER IST? MEIN VOLK UND ICH HABEN FRÜHER SOLCHE TÄUSCHUNGEN EINGESETZT, WENN SIE NOTWENDIG WAREN. ABER ICH BIN AN DEINE SEELE GEBUNDEN, DESHALB IST ES MIR VERBOTEN, DICH ZU BELÜGEN. DU SIEHST MICH UND MEIN VOLK SO, WIE WIR SIND UND NICHT WIE DEINE ROMANTIKER SICH UNS VORSTELLEN.

Weitere Wesen tauchten um Cade herum auf. Eine Handvoll konnte er nur als graue Schatten ausmachen, die desinteressiert und ziellos wirkten. Von anderen, kleineren, ging ein so gleißend helles weißes Licht aus, dass ihr Anblick ihm in den Augen hätte wehtun müssen, aber Cade musste den Blick nicht abwenden. Er wandte sich an GESHURIEL. »Diese grauen Schatten? Sind das auch Engel?«

WÄCHTER. NIEDERE GEISTER, DIE NUR VON GERINGER BEDEUTUNG SIND.

»Was ist mit den anderen … den wandelnden Feuern?«

ERKENNST DU DEINE MITMENSCHEN NICHT?

Die Antwort des Engels brachte Cade dazu, die Wesen aus einem anderen Blickwinkel zu betrachten. Als er deren Aura durchdrang, sah er Männer, die er kannte – Sergeant Sykes, Lieutenant Leagans, Corporal Pawlikowski. Das Ganze verblüffte ihn. »Wieso leuchten Engel nicht wie Menschen?«

So war es schon immer. Dies ist der Wille des Göttlichen.

Unter ihnen versammelten sich die Ranger um Cades reglosen Körper. Der Sanitäter arbeitete wie besessen; der Sergeant und der Lieutenant halfen ihm. Von oben betrachtet wirkte ihr Einsatz auf Cade heroisch.

Eine weitere Frage lenkte seine Aufmerksamkeit zurück auf den Engel. »Warum kann ich dich jetzt sehen?«

Weil deine Seele sich von deinem beschädigten Fleisch lösen will.

»Nein – ich weiß, dass mein Körper stirbt. Aber warum habe ich dich *vorher* nicht gesehen? Als ich sechzehn Monate lang in einem schottischen Bett lag. Wo warst du da?«

Bei dir, so wie jetzt. Und ich werde bis zum Ende bei dir bleiben.

»Aber warum habe ich dich nicht gesehen?«

Weil dein Geist mit Magick stillgelegt wurde, als hätte man ihn mit Bernstein umschlossen. In diesem Zustand konntest du nichts wahrnehmen – nicht einmal mich.

Der Sanitäter unter ihnen war sichtlich frustriert. Als Cade den grimmigen Gesichtsausdruck von Sykes und Leagans bemerkte, fragte er Geshuriel: »Ich werde sterben, richtig?«

Das ist das Schicksal von allen Wesen unter dem Himmel. Nur das Empyreum ist ewig.

»Wenn ich sterbe, wirst du meine Seele dann in den Himmel bringen?«

Das ist nicht meine Aufgabe.

»Aber du könntest mich dorthin bringen?«

Wenn du das befiehlst.

»Wenn ich das befehle?« Cade dachte über die Bedeutung dieser Aussage nach. »Du musst meine Befehle ausführen?«

Bis der Tod unsere Verbindung kappt.

Die Versuchung nagte an Cades Gedanken – es gab so viele Fragen, die er seinen Eltern stellen wollte, so viele Dinge, die er ihnen sagten wollte, und er hätte sich so gerne von ihnen verabschiedet. War das wirklich möglich? Er musste es herausfinden. »Ich will, dass du mich in den Himmel bringst.«

Ich glaube, du irrst dich.

»Ich bitte dich nicht um deinen Rat. Ich befehle es dir. Bring mich in den Himmel.«

Wie du möchtest, so soll es geschehen.

Zusammen stiegen sie empor und ließen Cades böse zugerichteten Körper auf dem staubigen Boden der Pointe du Hoc zurück. Sie flogen durch den unsichtbaren Mahlstrom in einen endlosen, silbernen Himmel. Blasse Wolken sammelten sich hinter ihnen und verbargen die Erde vor ihren Blicken, bis nur noch sie beide in einem Himmelsreich aus alabasterfarbenem Nebel und Ebenholzschatten zu existieren schienen.

»Warum hast du dich auf die Verbindung eingelassen? Speziell mit mir, meine ich.«

Es war der Wille des Göttlichen.

»Das war der einzige Grund?«

Wir sind Boten und Diener. Wir erfüllen den Willen des Göttlichen.

»Und das stört dich nicht?«

Die Engel, die dagegen aufbegehrten, wurden in das Ewige Feuer geworfen. Sie sind die Gefallenen. Die Verbannten. Nach ihrem Fall nahm das Göttliche uns allen den freien Willen.

Ohne Vorwarnung schlüpften sie durch einen perlenfarbenen Schleier und ließen das leere Nichts der Ewigkeit zurück. An seine Stelle trat ein Reich aus bleichen Stränden unter einer platinfarbenen Himmelskuppel. Eine trübe Lichtkugel hing am weiten Horizont und warf ihr blasses Licht auf ein ruhiges, zinngraues Meer.

Aschfahle Schatten wanderten am Ufer entlang und schwebten in Massen darüber. Sie alle summten die gleiche monotone, aber auch liebliche Melodie. Ihre Stimmen klangen harmonisch, doch ihnen fehlte die Inspiration. Es war ein Reich, das von kühler Schönheit ohne jede Leidenschaft erfüllt war.

Als Cade und GESHURIEL landeinwärts flogen, über weite Ebenen, auf denen sich aschfahler Weizen im Wind wiegte, sah Cade nur endlose Legionen grauer Schatten, die die weit entfernte, fahle Sonne ansangen.

»Ist das ein Witz?«

DAS IST DER HIMMEL.

»Wo sind denn die Seelen der Toten?«

ES GIBT KEINE MENSCHLICHEN SEELEN IM HIMMEL. Die Antwort des Engels war so tonlos und sachlich, dass Cades Essenz von Furcht erfüllt wurde. Dann fragte der Engel: WAS HOFFTEST DU, HIER ZU FINDEN?

»Spielt keine Rolle. Kannst du mich in die Hölle bringen?«

DAS WÄRE UNKLUG.

»Antworte mir: Kannst du mich sicher in die Hölle und wieder herausbringen?«

ICH BIN ZU EINER SOLCHEN REISE IN DER LAGE.

»Dann los. Sofort.«

Der Engel widersprach kein zweites Mal. Er hüllte Cade in eine seiner Schwingen aus blassem Rauch ein und trug ihn hinauf, weg von dem monotonen Himmel in den weißen Äther zwischen den Reichen. Eine Ewigkeit lang kämpften sie gegen eine unsichtbare Strömung an, zwei winzige Gefäße, die sich gegen die Dunkelheit, die sie vertreiben wollte, durchsetzten.

Schließlich bemerkte Cade, dass die Leere dunkler wurde. Qualvolle Schreie stiegen aus kalten Fluten empor. Erst nach einem Moment erkannte Cade, dass er die Kälte nicht körperlich spürte – sie war eine Manifestation der Verzweiflung, der Hoffnungslosigkeit und eines schwelenden Hasses.

Bevor er begriff, dass sie da waren, hüllten rußschwarze Wolken ihn und GESHURIEL ein. Cade fühlte sich, als würde er in die Säule aus Rauch eintauchen, die bei Waldbränden entstand.

Je länger sie fielen, desto lauter und dissonanter wurde die Musik von unten. Cade erkannte die Melodien, die so schrecklich verhöhnt wurden; dies war das Infernalische Orchester von PAIMON, dem mächtigen König der Hölle, einem gefallenen Engel aus der Ordnung der Herrschaften – und Adairs dämonischer Patron.

GESHURIEL teilte die ebenholzschwarzen Wolken und enthüllte die dunkle Majestät, die sich über die verbrannte Kraterlandschaft unter ihnen ausdehnte. Die Stadt Dis, die Metropole der Gefallen: neun in konzentrischen Kreisen angeordnete Ebenen, die man in das schwarze Gestein der Hölle geschlagen hatte. Der äußerste Ring befand sich auf derselben Höhe wie die ihn umgebende verkohlte Ebene, aber jede auf ihn folgende Stufe befand sich kilometerweit unter der vorangegangenen. Die Stadt besaß einen Durchmesser von vielen Hundert Kilometern und ihre Ebenen waren mit den Wundern dämonischer Architektur überzogen. Flüsse aus Schlamm flossen in endlosen Kreisen über die oberste Stufe; auf der nächsten sah man Flüsse aus Blut. Was auf sie folgte, konnte Cade in den dunklen Schatten nicht erkennen – obwohl der ringförmige Feuersee am tiefsten Punkt des gewaltigen Lochs nicht zu übersehen war.

»Näher«, befahl Cade und GESHURIEL gehorchte erneut. Cade wollte die Seelen sehen, die in der Stadt gefangen waren. Er wollte sich mit eigenen Augen davon überzeugen, dass seine Eltern wirklich dazu verdammt waren, an diesem gottverlassenen Ort zu existieren. Er musste es wissen.

Gemeinsam rasten er und GESHURIEL über die Hauptstadt der Hölle hinweg.

Die einzigen Bewohner, die Cade in dieser Grube der Qualen und auf den Straßen der Schatten und des Bedauerns entdecken konnte, waren die Schemen der Gefallenen. Sie waren etwas dunkler als die Engel, unterschieden sich ansonsten aber kaum von ihnen. Die leuchtenden Auren, die er auf dem Schlachtfeld an der Pointe du Hoc gesehen hatte, fehlten hier. Er sah keine einzige menschliche Seele.

Cade schwebte stumm und entsetzt über dem Zentrum von Dis. Schockiert wandte er sich erneut an GESHURIEL. »Wo sind sie?«

WER?

»Die Seelen der Verdammten.«

Es gibt keine.

»Was soll das heißen?«

Es gibt keine menschlichen Seelen in der Hölle.

Cades Gedanken rasten. »Was ist mit der Vorhölle? Oder dem Fegefeuer?«

Solche Reiche existieren nur in der Fantasie der Menschen.

Als Cade in das Ewige Feuer starrte, überkam ihn zum ersten Mal ein Hauch von wahrer Verzweiflung. »Ich … ich verstehe das nicht.«

Doch, das tust du, sagte der Engel. In seinen Worten hörte Cade Mitleid. Aber du willst es nicht wahrhaben.

52

JULI

Feuchtes Holz qualmte im gusseisernen Ofen und weigerte sich trotzig, Feuer zu fangen. Vor dem Fenster von Anjas Blockhütte am See fiel der Regen in silbernen Fäden. Trotz des Teppichs, den sie vor die Eingangstür gelegt hat, kroch Kälte in den Raum. Obwohl es ihr wie Verschwendung vorkam, taufte sie das Holz mit einigen Tropfen Kerosin. Es war nur noch wenig übrig. Nun setzte sich das Feuer endlich durch. Das schwarze Holz färbte sich rot und eine Minute später knackte das durchnässte Innere der Scheite laut und entkam der Umarmung des Winters. Sie wärmte sich die Hände und freute sich auf eine warme Nacht.

Sie stand auf, drehte sich um und wich zurück, als sie den Eindringling sah ...

»Hallo, Mädchen. Ist lange her.« Es war Adair. Oder besser gesagt ein Schemen von ihm, eine Astralprojektion, schimmernd und durchsichtig, die in ihrer Behausung mitten im Nirgendwo stand. Sein Anblick weckte Anjas Schuldgefühle, denn sie hatte ihn verlassen.

»Wie haben Sie mich gefunden?«

»Was glaubst du denn?« Er grinste schelmisch. »Magick.«

Sie schüttelte ungläubig den Kopf. »Ich habe einen Schutzzauber.«

»Den ich eigenhändig auf deinem Rücken angebracht habe.«

Das ergab Sinn. Wer konnte einen Zauber besser umgehen als der, der ihn erschaffen hatte?

Sie gab sich gelassen und setzte Tee auf. »Hm … Sie hätten mich also schon die ganze Zeit lang finden können? Herzlichen Glückwunsch. Sie haben über zwei Jahre gebraucht.«

»Nur, weil ich dich vorher nicht gesucht habe.« Er schaute sich mit wohlwollendem Blick in ihrer Behausung um. »Rustikal. Gefällt mir. Wo genau sind wir?«

»Ungefähr zwei Kilometer außerhalb von Nikkaluokta.« Als sie den fragenden Blick des Meisters bemerkte, fügte sie erklärend hinzu: »In Nordschweden. Rund fünfzig Kilometer von der norwegischen Grenze entfernt.«

»Ah. Du bist wohl nicht wegen des Nachtlebens hier.«

»Also das nördliche Polarlicht ist sehr schön, aber das gibt es nicht zu dieser Jahreszeit.« Sie nahm einen Blasebalg und fachte das Feuer an. »Wieso haben Sie das nicht getan?«

»Bitte?«

»Sie sagten, Sie hätten mich nicht gesucht. Warum nicht?«

Adair zuckte mit den Schultern. »Weil ich angenommen habe, dass du nicht grundlos gegangen bist.« Er schlenderte durch den Hauptraum der Blockhütte und tat so, als würde er sich für den Krimskrams interessieren – Schneeschuhe, Angel, Skier, Anjas Militärrucksack und ihr Mosin-Nagant-Gewehr. »Ich habe dein Recht, in Ruhe gelassen zu werden, respektiert.«

»Verzeihen Sie mir also, dass ich gegangen bin?«

»Diese Unterhaltung werden wir ein anderes Mal führen.«

Sie betrachtete ihre Füße, um Adair nicht ansehen zu müssen. »Warum sind Sie dann hier?«

»Ich brauche deine Hilfe.« Als sie den Blick hob, fuhr er fort: »Es geht um Cade. Er liegt im Sterben.«

Der Gedanke an Cade erfüllte Anja immer noch mit Verbitterung. »Was ist passiert?«

»Er ist mit den Truppen in der Normandie gelandet.«

»Warum?«

»Weil er das *verdammt noch mal* musste, deshalb. Der Rest ist scheißegal.« Der Meister zwang sich zur Ruhe. »Die Armee-Ärzte haben ihn am Strand zusammengeflickt und zurück nach England geschickt. Er ist im Royal Victoria Hospital in Netley, nahe dem Hafen von Southampton.«

Sie verbarg ihre Besorgnis hinter Neugier. »Wie schlimm ist es?«

Adair wirkte verzweifelt. »Er liegt im Koma. Dieses Mal in einem richtigen.«

»Prognose?«

»Nicht gut. Sogar beschissen schlecht.« Er wollte ihre Hand ergreifen, aber seine substanzlosen Finger glitten durch ihre hindurch. Er war schließlich nur eine Illusion. Also blickte er ihr stattdessen flehend in die Augen. »Er braucht dich.«

»Nein, tut er nicht. Er hat Sie.«

»Ich habe alles in meiner Macht Stehende getan, aber Heilung war nie meine Stärke, sondern deine.« Trauer trat in seinen Blick. »Nicht nur Cade braucht dich, sondern auch ich. Bitte komm zurück.«

Eine so große Bürde wollte sie nicht tragen. »Meister ... das kann ich nicht.« Sie warf einen verzweifelten Blick auf die Hügel und Berge vor ihrem Fenster. »Ich habe lange gebraucht, um einen Ort zu finden, an dem ich in Frieden leben kann.«

»Du kannst in Frieden leben, wenn der Krieg vorbei ist.«

»Aber der Krieg endet nie. Das haben Sie mich gelehrt.« Sie bedachte ihn mit einem harten Blick. »Ich habe mich schon vor Monaten von den Dämonen befreit. Ich bin fast wieder geistig gesund. An manchen Tagen komme ich von morgens bis abends ohne Alkohol aus.« Sie ging zum Ofen, als der Kessel zu pfeifen anfing und Dampf aus dem Ausguss schoss. Sie nahm ihn von der Kochstelle, füllte ihre Tasse mit kochendem Wasser und versenkte ein Tee-Ei darin. Das Aroma des ziehenden Tees beschwichtigte ihren Ärger ein wenig. »Ich bin mir nicht sicher, ob ich die Kunst zu diesem Zeitpunkt wieder aufnehmen will – oder überhaupt je wieder.«

Adair war entsetzt. »Sag das nicht! Eine Karcistin wie du in solchen Zeiten zu verlieren ...«

»Sie haben mich vor zwei Jahren verloren.«

»Du kannst nach Hause kommen.«

»Nach Hause.« Seine zuckersüßen Plattitüden weckten schmerzhafte, nicht verheilte Erinnerungen. »Ich habe versucht, nach Hause zu gehen … Es war nicht mehr da.«

Verzweiflung schlich sich in sein Flehen. »Du musst nicht bleiben. Hilf mir nur, ihn ins Reich der Lebenden zurückzuholen. Danach kannst meinetwegen vom Angesicht der Erde verschwinden, wenn du das möchtest.«

Sie lachte spöttisch und bellend. »Das klingt so einfach! Und wie soll ich zu Ihnen kommen? Ich kann nicht einfach verreisen. Die Schweden *hassen* Russen. Wenn Sie also keinen Ihrer wunderbaren Spiegel hier herumstehen haben …«

»Leider nicht. Und selbst wenn, könnten wir ihn nicht benutzen. Kain wartet nur darauf. Ich kann nicht riskieren, ihn zu Cade zu führen, solange der Junge derart hilflos ist.« Er zog die Augenbrauen zusammen. »Kannst du nicht zurückfliegen?«

»Ich habe noch nicht zugestimmt.«

»Aber nur mal angenommen, du wärst einverstanden? Bitte.«

Die Vorstellung, ihren magischen Lebensstil wieder aufzunehmen, erschreckte Anja zutiefst. »Ich müsste meine Ephemeride überprüfen, um das beste Datum und die günstigste Stunde zu bestimmen. Drei Tage lang fasten und meditieren. Meinen Kreis zeichnen. Die Werkzeuge exorzieren.« Sie seufzte, als sie über die Arbeit nachdachte, die sich hinter dem Schritt »die Vorbereitung des Anwenders« verbarg. »Können die Ärzte ihn noch zwei Wochen am Leben erhalten?«

»Das hoffe ich doch.«

Sie verbarg ihr Gesicht hinter den Händen und konnte kaum glauben, dass sie sich wieder in eine Welt und ein Leben hineinziehen ließ, dem sie entkommen war. Dann meldete sich ihr Gewissen: *Nicht entkommen – du hast es verlassen.* Sie ließ die Hände sinken und schaute Adair an. »Wenn es die Sterne erlauben, werde ich in zehn Tagen in der Abenddämmerung eintreffen. Zwei Wochen, wenn die Planeten ungünstig stehen.«

Ein dankbares Nicken. »Also zehn Tage. Ich werde bei Sonnenuntergang im Pavillon am Pier des Krankenhauses auf dich warten.« Sein Astralkörper verschwand. Anja fragte sich, wie lange es dauern würde, bis sie ihre Entscheidung bereute. Dann lachte sie spöttisch über sich selbst.

Wem will ich denn etwas vormachen? Ich bereue sie jetzt schon.

53

Helles Mondlicht fiel durch die Fenster des Royal Victoria Hospitals in einen Gang, an dessen gegenüberliegender Seite sich einige Rekonvaleszenzzimmer befanden. Eine Brise, die nach Lavendel und Rosen duftete, wehte sanft durch den Korridor, in dem eine typisch britische Mischung aus Würde und Schlichtheit herrschte.

Adairs und Anjas Schritte störten die spätabendliche Stille des Krankenhauses. Sie eilten von einem Bereich des Südflügels zum nächsten. Er ging voraus, sie schob einen mit einem weißen Laken bedeckten Krankenhaus-Rollwagen vor sich her. Anja fühlte sich sichtlich unwohl in ihrer geliehenen Krankenschwesternuniform. Sie zupfte am Saum und bedachte Adair mit einem düsteren Blick. »Ist diese Verkleidung wirklich nötig?«

»Wir dürfen keine Aufmerksamkeit erregen.« Sie passierten eine weitere Doppeltür und betraten einen Bereich, in dem es nur Einzelzimmer gab. »Er ist hier unten. Ich habe meine Beziehungen beim Oberkommando der Alliierten spielen lassen, damit er ein Einzelzimmer bekommt. Die gibt es sonst nur für Offiziere.«

Die Räder des Rollwagens quietschten, als Anja schneller ging, um mit Adair Schritt zu halten. »Ich glaube, das ist ihm egal.«

»Es geht nicht um ihn, sondern um *dich.* Wir können keine Zeugen gebrauchen, oder?« Er warf im Vorbeigehen einen Blick durch eine offene Tür und starrte verwundert die Maschinen an, mit denen man den Soldaten im Zimmer verbunden hatte. »Unglaublich, oder?«

Seine widerwillige Begleiterin schien nicht zu wissen, was er meinte. »Was denn?«

»Dieses Krankenhaus. Neue Medikamente, neue Operationsverfahren. Die Medizin hat in den letzten hundert Jahren große Sprünge gemacht. Stell dir nur vor, was in hundert Jahren sein wird.«

Die junge Russin blieb unbeeindruckt. »Es wird sich nichts verändern. Die Medizin wird den Krieg und die vielen anderen Umstände, bei denen Menschen sich gegenseitig verletzen, nie einholen.«

Adair konnte nichts gegen ihren Zynismus ausrichten, also versuchte er stattdessen, sie davon abzulenken. »Hier drin.« Er betrat Cades Zimmer, machte einen Schritt zur Seite und hielt die Tür offen, damit Anja den Wagen hineinschieben konnte. Sie stellte ihn am Fußende von Cades Bett ab, während Adair die Tür abschloss.

Damit war sichergestellt, dass sie niemand stören konnte. Anja riss sich die weiße spitz zulaufende Kappe vom Kopf und warf sie zur Seite. Ihre schwarzen Haare fielen ungehindert herab, als sie sich über Cade beugte. Sie drückte die linke Handfläche auf seine Brust und legte ihm die rechte auf die Wange. Dann schloss sie die Augen und konzentrierte sich. Adair konnte nichts tun, außer auf ihre Diagnose zu warten.

Sie nahm die Hände von Cade. »Er hat innere Verletzungen. Er blutet und die Chirurgen haben Metall übersehen. Doch das ist nicht der Grund für sein Koma. Seine Seele lebt, aber sie ist nicht hier.«

»Er benutzt eine Astralprojektion?«

»Ich glaube schon. Aber er muss sehr weit weg sein. Die Verbindung zu seiner Seele ist sehr schwach.«

Adair hatte gleichzeitig bessere und schlechtere Nachrichten erwartet. Er hatte gehofft, dass Cades Bewusstsein noch in seinem Körper steckte und nur geweckt werden musste. Im schlimmsten Fall hatte er damit gerechnet, dass Cades Seele bereits erloschen und sein Körper nur noch ein leeres Gefäß war, aber die Klemme, in der Cade gerade steckte, war fast genauso schlimm.

Adair versuchte nicht, seine Angst zu verbergen. »Kannst du ihn zurückholen?«

»Das weiß ich nicht.« Sie zog das Laken vom Rollwagen. Darauf lag nicht etwa die übliche Krankenhausausrüstung – saubere Laken, Bettpfannen und dergleichen –, sondern Anjas Grimoire, ihre magischen Instrumente und einige Tiegel mit arkanen Pulvern, Salben und Ölen. »Zuerst muss ich die Wunden in seinem Fleisch beheben. Dann kann ich versuchen, seine Seele wieder in den Körper zu locken.«

»Was meinst du, wie lange das dauern wird?«

Sie breitete ihre Werkzeugrolle am Boden aus. »Ich werde bis zum Tagesanbruch brauchen. Wenn ich Erfolg habe, wird seine Seele bei Sonnenaufgang zurückkehren. Wenn ich scheitere und die Verbindung zwischen Körper und Seele kappe, wird er sterben.«

Das war eine brutale Einschätzung. Adair fühlte sich hilflos und klein, während er ihr zuhörte. Er beobachtete, wie Anja Cade die Bettdecke vom Körper zog. »Kann ich etwas tun?«

Anja knöpfte Cades Schlafanzug auf. »Sorgen Sie dafür, dass ich nicht unterbrochen werde.« Sie warf die Flanelljacke zur Seite und zog Cade die Schlafanzughose herunter. »Und bewachen Sie die Tür.«

Er schloss die Tür auf, öffnete sie und hielt auf dem Weg nach draußen inne. »Danke.«

Mürrisch malte sie Cade mit heiligem Öl die magischen Symbole auf die Stirn. »Danken Sie mir, wenn er überlebt.«

Nervös und erschöpft saß Anja neben Cades Bett. Sie wartete.

Inzwischen hatte sie bereits so viele Monate ohne Dämonen verbracht, dass sich die letzten Tage abwechselnd wundervoll und ekelhaft angefühlt hatten. Für jeden Augenblick der machttrunkenen Begeisterung, den sie bei der Rückkehr ihrer Kräfte erlebte, musste sie mit Blut und Schmerzen bezahlen.

Seit sie BUER unterjocht hatte, um auf sein Heiltalent zugreifen zu können, schmeckte ihr Essen nicht mehr. BELIAL störte wie immer ihre Verdauung, aber sie brauchte ihn, um auf die Astralebene zugreifen zu können. Ohne ANDREALPHUS hätte sie nicht wie ein Vogel fliegen können, aber er strafte sie dafür mit plötzlich auftretendem starkem Nasenbluten. RAMIEL, ihr dämonischer Kofferträger, war verglichen mit den meisten Dämonen zahm. Er plagte sie lediglich mit Albträumen. Ohne den unfehlbaren Orientierungssinn von NUMORIS hätte sie Southampton zwar nicht gefunden, aber da er Karcisten dazu brachte, sich die Fingernägel abzukauen und die Haut aufzukratzen, hatte sie ihn am Abend zuvor, als sie am Pier des Krankenhauses angekommen war, sofort friedlich ziehen lassen.

War es das wert? Oder hat das alles nichts gebracht?

Die Uhr an der Wand schien eingefroren zu sein. Anja hätte schwören können, dass die Zeiger schon ewig auf viertel nach fünf standen.

Auf Cades Haut waren blasse Flecken zu erkennen, die die verdünnte Tinte hinterlassen hatte. Anja hatte für ihr Ritual Dutzende henochische Symbole auf unterschiedliche Stellen des Körpers malen müssen, um seine umherziehende Seele zurückzurufen und sein im Kampf verwundetes Fleisch zu heilen. Nach der Zeremonie hatte sie versucht, die Zeichen mit einem Lappen und einer Schüssel warmem Wasser abzuwaschen. Adair hatte ihr beides besorgt, als sie ihn darum gebeten hatte. Die meisten Glyphen waren nun verschwunden, aber das von Tinte verschmutzte Wasser hatte sich unter seinen Fingernägeln, in den Falten zwischen seinen Gliedmaßen und dem Torso und in seinen Mundwinkeln gesammelt.

Seine Brust hob und senkte sich langsam, aber stetig, sein Atem ging so schwach, dass Anja ihn kaum wahrnahm. Wenn sie das Ausmaß seiner Verletzungen nicht gekannt hätte, wäre sie vielleicht auf die Idee gekommen, dass er nur tief schlief und sich in fernen Traumlanden verlaufen hatte.

Sie hörte schwere Schritte vor der Tür. Sie stellte sich vor, wie Adair im Korridor auf und ab ging, während das erste Tageslicht den Himmel noch vor dem Sonnenaufgang erhellte. *Der Meister musste mich zurückholen. Aber will er mich hier haben? Wäre Cade nicht verwundet worden, hätte er dann je nach mir gesucht?*

Diese Fragen ließen sich nicht beantworten. Sie hätte sie Adair stellen können, aber er neigte dazu, sie mit seinen Antworten zu provozieren, ohne wirklich etwas zu erklären. *Das spielt keine Rolle*, entschied sie. *Warum ich gegangen bin, warum er mich bat zurückzukommen. Das alles ist jetzt egal. Zuhause, Familie, Heimatland – diese Begriffe bedeuten nicht das, was ich dachte.* Sie erinnerte sich an das Massaker von Stalingrad. Die Tragödie von Charkow. Den Verrat von Toporok. *Alles, wofür ich kämpfen wollte, hat sich als Lüge herausgestellt.*

Aber nicht Cade. Er hatte versucht, sich mit ihr anzufreunden, obwohl sie ihn immer wieder zurückgewiesen hatte. Der Amerikaner war ein Narr gewesen. War wahrscheinlich immer noch einer. Anja mochte ihn aus vielen Gründen nicht, auch wenn sie sich nicht alle erklären konnte. Aber er war aufrichtig. Er schadete sich mit seiner Naivität und Ehrlichkeit immer wieder selbst, aber er hinterging niemanden.

»Du kannst nichts dafür, dass du etwas ›Besonderes‹ bist«, flüsterte sie ihm zu. »Das weiß ich. Adair hat mir gesagt, dass das mit etwas zusammenhängt, das dein Vater dir mit seiner Hilfe angetan hat. Und das noch vor deiner Geburt.« Sie ergriff seine Hand. »Ich war ungerecht zu dir. In Wahrheit ... bist du ein anständiger Mann. Und ich hasse dich nicht.«

Er keuchte. Sie wich zurück und ließ seine Hand los, als er den Rücken durchdrückte und die Augen öffnete. Einige Sekunden lag wirkte sein Gesicht auf maskenhafte Weise verwundert – oder vielleicht entsetzt –, dann atmete er aus, entspannte sich und sank zurück auf die Matratze.

Anja trat wieder zu ihm ans Bett. »Willkommen zurück.«

Als er sie ansah, leuchteten seltsame Gefühle in seinen Augen auf, erloschen dann jedoch wie verglimmende Kohle. Ein Schatten der Verzweiflung legte sich über ihn. Er wandte sich von ihr ab. »Verschwinde.«

»Cade, du hattest recht. Wir können Verbündete sein, ohne uns zu mögen. Es tut mir leid.«

»Das ist egal.« Seine Stimme zitterte vor Trauer. »Alles ist egal. Geh einfach.«

Sie ging um sein Bett herum, weil er sich ihr stellen sollte, sah dann jedoch, dass Tränen aus seinen geschlossenen Augen quollen. Vielleicht spürte er ihre zunehmende Besorgnis, denn er zog sich das Kissen über den Kopf und rollte sich unter der Bettdecke zusammen. Seine körperlichen Verletzungen waren geheilt – daran zweifelte Anja nicht. Aber sie erkannte nun, dass er seelische Wunden erlitten hatte, die sie nicht lindern konnte.

Etwas in ihm hatte sich verändert … und nicht zum Besseren.

Kain wurde vom dumpfen Heulen einer Sirene und entferntem Donnergrollen geweckt. Vor seinem Gästehaus im Gebäudekomplex der Wolfsschanze rannten Soldaten hektisch durch die Nachmittagssonne, brüllten panisch und verwirrt und bemannten die Wachtürme.

Ich kenne diese Melodie – das ist keine Übung.

Er verließ sein Bett, zog sich rasch an und lief durch die Eingangstür hinaus ins Chaos. Panzerwagen rasten an ihm vorbei in unterschiedliche Richtungen. Sirenen heulten aus den Lautsprechern des Komplexes und vermischten sich mit denen der Kranken- und Feuerwehrwagen. Der Lärm war ohrenbetäubend. Kain versuchte, drei SS Offiziere aufzuhalten, aber sie stießen ihn zur Seite. Dann sah er den Grund für die Hysterie, die hier herrschte: Eine große schwarze Rauchwolke stieg vom dreihundert Meter entfernten, auf der anderen Seite der Bahnschienen stehenden Konferenzgebäude auf.

Nun rannte auch Kain wie alle anderen los.

Er kam lange nach den Feuerwehrleuten und Hitlers Elite-Leibgarde am Schauplatz an. Hochrangige Offiziere stolperten aus dem rauchgeschwängerten Gebäude. Vier weitere verbrannte und blutende Männer wurden herausgetragen. Der Führer war nirgends zu sehen.

Kain hielt einen der Feuerwehrmänner an. »Was ist passiert?«

»Jemand hat eine Bombe bei Hitlers Sitzung mit den Generälen gezündet!«

Kain ignorierte die Warnungen der Feuerwehrmänner und der SS-Soldaten, die neben dem Eingang standen, und lief durch den

Eingang. Er vertraute darauf, dass ANDRAMELECHS Schild ihn vor dem Feuer schützen würde.

Er drängte sich an Verwundeten vorbei, die aus dem Gebäude geführt wurden, und betrat den Hauptsitzungsraum. Der Konferenztisch bestand nur noch aus Splittern und zerfetzten Brettern. Die Stühle waren mit solcher Wucht gegen die Wände geschleudert worden, dass kein einziger unbeschädigt geblieben war. Die Decke war eingestürzt. Drähte, deren Isolierung halb geschmolzen war, hingen von den freigelegten Balken.

Offiziere und Sanitäter umringten den Führer, dessen Hose zerrissen und angesengt war. Ruß bedeckte Hitlers Gesicht und seinen Mantel. Er stand aufrecht und beantwortete ungeduldig die Fragen der Sanitäter, was Kain für ein gutes Zeichen hielt.

Dann sah der Führer auf. Als er Kain entdeckte, verzerrte sich sein Gesicht vor Wut. »Sie!« Er zeigte auf Kain. »Das ist Ihre Schuld!« Alle, die im Raum und auf dem Gang standen, starrten Kain an. Das gefiel ihm ganz und gar nicht, weil er, wenn er sich in der Wolfsschanze aufhielt, am liebsten keine Aufmerksamkeit erregte. Die Offiziere und Sanitäter, die sich um Hitler kümmern wollten, wichen zurück, als er heftig mit den Armen ruderte und schrie: »Sie sagten, Sie würden mich beschützen! Dass ich sicher sein würde! Nennen Sie *das* sicher? Was werden Sie unternehmen, um die Verräter zu finden?«

Kain reagierte auf Hitlers hitzige Fragen mit Eiseskälte. »Alle raus.«

Die anderen wollten gehorchen, erstarrten jedoch, als Hitler brüllte: »Er hat hier gar nichts zu befehlen! Nur ich! Sie alle hören auf *mich*!«

Kain legte ESIAS' Suggestivkräfte in seine Stimme. *»Ich sagte, raus.«*

Sogar der Führer war schockiert, als seine Untergebenen rasch den Sitzungsraum verließen und auch den Gang, der zu ihm führte. Kain brachte all die einschüchternde Macht hervor, die ihm von der Hölle überlassen worden war, und stellte sich dem plötzlich kleinlauten Herrscher des Dritten Reichs.

»Sie hören sich anscheinend gerne selbst reden, mein Führer. Jetzt werden Sie mir zuhören. Falls es Ihnen noch nicht aufgefallen sein sollte: Sie haben gerade die Explosion einer unmittelbar neben Ihnen gezündeten Bombe überlebt. Denken Sie, das war Glück? Ich kann Ihnen versichern, dass Glück rein gar nichts damit zu tun hatte.« Er ging auf Hitler zu und wich dessen düsterem Blick nicht aus. »Ohne die Dämonen, die ich zu Ihrem Schutz abgestellt habe, würden Sie jetzt als blutiges Konfetti an den Wänden dieses Scheiterhaufens, den Sie Sitzungsraum nennen, kleben. Machen Sie sich nichts vor. Sie haben das hier allein wegen meiner Vorsichtsmaßnahmen überlebt.« Er wischte Hitler etwas Asche von den Schultern. »Aber wenn Sie daran zweifeln, müssen Sie es nur sagen. Dann werde ich diese Maßnahmen sofort aufheben.«

Hitler zitterte vor Empörung. »Wollen Sie mir etwa drohen?«

»Natürlich nicht, mein Führer. Ich möchte Sie nur daran erinnern, dass diese dämonischen Leibwächter, die Sie für selbstverständlich halten, Sie ohne meine Kontrolle zum Spaß in den Wahnsinn treiben würden. Wenn ich Sie ihnen ein paar Tage überließe, würden Sie sich die Kugel geben, um ihrer Folter zu entkommen. Also tun Sie sich selbst einen Gefallen und ersparen Sie mir diese Drohungen. Stattdessen sollten Sie sicherstellen, dass mir nichts passiert. Denn wenn *ich* sterbe …« Er betonte das Ganze, indem er Hitler seinen Zeigefinger auf die Hühnerbrust drückte. *»… sterben Sie.«*

54

AUGUST

Ein kohlschwarzer Fluss floss am Pier des Royal Victoria Hospitals vorbei. Eine leichte Brise kräuselte seine Oberfläche. Cade betrachtete das Gewässer. Früher hätte er vielleicht etwas Poetisches darin entdeckt. Nun sah er nur eine Flüssigkeit, die der Schwerkraft gehorchte, und von Luft beeinflusst wurde, die sich bewegte. Sogar der Mond war nur ein Gesteinsbrocken, der das Sonnenlicht widerspiegelte, eine tote Kugel, die nichts Romantisches an sich hatte. Sie alle waren lediglich Rädchen im Uhrwerk eines Universums, das von seinem Schöpfer längst verlassen worden war.

Er hörte Schritte auf den knarrenden Brettern des Piers. Cade kannte den Rhythmus nur zu gut. Er wollte sich auf kein Gespräch einlassen, also hielt er den Blick starr auf den Fluss gerichtet, als Adair sich im Pavillon neben ihm auf die schmiedeeiserne Bank setzte.

Papiere raschelten. Adair tat so, als würde er sie lesen, dann antwortete er auf eine Frage, die Cade nicht gestellt hatte. »Was das ist? Deine Entlassungspapiere.« Er faltete sie zusammen und wollte sie Cade aushändigen, der ihn jedoch ignorierte. Adair fuhr fort, während er die Papiere in seinen eigenen Mantel steckte. »Deine Ärzte sagen, dass mit dir alles in Ordnung ist. Zumindest körperlich. Sie brauchen dein Bett für jemanden, der es nötiger hat als du. Das kann ich ihnen nicht verübeln.«

Die Stille zwischen ihnen war so scharf wie ein Messer.

Adair holte eine Schachtel Zigaretten aus der Tasche. Zündete eine an. Reichte sie Cade, der sie nahm und kräftig daran zog. Das Nikotin machte ihn schwindelig, ein Gefühl, das er seit Monaten nicht mehr gehabt hatte. Als er den Rauch durch die Nase ausstieß, zündete Adair sich selbst eine Zigarette an und legte die Packung mit dem Feuerzeug zwischen sich und Cade. »Seit Wochen hast du kein Wort gesagt. Seit Anja dich zurückgebracht hat. Bist du stumm geworden oder benimmst du dich einfach nur wie ein Arschloch?«

Cade blies Adair Rauch ins Gesicht.

»Okay. Ein Arschloch also.« Ein Zug an der Zigarette. »Wenn wir jahrelang Zeit hätten, würde ich jetzt sagen: ›Geh mit Gott‹, und dich in Ruhe lassen. Aber wir haben keine Zeit für so einen Scheiß. Der Krieg ist noch nicht zu Ende, also müssen wir weitermachen.«

»Hören Sie auf, Entscheidungen für mich zu treffen.«

»Er kann reden! Halleluja, verdammt noch mal! Das ist ja ein Wunder! Da das Eis jetzt gebrochen ist, kannst du mir vielleicht endlich sagen, was dein scheiß Problem ist, du schäbiger Bastard.«

Cade zog an der Lucky, bis sie ihm fast die Finger verbrannte, dann schnippte er die glühende Kippe in den Fluss. »Mein Problem ist, dass das alles egal ist.«

»Was ist egal? Was redest du da für einen Scheiß?«

»Das hier ist egal. Der Krieg. Das *Leben.* Alles ist sinnlos. Was wir tun ist sinnlos. Was uns wichtig ist. Alles scheißegal.«

Adair musterte ihn mit väterlicher Sorge. »Was ist dir da draußen widerfahren?«

»In der Normandie? Nichts. Ich habe nur die Mission erfüllt.«

Der Meister warf seine Kippe weg. »Danach. Anja hat erzählt, du hättest dir als Astralprojektion einen längeren Urlaub gegönnt. Wo warst du?«

Cade starrte in die Dunkelheit hinter dem Fluss. »Ich habe den mit mir verbundenen Geist getroffen. Er hat mich in den Himmel mitgenommen. Und dann in die Hölle.« Er warf Adair einen anklagenden Blick zu. »Waren Sie schon mal da?«

»Ich hatte die eine oder andere Vision.«

»Das sind Einöden. Trostlos, ewig und ohne eine einzige menschliche Seele.« Er bemerkte die Schuldgefühle und das Bedauern, die sich auf Adairs faltigem Gesicht abzeichneten. »Aber das wussten Sie, richtig?«

Ein trauriges Nicken. »Aye.«

»Wo sind sie, Adair? Wo sind all die menschlichen Seelen?«

Adair hob die grauen Augenbrauen und sah Cade von der Seite an. »Was glaubst du?«

Cade zwang sich, die Wahrheit auszusprechen, obwohl sie ihn mit Kummer erfüllte. »Sie sind fort.«

Mitgefühl sorgte dafür, dass die tiefe Stimme des Meisters sanfter klang. »Ja. Unsere Seele ist so sterblich wie unser Körper. Für uns gibt es kein Leben nach dem Tod – kein Paradies und kein Ewiges Feuer. Nur das Nichts.«

Cade fiel es immer noch schwer, das zu begreifen. »Aber ... warum?«

»So wurde die Welt nun einmal erschaffen. In uns brennt ein himmlisches Feuer und es leuchtet milliardenfach heller als das eines jeden Engels ... aber es und wir vergehen.«

»Aber die heiligen Schriften schwärmen von der Pracht der Engel, von ihrer Schönheit und ihrer Macht.«

Adair nickte. »Wenn sie das Licht des Göttlichen widerspiegeln, bieten sie einen unglaublichen Anblick. Aber es steckt nicht in *ihnen.*«

»Diese langweiligen grauen Schemen, die ich gesehen habe, sind also ...«

»Das ist ihre wahre Essenz. Sie leuchten nicht aus sich heraus, aber das war auch nie beabsichtigt. Dafür hat das Göttliche uns erschaffen.« Als er Cades Verblüffung bemerkte, fügte er hinzu: »Die Engel wurden wie wir nach Gottes Abbild erschaffen. Aber sie und wir spiegeln nur jeweils einen Aspekt des Göttlichen wider. Die Engel wurden aus der ewigen Gestalt Gottes geformt, aber nach der Rebellion von SATAN und seine Anhängern verloren sie ihren freien

Willen. Die Menschheit wurde erschaffen, um die kreative Macht Gottes widerzuspiegeln – aber wie Funken, die aus einem Freudenfeuer emporsteigen, brennen wir noch einen Moment lang in der Dunkelheit, bevor wir uns auflösen.«

Das war eine seltsame und erschreckende Vorstellung – eine, die, so empfand es Cade, den Menschen alle Hoffnung nahm. »Aber wenn unsere Seele mit uns stirbt, welchen Sinn hat das alles? Wen interessiert es, ob wir gut oder böse sind? Gütig oder grausam?«

»Wir selbst entscheiden über den Sinn.«

»Aber wenn wir weder in den Himmel noch in die Hölle kommen ...«

»Was dann? Es gibt also keinen endlosen Garten voller Belohnungen für artige Jungs und Mädchen; die Missetäter werden nicht in alle Ewigkeit von Dämonen gepimpert. Am Ende unseres Lebens erwartet uns alle dieselbe leere Stille. Aber wieso sollte das etwas ändern? Wenn man Moral mit Bestechung kaufen oder mit Drohungen erzwingen kann, dann ist sie einen Scheiß wert. Ersteres ist Gier, letzteres Angst. Wahres *moralisches* Verhalten basiert auf Liebe. Es geht um Empathie. Mitgefühl. Gnade. Den anderen in sich selbst zu sehen und sich selbst im anderen. Wir alle dienen etwas im Leben, aber wir entscheiden, was es ist. Manche suchen sich Liebe aus, andere ein Land. *Wir* entscheiden.«

Cade erinnerte sich an ein Gespräch, das er Jahre zuvor mit Stefan geführt hatte, der ungefähr das Gleiche gesagt hatte. Ohne zu fragen, zog Cade eine weitere Zigarette aus Adairs Packung und steckte sie an. »Wenn es kein Leben nach dem Tod gibt, warum versprechen es uns dann alle Religionen?«

»Hauptsächlich, weil sie sich verkaufen wollen. Und weil sich die Massen dann leichter beherrschen lassen. Wenn eine Million hungernder Menschen wüssten, dass sie nichts außer dem Grab erwartet, dass dieses eine Leben ihre einzige Chance auf Glück ist, glaubst du, dass sie die Reichen und Mächtigen dann auf sich herumtrampeln lassen würden? Nein, verdammt. Es würden Köpfe rollen. Das können die Oberen nicht zulassen, richtig? Also stopfen sie die Leute mit

Schwachsinn voll, indem sie ihnen süße Versprechungen machen … So war es schon immer. Nur sehr wenige sehen die Wahrheit je mit eigenen Augen, so wie du.«

Bohrende Fragen nagten weiterhin an Cade. »Ich weiß, was Sie meinen, und ich verstehe, dass die meisten Menschen es nicht besser wissen. Aber die Engel kennen doch die Wahrheit, oder?«

»Natürlich.«

»Selbst die Gefallenen?«

Ein spöttisches Schnauben. »Vor allem die Gefallenen.«

»Warum verlangen also Dämonen bei ihren Abmachungen menschliche Seelen, die sie niemals bekommen werden? Sie erlauben uns, sie zu beschwören. Sie geben uns Macht und Wissen. Sie lassen sogar zu, dass wir sie unterjochen. Und im Gegenzug ringen sie uns nur das Versprechen ab, dass sie unsere ewige Seele ein paar Tausend Jahre quälen dürfen. Aber wenn sie wissen, dass unsere Seele sterblich ist – welchen gottverdammten Sinn ergibt das? Was haben sie von diesen Abkommen, wenn sie keine Seelen bekommen?«

Adair lachte sichtlich amüsiert. »Herzlichen Glückwunsch, mein Junge. Du hast gerade den großen kosmischen Scherz erkannt, den wir Magick nennen. Es gab schon Karcisten, die nach Hunderten von Jahren ins Grab gefallen sind, ohne die Wahrheit zu erkennen, die dir nun bewusst ist.« Er machte eine Pause, um sich eine weitere Zigarette anzuzünden. »Prinzipiell wollen Engel und Dämonen das Gleiche: Das Leid, die Not, die Angst und die Unsicherheit von Menschen vergrößern. Sie gehen nur unterschiedlich vor.

Vor Tausenden von Jahren dachten sich die Engel eine Botschaft der Unterdrückung aus, die sie uns von da an eintrichterten. Sie behaupteten, Gott würde uns bestrafen, wenn wir unseren Wünschen nachgeben und die körperlichen Freuden dieser Welt genießen würden. Aber sie wussten auch, dass sie uns nicht etwas wegnehmen durften, ohne etwas Besseres zu versprechen: Befreiung vom Leid und ewiges Leben in der nächsten Welt. Und dafür mussten wir nur in dieser auf Schönheit und Freude verzichten.

Die Dämonen? Sie lieben es, Chaos zu schaffen. Es reicht ihnen, wenn sie Gottes universelle Ordnung stören können. Sie legen allerdings erst richtig los, wenn sie mit Karcisten zu tun haben. Sie zwingen uns dazu, ihnen ewiges Leid und Verdammnis zu schwören – nicht etwa, weil das eintreten wird, sondern weil das Menschen wie uns davon abhält, unsere Zeit in dieser Welt und die Macht, die wir haben, richtig zu genießen. Sie verlängern unser Leben um Jahrhunderte und lassen uns mit den Urkräften der Realität spielen – solange sie glauben, dass wir unser Leben trotzdem in Angst verbringen.«

Zum ersten Mal in Cades Leben setzte sich die Vorstellung, die er vom Kosmos hatte, zu einem Ganzen zusammen. »Engel und Dämonen ... hassen uns. Weil wir freien Willen haben.«

»Jetzt verstehst du es.«

»Sie hassen uns, weil wir uns etwas vorstellen können. Weil wir Realität erschaffen und verändern können.« Weitere Puzzlestücke fügten sich dem Bild hinzu. »Dämonen *erlauben* uns nicht, sie zu beschwören oder zu unterjochen. Sie unterwerfen sich, weil sie *keine andere Wahl* haben – weil sie im Gegensatz zu uns keinen freien Willen besitzen. Unser Funke – er gibt uns die Macht, sie zu beherrschen. Deshalb verabscheuen sie uns.«

»*Gut.* Weiter.«

»Die Engel stehen noch loyal zu Gott. Deshalb können wir sie nicht in unseren Dienst zwingen. Sie gehorchen nur Ihm. Sie und die Dämonen leben ihren Groll auf uns aus, indem sie mit unserer Angst vor dem Tod spielen ... und weil wir auf das neidisch sind, was für beide Seiten selbstverständlich ist: *Unsterblichkeit.*«

Adair belohnte Cades Zusammenfassung mit einer spöttischen Verbeugung. »Da hast du's, mein Junge. Die Geheimnisse der Magick und des Universums auf den Punkt gebracht.«

Cade fand diese Vorstellung pervers und die Ordnung, die man dem Kosmos aufgezwungen hatte, grausam. Dass er selbst an dieser Amoralität beteiligt war, behagte ihm nicht.

Rauch kräuselte sich von Adairs Lippen, als er sagte: »Ich bin froh, dass du wieder mit mir redest. Es tut gut, deine Stimme zu hören.« Er drückte die Lucky an der Seite der Bank aus und erhob sich. »Aber jetzt entschuldige mich bitte. Ich muss einen Krieg beenden.«

Cade stand auf und sah seinen Meister an. »Was ist mit mir?«

Adair verfiel in einen spöttischen Tonfall. »Was *ist* mit dir?«

»Dieses Wissen … was soll ich denn jetzt tun?«

Adair legte seine schwieligen Hände fest auf Cades Schultern. Er grinste vor Stolz und Tapferkeit. »Aufstehen. Weitermachen. Und *erstrahlen.*«

55

OKTOBER

Der Tisch im Arbeitszimmer der Villa war zwar schwer, zitterte aber wie Espenlaub, als Adair darauf einschlug. »Es ist hoffnungslos. Wir graben uns schon seit Wochen durch diese gottverdammte Scheiße.« Er krallte die Hand in einen Stapel Telegramme und Mitschriften der alliierten Geheimdienste. »Das alles führt uns nur in beschissene Sackgassen!« Er warf die zerknüllten Papiere durch das Zimmer.

Cade sah Anja über den Tisch hinweg an, um herauszufinden, ob sie wie er genug von den nächtlichen Wutanfällen des Meisters hatte. Sie gab ihm mit einem leichten Nicken zu verstehen, dass es so weit war.

Er räusperte sich, um Adairs Aufmerksamkeit auf sich zu lenken.

Der Meister hob eine Augenbraue und sah auf. »Was?«

»Darf ich offen sprechen?«

»Wir sind hier nicht in der scheiß Armee, du Idiot. Rede.«

Cade wechselte einen weiteren Blick mit Anja, um sich Mut zu machen. »Wir haben uns unterhalten ...« Die Stimmung des Meisters wurde mit jedem Wort, das Cade sagte, schlechter. »... und wir glauben, dass wir falsch an diese Sache herangehen.«

»Ach ja?« Adair lehnte sich zurück. Zündete eine Zigarette an. »Spann mich nicht auf die Folter, mein Junge.« Mit einer theatralischen Geste fügte er hinzu: »*Erklär* mir das.«

Cade schluckte nervös und zeigte auf den Berg von Papieren, den sie seit Wochen auf Hinweise durchsuchten. »Wir wussten, dass das meiste davon nutzlos sein würde. Das Problem sind aber nicht die Informationen, sondern dass wir jemanden jagen, der sich so gut verbergen kann wie wir.«

Als er innehielt, führte Anja seine Argumentation fort. »Kain musste Stefan foltern, sonst hätte er die Schutzzauber von Eilean Donan nicht durchbrechen können. Daraus folgt, dass Kain weder diese Villa noch uns finden kann, solange wir hierbleiben.«

»Aber Kain«, warf Cade ein, »wird die gleichen Schutzmaßnahmen ergriffen haben. Das ist das Problem. Seit Sie ihn gezwungen haben, die Wewelsburg zu verlassen, suchen wir nach seiner neuen Festung. Aber er ist dort für uns unsichtbar, wo auch immer das sein mag.«

Adair rieb sich die blutunterlaufenen Augen. »Jesus, kann mich jemand wecken, wenn wir zu dem Teil kommen, den ich noch nicht weiß?«

Sein Spott sorgte dafür, dass Anja einen schärferen Ton anschlug. »Wenn wir ihn nicht herauslocken, werden wir ihn nie finden. Er weiß, dass das auch auf uns zutrifft. Deshalb hat er damals Nikos Schwester entführt. Wir können nicht abwarten, bis er uns erneut zum Handeln zwingt. Dieses Mal müssen wir ihm eine Falle stellen.«

Nun erwachte Adairs Interesse an der Unterhaltung. »Was für eine Falle?«

»Eine, die ihn glauben lässt, dass das Überraschungsmoment auf seiner Seite ist«, sagte Cade. »Wir haben die Details noch nicht ausgearbeitet, aber wir müssen uns irgendwo verschanzen und ihn dazu bringen, uns anzugreifen.«

Adair winkte ab. »Seid ihr verrückt? Ihr wollt ihm die Initiative überlassen?«

»Im Krieg ist der Angreifer meistens derjenige, der sich in Gefahr begibt und verwundbar ist«, erklärte Cade. »Wenn ich in den sechs Monaten bei den Rangern eins gelernt habe, dann dass sich eine befestigte Stellung immer leichter verteidigen als angreifen lässt.«

Anja nickte. »Bei der Roten Armee habe ich die gleiche Erfahrung gemacht. Verteidigung ist immer besser.«

Der Meister runzelte zweifelnd die Stirn. »Das gefällt mir immer noch nicht. Wenn wir ihm eine Falle stellen, riskieren wir viel. Sollte er uns zuvorkommen und angreifen, bevor wir bereit sind ...«

»Wir können das Risiko einer Entdeckung minimieren«, sagte Cade. »Persönliche Schutzzauber, geringstmöglicher Magickeinsatz vor dem Angriff. Wenn wir das Ganze richtig anpacken wollen, müssen wir langsam vorgehen – uns den besten Ort und den besten Zeitpunkt für den Angriff aussuchen. Einen Ort, an dem Kain sich im Vorteil wähnt; einen Zeitpunkt, zu dem die Sterne für ihn günstig zu stehen scheinen.«

Adair schüttelte ungläubig den Kopf. »Verdammte Scheiße, Junge! Du willst nach Deutschland. Dich ihm auf seinem Territorium stellen. Habe ich recht?«

»Sie haben recht. *Genau das* will ich.«

Mit zitternder Hand brachte Adair die Zigarette an seine Lippen und zog ungeschickt daran. Er setzte sich und stieß einen rauchgeschwängerten Seufzer aus. »Scheißdreck.«

Anja stand auf und stellte sich neben den Stuhl des Meisters. Sie legte ihm die Hand auf den Unterarm. »Ich weiß, dass sich das wie ein Selbstmordkommando anhört, aber wir halten es für den besten Plan.«

Cade trat an Adairs andere Seite. »*Wir* bestimmen das Schlachtfeld. *Wir* entscheiden über die Bedingungen. Wir locken ihn an, wenn *wir* bereit sind. Dann *vernichten* wir ihn ... endgültig.«

Er lachte leise über diesen Vorschlag.

»Gottverdammte Scheiße. Ich habe ein Ungeheuer erschaffen.«

56

NOVEMBER

Durch die Straßen von Dresden zu gehen war, als hätte man eine Zeitreise gemacht. Die Rokoko-Architektur und die hübschen, kleinen Gassen verliehen der Stadt eine wunderschöne Atmosphäre. Die Fassaden ganzer Häuserblöcke und Dutzende schmaler Kirchtürme waren mit verschachteltem Mauerwerk bedeckt. Hätte es nicht die nächtliche Verdunkelung gegeben und die Straßen, die bei Tag voller alliierter Kriegsgefangener waren, hätte Cade glauben können, der Stadt wären die Schrecken des Kriegs erspart geblieben.

Adair hatte entschieden, dass sie Kain ihre Falle in Dresden stellen würden. Wenn Cade oder Anja ihn um eine Erklärung baten, wimmelte er sie mit arkanem Unsinn über die Positionen von Sternen und Planeten ab. Cade hatte nicht so getan, als würde er das verstehen. Er und Anja vertrauten Adair und das reichte.

Wegen der vielen deutschen Soldaten in der Stadt gingen er, Anja und Adair jedes Mal, wenn sie sich nach draußen wagten, ein Risiko ein, selbst nach Einbruch der Dunkelheit. Einer von ihnen hielt stets Wache und lauschte auf sich nähernde Patrouillen. Bei Nacht hörte man den Feind meistens, bevor man ihn sah.

Die drei hielten sich seit ihrer Ankunft am Stadtrand auf. Je weiter man von der Innenstadt entfernt war, desto weniger Leuten begegnete man. Dadurch fiel ihr gebrochenes Deutsch und ihr ausländischer Akzent weniger auf. Unter Adairs Führung arbeiteten sie sich entgegen des Uhrzeigersinns um Dresden herum vor. Angefangen hatten sie in Räcknitz im Süden der Stadt. Nach einer Woche nächtlicher Ausflüge hatten sie sich bis Blasewitz am Südufer der Elbe vorgearbeitet. Wenn alles nach Plan lief, würden sie schon bald Neustadt auf der anderen Seite des Flusses erreichen.

Die drei hasteten über eine verlassene Straße und tauchten in ein Gassenlabyrinth ein. Adair überprüfte zuerst seinen Kompass, dann betrachtete er die zusammengefaltete Karte, die er in der anderen Hand hielt. »Hier lang«, sagte er und führte sie tiefer in die Schatten hinein.

Cade verlor Adair nur dank seiner Allsicht in der Dunkelheit nicht aus den Augen. Anja blieb einige Schritte hinter ihnen, damit sie eventuelle Verfolger besser hören konnte.

Sie erreichten eine Kreuzung, an der sich mehrere Gassen trafen. Adair nickte. »Die ist es. Genau hier.«

Cade ging auf ein Knie, zog den Rucksack von seinen Schultern und holte seine Ausrüstung heraus: ein bis zum Rand mit Schwarzpulver gefülltes Elfenbeinhorn. Eine Phiole geweihtes Öl. Gesegnete Kreide. Und einen Lederbeutel mit Asche, die aus einer Feuerschale stammte, in der sie Krähenfedern, die Fingerknochen eines toten Kinds und ein Kruzifix, das aus einem einzelnen Eichenzweig geschnitzt worden war, verbrannt hatten.

Er blickte zu Adair auf. »Wessen Sigille?«

Adair warf einen Blick auf seine Karte. »Lilith.«

Cade zeichnete das Dämonensiegel mit Kreide auf den Asphalt. Adairs Plan sah viele verschiedene Siegel vor. Er hatte ihnen erklärt, wenn die Siegel an den richtigen Stellen in der Stadt angebracht wurden, würden sie ein Muster ergeben, das als gewaltiges Brennglas für ihre Kräfte fungieren und Kain gleichzeitig seiner unterjochten Dämonen und damit seiner Macht berauben würde. Der Plan war kompliziert und seine Ausführung würde Monate in Anspruch nehmen. Ironischerweise war Adair dank der Teufelsfalle, mit der Kain die Hölle auf die Normandie hatte loslassen wollen, auf diese Idee gekommen war.

Als LILITHS Siegel vollendet war, träufelte Cade geweihtes Öl auf das Muster. Zweimal hielt er kurz inne, weil Anja ihm die Fingerspitzen auf die Schulter legte, um ihn vor möglichen Zeugen zu warnen, doch beide Male löste sich diese Bedrohung in Luft auf, sodass er weitermachen konnte. Als er mit dem Öl fertig war, zog er den Stopfen aus dem Horn und schüttete Schwarzpulver in die Mitte des Siegels.

Adair wurde ungeduldig. »Bist du fertig?«

»Fast.« Cade legte das Horn weg. Er nahm ein Streichholz aus seiner Manteltasche, zündete es am Boden an und ließ es in das Schwarzpulver fallen. Ein scharfer, aber nicht allzu lauter Knall hallte von den Mauern wider. Funken schossen in die Luft. Die Flammen fraßen sich durch das Schwarzpulver und entzündeten das Öl auf LILITHS Siegel, woraufhin es sich in den Asphalt einbrannte. Damit war die Glyphe fest installiert und aktiviert.

Das Schwarzpulver brachte keine Funken mehr hervor, aber das Öl brannte weiter.

»Lösch es«, sagte Adair.

Cade schüttete die Asche aus dem Lederbeutel auf das brennende Siegel und erstickte so die Flammen. Irgendwo in der Nähe bellten einige große Hunde wütend die Nacht an.

Adair schob Cade und Anja hastig in eine andere Gasse, weg von den sich nähernden Hunden. »Wir sind fertig. Gehen wir.«

Sie zogen sich schnell, aber leise zurück, unterstützt von den magischen Fähigkeiten, die sich auf sie verteilten: Stille, Nichtgreifbarkeit und Flucht. Schon bald waren die Verfolger weit hinter ihnen und die drei trafen sich in einer Seitenstraße im Striesenviertel wieder.

Der Meister legte seine großen Hände auf Cades und Anjas Schulter. »Das habt ihr beide sehr gut gelöst. Zurück in den Keller.«

Anja wirkte enttäuscht. »Jetzt schon?«

Ihr Widerstand prallte an Adair ab. »Wir bewegen uns hier auf dünnem Eis. Wir würden vor Morgengrauen nicht bis nach Neustadt kommen.« Er ging weiter. »Los jetzt. Es liegt noch ein langer Weg vor uns.«

Schweigend kehrten sie zu ihrem Versteck zurück. Sie hatten ihr Lager in einem vom Dampf der Rohre feuchten Keller unter einem Verwaltungsgebäude auf dem Gelände der Technischen Universität Dresden aufgeschlagen. Schutzzauber, Illusionen und Dämonenwächter verbargen sie vor Kains Suchzaubern und anderen magischen Tricks und hielten außerdem unerwünschte Besucher fern, die sich in den Keller des Gebäudes hätten verirren können.

Anja hatte das verlassene Zimmer eines Hausmeisters in ihren Schlafraum und ihre Basis umgewandelt. Sie hatte Wolldecken – die sich Cade aus der Wäschekammer der Uni geliehen hatte – über die Rohre gehängt, sodass sie alle drei eine Ecke hatten, in die sie sich zurückziehen konnten. Sie teilten sich den Tisch und die Stühle in der Mitte des Raums, aber Adair beanspruchte eine ganze Wand für sich. Dort hatte er seine Karten, Berechnungen und Notizen aufgehängt.

Während Cade und Anja ihre Mäntel und Ausrüstung verstauten, ging Adair zur Wand, fand den roten Punkt auf der Karte, der die Stelle markierte, die sie in dieser Nacht besucht hatten, und hakte ihn ab. »Wir kommen voran«, sagte er. »In ein paar Wochen werden wir mit dem äußeren Ring fertig sein.«

Cade holte eine Flasche Wodka aus der Vorratskiste. Er schüttete einige Fingerbreit davon in ein schmutziges Glas und nippte daran, während er die Karte betrachtete. »Wenn wir so weitermachen, werden wir den ganzen Winter hier verbringen. Geht das nicht schneller?«

»Dann würden wir Kain unseren Standort verraten. Und es wird nicht so lange dauern, wie du denkst. Die inneren Kreise werden ja immer kleiner.«

Cade studierte das Muster der Falle. »Wie viele Kreise werden wir brauchen?«

»Vier, schätze ich.« Adair holte eine Packung Zigaretten aus der Tasche, zog eine heraus und reichte Cade die Packung, der sich ebenfalls eine nahm. Der Meister zündete seine und Cades Zigarette an, bevor er fortfuhr: »Ich bin mir noch nicht ganz sicher, wo ich sie anbringen will. Wir müssen zuerst das Schlachtfeld festlegen, zu dem wir Kain locken wollen.«

Anja kam auf Socken aus ihrem Eckzelt und schüttelte ihre schwarzen Haare. »Das dauert zu lange. Ich bin hergekommen, um Kain zu töten, nicht um Schmiere zu stehen.«

»Geduld, meine Liebe.« Adair blies Rauchringe auf die Karte, so als wollte er mit ihrer Hilfe die nächsten Knotenpunkte des Fallenmusters ausfindig machen. »Ich weiß, dass das lange dauert, aber das ist zu unserem eigenen Schutz. Außerdem bleibt die Falle nur auf diese Weise inaktiv, bis wir sie auslösen – was bedeutet, dass Kain sie erst spüren wird, wenn es zu spät ist.«

Sie nahm Adair die Zigarette aus der Hand und Cade das Wodkaglas. Sie trank es in einem Zug leer und atmete den Rauch der Zigarette tief ein. Als sie ihn ausstieß, verschwand die Illusion, die ihre linke Gesichtshälfte verbarg, und ihre y-förmige Narbe kam zum Vorschein. »Scheiß auf Vorsicht. Ich will seinen Kopf.«

»Den wollen wir alle«, sagte Cade, »aber einzeln sind wir nicht stark genug, um ihn anzugreifen. Ich befürchte, dass wir ihn nicht mal zu dritt erledigen könnten. Wir müssen ihn zuerst schwächen.«

Sie drückte ihm das leere Glas gegen die Brust. »Dann brauche ich noch einen Drink.«

»Wenn die Falle funktioniert«, sagte Cade, »können wir einen Großteil von Kains unterjochten Dämonen verbannen, bevor wir zum ersten Schlag ansetzen. Ich weiß, dass es dir so vorkommt, als würden wir Zeit verschwenden, aber wir gehen das Ganze richtig an.« Er füllte sein Glas auf und reichte es ihr. »Vertrau mir.«

»Vertrauen ist für Kinder und Narren. Aber du hast recht. Ich habe so lange auf meine Rache gewartet, dass ich das auch noch ein paar Monate länger aushalten werde.« Sie trank das Glas ein zweites Mal aus und richtete ihren Blick dann auf Adair. »Es wäre schade, so eine Gelegenheit ungenutzt zu lassen, nicht wahr?«

Adair steckte sich eine weitere Zigarette an und hüllte sich beim Ausatmen in grauen Rauch ein. »Das wäre nicht nur schade, sondern beschissen. Wenn Kain uns entdeckt, bevor die Falle vollendet ist … sind wir so gut wie tot.«

1945

57

JANUAR

Adair wusste seit Langem, dass der Morgen die beste Zeit für die komplexen Ephemeridenrechnungen war, mit denen er Planetenpositionen und Himmelsereignisse bestimmen konnte. Obwohl er seine Arbeit auf den Straßen von Dresden und einen Großteil seiner Experimente nachts erledigte, hatte er nur in den Stunden, die Cade und Anja schlafend verbrachten, Ruhe und Muße.

Er machte ihnen keinen Vorwurf. Sie mussten ab und zu etwas essen und die Pläne für die Falle mussten besprochen werden, wenn alle aufnahmefähig waren, aber er konnte sich nicht konzentrieren, wenn sie wach waren. Er durfte sich bei den Zahlen keinen Fehler erlauben.

Laienastrologie war Unsinn. Zumindest die Version, die man den Massen in Zeitungen und kitschigen Schaufenstern verkaufte. Adair war schon so oft auf diese verfälschte Astrologie gestoßen, dass er sie auf Anhieb erkannte. Diese Scharlatane verdienten sich ihren Lebensunterhalt als »Astrologen«, doch in Wirklichkeit lasen sie nur die unbewussten Signale und die Körpersprache der Leichtgläubigen und legten ihnen Worte in den Mund. Das war so einfach, dass man es wahrscheinlich sogar einem Affen hätte beibringen können.

Echte Astrologie hingegen war … eine knifflige Angelegenheit. Sie ähnelte eher einer Kunst als einer Wissenschaft, beschäftigte sich jedoch auch mit den Mechanismen des Universums. Im Gegensatz zur verwässerten Laienastrologie versprach sie niemandem die Wahrheit und sagte nichts mit Gewissheit voraus. Hauptsächlich versuchte man mit ihr, Tendenzen und Möglichkeiten zu erkennen. Ein Experte konnte dank ihr herausfinden, was möglicherweise geschehen würde oder was zu einer bestimmten Zeit am richtigen Ort möglich war.

Die Sprache der Astrologie war die der Geometrie und der Trigonometrie. Sie unterteilte den Himmel in zwölf Häuser. Sie definierte stellare und planetare Einflüsse anhand ihres relativen Winkels: das günstige Trigon, das schädliche Quadrat, das sanfte Sextil, der lästige Quinkunz und der energiegeladene Zusammenstoß der Opposition. Jedes Detail war wichtig. Adair musste nicht nur wissen, in welchem Tierkreiszeichen die Planeten und wichtige Himmelsobjekte standen, sondern auch berechnen, wo sich alle in Relation zueinander befanden. Dabei musste er den Längen- und Breitengrad Dresdens in Betracht ziehen, die Tageszeit und, um ganz genau zu sein, die periodisch auftretenden Verschiebungen des Neigungswinkels der Erde.

Jedes Mal, wenn er glaubte, die optimale Nacht für das Auslösen der Falle gefunden zu haben, musste er die mühevollen Ephemeridenberechnungen erneut durchführen und herausfinden, ob es zu diesem Zeitpunkt zu möglicherweise katastrophalen Planetenkonstellationen kam, die ihnen einen Strich durch die Rechnung machen würden. Er wusste mittlerweile, dass er vor allem auf zwei große Gefahrenbringer achten musste: Mars und Pluto.

Als wäre diese Aufgabe nicht schon kompliziert genug, musste er das gewählte Datum zudem noch mit Kains Horoskop abgleichen, das er anhand von Informationen aus den letzten zweihundert Jahren erstellt hatte. Dieser Wust an Berechnungen konnte einen in den Wahnsinn treiben oder ihn zumindest Trost im Alkohol suchen lassen. Zum Glück gab es in Dresden jede Menge Wodka.

Er trug die Planetensymbole, ihre Bogengrade und -minuten sowie die entsprechenden Tierkreiszeichen sorgfältig in eine wagenradförmige Tabelle ein. Als er damit fertig war, hob er mit einem roten Bleistift die Planeten hervor, die in Opposition zueinander standen.

Er markierte Trigone mit grünen Linien, Quadrate mit blauen und die stets störenden Quinkunze mit schwarzen. Dann legte er Kains Horoskop darüber und hielt beide Seiten zusammen vor die nackte Glühbirne, die als einzige Lichtquelle des Raums fungierte.

Er verglich beide Tabellen miteinander, Planet für Planet, Winkel für Winkel.

Als er sie wieder auf den Tisch legte, schwitzte er. Sein Herz pochte in seiner Brust, als er nach den anderen rief: »Aufstehen! Alle beide!«

Die jungen Magicker stöhnten und fluchten, als sie sich erhoben, um seinem Befehl zu folgen. Cade erreichte als Erster den Tisch. Er gähnte und rieb sich den Schlaf aus den blutunterlaufenen Augen. Dann blinzelte er Adair an. »Verdammte Scheiße. Wie spät ist es?«

»Halb zehn.«

»Morgens? Scheiße … Ich hoffe, das lohnt sich.«

Anja stieß halb benommen und mit glasigem Blick gegen den Tisch, bevor sie neben Cade stehen blieb. »Wenn das nicht wichtig ist, bringe ich euch beide um.«

Adair beugte sich über die chaotische Ansammlung von Rastern, Tabellen, Berechnungen und Horoskopen. »Ich hab ihn: den perfekten Zeitpunkt für unseren Angriff.« Er knallte seine neueste Tabelle vor Cade und Anja auf den Tisch. »Dreizehnter Februar, zehn Uhr abends.«

Die jungen Karcisten betrachteten blinzelnd die Tabelle.

Cade schien nicht überzeugt. »Der Abend vor Aschermittwoch?«

»Genau«, sagte Adair. »Aschermittwoch ist ein schrecklicher Tag für Magick, aber wir schlagen kurz davor zu.« Er zog eine Seite mit weiteren Berechnungen hervor. »Auf den ersten Blick wirkt der Abend ganz normal. Sollte sich Kain die Tabellen ansehen, bevor er unseren Köder schluckt, wird ihm nichts Besorgniserregendes auffallen.« Er zeigte auf Kains geschätztes Geburtshoroskop. »Er müsste sämtliche Tabellen und sein eigenes Horoskop miteinander vergleichen, um die Gefahren zu entdecken, die sich darin verbergen. In dieser Nacht stehen seine einflussreichsten Planeten in Opposition zueinander, da sie kurz davor sind, über Europa hinwegzuziehen.« Er klopfte mit dem Zeigefinger auf die Seiten. »Damit steht die Nacht und die Stunde fest. Jetzt brauchen wir nur noch den Ort.«

»Den kennen wir schon«, sagte Cade. »Wir wollten Ihnen Bescheid sagen, wenn Sie ein Datum ausgesucht haben.«

»Verdammte Scheiße, Junge! Spannt mich nicht auf die Folter.«

Als Cade nickte, sagte Anja: »Der Zwinger in der Altstadt.«

»Warum dort?«

»Das ist ein großes, abgeriegeltes Gelände«, sagte Cade. »Nach Einbruch der Dunkelheit darf niemand dorthin. Wir können unseren letzten Glyphenring an seinen Außenmauern anbringen. Sobald wir Kain ins Innere gelockt haben, versiegeln wir das Tor.«

»Wenn wir das Duell auf den Zwinger beschränken«, fügte Anja hinzu, »sinkt das Risiko, dass uns Zivilisten beobachten oder zu Schaden kommen könnten.«

Ihr Vorschlag missfiel Adair. »In den Zwinger einzudringen könnte schwieriger werden, als ihr glaubt. Das Risiko für Zivilisten wäre auf der Augustusbrücke ebenso gering.«

Cade schüttelte den Kopf. »Darüber haben wir nachgedacht. Die Brücke wird nachts bewacht, wahrscheinlich aus Angst vor Sabotage. Wir könnten zwar ein paar Siegel dort anbringen, aber die wirklich wichtigen vertragen sich nicht mit fließendem Wasser. Außerdem könnte uns die halbe Stadt dabei beobachten.« Er suchte die Position des Zwingers auf der Karte an der Wand. »Das ist unsere beste Option. Ein abgeschottetes Schlachtfeld. Minimale Kollateralschäden. Und genug Platz, um Siegel anzubringen, die dafür sorgen werden, dass Kain es nicht lebend verlässt.«

Adair war immer noch nicht überzeugt, wandte sich jedoch an Anja. »Ich nehme an, dass ihr schon wisst, wie wir in die Nähe des Zwingers kommen, um den letzten Kreis der Falle zu platzieren?«

Ein verschlagenes Grinsen. »Natürlich.«

Das reichte Adair. »Dann machen wir es so.« Er zündete sich zur Feier dieses Augenblicks eine Zigarette an. »Heute in drei Wochen werden wir Kain in den Zwinger locken. Und umbringen.«

58

FEBRUAR

Stimmen kamen ihm im Äther entgegen, noch bevor er sein Ziel erreichte. Das war typisch für Astralprojektionen; Gedanken und Ideen wurden oft von ihrer eigenen kreativen Kraft aus der materiellen Welt hinaus in den Raum zwischen den Dimensionen getragen.

Man konnte die Stimmen unmöglich verwechseln. Dafür waren sie zu charakteristisch.

Präsident Franklin Delano Roosevelt hohe zitternde Stimme war von Alter und Krankheit gezeichnet. »Sie haben um eine zweite Front in Europa gebeten. Die haben Sie bekommen.«

»Nachdem wie viele Millionen russischer Soldaten ihr Leben lassen mussten?« Rau und knapp: So kannte man Generalsekretär Josef Stalin. »Wir rücken im Osten immer weiter vor, während Sie in Italien Däumchen drehen.«

»Haben Sie vergessen, dass dies ein globaler Krieg ist?« Premierminister Winston Churchill – so autoritär wie behäbig mit einer tiefen, knurrenden Stimme. »Amerika führt unseren Krieg gegen die Japaner im Pazifik seit Kriegsbeginn praktisch allein.«

»Ich habe versprochen, dass Russland sich am Pazifikkrieg beteiligen wird …«

»Aber erst, wenn der Krieg in Europa vorbei ist«, warf Roosevelt ein.

Die Szene wurde sichtbar, als sein Bewusstsein die Astralebene verließ und in die materielle Welt mit ihrer Reizüberflutung zurückkehrte. Obwohl er seinen Geist nur in ein Zimmer des außerhalb von Jalta gelegenen Liwadija-Palast projizierte, genoss er den beißenden Qualm, der von Roosevelts amerikanischer Zigarette aufstieg, den durchdringenden Geruch von Churchills Zigarre und das kräftige Aroma des Eichenholzes, das im Kamin verbrannte.

Stalin nippte an einer klaren Flüssigkeit, bei der es sich wahrscheinlich um Wodka handelte und wischte sich die Tropfen aus dem buschigen Schnurrbart. »Wenn Sie unsere Hilfe im Pazifik wollen, sollten Sie nicht ...« Er zuckte leicht zusammen, als er bemerkte, dass jemand ins Zimmer eingedrungen war.

Roosevelt und Churchill drehten sich von dem wärmenden Feuer weg. Der amerikanische Präsident lächelte und der Premierminister stand auf, um ihren Gast zu begrüßen. »Meister Macrae, willkommen! Generalsekretär Stalin, soweit ich weiß, kennen Sie unseren Hofzauberer noch nicht. Darf ich Ihnen Adair Macrae vorstellen?« Stalin stand auf, gesellte sich zu Churchill und streckte die Hand aus.

»Entschuldigen Sie, Generalsekretär Stalin. Ich würde Ihnen die Hand geben, wenn ich könnte, aber ich bin nicht wirklich hier.« Um die Behauptung zu unterstreichen, ließ er seine astralprojizierte Hand durch die Lehne eines großzügig gepolsterten Sessels gleiten. »Betrachten Sie mich eher als einen Wachtraum oder einen lebenden Geist.«

Churchill nahm diese Erklärung gelassen hin. »Wunderbar.« Er winkte den Schemen zu sich und den anderen Staatsmännern herüber. »Was haben Sie für Neuigkeiten, alter Freund?«

»Gute, glaube ich. Heute in vier Tagen, um zweiundzwanzig Uhr, werden meine Adepten und ich den besten Karcisten der Nazis in der Altstadt von Dresden in eine Falle locken. Wenn alles planmäßig verläuft, werden sich die magischen Schutzmaßnahmen, die uns bisher daran gehindert haben, Hitler direkt anzugreifen, in Luft auflösen. Mit etwas Glück wird der europäische Teil des Kriegs schon im Frühling vorbei sein.«

Diese Neuigkeiten erfüllten Roosevelts müde Augen mit neuem Leben. »Sind Sie sicher?«

»Ziemlich sicher. Sobald wir Kain Engel erledigt haben, werden die Geister, die er dazu zwingt, Hitler zu bewachen, sich in den schlimmsten Albtraum des Führers verwandeln. Nach ein paar Monaten wird er entweder tot oder wahnsinnig oder beides sein.«

Stalin grinste wie ein Hai. »Gut. Sehr gut. Das deutsche Oberkommando hat schon einmal versucht, Hitler loszuwerden. Sobald er weg ist, wird es in Splittergruppen zerfallen.«

»Darauf sollten wir anstoßen«, sagte Roosevelt. Er hob sein Glas, Churchill ebenfalls. »Auf Kains Tod, den Untergang von Hitler und seinem Reich und das Ende des Krieges.«

»Hört, hört«, sagte der Premierminister, dann tranken die drei Staatsmänner einen Schluck.

Das schien Adair der richtige Moment zu sein, um sich wieder zu verabschieden. »Viel Glück mit dem Rest des Krieges, Gentlemen. Ich freue mich darauf, mit Ihnen in fünf Tagen Kains Ableben zu feiern.«

»Nicht nur Sie«, sagte Churchill. »Alles Gute, Meister Macrae.«

»Ihnen auch, Premierminister.«

Als die Astralprojektion verschwand, wurde es still im Zimmer. Die Anführer der Alliierten setzten sich. Stalin ließ seinen Wodka im Glas kreisen, Roosevelt nippte an seinem Bourbon und Churchill trank seinen Gin aus. Roosevelt, den das, was er gerade gehört hatte, zutiefst verstörte, beendete die verbale Pattsituation. »Wie schätzen wir seine Chancen ein?«

Churchills Zweifel waren unübersehbar. »Gegen ein Ungeheuer wie Kain? Praktisch null.«

»Er und seine Adepten werden das Überraschungsmoment auf ihrer Seite haben«, warf Roosevelt ein.

Stalin sagte: »Wir sollten den Ausgang des Krieges nicht von den Versprechen eines einzigen Mannes abhängig machen.«

Der Premierminister musterte ihn anklagend. »Was soll das heißen?«

»Wir sollten den Zufallsfaktor eliminieren«, erwiderte Stalin.

Roosevelt, der sich bestätigt sah, nickte. »Genau. Historisch betrachtet konnte man sich noch nie auf Magicker verlassen. In einer modernen Welt wie unserer stellen sie eine Bedrohung dar, die das Machtgleichgewicht kippen lassen könnte. Ich würde mein Schicksal ungern ihren Launen oder ihrem Wohlwollen anvertrauen.«

»Das sehe ich auch so«, erwiderte Stalin. »Wenn dieser Meister Macrae Recht hat, dann wissen wir genau, wo sich die letzten lebenden Zauberer in vier Tagen aufhalten werden. Wir könnten die Menschheit mit einem Schlag von ihnen befreien. So eine Gelegenheit bekommen wir vielleicht nie wieder.«

»Sie wollen Dresden bombardieren«, sagte Churchill. Er schnaubte. »Nach dem, was die Deutschen London angetan haben, hätten sie das verdient. Aber Adair war uns stets ein Freund ...«

»Kein Freund«, unterbrach ihn Stalin. »Ein Werkzeug. Und leider kein zuverlässiges. Werden Sie ihn noch als Freund bezeichnen, wenn er und seine Leute sich gegen uns stellen? Wenn sie ihre Teufel und Dämonen über Pflicht und Vaterland stellen?«

»Das ist ein gutes Argument«, sagte Roosevelt. »Aber die Vorstellung, eine Stadt zu bombardieren, die keine nennenswerten militärischen Ziele enthält, gefällt mir nicht. Vor allem nicht, weil eine Bombardierung von gewaltigem Ausmaß nötig sein wird.«

Churchill kaute auf seiner Zigarre. »Wir sollten nicht ausgerechnet jetzt zimperlich werden. Wir wollten den totalen Krieg nicht, Hitler und die Achsenmächte schon. Wie dem auch sei, Ihre Pazifik-Streitkräfte bombardieren bereits Tokio ohne jede Rücksicht. Ich wüsste nicht, wieso Dresden verschont werden sollte.«

Der amerikanische Präsident schüttelte den Kopf. Er befürchtete, dass sein schlaffes Gesicht das Ausmaß seiner langen, schweren Krankheit verriet. »Man könnte das als Kriegsverbrechen betrachten.«

Stalin wischte Roosevelts ernsthafte Bedenken mit einer kaltschnäuzigen Geste beiseite. »Die Historiker können das meinetwegen nennen, wie sie wollen. Wichtig ist, dass wir diese Gelegenheit nicht ungenutzt verstreichen lassen. Wenn Ihre Armeen nicht das tun können, was nötig ist, werden das eben *meine* erledigen.«

»Dann sind wir uns einig«, verkündete Churchill. »In der Nacht des dreizehnten ... werden wir Dresden bombardieren, bis die Stadt in Schutt und Asche liegt.«

Die Nacht senkte sich über Dresden. Der Neumond war erst seit ein paar Tagen vorbei, doch selbst diese dünne Sichel reflektierten Lichts war nicht zu sehen, da der Mond am Tag vorbeigezogen war. Er war der Sonne schon vor Stunden über den westlichen Horizont gefolgt. Seitdem war es in der Stadt so dunkel wie in einer geballten Faust.

Adair stand in der Mitte des Zwingers und betrachtete mit seiner Allsicht die Umgebung. Die beiden Türme der Palastkathedrale waren im Norden zu sehen; im Nordosten befand sich das majestätische zweistöckige Haupttor, dessen Spitze mit einer goldenen Krone verziert war, die auf einer großen Kugel saß, deren Farbe an oxydiertes Kupfer erinnerte. Hunderte sorgfältig zurechtgeschnittene Bäume, deren nackte Zweige von Eis überzogen waren und schwer herabhingen, rahmten den schneebedeckten Rasen zwischen den Fußwegen ein. Die Gaslampen, die an diesen Wegen standen, waren kalt und dunkel.

Nichts rührte sich. Nicht einmal die eiskalte Winterluft, die frisch wirkte, obwohl der Geruch des Rauchs, der aus den Schornsteinen des Palasts aufstieg, darin hing.

Ungefähr ein Dutzend Meter von ihm entfernt, an seiner rechten und seiner linken Seite, beobachteten Cade und Anja mit ihren magisch geschärften Sinnen die anderen Ecken des Zwingers. Sie alle warteten auf Kain.

Anja verbarg ihre Angst hinter Ungeduld. »Sind Sie sicher, dass er kommen wird?«

»Aye«, entgegnete Adair. »Ein Dämon hat mir den Portalspiegel aus der Villa gebracht. Das kann Kain nicht entgangen sein. Er wird heute Abend bestimmt auftauchen.«

»Oder er ist bereits hier«, sagte eine Stimme, die Adair das Blut in den Adern gefrieren ließ.

Als er herumfuhr, sah er, dass sein Erzfeind zwischen ihm, Cade und Anja stand.

Kain war wie immer makellos gekleidet. Seine Haare waren kurz geschnitten und das Gesicht so glatt rasiert, wie es das Zusammenspiel von Stahl und Haut erlaubte. Sein offener Trenchcoat und der Burberry-Schal flatterten im Wind, sodass man den dreiteiligen Anzug und die polierten Schuhe sehen konnte. »Hallo Adair.«

Anja spannte sich an. »Wo ist deine rothaarige Schlampe?«

»Du meinst Briet? Die habe ich seit Monaten nicht mehr gesehen.« Kain nickte Cade knapp zu. »Ich dachte, ihr hättet sie umgebracht. Jetzt weiß ich, dass sie mich im Stich gelassen hat.« Ein gelassenes Schulterzucken. »Das spielt keine Rolle. Ich werde mich mit ihr befassen, wenn wir hier fertig sind.«

Es war Zeit, Kain die Arroganz auszutreiben. *»Infirmitas!«* Adair beschwor ARAMAELS lebenskraftentziehendes Talent, um die Falle auszulösen und seinen Erzfeind zum ersten Mal seit …

Der Bastard schüttelte den Kopf. »Ach, Adair, alter Freund. Dachtest du wirklich, ich würde in dein Netz stolpern? Dass ich deine Beute werden würde?« Er bewegte lässig die Hand, als wolle er eine Fliege verscheuchen – und Adair hatte das Gefühl, von einem Güterzug getroffen zu werden, der ihn auf den gefrorenen Boden warf. Kain bewegte sich wie ein Raubtier auf ihn zu.

Cade und Anja ließen Feuerbälle und Blitze auf den dunklen Meister los. Der wehrte sie ab, ohne sie weiter zu beachten. Er ließ Adair, der nun mühsam auf die Beine kam und nach seinem Zauberstab tastete, nicht aus den Augen. Adairs Geste brachte Cade und Anja dazu, ihren Angriff zu unterbrechen, doch sie widmeten Kain weiterhin ihre ganze Aufmerksamkeit.

»Mir gefällt eurer Plan«, sagte Kain und schloss mit seiner Geste ganz Dresden ein. »Er basiert auf meiner Teufelsfalle, oder? Wenn Nachahmung das größte Kompliment ist, dann sollte ich mich trotz der Absicht, die dahintersteckt, geschmeichelt fühlen. Aber dachtest du wirklich, du könntest etwas so Gewaltiges errichten, ohne dass ich es bemerke?«

Entsetzen schwang in Adairs Worten mit. »Du hast davon gewusst?«

»Natürlich habe ich es gewusst. Ich beobachte euch schon seit Monaten. Ich habe jedes Siegel, das ihr angebracht habt, sabotiert, manchmal nur wenige Stunden nachdem ihr es erschaffen habt.« Kain warf Cade einen kurzen Blick zu. »Du hast mich auf diese Idee gebracht. Nachdem ich erfahren habe, wie du meine Falle in der Normandie entschärft hast, habe ich geschworen, dass ich mir diesen neuen Trick aneignen würde. Das hier war die perfekte Gelegenheit. Ihr wolltet mich wie einen Schmetterling aufspießen ...« Er breitete die Arme aus. »... aber nun habe ich diesen Spieß umgedreht.«

Auf seine Ankündigung bevorstehender Gewalt antworteten Luftschutzsirenen mit lautem Geheul.

Cade riss den Kopf hoch, als der Fliegeralarm durch die Stadt hallte. »Was zum Teufel? Ist das eine Übung?«

Als Anja das entfernte Dröhnen von Flugzeugmotoren hörte, weiteten sich ihre Augen. »Das ist keine Übung.«

Adair drehte sich in Richtung des Bomberdröhnens, konnte aber kein Flugzeug sehen – nur den mondlosen, schwarzen Himmel. Er fuhr zu Kain herum. »Was hast du getan?«

»Das war ich nicht, alter Freund. Dafür kannst du deinen alliierten Freunden danken. Nachdem du – Entschuldigung, ich, allerdings in *deiner* Gestalt – Churchill, Roosevelt und Stalin deinen Plan, mich hier zu überfallen, geschildert hast, haben sie wie erwartet reagiert, indem sie entschieden haben, uns alle umzubringen. Damit werden sie mein Meisterwerk vollenden und das größte Brandopfer in der Geschichte der magischen Kunst bringen.«

»Du bist verrückt!«

»Verrückt?« Kain schüttelte den Kopf. »Nein, mein Freund. Ich handele nur *vorausschauend.* Ich wusste, dass die Alliierten diese Stadt niederbrennen würden, ebenso wie ich wusste, dass du ...«, ein Blick auf Cade, »... mir das Opfer bringen würdest, das ich brauche.«

Panik überflutete Adairs Gedanken. Sein sorgfältig ausgearbeiteter Plan war in sich zusammengebrochen; er hatte Kain direkt in die

Hände gespielt. Er zog sein Messer mit dem weißen Griff und stürzte sich auf Kain, der jedoch seine Handgelenke festhielt. Während die beiden Männer miteinander rangen, brüllte Adair Cade und Anja an: »Lauft!«

Und Gott sei Dank gehorchten sie ausnahmsweise.

Anja verwandelte sich in einen Falken und stieg in die Dunkelheit empor. Cade rannte zum Haupttor und verschwand, indem er sich unsichtbar machte oder die Form eines Gas- oder Spektralwesens annahm. Vor dem Zwinger leuchteten die Außenbezirke der Stadt rotgolden auf, als herabfallende Bomben die Nacht mit furchtbarem Donner und wütenden Flammen erfüllten.

Kain rammte Adair sein Knie in den Unterleib. Adair krümmte sich zusammen und wurde vom nächsten Kniestoß am Kinn getroffen. Er fiel nach hinten und landete mit ausgebreiteten Armen auf dem kalten Boden.

Sein Gegner grinste höhnisch. »Glaubst du, dass sie mir entkommen können? Ich bin mit einem Dämon verbunden, alter Freund.« Grüne Schwaden hüllten ihn kurz ein, dann standen auf einmal drei Kains vor Adair.

Gleichzeitig sagten sie: »Und mein Name ist LEGION.«

Drei Körper, ein Geist – eine Fähigkeit, deren Beherrschung Kain Jahrzehnte gekostet hatte. Nun schleuderte er im Zwinger Flammen und Blitze auf Adair, stieg als Eule empor, um Anja zu verfolgen, und schoss Spektralgeschosse auf den jungen amerikanischen *Nikraim* ab, den er durch das Zwingertor in die Altstadt jagte.

Graue, namenlose Geister lösten sich aus allen Schatten der Stadt. Einige wurden von Kain kommandiert, andere von seinen Feinden. Unzählige Armeen Gefallener prallten in Wellen aufeinander und türmten sich um ihre Beschwörer auf wie ein Meer, das Inseln verschlang.

Adair schlug mit ORCUS' ausweidenden Klauen zu, doch Kain wehrte den Angriff mit seinem Schild ab und rächte sich mit Blitzen, die den Schotten zwangen, sich in Deckung zu werfen. Die Blitze verfehlten ihn, rissen aber eine dampfende Wunde in den schneebedeckten Rasen.

Einen Kilometer entfernt schlug Kains Eulengestalt ihre Krallen in den Rücken von Anjas geliehenem Falkenkörper und zog sie flatternd zu den Dächern herunter. Im Nordwesten marschierten Explosionen durch die Stadt und rissen die einstürzenden Gebäude aus der Dunkelheit.

In den engen Gassen der Altstadt gab Cade seine Flucht auf, fuhr herum und schleuderte Kain einen grünen Feuerball entgegen, den dieser jedoch abwehrte. Die brennende Kugel schlug durch ein Fenster in ein nahe gelegenes Gebäude ein, dessen Inneres von den smaragdfarbenen Flammen verzehrt wurde. Kain reagierte mit GŌGOTHIELS Faust auf den ungeschickten Angriff des jungen Mannes. Der Aufprall schleuderte Cade durch die Luft und gegen eine Mauer.

Im Zwinger plagte Kain Adair mit Feuer, das er ihm ins Gesicht spuckte. Der angeschlagene alte Magicker ging in die Knie, als sein unsichtbarer Schild die Flammen von ihm ablenkte. Kain schluckte den Rest seines Feuersturms herunter und sagte höhnisch zu seinem Rivalen: »Du hättest diesen Krieg aussitzen sollen, alter Freund.«

»Und zulassen, dass du die Zukunft der Menschheit vernichtest? Vergiss es, Arschloch.«

Eule und Falke stießen auf einem Dach zusammen und verwandelten sich in ein Knäuel aus Klauen und Federn. Kurz bevor sie auf dem Asphalt landeten, kehrten beide in ihre wahre Gestalt zurück, gingen in die Hocke und sahen sich an. »Hau einfach ab, Mädchen. So wie du es schon einmal getan hast.«

»Niemals.« Eine geisterhafte Peitsche erschien in ihrer Hand. Die mit Widerhaken versehene Spitze zischte an Kains Gesicht vorbei, brachte seine Haare durcheinander und verpasste seiner Wange im Vorbeiflug einen brutalen Kuss. Die Peitsche traf eine Straßenlaterne hinter Kain. Metall kreischte, als sie in der Mitte durchbrach.

Die Straßen der Altstadt erbebten unter Kains Füßen, als würde sich dort ein Erdbeben ereignen. Hinter Cade, auf der anderen Seite der Stadt, stiegen Säulen aus Feuer in den Himmel und tauchten die dünne Wolkendecke in ein infernalisches, rotes Licht.

Cade ließ ein brennendes Breitschwert in seiner rechten Hand erscheinen, dazu ein vor Gift triefendes Kurzschwert in seiner linken, und griff an. Kain beauftragte einen Höllenhund mit seiner Verteidigung. Cade wich den gierig schnappenden Kiefern der Bestie aus, trennte ihm die Vorderläufe ab und jagte ihm eines der Schwerter ins Herz. Er setzte beide Klingen wie eine Schere ein und schnitt ihm den fauchenden Kopf ab.

Adair parierte einen von Kain geworfenen Blitz, der daraufhin eine blutrote Spur auf den Innenmauern des Palasts hinterließ, und ließ blaues Feuer aus seiner Handfläche schießen. Kain wischte die Flammen beiseite und zündete damit einige kahle Bäume an – nur um im nächsten Moment von AZAZELS Sense am Hinterkopf gestreift zu werden.

Kain bedachte Adair mit einem spöttischen Blick. »Du hättest mich beinahe erwischt, alter Mann.«

»Ich bin noch nicht fertig.«

»Doch – das bist du.«

Er spießte Adair im Zwinger mit SAVNOKS fauligem Speer auf.

In einer Gasse in Friedrichstadt griff er Anja mit einer Reptilienpeitsche an.

In der Altstadt würgte er Cade mit Ranken aus Rauch.

Donner und Flammen breiteten sich in der Stadt aus, brachten Gebäude zum Einsturz und löschten ganze Straßenzüge mit ihrem Feuersturm aus. Die fliehende Menschenmenge fing Feuer, als Brandbomben zwischen den Zivilisten explodierten.

Voller Schadenfreude betrachtete Kain Adair, der sich am Ende des dämonischen Speers wand. »Der Abschaum und seine Liebe zur Wissenschaft hat dich hierhergeführt.«

Der dunkle Meister lachte Anja aus, deren Finger sich in die beiden zischenden Nattern krallten, die sich um ihren Hals geschlungen hatten. »Du hast einen weiten Weg in Kauf genommen, um dich an mir zu rächen. Aber du stirbst als Versagerin. Wie tragisch.«

Adair verschmolz mit dem Nebel und entkam den Widerhaken der Speerspitze.

Anja befreite sich aus dem Würgegriff, indem sie die Schlangen mit ihren Händen anzündete.

Cade durchtrennte Kains Rauchranken mit seinen Schwertern, die im infernalischen Licht erstrahlten.

Über ihnen erhellte Leuchtspurmunition die dunklen Bäuche der Wolken auf der Suche nach den alliierten Flugzeugen, die Dresden in einen Scheiterhaufen verwandelten. Ein Bomber, der einen Feuerschweif hinter sich herzog, stürzte in eine Kirchturmspitze, deren brennende Trümmer auf die in Panik umherlaufende Menschenmenge herabregneten.

Cade griff Kain geschickt mit seinen Klingen an. Kain beschwor zwei Falchione, mit denen er die auf ihn einprasselnden Angriffe des hitzköpfigen jungen Karcisten parierte. Funken tanzten zwischen ihnen in der Luft, Stahl schlug klirrend auf Stahl.

Anja lief auf die Bahnschienen zu. Bomben ebneten ganze Häuserblocks neben Kain und ihr ein. Eine landete vor Anja auf der Straße. Die Schockwelle schleuderte sie durch eine Feuerwand und hüllte Kain in Rauch und Staub ein.

Adair beschwor Tentakel aus Nebeln, mit denen er Kain fesseln wollte. Kain befreite sich mit dem Rapier eines Dämons und ließ Versteinerungsstrahlen aus seinen Augen schießen, die Adair dazu zwangen, hinter dem Sockel einer Statue in Deckung zu gehen.

Kain hatte genug von Cades Berserkerangriffen und warf den jungen Karcisten mit der Faust von GŌGOTHIEL gegen die beschädigte Mauerfassade eines von Bomben ausgeweideten Gebäudes.

Rechts und links von Kain flohen Zivilisten aus brennenden Mietshäusern. Ihre Haare und ihre Kleidung standen in Flammen. Eine Frau, deren Haut schwarz verbrannt war, brach auf der Straße zusammen. Sie presste noch einen verkohlten Säugling an ihre Brust. Mutter und Kind lösten sich auf und wurden zu einer schwarzen Masse aus Fett und Asche. In Panik trampelten Menschen ihre Nachbarn nieder, nur um zu ersticken, weil die Flammen ihnen den Sauerstoff raubten.

Anja hinkte mit dem Zauberstab in einer Hand und dem Athame in der anderen aus dem Mahlstrom des Feuers. Blut floss ihr aus Nase und Ohren, die versengte, zerrissene Kleidung hing von ihren schmalen Schultern. »Jetzt stirbst du«, sagte sie krächzend zu Kain. Hinter ihr toste die Hölle, die einmal eine Stadt der Künste gewesen war.

Im Zwinger warf Adair mit Kugeln aus Energie, die alles in ihrem Weg auflösten, und beschwor Stürme aus weißem Licht, aber Kain wehrte sie ab und schlug dabei weitere Löcher in die Palastmauern. Da ihn sein Gegner inzwischen langweilte, nahm er ihm mit der Kraft von KERAVNOS – einem Dämon, der in der Hölle »Schildbrecher« genannt wurde – seinen mächtigsten Schutz.

Adairs Schild fiel in sich zusammen. Kain wickelte seine Schlangenpeitsche um die Kehle des Schotten. Das Mädchen war nur eine lästige Ablenkung, die man am besten schnell erledigte. Kain zerfetzte ihre Schutzbarriere und streckte sie mit zwei tödlichen Blitzen nieder. Den Amerikaner packte er mit LEVIATHANS lähmendem Griff und zog ihn mit GŌGOTHIELS Kraft in Richtung Zwinger.

Am Rand von Friedrichstadt zuckte Kains erster Avatar zusammen, als eine Salve dämonischer Pfeile seinen Rücken traf und ihn in die Knie zwang. Benommen drehte er sich um – und erblickte Anja. Sie blutete, war rußverschmiert und streckte die Hand nach ihm aus. Kain begrub sie in einem Wirbelsturm aus Staub, Betontrümmern und Feuer.

Vor dem Tor des Zwingers stolperte Kains zweiter Avatar, als der erste zusammenbrach. Für einen Sekundenbruchteil konzentrierte er sich nicht mehr auf Cade – das reichte dem *Nikraim*, um sich aus dem Griff zu winden und zu Atem zu kommen, während rechts und links von ihm Bomben die Stadt einebneten.

Auf dem Schlachtfeld im Palast schlug der verzweifelte Adair mit einer unsichtbaren Hand nach Kain, der den Angriff jedoch auf ihn zurückwarf. Adair konnte gerade noch einen Zauber aussprechen, der seine Haut eisenhart werden ließ, sonst hätte sich das als tödlicher Fehler erwiesen.

Cade versuchte, Kain mit einem simplen Würgefluch umzubringen, doch der entkam dem Griff des Dämons und verwandelte die Rauchdecke, die über der Stadt hing, in eine Folterbank für den jungen, arroganten Karcisten. »Schluss mit den Spielchen, Junge. Bringen wir es zu Ende.«

Die beiden Körper, die Kain ausgesandt hatte, kehrten zum Zwinger zurück, dessen Mauern durch den Vernichtungsfeldzug der Bomber einstürzten. Der Boden erbebte unter den Explosionen, bis Kain glaubte, dass das Gestein, auf dem er stand, aufbrechen würde. Die Bomben machten den Zwingerpalast dem Erdboden gleich. Als seine Mauern fielen, gaben sie den Blick auf die albtraumhafte Altstadt frei – Dutzende Quadratkilometer, auf denen es nur noch die Skelette ausgebrannter Häuser gab und auf denen ein Inferno tobte, das der Hölle würdig gewesen wäre.

Feuer von oben, Feuer von unten: Das war die Hölle auf Erden – mehr als Kain sich erhofft hatte.

Sein alter Rivale lag rechts von ihm, blutend und benommen. Sein neuer Rivale lag links von ihm, gelähmt und im Schockzustand. Adair und seine Adepten hatten ihre Rolle perfekt gespielt.

Schade, dass sie sterben werden, bevor ich mich bedanken kann.

Er zog seinen Zauberstab und sein Athame, dann verkündete er mit donnernder Stimme: »Hört mich, mächtiger Minister LUCIFUGE ROFOCALE! Mit den heiligen Namen GABRIEL, RAPHAEL, ZACHARIEL, NURIEL, SAMAEL, TETRAGRAMMATON und JEHOVAH befehle ich Euch: *Aperire portam inferni!*«

Ein kreisrundes, dreißig Meter großes Loch erschien in der Mitte des Zwinger-Geländes. Die große Statue und Dutzende Straßenlaternen, Bäume und Hecken wurden von einem rasch größer werdenden Wirbel aus Feuer und Schatten in die Unterwelt gerissen.

Zum ersten Mal seit Menschengedenken öffnete sich das Tor zur Hölle.

Stärke und Konzentration gab es nur noch in Cades Erinnerung. Seine ganze Welt bestand aus Schmerz und Verwirrung. Er lag zusammengekauert vor Kains Füßen, während in ihm Qualen tobten. Er fühlte sich wie Fleisch, das auf einem mit Widerhaken versehenen Spieß steckte. Er spürte nur sechs unterjochte Dämonen; fast zwei Drittel der Geister, die er in sich getragen hatte, waren in den letzten paar Minuten entkommen.

Nur wenige Meter entfernt zog ihn ein Trichter aus Rauch und Feuer, der sich immer tiefer in die Hölle bohrte, in seinen Bann. Blitze tanzten an seinen Rändern. In seinen Tiefen brüllte ein Chor aus Albträumen, die sich schon bald erheben und sich auf Milliarden nichtsahnender Menschen stürzen würden.

Die Stadt rund um die Ruinen des Zwingers brannte. Häuserfassaden stürzten ein. Die Türme und Kuppeln der großen Kirchen verschwanden in einem Feuersturm, der das Herz der Stadt verschlang – der Palast mit seiner nun unwirtlichen Umgebung wirkte wie das Auge dieses Hurrikans.

Adair lag knapp außerhalb Cades Reichweite am Boden. Blut tropfte aus seinem Mund und sein ganzer Körper wurde im Todeskampf von Krämpfen durchgeschüttelt.

Zwischen und über ihnen stand Kain. Er streckte die Arme zum brennenden Himmel aus und schwelgte in diesem Augenblick. »Wunderschön, nicht wahr? Eure Anführer haben mir das gegeben, was ich brauchte, um dieser modernen Welt ein Ende zu setzen. Noch vor Sonnenaufgang werde ich ihre Länder und Armeen vernichten – und morgen können die Menschen von vorne anfangen, befreit von den Schrecken, die sie erschaffen haben, aber nicht beherrschen konnten.« Er verhöhnte Cade mit einer theatralischen Verbeugung. »Das alles verdanke ich dir, Cade. Wenn ich dich geopfert habe, wird der Höllenschlund für immer offen sein – und die Erde wird den Engeln auf ewig verschlossen sein.«

Der elegant gekleidete Bastard richtete die Hand auf Cade, schloss die Augen und konzentrierte sich. »Wie ich sehe, klammerst du dich nach wie vor an ein paar unterjochte Geister, darunter auch GADREEL, der dich vor Projektilen und allem Metall schützt. Beeindruckend.« Er griff in seinen Trenchcoat und nahm einen Dolch heraus, dessen

Klinge aus gelblichem Bergkristall bestand. »Zum Glück bin ich darauf vorbereitet.«

Kain hob Cade am Hemdkragen hoch. »*Nikraim* hin oder her, als Karcist konntest du mich nicht besiegen.« Er hob die Klinge und stach zu …

… doch Cade wehrte den Stoß ab und packte seinen Arm. »Dann töte ich dich eben als Ranger.«

Cade brach Kains Ellenbogen und drückte die gebrochenen Knochen durch die Haut.

Kain ließ die Klinge fallen und brüllte vor Schmerz.

Cade riss Kain zu Boden und schlug mit den Fäusten auf ihn ein, traf sein Gesicht, die Kehle, den Solarplexus und den Unterleib. Einen Moment lang glaubte er, kurz vor einem Sieg zu stehen.

Dann nahm Kain seine beiden magischen Avatare mit einem Blitz und einem Donnerschlag, der Cade fast das Bewusstsein raubte und ihn an den Rand des Höllenschlunds warf, wieder in sich auf. Rauch umgab sie. Der dunkle Meister richtete seinen Arm mit einem gnadenlosen Ruck und einem gutturalen Heulen.

Verzweifelt versuchte Cade, das Kristallmesser zu erreichen. Kain öffnete den Mund und spuckte blaues Licht, das Cade an den Boden presste und ihm die letzten unterjochten Geister entriss.

Benommen beobachtete er, wie Kain den Dolch nahm. Er war erschöpft und halb erfroren und so konnte er lediglich zusehen, als der dunkle Meister auf ihn zustolperte, die Klinge hob …

Blut spritzte Cade ins Gesicht, als wäre er vom Teufel getauft worden. Er blinzelte und sah, wie Kain würgte und Blut hustete. Die Spitze eines Onyxdolches ragte in der Mitte eines Blutflecks aus seiner Brust.

Der Wind trieb den Rauchvorhang auseinander und enthüllte Anja, die hinter Kain stand. Sie drehte ihre Steinklinge brutal in der Wunde. Kain ließ seinen Kristalldolch fallen und sank auf die Knie. Sein stolzer Blick wurde zu einer Maske des Entsetzens.

Cade kroch vom Rand des Wirbels weg, während Anja ihre Klinge aus Kains Rücken zog. Sie packte Kain an den Haaren, dann stach sie wieder und wieder auf seine Rippen und seine Seiten ein. Die ganze Zeit über knurrte sie mit vor Wut geweiteten Augen wie ein Raubtier.

Kain hing so reglos wie eine Marionette in ihren Händen, als sie ihn umdrehte, damit er sie ansehen musste. »Für meinen Bruder«, krächzte sie. Dann stieß sie ihm den Dolch in den Unterleib.

Der dunkle Magicker rutschte über den Rand des Feuerwirbels.

Adairs heiserer Schrei kam eine halbe Sekunde zu spät. »Halt! Nicht …«

Schmerz und Entsetzen betäubten Cade, als er zusah, wie sein Erzfeind sich der Umarmung der Schwerkraft hingab. Kain breitete die Arme aus, lächelte glückselig und sagte, noch während er fiel: »Es ist vollbracht.«

Er verschwand in der Unterwelt und löste einen gewaltigen Donnerschlag aus, in dem Adairs flehentliches »Nein!« unterging.

Ein Geysir aus Feuer und Schatten schoss aus den Tiefen des Wirbels empor und teilte den Rauch, der nun wie eine Krone über ganz Dresden hing.

Anja und Cade eilten zu Adair und halfen ihm, sich aufzusetzen.

»Meister«, sagte Cade. »Geht es Ihnen gut?«

»Natürlich nicht!« Er zeigte auf Anja. »Was sollte die Scheiße?«

Sie wich empört zurück. »Ich habe ihn getötet. Wir haben gesiegt.«

Der Meister schüttelte wütend den Kopf. »Du hast seinen Zauber vollendet!« Er deutete mit dem Kinn auf den Geysir aus Höllenfeuer, der den Himmel verbrannte. »Die Hölle steigt empor und wir können einen Scheiß dagegen tun!«

Panik vernebelte Cades Gedanken. »Wir müssen das Tor irgendwie schließen!«

»Es ist zu spät. Als Anja Kain geopfert hat, hat sie es für immer geöffnet. Um das umzukehren, müssten wir …« Er unterbrach sich mitten im Satz, als ihm klar wurde, welche Idee ihm gerade gekommen war.

Anja packte Adair an den Schultern. »Was müssten wir?«

»Noch ein Opfer bringen«, sagte Adair erschüttert. »Ein ebenso großes.«

»Das ist meine Schuld.« Anja stand auf. »Ich werde dafür bezahlen.«

Adair hielt ihr Bein fest. »Nein …« Er hustete Blut und rang nach Luft. »So funktioniert das nicht. Kain war ein *Nadach*. Du hast jemanden geopfert, der mit einem Dämon verbunden war. Um das Tor zu schließen, benötigt man ein gleichwertiges Opfer. Jemanden …« Er hustete erneut Blut.

Cade beendete Adairs Satz. »… der mit einem Engel verbunden ist.«

Trauer trat in Adairs Augen. »Aye … Das ist der einzige Weg.«

Bomben erschütterten die brennende Stadt. Verkohlte Geister taumelten durch Straßen, die sich in Scheiterhaufen verwandelt hatten. Neben Cade setzte die Heerschar der Hölle zu ihrem Aufstieg an.

Er beschwor sein letztes bisschen Kraft und stand auf, um sich dem Inferno zu stellen. Seelenverbrennende Hitze leckte über sein Gesicht, ein Vorgeschmack auf die Schmerzen der Verdammnis.

Es war nur ein Schritt, aber an dem würde sich sein Leben messen lassen. Sein Leben. Wenn er diese Grenze überschritt, würde er alles hinter sich lassen, was er kannte – und liebte.

Groteske Schmerzen krampften seine Eingeweide zusammen. Er blickte nach unten und erwartete, Flammen zu sehen. Doch er sah nur eine endlose, unnatürliche Schwärze, einen unerschaffenen Schoß der Nacht.

Er dachte an all jene, die über die Jahre hinweg ihr Leben gelassen hatten, um ihn zu beschützen: seine Eltern beim Untergang der *Athenia*. Stefan, der sich selbstlos geopfert hatte, und all die Soldaten, die am D-Day um ihn herum getötet worden waren. Und er dachte an alle, die umkommen würden, wenn ihn jetzt der Mut verließ.

Er begegnete Adairs Blick und lächelte. »Lassen Sie ein Licht für mich brennen.«

Tränen stiegen Adair in die Augen. »Aye, mein Junge. Das werde ich.«

Cade nickte Anja zu. Sie erwiderte die Geste.

Dann trat er vor und gab sich dem Höllenschlund hin.

Er wusste, dass er weder eine himmlische Belohnung noch ein Wunder erwarten durfte. Er war davon überzeugt, dass er am Ende seines Sturzes nur Dunkelheit und Vergessen finden würde.

Dunkelheit war genau das, was er fand.

59

AUGUST

Exakt sechs Monate später. Wenn man dem Eisernen Kodex glauben konnte, war dies der beste – und vielleicht der einzige Zeitpunkt –, um dieses bizarre Experiment zu wagen.

Anja stand am Strand und beobachtete die gewaltigen Gewitterwolken, die sich am Karibikhimmel auftürmten. Wellen stiegen auf und fielen als weißer Schaum herab, bevor sie auf dem weißen Sand ankamen. Die Flut kam und jede Welle kam der kleinen strohgedeckten Bambushütte, die Anja und Adair sich seit sechs Monaten, seit ihrer Flucht aus Dresden, teilten, näher als die letzte.

Es war ein nicht gerade ansehnliches Haus. Nur ein paar Zimmer und eine schmale Veranda, von der aus man die Feuergrube am Strand im Blick hatte. Es stand auf einer Lichtung an der Küste von Britisch-Honduras, nur ein paar Hundert Meter von der Mündung des Mullins entfernt.

Im Wald hinter dem Haus schwankten Palmen im zunehmenden Wind. Donner hallte von den Hügeln wider, die sich ein Stück landeinwärts befanden. Im Osten tanzten Blitze zwischen der Gewitterfront und dem Meer.

Es war so weit. Wenn sie es versuchen wollten, dann jetzt.

Glaube an den Kodex, befahl sie sich. *Glaube an dich.*

Adair hatte ihr beim Entwurf der Kreise geholfen, die man für dieses einzigartige magische Kunststück benötigte, aber sie wussten beide, dass sie im Moment der Wahrheit allein darin stehen würde. Schließlich war allgemein bekannt, dass Kreise für eine, drei oder fünf Personen gedacht waren. Außerdem war Adair seit Dresden bettlägerig und mit der Zeit hatten sich seine Wunden sogar noch verschlimmert. Also hatte er Anja seinen Eisernen Kodex geschenkt, ihr Zugang zu seiner gewaltigen Schriftensammlung gewährt und ihr so gut er konnte bei ihren Vorbereitungen geholfen.

Anja trug ihr Gewand und eine Mitra aus Papier, als sie den Anwenderkreis betrat.

Ob sie ihn lebend verließ, würde davon abhängen, ob sie und Adair die Sterne richtig gedeutet hatten und ob sie beim Verhör von VERAKOS wichtige Wahrheiten oder tödliche Lügen erfahren hatte.

Sie legte ihr Schwert quer auf ihre weißen Lederschuhe, dann zog sie ihren Zauberstab aus dem Löwenhautgürtel und entfernte die rote Seide, in die sie ihn eingeschlagen hatte. Ein Funke, den sie dank HABORYMS Talenten hervorbringen konnte, zündete die Holzkohle in der Feuerschale an. Sie hob die Hände und verkündete: »Exodus! Exodus! Exodus!«

Weiße Funken stoben aus dem Messinggefäß zu ihren Füßen. Das Heulen des Sturms klang immer tiefer und verzerrter, bis Anja von einem johlenden, grölenden Chor umgeben war. Sie schrie über den Lärm hinweg.

»Ich beschwöre Euch, CADE MARTIN, Karcist der Karcisten! Und ich befehle der Infernalisch Absteigenden Hierarchie der Hölle, Euch freizugeben und ziehen zu lassen, so wie es die Bedingungen meines Pakts mit ASTAROTH und seinem Herrn PUT SATANACHIA und dem Großimperator LUCIFER verlangen. Das fordere ich bei der Macht der heiligen Namen ADONAI, EL, ELOHIM, ZABAOTH, ELION, ERETHAOL, RAMAEL, TETRAGRAMMATON und SHADDAI und bei der gesamten Hierarchie von überlegenen Intelligenzen, die Euch freigeben wird, damit Ihr meiner Beschwörung nachkommen könnt – *venité, venité,* CADE MARTIN!«

Die Schleusen des Himmels öffneten sich und Regen prasselte auf den Strand. Innerhalb weniger Sekunden schlugen Hunderte Blitze in den äußeren Schutzkreis ein, begleitet von Donnerschlägen, die Knochen und Boden erbeben ließen. Ein unmenschliches Gebrüll setzte sich gegen das Heulen des Sturms durch und erfüllte Anja mit Entsetzen. Dann zuckte sie zusammen, als ein letzter Blitz, der gewaltiger war als alle, die sie zuvor gesehen hatte, die Welt weiß färbte und nichts als Dunkelheit hinterließ.

Man hörte nur noch den Regen.

Anja blinzelte. Ihre Augen gewöhnten sich an das rötliche, schwache Licht der vereinzelten kleinen Flammen in der Feuerschale, die sich trotz des Sommergewitters weigerten zu erlöschen.

In dem anderen Kreis kniete Cade mit gesenktem Kopf. Regentropfen verdampften zischend auf seinem nackten Körper. Er und der Boden im inneren Ring des Kreises sonderten graue Schwaden ab. Mit der rechten Hand umklammerte er einen Zauberstab.

Er hob den Kopf und ließ zu, dass der Sturm über sein bärtiges Gesicht wehte, wobei noch mehr Dampf erschien. Dann erhob er sich mühsam und sichtlich unter Schmerzen. Er kniff die Augen zusammen. »Anja?«

All ihre Instinkte versicherten ihr, dass er es war – aber Adair hatte sie gewarnt, dass möglicherweise ein Dämon auftauchen würde, der sich als Cade ausgab. Es war am besten, ruhig stehen zu bleiben und zu schweigen, bis sie sich sicher sein konnte, dass es wirklich Cade war.

Er krümmte sich zusammen und übergab sich einige Sekunden lang. Dann wischte er sich das Gesicht ab und ließ es vom Regen waschen … und stolperte aus dem Kreis.

Anja lief zu ihm und hielt ihn fest, bevor er stürzen konnte. Nur ein Mensch konnte aus eigenem Willen den begrenzenden Kreis verlassen. Ein Dämon hätte ihre Erlaubnis benötigt. Sie untersuchte ihn auf Wunden. »Bist du verletzt?«

Seine Stirn war fieberwarm. »Wie lange war ich weg?«

»Sechs Monate.«

»Wie hast du mich zurückgeholt?«

»Das ist eine lange Geschichte. Wie hast du in der Hölle überlebt?«

Hinter dem zotteligen Bart blitzte ein spöttisches Lächeln auf. »Das ist eine lange Geschichte.«

Sie richtete den Blick auf seine Hand. »Wem gehört der Zauberstab?«

»Kain.« Sein Lächeln wurde breiter. »Betrachten wir ihn als Andenken.«

Sie legten sich einfach in den Sand und ließen sich vom Regen durchnässen. Als er schließlich nachließ und keinen Dampf mehr von Cades Haut aufsteigen ließ, half Anja ihm auf die Beine. »Gehen wir rein. Adair muss dich sehen.«

Ausnahmsweise klang Cade hoffnungsvoll. »Ist der Krieg vorbei?«

Anja seufzte, als sie ihn ins Haus führte. »Das ist eine lange Geschichte.«

Es war die größte Zurschaustellung von Optimismus, die Cade je gesehen hatte. Anja und Adair hatten seine Kleidung mitgenommen und seinen Colt und sogar seine magischen Werkzeuge aus der Villa geholt. Seine Habseligkeiten waren gesäubert und in Kommoden, Koffern und Schränken verstaut worden. Er hatte damit gerechnet, dass man ihm fremde Kleidung geben würde, wie damals, als er in Schottland zu sich gekommen war. Dass er seine eigene Kleidung anziehen konnte, war eine Wohltat, die er nach der Infernalischen Tortur gut gebrauchen konnte.

Ich kann immer noch nicht fassen, dass ich hier bin.

Er schloss die Augen und nahm das Hintergrundrauschen des Tropengewitters und des Regens, der auf das Dach fiel und gegen die Fenster prasselte, in sich auf. Das Innere des Hauses roch nach Schimmel und Blumen. Die Kerosinlampen und Kerzen verliehen ihm die Atmosphäre einer Kapelle. Die Möbel sahen so aus, als wären sie von Handwerkern vor Ort angefertigt worden. Sie bestanden aus Bambus, Schnüren und Schilfrohr. Die Holzböden waren abgenutzt und durch die Nähe zum Salzwasser grau geworden.

Er verließ angezogen das Schlafzimmer und fühlte sich etwas mehr wie er selbst. Anja wartete bereits auf ihn. »Besser«, sagte sie, während sie seine Kleidung musterte.

»Ich muss mich noch rasieren.«

»Später. Der Meister erwartet dich.« Sie führte ihn zum anderen Schlafzimmer des Hauses.

»Ich sollte mich wohl bei dir bedan…«

»Ich habe das nicht für dich getan.« Ein strenger Blick. »Der Meister hat mir seinen Eisernen Kodex versprochen, sollte es mir gelingen, dich zurückzuholen.« Sie blieben vor Adairs Zimmer stehen. Die Tür war nur angelehnt, aber Anja klopfte trotzdem. »Meister?«

»Herein.« Adairs Stimme klang heiser und hatte fast ihre gesamte Autorität verloren. Anja schob die Tür auf und ließ Cade als Erstes ans Bett des Meisters treten. Kerzen standen auf den Fenstersimsen und den Kommoden. Ihre Flammen ließen Schatten über die Wände tanzen. Adair lag unter einer dünnen Decke und wirkte selbst im Feuerschein blass. Die Schatten betonten seine ausgemergelten Gesichtszüge. Er drehte den Kopf, als Cade eintrat, und sah ihn aus trüben Augen an. »Willkommen zu Hause, mein Junge. Ich war mir nicht sicher, ob du es schaffen würdest … aber ich bin froh, dass es so ist.«

Cade setzte sich auf die Bettkante und ergriff die Hand des Meisters. »Wie ich sehe, verbringen Sie Ihren Ruhestand nun doch in den Tropen.« Das Lachen des Meisters verwandelte sich in einen schweren Hustenanfall. Cade warf Anja über seine Schulter hinweg einen besorgten Blick zu.

Sie runzelte die Stirn. »Ich kann nichts weiter für ihn tun.« Sie hob die Bettdecke an und zeigte Cade eine vereiterte Wunde im Unterleib des Meisters. »SAVNOKS Speer. Seine Wunden heilen nicht.«

»Das Schlimmste sind die Schmerzen«, zischte Adair durch zusammengebissene Zähne. »Selbst mit allem Opium der Welt ließen sich die nicht betäuben.« Er winkte Cade heran. »Komm näher.« Als Cade sich vorbeugte, fuhr er fort: »Mach Anja keine Vorwürfe. Es ist nicht ihre Schuld. Ich … bin seit Dresden zu … schwach für Magick.

Sie hat alles, was sie in meinen Büchern finden konnte, ausprobiert, aber nichts hat geholfen.«

»Meister, was tun wir hier?«

»Uns verstecken.« Adair hustete sich fast die Lunge aus dem Leib und wischte sich hellrotes Blut von den Lippen. »Die Alliierten wollten uns umbringen, mein Junge. Wir können nicht mehr nach Hause, noch nicht einmal nach Spanien. Bald wird es nirgends mehr sicher sein.«

Die Erinnerungen an Dresden waren bitter und verwirrend. »Warum haben sie uns hintergangen?«, fragte Cade.

Anja mischte sich ein. »Aus dem gleichen Grund, aus dem in Salem Hexen verbrannt wurden. Aus Ignoranz und Furcht.«

»Sie hat recht«, sagte Adair. »Freunde sind für euch zu einem Luxus geworden, den ihr euch nicht mehr erlauben könnt.«

»Was ist mit dem Krieg. Ist er vorbei?«

Seine Frage verschlechterte Adairs ohnehin schon grimmige Laune. Der Meister zeigte auf einen kleinen Tisch, der in einer Ecke des Zimmers stand. »Anja ...?« Sie nahm eine Zeitung vom Tisch und reichte sie Cade. Es war eine Ausgabe der *New York Times* vom Dienstag, den 7. August 1945. Er las die Schlagzeile:

ERSTE ATOMBOMBE AUF JAPAN ABGEWORFEN
ENTSPRICHT 20.000 TONNEN TNT
TRUMAN WARNT FEIND VOR
›REGEN DER ZERSTÖRUNG‹

Er sah auf. »Heilige Scheiße. Sie haben sie gebaut? Und tatsächlich *eingesetzt?«*

»Willkommen in der Zukunft«, knurrte Adair.

»War es wirklich so schlimm, wie hier steht?«

»Schlimmer«, erklärte Anja mit vor Zorn bebender Stimme. »Ich habe mir die Überbleibsel von Hiroshima mit Kristallomantie angesehen. Die ganze Stadt ist weg. Es gibt nur noch Asche, Ruinen und bei lebendigem Leib verbrannte Menschen.«

»Die ganze Stadt vernichtet? Von *einer* Bombe?«

»Aye«, sagte Adair. »Und ein paar Tage später haben die Yankees das noch mal gemacht. Sie haben Nagasaki in einen Haufen Asche verwandelt ... Menschen brauchen keine Magick mehr, um die Erde in eine beschissene Hölle zu verwandeln.«

Cade ließ die Zeitung fallen. »Mein Gott.« Doch als er die Schlagzeile erneut betrachtete, bemerkte er etwas, das er vorher übersehen hatte. »Moment. Wieso warnt Truman den Feind? Was ist denn mit Roosevelt?«

»Er ist im April gestorben, ungefähr eine Woche bevor Hitler sich in Berlin eine Kugel in den Kopf gejagt hat.« Er grinste hämisch. »Sie hatten anscheinend vergessen, dass wir schmuddeligen Karcisten sie am Leben erhielten.« Er schnaubte verächtlich, keuchte dann aber auf einmal, als hätte er Asthma.

Anja lief zu seinem Nachttisch und nahm eine Spritze. Sie füllte sie mit einer klaren Flüssigkeit aus einer Phiole und injizierte Adair das Medikament. Augenblicklich atmete er leichter und langsamer.

Die Stimme des Meisters klang nun glatter und angenehmer. »Ich habe nicht mehr viel Zeit, mein Junge. Bitte sag mir, dass du meine Arbeit fortführen wirst.«

»Das werde ich, Meister. Ich schwöre es.«

»Erinnerst du dich noch an unseren Ausflug ins Pentagon? Ich habe Anja letzten Monat dorthin geschickt, um sich ein wenig umzusehen.«

»Ich habe unter dem Hauptplatz einen Silo entdeckt«, sagte sie. »Er ist einige Hundert Meter tief. Knapp über dem Boden gibt es eine lange Brücke, die zu einer Plattform führt. Auf dieser Plattform könnte man sehr große, komplexe magische Kreise anbringen.«

Adair nickte und warf ein: »Erzähl ihm von dem größten Knaller.«

Sie fuhr fort: »Die Wände des Silos sind voller Sensoren. Und alle sind mit riesigen, Stockwerke füllenden denkenden Maschinen verbunden ...«

»Sie nennen sie Computer«, warf Adair ein.

»Außerdem gibt es viele Beobachtungsräume für Wissenschaftler und Anwälte ...«

»Anwälte?«, fragte Cade.

»Zur Überprüfung von Dämonenpakten«, sagte Adair. »Sie versuchen, aus der magischen Kunst eine Wissenschaft zu machen. Sie wollen die Hölle übertölpeln und ihr ihren Willen aufzwingen. Die Mitternachtsfront, aber in einem industriellen Ausmaß.«

Das waren beklemmende Neuigkeiten, nicht nur wegen der direkten, sondern auch der indirekten Implikationen. Bei so einem Unterfangen konnten viele, möglicherweise katastrophale Fehler passieren. »Was haben sie damit vor?«

»Krieg führen? Spionage betreiben? Schlimmeres?« Adair schüttelte bestürzt den Kopf. »Ich weiß nur, dass sie nie mit mir darüber gesprochen haben, was bedeutet, dass sie die Anlage entweder umsonst gebaut haben ... oder eine andere Person gefunden haben, die sie leiten kann.«

Adairs vager Verdacht spornte Cade dazu an, über Antworten nachzudenken. Auf einmal sah er das schlimmstmögliche Szenario vor sich und sprach es sofort aus: »Briet.«

»Aye. Anscheinend hat sie Kain vor Dresden im Stich gelassen.«

»Aber wie ist sie in Amerika gelandet?«

»Operation Paperclip«, sagte Adair. »Ein streng geheimes Programm, mit dem die Amerikaner Nazi-Wissenschaftler für ihr Raumfahrtprogramm ins Land geholt haben. Anscheinend stufen sie Miss Segfrundsdóttirs Talente als so nützlich ein, dass sie darüber hinwegsehen, dass sie eine scheiß Faschistin ist.«

Allein bei der Vorstellung, sein Land könnte Nazis Asyl gewähren, wallte Ärger in ihm auf – ganz zu schweigen davon, dass es einer Frau Zuflucht bieten könnte, die versucht hatte, ihn umzubringen, und möglicherweise die Vernichtung der Welt angestrebt hatte. »Sind wir sicher, dass sie in dieser Anlage des Pentagons das Sagen hat?«

»Noch nicht«, sagte Anja.

»Wo auch immer sie ist.« Adairs Stimme wurde leiser, bis er nur noch flüsterte. »Man darf ihr nicht trauen.« Er rang um Atem, zwang sich aber, fortzufahren. »Ihr beide ... müsst euch von nun an mit ihr herumschlagen.« Er drückte schwach Cades Hand und hob die andere, um Anja wegzuschicken. »Lass uns bitte kurz allein.«

Anja gab nicht zu erkennen, ob sie das störte.

Als sie weg war, traten Adair die Tränen in die Augen. »Du bist kein Lehrling mehr. Du bist ein Meister-Karcist. Finde Adepten und sei ihnen ein guter Lehrer.«

»Mit was? Ich habe keine …«

»Ich hinterlasse dir meine Bibliothek. All meine Bücher.«

»Abgesehen vom Eisernen Kodex, meinen Sie.«

Adair nickte. »Ich wollte, dass du nach Hause kommst. Anja wollte den Kodex. Das erschien mir fair.« Er hustete und spritzte Blut über sein Nachthemd. »Ob die Magick überlebt, liegt nun an dir. Wenn du scheiterst, wird ihr Licht vielleicht für immer erlöschen. Lass das nicht zu.«

Die Worte des Meisters zupften an einer dunklen Saite in Cades Erinnerung. »Vor drei Jahren hat Kain fast das Gleiche zu mir gesagt. Wenn er damit Recht hatte …«

»Es ist möglich, die Fakten richtig zu beurteilen, und trotzdem das Falsche zu tun. Kains Medizin war wesentlich schlimmer als die Krankheit. Er musste aufgehalten werden. Zweifel niemals daran.«

Cade nickte, dann betrachtete er erneut die besorgniserregende Schlagzeile. »Und Briet?«

»Schließe Frieden mit ihr, wenn du kannst, aber …« Er unterdrückte einen weiteren Hustenanfall. »Wenn ich in den letzten drei Jahrhunderten eins gelernt habe, dann das: *Der Krieg ist nie zu Ende.*«

In der Nacht, in der Adair starb, regnete es wieder. Anja stand mit Cade im Platzregen und sah zu, wie die Bambushütte in Flammen aufging.

Sie und Adair hatten sich verabschiedet. Sie hatte auch den letzten Wunsch des Meisters erfüllt und einen Drink mit so viel Opium versetzt, wie er vertragen konnte. Damit hatte er sich seinen letzten Weg ins Vergessen erleichtert. Cade hatte den Meister gefragt, ob er allein sein wollte, doch zu seiner Überraschung hatte der alte Karcist sie beide gebeten, bei ihm zu bleiben. Das hatten sie getan, bis er nicht mehr atmete und seine kalten Hände erschlafften.

Die meisten seiner Bücher und Utensilien gehörten nun Cade. Der Amerikaner befahl einem dämonischen Kofferträger, alles zu verstauen, und auch seine eigenen magischen Instrumente unterzubringen. Es hatte Anja überrascht, dass er mit unterjochten Dämonen aus der Hölle zurückgekommen war, aber mittlerweile war ihr klar, dass er diese langen Monate in der Unterwelt ohne sie nicht überlebt hätte.

Die Werkzeuge und das Grimoire des Meisters verbrannten sie. Mit beidem konnte niemand mehr etwas anfangen.

Das Haus brannte lichterloh im Sturm, das Feuergrab eines Mannes, der Anja ein besserer Vater gewesen war als ihr eigener. Sie hatte Adair versprochen, dass sie nicht weinen würde; doch sie brach diesen Schwur ohne Scham oder Bedauern, weil sie wusste, dass der Regen ihre Tränen verbergen würde.

Sie und Cade schauten zu, wie zuerst das Dach einstürzte und dann die Wände.

Er fragte: »Wohin wirst du jetzt gehen?«

»Nach Süden. Ich habe gehört, dass viele Thule-Dilettanten nach Kriegsende Zuflucht in Argentinien gesucht haben. Ich will ein paar von ihnen umbringen. Vielleicht alle.« Sie musterte ihn mit mürrischem Respekt. »Du könntest mitkommen.«

»Ich habe andere Pläne.«

Wie auf Kommando hörte man das Schnurren eines Außenbordmotors im Zischen des Regens. Anja blickte aufs Meer hinaus und entdeckte ein schmales Boot, das sich durch die Flut zum Strand kämpfte. »Dein Fahrer?«

»Ich glaube schon.«

Der Kiel des Boots schabte über den Strand. Ein großer gut aussehender Mann mit dunkelbrauner Haut verließ das Ruderhaus und watete durch das Wasser und den Regen an Land. Er besaß eine tiefe Stimme und einen britischen Akzent. »Cade? Verdammt, ich *wusste*, dass du den Krieg überleben würdest.«

Cade umarmte ihn brüderlich. »Ich freu mich auch, dich zu sehen.« Sie lösten sich voneinander und Cade belohnte Anjas Neugier. »Anja, das ist Miles Franklin, mein Oxford-Bruder. Miles, das ist Anja Kernova, meine, äh …«

Sie sah, dass er nicht wusste, wie er ihre Beziehung beschreiben sollte.

»Eine Freundin«, sagte sie. »Und Kameradin.«

Miles gab ihr die Hand. »Freut mich, Miss Kernova. Werden Sie uns begleiten?«

Sie und Cade tauschten einen wissenden Blick. »Ich habe andere Pläne.«

»Schön.« Miles wandte sich an Cade. »Wir müssen los, Kumpel. Wo ist dein Gepäck?«

»Ich habe keins«, sagte Cade.

»Dann hast du also endlich begriffen, dass man nicht so viel Zeug mitnehmen sollte. Das ist ein echtes Wunder!« Er zeigte auf das Boot. »Komm an Bord. Die Flut wartet nicht, alter Junge.«

»Einen Moment.« Cade und Anja standen sich am Strand gegenüber, doch beiden schienen die Worte zu fehlen. Anja nickte knapp zum Abschied, er tat das Gleiche.

Sie waren nur dunkle Schatten im Sturm, als sie sich den Rücken zuwandten und Adairs in sich zusammenfallenden Scheiterhaufen zurückließen. Cade stieg ins Boot und Anja ging in Richtung Süden an der Küste entlang. Beide brachen zu einer Reise in eine neue, dunklere Welt auf.

Das schmale Boot hüpfte wie ein Stein über das Wasser. Cade hockte mit Miles im Ruderhaus, während die Wellen gegen den Bug krachten und auf das Fenster klatschten. Vor sich konnte Cade nur schwarze Wolken und dunkles Wasser erkennen, ohne beides wirklich vom anderen unterscheiden zu können. Er verstand nicht, wie Miles in einem solchen Chaos allein mit seinen Instrumenten den richtigen Kurs fand.

Miles warf einen Blick nach unten. »Ich habe ein Geschenk für dich.«

Cade nahm einen Rucksack vom Deck. Darin fand er einen Pass mit seinem Foto und einer neuen Identität. »Sehr schön. Wo hast du den her?«

»Einer der Vorteile meines neuen Jobs. Ich bin jetzt beim SIS.«

»Du meinst MI-6?«

Er lächelte selbstironisch und zuckte mit den Schultern. »In manchen Kreisen.«

»Hast es weit gebracht. Heißt das, dass ich meine zehn Pfund jetzt bekomme?«

Miles zog die Augenbrauen zusammen. »Ich bin gerade etwas knapp bei Kasse. Aber mein Boot steht dir zu Diensten. Also ... wo fahren wir hin?«

»Amerika. Ich muss einem Mann in Secaucus seine Pistole bringen. Danach muss ich ein Wörtchen mit jemandem in D.C. reden.

Ein nervöser Blick. »Willst du dich mit jemandem anlegen?«

»Ja. Und das nicht nur einmal. Vor uns liegt eine Menge Arbeit.«

»Okay.« Miles grinste, als er Gas gab und das Boot auf den nächsten Sturm zusteuerte. »Dann legen wir mal los.«

60

SEPTEMBER

Tief unter dem Hauptplatz des Pentagon beobachtete Cade, wie Briet über die achtzig Meter lange Stahlbrücke zu ihrer Beschwörungsbühne ging – anscheinend ohne zu bemerken, dass er umgeben von einer Aura der Stille und Illusionen in der Mitte stand. Wer auch immer die fünfundzwanzig Meter breite, pentagrammförmige Plattform aus weiß getünchtem Beton gebaut hatte, hatte offensichtlich gewusst, dass jedes Detail zählte. Die Kanten waren fünfzehn Meter lang und verliefen parallel zu dem hundertfünfzig Meter breiten Silo, der sich hundert Meter oder mehr in die Dunkelheit über Cade erstreckte und dessen Boden tief unter ihm in trübem Wasser verborgen lag. An den Wänden hatte man im Abstand von je einem Meter kohlebefeuerte Fackeln angebracht, deren orange Flammen knackten.

Als die Karcistin mit den kupferfarbenen Haaren näher kam, fiel Cade auf, dass von ihrer Schulter eine Ledertasche hing, die an jene erinnerte, in der er während des Kriegs sein Werkzeug verstaut hatte. In der linken Hand hielt sie einen Beutel. Er nahm an, dass sich darin die Kreide befand, mit der sie die Kreise auf die Plattform zeichnen wollte.

Drei Schritte hinter der Brücke drang Briet in die unsichtbare Membran ein, hinter der Cade sich verbarg. Sie erstarrte, als sie ihn mit Kains Zauberstab in der Hand vor sich stehen sah.

»Guten Morgen Briet.«

Sie ließ ihr Werkzeug und den Beutel fallen. »Ist das Kains Zauberstab?«

»Er lässt dich grüßen. Aus der Hölle.«

Die Drohung, die in seinen Worten mitschwang, schien sie zu erheitern. »Was willst du?«

»Sicherstellen, dass es keine Missverständnisse zwischen uns gibt.« Er bemerkte, wie ihr Blick zu den Silowänden glitt. »Sie können uns weder sehen noch hören. Solange du keine Dummheiten anstellst, wird dieses Gespräch unter uns bleiben.«

Ein seltsames Funkeln trat in ihre Augen. »Wie bist du hier hereingekommen?«

»Deine Schutzmaßnahmen sind nicht unüberwindbar. Diese Tatsache solltest du bedenken, bevor du irgendwelche Aufträge annimmst, die das Kriegsministerium möglicherweise für dich hat.«

»Also ist das kein Freundschaftsbesuch.« Sie ging langsam um die Plattform herum. Er drehte sich mit ihr, um sie im Auge zu behalten. »Was dann? Willst du dich duellieren? Oder verhandeln?«

»Ein paar Dinge besprechen. Fürs Erste.« Er versuchte, sich von ihren blauen Augen nicht ablenken zu lassen. Stattdessen achtete er auf ihre Hände und ihren Mund, die einen bevorstehenden magischen Angriff am ehesten verraten würden. »Die Welt hat sich verändert, als die Amerikaner die Atombombe abgeworfen haben. Das begreifst du, oder?«

Sie neigte den Kopf. »Besser als die meisten. Was willst du damit sagen?«

»Dass der Frieden brüchig ist. Es wäre nicht schwer, die Welt in einen neuen Krieg zu stürzen.«

»Krieg und Frieden. Leben und Tod. Du klammerst dich an Absolute. Aber es gibt keine platonischen Ideale, nur ein Erfahrungsspektrum. Staunen und Schrecken, Schmerz und Genuss …«

»Gut und Böse sind kein Märchen.«

»Natürlich sind sie das. Von jeher. Die Boshaftigkeit des einen ist der Heldenmut des anderen. Das Ungeheuer des einen Stammes ist der Heilige des anderen. So war es schon immer auf der Welt. Und so wird es auch bleiben, egal wie sehr du dir eine Veränderung wünschst.«

Cade nahm den Zauberstab fester in die Hand. »Genau das hatte ich von einem Nazi erwartet.«

»Ich? Ein Nazi?« Sie schüttelte den Kopf. »Ich war nie in der Partei. Ich habe die Nazis ausgenutzt, so wie Kain, aber ...«

»Ich weiß, dass wegen dir Menschen im Konzentrationslager gelandet sind.«

Sie blieb am Rand der Plattform stehen. Ihr Gesichtsausdruck wurde härter. »Ich habe meinem Meister gehorcht und du deinem.«

»Mein Meister hat nie von mir verlangt, Millionen Leben in ein Brandopfer zu verwandeln.«

»Aber deine Landsleute haben genau das in Japan getan. Und haben nicht die Alliierten Brandbomben auf die Zivilisten in Dresden abgeworfen?« Sie kam zurück zu Cade und baute sich vor ihm auf. »Ich muss arbeiten. Wenn du mir was zu sagen hast, dann raus damit.«

»Nur eines.« Er beugte sich vor und blickte ihr fest in die Augen. »Ich habe die Nazis nicht besiegt, damit sie in den USA eine neue Heimat finden. Und ich habe keine sechs Monate in der Hölle verbracht, um zuzusehen, wie du Kains Feldzug gegen die Wissenschaft weiterführst.«

Sie lächelte spöttisch und warf einen Blick auf die Silowände. »Sieht es so aus, als hätte ich etwas gegen Wissenschaft? Was die Nazis und Kain angeht ... ich bin froh, dass sie weg sind. Das Kriegsministerium entlohnt mich großzügig für meine Loyalität.« Ein neckisches Schulterzucken. »Was soll ich sagen? Ich bin durch und durch Kapitalistin.«

»Natürlich bist du das. Aber vergiss nicht ...« Cade brach Kains Zauberstab in der Mitte durch und ließ die Hälften vor Briet zu Boden fallen. »... dass ich dich im Auge behalten werde.«

Als er wegging, hallte Briets kühle Antwort durch das Silo.

»Ich werde dich auch im Auge behalten.«

TERMINAT HORA DIEM, TERMINAT AUCTOR OPUS

GLOSSAR

Abschaum – abwertender Spitzname der Karcisten für die magicklose Mehrheit der Weltbevölkerung.

Adept, Adeptin – eine Person, die in die Kunst der zeremoniellen Magick eingeführt wurde; oft ein Synonym für »Lehrling«. Die unterste Stufe eines Magick-Adepten ist der *Novize*, dem Gesellen entspricht der *Akolyth*; dem Meister der *Karcist* (siehe Eintrag).

Anwender – in der Kunst der Adept oder Karcist, der ein Experiment leitet.

Athame – ein Messer mit schwarzem Griff, dass in der Magick oft Verwendung findet.

Dämon – ein gefallener Engel; ein Großteil der Magick, die in der Kunst verwendet wird, stammt von Dämonen, ein kleiner Prozentsatz von Engeln.

Dilettant, Dilettantin – abfällige Bezeichnung, die Karcisten für Amateure oder schlecht ausgebildete Adepten der zeremoniellen Magick verwenden.

Entsendung – im magischen Kontext das im Rahmen eines Experiments erfolgende Wegschicken eines Dämons zur Erfüllung bestimmter Aufgaben. Dazu können unter anderem Morde, Überfälle, die Bergung wertvoller Gegenstände und das Erlangen von Informationen gehören.

Experiment – in der zeremoniellen Magick ein Fachbegriff für ein Ritual, bei dem Dämonen oder Engel beschworen und beherrscht werden.

Familiaris – ein dämonischer Geist in Tierform, der Karcisten unterstützt und ihre Fähigkeiten verstärkt.

Grimoire – ein Buch mit allen magischen Verträgen, die zwischen einem Karcisten und den Dämonen, auf deren Fähigkeiten er oder sie zugreift, geschlossen wurden.

Henochisch – *n.*, die Sprache der Engel; *adj.*, von Engeln oder aus ihrer Sprache kommend oder darauf bezogen.

Inkubus – ein niederer (also namenloser) Dämon, eine Kreatur, die nur aus Boshaftigkeit und Häme besteht und die benutzt wird, um Sterbliche zu verführen oder ihnen manchmal sexuelle Dienste zu leisten; ein Inkubus kann zahlreiche männliche Gestalten annehmen. Wenn gewünscht, kann er auch eine weibliche Form benutzen; in diesem Fall bezeichnet man ihn als *Sukkubus* (siehe Eintrag).

Kabbala – ein System der esoterischen Theosophie und Theurgie, das von hebräischen Rabbinern entwickelt wurde; es wird als weißmagisches System betrachtet, hat jedoch auch eine als *Sitra Achra* bezeichnete schwarzmagische Komponente.

Karcist – ein Adept, der in der Kunst der zeremoniellen Magick die Meisterstufe erreicht hat.

Kristallomantie – Begriff, der sich auf die magische Fähigkeit, Ereignisse an weit entfernten Orten zu beobachten, bezieht.

Kunst – eine Sammelbezeichnung, die sich auf zeremonielle Magick aus der Renaissance bezieht.

Lamia – ein niederer (also namenloser) Dämon, der nach seiner Beschwörung als Hausdiener verwendet wird. Obwohl Lamien unterwürfig, sogar freundlich wirken können, muss man sie stets streng kontrollieren, da sie sich sonst gegen ihren Beschwörer stellen.

Logikmaschine – ein Gerät zur Weissagung, das häufig aus überlappenden Rädchen besteht, die aus dickem Papier oder Pappe hergestellt werden. Für seine Benutzung benötigt man weder Dämonen noch Engel.

Magick – in der Schreibweise mit »ck« eine Abkürzung für zeremonielle Magick aus der Renaissance, auch Kunst genannt. Nicht zu verwechseln mit Bühnenmagie, die sich Tricks, Ablenkungen und mechanischer Illusionen bedient. Dem Einsatz von wahrer Magick geht stets die Beschwörung und Unterwerfung von Dämonen oder, in seltenen Fällen, Engeln voraus.

Nadach – ein Mensch, dessen Seele vor der Geburt mit der Essenz eines Dämons verbunden wurde; diese Einheit hält ein Leben lang und gewährt oft eine oder mehrere besondere Fähigkeiten.

Nikraim – ein Mensch, dessen Seele vor der Geburt mit der Essenz eines Engels verbunden wurde; diese Einheit hält ein Leben lang und gewährt oft eine oder mehrere besondere Fähigkeiten.

Patient – in der Kunst eine nüchterne Bezeichnung für das Ziel (oft das Opfer) einer dämonischen Entsendung (siehe Eintrag), die aus einem Experiment resultiert.

Schutzzauber – eine Glyphe, ein Siegel oder andere Sigillen, entweder temporär oder permanent, die eine Person, einen Ort oder einen Gegenstand vor dämonischen oder magischen Angriffen und anderen Effekten bewahren.

Stab – in der Kunst ein Zauberstab, mit dem man Dämonen bestraft und die Richtung von magischen Effekten bestimmt.

Sukkubus – ein niederer (also namenloser) Dämon; eine Kreatur, die nur aus Boshaftigkeit und Häme besteht und die benutzt wird, um Sterbliche zu verführen oder ihnen manchmal sexuelle Dienste zu leisten; ein Sukkubus kann zahlreiche weibliche Gestalten annehmen. Wenn gewünscht, kann er auch eine männliche Form benutzen; in diesem Fall bezeichnet man ihn als Inkubus (siehe Eintrag).

Tanist – ein Karcist, Adept oder eine andere Person, die den Anwender bei einem Experiment unterstützt. Viele Experimente sind entweder auf einen einzigen Anwender oder einen Anwender mit zwei oder vier Tanisten ausgerichtet.

Unterjochung – einen Dämon oder Engel zu zwingen, sich einem Karcisten zu unterwerfen und ihm zu gehorchen. Die Unterjochung eines Dämons bringt oft unerwünschte Nebenwirkungen für die Karcisten mit sich, unter anderem Nasenbluten, Kopfschmerzen, Albträume, Verstopfung und unterschiedliche, selbstzerstörerische Zwangshandlungen.

DIE HIERARCHIE DER HÖLLE

Überlegene Geister und Minister der Hölle

SATAN MEKRATRIG

PUT SATANACHIA (BAPHOMET)	BEELZEBUTH
LUCIFUGE ASTAROTH SATHANAS ROFOCALE	PAIMON ASMODEUS BELIAL

Sterbliche können mit dem Herrscher der Hölle (SATAN MEKRATRIG) und den beiden anderen überlegenen Geistern (BAPHOMET und BEELZEBUTH) keinen Pakt schließen.

Ein Karcist oder eine Karcistin schließt seinen/ihren ersten Pakt mit einem der sechs Minister (Gouverneure) der Hölle; seine oder ihre folgenden Pakte beschränken sich daher auf die Geister, die diesem Minister unterstehen. Ein Minister kann gleichzeitig für viele menschliche Karcisten als Patron fungieren. Keiner der sechs Minister (alias Patrongeister) kann von einem sterblichen Karcisten unterjocht werden.

Hier ist eine Rangliste der Minister, geordnet nach Macht und Einfluss:

LUCIFUGE ROFOCALE (666 Legionen)
PAIMON (200 Legionen)
ASMODEUS (72 Legionen)
BELIAL (50 Legionen)
ASTAROTH (40 Legionen)
SATHANAS (38 Legionen)

Die Stellung und der Einfluss der Geister verändern sich ständig, da alle Dämonen nach größerer Macht in der Infernalischen Hierarchie gieren. Karcisten und Karcistinnen gehen meistens einen Pakt mit einem Patron ein, um Vorteile wie Reichtum, Langlebigkeit mit verlangsamtem Altern und Immunität gegen Krankheiten zu erlangen.

DANKSAGUNGEN

Als Erstes möchte ich mich wie immer bei meiner Frau Kara bedanken. Sie spornt mich stets an, hört sich meine Ideen an und wälzt mit mir Probleme. Bei diesem Projekt, das länger und schwieriger war, als ich im Entferntesten geahnt hatte, war sie mein Fels in der Brandung.

Als Nächstes möchte ich den Mitgliedern meines Twitterclubs zur Benennung von Dämonen applaudieren: Cherie Priest, Niko Nikkilä, Chuck Wendig, Marianne Larsen (alias @danishwolf), @Xolus, John Marte, Dash Cooray, Michelle Belanger, Alana Ní Loingsigh, Luso Mnthali, James the Former (alias @AbsurdlyJames), @allyanncah, Jenifer Rosenberg und Julianna Kuhn. Vielen Dank auch an Monica Valentinelli, die mich mit Links zu Seiten über henochische Mythologie und Symbolik versorgte, und an Jeff Willens, der mich in die Tiefen der jüdischen Dämonologie einführte.

Eine große Portion Dank gebührt meiner Autorenkollegin Ilana C. Myer und ihrem Ehemann Yaakov, die mir dabei halfen, die hebräisch klingenden Begriffe *Nikraim* und *Nadach* zu erfinden, mit denen ich Menschen beschreibe, die entweder mit einem Engel oder einem Dämon verbunden sind.

Mein Dank geht auch an die Twitter-Expertin @GeekGirlDiva, die den Namen *Silver Sadie* für die B-17 besteuerte, die meinen Protagonisten nach Deutschland bringt. Vielen Dank ebenfalls an die vielen anderen aufrechten Twitter-Bürgerinnen und -bürger, deren hilfreiche Vorschläge ich dann doch nicht benutzt habe.

Dieses Buch hat natürlich viel den Einblicken und Ratschlägen meiner Handlungsberater und Beta-Leser zu verdanken, die da wären: Una McCormack, Aaron Rosenberg, Ilana C. Myer, Kirsten Beyer, Lucienne Diver und Scott Pearson. Bei euch möchte ich mich aus tiefstem Herzen bedanken.

Zu guter Letzt möchte ich noch hinzufügen, das ich ohne die weise Unterstützung meines Lektors, Freundes und literarischen *Senpai* Marco Palmieri aufgeschmissen wäre. Danke, dass du immer noch an mich glaubst, Bruder.